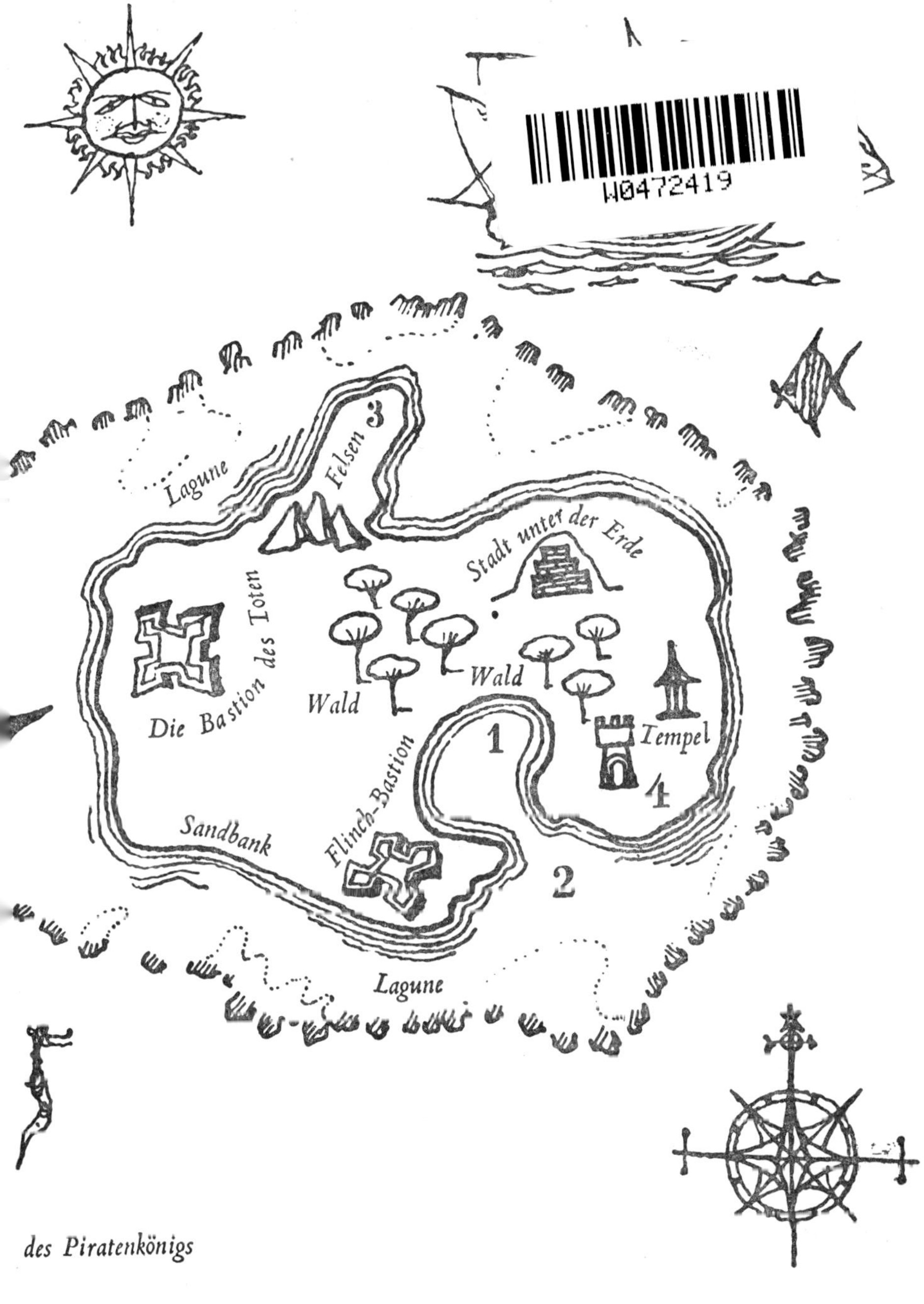

des Piratenkönigs

ANDRÁS DÉKÁNY

DIE VERSCHOLLENE INSEL

ANDRÁS DÉKÁNY

DIE VERSCHOLLENE INSEL

CORVINA VERLAG

Titel des Originals: Az elveszett sziget
Móra Ferenc Könyvkiadó, Budapest 1971
Aus dem Ungarischen übertragen von Heinrich Weissling
Mit Zeichnungen von Tamás Szecskó
Umschlagentwurf von Gyula Mayer

ISBN 963 13 3411 2
Vertrieb nur in der Deutschen Demokratischen Republik
EDV-Nr. 309 686 6

ERSTES KAPITEL

Im Seemannsheim — Wo ist „Lots Weib“ geblieben? — Porto Alegre mit allem Drum und Dran — Zoller und die Kartographie — Wir überqueren den Äquator, ohne Neptun zu sehen — Rio de Janeiro, die schönstgelegene Stadt der Welt — Barfüßige Kapitäne — Eine zufällige Begegnung — Wer besitzt heute eine Fregatte? — Eine bemerkenswerte Annonce

„Ein Seemann ohne Schiff fühlt sich wie ein Fisch auf dem Trocknen. Also hundsmiserabel! Rück deinen roten König raus!“

„Da kannst du lange warten. Hier, nimm das As!“

„Ist mir auch recht. Also: Hast du kapiert? Ein Seemann ohne Schiff . . . Corpo di bacco!“

Diese nüchternen, klugen Worte erklangen Mitte der dreißiger Jahre 30° südlicher Breite und 51° 30′ westlicher Länge. Und da ihr jetzt einen Blick auf die Karte geworfen habt, könnt ihr nur nicken: Ja, ohne Zweifel. Am Schnittpunkt der angegebenen Linien liegt die brasilianische Hafenstadt Porto Alegre. Das heißt, noch genauer: das Seemannsheim *Zum Kaiser von Brasilien*, das auch heute genau in der Mitte der Rua Minguel Cauto de Tiradentes liegt, einer trotz des wohlklingenden Namens unendlich schmutzigen Straße.

Und nun will ich auch nicht mehr verschweigen, daß Sottomarina die obige Feststellung an einem schwülen, drückenden Sommertag — Anfang Dezember — getroffen hat! Ja, ich sage euch, derselbe Sottomarina, der einst der stärkste Mann an der Adria war, Maat auf dem damaligen österreichisch-ungarischen Kriegsschiff *Don Juan* und Bootsmann auf der einstigen *Jadran.*

„Ein Seemann ohne Schiff..."

Wir sahen einander an. Die Karten in unseren Händen ruhten. Nur Zoller, der nicht mitspielte und am Nachbartisch saß, blickte jetzt verträumt auf und sagte:

„Richtig, Sotto, aber wo ist ‚Lots Weib' geblieben?"

Sottomarina wischte sich den Schweiß von der Stirn, lächelte wie wir alle. Uns hielt die Mutlosigkeit gepackt, und Zoller suchte nach „Lots Weib"!

„Du bist verrückt, mein Sohn!" Sottomarina sah ihn mitleidig an. „Aber wir spielen weiter. Wie weit sind wir?"

„Ich gebe."

„Misch! Corpo di bacco! Wir werden uns schon durchschlagen!"

Szevér gab also, Vater Guzsik, Feri Horváth, Sottomarina und ich nahmen die Karten. Zoller am Nachbartisch war auf der Hartlebens-Karte vertieft in die Suche nach „Lots Weib".

„Ein starkes Stück", brummte Zoller vor sich hin, „sie ist einfach nicht auf der Karte! Man hat sie unterschlagen! Meine Insel mit dem klangvollen Namen."

„Wärst du so freundlich, deinen Schnabel zu halten?" Szevér warf ihm einen mißbilligenden Blick zu. „Du störst uns beim Spiel."

Nun wurde es ruhig. Nur von Zeit zu Zeit fiel eine Bemerkung, die Karten klatschten auf die Tischplatte, die Münzen klirrten.

Draußen auf der Rua Minguel Cauto de Tiradentes gleißte die Sonne, daß einem die Augen schmerzten, wenn man durch die Spalten der heruntergelassenen Jalousien einen Blick auf die weißgestrichenen Häuser der gegenüberliegenden Straßenseite wagte. Dann und wann raste ein Auto unter dem Fenster vorbei.

Die durch die Räder aufgewirbelte Staubwolke drang wie ein Nebelschwaden in das Gästezimmer im *Kaiser von Brasilien*, das man aus übertriebener Höflichkeit Gesellschaftsraum nannte.

„Nun, Feri", Szevér klopfte unserem alten Freund aus längst vergangenen Tagen liebevoll auf die Schulter, „ich hätte nie geglaubt, daß uns das Schicksal hier in dieser schmutzigen Stadt zusammenführen würde!"

Feri legte die Karten auf den Tisch. Er lächelte.

„Ich auch nicht. Aber wir sind nun mal Seeleute..."

„Wir waren es!" entgegnete Sottomarina mit Nachdruck. „Wir waren es. Seeleute leben auf dem Schiff und nicht in irgendeinem Seemannsheim in Südamerika!"

Das Kartenspiel ruhte. Einzig und allein Zoller ließ sich nicht bei seiner Forschungsarbeit stören. So wenig, daß er nach einigen Minuten ausrief:

„Jetzt habe ich sie! Hier ist sie. Schaut her! Die verflixten Japse haben die Insel umgetauft!"

Und damit legte er uns von den der Bibliothek des Seemannsheimes entnommenen Karten die Ausgabe der amerikanischen Geographic Society von der Südsee auf den Tisch.

„Schaut her: 30. Grad nördlicher Breite und 140. Grad östlicher Länge, etwas nordwestlich von Bonin die Insel unter dem Namen Sofu Gan! Und darunter in Klammern der alte Name: Lot's Wife."

Sottomarina brauste auf.

„Corpo di bacco! Wer von uns hat angezweifelt, daß es eine Insel dieses Namens gibt? Was fällst du uns ständig mit diesem Lot und seinem krummen Weib auf die Nerven?! Meinetwegen können die Japse die Insel auch die Kniescheibe des Mikado nennen, was geht es mich an."

Und er starrte Zoller an, als wollte er den Seemannsgefährten aus vielen gemeinsam erlebten Stürmen auf der Stelle verschlingen oder zumindest mit Blicken durchbohren.

Beruhigend und besänftigend klang die Stimme Feri Horváths:

„Ihr werdet euch doch nicht wegen so einer Nichtigkeit in die Haare geraten?"

Denn Zoller und auch Sottomarina waren bereits aufgesprungen wie zwei, die bereit sind, übereinander herzufallen. Aber Feri trat dazwischen. Düster blickte er auf die beiden Freunde, die mit geröteten Gesichtern dastanden. Einzig und allein Feri Horváth trug eine Seemannsuniform. Auf den Schulterstücken der schneeweißen Offiziersbluse glänzten drei Goldstreifen: Kapitän. Der düstere Blick und die Goldstreifen wirkten jetzt Wunder.

Günstig war auch, daß der beleibte Piede, der bis dahin in die Karten vertieft war, jetzt zu kichern anfing. Er hatte eben erst bemerkt, um was es ging, und meinte:

„Lots Weib? Von so einer Insel habe ich nie gehört! Oder hast du von ihr gehört, Vater Guzsik?"

„Keine Spur", ihr Koch und Schiffszimmermann griente hinter seiner Pfeife, „eine solche Insel gibt es gar nicht."

„Na seht ihr. Wenn ich von Bildung spreche, wollt ihr mich verschlingen. Und es stellt sich heraus . . ."

Sottomarina kratzte sich am Hinterkopf und sagte düster:

„Freilich gibt es sie. Zeig her die Karte, Zoller. Als ich noch ein Kind war . . ."

Und nun zog allmählich Friede bei ihnen ein. Allmählich, wie gesagt, denn um die Nerven der kleinen Gruppe war es arg bestellt. Es war, als säßen wir auf einem Pulverfaß, obwohl wir erst seit zwei Monaten zwischen den Mauern des Seemannsheimes *Zum Kaiser von Brasilien* wohnten.

Und gerade das war das Übel.

Das Heim, Porto Alegre, die ganze freiwillige Verbannung in Brasilien, hauptsächlich aber die Tatsache, daß wir kein Schiff hatten! Ja, daran lag es, daß die Nerven bis zum äußersten gespannt waren.

Aber mir scheint, ich muß mich an den Ratschlag von Käptn Marryat halten: „Nur der Reihe nach, Jungs, nur der Reihe nach auf den Mast, sonst kentert das Schiff!" Also der Reihe nach in unserer Geschichte, sonst kommen wir vom Kurs ab! Denn ich könnte mir vorstellen, daß es einige gibt, die mit Recht die Frage stellen, wie kommt die Besatzung der versunkenen *Jadran* nach Porto Alegre, was will sie im Seemannsheim *Zum Kaiser von*

Brasilien, warum ist sie nervös, wo das doch gar nicht zu einem Seemann paßt, und wie kommt Feri Horváth hierher, der doch an der Nordafrikafahrt der *Jadran* gar nicht teilgenommen hat, und vor allem wo ist Vater Daniló, denn sein Name ist bis jetzt nicht gefallen?

Also der Reihe nach in unserer Geschichte, Jungs.

Am schnellsten und am leichtesten ist die letzte Frage beantwortet. Vater Daniló ist bei uns, er erfreut sich bester Gesundheit, und vielen Dank für die Nachfrage. Dieser gelehrte Seemann, von dem wir behaupten können, daß er in der Geschichte der Seefahrt, der Wissenschaft der Navigation und vor allem der Ausrüstung und der Steuerung von Segelschiffen jeden Typs und jeder Größe von niemandem übertroffen wird, nun, dieser gelehrte Seemann wohnt ebenfalls im Seemannsheim *Zum Kaiser von Brasilien.* Man könnte auch sagen: Wenn er nicht hier wäre, dann hätten auch wir diese Einrichtung nicht kennengelernt. Aber manchmal narrt einen das Leben, und da ich nicht einmal im Traum daran dachte, Porto Alegre je kennenzulernen, so bin ich nun hier. Freilich nicht aus eigenem Entschluß, sondern Vater Daniló zuliebe, auf seinen Befehl.

Auch jetzt, wo ich in die Vergangenheit zurückblicke und die Jahre an mir vorbeiziehen lasse und Porto Alegre vor meinen geistigen Augen auftaucht, läuft es mir kalt über den Rücken. Habt ihr schon mal die Erfahrung gemacht, daß man nicht nur Menschen, sondern auch Städte im ersten Augenblick der Begegnung unsympathisch finden kann? Es gibt Menschen, deren erstes Lächeln uns bewegt, ihnen die Hand inniger zu drücken. Und es gibt auch Städte, die beim ersten Anblick genauso freundlich lächeln. Solch ein unvergeßliches freundliches Lächeln tragen Amsterdam, Marseille, Leningrad, Kopenhagen, Genua, Rio de Janeiro, Schanghai, um nur einige der Hafenstädte zu erwähnen, die das Herz höher schlagen lassen. Und es gibt auch genug, bei deren düsterem Anblick einem Bitterkeit in die Kehle steigt, wenn die Ankerkette niedersaust. Solche Städte sind Cardiff, Oran, Casablanca, Cartagena, Hongkong, Antofagasta, um wieder nur einige als Beispiel zu erwähnen. Über ihnen liegt nicht nur eine dichte Rauchwolke, sondern auch der schreckliche Seufzer hunderttausender notleidender Menschen.

Porto Alegre ist eine Stadt, in der du schon im ersten Augenblick empfindest: Hier ist etwas nicht in Ordnung. Obwohl die „Garnierung" wirklich eine Augenweide ist. Die Gegend ist durchzogen von malerischen Bergen und Hügeln. Die Straßen sind von Palmen gesäumt, am Stadtrand stehen Palmen, die Hügel sind von Palmen bedeckt, überall Palmen, Tropenpflanzen, und über den duftenden Blumen schweben farbenprächtige, wunderbare Falter und kleine langschnäblige Kolibris. Ein Fluß, der Jacui, teilt die Stadt in zwei Teile, und der Hafen liegt am Ufer der Lagoa dos Patos. Die Lagune selbst ist auch von beachtlicher Größe, ein wahrhaftiges Binnenmeer: Ihre Länge beträgt mindestens 260 und ihre Breite im Durchschnitt 90 Kilometer! Im nördlichen Zipfel der Lagune liegt Porto Alegre und an der Einfahrt, an der Stelle der früheren Festung São Pedro do Sul, die heutige Stadt Rio Grande. Hier befindet sich die Ausfahrt aus der Lagoa dos Patos und somit aus Porto Alegre in das strahlend blaue Wasser des Atlantischen Ozeans. Wie oft dachten wir an dieses strahlend blaue Wasser, während wir nichts anderes zu tun hatten, als einem kranken Vogel gleich im *Kaiser von Brasilien* zu hocken! Um es rundheraus zu sagen: Wir mochten Porto Alegre nicht! Wir liebten nicht die vielen Palmen, den grellen Sonnenschein, den dichten Staub, die unzähligen Fliegen, die schrecklichen Behausungen im Hafenviertel, das verzweiflungsvolle Stöhnen des Elends und der Armut im Staub der Straßen und aus der Tiefe der engen Gassen! Ich habe im Armenviertel des früheren Fiume, in Gomila, gelebt, habe die Slums von Marseille, Hamburg und London gesehen, aber Porto Alegre übertraf sie alle! An Armut, Unrat, Gestank und Schmutz.

Doch wir wollen nicht länger Betrachtungen anstellen, sondern zur Sache kommen. Wenn es schon Porto Alegre sein muß, so hol's der Teufel! Doch wie wurden wir hierher verschlagen?

Ihr müßt wissen, daß der prächtige Schoner Vater Danilós, die *Jadran*, an der Küste Nordafrikas bei Libyen gestrandet war. Ihrem Ende war eine rühmliche Tat vorausgegangen: Wir lieferten

Munition für die Senussi, die Aufständischen der Oase Kufra in Libyen, und kurz vor unserem Ziel erwischte uns die Trombe, der Sandteufel aus der Sahara, und unsere zuverlässige, gute *Jadran*, der Held so vieler Seeabenteuer, nahm für immer Abschied vom Meer.

Gleichzeitig mit dem Schoner verloren wir zwei zuverlässige Gefährten, Suttora, den „Piraten", und Gommó, den „Affenmenschen". In Suttora verloren wir einen alten Seemann, einen erfahrenen Kenner der Weltmeere und den gesalbten Papst des Aberglaubens zur See, mit Gommó aber verließ uns ein guter Kamerad, dem man nicht zweimal zu sagen brauchte, er sollte auf den Mast klettern, wenn es dort etwas zu tun gab.

Wir, die die Trombe überlebt hatten, waren ohne Schiff geblieben. Es ist bis zum heutigen Tag ein Rätsel, wie es unserem Kapitän, Vater Daniló, gelang, der Lloyd die Versicherungssumme für den Schoner abzuringen, aber es gelang ihm. Es war eine ansehnliche Summe, ich entsinne mich heute noch an die Brieftasche voller englischer Pfundnoten. Vater Daniló hatte damals gesagt:

„Kameraden, wenn man die Versicherungssumme auszahlt, kaufen wir ein neues Schiff. Wer kommt dann mit mir?"

Welch eine Frage! Wer ging nicht mit Vater Daniló? Allein der Sohn Szevérs, Jankó, nahm Abschied von uns. Ihm hatten es die Schnecken und Muscheln angetan. Dieser achtzehnjährige Bursche wollte Meeresforscher werden.

„Geh in Gottes Namen", sagten wir, „das ist auch keine schlechte Beschäftigung!" Und so machte sich Jankó auf, um Meeresforscher zu werden an der Seite von Lo Bianco Salvatore, der im Ozeanographischen Institut von Monaco ein berühmter und namhafter Präparator war.

So hatte sich unsere Zahl verringert, das war nicht zu leugnen. Szevér, Sottomarina, Vater Guzsik, Piede, Zoller und ich selbst waren als Stamm für ein künftiges Schiff geblieben. Wir hatten zwar gewisse Befürchtungen, daß man uns den Munitionstransport anlasten oder daß der Lloyd der Schiffbruch an der Küste Nordafrikas verdächtig vorkommen könnte. Aber es war alles glatt gegangen.

Wir kehrten dann nach Gomila zurück und feierten in der Hafenkneipe *Napoleon* zwei Tage lang die Lloyd, die englische Versicherungsanstalt, und Vater Daniló, der so erfolgreich zwischen den Klippen, Eisbergen und Sandbänken der Versicherungsbestimmungen laviert hatte. Ich will es nicht bestreiten, und wozu sollte ich es auch leugnen — ihr kennt ja die Seeleute —, am zweiten Tag schwankte die Hafenkneipe stärker als die Kutter der isländischen Fischer. Aber wir feierten ein Fest und feierten es richtig. Dort wurde der Entschluß geboren, uns nach Porto Alegre einzuschiffen, weil man dort günstig gebrauchte Schiffe kaufen könne.

„Porto Alegre ist der berühmteste Schiffsmarkt in Südamerika", behauptete Vater Daniló, „und zwar für Segelschiffe. Ihr wißt ja, die Südamerikaner sind keine richtigen Seeleute. Das Meer hinterläßt auf ihren neuen Schiffen bald seine Spuren, und dann versuchen sie, diese an den Mann zu bringen. Und man bekommt sie für billiges Geld. Ich weiß von mehr als einem günstigen Kauf, der im brasilianischen Porto Alegre abgeschlossen wurde. Wir machen selbst dann noch ein Geschäft, wenn wir die Überfahrt allesamt bezahlen müssen. Aber natürlich nicht auf einem Luxusdampfer!"

So brachen wir eines schönen Tages in Fiume (heute Rijeka) auf, nachdem wir vorher Abschied von der Verwandtschaft Vater Danilós, Szevérs und Sottomarinas in Zengg (heute Senj) sowie von Jankó genommen hatten, der schon reisefertig war, um nach Monaco zu fahren. Vorerst wurde er Bootsführer, aber die Wege des Lebens sind unerforschbar, und warum sollte aus Jankó nicht ein Meeresforscher werden?

Von Fiume fuhren wir mit dem Zug nach Triest, bestiegen dort das Postschiff und erreichten damit auf der spiegelglatten Adria die Hafenstadt Brindisi. Es war seltsam, das Meer so zu sehen: mit den Händen im Schoß an der Reling zu sitzen und nichts anderes zu sein als einfacher Passagier.

„Nun, mir ist es viel lieber, wenn ich am Tau des Großsegels ziehen kann", stellte unser untersetzter, aber bärenstarker Gefährte Piede Piccolo fest.

In Brindisi fanden wir einen Dampfer, der nach Südamerika fuhr, ein Trampschiff namens *Pandora*. Sicher wißt ihr, was ein „Tramp“ ist. Ein Frachtschiff, das auf keiner festen Route verkehrt, sondern — je nach Bedarf — Güter von einem Hafen zum anderen transportiert. Daher der Name Tramp. Diesmal war die *Pandora* nach Rio unterwegs und brachte Eisen nach Brasilien. Ich will mich jetzt nicht weit und breit über das Schiff oder über die Erlebnisse auf der *Pandora* auslassen. Begnügt euch damit, daß wir schon auf besseren Dampfern gefahren sind. Als der Passat nach Kap Verde den bis zum Deck beladenen alten Kasten von der Breitseite erwischte, ruhte unser Blick häufig auf den Rettungsbooten. Dieses Ungeheuer von einem Siebentausendtonner bewegte sich bei Windstärke sechs so schwerfällig auf den Wellen, daß wir befürchteten, in wenigen Minuten würde Alarm gegeben.

„Ich schwöre euch, Kameraden“, donnerte Sottomarina mit seinem tiefen Baß und mit finsterer Miene, „ich schwör's euch, noch nie habe ich auf einem Schiff Angst gehabt. Nicht einmal, als wir mit der *Don Juan* auf dem Gelben Meer in einen Taifun gerieten. Aber dieser Kasten jagt mir Schrecken ein. Corpo di bacco!“

Allein Zoller ließ sich nicht aus der Ruhe bringen. Er war als Knabe auf die Marineakademie nach Fiume gekommen und hatte später das Meer und das Seemannsleben kennengelernt. Zoller war bis zum Stranden der *Jadran* die heitere Leichtfertigkeit in Person gewesen, ein Bekenner der Theorie: Wie's kommt, so kommt's! Er hatte kein besonderes Steckenpferd, er aß gern und gut, schlief gern und lange, und wenn wir an Land gingen, schlug er gern in der Art der Seeleute mal über die Stränge. Aber nie hatte jemand gesehen, daß er eine Zeitung las oder ein Buch, wie das unser teurer, unvergessener Freund Suttora tat, er machte es auch nicht wie Jankó, der Schnecken und Muscheln sammelte. Einst hatte auch Zoller einen Notizblock wie ich, in den er das Gesehene und Gehörte einschrieb. Aber zuletzt steckte nicht einmal mehr ein Notizheft in der Jacke unseres Freundes. Zoller lebte einfach in den Tag hinein wie die meisten Seeleute. Aber nach der Katastrophe der *Jadran* begann sich Zoller, sobald wir nach Fiume, in unsere alte Stadt, zurückgekehrt waren, auffällig zu benehmen. Er kaufte sich beim Zeitungshändler auf der Adamich-Mole das Abendblatt, und er blieb immer häufiger an den Schaufenstern der Buchhandlungen stehen. Es kam sogar vor, daß er in den Laden ging und mit einem Paket wieder herauskam. In den Paketen befanden sich Atlanten. Zoller wurde ein Kartennarr, ein Kartensammler! Das ist eine große Leidenschaft, Jungs, manchen Seemann hat sie arg gepackt. Zoller kaufte sich alte in Kupfer gestochene Karten und neue, die allerneuesten Ausgaben, einzelne Blätter, Kartensammlungen und Atlanten. Und er interessierte sich für Karten aller Art, aller Sprachen und aller Formate. Diesen eine ganze Kiste füllenden Ballast hatte er auch in die Kajüte auf der *Pandora* mitgebracht. Im Interesse einer „wissenschaftlichen Arbeit", wie er sich ausdrückte. Er hatte sich in den Kopf gesetzt, ein genaues Verzeichnis über alle Inseln der Erde mit ihrem heutigen und eventuell früheren Namen zusammenzustellen. Das war eine Arbeit, vor der man sich verneigen mußte, mit gezogener Mütze seine Hochachtung bekunden. Selbst Vater Daniló sagte anerkennend:

„Zoller, ich hätte vieles geglaubt, aber das nicht. Hättest du gesagt, du bildest dich im geheimen zum buddhistischen Mönch, ich hätte es geglaubt. Wäre mir zu Ohren gekommen, daß du Verse schreibst, ich hätte auch daran nichts Besonderes gefunden. Aber daß du Karten sammelst und ein Ziel verfolgst, läßt mich staunen, Zoller!"

Auch wir staunten. Dieser vierschrötige Mann mit Händen wie eine Schaufel, der ursprünglich Marineoffizier werden wollte, aber genau wie ich es nur bis zum Steuermann gebracht hatte, blätterte in all seiner Freizeit mit dem Lächeln eines Fanatikers in den verschiedensten Karten und Atlanten. Und dabei machte er sich Notizen, schrieb, rechnete und stellte Statistiken auf. Man mußte ihn sogar ermuntern, einen Bissen zu essen, eine Portion Makkaroni mit Tomatensoße oder in Öl gebackene Polypen.

Als der Passat die *Pandora* am stärksten schaukelte, hin und her warf und sie zum Kentern zu bringen drohte, breitete Zoller seine neuesten Berechnungen vor uns aus.

„Wer von euch weiß, oder wissen Sie es, Vater Daniló, wieviel Inseln zum Hoheitsgebiet der Philippinen gehören?"

Tiefe Stille. Selbst Vater Daniló schüttelte verneinend den Kopf.

Zoller lächelte, auf seinem Gesicht spiegelte sich das Lächeln eines Entdeckers. Und es ließ ihn ungerührt, daß der Bug der *Pandora* in diesem Augenblick untertauchte und das Schiff sich bebend auf die Seite legte.

„Ich habe sie gezählt. Es sind 7083 Inseln! Ihre Gesamtfläche ist etwa so groß wie England und Irland zusammen: 114 000 Quadratmeilen. Aber von diesen unzähligen Inseln sind nur 2444 bewohnt, die anderen sind für menschliche Besiedlung ungeeignet. Und wer weiß, wieviel Inseln unter der Oberhoheit Japans stehen?"

Siegesbewußt glitt der Blick unseres Freundes von einem zum anderen, denn auch in diesem Fall war tiefes Schweigen die Antwort.

„Ich will's euch sagen", erklärte er. „Seit mehreren Wochen beschäftige ich mich mit dieser Frage. Aber haltet euch fest. Japan liegt auf einer Fläche von 149 000 Quadratmeilen und besteht aus 8600 Inseln! Freilich heute, im Jahre 1935."

Das also war aus Zoller geworden. Die Neigung zum Gelehrten hatte bei ihm die Oberhand gewonnen, was selbst seine leibliche Mutter nicht für möglich gehalten hätte. Seine Entdeckungen machten den Tanz der *Pandora* erträglicher, aber auch die Gewißheit, daß wir mit jedem Wellental der Küste Brasiliens näher kamen und somit dem heißersehnten Hafen Porto Alegre, wo — unserer Vorstellung nach — das Segelschiff vor Anker lag, das dazu bestimmt sein würde, uns an Deck zu nehmen. Uns, das heißt, Vater Daniló, unseren Kommandanten, den auf der Adria und im Mittelmeerraum mit Recht berühmten Kapitän, Szevér Turkovics, unseren ersten Offizier, Sottomarina, den hünenhaften Bootsmann, der zwar schon ergraut war, aber ein Hufeisen mit Leichtigkeit entzweibrach wie ein anderer eine Tafel Schokolade, Vater Guzsik, den Koch und Schiffszimmermann auf der einstigen *Judran*, der unbedingt ein besserer Zimmermann war als Koch, Piede Piccolo, den kleinsten und zugleich dicksten und dennoch einen der flinksten aller Seeleute, Jóska Zoller, der auch schon einige Meere durchfahren hatte, und meine Person, die — wie es schien — neben Vater Daniló die Rolle einnahm, die vor einigen Jahrhunderten der bescheidene Pigafetta, der spätere Ritter von Rhodos, neben Magalhães bekleidet hatte: Ich schildere unsere an Abenteuern reiche Reise.

„Was für ein Schiff werden wir wohl in Porto Alegre finden?" stellten wir uns gemeinsam mit Vater Daniló mehrmals am Tage die Frage.

„Wir können vielleicht unter fünfzig wählen", erklärte unser schwärmerisch verehrter Kapitän. „Gerade heute habe ich darüber mit Signore Tedesco gesprochen, auch er bestätigte, daß Porto Alegre ein sehr günstiger Schiffsmarkt sei. Er ist selbst schon dort gewesen, und er hat von günstigen Käufen gehört. Es ist richtig, wenn wir dahin fahren."

Signore Tedesco war der Kommandant der *Pandora*, ein an Vater Daniló erinnernder und fast gleichaltriger hagerer Italiener, wenn ich mich recht entsinne Neapolitaner, der häufig seufzte.

Wenn ich jetzt auf Capri sein könnte!...

Signore Tedesco verabscheute den Dampfer *Pandora* mindestens genauso wie wir, aber wie er selbst sagte, werde er langsam alt und da sei es noch ein Glück, daß man ihm überhaupt das Kommando eines Schiffes anvertraue. Die Lage der pensionierten Kapitäne ist nirgends rosig, aber vor allem nicht in der italienischen Schiffahrt. Signore Tedesco machte uns also ebenfalls Hoffnung, daß wir in Porto Alegre ein entsprechendes Schiff finden würden. Dort auf der Schiffsbörse gebe es Dreimastbarken, zweimastige gewöhnliche Gaffelschoner, Schonerbriggs und sogar Schonerbarken.

„Aber hauptsächlich Zweimaster", beteuerte Kapitän Tedesco, „denn die werden bei den südamerikanischen Segelschiffern als Frachtschiffe bevorzugt."

Sottomarina spannte seine mächtigen Arme, so daß die tätowierten Drachen über seinen Muskeln nur so tanzten, und sagte nur:

„Erst müssen wir dort sein, erstmal in Rio."

Diese Äußerung war berechtigt. Die Schwankung des mit Eisen überladenen italienischen Tramps, dessen Schwerpunkt dadurch zu tief lag, war in der Tat furchterweckend. Eines Abends ließ Signore Tedesco Vater Daniló auf die Kommandobrücke holen und bat ihn um Rat, wie er den Dampfer retten könnte. Denn inzwischen war klargeworden, daß die Fracht in den Laderäumen durch das häufige Seitwärtsneigen des Schiffes verrutscht war und der Dampfer immer mehr zu kentern drohte.

Vater Daniló war ein Mann der Tat. Er sagte es offen heraus, was zu machen war.

„Schauen Sie, Signore Tedesco, wenn ich zu bestimmen hätte, würde ich nur eins tun. Die Fracht hat sich nach steuerbord verlagert, also würde ich backbords die Sentinen mit Wasser füllen. Ein Umladen ist bei diesem Wellengang nicht möglich. Da ist das Füllen der Sentinen die einzige Lösung. Und jenseits des Äquators wird der Wellengang noch stärker werden."

„Glauben Sie, Kapitän?"

„Ich bin davon überzeugt."

Signore Tedesco seufzte auf. Der Vorschlag Vater Danilós war kühn, aber auch gewagt. Doch die *Pandora* drohte zu kentern!

„Durch das Füllen der Sentinen werden wir noch tiefer liegen", wandte der erste Offizier des Dampfers ein, der bei der Beratung zugegen war.

Tedesco sah Vater Daniló an.

„Übernehmen Sie, Kapitän, das Füllen der Sentinen?"

„Wenn Sie mir die Vollmacht geben, ja."

„Ich erteile sie Ihnen. Ihr Name ist mir Garantie ..."

Vater Daniló rief von der Brücke hinunter:

„Szevér, Sottomarina, Zoller, zu mir!"

Dann wandte er sich an Signore Tedesco:

„Wenn Sie gestatten, werde ich das Manöver mit meinen Leuten ausführen. Darf ich Sie nun um die Zeichnungen des Schiffes bitten. Die Kingstons werden entsprechend meiner Weisung geöffnet."

Da erreichten wir den Äquator. In sorgloseren Situationen steigt Neptun aus dem Meer und „tauft" jene, die zum erstenmal über die unsere Erde in zwei Hälften teilende angenommene Linie „stampfen". Doch diesmal blieb Neptun aus. Vielleicht deshalb, weil sich das Taufwasser ohnehin reichlich über das Schiff ergoß. Entsprechend dem Manöver fuhren wir mit dem Passat und mieden starken Wellenschlag von der Seite. So stach die Neigung des Schiffes noch mehr ins Auge.

„Sollten wir aus Sicherheitsgründen nicht Signale an die sich im Umkreis befindlichen Schiffe abgeben?“ fragte Kommandant Tedesco vorsorglich Vater Daniló.

„Noch nicht.“ Dann lächelte er. „Vertrauen Sie meinem Manöver nicht, Kapitän Tedesco?“

Der alte Neapolitaner schob sich die abgetragene Schirmmütze in den Nacken und kratzte sich am Kopf.

„Caro mio, ich möchte schon darauf vertrauen.“

Das Wesentliche des Manövers war folgendes: Die Schiffe werden im allgemeinen so gebaut, daß sich zwischen dem Boden und den Seiten einerseits und den Laderäumen andererseits ein in Kammern geteilter, unausgenützter Lagerraum befindet, das sind die Sentinen. Sie dienen dem Zweck, daß man in gewissen Situationen hier Wasser einlassen kann. Zum Beispiel wegen des Gleichgewichtes oder damit ein ohne Fracht fahrendes Schiff einen bestimmten Tiefgang erhält, der notwendig ist, um die Schiffsschraube in Gang setzen zu können, und der die erforderliche Standfestigkeit des Schiffes garantiert. Die Sentinen werden durch die Kingston genannten Hähne mit Meerwasser gefüllt. Nun, wenn das so ist, weshalb waren dann Kapitän Tedesco, sein erster Offizier und sogar die ganze Besatzung der *Pandora* besorgt, möchtet ihr wissen. Die Antwort ist sehr einfach: Die *Pandora* war entsprechend ihrem Fassungsvermögen mit Eisen beladen, und wenn sie noch mehr Last aufnehmen mußte, konnte sie gleich einer Axt auf dem Boden des Meeres versinken! Aber einen anderen Ausweg gab es nicht, denn in dem alten Kasten hatte sich die Fracht durch das seitliche Schlingern verlagert. So ist es verständlich, daß Neptun uns und wir Neptun vergaßen. Es ist sogar begreiflich, daß Kapitän Tedesco aus Sicherheitsgründen gern signalisiert hätte: „Achtung! Unser Schiff könnte in Gefahr geraten! . . .“

„Dazu haben wir noch Zeit“, bekräftigte Vater Daniló, der von der Brücke der *Pandora* seine ersten Anweisungen erteilte. „Kurs ändern: Steuerrad auf 268° stellen!“

Es folgten schwere, spannungsgeladene Stunden, ja Tage. Zwölf hundsmiserable Tage. Wenngleich wir bereits am zweiten Tag das sichere Gefühl hatten, Vater Daniló würde auch diesmal den Sieg davontragen.

Und so geschah es. Er behielt auch diesmal recht. Die *Pandora* lag zwar kaum über Wasser, die Wellen wuschen das Deck ohne Unterlaß, und von weitem mochte es ausgesehen haben, als würden nur die Aufbauten auf den Wellen schwimmen. Aber einmal geht alles Schwere zu Ende, und so war es auch jetzt. Als in der Ferne das Cabo Frio, das vorspringende Kap der Küste Brasiliens, erschien, brach die Mannschaft in Hochrufe aus. Sie feierte Vater Daniló, der anstelle von Signore Tedesco den Dampfer *Pandora* vor dem Kentern bewahrt hatte.

„Ich danke Ihnen in tiefster Verehrung, Kapitän“, stammelte Kommandant Tedesco ergriffen und drückte unserem Kapitän in einem fort die Hand.

Erst tauchten die wie Schildkrötenrücken anmutenden Hügel der Cagarra-Insel auf und dann hinter der Guanabara-Bucht die Berge. Und darunter der Wächter der Einfahrt, der Zuckerhut!

Er ist das Wahrzeichen der Stadt, der Pão de Açúcar, der weithin bekannte Berg, besondere Sehenswürdigkeit einer der wunderbarsten Hafenstädte.

Bis an den „Hals“ getaucht, schwamm die *Pandora* vor Rio de Janeiro.

„Heiliger Gott, was ist Ihnen zugestoßen?“ Mit diesen Worten kam der Lotse aus seinem Boot auf das naßglatte Deck geklettert. „Sinken Sie?!“

Signore Tedesco antwortete stolz:

„Nun nicht mehr. Aber wir waren nahe daran!“

Der Hafenarzt und sein Assistent, die mit allerlei Seren bewaffnet an Deck der *Pandora* erschienen, waren genauso erstaunt.

„Sinkt Ihr Schiff?“

Und all ihre Bewegungen verrieten, daß sie den Dampfer am liebsten gleich wieder verlassen hätten.

Währenddessen fuhr die *Pandora* immer weiter, hinein in die wunderbarste Bucht der Welt. Aus der Ferne rückten die Berge, die Wälder und Haine von Rio de Janeiro, die Häuser, der Hafen mit seinen Lagerhallen, Kränen und unzähligen Aufzügen immer näher.

Auch ich will niederschreiben, Jungs, was schon Unzählige vor mir niedergeschrieben haben, nicht, um mich an der eigenen Erinnerung zu begeistern, sondern wegen Sottomarina. Der Blick unseres Hünen hatte noch nie voller Bewunderung auf einem Hafen, auf einer Küstenstadt geruht, er fand nicht einmal Marseille malerisch, Genua schön oder Hamburg imposant. Für ihn gab es nur „gute" und „schlechte" Häfen. Mit guten und weniger guten Docks, Anlegestellen, Lagerräumen und Ausrüstungen. Mit guten und schönen und weniger schönen Schiffen. Doch diesmal schnipste Sottomarina, der genau wie wir alle — mit Ausnahme von Vater Daniló — Rio in dieser Stunde zum erstenmal erblickte, voller Anerkennung mit den Fingern und sagte:

„Ein wunderbarer Ort, ich sage euch, ein ganz wunderbarer Ort! Corpo di bacco!"

Und so glaube ich, ruhig den Satz hier niederschreiben zu können, der in allen Büchern, in jedem Reiseführer geschrieben steht, wenn der Name Rio auftaucht: die schönstgelegene Stadt der Welt. Denn das ist sie: in einer märchenhaften Bucht eine märchenhafte Landschaft! Aus einer tiefblauen Meeresbucht tauchen grünbewaldete Berge auf. Der eine ist der Zuckerhut, ein zweiter der Corcovado, „der Bucklige", und ein dritter der Cabeça de Gigante, „das Haupt des Riesen". Auf den Bergen stehen Villen, Sommerhäuschen, schmucke kleine Paläste, zu Füßen der Berge Wolkenkratzer, Kirchen, öffentliche Gebäude, entfernter Fabriken, Werften und dann der unausbleibliche Anblick in Südamerika: der Stadtteil der Armen! Dort aber links, seht nur: der schönste Strand der Welt, die fast acht Kilometer lange Copacabana, der goldene Strand. In Rio lebten damals zweieinhalb Millionen Menschen, sie arbeiteten im Hafen, bauten Häuser, fuhren Autos, trieben Handel, wachten über die Ordnung, eilten in die Fabriken, bedienten in den Gaststätten und waren in den Hotels beschäftigt.

Zwei und eine halbe Million Menschen! Eine ansehnliche Zahl. Und kaum einige Kilometer weiter, hinter dem Cabeça de Gigante, erstreckt sich der Urwald! Ein echter, unverfälschter Urwald mit tropischer Schwüle, Riesenschlangen, kreischenden und schreienden Affen, mit Kakadus, Pumas und Jaguaren! Gegen Abend, wenn alle ausländischen Touristen, den ungeschriebenen Gesetzen folgend, sich auf den Gipfel des Zuckerhutes oder zu der berühmten Christusstatue auf dem Corcovado begeben, um sich nach dem Anblick am Tage an einem noch wunderbareren am Abend zu erfreuen, da sind merkwürdige, seltsame Geräusche zu vernehmen. Es ist ein brummender, vielleicht an die Stimme unserer Rohrdommel erinnernder Laut. Es ist das Brüllen des Ochsenfrosches. Es leben so viele von ihnen am Rande des Urwaldes wie an unseren Seen Wasserfrösche und Unken.

Nun will ich nur noch kurz berichten, Jungs, daß die *Pandora* vor Anker ging. Man ließ sie zwar nicht in den Handelshafen von Rio einlaufen, sondern aus Sicherheitsgründen nur in den „unteren Hafen", in den Hafenabschnitt Nitero, aber wir waren immerhin in Rio, in Brasilien und nahe dem Hafen Porto Alegre, wo sicherlich schon unser zukünftiger Zweimaster vor Anker lag.

Wir nahmen Abschied von Kapitän Tedesco und der ganzen Besatzung dieses schrecklichen eisernen Kastens, nahmen unser Gepäck, die Seesäcke und Kästen, Zoller stöhnte besonders unter der Last seiner Kartensammlung. Dann stiegen wir auf der Praça Maua in die Straßenbahn und durchquerten die Stadt, um auf Anraten des Hauptmaschinisten der *Pandora* irgendwo am Rande des Urwaldes „das billigste Hotel Rios" aufzusuchen. Hier wurde uns zum erstenmal die Tatsache bewußt, daß Südamerika das Land der Gegensätze ist. Das Hotel war in der Tat billig, aber auch entsprechend schmutzig. Einen Tag würden wir es schon aushalten. Denn wir verbrachten wirklich nur einen Tag in der wunderbaren Stadt und die Nacht davon auf dem Gipfel des Corcovado. Wir bestaunten die Lichter Rios, den Schein zehntausender Lampen in der einmaligen Bucht, auf den Radialstraßen der Stadt und den Serpentinen an den Bergen.

Träge Schatten flatterten um uns. Fledermäuse? Käuzchen?

Nachteulen? Nein, in allen Farben des Regenbogens schillernde Falter. Und so groß wie eine Hand! Nicht wie die eines Städters, sondern wie die eines Seemanns.

... Am nächsten Tag fuhren wir dann weiter. Über Santos und São Paulo in einem mit der Geschwindigkeit eines Orkans dahinbrausenden Zuge nach Porto Alegre.

Am Abend trafen wir dort ein.

Als wir aus den Taxis stiegen, brannten schon überall die Lampen. Und es spielte die Musik. Ich glaube, die Hälfte der Bevölkerung Südamerikas macht Musik. Harmonikas, Gitarren, Banjos und Flöten sind die beliebtesten Instrumente. In jeder Wohnung wird musiziert, gezupft und geblasen. Und man tanzt dazu. Damals war vor allem der Samba große Mode. Man tanzte ihn in der Frühe, mittags und abends und sogar nachts; in den Wohnungen genauso wie auf den Straßen, in den Vergnügungsstätten und den Kneipen, im Hafen zwischen den Docks und Lagerräumen.

Porto Alegre ist führend darin. Es ist eine laute Stadt.

Wenn man soviel braucht, um einen guten Schoner zu erwerben, würden wir es mit Ohren und Nerven schon aushalten, dachten wir. Denn immer mehr fehlte uns die Freiheit, das ungebundene Leben, das offene Meer, echte Abenteuer, unverhoffte Erlebnisse, prächtige Jagden auf den Wellen mit geblähten Segeln, wie wir sie auf der *Jadran* so reich genossen hatten.

Es war inzwischen fast ein Jahr vergangen, daß wir ohne Schiff lebten, und so könnt ihr euch vorstellen, daß wir auf Porto Alegre große Hoffnungen setzten.

Die erste Dusche erhielten wir gleich bei unserer Ankunft im *Kaiser von Brasilien.*

Der Heimleiter schüttelte mit dem Kopf, als wir ihm den Grund unseres Kommens offenbarten.

„Wissen Sie, Senhores, das ist so: Mal gibt es eine ganze Anzahl verkäufliche Schiffe, mal gar keine. In der letzten Zeit sind kaum ein oder zwei Stück da. Und die zu verkaufen sind, das sind schäbige Kähne. Ich bin einst selbst zur See gefahren, ich verstehe mich darauf."

Der Heimleiter mag mit der Lage vertraut sein, dachten wir, und so flaute unsere Freude merklich ab. Aber Vater Daniló gab nicht auf.

„Laßt den Kopf nicht hängen, Jungs. Möglich, daß nicht gleich ein entsprechendes Schiff da ist. Aber in einer Woche oder zwei wird schon einlaufen, was wir suchen. Vielleicht ist es sogar schon hier. Und im übrigen werden wir die Anzeigen verfolgen, und sollte in einer anderen Hafenstadt eins zu verkaufen sein, werden wir es uns dort holen. Eins ist sicher: Porto Alegre und die hiesigen Häfen sind der Marktplatz für Segelschiffe."

Wir beruhigten uns. Der Optimismus von Vater Daniló wirkte schon immer besänftigend auf uns. So geschah es auch diesmal.

„Jetzt sitzen wir ohnehin in der Patsche, Kapitän", erklärte Sottomarina. „Anderes als zu warten bleibt uns sowieso nicht übrig."

Wir zogen in die für uns bestimmten Zimmer und richteten uns ein. Und da es keinen unter uns gab, der nicht schon ein Seemannsheim gesehen hatte, schauten wir uns in unserem neuen Quartier gleich um. Solche Seemannsheime sind nichts weiter als Hotels,

Unterkünfte in den größeren Häfen für Seeleute, die aus irgendeinem Grund ans Festland müssen, ganz gleich, ob es einheimische oder fremde sind. Der *Kaiser von Brasilien* war eine sehr ordentliche Unterkunft, nicht nur im südamerikanischen, sondern auch im europäischen Sinne sauber und schmuck. Sie stand im krassen Gegensatz zu der staubigen, schmutzigen Straße, den umliegenden Häusern und dem lauten, schäbigen, von Harmonika- und Gitarrenklängen erfüllten Hafenviertel Porto Alegres. Und obendrein erwies sich der „Patrono", der Heimleiter, den alle schlicht Diego nannten, als ein sehr ordentlicher Mann, ein echter Kumpel. Wir riefen nach Diego, wenn uns das Essen zu wenig erschien, wenn wir meinten, daß es Zeit wäre, die Betten frisch zu beziehen, oder wenn wir aus der Heimbibliothek etwas zu lesen brauchten. Diego hier, Diego dort, Diego überall! Und er griff ein, half und traf Anweisungen und immer gutgelaunt, begeistert, behend, lachend und heiter. Diego ist meine angenehmste Erinnerung an Porto Alegre. Er widerlegte die eingebürgerte Meinung, daß die südamerikanischen Portugiesen und Spanier unzuverlässig, träge und linkisch sind, denn er war — die große Ausnahme!

Ja, das Seemannsheim hieß *Zum Kaiser von Brasilien*. Sicherlich wißt ihr heute mehr über die Geschichte, als mir seinerzeit bekannt war, denn ich muß euch offen gestehen, daß mir vor Verwunderung der Mund offenblieb, als ich die Tafel des Hauses erblickte: *Estados Unidos do Brasil — Seemannsheim zum Kaiser von Brasilien.* Dieser Name wirkte auf mich, als hätte ich irgendwo gelesen: der König der Vereinigten Staaten oder — der Präsident der Republik Norwegen. Auch hier half mir Diego aus der Verlegenheit, denn Diego wußte alles über seine Heimat.

„Im vergangenen Jahrhundert war Brasilien ein unabhängiges Kaiserreich. Damals regierten Pedro der Erste und der Zweite. Pedro der Zweite stellte im Regieren einen Weltrekord auf: Er trug die Kaiserkrone von 1831 bis 1889 auf dem Haupt."

„Und was geschah nachher mit der Krone?" fragte Zoller.

Diego lachte herzlich.

„Sie fiel herunter. Seitdem ist Brasilien eine Republik. Aber wir rühmen uns gern, daß wir einst Kaiserreich waren. Deshalb werden Sie hier und dort sehen können, daß der Name *Kaiser von Brasilien* oder *Kaiserin von Brasilien* recht häufige Bezeichnungen sind. Argentinien kann sich dergleichen nicht rühmen!“

Somit wurden wir mit etwas größerem Wissen und mit einigen historischen Kenntnissen Bewohner des Seemannsheimes.

Noch dazu auf recht lange Zeit. Als Zoller mit „Lots Weib“ die Gemüter erregte, feierten wir den zweiten Monat unseres Aufenthaltes in Porto Alegre. Wir galten fast schon als Einheimische. Im Hafen kannten wir jedes Schiff, wußten, wann und welches mit Kaffee, Kakao, Tabak oder Holz beladen wurde. Hauptsächlich aber mit Kaffee, denn wir waren in dem Land, in dem man 70 Prozent des Kaffeebedarfs der Welt erzeugte. Wir verkehrten im Geschäftsviertel von Porto Alegre, als gehörten wir dahin. Das Geschäftsviertel war etwas ganz anderes als die Gegend, in der unser Heim lag: Es war deutsch, ein wenig protzig sauber und betont schmuck. Hier erschienen täglich die Straßenkehrer, und hier konnte sich kein Eingeborener auf dem Pflaster langstrekken, um im Schatten der Palmen ein Nickerchen zu machen, wie sie das in dem alten Hafenviertel und in der Altstadt taten. Hier trug sogar der Polizist weiße Handschuhe und wischte sich damit die schweißnasse Stirn. Und hier sahen wir das letzte Andenken an den Kaiser von Brasilien: die *Brazil cavalleri*, die brasilianische Reiterei. Warum man die Garnison der Kavallerie in die Hafenstadt verlegt hatte, wußte Präsident Vargas offenbar besser als Diego. Denn Diego vermochte uns hierfür keine Erklärung zu geben. Aber sie hatte hier ihre Garnison. Und sie zog jeden Tag unsere Straße entlang und wirbelte so dichten Staub auf, daß auch er als Weltrekord hätte gelten können. Wir schwitzten in Hemdsärmeln, obwohl wir vom Mittelmeer und von der Adria her an Hitze gewöhnt waren. Aber die Wärme in Brasilien war etwas anderes. Es war mehr als Wärme — es war Gluthitze. Obwohl unweit der Stadt, jenseits der Landzunge, der Atlantische Ozean wogte, glich jeder Winkel in Porto Alegre einem Krater. Die Stadt war wie der glühende Kessel eines Dampfschiffes. Und in diesem Kessel zog die brasilianische Kavallerie jeden Morgen zur Übung: in bis zu den Schenkeln reichenden Lackstiefeln, sie trugen dazu Metallhelme mit einem Roßhaarbusch als Zier, bis zum Kinn zugeknöpfte, enge weiße Röcke und vergoldete Kürasse. Wir blickten auf diese braunhäutigen, schweißgebadeten Don-Pedro-Husaren mit ihrem gezwirbelten Schnurrbart wie auf das allergrößte Wunder Brasiliens.

„Wenn man mir verspräche, Kaiser von Brasilien zu werden", sagte Szevér lachend, „hätte ich nur erst eine Woche bei der Reiterei in Porto Alegre gedient, würde ich mich für das Angebot bedanken und bliebe lieber bei Don Diego wohnen!"

Inzwischen hatten wir die Stadt und ein wenig auch Brasilien kennengelernt. Und wir machten die Erfahrung, daß Diego die Wahrheit gesagt hatte.

Wir fanden kein passendes Schiff! Es war wie verhext!

Täglich streiften wir durch alle Winkel des Hafens, über die Molen, an denen die Küstenschiffe anlegten, durch den Hafen der Segelschiffe, besuchten die Umgebung der Kaffeelager, die sumpfige, verschmutzte, Gelbfieber aushauchende Mündung des Jacui, gingen in das benachbarte Fischerdorf Pavos hinüber, und es verging kein Tag, an dem wir nicht einen Blick in die Schenke von Martinez, in die *Do pontinha*, geworfen hätten — ohne Erfolg! Wir fanden verkäufliche Schiffe, sogar nicht wenige. Es gab Zwei-, Drei-, sogar Viermastgaffelschoner und auch Schonerbarken. Aber in welchem Zustand! Sie lagen in der Mündung des Jacui oder in einem entlegenen Winkel im Hafen der Segelschiffe, unter Umständen an den Steinmolen von Pavos vor Anker und waren der Fäulnis preisgegeben. Aber die erhoffte günstige Kaufgelegenheit blieb aus.

Martinez war die letzte Rettung. Auch ihn hatte Diego uns empfohlen.

„Gehen Sie die Avenida Chimarro hinunter, Capitano, und suchen Sie dort die Schenke *Do pontinha*. Dort treffen sich die Kapitäne von den Segelschiffen. Martinez wird Ihnen behilflich sein."

Natürlich gingen wir hin. Dieses Lokal unterschied sich in nichts von den anderen Hafenschenken der Welt. Höchstens darin, daß es noch verräucherter, noch übelriechender und noch schmutziger war als der Durchschnitt. Diego hatte auch diesmal recht. In der Tat hielten sich hier Kapitäne von Segelschiffen auf. Fünfundzwanzig, dreißig, manchmal auch vierzig oder fünfzig Seeräuber und Piraten auf einem Haufen! Die meisten in einem abgetragenen, durchschwitzten Hemd, in geflickten Hosen, barfuß und mit einem breitrandigen Strohhut auf dem Kopf, den sie selbst dann nicht absetzten, wenn sie im schattigen Teil des Hofes saßen oder in der verräucherten, übelriechenden Gaststube.

„Nun, die würden die Uniform der Reiterei wohl kaum anziehen", stellten wir fest, als wir das erstemal bei Martinez eintraten.

Und seither kehrten wir immer wieder in der *Do pontinha* ein. Häufig brach hier der Abend über uns herein, und wir erblickten über unseren Köpfen gegen Mitternacht das Cruzeiro de Sul, das Kreuz des Südens, eine der strahlendsten Sterngruppen, der auf der südlichen Halbkugel die gleiche Rolle zukommt wie bei uns dem Großen Wagen. Sie ist ein Begriff, regt zum Erzählen, zum Träumen an und läßt das Herz höher schlagen.

Martinez brachte Vater Daniló mit den Seefahrern zusammen. Die meisten von ihnen waren erfahrene Schiffer. Sie waren auf dem Amazonas und dem Rio Negro gesegelt, waren bis zu den Antillen gekommen, kannten die Mündung des Rio de la Plata, aber auch die Falklandinseln und sogar Galapagos.

„Ja, ja", sagten sie grinsend, „Porto Alegre ist ein guter Schiffsmarkt, aber nicht jetzt. Im vergangenen und vorvergangenen Jahr. Jetzt sind hier nur ganz schäbige Kähne zu finden, gute Schiffe nicht. Weshalb? Die Sache ist denkbar einfach. Die Werften haben die Baukosten mehr als verdoppelt."

„Da müßte doch jemand verrückt sein, sein Schiff zum halben Preis zu verkaufen, um zum doppelten ein neues bauen zu lassen!" fügte Martinez hinzu.

„Was sollen wir nun tun?" grübelte Vater Daniló vor sich hin.

Die Seeleute hatten auch darauf eine Antwort.

„Fahren Sie nach Oakland, dem Schiffsmarkt für den nördlichen Teil des Pazifiks. Oder noch nördlicher nach Vancouver, das ist auch kein schlechter Markt."

Ihr könnt euch vorstellen, mit welchen Gefühlen wir diese guten

Ratschläge der Stammgäste in der *Do pontinha* vernahmen. Nach Oakland oder Vancouver! Verdammt, da hatten wir uns ja was eingebrockt!

Aber Vater Daniló verzagte nicht, und letztlich behielt er recht.

Seine Theorie war folgende:

„Wenn wir nun mal hier sind, wollen wir unser Ziel verfolgen und unsere Zeit so gut wie möglich nützen. Unser Ziel ist, einen Ersatz für die *Jadran* zu finden. Wenn wir ihn hier nicht finden, so muß man bedenken, daß wir schon recht viel investiert haben. Die Reise, die tägliche Verpflegung, das Quartier. Wir müssen also bestrebt sein, ein Schiff zu finden, das eine Besatzung sucht und, sagen wir, nach Oakland oder irgendwo in die Nähe will. Stimmt's?"

Wir nickten: Es stimmte. Warum sollte es nicht stimmen, wenn Vater Daniló es sagte. Das wäre eine prächtige Mischung von Realität und romantischen, abenteuerlichen Plänen.

So blieben wir in Porto Alegre. Wären wir weggefahren, hätte mich das Schicksal um das größte Abenteuer meines Lebens gebracht. Aber wir blieben.

Mal lungerte einer von uns im Hafen herum, mal suchten wir im Seefahrtsamt oder in der *Do pontinha* günstige Nachrichten zu erhalten. Aber die meiste Zeit spielten wir im *Kaiser von Brasilien* Karten. Das Spiel ging um Kaffeebohnen, sonst hätten wir Pleite gemacht. Wir klopften also Karten mit Ausnahme von Zoller, der — wie ihr nun schon wißt — ein Landkartennarr geworden war.

Aber gehen wir der Reihe nach. Es gibt nur noch ein Ereignis, über das ich berichten will, um so mehr, da es so richtig nach unserem Geschmack war.

Es geschah folgendermaßen. Eines Morgens nahmen wir die am Vortage eingelaufenen Schiffe in Augenschein. Brütende Hitze lag über dem Hafen, und wer konnte, flüchtete in den Schatten, selbst die Arbeiter mit den Kaffeesäcken auf der Schulter suchten Schutz vor der Sonne. Zoller, Szevér und ich überquerten den Platz des zentralen Hafens, als uns ein Mann auffiel.

Er ging vor uns, es war ein Seemann in blendendweißer Uniform.

Die drei Goldstreifen hoben sich scharf von den schwarzen Schulterstücken ab. Er war also Kapitän oder zumindest erster Offizier mit einem Kapitänspatent.

Da rief Zoller:

„Feri!“

Auf ungarisch, wie zu einem Freund, und das im großen Kaffeehafen von Südbrasilien. In solchen Fällen reagiert nicht das Gehör, sondern der Reflex. Das Ohr will es nicht glauben, daß man hier — so weit von zu Hause entfernt — so angesprochen wird, aber der Reflex funktioniert. Der Offizier blieb stehen.

Jetzt wußte auch ich, wen wir vor uns hatten.

Aber auch Szevér, unser alter Gefährte aus Dalmatien, der erste Offizier auf der einstigen *Jadran*. Wie sollte ich jemanden nicht erkennen, mit dem ich bereits auf der Marineakademie in Fiume, auf der *Nautica*, Freundschaft geschlossen hatte. Feri — Feri Horváth!

Ist euch schon mal aufgefallen, daß Laute und Wörter an verschiedenen Stellen und unter veränderten Umständen gesprochen jeweils eine andere Bedeutung haben? „Ein Mohnbrötchen ist etwas anderes auf dem Gipfel des Himalajas als im Bäckerladen hier an der Ecke“, hat einmal ein weiser Mann gesagt. Und das stimmt.

Der Offizier in der weißen Uniform blieb stehen, aber er scheute sich zurückzuschauen. Er traute seinen Ohren nicht! Hätten wir ihm am Donaukai in Budapest nachgerufen, da hätte er sich — zweifellos — gleich umgedreht. Aber hier, auf dem Hauptplatz des Hafens von Porto Alegre, war es höchst unglaubhaft, daß eine aus verflossenen Tagen vertraute Stimme ihm nachrief: Feri.

„Franzel, ahoi!“ Und das war Szevér, der Dalmatiner. Er hatte bereits auf der Akademie unseren Feri Horváth so gerufen, das Ideal der jüngeren Jahrgänge, diesen offenen und freimütigen Seemann. Zoller und ich hatten ihn hier auf der Schule schätzen und lieben gelernt. Gemeinsam mit ihm hatten wir mit Vater Daniló und der Besatzung der *Jadran* unsere erste große Seereise unternommen, als wir nach dem Schatz der Uskoken suchten, und wir dienten zusammen auf der *Jadran*, als wir jenseits des nördlichen Polarkreises das vermißte Schiff des Kapitäns Artelli ausfindig machten, den Dampfer *Mary Celeste*. Auf diesen Fahrten hatte Feri Horváth neben Szevér Turkovics die Aufgaben des zweiten Deckoffiziers versehen. Aber ich muß euch auch noch berichten, daß Feri Horváth nach der Rückkehr aus dem Polargebiet das Schiff verließ. Wir sagten damals: Er ist untreu geworden. Obgleich er nichts anderes tat, als daß er dem ehrlichen Ruf seines Herzens folgte und heiratete. Er nahm die Tochter von Vater Klaas, dem einstigen Walfänger aus Amsterdam, die schöne und reizvolle Juliane zur Frau, und so wurde aus Feri ein holländischer Seemann. Seitdem hatten wir ihn nicht wieder gesehen, nur dann und wann traf ein Brief von ihm mit der seltsamen Post der Seeleute ein, also ein rund um den Erdball von Hafen zu Hafen geschickter, über und über gestempelter Brief. Aus diesen Briefen wußten wir, daß Feri noch lebte, daß auch Vater Klaas und seine Familie wohlauf waren und sogar, daß die Zahl der künftigen Seeleute um einen gestiegen war und daß Feri wieder auf einem Schlepper angeheuert hatte. Das war alles, was wir von ihm wußten. Die Seeleute sind nicht die besten Briefschreiber, mit einer Ausnahme: Sottomarina. Unser Hüne war ein begeisterter Briefschreiber: Seine wackligen, torkelnden Buchstaben kamen schwer zu Papier, aber das hielt ihn nicht ab. Doch ihr müßt wissen, unter Seeleuten findet sich seinesgleichen selten.

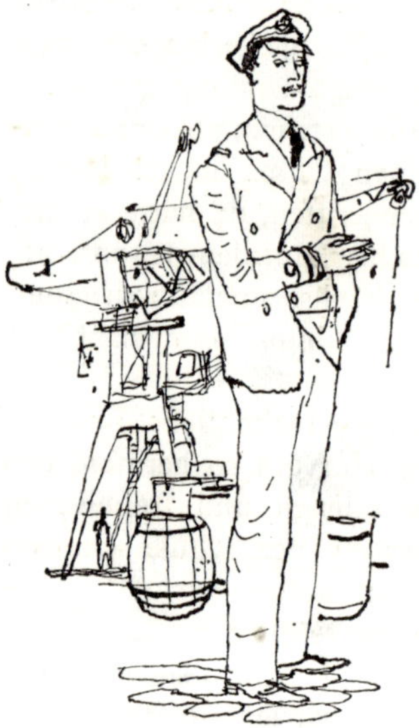

„Franzel, ahoi!"

Da hatte sich Feri schon umgedreht.

In seinem sonnengebräunten Gesicht spiegelte sich Verwunderung.

Soeben hatte er noch die Passanten des Hafenvorplatzes vor sich gesehen, dunkelhäutige Kreolen,

Nachkommen von Spaniern, Portugiesen und Indianern, zwischen ihnen hier und da einen italienischen, schwedischen, englischen oder französischen Matrosen, und jetzt plötzlich erschienen Gespenster vor ihm: Szevér, Zoller und ich.

An einem Ort, wo er uns in seinem abenteuerlichsten Traum nicht vermutet hätte.

Er riß die Augen auf und breitete die Arme aus.

„Jungs, seid ihr es wirklich?"

„Mit Leib und Seele, mit Haut und Haar!" Wir lachten und umarmten Feri nach Seemannsart, unbekümmert um seine blendend weiße Uniform und seine goldenen Tressen.

„Ja, wir sind es. Wir drei von der Besatzung der einstigen *Jadran*, von den Jungs Vater Danilós, uralte Freunde von der Akademie in Fiume."

„Was hat dich hierher verschlagen, alter Knabe?"

„Und was sucht ihr hier, Jungs?"

„Wie geht es Vater Klaas und seiner Familie?"

„Und wo ist Vater Daniló, Sotto und Vater Guzsik?"

Die Leute blieben stehen und lachten. Diese Nachkommen der Spanier und Portugiesen lieben jedes Fest, jede Sehenswürdigkeit und Menschenansammlung. Das Gelächter von Zoller und Szevér, ihre für die hiesigen Ohren unverständliche Sprache, ihre wie ein Kriegstanz anmutenden Gebärden genügten, um die meisten der im Hafen Herumlungernden um uns zu versammeln. Auf den olivbraunen Gesichtern zuckte das Lächeln: Nun, die mögen sich lange nicht gesehen haben! So war es auch, recht lange nicht.

„Dort ist die *Yerba*, kehren wir ein", Szevér winkte. „Wenn du es nicht eilig hast, Franzel."

Feri klopfte Szevér freundschaftlich auf den Rücken.

„Kann es einen so dringenden, wichtigen Befehl für mich geben, daß ich meinen Weg nicht unterbrechen könnte, wenn ich euch begegne?! Auf in die *Yerba!*"

So zogen wir zum größten Bedauern der Gaffenden in den entlegensten Winkel dieser berühmten Schenke in Porto Alegre, in eine ungestörte Ecke.

Ihr könnt mir glauben, daß wir keine Limonade und keinen Himbeersaft bestellten.

„Von dem feinsten Whisky!“ bestellte Feri. „White Horse!“

Einige Minuten aber sahen wir uns ernst an.

„Der ‚Pirat‘, Onkel Suttora, ist nicht mehr . . .“

„Und auch Gommó weilt nicht mehr unter uns!“

Szevér ließ betrübt den Kopf hängen.

„Es ist nun bald zwanzig Jahre her, daß Jocko den Anfang machte . . .“

Ach, Zeit, liebe Zeit, wie eilst du dahin! Jetzt, da ich so über die Tage und Monate in Brasilien nachdenke, starre ich betroffen vor mich hin: Seither ist nahezu ein Vierteljahrhundert vergangen! Wie die Zeit doch rast! . . . Und dennoch steht alles so klar vor mir, als hätten wir gestern am eisernen Tisch in der *Yerba* gesessen. Ja, er war aus Eisen. Die Gäste saßen an Tischen, die auf dem Fußboden festgeschraubt waren, aus kluger Vorsicht der Geschäftsführung. Denn ihr müßt wissen, in den Seemannskneipen beginnt man bei Meinungsverschiedenheiten nicht mit Flaschen zu werfen, sondern mit Tischen. Gleich mit den schwersten Gegenständen.

Auch wir setzten uns an einen auf diese Weise gesicherten Tisch, aber ich glaube, wenn in unserer Nähe sich eine noch so schlimme Rauferei abgespielt hätte, wir hätten uns nicht stören lassen. Wir lauschten den Worten Feris und er den unseren. So erfuhr jetzt Feri von uns, wie die *Jadran* gestrandet war und wie der abergläubische alte Suttora mit dem Schiff sein Leben einbüßte und wie Gommó umkam, den wir wegen seiner Kletterkünste den Affenmenschen genannt hatten.

Wir aber erfuhren etwas über Feris Schicksal.

„Die Familie lebt noch in Amsterdam“, erzählte Feri, „auf der Pampus straat, wo ihr auch schon gewesen seid. Und ich habe einen Sohn, ein strammes Bürschlein, und der soll auch mal nichts anderes werden als Seemann! Er ist zwei Jahre alt, aber wenn er ein Schiff sieht, dann wirft er Ball und Reifen weg und starrt nach dem Schiff. Vater Klaas lebt noch, aber nun schon auf dem Land. Die Fahrten, als wir mit der *Jilland* und der *Apollinaris* in den Orkan gerieten, haben ihm tüchtig mitgespielt.“

„Die *Jilland*. Richtig, was ist mit ihr geworden, was ist mit diesem tüchtigen Hochseeschlepper geworden?"

Feri leerte sein Glas und zwinkerte uns zu.

„Was damit ist, was soll schon damit sein? Er ist hier in der Nähe, im Reparaturdock von Rio Grande. Ich bin nach Alegre gekommen, um die Formalitäten mit der Reparaturwerft zu erledigen."

„Du bist also wieder auf der *Jilland* gelandet?" Wir waren erstaunt, besonders aber ich, hatte ich doch fast zwei Jahre als Steuermann auf ihr gedient, unter Feri als erstem Offizier.

Feri Horváth lächelte vor sich hin und strich sich einige Male über sein dünnes Bärtchen.

„So ist es. Ich bin wieder erster Offizier auf der *Jilland*. Wir haben aus Rouen in Frankreich einen unwahrscheinlich großen Bagger hier in die Patos-Bucht gebracht und wären dabei fast gesunken. Wir kamen über Fernando de Noronha, um so schnell wie möglich in Küstennähe zu gelangen, liefen aber vor drei Wochen in einen Orkan. Es war ein schrecklicher Orkan, das muß ich sagen."

Wir nickten. Er war in der Tat schlimm gewesen. Als wir in den Zeitungen und über das Radio im Seemannsheim davon erfuhren, da ahnten wir nicht, daß ein alter Freund auf Leben und Tod mit dem Orkan rang und noch dazu auf der *Jilland*. Auf einer der gefährlichsten Schiffsgattungen der Hochseeschiffahrt.

„Wir wurden förmlich auseinandergerissen", fuhr Feri fort. „Die Poller lockerten sich, die Spille nützten sich ab, die Maschinen erlahmten. Die *Jilland* muß generalüberholt werden", beendete Feri seinen Bericht. „In Grande steht das Schiff schon im Dock. Und ihr, Jungs, was sucht ihr hier?"

Wir berichteten alles ausführlich. Den Untergang der *Jadran*, unser Abenteuer auf der *Pandora* und schließlich unser Vorhaben in Porto Alegre.

Feri nickte anerkennend.

„Vater Daniló ist in der Tat unschlagbar. Er sucht immer die abenteuerlichste Reise, und dies schon seit Jahrzehnten."

„Gott sei Dank!" fügte Zoller hinzu.

So trafen wir also mit Feri zusammen. Und auf diese Weise wurde die geschwächte Besatzung der *Jadran* vorteilhaft ergänzt. Denn ich brauche wohl nicht erst zu sagen, daß Feri all seine Freizeit mit uns verbrachte. Er wurde Stammbewohner in unserem Seemannsheim. Wenn er es ermöglichen konnte, verließ er die auf dem Trockenen liegende *Jilland* und setzte sich in Grande in den Zug, um bei uns sein zu können. Ihr könnt euch vorstellen, daß auch Vater Daniló, Sottomarina und Vater Guzsik über diese Begegnung überrascht waren. Piede kannte Feri nicht, aber er hatte von ihm gehört, und so blieb auch ihm der Mund vor Staunen offen, als unser Freund im Seemannsheim erschien.

„Corpo di bacco!" rief keuchend unser Hüne Sottomarina. „An meine Brust, Freund. Und ein dreifaches Evviva zur Freude der Begegnung!"

Und als unser Kamerad vor Vater Daniló trat, schüttelten sich die beiden Männer fest die Hände; und ich entsinne mich, daß Feris Augen mehr glänzten als gewöhnlich. Er stand vor seinem Männerideal, zu dem er genau wie wir aufgeblickt hatte, wie zu jemand, der in Charakter, Tatkraft und Wissen alle anderen weit überragte.

„Herr Kapitän", Feri hatte sich erhoben, als Vater Daniló in Sottos Zimmer eintrat, wo wir beisammen saßen, „Herr Kapitän, Ferenc Horváth, erster Offizier auf dem Hochseeschlepper *Jilland*, meldet sich in tiefster Verehrung."

Vater Daniló antwortete ernst, ohne ein Zucken in seinem Gesicht.

„Danke, Kapitän, ich erwidere Ihre Verehrung."

Ich glaube, so mag Hardy seinen Vorgesetzten Nelson begrüßt haben, so Witte Makarow und so der Linienschiffskapitän Sterneck Admiral Tegetthoff nach der Schlacht von Helgoland.

„Da schaut her", Vater Daniló lachte. „Die Erde ist wirklich rund! Und alle Wege führen — nicht nach Rom, sondern — nach Porto Alegre!"

„Evviva!" rief begeistert Sottomarina.

Das ist also die kurze Geschichte, wie wir mit Feri Horváth zusammentrafen, mit dem uns die Erinnerung an so viele Erlebnisse,

Abenteuer, leichten und schweren Dienst verband. Ich will nur noch sagen, und ihr werdet das vielleicht für selbstverständlich halten, daß ich mich schon am nächsten Tag zusammen mit Zoller in den Zug setzte und nach Grande fuhr, um die *Jilland* zu sehen, das Schiff, mit dem mich ebenfalls angenehme Erinnerungen verbanden. Ich fand es herausgehoben, gestützt, mit Spreizen und Trossen festgemacht in dem Trockendock von Grande. Die gute alte *Jilland.* Ein verläßliches und sicheres Schiff mutiger und kühner Seeleute! Wißt ihr, was es heißt, auf hoher See Schleppdienst zu verrichten? Es gibt keine schwerere Aufgabe für einen Seemann, als ein beschädigtes Kriegsschiff ins Schlepptau zu nehmen oder einen Riesenbagger aus einem Erdteil in einen anderen zu bringen. Die *Jilland* war ein solches Schiff. Es war wohltuend, durch die lange nicht mehr gesehenen Räume zu gehen, dem Kapitän Jan Mietje, dem Navigationsoffizier van Groove, meinem einstigen unmittelbaren Vorgesetzten, und dem wackeren Obersteuermann Tasman die Hand zu drücken. Niemand freut sich mehr über ein Wiedersehen als die Seeleute.

Aber nun will ich mich an den Befehl Marryats halten: „Nur der Reihe nach, Jungs, nur der Reihe nach auf den Mast, sonst kentert das Schiff.“ Das heißt, ich komme hiermit zur Sache.

Nun paßt auf! Ich begann meine Geschichte im *Kaiser von Brasilien,* wo unsere Besatzung gerade Karten spielte, als Zoller ausrief, er habe endlich „Lots Weib“ gefunden.

Dieser Ausruf ist aus mehreren Gründen wichtig, und weil er es ist, wird er mir ewig in Erinnerung bleiben. Am liebsten hätte ich mit der Tatsache begonnen, daß Vater Daniló mit einem Zettel in der Hand den Gesellschaftsraum betrat, mit jenem Zettel, der unser Schicksal entschied und unserer Untätigkeit in Brasilien ein Ende setzte. Das wäre mir am liebsten gewesen, aber ich konnte es nicht tun. Ihr mußtet erst die Zusammenhänge kennen, unsere Fahrt auf der *Pandora,* unsere Ankunft in Rio, unsere Enttäuschung in Porto Alegre, unseren Zwangsaufenthalt im *Kaiser von Brasilien,* unsere Hoffnungen in der Seemannskneipe *Do pontinha* und unsere Begegnung mit Feri Horváth, um nur die wichtigsten zu erwähnen. Und ich mußte wenigstens die — wie sich später herausstellen wird — äußerst wichtige Tatsache erwähnen, daß Zoller ein Kartenkenner geworden war.

Aber jetzt, da ihr über all das Bescheid wißt, ist es an der Zeit, sich des zweiten Satzes von Kapitän Marryat seligen Andenkens zu erinnern: „Nun aber her mit dem Seilende!"

In diesem Falle entspricht dem Seilende der simple Fakt, daß sich die Tür des Gesellschaftsraumes öffnete.

„Piede gibt", erklärte gerade Sottomarina.

Vater Daniló betrat den Raum.

Draußen klapperten die Pferdehufe, die brasilianischen Kürassiere kehrten von ihrer Übung zurück. Der aufgewirbelte Staub der Rua Tiradentes drang gleich einem Nebelschwaden durch die Spalten der Jalousien herein.

Mit Staub vermischter Rauch füllte den ganzen Raum. Der Rauch der Pfeifen und Zigaretten. Denn den meisten Rauch verbreiten nach den Fabriken und Dampfschiffen die Seeleute — wenn es ihre Zeit und ihr Dienst erlauben. So ist das nun schon seit Sir Walter Raleigh, der bekanntlich der erste Sünder aus dem großen Geschlecht der Pfeifenraucher war.

Vater Daniló blieb am Tisch stehen, sah einige Augenblicke den Kartenspielern zu, und Zoller wollte gerade damit beginnen, daß er „Lots Weib" gefunden habe, als unser Kapitän in die große Stille der spannenden Kartenschlacht hinein kurz sagte:

„Ich glaube, meine Freunde, bald stechen wir in See. Wahrlich, Jungs, es ist soweit."

Er sprach diese wenigen Worte gelassen, ohne jegliches Ausrufezeichen. Wir hoben die Köpfe. Jeder legte die Karten hin.

Draußen klapperten die Pferdehufe auf dem Kopfsteinpflaster.

Als erster fragte Szevér verwundert:

„Was? Was sagen Sie da, Kapitän?"

Vater Guzsik holte tief Atem.

„Wir stechen in See? . . ."

Da fiel uns auf, daß Vater Daniló ein Blatt Papier zwischen den Fingern hielt.

„Das hat mir Diego soeben gegeben."

Unser Kapitän legte das Blatt auf den Tisch. In portugiesischer, spanischer, englischer und französischer Sprache stand darauf geschrieben:

AUFRUF DES SENHOR MARTINEZ SANTA-CLARA

Senhor Martinez Santa-Clara, Großkaufmann und Schiffseigner, sucht eine vollständige Besatzung — vom Kapitän bis zum Schiffsjungen — für seine Dreimastfregatte. Die Fregatte ist mit Umschiffung von Kap Hoorn unter größter Sorgfalt heil und unversehrt in das nordamerikanische Oakland zu bringen. Ausführliche Bedingungen zu erfahren in der Casa Resacas auf der Rua Verguiero.

Direktion des Geschäftshauses Senhor Martinez Santa-Clara

„Corpo di bacco!“ Sottomarina wischte sich die feuchte Stirn. „Ein Dreimaster!“

„Mit Umschiffung von Kap Hoorn!“ rief Zoller begeistert.

„Eine Fregatte!“ meinte Szevér verblüfft.

„Aber wann haben wir auf einer Fregatte gedient?“ fragte erschrocken Piede, der gutmütig war wie ein Wal und von langsamer Denkweise wie ein Pinguin. „Auf einer Dreimastfregatte!“

Irgendeiner lachte auf. Wenn ich mich recht entsinne, war es Zoller. Welch albernes Gerede.

Doch bevor Zoller noch etwas sagen konnte, gab Vater Daniló der Meinung der Mehrheit Ausdruck.

„Den Typ von Segelschiff möchte ich sehen, den wir nicht ans Ende der Welt zu bringen vermögen! Wenn es eine Fregatte ist, dann ist es eben eine Fregatte. Stimmt's, Sottomarina?“

Die tiefe Stimme Sottomarinas erfüllte den ganzen Bau.

„Gewiß, Signore Commandante, so ist es!“

Vater Daniló lächelte zufrieden beim Anblick der sich aufhellenden Gesichter.

„Wir halten uns an die Bekanntmachung und eilen in das Geschäftshaus.“

Feri Horváth nickte anerkennend.

„Wenn es heutzutage noch jemanden gibt, der etwas von Segelschiffen aller Typen und jeder Größe versteht, dann ist das niemand anders als Vater Daniló Turkovics.“

„Alles schön und gut, aber wir sind keine vollständige Mannschaft“, gab Szevér zu bedenken. „Wir selbst sind sieben, Feri wäre der achte, aber er gehört zur *Jilland*. Wir brauchen mindestens noch fünfzehn Mann.“

Vater Daniló nickte.

„Das ist wahr, Szevér, du hast recht. Aber die Stammbesatzung haben wir. Und das ist das Entscheidende. Vielleicht überlegt es sich auch Franzel und schließt sich uns an. Wie ich hörte, wird die *Jilland* mindestens drei Monate lang im Dock bleiben. In diesem Falle könnten wir schon die Einteilung vornehmen. Kapitän: Daniló Turkovics, Offiziere: Szevér Turkovics und Ferenc Horváth, Bootsmann: Sottomarina, zweiter Bootsmann: Piede Piccolo, erste Steuerleute: Zoller und Andrea. Schiffszimmermann und Küchenchef: Vater Guzsik."

„Die fehlenden Deckmatrosen finden wir an den Kneipentischen der *Do pontinha*. Nun, Franzel, würdest du mitkommen? Mehr als zwei Monate brauchen wir für die Reise nicht."

Mit einemmal überkam uns die alte Leidenschaft, die schöne Erregung des Pläneschmiedens. Sollten damit das verdammte Herumhocken, die ewigen Kartenschlachten, das Vor-sich-Hindösen in der *Do pontinha*, das mutlose Betrachten des Kreuzes des Südens zu Ende sein? In diesen Minuten dachten wir alle das gleiche: Wird man uns das Schiff anvertrauen? Und überhaupt: Ist der Inhalt der Bekanntmachung ernst zu nehmen?

Allein das Gesicht Feris blieb traurig. Er schüttelte den Kopf.

„Ich glaube nicht, daß mich Kapitän Jan Mietje wegläßt. Ich bin der erste Offizier, und ihr wißt, was in solchen Fällen seine Aufgaben sind."

Sottomarina aber ließ keine Sentimentalität aufkommen. Mit dröhnender Stimme stellte er die Frage:

„Aber woher hat heutzutage jemand eine Dreimastfregatte?! Ja, woher?"

ZWEITES KAPITEL

Wer verkehrt in der Do pontinha? — Der lange John Silver! — Die Stammgäste und ihr Anführer Laguna Grande — Vor der „Casa Resacas“ — Commendatore Barrabella — Erinnerung und Wirklichkeit — „Haben Sie schon einmal eine Fregatte befehligt?“ — Ohne moderne Ausrüstung — Die Freunde staunen — Wie sah dieses „wirkliche“ Schiff aus? — Das also ist die „Königin des Ozeans“ — Wir heuern auf der Fregatte an

Nun ist es aber an der Zeit, davon zu berichten, daß an den Tischen der *Do pontinha* nicht nur barfüßige brasilianische Kapitäne saßen, sondern auch Seeleute anderer Dienstgrade. Die Kapitäne galten als Stammgäste, sie waren die Patrone, für Senhor Martinez die sichere Tageseinnahme. Aber die Verborgenheit der schmutzigen Schenke zog auch andere an die Theke oder Tische. Denn wir wollen ehrlich sein: Seeleute, denen die *Yerba* mit ihren festgeschraubten Tischen zu vornehm erschien, kamen hierher, weit heraus in den entlegensten Winkel des Hafens, ans Ende der Avenida Chimarro, wo übelriechender Schlamm die weitere Ausdehnung der Avenida unmöglich machte.

Und diese Gäste waren vorwiegend Seeleute von zweifelhaftem Aussehen und Charakter. Wenn ein Seemann ohne Schiff bleibt, kann das mehrere Gründe haben. Es ist möglich, daß es ihm ergangen ist wie uns: Er sucht eine neue Heuer, weil sein Schiff gesunken ist. Es kann sein, daß er eine Heuer für eine Fahrt hatte, die nun zu Ende ist, so daß er jetzt ein „freier Mann“ ist — ohne Schiff. Es ist auch nicht ausgeschlossen, daß er Differenzen mit seinem Kommandanten oder den Offizieren hatte und deshalb sein Seefahrtsbuch und den Laufpaß bekam. Es ist auch schon vorgekommen, daß einer „überzählig“ wurde und mit einer Abfindung für ein oder zwei Wochen in der Tasche ans Festland kam.

Nun, es gibt viele Möglichkeiten, warum ein Seemann seine Tage an der Theke einer Kneipe statt an Deck eines Schiffes verbringt. Solch ein Grund kann unter anderem auch sein, daß er nicht viel von der Arbeit hält, daß er wählerisch ist, von einem Schiff aufs andere wechselt, beim Anheuern dienstbeflissen grient, auf offener See aber nur darauf bedacht ist, sich den Bauch von der Sonne bescheinen zu lassen. Ihn juckt es nicht im geringsten, daß er im voraus weiß, man werde ihm am Ende der Fahrt den Laufpaß geben, denn daran hat er ja seine Freude, darauf baut er seinen Plan auf. Solche Figuren nennt man ebenfalls Tramp, genau wie den Frachtdampfer, der mal diese, mal jene Route befährt. Tramp — Herumtreiber.

Nun, wohin John Silver gehörte, in welche der obengenannten Gruppen, das ließ sich auf den ersten Blick nicht entscheiden.

John Silver verbrachte den größten Teil des Tages an der Theke der *Do pontinha*. Hauptsächlich den Abend und die Nacht. Er war immer aufmerksam, dienstbeflissen, freundlich und heiter. Jener Typ, der offensichtlich ein Ziel verfolgte: die Menschen für sich zu gewinnen. In seiner Tasche klimperten ständig einige Centavos, und er hatte immer ein paar freundliche Worte für den Fremden, der sich in die Schenke verirrte. In der ersten halben Stunde glaubten wir, seine Aufgabe bestünde darin, Gäste in die *Do pontinha* zu ziehen. Aber mit der Zeit stellte sich heraus, daß er ein Seemann ohne Heuer war, obendrein einer, der jahrelang auf

Segelschiffen Dienst getan hatte, zuletzt schon als Bootsmann, was auf einzelnen Schiffen dem Rang eines Deckmeisters gleichkommt. Daß er sich mit dem Patron, mit Senhor Martinez, sehr gut verstand, das merkten wir bald. Wenn es sein mußte, schnappte John Silver einen Sack, eine Kiste voller Flaschen und schaffte sie dahin, wo Martinez sie hinhaben wollte. Wenn ein Gast zu tief ins Glas geschaut hatte und zu randalieren begann, genügte ein Blick von Martinez, und Silver trat an den Betreffenden heran, der sich schon im nächsten Augenblick auf der gegenüberliegenden Seite der Avenida befand, wo das schlammige Meereswasser das Pflaster bespülte. Silver ging in seiner Dienstbeflissenheit sogar so weit, daß er gelegentlich den einen oder anderen angetrunkenen Kapitän nach Hause brachte. All dies brachte es mit sich, daß er mehr Essen und Trinken spendiert bekam, als er selbst bezahlen mußte. Dieser amerikanische Seemann, ein Mann im besten Alter, war populär und allgemein beliebt. Obwohl er Amerikaner war, sprach er ausgezeichnet portugiesisch, aber auch spanisch, weil er, wie er sagte, meist auf südamerikanischen Schiffen gefahren war.

„Senhores", sagte er zu uns, „Senhores, seit dreißig Jahren lebe ich in den Häfen von Südamerika. Ich habe auf brasilianischen, chilenischen und argentinischen Schiffen gedient. In Porto Alegre bin ich genauso zu Hause wie in Montevideo, in Antofagasta, in Santos oder Rio."

„Dort hast du sicher auch eine Stammkneipe, Freund", sagte Sottomarina lachend, „gesteh's nur!"

Silver leugnete es nicht.

„Ich streite es nicht ab, Freund. Es ist so. Auf dem Meer das Schiff, auf dem Festland die Kneipe. Das ist mein Prinzip. Ich liebe das eine wie das andere. Auf dem Schiff scheue ich selbst die schwerste Arbeit nicht, und auf dem Festland soll man mir mal den zeigen, der John Silver schon einmal betrunken gesehen hat!"

Und das stimmte. Ihn traf man nie mit stierem Blick an oder schwankend wie ein Mast im Sturm. Der Alkohol rann durch seine Kehle, als wäre es Limonade oder Einbrennsuppe! Es war ein wahres Wunder, was dieser Mann vertragen konnte.

Übrigens gehörte er zu den leutseligsten Menschen, die ich je gekannt habe. Mit unserem ohnehin vertrauensseligen Vater Daniló hatte er in wenigen Minuten Freundschaft geschlossen, ebenso mit Sottomarina und den anderen.

„Captain", erklärte er unserem Kommandanten, „wenn Ihnen jemand ein Schiff besorgt, so werde ich das sein! John Silver, wenn Sie meinen Namen vielleicht schon mal gehört haben."

Ein Schiff besorgte er uns nicht, aber er kam täglich mit einer Nachricht, daß es bald soweit sei, er habe hier was gehört und dort was gehört, oder man sollte dahin fahren oder dorthin schreiben . . .

„Ein wackerer Kerl, dieser Silver", betonte Vater Daniló, der ein guter Seemann, aber ein schlechter Menschenkenner war.

Um offen zu sein, ich konnte diesen baumlangen Amerikaner auch gut leiden, der scheinbar nur deshalb lebte, um seinen Mitmenschen einen Dienst zu erweisen.

Einzig und allein Zoller, der immer argwöhnische, alles in Zweifel ziehende, nun schon der Wissenschaft verfallene Jóska Zoller war es, der bereits in der ersten Stunde erklärte:

„Einen größeren Halunken hat unsere Erde noch nicht auf ihrem Rücken getragen!"

Wir waren überrascht, selbst Vater Guzsik, der gleich einem Haushund jeden Fremden verdächtig fand.

„Ihr werdet schon sehen, ich werde recht behalten", erklärte Zoller zum wiederholten Male. „Wenn wir mit diesem Spitzbuben überhaupt noch etwas zu tun bekommen. Aber eins ist sicher, ein Schiff wird der uns nicht besorgen. Höchstens einen Kasten, den er uns als Schoner andrehen will."

So standen wir also mit John Silver. Warum ich erst darüber berichte und erst dann von unserem Besuch in der *Casa Resacas*, das hat natürlich seinen Grund. Ihr müßt schon jetzt darüber informiert sein! ... Ich ahne auch, daß manchem von euch der Name bekannt klingt. Long John Silver: der lange John Silver! Denn auch dieser war lang, hieß John und Silver, wie die berüchtigte Gestalt in dem beliebten Roman unserer Jugend *Die Schatzinsel!* Genauso hieß auch er. Damals glaubte ich genauso wie Vater Daniló, daß dieser bekannte Name in Zoller den Argwohn und Zweifel gegen unseren neuen Bekannten weckte. Es wird sich noch herausstellen, wer da irrte, Zoller oder die Mehrheit unserer Mannschaft. Ihr werdet es bald erfahren.

Aber wenn ich nun mal bei Silver bin, muß ich auch berichten, daß der Freund des Schankwirtes Martinez nicht nur mit den barfüßigen Kapitänen auf vertrautem Fuße stand, sondern daß er auch Mitglied einer Stammgarde war, die am hintersten Tisch der Schenke bis Mitternacht Karten spielte, hauptsächlich Poker, unter gewaltigen Rauchschwaden und lautem Kampfgeschrei. Sie bestand aus acht bis zehn heuerlosen Seeleuten, unter ihnen waren ein Norweger, ein Südafrikaner und ein Däne aus Grönland. Tonangebend war übrigens nicht Silver, sondern ein vierschrötiger Mestize, ein gewisser Laguna Grande mit einer imposanten Figur. Er war offensichtlich das Haupt des Stammtisches, der Wortführer und wohl der „Bankier" der Truppe, denn wir sahen mehr als einmal, daß er einem die Zeche bezahlte oder Geld gab, wofür er sich jedesmal eine Quittung unterschreiben ließ. Daraus schlußfolgerten wir, daß Laguna Grande über ein entsprechendes Kapital verfügte, wenn er auch sonst den barfüßigen Kapitänen sehr ähnelte. Sein durchschwitztes Hemd hatte sicher seit Wochen keine

Seife gesehen und seine einst weiße Leinenhose gar seit Monaten. Aber er warf Martinez die Peseten und die Centavos mit größter Leichtigkeit hin, wenn er beim Pokern verloren und seine Runden zu bezahlen hatte. Ja, Jungs, der Busenfreund Silvers hieß Laguna Grande, was verdeutscht etwa Große Bucht bedeutet. Übrigens stand dieser Name auch in seinem Seefahrtsbuch, wie wir später erfuhren. Laguna Grande war Mischling, ein Mestize oder ein Mulatte, vielleicht vom Amazonas her, vielleicht aus Panama, vielleicht von irgendeiner Insel des Karibischen Meeres, vielleicht ... Wir erfuhren es nie, woher er stammte, wo einst seine Wiege gestanden hatte. Auch er trug einen Panamahut, und in seinen Ohren baumelten goldene Ringe. Diese Goldringe verliehen dem südamerikanischen Matrosen mit seinen funkelnden Augen und seiner olivbraunen Haut ein besonders wildes Aussehen. Das überraschendste von allem aber war, daß sie — wie sie selbst erzählten — seit Monaten auf keinem Schiff gewesen waren und doch reichlich Geld in ihren Taschen klimperte.

„Senhores", prahlte Laguna Grande, „meine Männer sind sparsam wie die Brüder im Kloster Madre de Dios. Wir halten das Geld zusammen."

Wie die Brüder im Kloster Madre de Dios leben, weiß ich nicht, aber eins weiß ich, daß einigen Mitgliedern aus der Garde von Laguna Grande nach einigen Runden die Schankstube der *Do pontinha* wie ein Ringelspiel vorkam. Silver jedoch schritt selbst nach drei Flaschen Portwein zwischen ihnen einher, als habe er das Wort Alkohol nie gehört.

Nun wißt ihr also, daß es während unseres Aufenthaltes in Porto Alegre hier einen John Silver und einen Laguna Grande gab. Vergeßt die beiden Namen nicht: John Silver und Laguna Grande.

Nach all dem wollen wir gemeinsam einen Blick in die Rua Verguiero werfen.

Es ist eine der schönsten Straßen des Kaufmannsviertels, oder sagen wir so: des deutschen Viertels von Porto Alegre. Hier sitzen am Rande der Straße nicht den ganzen Tag über nichtstuende Tagediebe, auf Arbeit wartende Unglückliche, nach einem Bissen bettelnde Parias wie in anderen Straßen der Hafenstadt. Damals war Präsident Vargas Herr in Brasilien, und sicher habt ihr schon davon gehört, daß manches Jahr damit endete, daß man den größten Teil der jährlichen Kaffee-Ernte ins Meer warf! Kaffee aus Santos und Campinas! Das reinste Gold, denn er ist Gold wert.

Auf der Rua Verguiero gibt es keinen Staub, keine weggeworfenen Apfelsinen- oder Bananenschalen, keine stinkenden und verfaulenden Kohlreste, keine toten Katzen mit heraushängendem Gedärm und keine breitgefahrenen Hundekadaver. In der Rua Verguiero schreiten Polizisten auf und ab, die Gummiknüppel schaukeln mahnend an ihrer Hand. Es ist eine Straße der Geschäftshäuser.

Zu dieser Zeit parkten prächtige Packards und De-Soto-Limousinen hintereinander und verkündeten, daß die Hausbesitzer dieser Straße viel reicher waren als die Besitzer von Häusern in anderen Stadtvierteln. Auf den Firmenschildern konnte man „caucciu", „café", „tobacco", „cacao", „zuccero" lesen. Aus den Gebäuden drang wie eine seltsame Musik ständig das Klingeln der Telefone heraus. Vor manchem der Häuser standen Männer in Gruppen beisammen: gutgekleidete, Stroh- oder Leinenhüte tragende Kaufleute, Vertreter, Angestellte, Transportleiter und Seeoffiziere. Jeder hatte die unvermeidliche Zigarre im Mundwinkel hängen.

Diese Rua Verguiero gingen wir eines Tages mit unserem Kapitän entlang.

Der wackere Diego hatte unsere Abordnung mit den Worten auf den Weg geschickt:

„Senhores, Senhor Martinez Santa-Clara ist ein sehr großer Mann in Brasilien, ein sehr namhafter Großkaufmann. Es ist möglich, daß man Sie gar nicht vorläßt. Von ihm empfangen zu werden ist eine Ehre!"

Nach all dem interessierte uns der Geldmann noch mehr, der eine Fregatte nach Nordamerika bringen lassen wollte und — von dem empfangen zu werden eine Ehre war.

Zu dritt verließen wir den *Kaiser von Brasilien* und machten uns auf den Weg. Vater Daniló, Szevér und ich. Wir hatten zunächst unsere auf dem Boden der Seemannskiste liegende Ausgehuniform hervorgeholt und sie von der Frau des Patrons frisch aufbügeln lassen. Sogar einen Schlips hatten wir uns umgebunden und die Schildmützen aufgesetzt. So war unser Äußeres tadellos und — wie Zoller feststellte — gewinnend.

„Aber ich beneide dich doch nicht bei dieser Bullenhitze", hatte mein alter Freund gemeint, während er mich musterte.

Vater Daniló hatte sogar seine goldbetreßte Mütze hervorgeholt, die er nur in den seltensten Fällen aufsetzte. Jetzt war so ein seltener Fall, das sah man uns von weitem an.

Sottomarina, der von uns allen am meisten unter dem Leben auf dem Festland litt und sich nach dem Meer sehnte wie der Durstende nach einem Glas Wasser, war vor Ergriffenheit in eine religiöse Stimmung verfallen und hatte uns seinen Segen gegeben:

„Im Namen der Madonna von Tersatto wünsche ich euch viel Glück!"

Die Uhr des Geschäftshauses schlug gerade Mittag, als wir vor dem gesuchten Gebäude stehenblieben.

Casa Resacas, lasen wir an der Fassade.

„Das ist es also." Vater Daniló nickte und gab uns einen Wink. „Laßt uns hineingehen."

Unter dem Torgewölbe standen Kaffeesäcke und Tabakballen, vor den Stufen des Seitenaufganges wurde ein Lastwagen beladen.

„Erster Stock", sagte der Portier, ohne daß wir etwas gefragt hätten. „Fragen Sie nach Senhor Campian. Er ist für die Schiffahrt zuständig."

Vor Überraschung vergaßen wir zu fragen, woher er den Zweck unseres Besuches kannte.

In der ersten Etage reihten sich mächtige Säle aneinander, alle voll mit emsig arbeitenden, über Schreibtische geneigten Angestellten.

Endlich traten wir in ein kleineres Zimmer, in dem sich nur zwei Personen aufhielten.

An den Wänden hingen überall Landkarten mit Positionsfähnchen, außerdem eingerahmte Fotografien und Zeichnungen von Schiffen.

Einer der Männer war Senhor Campian. Er sah haargenau so aus wie die meisten leitenden Angestellten über vierzig Jahre in

Brasilien. Er war wohlbeleibt, seine Hände und das Gesicht waren feucht von Schweiß, er keuchte, rauchte Zigarre, war selbstherrlich, großsprecherisch und von sich eingenommen.

Vater Daniló erklärte mit wenigen Worten den Zweck unseres Besuches. Senhor Campian zog die Brauen zusammen.

„Sind Sie schon mal auf einem Dreimastsegler gefahren?"

Wir lächelten. Vater Daniló bewahrte auch diesmal die Ruhe.

„Wenn wir das nicht wären, mein Herr, dann wären wir sicherlich nicht hier. Ich bin Daniló Turkovics aus Fiume und bedauere unendlich, wenn Sie meinen Namen nicht kennen."

Senhor Campian schüttelte den dicken, kahlen Kopf mit dem Doppelkinn.

„Er sagt mir wirklich nichts, Kapitän. Aber das tut nichts. Sie kommen also in Angelegenheit der Fregatte."

„Ja, in Angelegenheit der Fregatte."

Campian wandte sich an seinen Kollegen und raunte ihm etwas ins Ohr. Dieser zuckte mit den Schultern, worauf Campian sagte:

„Ich werde meinem Chef Ihr Kommen für alle Fälle melden. Wenngleich ich es für unwahrscheinlich halte, daß er Sie heute empfangen kann, Kapitän. Sie müssen wissen, er ist einer der beschäftigtsten Männer Brasiliens."

Damit nickte Campian vielsagend und verließ das Zimmer.

Wir aber sahen einander an oder betrachteten die an den Wänden hängenden Bilder. Es waren nur wenige Minuten vergangen, da öffnete sich die Tür. Campian trat ein, und auf seinem Gesicht spiegelte sich unverhohlene Überraschung, als er sagte:

„Herr Kapitän, Senhor Martinez Santa-Clara erwartet Sie und Ihre beiden Begleiter!" Und er zeigte durch die geöffnete Tür nach dem Ende des Ganges. „Dort finden Sie ihn."

Dort fanden wir allerdings den allmächtigen Besitzer der *Casa Resacas* noch nicht, sondern erst das Sekretariat, in dem es wie in einem Bienenkorb wimmelte. Telefone klingelten, Schreibmaschinen klapperten, Türen öffneten und schlossen sich. Zwei junge Sekretärinnen sprachen ziemlich aufgeregt und mit geröteten Gesichtern immer wieder einen Namen ins Telefon.

„Bitte Commendatore Barrabella sofort ausfindig machen!"

„Der Chef bittet Commendatore Barrabella zu sich!“
„Wissen Sie, wo sich Commendatore Barrabella aufhält?“
„Commendatore Barrabella wird dringend gesucht!“

Auf den Namen hin spitzten wir die Ohren, hauptsächlich aber auf das Commendatore. Das war die italienische Rangstufe für gewisse verdienstvolle Seeoffiziere, die eine höhere Auszeichnung erhalten hatten oder die in der Tat Commendatore waren. Es bestand kein Zweifel, daß man den Commendatore unseretwegen suchte.

Endlich atmeten die Sekretärinnen erleichtert auf.

Ein kleiner, hagerer Mann mit ernstem Gesicht, der sehr wichtig dreinschaute, betrat das imposant große Sekretariat. Wir hätten in ihm eher einen „il professore“ als einen Commendatore vermutet!

Den Sekretärinnen fiel ein Stein vom Herzen, der hagere, kleine Mann eilte auf die grüngepolsterte Tür zu. Er drückte die Klinke herunter und verschwand hinter der Tür. Bevor er die Tür schloß, konnten wir gerade noch sehen, daß er sich tief verneigte. Also dort mochte Senhor Martinez Santa-Clara sitzen.

Hier im Sekretariat überkam mich ein seltsames Empfinden. Vor achtzehn Jahren hatte ich schon mal einen ähnlichen Raum gesehen. Ich, der einfache kleine Seekadett, hatte zusammen mit dem Absolventen Feri Horváth Herrn Ossoinack, den reichen Patrizier, Großkaufmann und Schiffseigner von Fiume, aufgesucht, um ihm für die durch ihn gestiftete und von uns eingenommene Freistelle zu danken. Man pflegt zu sagen, daß bestimmte Berufe die Menschen einander ähnlich machen, äußerlich und wohl auch innerlich. Der Commendatore, der hinter der grüngepolsterten Tür verschwunden war, ähnelte auffällig dem Sekretär des Herrn Ossoinack, und ich fühlte schon im voraus: Santa-Clara wird genauso aussehen wie einst der Patrizier in Fiume.

Ihr könnt euch mein Erstaunen vorstellen, als man uns nach wenigen Minuten aufforderte einzutreten und sich ganz am Ende eines riesigen Raumes, hinter einem ebenfalls mächtigen Schreibtisch — Herr Ossoinack erhob!

Er war es freilich nicht, sondern in der geschätzten Figur von

Santa-Clara nur das genaue Abbild des Patriziers aus Fiume, in dessen Person ich das erstemal diesem von Gott begnadeten, sehr seltenen Menschentyp begegnet war, den man „Großkaufmann und Schiffseigner" nennt.

Leise surrten die Ventilatoren und auch irgendwelche Lüftungsvorrichtungen, denn was mich außer dem Äußeren des Hausherrn am meisten überraschte, das war die Tatsache, daß es im Büro des Chefs auffallend kühl war. Die Fenster waren geschlossen und zugezogen; es war um mindestens zehn Grad kühler als draußen im Sekretariat. So war es kein Wunder, daß der allmächtige Herr in würdevoller Haltung hinter seinem Schreibtisch thronte.

Genau wie seinerzeit Ossoinack: im erstklassig geschneiderten Anzug, natürlich mit Schlips und nicht etwa mit offenem Hemdkragen. Der Brasilianer trägt auch sonst einen Schlips, wenn er seine vornehme Stellung betonen will. Er war sozusagen ein Gradmesser seiner Stellung. In den ersten Wagen der Straßenbahn konnte man zu jener Zeit nicht ohne Schlips einsteigen! Deshalb waren wir in Rio im zweiten Wagen gefahren. Außerdem trug Santa-Clara, genau wie seinerzeit Ossoinack, mehrere funkelnde Diamantringe an den Fingern und am Schlips eine Nadel mit einem Diamanten. Das Trugbild aber war noch nicht zu Ende: genau wie einst im Büro des Patriziers in Fiume war auch hier ein riesiger Globus der Hauptschmuck des Schreibtisches. Und an der Stirnwand, wo dort das mächtige Gemälde von Kaiser und König Franz Joseph hing, prangte hier das Bild des einstigen Kaisers Pedro II. Ja, die Berufe verleihen gewisse Ähnlichkeit.

Aber nicht in allem, nein. Denn hier standen ringsum an den Wänden in Glasvitrinen Schiffsmodelle. Wir sahen auf den ersten Blick, daß es maßgerechte Modelle waren, nicht irgendwelche dilettantische Machwerke. Mehrere davon mochten fast so viel gekostet haben wie ein richtiges Schiff. Ich kannte einen Modellbauer, der an einem zweieinhalb Meter langen imposanten Modell, das das Field-Museum in Amerika von ihm bestellt hatte, fast zwei Jahre gebaut hatte. Ihr könnt euch vorstellen, daß er soviel Zeit und Material nicht für einen Pappenstiel opferte. Von den

Modellen im Büro Santa-Claras erweckten besonders zwei bereits beim ersten Anblick Erstaunen: eine Fregatte aus der Zeit Nelsons und eine Karavelle von packender Schönheit.

Ich gestehe offen: Ich wußte nicht, worüber ich mehr staunen sollte, über die Ähnlichkeit Santa-Claras mit Ossoinack oder über die Modelle, unter Umständen über alles — Commendatore Barrabella eingeschlossen. Denn Barrabella stand ebenfalls an dem mit dem Globus geschmückten Schreibtisch und fror offensichtlich. Die zehn Grad Temperaturunterschied stellten diesen kleinen, hageren, wie einen Gelehrten anmutenden Mann vor eine schwierige Situation. Er stand in seinem leichten Gewand fröstelnd in der Nähe seines Chefs.

Santa-Clara fror natürlich nicht. Er war aufgestanden und sah uns heiteren Blickes an. Er war ein breitschultriger, wohlbeleibter Mann, eine hünenhafte Erscheinung, zumindest was seine Fülle anbelangte. Von Zeit zu Zeit strich er sich mit der gepflegten feisten Hand über den nicht minder gepflegten Bart. Seine Stimme klang tief und sympathisch.

„Ich begrüße Sie, Senhores", sagte er, dann blieb sein Blick auf Vater Daniló ruhen. „Und ich freue mich, Sie kennenzulernen, Kapitän."

Vater Daniló war überrascht.

„Ja, Kapitän", fuhr Santa-Clara fort, „Ihr Name ist mir bekannt, auch der Fall der *Mary Celeste*. Ich habe darüber gelesen, nicht wahr, Barrabella?"

Der kleine Mann nickte.

„Ich interessiere mich nämlich sehr für das Meer, für Schiffe und für die Schiffahrt. Am liebsten würde ich mich nur damit beschäftigen. Aber das Erbe meines Vaters verpflichtet mich, für das weitere Aufblühen des Geschäftshauses zu sorgen. So kann ich mich nur in meiner Freizeit mit dem Meer beschäftigen. Deshalb sehen Sie hier auch eine kleine Sammlung von Schiffsmodellen, der größere Teil befindet sich in meinem Palast; und deshalb sehen Sie hier Commendatore Barrabella, den einstigen Lehrer an der Akademie der italienischen Kriegsmarine, der mein Sachberater ist."

Damit reichte Santa-Clara uns allen drei die Hand und rief dann in das Telefon:

„Bringen Sie bitte Erfrischungen. Wer immer mich suchen sollte, ich bin nicht zu sprechen!"

Nun ja: Es imponierte uns schon, daß man den Namen des Daniló Turkovics auch außerhalb des Adria- und des Mittelmeerraumes, sogar auch auf der anderen Seite der Erdkugel kannte. Und zweifellos schmeichelte dies auch Vater Daniló. Gewiß war der Fall der *Mary Celeste* ein tolles Abenteuer, aber wir hätten doch nicht gedacht, daß der Besitzer eines Geschäftshauses in Porto Alegre davon wisse.

Santa-Clara bot uns in tiefen Sesseln Platz an, reichte uns Zigarren, Zigaretten und Erfrischungen, und er wiederholte mehrfach, wie sehr er sich freue, Vater Daniló persönlich kennenzulernen.

„Bitte schildern Sie uns wahrheitsgetreu die Geschichte der *Mary Celeste*", bat er. „Und Sie, Barrabella, hören Sie gut zu. Sicherlich bekommen Sie interessante Einzelheiten zu erfahren für Ihr Werk, in dem Sie über seltsame Schiffsabenteuer berichten."

Barrabella nickte ehrerbietig.

„Ich werde aufmerksam zuhören."

Indessen fror und zitterte er weiter und nippte mit gequälter Miene an der eisgekühlten Erfrischung.

Vater Daniló aber erzählte:

„Wie Sie sicherlich wissen, fuhr die *Mary Celeste* unter genuesischer Flagge. Ihr Kapitän Artelli hatte sich auf ein gefährliches Unternehmen eingelassen, er führte Schmuggelware an Bord. Es war Alkohol, der für die Vereinigten Staaten von Amerika bestimmt war, wo zu dieser Zeit Alkoholverbot bestand. Der Kapitän hatte — wohl weil ihm die möglichen Folgen seiner Handlung bewußt waren — seinen ersten Offizier, einen gewissen Alighieri Gallo, in sein Geheimnis eingeweiht. Dieser war ein ausgezeichneter Seemann, aber er hatte seine Zunge nicht in der Gewalt. So bekamen einige Matrosen Wind von der Sache und verließen daraufhin in Oslo das Schiff. Sie mochten dann in den Hafenkneipen etwas über die *Mary Celeste*, ihre Ladung und ihrer von dem üblichen Kurs abweichenden Route erzählt haben. Der Kapitän mußte anstelle der das Schiff verlassenden Matrosen neue Leute anheuern. So kamen fünf als Deckbesatzung und drei als Maschinisten getarnte Piraten auf die *Mary Celeste*. Das Schiff steuerte die Küste von Labrador an, um das Versteck zu erreichen, wo nach der erhaltenen Anweisung die Schmuggelware gelöscht werden sollte. Unterwegs bemächtigten sich die Piraten des Schiffes. Die Widerstand leisteten, wurden kaltblütig niedergeschossen, die anderen, unter ihnen auch der Kapitän des Schiffes, gezwungen, die Befehle der Piraten auszuführen. Vor einer kleinen Insel im nördlichen Eismeer, es war das Hauptquartier der Bande, raubte man das Schiff aus und ließ es dann in einer Bucht stranden.

All das erfuhren wir aus dem Tagebuch Artellis, das wir zufällig in der gestrandeten *Mary Celeste* fanden.

Nun wird es interessieren, wie es kam, daß wir uns auf der *Jadran* auf die Suche nach der *Mary Celeste* machten. Die Reederei meldete das Schiff als verloren, und die *Lloyd* hätte die Versicherungssumme sicher auch bezahlt, wenn sich nicht etwas ereignet hätte. Ein früheres Besatzungsmitglied der *Mary Celeste* hatte in Oslo das Pianino des Schiffes erkannt, die Reederei aber, die davon erfuhr, plante eine Suchaktion. Da erhielt sie einen aus Bergen abgesandten Brief, in dem man vor jeglicher Nachforschung warnte, sonst würde es dem Suchschiff genauso ergehen wie der gesunkenen *Mary Celeste*.

Nach diesen Vorfällen übernahm ich den Auftrag, mit der *Jadran* nach dem verlorenen Schiff und seiner Besatzung zu suchen."

Hier rief Martinez Santa-Clara überrascht aus:

„Madre de dios, großartig! Notieren Sie, Barrabella, notieren Sie!"

„Um es kurz zu machen, will ich nur noch berichten, wie wir das Schiff ausfindig machten. Die *Jadran* fuhr als Walfänger getarnt in die nördlichen Gewässer, konnte aber nicht verhindern, daß sich zwei Mann der Piratenbande als Besatzungsmitglieder auf unser Schiff schmuggelten. Als ein Anschlag auf die *Jadran* versucht wurde, kamen als Täter nur sie in Frage, und wir übergaben sie den Behörden in Thorshavn. Später sahen wir die beiden auf der *St. Vincente*, die ständig hinter uns herfuhr, und da wurde uns bewußt, daß uns die Piraten verfolgten.

Noch einmal gelang es uns, das Piratenschiff abzuhängen. Wir fuhren weiter und fanden in der Bucht einer kleinen Insel die ausgeraubte und gestrandete *Mary Celeste*. Die Piraten aber waren hinter uns her, und schon bald mußten wir erkennen, daß sie uns das gleiche Schicksal zugedacht hatten wie Artelli und seinen Kameraden. Sie beschossen uns aus Maschinengewehren und schickten sich an, trotz eines schweren Sturmes in der Bucht zu landen. Sie wollten uns vernichten, damit wir der Welt über ihre Schandtat und ihren Schlupfwinkel nichts verraten konnten. Wir waren an Land gegangen und entschlossen, bis zum letzten Mann zu kämpfen. Bei ihrem Manöver, in die Bucht einzufahren, drang Wasser in ihr Schiff und brachte die Kessel zur Explosion. So versank die *St. Vincente* mit den Piraten an Bord vor unseren Augen. Das Meer hatte über sie gerichtet!"

So verstrich die Zeit. Dann und wann steckte eine Sekretärin oder ein überrascht dreinblickender Sekretär den Kopf zur Tür herein, doch bevor sie den Mund zum Sprechen öffnen konnten, fuhr sie der mächtige Herr an:

„Ich habe doch gesagt, daß ich für niemand zu sprechen bin!"

Endlich kam er auf den Grund unseres Besuches zu sprechen.

„Ja, ja", Santa-Clara lachte, „Sie haben mich sicher nicht aufgesucht, um mir Ihr prächtiges Abenteuer zu erzählen. Aber ich habe Sie gleich überrumpelt! Doch das macht nichts. Natürlich kommen Sie wegen der Fregatte, darum geht es . . ."

„Gewiß", Vater Daniló nickte.

Santa-Clara blinzelte frohgelaunt.

„Haben Sie schon mal eine Fregatte geführt?"

Vater Daniló lächelte.

„So alt bin ich nun wiederum nicht. Aber als Kadett habe ich Fregatten gesehen, mehrere in Pola, dem Hafen der österreichisch-ungarischen Kriegsmarine. Außerdem kenne ich den Bau, das

Segelsystem, die Takelage und die Standfestigkeit der Fregatten genau."

Barrabella und Santa-Clara sahen unseren Kapitän mit großer Aufmerksamkeit an.

„Ihre Erklärungen zweifele ich nicht an, Kapitän." Der Großkaufmann nickte. „Ihr Wort ist für mich Garantie, Kapitän. Aber unsere Fregatte ist wesentlich älter als jene, an die Sie denken."

Commendatore Barrabella nickte fröstelnd.

„Älter, viel älter."

Santa-Clara zeigte auf eine der Glasvitrinen.

„Das Modell können Sie dort sehen, Kapitän."

Wir standen auf und traten an die gezeigte Vitrine.

Ein schlanker, formschöner, sorgfältig gebauter Dreimaster funkelte hinter der glänzenden Glasscheibe. Die Rahsegel und die Klüver blähten sich förmlich im Wind. Das Modell war kaum länger als ein halber Meter, aber es war alles dran, was man unter der Bezeichnung versteht: ein Schiff seiner Zeit. Das System und die Form der Winden, die Anbringung und Einteilung der Takelage, die auf den drei Masten im richtigen Verhältnis angebrachten Marsen, die Ausluge, der weit vorgesetzte Fockmast und das ihn ausbalancierende, gen Himmel strebende Bugspriet, das dicht am hinteren Aufbau sitzende Steuer, die Gliederung der Decks, all das zeugte davon, daß der Konstrukteur des Modells sein Fach verstand. Der Schiffskörper unter der Schwimmwasserlinie war weiß gestrichen, die herausragenden Teile gelb-schwarz. Es war also ein englisches Schiff.

Santa-Clara und Barrabella beobachteten Vater Daniló aufmerksam. Was würde er wohl über das Modell sagen.

Unser Kapitän musterte anerkennend das Modell, das der Stolz eines Museums hätte sein konnen, und sagte:

„Ein ordentliches kleines Schiff, Senhores, sehr ordentlich. Aber eine regelrechte Fregatte ist es nicht. Es ist eher eine Fregatte aus dem 18. Jahrhundert. Ähnlich war wohl auch die eine Fregatte von Anson.

Hier schwieg Vater Daniló. Szevér und ich schauten mit begreiflichem Stolz zu ihm auf.

„Carramba", der Großkaufmann nickte anerkennend, „das gefällt mir, Kapitän Turkovics! Ich sehe, Sie sind sich über Charakter und Typen der Schiffe im klaren. Carramba!"

Der einstige Lehrer an der Akademie der italienischen Kriegsmarine beeilte sich, seinem Brotgeber zu folgen:

„Carramba!" Und er fügte noch hinzu: „Y excelente, ganz vortrefflich!" Nicht umsonst war Barrabella Professor, er hatte jetzt das Gefühl, daß Vater Daniló eine Prüfung vor ihm ablegt.

„Sehr gut, Kapitän", fuhr Santa-Clara fort. „Dieses Modell ist keine regelrechte moderne Fregatte, sondern eine alte. Übrigens wurde das Modell ebenso wie das gebaute große Schiff und der überwiegende Teil der hier ausgestellten Modelle von Commendatore Barrabella entworfen. Er ist nämlich nicht nur mein seemännischer Berater, sondern zugleich der Direktor meines Schiffsmuseums. Und er ist mein Konstrukteur und mein Freund."

Der kleine Mann errötete bei dieser Erklärung förmlich. Er verneigte sich tief, als sein Chef ihm so seine Wertschätzung offenbarte.

„Gracie, Senhor, gracie."

Santa-Clara deutete uns an, wieder an unserem Tischchen Platz zu nehmen.

„Nun, Dom Daniló, nach all dem habe ich doch das Gefühl, ausführlicher über das Vorhaben sprechen zu müssen", begann er. „Doch bevor ich auf die Einzelheiten eingehe, möchte ich erst klären, ob Sie, Kapitän Turkovics, die Aufgabe übernehmen würden, ein Schiff dieser alten Bauart aus einem bestimmten Hafen in einen anderen zu führen?"

Die Ventilatoren zogen die Rauchringe der Zigaretten und der berühmten köstlichen Brasilzigarren nach oben. Einige Minuten war nur das Summen dieser Lüftungsmaschinen zu hören. Vater Daniló erwog, wie immer in schicksalsentscheidenden Situationen sämtliche Möglichkeiten. Sein Blick streifte mehrfach das Modell. Schließlich sagte er:

„Natürlich bin ich bereit."

Barrabella atmete erleichtert auf wie einer, der endlich die Erfüllung seiner Träume vor sich sieht.

Santa-Clara nickte anerkennend.

„Recht so, Kapitän, recht so."

„Selbstverständlich", fuhr Vater Daniló fort, „unter der Bedingung, daß ich die Gelegenheit erhalte, das Schiff erst gründlich kennenzulernen und dann den Zeitpunkt des Auslaufens nach dem angegebenen Hafen selbst bestimmen kann!"

Das Gesicht Barrabellas verdüsterte sich. Santa-Clara schüttelte den Kopf.

„Leider sind wir an eine vereinbarte Zeit gebunden, Kapitän. Wie Sie in unserem Aufruf lesen konnten, muß die *Königin des Ozeans* unter Umschiffung von Kap Hoorn nach Oakland gebracht werden. Sie muß spätestens heute in fünf Monaten in Oakland eintreffen, und zwar unter ganz bestimmten Bedingungen."

„Ja, unter bestimmten Bedingungen", wiederholte der kleine Mann.

„Darf ich diese Bedingungen erfahren?"

„Natürlich, Kapitän. Bevor ich darauf zu sprechen komme, muß ich Ihnen noch mitteilen, daß ich mehrere der von mir ins Auge gefaßten alten Kapitäne, die zum Teil Angestellte meiner Firma und zum anderen Teil meine Geschäftspartner sind, gefragt habe, ob sie die Fahrt nach Oakland bei voller Verantwortung übernehmen würden. Sie lehnten alle ab."

Vater Daniló lächelte still vor sich hin.

„Ich würde sie übernehmen. Mit Ausnahme von kurzen Zeitspannen bin ich nur auf Segelschiffen gefahren. Den Ausdruck volle Verantwortung jedoch würde ich in sorgfältigste Umsicht verwandeln, denn es können sich Situationen ergeben, wo es unmöglich ist, mit den unverhofften Ereignissen fertig zu werden. Mir erscheint eher die Zeit zu kurz. Es geht immerhin um die Umsegelung von Kap Hoorn und darum, die Besatzung mit dem Schiff vertraut zu machen. Wenngleich der Stamm meiner Mannschaft ausgezeichnet ist."

Santa-Clara schüttelte erneut den Kopf.

„Daran kann ich leider nichts ändern. Ich bin an den Vertrag gebunden, und er drängt. Hören Sie also, worum es geht."

Und damit begann er, die Aufgabe darzulegen, brannte sich

aber zuvor noch eine riesige Zigarre an und leerte ein Glas eisgekühlter Erfrischung.

„Die *Königin des Ozeans* ist mein Wirklichkeit gewordener Traum. Seit meiner Kindheit sammle ich Modelle von alten Segelschiffen. Im Museum meines Hauses stehen mehrere hundert davon. Sie werden sie sehen. Diese Sammlung blühte von der Zeit an auf, als mein gutes Schicksal mich mit Senhor Barrabella zusammenführte, mit dessen Unterstützung ernste Arbeit geleistet werden konnte. Unser größtes Projekt ist das Segelschiff die *Königin des Ozeans*, das gegenwärtig im Hafen von Pelotas vor Anker liegt. Irgendwie hat es sich herumgesprochen, daß wir einen heute schon nicht mehr bekannten Schiffstyp bauen, denn vor einigen Wochen suchte mich ein Vertreter einer Filmgesellschaft aus Hollywood auf und machte mir das Angebot, das Schiff gegen eine recht ansehnliche Summe zu mieten. Man benötigt die *Königin des Ozeans* natürlich zu Filmaufnahmen, und zwar zur Verfilmung der *Schatzinsel.*“

Hier machte Santa-Clara eine kleine Pause, dann fuhr er fort:

„Ich bin Kaufmann und verbinde daher gern das Angenehme mit dem Nützlichen. Warum soll mir das Schiff, das mich eine Stange Geld gekostet hat, nicht auch etwas einbringen? Und darüber hinaus, warum soll es für mich persönlich und für Barrabella, den Konstrukteur des Schiffes, sowie für mein Geschäftshaus keine Reklame machen? Warum also nicht? Und wir sind übereingekommen, die Fregatte nicht durch den Panamakanal in die Bucht von San Francisco abschleppen zu lassen wie einen Lastkahn, sondern ihr eine ernste Aufgabe zu stellen, um den Beweis zu erbringen, daß dieses Schiff alter Bauart auch für den Seemann von heute ein brauchbares Transportmittel ist. Deshalb gehört es zu den Bedingungen, daß die Fregatte in der Julianbucht vor Anker gehen muß, wo einst Magalhães und auch Drake dramatische Wochen durchlebt haben; daß sie das Kap Hoorn umschifft und auf der Juan-Fernández-Insel anlegt, wo, wie bekannt, der Matrose Selkirk ausgesetzt wurde, nach dem Defoe seinen Robinson gestaltete; schließlich muß sie die Pitcairninsel aufsuchen, auf der noch heute die Nachkommen der meuternden Besatzung der

Fregatte *Bounty* leben. Von dort können Sie das Schiff geradenwegs nach Oakland bringen, Kapitän. So sieht die Route in großen Zügen aus. Eine weitere Bedingung ist: Fahrt mit den einfachsten Mitteln, worunter ich verstehen würde: die Steuerung des Schiffes mit Instrumenten von damals!“

Barrabella nickte.

„Natürlich.“

Vater Daniló sah Santa-Clara nachdenklich an.

„Ist das so zu verstehen, Senhor, daß das Schiff weder einen Sextanten noch eine Radioausrüstung und auch keinen modernen Kompaß mitführen soll? Unter Umständen auch keine neuzeitlichen Seekarten?“

„Ja, so meine ich es.“

Vater Daniló lächelte.

„Bis auf den Rundfunksender und -empfänger ist das völlig unmöglich!“

Diesmal wandte Barrabella ein:

„Warum sollte das wohl unmöglich sein?“

„Senhores, die Sache ist sehr einfach“, sagte unser Kapitän

gelassen, „es gibt kein Seefahrtsamt in der Welt, das die internationalen Vereinbarungen brechen und aus seinem Hafen ein Schiff ohne die vorgeschriebene Navigationsausrüstung auslaufen ließe. Und das trifft auch auf die *Königin des Ozeans* zu, auch wenn sie ein alter Typ ist. Ich wiederhole, man kann höchstens die Radioausrüstung ‚einsparen'. Alles andere nicht."

Santa-Clara brummte mit etwas verdüstertem Gesicht vor sich hin:

„Ich verstehe, ich verstehe. Und Sie haben daran nicht gedacht, Barrabella?"

Der Konstrukteur, dessen Steckenpferd alte Schiffe waren, bekam wieder einen roten Kopf und knurrte beschämt und fröstelnd:

„Nein, Senhor, nein. Ein altes Schiff..."

„Carramba", unterbrach ihn Santa-Clara, „bedauerlich. Aber es tut nichts. Also ein Radio nehmen Sie auf keinen Fall mit. Und nun darf ich mich noch erkundigen, wie es eigentlich mit der Besatzung steht, Kapitän? Denn der Vertrag verlangt auch, daß Sie die Mannschaft stellen. Sie soll die höchstmögliche Heuer bekommen."

Vater Daniló nahm einen tiefen Zug aus der Zigarette, was bei ihm gewöhnlich ein Zeichen tiefen Nachdenkens war. Dann nickte er.

„Die Mannschaft bereitet keine Sorgen. Ich erwähnte bereits, daß ich für meine Stammbesatzung schon jetzt geradestehe. Ich habe sie beisammen, es sind alte, erprobte Männer. Der erste Offizier und einer der Steuerleute sitzen hier vor Ihnen. Die noch fehlende Mannschaft, das heißt die Matrosen und Segelmeister, werden wir schon finden. Vielleicht hier in Porto Alegre. Eine zweiwöchige Ausbildung dürfte genügen, wenn es Männer sind, die schon auf Segelschiffen gedient haben."

„Dann darf ich also mit Ihrer Mitwirkung rechnen, Kapitän?"

Vater Daniló schüttelte den Kopf.

„Es wäre unverantwortlich, wenn ich schon jetzt ja sagen würde. Erst möchte ich das Schiff sehen. Ein Modell ist immerhin nur ein Modell."

Barrabella fuhr auf:

„Für das Schiff stehe ich gerade!"

Santa-Clara jedoch stimmte zu.

„Sie haben recht, Kapitän. Wann könnten Sie nach Pelotas hinüberfahren, Barrabella? Senhor Campian wird natürlich für ein Motorboot sorgen. Wann also?"

Barrabella sah unseren Kapitän fragend an: „Morgen früh?"

„Einverstanden, morgen früh."

Santa-Clara bemerkte:

„Ich kann leider nicht mitkommen, weil ich eine wichtige geschäftliche Verhandlung habe. Aber Commendatore Barrabella ist mein bevollmächtigter Vertreter. Wenn Sie zu der Überzeugung kommen, Kapitän, und ich würde mich sehr darüber freuen, daß Sie die *Königin des Ozeans* nach Oakland führen wollen, so suchen Sie mich auf, damit wir den Vertrag abschließen. Es hat mich sehr gefreut, Sie persönlich kennengelernt zu haben, den Helden des *Mary-Celeste*-Abenteuers. Und auch Sie, Senhores."

Der letzte Satz galt uns. Ei, wenn der wackere Diego aus dem Seemannsheim und natürlich auch die anderen, mit Feri Horváth und Sottomarina an der Spitze, hätten sehen können, mit welcher Grandezza sich der hochangesehene brasilianische Herr von uns verabschiedete. Selbst die Schar der Sekretäre und Sekretärinnen staunte nicht schlecht und sogar der im Sekretariat weilende Campian, daß der mächtige Herr uns bis zum Gang brachte und sich dort mit einer echt südamerikanischen Verneigung verabschiedete:

„Senhores, es war mir ein großes Vergnügen."

Mehr konnten wir nicht wünschen. Wir sahen zu Vater Daniló auf wie die Krieger zu ihrem siegreichen Feldherrn. Ja, er hatte auf dem Gebiet der Seefahrt immerhin einen Namen! Und wir waren seine Schüler. Meine Freunde, entscheidend ist, daß man jenen, der mehr kann als wir und es weiter gebracht hat, liebt und achtet! Ich darf behaupten, daß wir Vater Daniló aus ganzem Herzen liebten . . . und sehr verehrten.

Ihr könnt euch vorstellen, daß wir im *Kaiser von Brasilien* über alles berichten mußten. Sottomarina und seine Partner legten die Karten aus der Hand, und sogar Zoller räumte seinen Atlas weg. Auch Diego war zugegen und staunte.

„Daß Sie vor Senhor Santa-Clara gelangt sind! Und daß er sich stundenlang mit Ihnen unterhalten hat! Unfaßbar, Senhores!“

Wir berichteten alles vom Anfang bis zum Schluß, von Campian bis zur Grandezza. Unsere Kameraden fielen aus einem Staunen ins andere.

„Donnerwetter!“ rief Zoller begeistert. „Da fahren wir auf einer prächtigen Route. Über den Stillen Ozean! Juan Fernández, Pitcairn!“

„Auf einem echt westindischen Schiff!“ rief verwundert Sottomarina. „Corpo di bacco!“

„Wenn auch eine Kombüse drauf ist, fahre ich mit, sonst nicht“, meinte Vater Guzsik lachend. Szevér sah Feri Horváth an:

„Feri, hast du dir's noch nicht überlegt? Statt der *Jilland* eine westindische Fregatte!“

Feri schüttelte mit dem Kopf. „Meine Heuer bindet mich an die *Jilland*.“

Vater Daniló jedoch ließ sich diesmal nicht von der Begeisterung hinreißen und mahnte die Mannschaft zur Ruhe.

„Abwarten, erst abwarten. Zuvor wollen wir uns das Schiff ansehen.“

Dabei verblieben wir. Erst wollten wir uns die Fregatte ansehen, denn das war immerhin das Entscheidende. Schließlich war es keine alltägliche Angelegenheit, ein Segelschiff, wie es seit hundertfünfzig Jahren nicht mehr auf den Meeren verkehrte, zu betakeln und damit in See zu stechen. Das war nichts Alltägliches. Daß Barrabella ein Phantast war, das hatten wir schon im ersten Augenblick gesehen. Und was mochte Santa-Clara sein? Ein Schwärmer oder ein kalter Theoretiker, der zum Ertragen des großen Reichtums ein Steckenpferd brauchte, aus dem man sogar Nutzen schlagen konnte, wie jetzt vielleicht aus der Fahrt der *Königin des Ozeans?* Oder vielleicht war er auch nichts anderes als Barrabella, auch nur ein verbohrter Träumer, der auf diese Weise Aufsehen erregen wollte? Auf all diese Fragen vermochten wir keine Antwort zu geben.

„Eins jedoch ist sicher“, erklärte Vater Daniló, als wir zum

Abendbrot beisammen saßen, „zur Besichtigung fahren wir alle. Wir nehmen sogar Feri mit, ob er will oder nicht. Mehrere Augen sehen mehr.“

So sah dann Barrabella, der an der vereinbarten Stelle schon auf uns wartete, überrascht unseren Aufmarsch. Der kleine Mann reichte Sottomarina kaum bis zur untersten Rippe.

„Sottomarina ... Sottomarina“, wiederholte er nachdenklich den Namen des Hünen. „Hopp, jetzt habe ich es! Sind Sie vielleicht jener berühmte Ringer der Marine, der seinerzeit von Pola bis Brindisi all seine Gegner besiegte?“

Oh, wenn ihr da diesen wackeren, warmherzigen Mann hättet sehen können, der noch immer mit mächtigen Muskelpaketen gesegnet war, auf denen bei jeder Bewegung die tätowierten Drachen tanzten! Wenn ihr ihn da hättet sehen können! Der kratzbürstige, düstere, harte Sottomarina wurde mit einemmal zum sanftmütigen Kind. Viele tausend Meilen von den Schauplätzen seiner einst berühmten Ringkämpfe entfernt, gab es einen unscheinbaren kleinen Mann, der sich an seine Heldentaten erinnerte.

„Der bin ich, Herr“, stammelte er ergriffen.

„Sie haben Garibaldi Pallatina besiegt?“ fragte verblüfft Barrabella.

„Ja, Signore.“

„Bitte drücken Sie mir die Hand“, rief der kleine Mann begeistert. „Aber bitte nicht zu fest. Wie sollte ich Ihren Namen nicht gehört haben, Signore Sottomarina. Bei uns, bei der italienischen Kriegsmarine, war er genauso bekannt wie der von Garibaldi Pallatina.“

„Zweimal habe ich ihn auf beide Schultern gelegt“, sagte der alte Sotto bescheiden. „Einmal in Pola und einmal in Ancona.“

Wenn ihr glaubt, daß der Weg aus Porto Alegre nach Pelotas durch die Laguna de los Patos für alte Seebären unseresgleichen langweilig war, dann irrt ihr. Ferne Berge hatten wir in unserem Leben schon genug gesehen. Die flache, an manchen Stellen mit Palmen gesäumte Küste begeisterte uns genausowenig wie das schlammige Wasser der Lagune mit den darauf schwimmenden schäbigen und mitgenommenen Fischerbarken oder den nach

Porto Alegre fahrenden Frachtschiffen. Da hatten wir schon schönere Gegenden gesehen, das will ich nicht leugnen.

Aber noch nie im Leben waren wir solche Herren wie auf dieser Fahrt. Ich hatte bereits die eine oder andere gutaussehende Motorjacht gesehen, das könnt ihr annehmen. Mir war der Mund vor Verwunderung offen geblieben, als seinerzeit im Hafen von Amsterdam die Motorjacht des Herzogs Bernhard vor mir dahinbrauste. Ich war auf der *Gibraltar*, dem Schiff des kommandierenden Generals von Gibraltar, Sir Ch. Monro, gewesen, einmal nahm man mich sogar mit auf die Motorjacht des berühmten Teekönigs Lipton. Doch das waren alles bescheidene Barken im Vergleich zu der *Pluto* von Senhor Martinez Santa-Clara!

Als wir das Hafenamt in Porto Alegre verließen und Barrabella auf ein schneeweißes Schiffswunder zusteuerte, glaubten wir, irgendwo dahinter oder daneben würde das von Santa-Clara erwähnte „Motorboot" liegen. Da stellte sich heraus, daß das Motorboot nichts anderes war als diese schneeweiße, goldverzierte Hochseejacht mit zwei Decks! Die *Pluto*. Denn Barrabella ging auf das Fallreep zu und winkte uns von dort:

„Bitte, Senhores."

Zugleich erschien an der Molenseite des Decks in blütenweißer Uniform ein Offizier mit Vollbart, würdevoll, als wäre er kommandierender Admiral der brasilianischen Flotte. Aber es war nur der Kapitän der *Pluto* und kein Admiral.

Ein Glück, daß wir uns noch einigermaßen herausgeputzt hatten. Wahrscheinlich habt ihr schon gehört oder, wenn ihr in einem Seehafen gewesen seid, auch gesehen, daß die Segelschiffer nicht zu den elegantesten Männern gehören. Auch bei uns war es nicht anders. Doch mit Rücksicht darauf, daß wir in Gesellschaft unseres Kapitäns unterwegs waren, noch dazu, um ein Schiff zu besichtigen, hatten wir uns einigermaßen herausgeputzt, nur der dicke Piede Piccolo trottete wie üblich in seinem gestreiften Trikot neben uns her und mit aufgekrempelten Ärmeln, ohne Jackett unser Sottomarina. Wir anderen mit Vater Daniló an der Spitze sahen annehmbar aus. Leider war Feri Horváth noch nicht bei uns, er wollte sich erst im Hafen von Pelotas anschließen, also konnte er mit seiner goldbetreßten weißen Uniform den Glanz unseres Einzuges nicht steigern. So nahmen wir uns recht unvorteilhaft und äußerst bescheiden aus im Vergleich zu der Jacht und zu ihrer Besatzung.

„Kapitän Dominico“, stellte Barrabella den „Admiral“ vor, „Kapitän Turkovics und seine Männer aus Fiume.“

Dominico reichte uns freundschaftlich die Hand, aber doch ein wenig so wie einst die Junker den zum Drusch erschienenen Bauern.

„Ich begrüße Sie, Senhores“, sagte der Kapitän und sah dann Barrabella an. „Können wir auslaufen?“

Barrabella, das hätte ich fast vergessen, sah in seiner Uniform fast noch eher wie ein Admiral aus als Dominico. Auf seiner weißen Uniform glänzten nicht nur goldene Knöpfe, sondern auf den breiten Schulterstücken funkelten vier breite Goldstreifen und ein unwahrscheinlich großer Goldanker im grellen Sonnenschein.

„Ja, wir können“, sagte sehr ernst der einstige Professor der italienischen Marineakademie. Dann wandte er sich an Vater Daniló:

„Wollen wir uns vielleicht in den Gesellschaftsraum begeben?“

Und einige Minuten später wiederholte sich, was wir im Privatkontor von Santa-Clara schon erlebt hatten. Diesmal rief Barrabella einem Steward zu:

„Erfrischungen bitte, aber schnell.“

Die *Pluto* setzte sich in Bewegung. Man konnte es fast nicht bemerken, denn der Schiffskörper erbebte kaum. Wir sahen nur durch das Fenster, daß sich der Kai, die Hafengebäude, die an den Pieren Fracht aufnehmenden Schiffe, die langarmigen Kräne und Aufzüge immer mehr entfernten.

„Mein ehrenwerter Chef hat Anweisung getroffen“, sagte Barrabella in einem tiefen

Ledersessel zurückgelehnt, „daß uns Kapitän Turkovics zu Ehren die *Pluto* nach Pelotas bringt.“

Es war nicht zu leugnen, die Anweisung Santa-Claras war in der Tat eine Wertschätzung.

Eine prächtige Jacht, diese *Pluto*. Überall bedeckten rote Kokosläufer die Decks und die Gänge. Die Wände der Kabinen, des Gesellschaftsraumes, des Speisesaales und der Navigationsräume waren mit Mahagoni getäfelt. Auf den Fußböden lagen Perserteppiche. Die Hauptwand im Gesellschaftsraum schmückte ein mächtiger Gobelin. Auf ihm segelten die Karavellen Magalhães zu Füßen der schneebedeckten Berge von Feuerland. Kristallüster funkelten im Licht der hereinscheinenden Sonne, und in kostbaren Kristallvasen dufteten südländische Blumen. Tiefe Sessel, geschmackvolle Stühle und Liegen boten Bequemlichkeit und sprachen vom Reichtum Santa-Claras. Der Schiffskörper selbst war schlank. Der aufstrebende Bug und das hochgezogene Heck verrieten, daß sich die Motorjacht auch auf offener See behaupten konnte.

„Wir kreuzten mit diesem Schiff schon zwischen den Inseln des Karibischen Meeres“, berichtete Barrabella stolz. „Im vergangenen Jahr waren wir sogar auf Sankt Helena, damit mein hochverehrter Chef die Stätte sehen konnte, an der Napoleon gelebt hat. Übrigens ist auch dieses Schiff nach meinen Plänen gebaut.“

Wir schauten mit wachsender Achtung auf den kleinen Mann, denn die *Pluto* war auch in den Augen eines Seemannes ein prächtiges Schiff. Wer sie konstruiert hatte, verstand sein Fach.

Wir benahmen uns auf der Luxusjacht wie die Kinder. Bald setzten wir uns in dem einen Raum nieder, bald in einem anderen, um die Bequemlichkeit zu genießen, an der wir in unserem bisherigen Leben nicht allzuviel Anteil hatten. Wir nahmen in den Rohrsesseln auf dem unteren Deck Platz und eilten dann aufs Oberdeck, um von dort den Blick über das schmutzige Wasser der unwahrscheinlich großen Lagune gleiten zu lassen. Wir stiegen ins Maschinenhaus hinunter, stellten uns neben Kapitän Dominico auf die Brücke, drangen in das Steuerhaus, und selbst die Kombüse blieb nicht unbesichtigt. Auf dem Elektroherd brutzelte etwas Duftendes. Und stellt euch vor, diese Leckerbissen wurden für uns zubereitet. In diesen Stunden an Deck der *Pluto* genossen wir das Leben der Millionäre. Nur Vater Daniló saß ungerührt im Gesellschaftsraum und rauchte ruhig und gelassen seine Zigarette. Barrabella und er riefen die alten Zeiten auf der Adria wach und fachsimpelten über den modernen Schiffbau.

„Wenn ich Millionär werde, lasse ich mir eine solche Jacht bauen", erklärte Sottomarina, „das wäre ganz nach meinem Geschmack."

Szevér lachte herzlich.

„Und nach einem halben Jahr würdest du sie verkaufen! Oder noch eher. Statt ihrer würdest du lieber einen Trabakel kaufen und darauf Wein zwischen Sansego und Sebenico transportieren."

So verging eine Stunde nach der anderen, ohne daß wir es merkten. Die *Pluto* lief mit ihren leise tuckernden Motoren mit einer Durchschnittsgeschwindigkeit von 28 Seemeilen ihrem Ziel entgegen. Das Wasser stiebte, und die Wellen schlugen am Bug empor, als pflügte sie ein Zerstörer. Sie war ein wunderbares Schiff.

Und als wir schon reichlich von den Spezialitäten des wackeren brasilianischen Koches genossen hatten, tauchten die Häuser, Lagerräume, Hafengebäude und Molen von Pelotas auf. Links von Pelotas glänzten die Bauten vom Rio Grande im gleißenden Sonnenschein, und auf der anderen Seite sah man bereits die Fabrikschornsteine der kleinen Hafenstadt San José da Norte.

Und fern im Osten schimmerte das offene Meer: der Atlantische Ozean.

Das Meer, das offene Meer, nach dem wir uns so sehr sehnten!

Die *Pluto* hißte die Signalflaggen und steuerte dem Hafen von Pelotas zu.

„Senhores", erklärte Barrabella feierlich, „einige Minuten noch, und Sie werden die *Königin des Ozeans* sehen!"

Auf der Mole liefen an die hundert herumlungernde Menschen zusammen, als sich die schneeweiße Jacht an die Steinmauer legte.

„Und keine Kapelle?" Zoller sah sich mit vorgetäuschter Verwunderung um. „Was für eine Schweinerei, eine so glänzende Gesellschaft ohne Musik zu empfangen!"

„Glaube mir, wenn man wüßte, daß höchstwahrscheinlich wir es sein werden, die diese altertümliche Fregatte von hier nach Oakland bringen, liefe die halbe Stadt zusammen", erklärte Szevér. „In Brasilien ist alles Sensation: festa, ein Fest!"

Wir legten an.

„Einige Minuten noch", wiederholte unser seltsamer neuer Freund erregt, „und Sie werden sie sehen . . ."

Nicht nur seine Stimme, sondern auch seine Mundwinkel zitterten wie im Privatkontor Santa-Claras, als er fröstelte.

„Dieses Schiff ist der Glanzpunkt in meinem Leben", wandte sich der kleine Mann an Vater Daniló. „Sie werden begreifen, Kapitän, wenn ich ein wenig aufgeregt bin. Mir liegt nämlich daran, daß es Ihr Gefallen findet. Mir liegt sehr viel daran."

Wir schritten die Hafenmole entlang, bogen an den Lagerhäusern ein, überquerten einen Platz und standen dann vor einem eisernen Tor. Es gibt keinen Seemann auf der Welt, der nicht mit geschlossenen Augen zu sagen wüßte, was sich hinter einem solchen eisernen Tor befindet.

Eine Werft.

In diesem Fall standen wir vor den Vereinigten Schiffswerften von Pelotas.

Aber nicht nur wir, sondern auch Feri Horváth, der aus dem benachbarten Grande gekommen war, wo die *Jilland* im Dock lag, und auf uns wartete. Wir hatten allerhand über die *Pluto* zu erzählen, wenngleich die Zeit dazu nur kurz war, denn kaum waren wir an einigen Montagehallen vorübergekommen, als in einem Becken die *Königin des Ozeans* vor uns lag.

Kennt ihr das Gefühl, wenn man etwas zu sehen bekommt, worauf man seit langem sehnlich gewartet hat. Sicher kennt ihr es, denn wenn nicht, dann seid ihr keine Jungen, dann werdet ihr keine richtigen Männer. Ein solches Erlebnis mag der Anblick des ersehnten Fahrrades sein, der Schaufensterbummel vor Weihnachten, die Begegnung mit dem ersten Segelschiff oder der Anblick eines lang erhofften Geschenkes auf unserem Geburtstagstisch. Und natürlich noch viele andere Erlebnisse über freudige Anblicke und Begegnungen. In solchen Fällen klopft das Herz schneller, und das muß auch so sein.

Auch mir schlug es jetzt höher.

Soll ich euch gestehen, weshalb? Ich will es euch sagen. Seit ich zu denken vermag, haben es mir die Segelschiffe angetan. Anfangs spielte ich mit Seglern, später bekam ich es mit richtigen Segelschiffen zu tun. Das ist nun mal meine Natur, ich kann nichts dafür. Ich baute so manches Segelschiff, um es auf dem Gänseteich schwimmen zu lassen, und es gehörte zu meinen Lieblingsbeschäftigungen, die Schiffe von Kolumbus, Magalhães und Nelson zu malen oder das Schiff von Robinson Crusoe, mit dem er gestrandet war. Und später versäumte ich es nie, mir die Modellsammlungen der verschiedenen Schiffahrtsmuseen anzusehen. Noch mit ergrautem Haar ist es meine größte Freude, wenn ich heimlich mit dem Schmuck auf meinem Schreibtisch, der *Santa Maria* des Kolumbus, spielen kann. Denn das waren die *richtigen* Schiffe, die von Magalhães, Kolumbus und Nelson! Ich hoffe, ihr stimmt darin mit mir überein!

Und bei dieser Einstellung, das könnt ihr ahnen, habe ich schon manchmal aufgeseufzt: Wenn ich nur hundert, zweihundert oder dreihundert Jahre eher gelebt hätte!

Und ich hatte die Hoffnung schon für immer aufgegeben, einst auf das Deck eines so alten Schiffes zu treten und gar darauf zu fahren!

Wo gibt es heute noch solche Schiffe? Als einziges die *Victory* Nelsons im Hafen von Portsmouth, doch das ist schon eher ein Museum als ein Schiff. Und sonst keins weiter.

So begegnete ich nur in meinen Träumen dann und wann einem solchen Schiff aus längst vergangener Zeit. Aber ihr wißt ja, wie Träume sind. Da widerfährt es uns viel häufiger, daß wir von einem Dach herunterstürzen, als daß wir einem alten Schiff begegnen. Das gehört nun mal zu den Ungerechtigkeiten des Lebens.

Nun, kurz und gut, ich hatte zu der Zeit, als wir nach Brasilien verschlagen wurden, längst die Hoffnung aufgegeben, je in meinem Leben einem alten Schiff zu begegnen.

Und jetzt schaukelte ein solches Schiff vor uns, kaum einige hundert Meter von uns entfernt.

Die *Königin des Ozeans* — ein Schiff aus den Jahren nach 1700.

Der Anblick wirkte wie ein Trugbild, obwohl wir wußten, daß wir einem zum Leben erweckten Modell begegnen würden. Aber zwischen Vorstellung und Wirklichkeit war ein gewaltiger Unterschied — zugunsten der Wirklichkeit!

In uns lebte irgendeine Vorstellung, daß wir ein mit ehrlichem Fleiß so recht und schlecht zusammengebasteltes Schiff zu sehen bekommen würden, eine Art „Filmschiff" aus früherer Zeit, das natürlich schwimmt, dessen Segel sogar zu gebrauchen sind, das in den Augen eines Fachmannes jedoch nur das Steckenpferd eines Laien ist.

Diese Vorstellung jedoch brach schon im ersten Augenblick zusammen.

Die *Königin des Ozeans* war ein richtiges Schiff, eine getreue Nachbildung derer, auf denen in der Mitte des 18. Jahrhunderts Kapitän Cook, Admiral Anson und Bellinghausen die Meere durchfahren und auf denen die englischen Handelsleute die Schätze Westindiens in ihre alte Heimat geschafft hatten.

„Ach!" rief Vater Daniló aus und blieb wie versteinert stehen.

Auch wir blieben stehen. Wir betrachteten die Bucht und in der Bucht das Schiff. Auf dem schmutzigen, mit Ölflecken verunstalteten Wasser der Werft waren am Hafendock einige rostige oder mit Mennige frisch gestrichene häßliche Schiffskörper festgemacht. Aber in der Mitte, an der hinteren Dockwand, die ganze Breitseite uns zugewandt, schaukelte, der langsamen Bewegung des Wassers im Hafen folgend, dieses herrliche Schiff.

„Corpo di bacco!" hauchte Sottomarina. Und sein Mund blieb vor Verwunderung offen.

„Donnerwetter!" Das war natürlich Zoller.

Szevér und Feri wechselten einen Blick. Das kann sich sehen lassen.

Vater Guzsik interessierte nur eins.

„Ist auch eine Kombüse vorhanden?"

Der kleine Barrabella genoß den Anblick. Seine Unruhe war in wenigen Augenblicken verschwunden. Diese Seeleute aus Fiume (oder eher aus Zengg) hatten schon erkannt, was es mit dem Steckenpferd Santa-Claras auf sich hatte. Ich weiß freilich, daß es einige unter euch geben wird, die bezweifeln, daß man aus der Entfernung von einigen hundert Metern beim ersten Anblick all das beurteilen und feststellen kann. Doch denen sage ich, ihr irrt, denn mann kann es. Es gibt einen seltsamen Sinn, der uns mit dem gesehenen Gegenstand oder mit einem Thema verbindet, und dieser Sinn pflegt nicht zu täuschen. Ein Pferdekenner zeigt schon von weitem auf das beste Pferd, genauso geht es dem Piloten oder dem Autofahrer beim Anblick eines Fahrzeuges oder dem Landwirt, der die Saat von weitem betrachtet, dem Jäger beim Anblick eines Hundes, dem Baumeister bei einem Bauwerk, ihr Urteil ist fast unfehlbar. Merkt es euch gut, kostbare Gegenstände oder Lebewesen zeigen ihren Wert auch im Äußeren. Und da die *Königin des Ozeans* ein solch kostbarer Gegenstand war, wie sollten da ihre vorzüglichen Eigenschaften nicht schon aus der Ferne zu erkennen gewesen sein.

„Aber, Senhores, vielleicht wollen wir uns aufs Schiff begeben", Barrabella lachte nun schon überlegen, und er winkte in Richtung des Schiffes. „Die Wache muß wissen, daß wir kommen."

Auf dem hohen Hinterschiff sah man eine menschliche Gestalt. Sie hob ebenfalls den Arm und winkte zurück.

„Zwei meiner Leute halten sich Tag und Nacht auf dem Schiff auf", sagte unterwegs der kleine Mann, der in unseren Augen nun schon zu einem Riesen geworden war. „Sie warten die Takelage, halten das Deck und die Räume sauber. Und sie lassen niemanden auf das Schiff, denn Sie können sich vorstellen, Besucher gäbe es reichlich. Doch ohne meine Genehmigung darf niemand das Deck der Fregatte betreten."

Nun stiegen wir schon gespannt und erregt über die am Rande des Beckens aufgehäuften verschiedenen Abfälle der Werft, über von Rost zerfressene Anker, Drahtseile, sonstige Eisenteile, Stapelklötzer, hinweg über verrostende, abgenützte, weggeworfene, unbrauchbare, von hier nie abgeholte Schiffsteile.

Endlich lag die *Königin des Ozeans* vor uns.

Lebendig gewordene Vergangenheit, Wirklichkeit aus längst verflossener Zeit. Es fehlte eigentlich nur noch, daß auf dem Deck einige Offiziere in historischen Uniformen erschienen, Gestalten in der Art von Kapitän Cook, in Kniehosen mit Schnallen, im blauen, mit Spitzen gesäumten Rock, einem Dreispitz auf dem Kopf und einem schlanken Degen an der Seite. Es fehlten die Matrosen und Bootsmänner in ihren Tuchhosen, gestreiften Flanellhemden, mit einem Kopftuch oder einer Zipfelmütze. Aber es fehlte auch die Trillerpfeife des Masters, mit der die Wache herbeigerufen wurde.

Das heißt, sie fehlten nur im Moment noch.

Denn als wir am Ende des Beckens, in dem das Schiff lag, stehenblieben, um unserer Bewunderung erneut Ausdruck zu geben, erschienen mit einem Mal auf dem Deck vor dem Großmast zwei Matrosen wie aus Kapitän Cooks Zeiten. Sie trugen dicke Tuchhosen, Flanellhemden und Kopftücher. Einer von ihnen blies in eine kleine Silberpfeife, die er bei sich trug. Die stolzen Triller verkündeten, daß sich der Kapitän dem Schiff näherte.

„Ahoi, *La Reina*!" rief vorschriftsmäßig der kleine Commendatore.

„Ahoi, Capitano!" kam es vom Schiff zurück.

Vielleicht denkt mancher von euch, all dies sei kindisch oder theatralisch. Es ist Auffassungssache. Wir empfanden es nicht so. Seeleute sind Verehrer von Vorschriften und Traditionen. Die Schiffahrt ist ohne System, ohne Ordnung und sehr strenge Disziplin nicht möglich. Die Beibehaltung alter Sitten wie zum Beispiel die heute noch auf Kriegsschiffen gebräuchliche Trillerpfeife, wenn der Admiral oder der Kapitän erscheinen, erinnert an die längst verflossene Zeit der Fregatten. Und über dergleichen freut sich der Seemann aus ganzem Herzen.

Auch wir freuten uns, daß sich die lebendig gewordene Vergangenheit so romantisch vorstellte.

„Ahoi, *La Reina*!" rief wohlgelaunt Sottomarina. „Corpo di bacco! Was für ein Schiff!"

Und nun habe ich das Gefühl, daß ich zur besseren Verständigung die *Königin des Ozeans* beschreiben muß, die ein genaues Abbild des Modells war. Ein Modell zeigt nur das Wesentliche, was für ein Kennenlernen wichtig ist. Denn ich muß annehmen, daß ihr — genau wie ich bis zu jenem Zeitpunkt — noch nie auf einem solchen Schiff gewesen seid. Das ist leider so . . . Ich hoffe, daß einige von euch so aufseufzen werden. Darum seht euch das Bild des Modells genau an.

Der Schiffskörper gliedert sich in vier Teile. Das *Vorschiff*, das auch Vorkastell genannt wird, endete in einem recht schlicht geschmückten Schiffsschnabel, dem Galion. Das Galion alter Schiffe ist ein Thema für sich. Bei der *Königin des Ozeans* war es, gleichsam als Fortsetzung des Vorderstevens, nur durch eine bescheidene Schnitzerei geschmückt, etwa in der Art wie die Schnecke einer Geige. Diese Einfachheit zeugte sowohl von Geschmack als auch davon, daß man Auffälligkeit vermeiden wollte, wie Vater Daniló an Ort und Stelle feststellte. Es gab Galionsfiguren, die menschliche Gestalten, Admirale, Könige, Heilige oder Thetis, die Meeresgöttin, und Neptun, den Meeresgott, darstellten, unter Umständen auch galoppierende Pferde, wilde Tiere, Löwen und Elefantenköpfe! Stellt euch einen Löwen vor, der die Wogen des Ozeans durchpflügt! Das waren Übertreibungen, und so ist verständlich, daß Vater Daniló anerkennend zu der schlichten Schnabelverzierung der *Königin des Ozeans* nickte. Obwohl der Name und die großartige Vergangenheit verlockend waren, hatte man sich nicht durch Prahlsucht dazu verleiten lassen, eine Sirenengestalt an die Spitze der Fregatte zu setzen.

Unter dem Aufbau des Vorschiffes — wir konnten es noch nicht sehen — würden sicherlich, genau wie heute, die Mannschaftsunterkünfte liegen. Was schon im ersten Augenblick ungewöhnlich wirkte, war die Anbringung des Fockmastes. Die Konstrukteure heutiger Segelschiffe setzen die Masten im Interesse der Wendigkeit eher weiter nach hinten und legen das Gewicht auf den Großmast. Die Wendigkeit und die Fahrleistung der Schiffe werden sichtbar durch die zwei größeren Masten garantiert. Zugleich sorgen die Besegelung des Bugspriets und das Besansegel des niedrigen Kreuzmastes für das Gleichgewicht.

Hinter dem Vorschiff liegt ein glatter Deckraum, das *Hauptdeck*, auf dessen geräumiger Fläche beim Entern und bei Kämpfen das meiste Blut floß, und wo die Kapitäne die „sich langweilende“ Besatzung bis zum Umfallen drillen ließen. Unter dem Hauptdeck

liegt der Lagerraum mit einer Luke vom Deck. An der Grenze zwischen Hauptdeck und dem sich anschließenden *Halbdeck* steht der Großmast. Das Halbdeck reicht bis zum Rande des Schiffes; es spielt eine entscheidende Rolle, denn von hier wird das Schiff gesteuert. Vor dem Steuermann schwebt in einem seltsam anmutenden Gehäuse der Kompaß, die damals schon mit einer Windrose kombinierte Magnetnadel. Der Platz des Kapitäns beziehungsweise des wachhabenden Offiziers liegt ein „Stockwerk" höher, auf dem vierten Abschnitt des Schiffes, dem *Achterdeck*. Von hier läßt sich das Schiff am besten übersehen, aber auch der nahe und fernere Umkreis. Eine Schanze grenzt das Halbdeck vom Achterdeck ab. Hier befindet sich in Wirklichkeit der Vorläufer der Kommandobrücke. Wenn diese Aufbauten zu sprechen vermöchten, könnten sie viel über die Ritterzeit der Schiffahrt erzählen, von Abenteuern, von der Entdeckung neuer Gebiete, den großen und kleinen Ereignissen des Seemannslebens. Von hier erklangen die Kommandorufe, hierher schielten mit einem Auge nach hinten blickend die Steuerleute und hierher schauten, auf Befehl wartend, die Maate auf oder herab. Und hierher blickten, o wie oft, die Seeleute auf die nicht gerade ritterlichen Kommandanten der Ritterzeit der Seefahrt, wenn beim morgendlichen Appell die Urteile verkündet wurden: Auspeitschung, im Schiffsrumpf in Fesseln legen oder Hinrichtung! Doch darüber etwas später, Jungs.

Wenn ihr das Modell genau betrachtet, könnt ihr an der Seite mit Brettern verdeckte Luken sehen, das sind die Stückpforten. Durch sie lugten die Geschütze heraus. Die Handelsschiffe führten auch Geschütze mit. Es waren kleinere Kanonen, weniger dazu bestimmt, den Kampf gegen Kriegsschiffe aufzunehmen als gegen die immer gefährlicher werdenden Piraten. Die Kanoniere konnten die Bronzerohre der kleinen feuerspeienden Ungeheuer nach Belieben durch irgendeine dieser Geschützöffnungen schieben.

Das Heck der *Königin des Ozeans* hatte Commendatore Barrabella genauso bescheiden gestaltet wie den Schiffsschnabel. Obwohl um diese Zeit auch hier größter Aufwand getrieben wurde. Das Heck der meisten Schiffe war mit echten Gemälden, Skulpturen oder Reliefs geschmückt und kündete so vom Wohlstand, von der materiellen Lage des Schiffseigners oder des Kapitäns! Den Teil des Hecks, den man heutzutage als „Spiegel" bezeichnet, nannte man damals in der Seemannssprache „taffrail". Die europäische Schiffahrt übernahm diesen Begriff, der auf das holländische Wort „tafereel" zurückgeht und Gemälde, Tafelbild bedeutet. Heute wissen wir, daß dieses „taffrail" zweifellos etwas Unnützes war, aber damals hielt man es für die Vollendung der Schiffsdekoration, für den vollkommensten Ausdruck der Vornehmheit, Schönheit und des Reichtums. Zum Glück verkündete die *Königin des Ozeans* am Heck nicht den Reichtum ihres Besitzers, statt dessen schlängelte sich an dieser Stelle nur eine Seeschlange von Steuerbord nach Backbord.

Doch nun sehen wir uns die Masten an. Bei einem Dreimaster war damals schon der mittlere Mast der Hauptmast. Das ist der Großmast, er ist der höchste, wie auch heute noch bei dem Typ der Dreimaster. Das ist natürlich kein Zufall und keine Laune, sondern das hat gewichtige Gründe. Wenn ihr euch den entsprechend hervorragenden Bugspriet und den recht weit vorgesetzten

Fockmast anseht, dann müßt ihr merken, daß diese Lösung nichts anderes bezweckt, als den Schiffskörper entsprechend zu verlängern. Und wenn der Schiffskörper auf diese Weise verlängert wurde, konnte man die Segelflächen vergrößern und somit die Geschwindigkeit des Schiffes steigern! So wurde das Schiff schneller als seine Vorgänger, wurde zur Fregatte, zum Schnellsegler, und zum Vorläufer des hundert Jahre später gebauten Wunderschiffes von Baltimore, des Klippers, der das Ideal eines jeden Seemannes ist. Heute wirkt diese Lösung schon ungewohnt. Man konzentriert die Segel genau in der Mitte des Schiffskörpers, der Bugspriet ist kürzer geworden, den Fockmast setzt man weiter nach hinten, denn die moderne Bauweise von Segelschiffen arbeitet mit sehr hohen Masten und somit mit viel mehr Quersegeln und mit einem im Verhältnis zur Länge schmaleren (also schneller gleitenden) Schiffskörper.

Denn unser Schiff verriet auf den ersten Blick, daß auf dem Fockmast und auf dem Großmast jeweils nur zwei größere und ein kleineres Quersegel und auf dem Kreuzmast ein größeres dreieckiges Lateinsegel und ein sehr kleines Quersegel angebracht werden konnten, wenn das Schiff zum Auslaufen aufgetakelt wurde. Jetzt waren nur die Rahen zu sehen, was aber voll und ganz genügte, um euch einen Eindruck von dem herrlichen Schiff zu vermitteln, wie wir es an diesem Nachmittag im Becken der Werft sahen. Entscheidend ist, daß ihr wißt: Ein Kommandant von heute lenkt das Schiff mit sehr hohen Masten und meist sechs bis acht Segeln an den Rahen, wodurch eine entsprechende Neigungsbelastung erreicht wird, seinem Ziel entgegen. Der Kapitän auf den früheren Schiffen arbeitete mit niedrigen Masten, aber mit einer sich breit erstreckenden Besegelung. Das scheint kein allzu großer Unterschied zu sein, in Wirklichkeit aber bedeutet es sehr viel: Es erfordert anders ausgeführte Manöver, anderes Fahren mit dem oder gegen den Wind und sogar eine anders angewandte Wellentaktik. Deshalb auch fand Martinez Santa-Clara nicht so bald einen Kapitän und die entsprechende Mannschaft, denen er dieses in der Tat kostbare Schiff hätte anvertrauen können.

„Dom Daniló“, wandte sich nun der kleine Barrabella in diesem freundschaftlichen, vertrauten Ton der Anrede an unseren Kommandanten, „folgen Sie mir bitte an Deck."

Man hatte die Planke ausgelegt, und wir standen im nächsten Augenblick auf Deck eines westindischen Schiffes. Ich darf euch versichern, daß in den feierlichen ersten Minuten alles verschwand, was nicht die längst verflossene Vergangenheit verkündete! Die Werft, das schmutzige Wasser, die rostigen oder mit Mennige bestrichenen Schiffskörper ringsum, das aus der Ferne hörbare Dröhnen, das Hämmern, das Zischen der Schweißapparate, das Kreischen der elektrischen Sägen — alles verschwand.

Barrabella zeigte auf zwei getreu nach der früheren Mode gekleidete Männer.

„Die Wachen des Schiffes."

Wie gesagt, die Männer waren getreue Abbilder der Seeleute des 18. Jahrhunderts: Sie trugen Flanellhemden, Tuchhosen, Kopftücher und obendrein einen Vollbart.

Es war, als wären sie aus längst verflossener Vergangenheit vor uns getreten. Solche Figuren dienten auf dem Schiff Robinsons, unter Anson zur Zeit der Piratenverfolgungen, und es gab sie unter den Seeräubern auf den Schiffen von Flint, des legendären Henry Morgan und zahlreicher westindischer Piratenkapitäne.

Ihr düsteres Aussehen und ihre Schweigsamkeit paßten zur Stimmung des Augenblickes. Beide waren kleine, untersetzte Männer, so an die Vierzig. Der eine fiel besonders auf durch seine dichten, struppigen Brauen, sein narbiges Gesicht und seinen unwirschen Blick. Er hieß Gabbia, Giulio Gabbia. Er war Italiener, ein Vertrauter des Commendatore. Ein schweigsamer Italiener! Den findet man auch selten auf Erden. Der andere war Brasilianer und hieß Santjago.

Commendatore Barrabella zwinkerte unserem Kapitän vertraulich zu.

„Es würde mich sehr freuen, Dom Daniló, wenn Sie das Schiff schon mit dem Auge des künftigen Kapitäns betrachten wollten."

Vater Daniló lächelte.

„Wenn Sie gestatten, werde ich mich diesbezüglich etwas später äußern. Aber was ich bis jetzt gesehen habe, das übertrifft bereits meine kühnsten Vorstellungen!"

In der Tat, Jungs!

Die *Königin des Ozeans* war ein ausgezeichnetes Schiff, das muß man zugeben. Stark, vorzüglich gebaut und stilecht. Es war keine Dekoration, kein für Filmaufnahmen zurechtgeputztes Schiff, sondern ein echter Segler.

„Es steht natürlich schon deshalb entsprechend seinem Tiefgang im Wasser, weil es voll belastet ist", erklärte Barrabella. „Der Ballast wurde so eingebaut, daß er unsere Fregatte ständig im gewünschten Tiefgang hält. Und hier, Dom Daniló, wollen Sie einen Blick in diese Räume werfen."

Gabbia öffnete die Tür, und nicht nur Vater Daniló, sondern auch wir sahen hinein. Es waren die Gemächer für den Kapitän. In der Tat, Gemächer. Eine Doppelkabine mit einem Vorraum. Durch die Fenster konnte man nicht nur nach hinten, sondern auch nach der Seite sehen.

„Sie warten völlig eingerichtet auf den Kapitän", sagte Barrabella leise lachend. „Und das hier ist der Kartenraum, die Navigationskajüte."

Selbst Szevér und Feri Horváth konnten nicht widerstehen, von Zeit zu Zeit ein Wort der Begeisterung auszurufen.

Doch diesmal war die Reihe an Zoller, dem Kartennarr.

„Donnerwetter!" Zoller gab seiner Bewunderung Ausdruck, als er die Fächer der Reihe nach herauszog. „Hier gibt es ja sogar historische Karten!"

„Natürlich", erwiderte der Commendatore stolz, „auf einem historischen Schiff historische Karten! So muß es doch sein, wenn ich nicht irre."

Und gerade das war das Überraschende, daß alles zeitgerecht war. In dem Navigationsraum hing der Jakobsstab, auf dem Regal standen gleich zwei Sanduhren, und ein Handgehäuse mit dem Kompaß darin trug sogar eine Jahreszahl aus dem 18. Jahrhundert.

„Die Bussole vor dem Steuer ist auch alt, wenn Sie sie sich mal ansehen wollen, Dom Daniló", sagte Barrabella stolz. „Natürlich werden wir auch einen Thomson-Kompaß anbringen, schon wegen der Behörden, aber auch, weil ich seit unserem Gespräch selbst eingesehen habe, daß es klüger ist, das Schiff auch mit moderner Ausrüstung zu versehen, stellt es doch einen riesigen Wert dar."

Vater Daniló nickte.

„Ohne moderne Ausrüstung würde ich die Fahrt nicht antreten. Jetzt, nachdem ich das Schiff gesehen habe, wird mir noch mehr bewußt, daß es unvernünftig wäre, nur des Sportes wegen etwas zu wagen, was später zum Unheil ausschlagen könnte."

„Aber ein Radio kommt nicht in Frage!" versteifte sich Barrabella.

„Auf ein Radio können wir verzichten." Vater Daniló nickte zustimmend. „Und dann habe ich noch etwas ..."

Barrabella hörte aufmerksam zu. Wir auch. Vater Daniló warf einen Blick auf die in angemessener Entfernung stehenden beiden Wachen des Schiffes.

„Bitte", sagte er sehr ernst, „weder ich noch meine Leute sind Filmschauspieler. Wir sind Seeleute, wir waren es und wollen es bleiben. Vielleicht ahnen Sie, lieber Commendatore, worauf ich hinaus will."

Barrabella, mit einem winzigen Lächeln in den Mundwinkeln, nickte.

„Ich ahne es. Die Kostümierung."

„Ja, die Kostümierung. Ich möchte nicht, daß Sie oder Senhor Santa-Clara mich mißverstehen. Aber eine solche Maskerade würden weder ich noch meine Gefährten anziehen. Das müssen Sie begreifen."

Es folgte eine lange, peinliche Stille.

„Die Bedingungen sehen das allerdings vor. Wir möchten nämlich, daß die *Königin des Ozeans* völlig stilecht auf ihre Reise geht. Senhor Santa-Clara wünscht es so."

Vater Daniló schüttelte den Kopf.

„Es tut mir leid, aber dann können wir schon gehen ..."

Auf dem Gesicht des kleinen Mannes zeichnete sich Bestürzung ab.

„Das ist unmöglich, Dom Daniló, das darf doch nicht sein!

Santa-Clara besteht ausdrücklich auf Ihnen und ich auch. Ich bitte Sie!“

Sottomarina kratzte sich den Kopf und sagte:

„Aber es ist an dem, wie es unser Kapitän gesagt hat.“

Wir standen auf dem Hauptdeck, über uns ragten die Masten empor. Über den kräftigen, massiven Marsstengen hatte der Konstrukteur prächtige Marse, Mastkörbe, angebracht. Es mußte ein großartiger Zeitvertreib sein, von dort Umschau über das Meer zu halten. Die starken geteerten Taue, die Wanten, Pardunen, Stage waren gespannt wie Saiten. Die Rollen und Rüsten glänzten von sorgfältiger Pflege. Am Topp des Großmastes wehte eine Flagge mit einem Drachen. Es mochte die Privatflagge Santa-Claras sein, vielleicht auch eine Klubflagge. Mir schnürte es das Herz zusammen bei dem Gedanken, daß unser Kommen womöglich erfolglos bleiben könnte. Ich hatte mich in das Schiff verliebt und wäre bereit gewesen, die Maskerade anzuziehen, wenn ich nur das Steuer der *Königin des Ozeans* in die Hand bekam! Und mir schien es, als hätte ich von den Gesichtern der anderen etwas Ähnliches ablesen können. Mit Ausnahme von Zoller, der noch immer zwischen den Schätzen im Kartenraum saß und uns nicht gefolgt war. Und bei Feri Horváth, der grübelnd vor sich hinstarrte wie einer, der mit sich kämpft, wofür er sich entscheiden sollte, für die *Jilland* oder die *Königin des Ozeans*.

„Es tut mir leid“, wiederholte Vater Daniló, „aber in diesem Falle . . .“

Barrabella nickte.

„Ich verstehe. Ich verstehe Sie, Dom Daniló. Und wenn ich es durchsetze, daß Sie die Maskerade nicht anziehen müssen?“

Langsam und betont antwortete Vater Daniló:

„Dann, lieber Commendatore, heuern wir auf der Fregatte an! Nicht wahr, meine Freunde?“

Und er sah uns an. Wir aber lachten fröhlich und erleichtert auf.

„So ist es.“

„Denn ich glaube“, fuhr Barrabella fort, „daß das Mitwirken des Kapitäns Daniló Turkovics doch nicht an so einer Äußerlichkeit scheitern darf. Es ist der ausdrückliche Wunsch von Senhor Santa-Clara, daß ich Sie als Kapitän für die Fregatte gewinne. Und ich bin der Meinung, wenn Ihre Unterschrift unter den Vertrag nur davon abhängt, dann müssen wir das erledigen. Dom Daniló, es gibt jedoch noch etwas, was ich klären möchte."

Vater Daniló blickte argwöhnisch auf den kleinen Mann.

„Das wäre?"

„Obgleich die Vereinbarung lautet, daß Sie die volle Mannschaft für das Schiff zu stellen haben, möchten wir Ihnen doch zwei unserer Leute mitgeben. Gabbia und Santjago, sie waren von Anfang an beim Bau dabei. Sie kennen das Schiff in- und auswendig. Außerdem sind es gute Seeleute. Ich verbürge mich für sie."

Gabbia und Santjago standen an der Bordwand und rauchten ihre Pfeife. Vater Daniló musterte sie erneut. Ernst dreinschauende Männer, ihresgleichen sind im allgemeinen nützliche Mitglieder der Besatzung eines Segelschiffes. Sie fassen zu, wenn es drauf ankommt.

Vater Daniló nickte.

„Ich habe nichts gegen sie einzuwenden, wenn Sie sich für ihre Brauchbarkeit verbürgen."

Barrabella lachte erleichtert auf.

„Dann kann der Heuervertrag morgen nachmittag unterschrieben werden, Kapitän."

„Wenn meine Gefährten es auch so wollen", erklärte unser Kommandant.

Und ob wir es wollten!

Die *Königin des Ozeans* hatte uns bezaubert, uns förmlich in ihren Bann gezogen. Auf ihrem Deck hatten wir uns zwei Jahrhunderte in die Vergangenheit zurückversetzt und fühlten uns bereits als Helden der Ritterzeit der Seefahrt.

„Wir wollen es!" schmetterte Sottomarina in seiner bekannten lauten Art. „Wir verlangen, daß wir auf diesem Schiff anheuern! Corpo di bacco!"

DRITTES KAPITEL

Die Inseln über dem Wind und unter dem Wind — Sensation in der Do pontinha — Silver steht uns zu Diensten und heuert an — Der Orkan und die Schlacht — Ein feierlicher Augenblick — In die Wanten! — Feri Horváth meldet sich — Wieviel Matrosen benötigt man für ein Segelschiff? — „Die guten alten Zeiten" — Barrabella besteigt das Schiff — Wilde Vierziger toben um Kap Hoorn

„Antreten! Der Capo läßt sagen, ihr sollt euch beeilen!"

Der Befehl des Capos, des Hauptes, also Vater Danilós, war uns immer heilig, auf dem Festland genauso wie auf See. Wir hüpften so schnell wir konnten (und ein Seemann kann das!) in die Unterwäsche, taten so, als würden wir uns waschen und zogen dann Hemd und Hosen an und standen im nächsten Augenblick schon in Vater Danilós Zimmer.

„Presente!"

Was mochte der Alte wollen? Wir sahen unseren Kapitän an, der am Fenster mit Diego tuschelte.

Sottomarina, Szevér, Vater Guzsik und Piede waren schon da.

Auch auf ihren Gesichtern spiegelte sich verständlicherweise Neugierde.

Vater Daniló wandte sich uns zu.

„Freunde", begann er lächelnd, „ich weiß nicht woher und durch wen, aber es ist durchgedrungen, daß die *Königin des Ozeans* mit uns in See stechen wird. Schaut her! . . ."

Da breitete Diego eine der bekannten brasilianischen Zeitungen vor uns aus. Auf der ersten Seite des riesenformatigen Blattes stand:

DIE FREGATTE DES MARTINEZ SANTA-CLARA
LÄUFT NACH DEN VEREINIGTEN STAATEN AUS

Es ist bekannt, daß Martinez Santa-Clara, Großkaufmann und Schiffseigner in Porto Alegre, ein Kenner der Schiffahrt und Sammler von Schiffsmodellen, eine alte westindische Fregatte stilgerecht hat nachbauen lassen. Die dreihundertfünfzig Tonnen große Fregatte wurde von der Warner-Bros-Filmgesellschaft für Aufnahmezwecke gepachtet, doch gelang es bis jetzt nicht, das Schiff nach Oakland in die Staaten zu überführen, weil Senhor Santa-Clara die Fahrt an bestimmte Bedingungen knüpfte. Außerdem bestand er darauf, daß das Schiff nur von einem von ihm ausgesuchten namhaften und bekannten Kapitän, der über große Routine auf Segelschiffen verfügt, und seiner Mannschaft geführt werden darf. Nun ist Martinez Santa-Clara mit dem Kapitän Daniló Turkovics, dem Helden des Mary-Celeste-Falles, dem weltweit bekannten Seemann, übereingekommen, daß dieser das Kommando der „Königin des Ozeans" übernimmt und das Schiff mit der von ihm ausgebildeten Mannschaft aus dem Hafen von Pelotas unter Umsegelung von Kap Hoorn nach Oakland bei San Francisco bringt.

Das stand in dem Artikel. Wir sahen einander an. Das wollte schon etwas heißen, daß es auch die Presse für ein Ereignis ansah, daß wir mit der Fregatte ausliefen! Ja, Vater Daniló war ein bekannter Mann, und wir sonnten uns in seinem Glanz!

„Corpo di bacco . . ." begann Sottomarina, aber unser Kapitän unterbrach ihn.

„Freunde, wenn ihr es noch nicht wissen solltet, so teile ich es euch jetzt mit: Binnen einer Stunde ist Aufbruch! Ich bin kein Freund von irgendwelcher Reklame, ich mag keine Sensation und dergleichen Aufsehen. Ich bin Seemann genau wie ihr. Von unserem Freund Diego habe ich erfahren, daß — obwohl es noch zeitig am Morgen ist — mehrere Zeitungen telefoniert haben, daß sie mich interviewen und uns alle fotografieren wollen. Sie mögen sich mit Dom Martinez oder Signore Barrabella unterhalten, aber nicht mit mir! Da das Schiff gleich nach Unterschreiben des Vertrages übernommen werden muß, werde ich nicht säumen und ihn schon am Vormittag unterzeichnen. Auch müssen wir unsere Besatzung ergänzen und werden deshalb den *Kaiser von Brasilien* verlassen. Es tut mir leid, lieber Freund Diego, aber wir müssen so handeln. Wir haben uns hier sehr wohl gefühlt, aber jetzt . . ."

„. . . ist es an der Zeit, daß wir den Anker lichten", ergänzte Szevér lachend den Satz.

Vater Daniló nickte.

„Genauso ist es, Freunde, es ist an der Zeit. Wir danken Diego für all sein Entgegenkommen und bitten um die Rechnung."

Der in der Tat zuverlässige und dienstbeflissene Diego verneigte sich tief vor unserem Kapitän.

„Es steigt auch selten ein solcher Kapitän im Seemannsheim ab wie Sie, Dom Daniló. Und nicht alle Tage solche Seeleute wie Sie, Senhores."

Damit drückte Diego uns allen die Hand und eilte davon, um die Rechnung auszustellen.

„Gehen wir schon an Bord der Fregatte?" erkundigte sich Vater Guzsik.

Vater Daniló schüttelte den Kopf.

„Nein, erst kehren wir noch in der *Do pontinha* ein. Und dort wartet ihr dann, bis ich von Santa-Clara zurückkomme. Ich möchte bei dieser Gelegenheit mit Silver sprechen. Vielleicht kann er uns behilflich sein, die Mannschaft zu ergänzen."

Zoller sah unseren Chef mißbilligend an.

„Ich würde Silver nicht vertrauen, Kapitän, ich nicht."

Das sagte Jóska Zoller, kein Wort mehr. Vater Daniló winkte ab. Szevér klopfte unserem mißtrauischen Freund auf die Schulter.

„Wenn du das Erbe des seligen Suttora übernehmen willst, so haben wir nichts einzuwenden. Aber dann mußt du auch prophezeien, ob der heutige Tag geeignet ist, um unser neues Unternehmen zu starten."

Wir lachten alle herzlich. Zoller zuckte mit den Schultern.

„Meinetwegen könnt ihr euch über mich lustig machen, wenn ihr wollt. Ich habe nichts weiter gesagt, als daß mir dieser Silver verdächtig ist."

„Er ist ein Mordskerl", stellte Sottomarina fest, „wer so trinken kann wie er, kann nur ein Mordskerl sein!"

Dabei blieb es.

Aber ich will schon hier gestehen: Ich glaube an einen sechsten Sinn. Weiß der Teufel, was in Zoller den Argwohn geweckt hatte! Doch darüber will ich jetzt nicht sprechen.

Vielmehr will ich berichten, daß wir in knapp einer Stunde Abschied von dem Seemannsheim *Zum Kaiser von Brasilien* nahmen, von dem wackeren Patrón Diego, der staubigen und im Sonnenglanz gleißenden Rua Minguel Cauto de Tiradentes, der brasilianischen Reiterei, die ich seither nicht wieder gesehen habe und sicher auch nie wieder zu sehen bekommen werde. All das ist heute nur noch Erinnerung. Aber es ist schon gut, daß es solche Erinnerungen gibt.

Ihr könnt euch vorstellen, daß an den Tischen der *Do pontinha* so mancher Gast den Kopf hob, als vor der schäbigen Kneipe am Hafenrand das nicht weniger schäbige Lastauto des Seemannsheimes anhielt, das uns unser Freund Diego bereitwillig zur Verfügung gestellt hatte. Wir hatten sämtliche Seemannskisten, Säcke und Pakete sowie die Koffer Vater Danilós darauf gepackt. Hier muß ich klarstellen, daß die meisten der Koffer keine Schränke voll Kleidung enthielten, sondern die „geistige" Ausrüstung unseres Kapitäns: die von der *Jadran* geretteten Bücher über Schiffahrt, Seekarten, aber auch Instrumente, wie zum Beispiel den Sextanten, die Handbussole, zwei Chronometer, einen Windmesser, das Log, einen Feder-Luftdruckmesser, ein Quecksilberbarometer,

Zirkel und die für die Berechnungen auf der Karte notwendigen Parallellineale und sogar einen ganzen Satz Signalflaggen.

„Ich will diese Geräte auch auf dem neuen Schiff benützen", hatte Vater Daniló bereits in Fiume erklärt. „Ich habe mich an jedes Stück gewöhnt."

Wir hätten gar nicht gedacht, daß wir für die *Do pontinha* eine solche „Sensation" bedeuteten.

Martinez kam aus der Schenke gestürzt, als er sah, wer auf dem klapprigen Lastwagen angekommen war, und empfing uns mit solch strahlendem Gesicht, als hätten wir den Lottohauptgewinn aus Rio in der Tasche. Und das ist eine hohe Summe: dreißigtausend brasilianische Dollar.

„Ich gratuliere, Kapitän. Wir haben die Nachricht gelesen, daß Santa-Clara Ihnen das Kommando der *Königin des Ozeans* übertragen hat."

Die barfüßigen Kapitäne brachen in Hochrufe aus, und die Gruppe um Silver schlug einen Lärm, daß alle Kinder der Umgebung zusammenliefen, in der Annahme, es komme zu einer Rauferei in der Schenke.

Die Zechbrüder blickten auf Vater Daniló, als wäre er ein siegreicher Heerführer.

„Die Gunst Santa-Claras zu gewinnen ist unheimlich schwer!" sagten die Kapitäne. „Santa-Clara ist ein sehr reicher Mann! Er hat so viel Geld, daß er sich aus irgendeinem Winkel der Erde einen Kapitän und eine Besatzung für seine Schiffe kann bringen lassen! Santa-Clara ist ein großer Mann!"

Alle waren voll des Lobes und ließen uns hochleben. Jeder wollte eine Runde bezahlen oder zumindest an der Runde beteiligt sein, aber Vater Daniló wehrte das Animieren, das leicht in eine Sauferei hätte ausarten können, geschickt und klug ab.

„Das nächste Mal, meine Herren, das nächste Mal. Jetzt haben wir dazu keine Zeit, wie sehr uns auch Ihr Entgegenkommen ehrt. Wir wollten vor allem mit Mister Silver sprechen."

Mister Silver stand uns natürlich bereitwillig zur Verfügung. Wir gingen an den entlegensten Tisch und nahmen dort Platz. Mitten unter uns saß der lange John Silver, zuvorkommend und freundlich lächelnd wie jemand, der weiß, daß es auf der Welt keinen liebenswürdigeren und einflußreicheren Mann gibt als ihn. Denn selbst Dom Daniló, von dem die Zeitung als von einem weitberühmten Seemann schrieb, selbst dieser wandte sich an ihn. So saß er zwischen uns ein wenig in der Pose, die jedem Außenstehenden sagen mußte: Seht ihr, wer ich bin?! ...

„Verfügen Sie über mich, Captain", sagte Silver lächelnd, „ich stehe Ihnen in allem zur Verfügung. Wenden Sie sich ruhig an Silver, Captain, und Silver erledigt alles!"

Interessant, in diesem Augenblick empfand ich Abneigung gegen ihn. Obwohl er noch nie so freundlich, zuvorkommend und dienstbeflissen war wie jetzt. Ich glaube, das war es, was die immer stärker werdende Antipathie gegen ihn auslöste. Oder war es die Miene Zollers? Zoller saß nämlich mit düsterem Gesicht da und maß den gestikulierenden und sich hervortuenden Silver mit geringschätzigen Blicken. Wie gesagt, ich weiß nicht, was es war, aber mit einem Male hatte ich das Gefühl, dieser Kerl gehört zu den größten Schuften und Hochstaplern aller Zeiten. Und doch behaupte ich, er war so gewinnend wie ein gutherziger Vater auf der Hochzeit seiner eigenen Tochter. Vielleicht war es doch Zoller, der den Zweifel, die Abneigung in mir weckte. Ja, offenbar war er es, denn die vielen gemeinsam verbrachten Jahre, all die gemeinsamen Erlebnisse und Erinnerungen und der Umstand, daß wir gleichaltrig waren und aus demselben Land stammten, bewirkten eine brüderliche Verbundenheit.

So suchte ich hinter dem ständigen Lächeln Silvers argwöhnisch etwas anderes zu entdecken. Aber was, das wußte ich damals noch nicht.

„Verfügen Sie über mich, Captain."

Vater Daniló nickte.

„In Ordnung, obgleich ich nicht über Sie verfügen, sondern nur etwas fragen will. Sagen Sie, Mister Silver, sind Sie schon einmal auf einem größeren Segelschiff gefahren?"

Silver lachte auf.

„Zuletzt war ich Bootsmann auf der *Inca!* Haben Sie von der *Inca* gehört, Captain?"

Vater Daniló nickte. Natürlich hatte er von diesem Schiff gehört. Es war eine der größten Fünfmastbarken, ein Schiff einer chilenisch-deutschen Reederei.

„Auf ihr war ich Bootsmann", fuhr Silver fort. „Aber warum interessiert Sie das, Captain?"

Da erklärte Vater Daniló, daß er dafür mehrere Gründe habe, in erster Linie, weil er einen zuverlässigen, erfahrenen Segelmeister suche, weiterhin mehrere Deckmatrosen und einen Stellvertreter des Segelmeisters.

Jetzt lächelte Silver nicht. Sehr aufmerksam schaute er unserem Kapitän in die Augen und lauschte mit immer größerer Aufmerksamkeit seinen Worten. In seinen Mundwinkeln erschienen, wie wir das mit Zoller wesentlich später feststellten, auf Verschlagenheit deutende Fältchen.

„Wieviel Mann benötigen Sie insgesamt, Captain?" fragte Silver.

Vater Daniló zog seinen Notizblock heraus und blätterte darin.

„Wir sind unser sieben", sprach er vor sich hin, „wenn Horváth käme, wären wir acht. Zwei Mann erhalten wir von dem Commendatore ... Es ist ein Dreimaster, ein Dreihundertfünfzigtonner ... die Route ist nicht übermäßig weit, man braucht die Erde nicht zu umsegeln ..."

Er machte eine kleine Pause und sah uns aufmerksam an.

„Ein Segelmeister und sein Vertreter, das sind zwei", sagte unser Kapitän nun schon laut, „und acht Matrosen, insgesamt zehn Mann brauchten wir."

Jetzt schaute Vater Daniló aufmerksam auf Silver.

„Nun?"

Dieser Inbegriff der Zuvorkommenheit nickte mit einem sichtbar wohlgefälligen Lächeln.

„Captain, was mich betrifft, so erkläre ich schon jetzt, daß ich gern mit Ihnen fahre. Obwohl ich mich hier auf dem Festland recht wohl fühle, das dürfen Sie mir glauben. Ich habe etwas gespartes Geld, das reicht noch für eine ganze Weile. Aber wenn das Meer ruft, wie sollte ich da nicht folgen! Und obendrein mit Ihnen auf der *Königin des Ozeans*! Ich werde Ihnen auch Leute besorgen. Auf ein solches Schiff kämen sie scharenweise, aber wir werden sie uns aussuchen. Wir nehmen nur erfahrene Seeleute mit besten Referenzen. Sie können sich darauf verlassen, Captain!"

Jetzt war er wieder der alte Silver. Lächelnd, heiter, dienstbeflissen. Die spöttischen Fältchen aus seinen Mundwinkeln waren verschwunden.

„Mit den besten Referenzen", wiederholte er.

Vater Daniló nickte.

„Darauf lege ich großen Wert." Er räusperte sich und war in Verlegenheit. Er war noch ein Kapitän aus der alten Zeit, als auf den Schiffen noch ein anderer Ton herrschte. Aber er brachte sein Anliegen heraus.

„Mister Silver, nach den Vorschriften benötige ich auch Ihre Papiere, wenn ich Sie damit nicht verletze."

Der lange John nickte leutselig.

„Aber freilich, Captain, das ist doch selbstverständlich. Sie werden staunen, wenn Sie mein Seefahrtsbuch sehen, auf welch prächtigen Schiffen ich gedient habe und wie anerkennend die Eintragungen der Kapitäne und ersten Offiziere sind. Sie werden staunen, Captain."

Damit rief er Martinez zu:

„He, Patrono, eine Runde Mammelios! Ich habe auf der *Königin des Ozeans* angeheuert."

So kam der lange John Silver zu uns, der — ich kann es nicht leugnen — gefährlich dem John Silver aus der *Schatzinsel* ähnelte. Nur ging er ohne Krücke und hatte keine Kneipe, und er stammte nicht aus dem 18. Jahrhundert wie die mit Recht berüchtigte Piratengestalt Stevensons.

So führte uns unser Schicksal mit dem John Silver des 20. Jahrhunderts zusammen, im äußeren Hafenviertel von Porto

Alegre in Brasilien, in der Hafenschenke *Do pontinha.* Manchmal spielt das Schicksal solche Streiche.

Der Streich des Schicksals ging sogar so weit, daß Vater Daniló, der Anführer, Planer und Ausführer und mutige Kämpfer so vieler Schiffsabenteuer, es als Ehre betrachtete, daß Silver bei uns anheuerte. Sottomarina, Piede und Vater Guzsik feierten den langen John geradezu, als er das beglückende Ja sagte. Selbst Szevér freute sich, ich allerdings begann zu schwanken bei dem Anblick dieser großen Freude. Nur Zoller saß verschlossen auf seinem Platz, eingehüllt in den Mantel des Schweigens.

„Morgen bringe ich die neun Mann“, erklärte Silver, nachdem wir angestoßen hatten. „Ich will versuchen, Laguna Grande selbst zu gewinnen. Er ist ein ausgezeichneter Seemann. Er würde sich großartig als Stellvertreter des Segelmeisters eignen. Es wird allerdings nicht leicht sein, ihn zu überreden. Er hat ein verlockendes Angebot von einer brasilianisch-argentinischen Reederei. Wie denkst du darüber, Grande, hörst du überhaupt zu?“

An einem Tisch in der Nähe saß die Stammgarde beisammen, an ihrer Spitze Laguna Grande mit dem olivbraunen Gesicht und den Ohrringen. Gelangweilt rief der ungekrönte König des äußeren Hafens herüber:

„Bei der heiligen Muttergottes, ich hab' meinen Job!“

Ja, so geschah es, daß sich unsere Besatzung vorerst nur um den langen John Silver vergrößert hatte. Ich will die Ereignisse des Tages nicht in allen Einzelheiten schildern. Begnügt euch damit, daß Vater Daniló von Szevér begleitet in der Casa Resacas den Heuervertrag unterzeichnete. Santa-Clara hielt dabei sogar eine Ansprache, wie es Staatsoberhäupter tun, wenn ein Vertrag unterzeichnet wird. Er hob hervor, daß er Kapitän Turkovics sein volles Vertrauen schenke und daß er die Überführung der *Königin des Ozeans* für eine sehr bedeutende Aufgabe halte und daß der Name unseres Kapitäns ihm Garant dafür sei, daß die Fregatte wohlbehalten in den Vereinigten Staaten ankomme. Anschließend erflehte er den Segen aller südamerikanischen Heiligen für das Vorhaben Vater Danilós.

Währenddessen verlief unser Warten, bis unser Kapitän zurück-

kam, recht ruhmlos. Martinez brachte solange eine Runde nach der anderen, Grog, Rum, Mammelios, bis alles zu schwanken begann. Die Schenke schien sich auf das Meer begeben zu haben, erst begann sie zu schaukeln, dann leicht zu stampfen, fing dann an zu rollen und geriet schließlich in einen Hurrikan, so daß es wirklich Mühe machte, sich auf den Beinen zu halten. Der erste, den der Hurrikan niederstreckte, war Sottomarina. Er bewunderte so lange die erstaunliche Trinkfestigkeit Silvers, bis er auf Deck der *Do pontinha* hinschlug und unter den Tisch schlitterte. Diesen Ausrutscher streitet er seither immer ab, genauso wie die Tatsache, daß er Silver mehrmals geküßt hat. An dieser Seeschlacht, die in Porto Alegre heute noch mit dem Attribut „groß" versehen wird, beteiligten sich auch Laguna Grande und die Stammgarde sowie alle anwesenden barfüßigen Kapitäne. Wie sich später herausstellte, wurde dabei die Einrichtung der *Do pontinha* an mehreren Stellen angeschlagen und Martinez selbst auch, obwohl ihn jeder gern hatte. Aber dem Feind ging es nicht besser. Dieser „Feind"

— ich will es gestehen, damit ihr nicht an meiner Glaubwürdigkeit zweifelt — war die Polizei, die Hafenmiliz, die man auf die Schlägerei hin alarmiert hatte, um auf Deck der in Sturm geratenen *Do pontinha* Ordnung zu schaffen.

Ich muß offen gestehen, daß ich mich an Einzelheiten nicht erinnere. Ich kenne die Ereignisse mehr vom Hörensagen. Mit uns hatte die Polizei keine besondere Not, denn — Schande hin, Schande her — wir vertrugen die Schläge des Orkans nicht so gut wie die Brasilianer. Und wenn dies meine einzige Erinnerung an Brasilien wäre, so hielte ich sie für beeindruckend genug: denn wie diese Männer in Porto Alegre trinken konnten, war wirklich grandios! Am längsten hielten sich die barfüßigen Kapitäne, Laguna Grande und Silver. Am Schluß siegte die Polizei, und die *Do pontinha* segelte in ruhigere Gewässer. Angeblich soll Martinez, der Patrono, mit verbundenem Kopf zwischen den Ruinen seiner Kneipe gesagt haben:

„Ist egal, aber es war eine schöne Rauferei! Wir werden den Schaden schon wieder beheben."

Wie gesagt, ich will mich nicht über weitere Einzelheiten des Tages auslassen, denn — ich bin dazu gar nicht in der Lage.

Aber glaubt mir, am nächsten Morgen erwachten wir bereits in den Kabinen der *Königin des Ozeans*. Wie sich das zugetragen hat, weiß ich bis heute nicht. Aber wir befanden uns alle unversehrt dort. Sottomarina hinkte ein wenig. Angeblich hatte er sich den Fuß vertreten, als er vom Lastwagen gesprungen war. Und wenn sich jemand wagte, etwas vom Unter-den-Tisch-Rutschen zu erwähnen, den sah er an, als wollte er ihn auf der Stelle umbringen. Und Piedes Kopf schmückte ein Verband. Das waren die äußeren Andenken an die Schlacht.

Um sechs Uhr früh erwachten wir davon, daß der düstere Gabbia auf Weisung Vater Danilós in die Kabinen rief:

„Buona mattina! Aufstehen! Presto!"

Ich kann mir denken, daß ihr überrascht seid, daß ich von Kabinen spreche und nicht vom Logis, der Mannschaftsunterkunft im Vorschiff, wo wir sonst untergebracht waren.

Diesmal waren wir im Rang gestiegen. Ohne Ausnahme hatten

wir alle Kabinen erhalten, schmucke, kleine Räume für jeweils zwei Personen. Mein Gefährte war natürlich Zoller, war ich doch mit ihm zusammen Steuermann auf der *Königin des Ozeans*, genau wie seinerzeit auf dem Schoner *Jadran*. Rechts von uns waren Sottomarina und Piede untergebracht und links von uns lag Szevér, aber er war allein, denn als erster Offizier auf dem Segelschiff stand ihm eine eigene Kabine zu.

Diese Kabinen reihten sich auf dem Achterdeck steuerbords aneinander, unmittelbar unter dem Kommandodeck. Auch Vater Guzsik erhielt als Koch eine eigene Kabine, weiterhin die zwei Leute des Commendatore als „Unterstellte" der beiden Kommandanten. Hier lagen auch die zwei Kabinen für Barrabella, der uns auf der Fahrt begleiten würde, und außerdem noch zwei Reservekabinen. Ich hatte einen so ausgestatteten Dreimaster noch nicht gesehen. Das Logis, die Mannschaftsunterkunft, würde, wie auf allen Schiffen, auch hier auf dem Vorschiff liegen. Hier würde man die von Silver noch aufzutreibenden Matrosen unterbringen.

Zweifellos unterschied sich die Bequemlichkeit der Kabinen von der Unterbringung auf den einstigen Fregatten. Es war ein besonderes Zugeständnis von dem sonst so sehr am alten hängenden Santa-Clara, daß er dergleichen gestattete, aber wir führten weder Geschütze noch Munition, weder große Mengen von Waren noch eine große Anzahl bewaffnete Besatzung mit und somit auch nicht für einhundertfünfzig bis zweihundert Menschen Verpflegung und Wasser, was seinerzeit alles auf Kosten der Bequemlichkeit ging, ja sie sogar völlig unmöglich machte. Auf den einstigen Schiffen (nehmen wir zum Beispiel das Schiff von Admiral Anson, die *Centurion*) stand den Steuerleuten, wie in unserem Falle Zoller und mir, nicht nur keine eigene Kabine zur Verfügung, sie hatten nicht einmal eine als Koje bezeichnete Schlafstelle, sondern ruhten wie die anderen Matrosen in einer Hängematte, wenn von Ruhen überhaupt die Rede sein konnte. Diese Hängematten hielten sich recht lange in der Schiffahrt. Ich sah noch 1918 in Fiume solch ausgediente Kasemattenschiffe, auf denen die zur Bewachung der gegen Unterseeboote angebrachten Sperrnetze aufgebotene Mannschaft in Hängematten schlief. Die Hängematten hatten Jahrhunderte hindurch mehrere Vorteile: Sie wurden nach dem Gebrauch zusammengerollt und nahmen somit überhaupt keinen Platz ein, und obendrein — und ich glaube, das war das Entscheidende — blieb niemand länger darin liegen als notwendig.

Unser erstes Erlebnis also war, daß wir Kabinen erhielten mit ordentlichen, wenngleich recht schmalen Liegestätten. Ich will auch nicht behaupten, daß man in der Kabine tanzen oder auch nur spazieren konnte. Es war darin gerade so viel Platz, daß man zwischen die zwei Liegestätten treten konnte, unter denen die Seemannskiste und die notwendigsten persönlichen Dinge Platz fanden. Alles andere kam in den Lagerraum, der unter Deck, genau unter Steuerdeck zu finden war. Zoller brachte seine Kiste und sonstiges Gepäck dahin, aber auf seine Karten verzichtete er nicht. Die kamen mit zu uns in die Kabine.

Und das zweite Erlebnis? Nun, auch das zweite Erlebnis beglückte unser Herz. Unser Herz und unseren Magen. Vater Guzsik hatte nicht geruht. Er hatte die Küche schon in Betrieb genommen. In der muffigen Wärme des Morgens, über dem nach Fäulnis riechenden Wasser des Werftbeckens verbreitete sich der Duft von geschmorten Zwiebeln und Rührei. Nach einer so ausgiebigen Schlacht wie der gestrigen konnte es für die erschöpften Nerven wirklich nichts Besseres geben als Rührei.

Als Gabbia die Kabinentür öffnete, drang der Duft in den kleinen Raum, und die Welt erhielt pötzlich ein freundliches Gesicht.

„Dieser Tag fängt gut an“, stellte Zoller fest.

Die glänzende Verkleidung der Kabine, die sauberen, ordentlichen Bettbezüge, die wohlbekannten, knarrenden, surrenden und von Zeit zu Zeit ächzenden Laute des Segelschiffes und nicht minder der gesegnete, uns abends in den Schlaf wiegende Geruch von Seilen, Teer, dem sonnenbeschienenen Deck, dem Hafenbecken und dem ganzen Schiff ließen mit einemmal das beruhigende Gefühl in uns aufkommen: Wir sind daheim! Wir sammelten uns auf dem Halbdeck.

Ganz im Ernst: Es war ein feierliches Gefühl, dazustehen und einander anzusehen!

Dieses Schiff versetzte uns zweihundert Jahre in der Geschichte zurück, wie sehr der anschwellende Lärm und das Dröhnen der Werft uns auch an die Gegenwart erinnerten.

Das Halbdeck, das mit Messing reich verzierte Steuerrad, seine schlangenförmigen Verzierungen, der vor uns emporragende, mit Wulingen gesicherte, stilechte Mast, über uns der breite Mars, das Krähennest, hinter uns oben das Achterdeck und dort vorn das steil emporragende Vorschiff, verlängert durch den maststarken Klüverbaum — ließen ein wenig die Befürchtung in mir aufkommen, daß all das nur Traum sei und keine Wirklichkeit!

Ja, ein schöner Traum, aus der Zeit der *Schatzinsel.*

Aber es war kein Traum, es war die Wirklichkeit.

Und es waren die ersten Stunden vor Beginn einer abenteuerlichen Fahrt.

Vater Daniló stützte sich mit den Ellbogen auf das Steuerrad und sah jedem einzelnen von uns in die Augen. In diesem Blick lag Verständnis, Heiterkeit und weise Abgeklärtheit. Er tat, als wüßte er nichts von gestern und würde auch nicht bemerken, daß Piede den Kopf verbunden hatte und daß Sottomarina hinkte, als wäre er auf dem Fußballplatz gewesen.

Er schaute jedem von uns in die Augen, Szevér, Sottomarina, Vater Guzsik, Zoller, Piede und mir. Und auch die beiden neuen Gefährten, Santjago und Gabbia, standen in der Reihe.

Vater Daniló räusperte sich, er war bewegt, und auch uns war sehr eigenartig zumute.

Seine Stimme klang recht verschleiert, als er zu reden begann.

„Freunde, es ist ein feierlicher Augenblick. Mit Ausnahme von Franzel stehen wir alle hier, die wir von der alten Garde übriggeblieben sind."

Vater Daniló überwand seine Rührung und fuhr fort:

„In diesem Augenblick denken wir auch an unsere früheren Kameraden. Jetzt, wo wir hier stehen und sagen können: Wir sind wieder auf einem Schiff. Wir sind auf einem neuen Schiff und stehen vor einer neuen Fahrt, Freunde."

Jetzt richtete sich unser Kapitän auf, seine Stimme klang mit einem Male entschieden, befehlsmäßig:

„Der Tagesbefehl Nummer eins: die Einteilung. Erster Offizier: Szevér Turkovics, Bootsmann: Sottomarina, sein Stellvertreter: zweiter Bootsmann Piede Piccolo. Erste Steuerleute: Zoller und Andrea, und die Matrosen Giulio Gabbia und Fernando Santjago zur besonderen Verfügung des Kapitäns und der Schiffszimmermann und Koch: Vater Guzsik."

Er machte eine kurze Pause und fragte dann:

„Hat noch jemand eine Frage?"

Sottomarina meldete sich:

„Wie ich sehe, hat niemand eine besondere Frage. Es bliebe nur noch zu sagen, was wohl mir als dem Ältesten zukommt: Wir grüßen unseren Kapitän in alter Treue!"

Oh, wenn ihr den einem Schlachtruf gleichenden Freudenschrei unserer kleinen Gruppe hättet hören können! Selbst der düstere Gabbia und Santjago fielen mit ein. Und am Rande des Hafenbeckens liefen in Scharen die Arbeiter aus den umliegenden Werkstätten zusammen, um zu sehen, was sich auf einem der seltsamsten Schiffe der Welt ereignet habe.

Es war aber nichts weiter passiert, als daß wir uns dieses herrlichen Augenblicks freuten und in treuer Ergebenheit den Mann grüßten, den wir schwärmerisch verehrten.

„Ich glaube", fuhr Vater Daniló fort, nachdem er jedem die Hand gedrückt hatte, „daß wir in der Zwischenzeit, bis die restliche Mannschaft eintrifft und bis der Commendatore am Nachmittag ankommt, unsere Aufgaben besprechen. Am besten wäre, wenn wir uns mit dem Schiff vertraut machten, jeder entsprechend seinem Aufgabenbereich."

„Vater Guzsik zum Beispiel könnte mit der Ausgabe des Frühstücks beginnen", empfahl Zoller unter lauter Zustimmung.

Vater Daniló nickte.

„Richtig. Guzsik, Frühstücksausgabe!"

Und Vater Guzsik, der wer weiß wie oft schon das Essen an uns ausgegeben hatte, klopfte vorschriftsmäßig auf den Boden eines leeren Topfes.

„Zum Frühstückfassen antreten!" rief er, und wieder erfüllte der Duft von Rührei das Hauptdeck, auf dem wir im Schatten des Großmastes unsere erste Mahlzeit auf der *Königin des Ozeans* einnahmen. Inzwischen hatte Vater Daniló aus irgendeinem seiner Koffer eine Flasche hervorgeholt. Es war Marsala, ein wie Rubin funkelnder, köstlicher Wein aus Italien. Wir stießen auf unsere neue Heuer auf dem stolzen Schiff und auf den Erfolg unserer Fahrt an.

„Was würde jetzt wohl Suttora sagen?" fragte Sottomarina nachdenklich. „Ob die Zeichen für den heutigen Tag günstig sind?"

Aber wir hatten keinen Propheten an Deck, und so stellten wir selbst fest, daß alle Zeichen günstig waren. Bald sollten wir in See stechen mit der *Königin des Ozeans*, die unserem Willen gehorchen sollte. Und wir waren glücklich. Da fiel es nicht schwer zu glauben, daß die Zeichen, die so oft erwähnten Zeichen Suttoras, uns Glück verhießen.

Zoller und ich prüften verständlicherweise als erstes das Steuerruder, dann nahmen wir das Steuerhaus in Augenschein, das Rudergeschirr und die Form des Ruderblattes, und schließlich überzeugten wir uns, welcher Ausblick sich aus dem Steuerhaus bot. Unterdessen ging Vater Daniló mit Szevér durch das Schiff, um sich von oben bis unten alles gründlich anzusehen. Sottomarina und Piede prüften die Takelage, sahen sich die ungewohnte Einteilung der Taue an und begutachteten das System und die Stärke der Masten.

Als ich die Hand das erste Mal auf den Griff des mächtigen, entsprechend der damaligen Zeit robusten und reich mit Messing beschlagenen Steuerrades legte, wurde plötzlich eine alte Erinnerung in mir wach.

Zoller ging es genauso, denn er sah mich an und fragte leise lächelnd:

„Entsinnst du dich, Andrea?"

Und wir sahen uns in Gedanken als zwei milchbärtige, knapp fünfzehn Jahre alte „Asinellos" — Eselchen, wie die erstjährigen Kadetten genannt wurden —, die allabendlich in der *Nautica* von Fiume in das mit Recht berühmte Seefahrtskabinett schlichen, um dort die „Schätze" zu bewundern. Es gab dort alles, was das Herz eines künftigen Seefahrers höher schlagen ließ: alte und moderne Navigationsausrüstungen, Schiffsbestandteile, Modelle, Globen, Karten und vor allem ein Steuerrad mit einem Gestell. Im Jahre 1882 war genau am Weihnachtsabend vor der irischen Küste zwischen den Klippen von Bannow der ungarische Dampfer *Szapáry* gesunken. Nach der Hebung wurde aus dem Wrack unter anderem das Steuergestell mit dem doppelten Steuerrad ausgebaut, das die Reederei dem Kabinett der Marineakademie in Fiume schenkte. Zoller und ich hätschelten dieses Rudergeschirr förmlich, ölten und putzten es, und wenn wir daneben standen, überkam uns das Gefühl, als segelten wir auf dem Meer der Märchen, der Träume. Damals glaubten wir, nach vier Jahren Leutnants und später Kapitäne zu sein und ahnten nicht, daß unsere Hände viele, viele Jahre hindurch die Spaken des Steuerrades halten würden, sowohl bei heulenden Stürmen als auch auf spiegelglatter See.

Die *Szapáry*! Wir seufzten, sie hatte solche schmucke, wie goldene Schlangen anmutende Speichen und einen so starken Radkranz. Aber diese verträumte Stimmung dauerte nicht lange. Als wir gerade prüften, wie man aus dem Steuerhaus über Deck und über das uns ungewohnt hoch erscheinende Vorschiff sehen konnte, erblickten wir am Anfang des Beckenrandes eine Gruppe, die sich unserem Schiff näherte.

Sie näherte sich langsam, mit wiegenden Schritten, der eine schleppte eine Kiste, der andere einen Seesack, aber es gab auch welche, die nur ein Bündel in der Hand schaukelten. Insgesamt waren es zehn Mann, und voran schritt der lange John Silver.

„Sie kommen“, brummte Zoller, „mit diesem Halunken an der Spitze.“

Ich sah ihn an.

„Man kann sich auch irren, hörst du?“

Zoller lachte spöttisch.

„Man kann sich irren, aber ich irre da nicht. In diesem Falle bin ich Suttora und prophezeie: Diese Kerle werden uns noch schwere Tage bereiten, aber ihr glaubt mir ja nicht! . . .“

Zu unserer größten Überraschung schlenderte neben Silver das

Haupt der „Stammgarde", Laguna Grande mit den goldenen Ohrringen. Der hatte es sich wohl anders überlegt und auch angeheuert?

Ja, er hatte es sich überlegt.

Silver trat freundlich lächelnd vor unseren auf dem Hauptdeck stehenden Kapitän.

„Captain", begann er, „ich habe mein Wort gehalten. Ich habe Laguna Grande und weitere acht Mann mitgebracht. Laguna Grande hat es vorgezogen, unter Ihnen zu dienen und nicht auf dem argentinisch-brasilianischen Schiff. Stimmt es, Grande?"

Die goldenen Ringe in seinen Ohren baumelten, als der Mann mit dem olivbraunen Gesicht nickte.

„Es ist so, Captain. Ich habe Lust bekommen, auch mal auf einem solchen Schiff zu dienen."

„Er wird unser zweiter Segelmeister", fügte Silver hinzu. „Er ist ein ausgezeichneter Seemann, ich bürge für ihn. Dasselbe trifft für die anderen zu, ich kenne sie alle. Es sind alte Segelschiffer, Captain. Ihre Seefahrtsbücher sind alle in Ordnung."

Drei oder vier der an Deck gekommenen Gestalten kannten wir schon aus der *Do pontinha*. Männer ihres Schlages pflegt man, wenn sie in einem Haufen stehen, als bunt zusammengewürfelte, heruntergekommene Gesellschaft zu bezeichnen. Und seien wir ehrlich, sie waren es auch. Silver und Laguna Grande hätten wohl noch ohne großes Aufsehen durch die Straßen einer Stadt gehen können. Sie trugen einen schon etwas schäbigen Koffer und eine Seemannskiste in der Hand. Aber Janmatje hätte sicher Verwunderung erregt. Wie er mit richtigem Namen hieß, entsinne ich mich nicht mehr, aber jedermann nannte ihn Janmatje. Er war Holländer, ein seltenes Exemplar seines Volkes, schmutzig wie ein Heizer und unordentlich wie ein Pariser Bohemien. Nicht nur seine Bluse, seine Hose und sein Hemd waren voller Flecken, sondern auch sein Bündel, sein Seemannssack. Neben ihm stand der lange Grönländer namens Mikkelsen. Diesen Mikkelsen hatte es aus dem Norden nach dem Süden verschlagen, aus dem Land des Eises in das Land der Palmen. Er war auf einem Walfänger aus den nördlichen Gewässern nach dem Süden heruntergekommen, was bei Mikkelsen auch einem moralischen Herunterkommen gleichkam. Er zog dann von Schiff zu Schiff und landete schließlich in der Stammgarde von Laguna Grande, verkaufte sich im wahrsten Sinne des Wortes diesem olivbraunen Brasilianer. Es stellte sich freilich erst später heraus, daß dieser träge, vierschrötige Mikkelsen, aber auch Janmatje und die anderen sechs in jeder Hinsicht die Leibeigenen oder, wenn wir wollen, die Sklaven Laguna Grandes waren. Freilich, er kam für die Getränke und für die Nahrung seiner „Stammgarde" auf, dafür aber hatten sie ihre Heuer bei ihm abzuliefern und sogar den Vorschuß, den Barrabella am nächsten Tag allen auszahlte. Der internationale Charakter der Stammgarde wurde unterstrichen von einem schwerfälligen, noch recht jungen Norweger namens Johnson und einem südafrikanischen Mischling namens Cap-York, der von einem weißen Vater und einer schwarzen Mutter stammte, sowie vier weiteren sich in ihrem Äußeren unterscheidenden, aber in ihrem Charakter wohl gleichen Südamerikanern, deren Namen mir schon entfallen sind, an deren Gesichter ich mich aber noch erinnere.

„Es sind erstklassige Seeleute", behauptete Silver, „sie haben auf Segelschiffen gedient und waren nur deshalb ohne Heuer, weil sie nicht bereit waren, auf einen Dampfer zu gehen."

Was von dieser Erklärung stimmte und was nicht, wäre schwer zu entscheiden gewesen, aber eins konnte man nicht abstreiten. Silver hatte in der Tat recht: Alle verstanden ihr Fach großartig!

Nicht nur wir staunten nicht schlecht, sondern sogar Vater Daniló, als Silver — gleich einem Dompteur — sie auf die Masten schickte.

„Ich weiß, Captain", sagte Silver grinsend, „Sie glauben, ich habe nur den großen Mund und müsse, nachdem ich die Männer gebracht habe, auch gut über sie sprechen. Aber Sie sind ein echter, erfahrener und berühmter Segelschiffskapitän. Sie können nach den ersten Handgriffen beurteilen, was die Jungs können. Deshalb wollen wir zeigen, wozu wir fähig sind!"

Die acht Mann, die aussahen, als wären sie gerade dem Zuchthaus entkommen, ließen zusammen mit Silver und Laguna Grande ihr Gepäck fallen und streiften die Blusen ab.

„In die Wanten!" kommandierte Silver. „Segel setzen!"

Wie mit Segeln umgegangen werden muß oder wie Masten erstiegen werden, das wußten von uns alle. Am besten Vater Daniló selbst und Sottomarina als alter Bootsmann und nicht zuletzt der beleibte, auf den Masten sich aber noch flink bewegende Piede, der lange Zeit Mastmatrose gewesen war. Von Szevér ganz zu schweigen, der jahrelang die Dreimastbark, die schöne *Ragusa*, befehligt hatte.

So konnten wir schon im ersten Augenblick feststellen, daß dieses bunt zusammengewürfelte Gesindel sein Handwerk verstand. Wie sie vom Deck auf die Reling sprangen und von dort die Wanten emporkletterten, verriet schon, daß hier keine Anfänger auf die Masten stiegen. Diese Männer kletterten nicht mit krampfhaft eingezogenen Armen, mit eingeknickten Knien, den Bauch auf die Webeleine drückend, nach oben, sondern mit ausgestreckten Armen, durchgedrückten Knien und mit einer federnden Haltung! Voran Silver! Hinter ihm rechts und links auf den Wantenleitern die Mannschaft und schließlich Laguna Grande als Nachhut. Sie schwangen sich über den Mastkorb und saßen im nächsten Augenblick auf der Rahe des Bramsegels.

Vater Daniló sah ihre Vorführung mit sichtlicher Freude. Von Zeit zu Zeit schnipste er mit den Fingern, was bei ihm ein Zeichen der vollkommensten Zufriedenheit war.

„Corpo di bacco!“ sagte der alte Sotto und rief auf die Masten hinauf: „Nur mutig, Jungs, keine Angst. Wenn ihr fallt, fallt ihr weich!“

So pflegt der Bootsmann im allgemeinen die Anfänger zu ermutigen. Es war als Scherz gemeint und wurde von Silver auch so verstanden, denn er rief herunter:

„Wenn wir auf deinen Kopf fallen, dann fallen wir weich! Da hast du ganz recht, mein Freund!“

In den Paarden kletterten sie die Rahen entlang, wovon ein Anfänger gleich einen Krampf in die Beine bekommt, und lösten Reffbändsel der gerefften Segel. Gleichzeitig hängten Silver und Laguna Grande die Spannketten ein. All das verlief so schnell, so übereinstimmend, daß es keinen Augenblick zweifelhaft war, daß das nur abgesprochen sein konnte. Diese Kerle verstanden ihr Handwerk in der Tat.

„Wird das Marssegel festgemacht?“ rief Silver nach unten.

Vater Daniló winkte nein, es sei nicht nötig. Und er beschrieb mit den Armen einen Kreis, was in der Sprache der Seeleute bedeutete: Genug, Segel wieder reffen und herunterkommen.

Wenige Minuten später stand die Stammgarde wieder auf Deck.

„Alles in Ordnung, Captain?“ fragte Silver mit gewinnendem Lächeln.

Unser Kapitän nickte.

„In Ordnung. Jetzt bitte ich um die Seefahrtsbücher, um die neue Heuer einzutragen. Der erste Offizier kümmert sich um die Unterbringung.“

Alle umringten den Kapitän, auch Gabbia und Santjago standen gaffend da.

„Dieses Schiff stellt einen besonderen Wert dar“, erklärte unser Kapitän. „Die Takelage ist sehr dicht, die Segel sind sehr eng aneinander, das ganze Schiff ist aus Holz und somit leicht brennbar. Die Brandschutzbestimmungen müssen im erhöhten Maße eingehalten werden, besonders beim Rauchen. Deshalb ordne ich an, daß nur auf dem Vorschiff am Wasserfaß geraucht werden darf. Wer dagegen verstößt, der kann sich gleich sein Seefahrtsbuch geben lassen! Übrigens kann sich heute jeder einrichten, Dienst ist nicht vorgesehen. Wenn es möglich ist, laufen wir morgen aus. Guzsik, für jeden Mann einen Becher Grog!"

So begann unser Leben auf der *Königin des Ozeans*.

Bevor ich auf unsere Abfahrt zu sprechen komme und auf die ihr vorausgegangenen Übungsfahrten, muß ich noch zwei Dinge erwähnen. Das eine ist, daß sich unsere Besatzung, zur Freude der Seeleute von der einstigen *Jadran*, um einen Mann vermehrte. Feri Horváth, unser alter Gefährte, hatte doch erwirken können, daß er von der *Jilland* beurlaubt wurde, und er erschien, wie sich das für einen Segelschiffer gehörte, ohne goldene Tressen und ohne Offiziersbluse, mit einer Segeltuchjacke über der Schulter, einem Seesack und einem Koffer in den Händen auf dem Schiff.

„Kapitän", meldete sich Feri, „ich stehe zu Diensten!"

Es hatte sich nämlich herausgestellt, daß der alte Hochseeschlepper eine Generalüberholung brauchte, die Monate dauern würde. So hatte Feri dank dem Entgegenkommen des wackeren Kapitäns Jan Mietje Urlaub erhalten.

„Nun, alter Freund", sagte Zoller bei der Ankunft Feris begeistert, „jetzt ist die Besatzung komplett!"

Wir waren einundzwanzig, und unsere Zahl stieg vor dem Auslaufen auf zweiundzwanzig. Doch darüber zur gegebenen Zeit. Auf der Personalliste der *Königin des Ozeans* standen folgende Namen (es würde mich freuen, wenn ihr sie euch merken wolltet): Kapitän Daniló Turkovics, erster Offizier Szevér Turkovics, zweiter Offizier Ferenc Horváth, Bootsleute Sottomarina und Piede Piccolo, Steuerleute Jóska Zoller und ich, Zimmermann und Koch Vater Guzsik, Deckmatrosen Gabbia und Santjago, Segelmeister John Silver und Laguna Grande, Janmatje, Cap-York, Mikkelsen, Johnson und weitere vier brasilianische Matrosen und schließlich der die Stelle des Schiffskommissars einnehmende Konstrukteur des Schiffes, Cristoforo Barrabella. Insgesamt einundzwanzig Mann.

Unter Umständen wird sich der eine oder andere von euch wundern, daß ein Dreimaster mit so wenig Leuten ausläuft, zumal dieses Schiff nach zweihundert Jahre alten Plänen gebaut worden war. Ja, mit nur so wenig Leuten. Weshalb? Was denkt ihr, wieviel

Mann auf einem durchschnittlichen Dreimaster benötigt werden, sagen wir in diesem Falle auf der *Königin des Ozeans*? Ihr habt freilich schon wiederholt gelesen, wie schwierig es früher war, auf die Schiffe die erforderlichen Hunderte und aber Hunderte Mann anzuwerben. Das stimmt. Doch auf jenen Schiffen, auf den Schiffen der Kapitäne Ihrer Majestät, waren die sooft erwähnten Hunderte und aber Hunderte Mann keine Seeleute und wurden es auch nie. Man benötigte sie, damit sie die Geschütze und die Gewehre abfeuerten und beim Entern mit gezücktem Säbel auf das Schiff des Gegners sprangen. Es gab keine so hirnverbrannten Kapitäne, selbst in der Flotte Ihrer Majestät nicht, auch wenn Schriftsteller Legenden darüber berichten, die mit Steuerleuten oder Segelmatrosen ausgelaufen wären, die einige Tage zuvor noch den Sterz des Pfluges gehalten oder im Bullwark von London Ochsen geschlachtet hatten! Dergleichen sind Märchen, ich verbürge mich dafür. Für die Besatzung brauchte man schon damals Seeleute, eingespielte, erprobte Männer, und solche Geschichten wie die von dem berühmten Admiral Anson, von dem schon soviel die Rede war, bezogen sich auch nicht auf die Matrosen. Ihr kennt die Anson-Geschichte nicht? Da will ich sie euch erzählen, wir haben noch Zeit bis zum Auslaufen, und übrigens ist das die zweite Sache, die ich euch berichten will, ja berichten muß, denn ihr müßt Bescheid wissen über die Schiffahrt und die Seeleute von einst, denn unser neues Schiff ist ja ein historisches Modell. Ihr müßt wissen, wie die Seeleute in früheren Zeiten auf dergleichen Schiffen lebten.

Um die Mitte des 18. Jahrhunderts lag die aus sechs Einheiten bestehende Flottille des George Anson vor dem englischen Nore, in der Nähe des heutigen Sheerness. Diese Flottille war schon so manchmal die spanische Küste und die Westindischen Inseln entlanggesegelt, aber diesmal war sie in großer Verlegenheit. Sie hatte nicht genügend Kampfbesatzung. Den Admiralen und Kapitänen der damaligen Zeit bereitete nicht der Umstand Kopfzerbrechen, wie sie dem angegebenen Ziel zusegeln sollten, sondern wie sie zu den notwendigen Kanonieren, Feuerwerkern, Schützen und Enterern kommen sollten. Zunächst auf die Weise, daß ihre Streifen ständig im Hafen patrouillierten, Schenken und sogar Handelsschiffe überfielen und Leute raubten, wo sie nur konnten. Auch die Gerichte lieferten ihnen Menschenmaterial, und der unglückselige Abgeurteilte konnte noch froh sein, wenn er statt in einem salpetrigen Kerker auf einem Schiff landete. Als die Flottille des Admirals Anson 1740 den Befehl erhielt, unter Umseglung von Kap Hoorn im Stillen Ozean die Spanier zu überrumpeln, konnte sie nicht auslaufen, weil es ihr an Soldaten fehlte. Für die sechzig Geschütze der *Centurion* brauchte man 500 Mann, für die fünfzig Geschütze auf der *Gloucester* 350 Mann, auf die *Pearl* gehörten 250, auf die *Wager* 140 und auf die *Tyral* 80. Insgesamt 1320 Mann! Und das zu einer Zeit, als die anderen Schiffe schon alle auftreibbaren Männer mitgenommen hatten. Die Flottille aber mußte auslaufen. Da entschlossen sich die Kapitäne Ihrer Majestät zu einer kühnen Tat: Sie ließen das *Chelsea Hospital*, das Heim der Seemannsveteranen, stürmen und von dort mehr als fünfhundert kranke und ausgediente Seeleute schanghaien, zum größten Teil Männer zwischen sechzig und siebzig Jahren! Hinauf mit ihnen auf die Schiffe! Die noch fehlenden schanghaiten sie auf den Straßen: vierzehn-, fünfzehn- und sechzehnjährige Jungen. Mit dieser Besatzung lief die Flottille aus und kehrte drei Jahre später — nach vielen erfolgreichen Seeschlachten — zurück.

Ich glaube, daß beim Lesen dieser Schilderung mehrere Fragen bei euch auftauchen, Jungs. Erstens, wie auf einem 500-Tonnen-Schiff, denn so groß war die *Centurion*, mehr als 500 Mann Platz hatten? Und zweitens, warum sie nicht meuterten, wenn ihre Zahl so groß und die ihrer Bewacher so klein war?

Beide Fragen sind einleuchtend. In der Tat, wie war es möglich, soviel Menschen unterzubringen und vor allem zu verpflegen? Und warum rebellierten sie nicht gegen ihr aufgezwungenes Schicksal?

Auf die erste Frage fällt die Antwort recht knapp aus: Sie hatten Platz, weil sie ihn haben mußten, und sie haben gegessen, was es eben gab, weil dies noch immer besser war als gar nichts! Sie aßen Tag für Tag Bohnen, Trockenkartoffeln, gepökeltes, häufig auch schon verdorbenes Fleisch, und sie tranken fauliges Wasser und am Ende gar keins mehr. Skorbut, Beriberi und Ruhr waren alltägliche Krankheiten auf diesen Schiffen, die über die Weltmeere segelten. Ich nenne euch eine weitere Zahl aus den Belegen des Admirals Anson: Nach Rückkehr von einer westindischen Route fehlten von den 315 Mann seines Flaggschiffes — 280! Unter solchen Umständen benötigte man große Menschenmengen, und wenn man sie aus dem Altersheim holen mußte. Die Flottille Ihrer Majestät war in ihrer Methode nicht wählerisch.

Und weil sie nicht wählerisch war, konnte von einer Meuterei gar nicht die Rede sein. Die zum Dienst gepreßten Menschen wurden gefesselt an Bord gebracht und entsprechend „vorbereitet". Danach verlas man die Schiffsordnung, in der hauptsächlich Begriffe vorkamen wie: Auspeitschen, Aufknüpfen an der Rahe, Kielholen, Anschlagen am Mast, Inkettenlegen und Dunkelarrest im Kielraum — alles rohe und grausame Strafen. Freilich, und wir wissen das sehr wohl, anders hätte man diese unglückselige Gesellschaft auch nicht gefügig machen können. Die geringste Züchtigung wurde mit dem eingeweichten und in Salz getauchten Tauende vollzogen. Dieses hatte jeder Maat, jeder Bootsmann und Kanonier immer bei der Hand. Es war eine alltägliche Gewohnheit, daß der letzte, der auf den Mast kletterte oder an den Geschützen eintraf, ohne Ausnahme die Bekanntschaft mit dem Tauende machte. Zur Aneiferung und Anspornung. Eine wesentlich schlimmere Strafe war die neunschwänzige Katze, die Peitsche mit bleiernen Enden. Ausgepeitscht wurde bei Widersprechen, wegen Zuspätkommen zum Dienst, wegen Tadeln der Vorgesetzten, wegen Kritik an der Verpflegung, wegen Rauferei oder schlecht verrichteter Arbeit. Die Auspeitschung vollzog sich unter bestimmtem Zeremoniell. Man ließ die Mannschaft auf Deck antreten, steuerbords standen der Kapitän und die Offiziere, und dann wurde an den am Fockmast angebundenen Männern als abschreckendes Beispiel die Strafe vollstreckt. Die Zahl der Schläge lag zwischen 25 und 200. Recht oft taucht heute in Fachartikeln die Frage auf: Wieviel Schläge erträgt ein Mensch? Hier gehen die Ansichten auseinander, was auch verständlich ist. Manche fielen schon bei den ersten Schlägen in Ohnmacht, andere erst beim fünfzigsten. Daran aber besteht kein Zweifel, daß über hundert Schläge keiner überlebt hat!

Damit war die Raffinesse der Bestrafungen noch nicht erschöpft. Es lag völlig in der Macht des Kommandanten, zu welcher Strafe er jemanden verurteilte, den man beim verbotenen Rauchen erwischt hatte, der zu fliehen versuchte, dessen Waffe nicht richtig geputzt war, der von dem sorgfältig gehüteten Wasser oder Wein stahl, der unter Umständen das Messer gegen seinen Vorgesetzten erhob oder einen seiner Gefährten verletzte. In diesen Fällen entschied der Kommandant: Kielholen oder an den Mast schlagen. Eine Strafe schrecklicher als die andere. Das Kielholen bedeutete, daß der Verurteilte von Steuerbord nach Backbord unter dem Schiff hindurchgezogen wurde. Unter Umständen auch noch einmal zurück. Wenn ihr euch vergegenwärtigt, daß der Schiffsboden voller scharfer Muscheln, Risse, Splitter, locker gewordener Schrauben, Nägel und Keile ist, dann könnt ihr euch die Qualen des Mannes vorstellen, ganz zu schweigen davon, daß die Leine sich gewöhnlich verfing, so daß in dem schwer zerschundenen und verletzten Mann kaum noch ein Fünkchen Leben war, wenn man ihn herauszog. Als „humanere" Strafe mag das Anschlagen an den Mast erscheinen, bei der der Verurteilte an den Mast gebunden und seine nach oben gehobenen Hände mit dem eigenen Messer an den Mast geschlagen wurden. Die Reihe dieser Urteile schloß das Aufknüpfen. Man bediente sich dabei eines Seemannsgalgens, einer Rahe. Aufgeknüpft wurde, wer eine Meuterei anzettelte, sich beim Kampf feige verhielt, bei legaler Werbung sich von mehreren Schiffen Vorschuß geben ließ oder dem Kommandanten die Stirn zu bieten wagte.

Unter solchen Umständen ist es verständlich, daß die Männer, die in der Gewalt des Schiffsprofoß, der das Richteramt ausübte, waren, sich bemühten, Ihrer Majestät so gut wie möglich zu dienen. Was blieb ihnen schon anderes übrig?

Doch jetzt wollen wir uns wieder auf Deck der *Königin des Ozeans* begeben und uns nochmals die Frage stellen: Genügen so wenige Leute für einen Dreimaster? Ja, sie genügen. Auf unserem

Zweimastschoner, der *Jadran*, waren wir nie mehr als zwölf Mann, auf einer 500 bis 700 Tonnen großen Bark beträgt die Mannschaftsstärke sechzehn bis achtzehn Mann. Und auf einem durchschnittlichen Vollschiff, auf einem 1800 Tonnen großen Frachtsegelschiff, sind (die Offiziere nicht mitgerechnet) nicht mehr als zweiundzwanzig Mann. Diese Besatzung kann alle Arbeiten verrichten. Glaubt nämlich nicht, daß auf drei Masten zugleich gearbeitet wird. Schiffe werden nicht von Köchinnen, sondern von Kapitänen geleitet. Diese Kapitäne haben zwei Aufgaben: dem Verlangen des Schiffseigners gerechtzuwerden, was unter anderem heißt, wegen der Kosteneinsparung möglichst wenig Menschen anzuheuern und das Schiff doch sicher aus einem Hafen in einen anderen zu bringen. So hat sich ein System herausgebildet, das sich aus folgenden Faktoren ergibt: Das Schiff ist so zu führen, daß die Arbeitskraft der Besatzung am wirtschaftlichsten ausgenützt wird und zugleich die Sicherheit garantiert ist. Ausschlaggebend beim Navigieren ist, daß auf den drei oder mehr Masten eines Frachtseglers nicht zugleich gearbeitet wird. Bei der Besegelung beginnt man mit den Klüversegeln, es folgen die Quersegel des Fockmastes und dann die des Kreuzmastes, um inzwischen noch das Steuer handhaben zu können (denn mit einem Schiff ist alles möglich). Dann erst kommt die Reihe an die Segel des Großmastes. An der Besegelung nehmen sowohl die Backbord- als auch die Steuerbordwache teil, auch wenn eine davon gerade dienstfrei hätte. Dasselbe trifft zu, wenn auf offener See der Befehl ergeht, alle Mann an Deck! In diesem Falle gibt es keinen Unterschied zwischen Backbord- und Steuerbordwache, dann gibt es nur Seeleute, die mit der Rettung des Schiffes ihr eigenes Leben retten. In so einem Fall beteiligen sich der Kommandant, die Offiziere, der Koch, der Zimmermann und der Steward genauso an der Arbeit wie die Deckmatrosen. Anders geht es auch gar nicht. Und weil dem so ist, gibt es nirgends einen größeren Zusammenhalt zwischen Offizieren und Mannschaft als auf Segelschiffen.

Auf der *Königin des Ozeans* sah die Einteilung der beiden Wachen wie folgt aus:

Backbord-Wache (links)	*Steuerbord-Wache* (rechts)
Sottomarina	Piede Piccolo
John Silver	Laguna Grande
Andrea (das bin ich)	Jóska Zoller
Gabbia	Santjago
Mikkelsen	Johnson
Cap-York	Janmatje
1. Brasilianer	3. Brasilianer
2. Brasilianer	4. Brasilianer

Eigentlich hätte unsere Gruppe, unsere Wache von Szevér und die zweite von Feri Horváth angeführt werden müssen, aber wie gesagt, nur eigentlich. Auf den Segelschiffen ist auch die Zeiteinteilung der Offiziere anders, als dies sonst vorgeschrieben ist. Dies trifft auch für die Steuerleute zu. Nach der Dienstordnung muß der Steuermann alle zwei Stunden abgelöst werden. Er muß — er müßte. Aber es ist vorgekommen (wie ihr später sehen könnt), daß die Vertreter von Zoller und mir, Santjago und Gabbia, zu den Masten beordert wurden. Dann standen Zoller und ich zu zweit am Steuerrad (obwohl einer von uns dienstfrei gehabt hätte) und hielten es fest, solange es erforderlich war! Einen Tag, zwei Tage. Ja, Jungs, so ist das! Und das Steuer will gehalten sein! Und doch sage ich euch: Es gibt kein schöneres Leben auf der Welt!

Rechtsseitige Wache und linksseitige Wache. In der Sprache der Seeleute Steuerbordwache und Backbordwache. Woher kommen die für eine Landratte so seltsam klingenden Ausdrücke? Beginnen wir vielleicht damit, daß ein Schiff zwei Seiten hat. Die Ausrüstung und die Verteilung der Lasten geht von dieser Zweiteilung aus. Auf der linken Seite des Schiffes befinden sich genausoviel Stütztaue, Wanten, Stagen und Pardunen, genausoviel Spanntaue, Reffleinen, Brassen und Trossen, genausoviel Rollen, Rüsten, Querleinen, Spille und sonstige Ausrüstungsgegenstände wie auf der rechten Seite. Die linke Seite heißt Backbord und die rechte

Steuerbord. Auch die Unterkünfte sind auf beide Seiten verteilt. Die Dienstzeit ist seit eh und je auf jeweils vier Stunden, in besonderen Fällen auf sechs Stunden festgelegt. Eine Wache wird von der anderen abgelöst. Ja, Jungs, auf einem Schiff kann man nicht acht Stunden hintereinander schlafen. (Überlegt es euch also, ob ihr zur See gehen wollt!) So hat die Ordnung und Disziplin auf den Schiffen die einfache Ausdrucksweise, den Begriff für die beiden Dienstgruppen herausgebildet — zum erstenmal in der Kriegsmarine des 18. Jahrhunderts. Die steuerbords ihre Quartiere hatten, stellten die Wache der rechten Seite und jene, deren Hängematten in den Batterieräumen backbords hingen, die der linken Seite.

Dies wurde von der Handelsschiffahrt übernommen und wird auf den Segelschiffen auch heute noch streng befolgt.

Als wir uns den ersten Tag an Bord der *Königin des Ozeans* befanden, erschien in den Nachmittagsstunden Commendatore Barrabella, der Konstrukteur des Schiffes. Er bog mit seinem Auto zum Hafenbecken ein, und das Dach des Autos war voller Koffer und Pakete, die mit einer Segelplane bedeckt waren.

Barrabella begab sich an Deck, und zwar in seiner Eigenschaft als Schiffskommissar und Kontrolleur der Reiseroute.

In Wirklichkeit war er der bevollmächtigte Vertreter des Schiffseigners, fast schon der Besitzer.

Sein Gesicht war sorgenvoller als sonst, und es fiel uns schon in den ersten Minuten auf, daß seine behenden Bewegungen und seine Begeisterung abgeflaut waren. Gibt der alte Herr vielleicht an und spielt den Schiffseigner? fragten wir uns. Übrigens brachte er außer seinem persönlichen Gepäck ein Bündel aus starkem und festem Tuch genähter Schutzanzüge mit und sagte, die schicke der verehrenswerte Santa-Clara und bitte den Kapitän, sie an die Besatzung zu verteilen.

„Senhor Santa-Clara wird am Tage des Abschiedes persönlich zugegen sein, um das Auslaufen der *Königin des Ozeans* mitzuerleben“, sagte der Commendatore. „Die Schutzkleidung schickt er als Geschenk, um der Mannschaft ein einheitliches Aussehen zu geben.“

Vater Daniló widersetzte sich diesmal nicht.

„Bitte, sehr gern. Ich war nur gegen eine theatralische Aufmachung.“ Und er fügte hinzu: „Ich glaube, morgen suchen wir uns einen ruhigeren Hafen und beginnen mit den Übungen. Je eher wir soweit sind, je eher die Mannschaft eingespielt ist, um so eher können wir auslaufen. Und wie Sie sicher ahnen, möchte ich jedes Aufsehen vermeiden. Was glauben Sie, Commendatore, wo wir hier in der Lagune einen Hafen finden, in dem wir uns — wie man zu sagen pflegt, den Blicken der Welt entzogen — auf die Reise vorbereiten können?“

Barrabella dachte einige Augenblicke nach, dann zeigte er in Richtung der Montagehalle. Hinter der Montagehalle lagen die Lagerhäuser des Hafens und hinter diesen die Hafenmole, im Anschluß daran befand sich das jenseitige, das östliche Ufer der Lagune und unweit der Atlantische Ozean.

„Da, neben San José do Norte, liegt ein Fischerstädtchen, Geras. Sein Hafen dürfte für uns geeignet sein. Morgen können wir hinübersegeln“, sagte Barrabella und fuhr leise fort: „Das hier ist kein guter Platz, hier gibt es zuviel Kneipen.“

Und sein Blick glitt zum Vorschiff, wo an der Vorrichtung für die Rettungsboote auf Hauptdeck Silver und seine Leute unter schallendem Gelächter gerade die Schutzanzüge anprobierten.

„Soviel ich weiß, trinken die Segelschiffer gern. Und diese ganz besonders.“

Unser Kommandant lächelte still vor sich hin und sagte:

„Wenn der Seemann weiß, daß er auf die Rahen klettern muß, dann ist er vorsichtig. Und wir werden es so einrichten, daß sie recht oft auf die Rahen müssen!“

Der kleine Mann lachte, zum erstenmal seit seiner Ankunft.

„Genial, Kapitän, genial! Aber unabhängig davon, es ist auch sehr wichtig, daß die Mannschaft sich aneinander gewöhnt.“

Auf seinem Gesicht spiegelte sich wieder Besorgnis.

„Von den Falklandinseln an müssen wir mit größeren Stürmen rechnen, ganz zu schweigen davon, was uns am Kap Hoorn erwartet! Bitte, fühlen Sie sich in der Lage, das Schiff dort sicher vorbeizusteuern?“

Barrabella erblaßte förmlich bei dieser Frage.

Vater Daniló sah ihn an. Ich stand in der Nähe, konnte die Szene also gut verfolgen. Unser Kapitän legte die Hand auf den Messingknopf des alten, aus einem Museum stammenden Kompaßgehäuses und betrachtete nachdenklich die Skala der Windrose und die schwebend schwankende, auch in ihrem Alter noch sehr empfindliche Magnetnadel und antwortete überlegt:

„Wenn ich selbst nicht überzeugt wäre, glauben Sie mir, dann hätte ich den Auftrag nicht angenommen. Aber mich interessiert, mich reizt diese Aufgabe. In uns allen lebt aus der Kindheit die Vorstellung eines solchen Schiffes . . . Jetzt ist es wirklich da. Ich möchte die Fahrt so gut wie möglich vorbereiten und mit größter Umsicht durchführen."

„Grazie", stammelte der Commendatore. „Für mich ist dieses Schiff ein in Erfüllung gegangener Traum. Ich bange darum. Besonders jetzt, da wir vor dem Auslaufen stehen."

„Auch ich bange um dieses Schiff", fügte Vater Daniló hinzu. „Ich weiß, daß um diese Jahreszeit wilde Vierziger um Kap Hoorn jagen. Ich weiß um diese eisigen Stürme!"

In Brasilien aber war es Sommer. Sommer im Dezember. Auf der südlichen Halbkugel fällt Weihnachten mitten ins Sommerhalbjahr, wenn bei uns Winteranfang ist.

„Glauben Sie, Dom Daniló", fragte der kleine Mann und gebrauchte die hier übliche Anrede, „glauben Sie, daß wir Frisco heil erreichen?"

„Ich hoffe es, ich möchte es hoffen. Aber ein Schiff, mein Herr, bleibt ein Schiff. Das wissen Sie am besten. Sie sind doch auch Seemann. Wenn man seinerzeit auf der *Titanic* gewußt hätte, was sie erwartete, wäre sie nicht ausgelaufen. Ist es nicht so?"

Barrabella nickte.

„Doch, genau so ist es."

Und seine Stimme klang belegt.

Weshalb wohl?

Bald stellte es sich heraus. Für alle Fälle könnt ihr euch fragen, was dem Konstrukteur alter Schiffe widerfahren sein mochte, daß er sich in diesen Minuten so seltsam verhielt. Ein Seemann vor dem anderen! Das ist doch etwas ganz Ungewohntes.

VIERTES KAPITEL

Wie kam Pedro auf das Schiff? – Janmatje, der rohe Kerl – Wo Affen und Papageien als Schmuck gelten – Die Seekrankheit ist eine unberechenbare Angelegenheit – Der Wind weht von Afrika her – Kommt der „Nigger" mit uns? – Ein Korvettenkapitän, der sich vor dem Meer fürchtet – Begegnung mit dem Albatros – Das Verlangen Pedros und seine Belehrung durch Gabbia

„Wie kommt dieser Junge hierher?"

Tiefes Schweigen.

„Ich frage noch einmal, wer hat diesem Jungen erlaubt, den Fuß auf das Schiff zu setzen? Obendrein hierher, in die Kabine Sottomarinas?"

Vater Daniló stand vor der gegen Wellen schützenden hohen Schwelle und starrte mit der vom Kommandanten gewohnten Strenge auf den Anblick, der sich ihm bot.

Dieser Anblick war ein Junge, und zwar ein recht dunkelhäutiger Negerjunge!

Er saß auf der Kante von Sottomarinas Liegestätte und starrte sichtlich erschrocken auf den streng dreinblickenden Mann, der eine Mütze mit einem goldenen Anker trug. Der Junge war nicht älter als vierzehn Jahre, und aus seinen Augen strahlten Vernunft und Freundlichkeit. Doch all das wurde jetzt von dem Schrecken überschattet. Seine Kleidung umhüllte kaum seinen Körper und bestand aus den Resten einer zusammengeflickten Hose und einem Hemd.

Die *Königin des Ozeans* machte gleichmäßig Fahrt, angetrieben von einem kräftigen Westwind, auf dem Wasser der Laguna de los Patos. Es waren nun schon drei Tage vergangen, seitdem wir das Werftbecken verlassen und uns in dem Fischerstädtchen Geras einen Hafen gesucht hatten.

Vater Daniló verrichtete gerade seinen morgendlichen Kontrollgang in Begleitung von Szevér und Feri Horváth. Dabei hatte er auch die Kabine des Bootsmannes geöffnet und war auf den unverhofften Passagier gestoßen. Ein Negerjunge auf der Liegestätte des Bootsmannes.

„Wie kommt dieser Junge hierher?" fragte er nun schon zum drittenmal, als aus der Öffnung des schmalen Kabinenganges eine tiefe Stimme, die Stimme Sottomarinas, antwortete. „Der Junge gehört zu mir, Kapitän."

Vater Daniló wandte sich um, ebenso Szevér und Feri Horváth.

„Seit wann versteckst du den Negerjungen in deiner Kabine, Sottomarina?" fragte unser Kommandant.

Inzwischen war Sottomarina an der Kabine angekommen und antwortete in seiner ruhigen, gelassenen Art:

„Seit fünf Uhr morgens!"

„Seit heute morgen?"

„Zu Befehl, Kapitän. Er heißt Pedro, hat weder Vater noch Mutter, und da wir keinen Steward und auch keinen Schiffsjungen haben und Guzsik wegen der hohen Mannschaftsstärke einen Gehilfen brauchte und wir jemanden, den wir auf Deck hin und her schicken können, so habe ich gedacht, wir könnten ihn anheuern. Wenn Sie es auch für richtig halten, Kapitän."

Damit trat Sottomarina in die Kabine und strich dem Jungen über das krause, wollige Haar, als wollte er ihn ermutigen: Keine Bange, der Sturm ist gleich vorbei. Ich steh dir bei! . . .

Der Junge lächelte, daß seine weißen Zähne leuchteten. Man muß zugeben: Dieser Pedro war ein hübsches schwarzes Bürschlein.

„Aber wo hast du ihn her? Antworte mir erst darauf, Sotto."

Der Hüne lachte auf.

„Nicht direkt vom Wochenmarkt in Geras, das können Sie sich denken. Aus dem Hafen, gestern nachmittag. Sie wissen ja, daß Sie mir den Auftrag gaben, eine Rolle Hanfseil zu kaufen. An der Schwelle des Ladens trat der Junge vor mich und sagte: ‚Masa, geben Paket, Pedro tragen.' Denn in der Hafensprache kann er sich recht gut verständigen. Und als er so neben mir herschritt, fragte ich ihn aus. So erfuhr ich, daß er eine Waise ist, keine Angehörigen hat, mal da, mal dort schläft. Ist es so, Pedro?"

Der Junge nickte. Aus seinen verständigen Augen mochte Sottomarina Anhänglichkeit und Dankbarkeit lesen.

„Ich dachte mir, so ein Kerlchen könnten wir wirklich gebrauchen. Da sagte ich ihm, wenn du am zeitigen Morgen da bist, lasse ich dich aufs Schiff. Alles andere überlasse nur mir. Er kauerte die ganze Nacht über am Pier und wartete darauf, daß ich ihn heraufrufe. Niemand hat ihn bemerkt. Nun ist er da. Ich verbürge mich für ihn. Ich kenne diese in den Gassen der Häfen groß gewordenen Jungen: Keiner eignet sich besser als sie für den Seemannsberuf, Kapitän! Besonders wenn ich die Sache in die Hand nehme."

Und damit streckte Sottomarina seine Pranke aus. Pedro sah ihn an und griente.

„Wenn er mit dieser eins auf den Hintern bekommt, fliegt er bis zum Mastkorb hinauf."

Als erster fing Feri Horváth an, laut zu lachen, dann Szevér und schließlich auch Vater Daniló.

Da faßte sich Pedro ein Herz.

„Masa Kapitän, Pedro versprechen — immer folgen."

Mit dröhnender Stimme und der Freude eines siegreichen Feldherrn sagte Sottomarina zufrieden:

„Corpo di bacco, das will ich dir auch geraten haben! Sonst fliegst du von hier, als wärst du nie dagewesen! Aber wenn du dich anständig benimmst, Pedro, dann kannst du sogar noch Steuermann werden!"

„Nur langsam, Sottomarina", sagte unser Kommandant, „vielleicht sollten wir Guzsik fragen, ob er das Bürschlein gebrauchen kann."

Sottomarina lachte siegesbewußt.

„Ich hab' schon mit ihm gesprochen. Freilich kann er ihn gebrauchen!"

Und damit klopfte er Pedro auf den Rücken.

„Nun mach dich schnell in die Küche und melde dich bei Vater Guzsik! Sag ihm, daß du Pedro bist, der Schützling des Bootsmannes. Avanti!"

Das rabenschwarze Bürschlein verschwand. Vater Daniló blickte hinter ihm her.

„Sein ganzer Hintern hängt aus der Hose. Übrigens scheint er ein aufgeweckter Bengel zu sein. Aber nicht, daß du mir noch einen bringst, Sotto!"

Unser weichherziger Hüne lächelte bescheiden.

„Ich wage zu behaupten, Kapitän, Sie werden es nicht bereuen, daß ich den Jungen an Bord gebracht habe. Und unter den Schutzanzügen wird sich schon einer finden, den ich ihm mit wenig Arbeit passend mache. Der Junge soll fühlen, daß er zu Hause ist."

So kam Pedro auf das Schiff und erhöhte unsere Mannschaftsstärke auf zweiundzwanzig.

Ich will nicht sagen, daß sein Anblick große Verwunderung ausgelöst hätte, als er auf der Schwelle der Kombüse unter dem Steuerdeck seine erste Arbeit verrichtete. In Brasilien gibt es so viel Kinder, Neger, Mulatten, Mestizen und Weiße, daß keines ein besonderes Aufsehen erregt. Die Bewohner des Städtchens Geras sind übrigens hauptsächlich Mulatten und Neger. Überraschend war eher, wie dem Junge die Arbeit von der Hand ging. Was kann für einen kleinen Schiffsjungen auf einem Segler die erste Arbeit sein? Natürlich das Kartoffelschälen. Für zweiundzwanzig Mann braucht der Koch viel Kartoffeln, wenn er will, daß die Besatzung sich zufrieden auf den Bauch klopft: Ja, das war eine ausgiebige Mahlzeit! ... Pedro ging mit Eifer und Lust an die Arbeit. Zu seiner Ehre sei gesagt: Das blieb während der ganzen Reise so.

Der kleine Hafenvagabund hatte in der Tat ein Zuhause gefunden. Freilich ein Zuhause, das sich bald nach dieser, bald nach jener Seite neigte. Sottomarina war der „Papa" und Vater Guzsik der „Großpapa". Wir anderen aber die Familienmitglieder. Dieses schwarze Bürschlein erlernte alles spielend und verrichtete alles spielend. Pedro war ein großartiger Kerl, immer frohen Mutes, zuverlässig und ehrlich.

Scheinbar konnten sogar Silver und Laguna Grande ihn gut leiden. Einer jedoch nicht: Janmatje, einer der Deckmatrosen.

Dieser heruntergekommene Holländer war ein seltsamer Mensch. Sein Bulldoggengesicht verriet viel Roheit, sein gleichmütiger, kalter Blick viel Grausamkeit. Einmal verrichtete er neben mir am Steuerrad Dienst, und da gewann ich einen tieferen Einblick in seine Seele, wenn er überhaupt eine hatte.

„Hast du Familie?" fragte ich ihn.

„Nein."

„Freunde und Verwandte, zu denen es dich nach Holland zurückzieht?"

Er spuckte im großen Bogen über die Bordwand ins Meer.

„Weder einen Freund noch Verwandte", antwortete er düster. „Und Holland mag der Teufel holen, dort wo es ist!"

Ich starrte ihn verwundert an. Die Seeleute erinnern sich im allgemeinen gern an ihre Heimat, dabei wird ihre Stimme weich, der Zauber der Ferne verschönert alles. Bei Janmatje war das nicht so.

„Ein häßliches Land“, spottete er über seine eigene Heimat, „überall Ordnung und Sauberkeit. Nur mir behagt das nicht. Deshalb bin ich nach Brasilien gekommen. Hier gibt es zwar viele Schwarze, die ich verabscheue, aber ich lasse mich einfach nicht zu ihnen herab. Warum der Kapitän diesen Nigger aufgenommen hat, verstehe ich nicht! Das ganze Schiff stinkt nach ihm!“

So sprach Janmatje, obgleich ich kaum je einen schmuddligeren Seemann gesehen hatte als ihn. Selbst den Schutzanzug, das Geschenk Santa-Claras, hatte er schon am zweiten Tag so dreckig gemacht, daß er nicht mehr zu erkennen war.

„Einmal werde ich eurem Nigger einen Tritt versetzen, daß er nicht wieder aus dem Meer zurückkommt“, sagte er und grinste dabei. In seinen Augen spiegelte sich Entschlossenheit und Haß. „Ich bin ein weißer Mann!“

Vielleicht werdet ihr mich beschuldigen, daß ich diesen Herumtreiber nicht zurechtwies. Denn ich tat es nicht. Aber ich glaube, es war richtig so. Ich nahm mir nämlich vor, ihn im Auge zu behalten und auch die Freunde von der einstigen *Jadran* auf ihn aufmerksam zu machen: Seien wir vorsichtig mit diesem Mann.

„Wenn er mir den Jungen anrührt“, sagte Sottomarina, „dann breche ich ihn so entzwei.“

Unser Hüne hielt einen Spannriegel zum Festmachen der Seile in der Hand, er war aus Hartholz und stark wie Eisen.

Auf einen einzigen Druck brach der Riegel entzwei.

„So“, wiederholte der Bootsmann.

Und hiermit zog eine Wolke auf, die später zum Sturm anwuchs.

Unser Dienst verlief, als würden wir ihn nicht auf einem Schiff, das in einem Museum hätte stehen können oder mit dem man Filmaufnahmen zu machen gedachte, verrichten, sondern als dienten wir auf einer Einheit der Kriegsflotte. Vater Daniló bereitete sich nach einem genauen Plan auf die große Fahrt vor. Er wollte all die Geheimnisse und Launen des Schiffes kennenlernen, denn jedes Schiff hat seine Geheimnisse. Selbst wenn zehn Schiffe in einer Serie gebaut werden, weichen sie in manchem voneinander ab.

Schiffe sind etwas Lebendiges, und ihre Namen sind in den meisten Sprachen weiblich! Sie sind empfindlich, trotzig und können obendrein eine Menge unverhoffter Überraschungen verursachen. Bei dem einen liegt der Segelschwerpunkt zu tief, wodurch das Schiff schwankt, torkelt, schlingert oder rollt. Andere laufen ausgezeichnet bei mittlerem Wind, verhalten sich aber wie toll, wenn der Wind zum Sturm anwächst, und dann wird es gefährlich auf ihnen. Die dritten laufen nur im Seitenwind und können Wellentäler nur schwer überwinden. Und dann gibt es Segler, die nur dann schnell fahren können, wenn sie luven, also dem Wind zugedreht sind, die aber bei Seitenwind oder halbem Rückenwind nur holpern wie einst die Postkutschen. Die einen sträuben sich gegen die volle Besegelung wie ein bockiges Pferd gegen den Sattel, andere vertragen noch bei starkem Sturm volles Tuch, und es gibt Schiffe, die zu lenken eine wahre Freude ist, zugleich aber gibt es Zwei-, Drei- und Fünfmaster, die dem Steuermann das Leben zur Hölle machen. Es gibt Schiffe, die wegen ihrer „Geheimnisse“ zu Weltruhm gelangten. Der englische Dreimaster *Matutina* war jahrzehntelang dafür berühmt, daß er sich im Atlantischen Ozean wie ein kirres Lamm benahm, im Stillen Ozean dagegen aufbegehrte, leidenschaftlich die Korallenriffe und Klippen suchte und schließlich bei den Salomoninseln, getrieben von der Gezeitenströmung, zerschellte. Und habt ihr von der *Medusa* gehört? Ein schwedischer Fünfmaster im Besitz einer ehrbaren Stockholmer Reederei, ein 2880 Tonnen großer Riesensegler, der vielleicht sogar noch im Dienst ist. Sein einziger Fehler ist, daß er nicht gegen den Wind fahren kann. Deshalb benötigt er für jede Route die doppelte Fahrzeit. Ein merkwürdiges Ereignis war es, als er aus Glasgow kommend am Kap Hoorn ganze zwei Monate lang nicht von der Stelle kam, in den höllischen Stürmen hin und her lavierte und nicht in der Lage war, aus dem Atlantischen in den Pazifischen Ozean zu gelangen. Vor einem derartigen Schiff haben die Seeleute einen solchen Schauder, als wenn man ihnen in der Kneipe Mineralwasser vorsetzte.

So ist es verständlich, daß nicht nur Vater Daniló, Szevér und Feri, sondern auch wir anderen die Beschaffenheit der *Königin des Ozeans* gründlich prüfen wollten. Nicht zuletzt auch Barrabella.

In der ersten Zeit fuhren wir in der Lagune, manchmal auch zu nächtlicher Stunde, um hinter die Geheimnisse zu kommen. Das war freilich nicht der einzige Zweck, sondern auch die Mannschaft sollte sich aneinander und ans Schiff gewöhnen. Und das war gar nicht so einfach, wie ihr annehmen könntet. Unsere Stammbesatzung war eine erprobte, erfahrene Segelmannschaft, was euch ja bekannt ist. Auch die Gruppe um Silver verstand sich auf ihre Arbeit, das läßt sich nicht leugnen. Sie waren einer wie der andere gute Segelschiffer, von Silver bis Janmatje. Und doch war es nicht leicht, das Schiff zu erproben, seine Eigenschaften kennenzulernen, mit der Ausrüstung vertraut zu werden, mit den für uns heutige Seeleute ungewohnten Formen, sich an die Ordnung, die Einteilung und an alles Veraltete zu gewöhnen. Denn Barrabella hatte auf alle Überlieferungen bestanden und ein getreues und genaues Abbild eines alten Fregattentyps bauen lassen, wenn auch in etwas verkleinerter Form.

Ihr könnt euch vorstellen, welche Sensation es in Geras verursachte, als die *Königin des Ozeans* an der Hafenmole festmachte. Das ganze Städtchen strömte zusammen, selbst von offener See liefen die Fischer ein, um das Wunder zu bestaunen: ein nie gesehenes, traumhaftes Schiff. Wir aber, zumindest die Stammbesatzung um Vater Daniló, staunten über Geras. Am jenseitigen Ufer und vom Zug aus von Rio bis Porto Alegre hatten wir ausgedehnte Kaffeeplantagen, Zuckerrohrfelder und auch reichlich Urwald gesehen, was in Brasilien kein Wunder ist, denn das dunstige, drückende Treibhausklima läßt die alles verschlingende Vegetation hier noch besser gedeihen als am Ufer des Kongo. Ich erwähnte bereits, daß das Hinterland von Rio, der zwei und eine halbe Million zählenden Hauptstadt, bereits Urwald ist; mit Schlangen, Krokodilen, Papageien, Affen und Tapiren. All das hatten wir gesehen. Aber unverfälschtes, altüberliefertes und bis zum heutigen Tag lebendiges brasilianisches Leben nur hier in Geras.

„Corpo di bacco“, rief Sottomarina mehr als einmal erstaunt aus, wenn wir gemeinsam den Lungo Corso, die Hauptstraße von

Geras, entlangschlenderten. Das Städtchen war von Negern, Mulatten und Mestizen bewohnt. Die schwarzen Frauen in schreiend bunten Kattunkleidern und mit großen Strohhüten boten einen seltsamen Anblick. Es gab kein Haus, aus dem nicht Gesang und Mandolinenklänge drangen; und wo das Radio spielte, setzte man es ins Fenster, damit die Straße auch etwas von dem Vergnügen hatte. Und was glaubt ihr, welchen Schmuck die Frauen von Geras trugen? Nun, ihr werdet es nicht erraten, ich schwöre es.

„Donnerwetter", rief Jóska Zoller verblüfft, als er diese „Schmuckstücke" erblickte.

Denn der Schmuck auf den Schultern der Frauen, auf ihrem Kopf oder auf dem Hut war mal ein Affe, mal ein Papagei! In der Tat, Jungs. Kleine, merkwürdige, wie ein Haarknäuel anmutende Affen und buntgefiederte Papageien, einer schöner als der andere, galten für die Frauen in Geras als schicker Schmuck und Aufputz.

Die Mole, an der wir anlegten, war ständig voller Zuschauer: Männer, Frauen und Kinder, und von den Schultern der Frauen gafften uns die Äffchen und sich putzende Papageien an.

„Ich möchte wetten, wenn Suttora noch lebte, er hätte schon so ein Seidenäffchen!" erinnerte sich Szevér an unseren Gefährten, der in den Wellen des Mittelmeeres umgekommen war.

In der Tat, Suttora, der große Tierfreund, hätte sich hier leicht einen kleinen Affen oder einen krummschnäbligen Vogel aussuchen können. Nie hätte ich geglaubt, daß es solche Affen gibt. Sie muteten eher wie ein Spielzeug als wie ein Lebewesen an. Sie waren kaum anderthalb Spann groß, doch wie mannigfaltig in der Farbe und der Kopfform! Alle hatten sie Haare wie Seide. Sie kreischten nicht, sondern gaben Laute von sich, die an Pfiffe erinnern. Das interessanteste an ihnen war, wie sehr sie an ihrem Besitzer hingen und wie abweisend sie gegen Fremde waren. Ich sah in Geras eine Negerin, die schnarchend auf der Schwelle ihres Heimes saß, das Äffchen auf der Schulter. Es wachte über den Schlaf seiner Herrin. Und es pfiff, wenn jemand in der Nähe stehenblieb.

„Es ist verboten, Tiere auf das Schiff zu bringen", hatte Vater Daniló bekanntgegeben, denn er wußte, daß mancher von uns gern so ein Seidenäffchen gekauft hätte, die hier in Geras Marmoset heißen.

Sottomarina kratzte sich den ergrauten Haarschopf.

„In Zengg würde man über den Marmoset staunen, ich würde gern einen mitnehmen."

„Du bist ja nicht gescheit, Sotto!" ermahnte ihn Vater Guzsik. „Wie weit sind wir noch von Zengg! Bis dahin würde ein so empfindliches Tier längst umgekommen sein."

Wir hatten nur einen Zuwachs aus Geras: Pedro, den kleinen Neger.

Mit klugen Augen sah und beobachtete er alles.

Sottomarina war sein Lehrmeister.

„Das dort ist das Vorschiff. Darüber befindet sich das Ankerspill. Weißt du, was ein Ankerspill ist? Es ist eine Winde zum Heben des Ankers. Nun, jetzt sagst du mir, was das dort vorn ist, wo die Matrosen ihr Quartier haben."

Pedro wiederholte in seiner hie und da aufgeschnappten Hafensprache.

„Pedro wissen, Pedro nicht vergessen, Bootsmann sagen, Pedro auch sagen: Vorschiff."

Aber nicht nur Pedro lernte, wir anderen lernten auch.

Wir waren bemüht, mit dem Schiff möglichst vertraut zu werden.

Ich muß gestehen, es war eine ungewohnte Tätigkeit. Auf unserem Schoner *Jadran* waren wir verwöhnt worden. Das berühmte Schiff Vater Danilós fuhr gegen den Wind, daß es eine Freude war; im schnellen Tempo pflügte es die Wellen, und bei gutem Wind ließ es sogar Dampfschiffe hinter sich; sein Steuer änderte bei der geringsten Bewegung, bei der kleinsten Drehung die Richtung des Schiffes; anstelle einer großen Anzahl von Tauen bedienten wir die Segel mit einem Hauptseil; die *Jadran* fürchtete weder Wellenberge noch Wellentäler.

Von der *Königin des Ozeans* konnten wir all das nicht behaupten. Sie war launisch, und diese Launen mußte man in Betracht ziehen, sie herausfinden und abwenden oder, wie es in der Seemannssprache heißt, sie korrigieren.

„Das Schiff hebt sich schwer aus dem Wellental“, erklärte Szevér bei einem Manöver.

„Bei schwachem Wind fällt es leicht ab“, stellte Feri Horváth fest. „Bei starkem Wind widersteht es dem Druck gut und hebt sich empor.“

„Die Besegelung dauert noch einmal so lange wie auf der *Ragusa*!“ erklärte Sottomarina, der verantwortliche Bootsmann, unwirsch.

„Und das Steuer?“ werdet ihr mich fragen, Jungs. Nun, man mußte es kräftiger packen als das Steuerrad der *Jadran*! Bei stürmischem Wind hielten wir es zu dritt, damit es den Steuermann nicht wegschleuderte.

Aber wir lernten die Fregatte immer besser kennen und befreundeten uns mit ihr.

Barrabella horchte besorgt auf jede Bemerkung und jede Beanstandung. Und wenn es an der Fregatte etwas Lobenswertes gab, dann war er glücklich.

„Es ist ein großartiges Schiff, ganz großartig“, lobte er sein Werk.

Nach und nach lüfteten sich die Geheimnisse. Und als wir auf eine Jangada auffuhren, wurde auch an der Übersetzung des Rudergeschirrs geändert.

Wißt ihr, was eine Jangada ist? Ein einfaches Verkehrsmittel vor der brasilianischen Küste und in den Flußmündungen. Im Grunde genommen nichts weiter als ein mit einem Segel ausgestattetes Floß. Sieben oder acht recht lange Bohlen, ein schaufelförmiges Steuer, das hinten am Fahrzeug in einer Schlaufe sitzt, eine Sitzbank für den Steuermann, ein gebogener langer Bambusstab als Mast und daran das Segel, und schon ist die Jangada fertig.

Nun, so ein mit einem Segel ausgerüstetes Floß rammten wir in der Lagune, weil das Steuer plötzlich nicht gehorchte und die Jangada nicht mehr ausweichen konnte. Den Reisenden darauf war nichts passiert, wir zogen sie heil an Deck, aber die Jangada hatte sich in ihre Bestandteile aufgelöst.

„Morgen meldet ihr euch bei mir im Hafen von Geras. Dort bekommt ihr eine neue Jangada“, versprach ihnen Barrabella.

Dieses Mißgeschick hatte wenigstens zur Folge, daß das Rudergeschirr verbessert und somit die Bedienung des Steuerrades leichter wurde.

Endlich kam der Tag, an dem Vater Daniló zu Barrabella sagte:

„Ich glaube, Commendatore, wir können die Vorbereitungen als abgeschlossen betrachten. Wir brauchen nur noch Lebensmittel an Bord zu nehmen und die Wasserbehälter zu füllen und können auslaufen.“

Die *Königin des Ozeans*, so wollte es uns scheinen, hatte sich in ein fügsames Fahrzeug verwandelt.

Aber an ihrer relativen Trägheit konnten wir nichts ändern. Von einem jedoch hatten wir uns in der Tat überzeugen können: Die früheren Schiffe waren seetüchtig. Der breite Rumpf, ihr tiefer Gang, ihre verhältnismäßig hohen Bug- und Heckaufbauten ließen sie den Wellen trotzen, besonders der breite Schiffskörper verlieh ihnen große Schwimmsicherheit. So war das auch in den Zeiten von Magalhães und Kolumbus. Wie hätten sonst ihre Schiffe den Stürmen und Wellen standgehalten?

Zweimal waren wir aus der Lagune auf die offene See zur „Wellenprobe“ ausgelaufen. Es wehte ein starker, steifer Wind, hohe und breite Wellen wälzten sich aus Richtung der afrikanischen Küste heran. Die *Königin des Ozeans* stampfte auf ihrer ersten Fahrt im Ozean mit ruhiger Gelassenheit, als wollte sie den stolzen Glanz ihres Namens bestätigen.

Ich entsinne mich noch heute an jede Minute dieser Fahrt. Ich sehe die in großen Scharen herbeigeströmten Neugierigen, die sich auf der äußeren Mole der Stadt Rio Grande do Sul versammelt hatten, um die *Königin des Ozeans*, das merkwürdigste Schiff, das ihnen je zu Gesicht gekommen war, zu beobachten, wenn es mit den Wellen des Ozeans Bekanntschaft machte. Rio Grande berührt mit einem Ende die Lagune und mit dem anderen den Atlantischen Ozean, und vor der Stadt erstreckt sich der Lagunenkanal, durch den wir dem offenen Meer entgegenfuhren. Wir hatten recht starken Gegenwind und mußten kreuzen. Ich will keinen Augenblick lang behaupten, daß sich mit der Fregatte so luven ließ wie mit den heutigen Schiffen. Ich behaupte das nicht, denn würde ich das sagen, dann wäre das eine Lüge. Ihr Tiefgang, der breite Rumpf, die verhältnismäßig niedrigen Masten und die somit tiefsitzende Takelage stellten unsere Nerven auf die Probe.

„Corpo di bacco“, stieß Sottomarina hervor, während er verärgert das ständige Abfallen der Fregatte beobachtete. „Die wird nie so gegen den Wind segeln wie die *Jadran*.“

Nein, das haben wir nie erlebt. Im Seitenwind verhielt sich das Schiff zufriedenstellend, auch mit Rückenwind kam es leidlich vorwärts. Nur kann man sich beim Segeln den gewünschten Wind nicht bestellen.

Trotz aller Schwierigkeiten gaben wir uns keine Blöße: Die gaffende Menschenmenge auf der Mole in Rio Grande do Sul konnte mit Vergnügen zusehen, wie wir an der Stadt vorbei hinaus auf den offenen Ozean segelten. Zur gleichen Zeit kam der Dampfer *Cordova* der Pacific Steem Navigation Company durch den Kanal hereingefahren. Hunderte von Tüchern und Matrosenmützen winkten uns zu, und der Riesendampfer ließ seine Sirenen wie toll aufheulen. So grüßte die Gegenwart die ferne Vergangenheit inmitten des Lagunenkanals.

„Die glauben jetzt ein Gespenst zu sehen“, sagte Feri Horváth lachend. „Womöglich den Fliegenden Holländer!“

Endlich hatten wir den Kanal hinter uns gelassen. Die breiten, recht hohen Wellen schlugen dröhnend gegen die Planken des Schiffes.

Am Steuerrad standen Zoller und Santjago, auf Achterdeck Vater Daniló, Szevér und Feri, also die hohe Schiffsführung. Der kleine Barrabella rannte mal hin, mal her, als wir aber die hohe See erreichten, war er plötzlich verschwunden.

„Masa sitzen auf Bett und halten Kopf“, wurde Vater Daniló von Pedro gemeldet, der nicht nur Steward, sondern auch Laufbursche auf dem Schiff war.

Der große Schiffskonstrukteur litt an der Seekrankheit, was eigentlich nichts Außergewöhnliches war. Die Seekrankheit ist eine unberechenbare Angelegenheit: Die Wellen in der Lagune konnten die Fregatte umherwerfen, wie es ihnen gefiel, ohne daß es jemandem Übelkeit verursacht hätte, aber sobald wir in die offene See gelangten und die Fregatte die breitrückigen, nicht einmal stürmischen Wellen erklomm, um kurz darauf ins Wellental zu gleiten, überkam einige von uns dieses recht gut bekannte seltsame Gefühl. Ich gestehe, auch mich. Man braucht sich dessen nicht zu schämen, Jungs. Wir sind Männer, und Offenheit gilt vor allem. Es ist schon oft gesagt worden, daß Nelson in den ersten Tagen an Bord Höllenqualen erlitt, doch außer ihm (vor ihm und auch nach ihm) viele namhafte Admirale und Kapitäne, denn seekrank zu werden ist nur in den Augen der Landratten eine Schande, Seeleute wundern sich darüber nie. So waren wir über die Meldung Pedros ebensowenig verwundert wie darüber, daß an jenem Vormittag viel weniger von dem Bohnengemüse Vater Guzsiks und dem dazugereichten argentinischen Corned beef, dem gepökelten Rindfleisch, von dem wir nun schon einen reichlichen Vorrat auf Lager hatten, verzehrt wurde. Sogar das Gesicht Silvers war blasser als gewohnt. Bei dem einen dauerte die Übelkeit nur Minuten, bei anderen Stunden. Es gab freilich auch welche, die lächelnd unser fahles Gesicht, unseren unsteten Blick und unseren müden Gang auf dem schrägen Deck betrachteten.

Es wehte Ostwind von Afrika her, und als unser Kommandant das Schiff gegen Norden steuerte, neigte es sich erwartungsgemäß nach Lee, auf die dem Wind abgewandte Seite, und begann seine Jungfernfahrt auf dem Atlantischen Ozean. Es war natürlich keine Vergnügungsfahrt, sondern eine Übung. Alle Mann hielten sich auf Deck auf, und allmählich vergaßen wir das leichte Schwindelgefühl, den aufgewühlten Magen und die Übelkeit. Nacheinander erteilte Vater Daniló seine Anweisungen, die Szevér und Feri Horváth weitergaben. Das war jetzt die Prüfung, wir mußten unter Beweis stellen, was wir in der Lagune an Erfahrungen gesammelt hatten.

„Das Steuer zwei Strich in den Wind!"

„Zu Befehl, Steuer zwei Strich in den Wind!"

„Hinauf in die Wanten! Segel am Fockmast reffen! Besansegel reffen!"

„Zu Befehl! He, Männer dort vorn, hinauf auf den Fockmast!"
„Segel des Großmastes noch mehr straffen!"
„Zu Befehl! Segel des Großmastes . . ."
Das Deck dröhnte unter den rennenden Füßen. Die Männer stiegen mal auf den Fockmast, mal auf den Großmast, bald strafften sie die Segel, bald lockerten oder refften sie sie, oder sie legten sich mit aller Kraft in die Taue, wenn es der Befehl so verlangte.
Silver als Segelmeister ging überall voran, dasselbe aber muß man auch Laguna Grande bescheinigen. Für sie gab es keine schwierigen Aufgaben, sie kannten nichts Unmögliches. Sie führten den Befehl immer und unter allen Umständen aus. Sie und jeder ihrer Leute standen ihren Mann. Es bewahrheitete sich, was Silver beteuert hatte: Sie alle waren gute Seeleute und verstanden ihr Handwerk. Vater Daniló rieb sich zufrieden die Hände und wiederholte mehr als einmal:
„Das hätte ich nicht geglaubt! Das hätte ich nicht geglaubt!"
Er meinte damit, daß diese zusammengewürfelte Mannschaft so einschlug.
Sie bewährte sich ausgezeichnet.
Nur Zoller verfolgte die Segelmanöver mit saurer Miene. Ihm behagte es nicht, daß Silver und seine Leute ihr Fach so gut verstanden.
„Na", ich sah meinen Freund lächelnd an, „was meinst du jetzt?"
Zoller legte sich mächtig ins Steuerrad, verärgert wie einer, der über die Frage nicht erfreut ist.
„Was ich jetzt meine? Ich bin nach wie vor derselben Meinung! Das sind Strolche, wenn auch mit seemännischer Erfahrung!"
In die Freude mischte sich aber auch ein Tropfen Bitterkeit. Eine erste Äußerung, die Zoller recht zu geben schien.
Es war am Nachmittag. Die Strahlen der noch prallen Sonne neigten sich immer tiefer über das Meer. Die *Königin des Ozeans* befand sich auf der Rückfahrt in Richtung der Laguneneinfahrt. Die Manöver waren abgeschlossen. Das Schiff glitt im gleichmäßigen Wind dahin. Auf dem Vorschiff umgaben beide Wachen das Wasserfaß und rauchten ihre Pfeifen und Zigaretten.

Am Steuer standen Gabbia und ich.

Hinter uns auf dem Kommandodeck lehnte sich Vater Daniló auf die Reling. Sein Blick glitt weit in die Ferne. Er schaute in das Morgen, wenn wir den Proviant verladen, und in das Übermorgen, wenn wir endgültig Abschied von der Küste Brasiliens nehmen würden.

Das steile Bugspriet der Fregatte zielte auf die vorerst noch unsichtbare, sich im dunstigen Nebel verlierende Einfahrt der Lagune.

„Kurs beibehalten!" schallte es hinter uns.

„Zu Befehl, Kurs beibehalten!"

Janmatje, der Holländer, kam die schmale Treppe zum Steuerdeck herauf und strebte dem Kommandodeck zu. Träge, ohne Aufsehen zu erregen, schlenderte er dahin, doch in seinem spöttischen Gesicht zeigte sich Entschlossenheit. Er nickte uns nur kurz zu und kletterte weiter. Seine warzige, gerötete Nase verriet, daß er reichlich Alkohol genossen, seit er sich vom Elternhaus getrennt hatte.

Dann hörte ich folgendes Gespräch.

„Was gibt es, was führt dich zu mir?"

Das war die Stimme Vater Danilós.

„Captain, ich komme mit einer Frage. Die Männer schicken mich." Die Stimme Janmatjes klang unsicher.

„Die Männer?"

„Nun ja, einige vom Vorschiff, der Grönländer und der Südafrikaner."

Die Stimme Vater Danilós klang jetzt verhalten. Ein Zeichen dafür, daß unser Kapitän sich zu beherrschen suchte.

„Also raus damit. Was willst du?"

Es trat eine kurze Pause ein. Ich drehte mich nach ihnen um. Vater Daniló blickte den vor ihm Stehenden kühl und reserviert an. Janmatje schlug die Augen nieder und drehte die gezogene Mütze unruhig in der Hand. Der strenge Blick des Kapitäns brachte ihn in Verlegenheit.

Endlich faßte er Mut und fragte stammelnd:

„Captain, kommt der Neger mit uns?"

„Natürlich kommt er mit uns."

Nun sprach der Matrose schon selbstbewußter.

„Meine Kumpel und auch ich sind der Meinung, daß ein Nigger Unheil auf ein Schiff bringt, auf dem Weiße dienen. Und außerdem: Wozu brauchen wir einen dreckigen Nigger unter uns?!"

Mich dünkte, als wären Minuten vergangen. Vom Vorschiff schauten mehrere zu uns herüber.

Ich glaubte, unser Kommandant würde aufbrausen, war er doch uneingeschränkter Herr auf dem Schiff, und alle Gesetze der Seefahrt und alle Vorschriften besagen, daß sein Wort unanfechtbar ist.

Aber Vater Daniló, der in solchen Sachen keinen Scherz verstand, mußte sich beherrscht haben, denn er antwortete gelassen:

„Pedro kommt mit uns, weil ich es so verfüge. Wenn es euch nicht paßt, könnt ihr euch, du und auch deine beiden Kumpanen, euer Seefahrtsbuch geben lassen, sobald wir angelegt haben. Wegtreten!"

Wieder schaute ich nach hinten. Vater Daniló blickte nach der fernen Küste.

Janmatje drückte sich die schmutzige Mütze verlegen auf den Kopf und zog wie ein begossener Pudel ab.

„Canaille", brummte Gabbia neben mir, der genau wie ich jedes Wort gehört hatte. „Briccone!"

Schurke, Bandit, titulierte ihn Gabbia, der mit seiner phrygischen Mütze wie ein Pirat aussah, und spuckte mächtig nach Steuerbord aus.

„Briccone!" wiederholte er.

Und als Janmatje wieder an uns vorüberschritt, nickten wir nicht einmal auf sein vertrauliches „Cheerio". Briccone!

Wir hatten Pedro längst in unser Herz geschlossen, und wenn es an uns gelegen hätte, würden wir Janmatje an Ort und Stelle ins Meer geworfen haben.

Es gab noch ein Gespräch auf dieser Fahrt, das sich etwas früher zugetragen hatte, bevor Janmatje auf das Kommandodeck gestiegen war. Es gelangte uns zwar wesentlich später zur Kenntnis, aber weil es hierher gehört, will ich jetzt davon berichten.

Ich erwähnte schon, daß sich Barrabella, der namhafte Schiffskonstrukteur, der bevollmächtigte Vertreter Santa-Claras auf der *Königin des Ozeans* und einstiger italienischer Korvettenkapitän und Professor an der Marineakademie, merkwürdig verhielt. Vielleicht entsinnt ihr euch, wie zaghaft er Vater Daniló fragte, ob wir heil um Kap Hoorn, einem der gefürchtetsten Meeresabschnitte, herumkommen würden, was nicht ganz passend für einen Seeoffizier war. Besonders nicht, wenn ihm bei der Frage die Stimme zu zittern begann. Es erschien uns sehr seltsam, daß der Commendatore, kaum daß wir das offene Meer erreicht hatten, von Deck verschwand. Ein Konstrukteur und Beauftragter, den die Manöver nicht interessieren! Wer hat dergleichen gehört? Nun gut, wir wissen, daß die Seekrankheit Barrabella gepackt hatte, aber das war einigen von uns so ergangen. Aber wir kamen deshalb unserer Aufgabe nach.

Manchmal steckte er den Kopf zur Kajütentür heraus, schaute mit traumverlorenem Blick über das Meer und zog sich gleich wieder zurück. Er scheute sogar die wenigen Schritte bis zum Kommandodeck, das man Achterdeck nennt und das genau wie das Steuerdeck in Wirklichkeit ein Halbdeck ist.

Ein einstiger Korvettenkapitän, der das Meer nicht sehen will! Denn so beurteilten wir das Verhalten des Commendatore.

Und am Vormittag der Manöver kam das Geheimnis ans Licht der Sonne.

Es trug sich folgendermaßen zu:

Vater Daniló hielt sich in dem großzügig ausgerüsteten Kartenraum auf, der auf dem Halbdeck lag.

Er suchte gerade die für das Auslaufen notwendigen Karten heraus, als sich — wie er später erzählte — die Tür öffnete, und der Commendatore blaß, bleich und erschöpft hereintaumelte.

Unser Kapitän bot ihm Platz an und versicherte ihm:

„Es tut mir leid, Commendatore, daß die Seekrankheit Ihnen so mitspielt. Ich fühle auch etwas in der Magengegend, aber — Schwamm drüber! — wer wird schon darauf achten!“

Barrabella stammelte kleinmütig:

„Sie sind ein glücklicher Mensch, Kapitän.“

Vater Daniló fuhr fort:
„Es gibt wirksame Mittel gegen die Seekrankheit. Vielleicht lassen Sie sich etwas geben."
Der einstige Korvettenkapitän der königlich-italienischen Flotte schüttelte betrübt den Kopf.
„Ich habe es versucht, es hilft nichts."
Vater Daniló sagte verwundert:
„Fast unglaublich, auch nicht vorübergehend?"
„Wie ich schon sagte, es hilft nicht, Kapitän. Und wissen Sie warum? Weil ich Angst vor dem Meer habe."
Unser Kommandant glaubte erst, falsch gehört zu haben. Ein Seemann, und noch dazu ein alter Seemann, der Angst vor dem Meer hat! Jemand, der es bis zum Korvettenkapitän gebracht hat, empfindet Angst!
„Habe ich Sie richtig verstanden, Kapitän?"
Der Commendatore wischte sich die schweißnasse Stirn und nickte betrübt.
„Ja, ich habe Angst. Ich, der so für das Meer schwärmt. Ich, der nur für die Schiffahrt lebt."
Die Verkrampfung in seinem Gesicht ließ nach. Es schien, als hätte er sich durch sein Geständnis Erleichterung verschafft.
„Können Sie mich verstehen, Kapitän?"
Unser Kapitän verstand ihn. Wie sollte er ihn nicht verstehen, hatte er doch einige Seeleute gekannt, bei denen diese Furcht nach einer bestimmten Zeit aufgetreten war. Ein Grauen vor dem Meer. Ähnliches war seinerzeit auch Suttora widerfahren, der als einziger bei der Katastrophe des Dampfers *Petőfi* gerettet worden war. Also wird das Grauen durch etwas hervorgerufen — durch ein schlimmes, schreckliches Erlebnis. Es heißt, der bekannte Funker der *Titanic*, Harold Bride, der zu den wenigen Überlebenden gehörte, sei nie wieder in die Nähe des Meeres gegangen, geschweige denn auf ein Schiff.
„Ich kann Sie verstehen, Kapitän. Aber Sie sind doch ein alter Seemann . . ."
Barrabella seufzte auf. Und als hätte er in der Erregung des Gespräches die lästige Seekrankheit vergessen, begann sich sein

Gesicht zu röten. Auch bei ihm zeigte sich, wenn auch nur für kurze Zeit, die bei nervösen Menschen häufig auftretende Erscheinung: Das Sprechen von dem Übel brachte Erleichterung.

„Kapitän, haben Sie von der Katastrophe des italienischen U-Boots *S-34* gehört?"

Vater Daniló nickte.

„Ja, ich habe davon gehört. Wenn ich mich recht entsinne, lief es ursprünglich bei den Franzosen unter dem Namen *Curie* und geriet bei Pola (heute Pula) in unsere Netze. Es wurde gehoben und lief dann in der österreichisch-ungarischen Flotte unter dem Namen U-XIV weiter. Nach dem Krieg kam es in die italienische Flotte."

Barrabella nickte zufrieden.

„Sie haben ein großartiges Gedächtnis, Kapitän Turkovics! Kennen Sie auch das weitere Schicksal des Bootes?"

„Mir ist nur so viel bekannt, daß es vor Brindisi bei einer Übung gesunken ist."

Der Commendatore nickte und sagte dann kaum vernehmbar:

„Ich war sein Kommandant und der einzige Überlebende."

Die beiden Seeleute sahen in der Stille des Kartenraumes einander an.

Barrabella fuhr fort:

„Es war während einer Übung im Frühjahr 1921. Mein Befehl lautete, ich sollte mich unbemerkt dem von Torpedobooten umgebenen Flaggschiff, dem Leitschiff der Flotte, nähern. Im Augenblick des Auftauchens brauste infolge eines falschen Signals der Zerstörer *Medici* über uns hinweg. Da ereignete sich der Zusammenprall. Mit der Rettung wurde sofort begonnen. Ich allein konnte lebend aus dem stählernen Sarg geborgen werden! Wie es kam, daß ich durch das Chlorgas nicht umgekommen bin, begreife ich heute noch nicht. Vielleicht, weil ich mich im oberen Teil des Kommandoturms am Periskop aufgehalten habe. Seitdem habe ich Angst vor dem Meer, deshalb habe ich mich nach der Untersuchung seinerzeit an die Akademie versetzen lassen. Und auf Segelschiffen tritt dieses Gefühl in verstärktem Maße auf!"

Traurig blickte er auf Vater Daniló.

„In der faschistischen Marine ließ ich mich in den Ruhestand versetzen. Und als ich erfuhr, daß Santa-Clara für sein mit Recht berühmtes Privatmuseum einen Leiter suchte, habe ich mich um diesen Posten beworben. Ich habe mein halbes Leben der Erforschung und dem Nachbau historischer Schiffe gewidmet. Es wurde zum Ziel meines Lebens. Und das hier, die *Königin des Ozeans*, ist mein Hauptwerk, und jetzt habe ich Angst auf ihr! Aber die Ehre verlangt immerhin, daß ich mich an Deck befinde, wenn sie auf große Fahrt geht!"

Entmutigt winkte er ab.

„Ich hätte nicht geglaubt, daß mich das Grauen so packt. Eine krankhafte Angst schnürt mir schon jetzt die Kehle zu, wenn ich daran denke, auf einem Segler Kap Hoorn zu umschiffen!"

Verzweifelt breitete er die Arme aus.

„Ich bitte Sie, sprechen Sie nicht darüber, nicht zu Santa-Clara und nicht zu Ihren Leuten, Kapitän."

Wie uns Vater Daniló später erzählte, legte er dem verzagten Commendatore die Hand auf die Schulter und sagte:

„Verlassen Sie sich ruhig auf die *Königin des Ozeans* und auf das Meer. Und haben Sie auch zu mir Vertrauen. Wir sind alle Seeleute und somit Freunde. Vom heutigen Tage an ist Ihr Platz hier an meiner Seite. Ich gestatte nicht, daß Sie sich in Ihrer Kajüte einschließen. Verstehen Sie? Ich gestatte es nicht."

Uns fiel damals nur auf, daß der Vertreter Santa-Claras etwas sicherer und wieder mit etwas Farbe im Gesicht aus dem Kartenraum trat.

Für einige Minuten stellte er sich ans Steuerrad, blickte auf den alten, aber schon mit einer Windrose kombinierten Kompaß und bemerkte mit glücklicher Zufriedenheit:

„Wir machen gute Fahrt."

Gabbia und ich stimmten zu: „Ja, wir machen gute Fahrt!" Nur ein wenig langsam im Verhältnis zu einem modernen Schiff.

Was den alten Kompaß betraf, so war dies auch so eine fixe Idee von Santa-Clara und Barrabella. Der „alte Topp", wie wir dieses veraltete Instrument nannten, eignete sich gut als Kulisse, als Dekoration, aber das Seefahrtsamt hatte angeordnet, daß wir auch einen modernen Peilkompaß anzubringen hätten, sonst würde man uns die Schiffspapiere nicht geben. Das hatte sich am Vorabend unseres Auslaufens ereignet.

Das Schiff pflügte gleichmäßig die Wellen und segelte raumschots, mit dem Wind schräg von hinten, auf den Eingang der Lagune zu.

Vom Vorschiff zeigten die Matrosen nach dem Topp des Großmastes.

Pedro rief uns von der Schwelle der Kombüse auf Halbdeck zu:

„Ein Albatros!"

Die südlichen Meere sind die Heimat der Albatrosse. Übrigens war es der erste, den wir zu Gesicht bekamen. Mit Ausnahme der schwarzen Flügelspitzen ist der Vogel ganz weiß. Der Albatros, der sich uns zugesellt hatte, war von gewaltiger Größe. Er segelte in der Höhe des Topps. Manchmal glitt er bis zur untersten Rahe des Großmastes herunter, so daß wir seine erstaunliche Größe gut sehen konnten. Stellt euch einen Seevogel vor mit einer Flügelspannweite von vier Metern!

Der Flug des Albatros ist etwas Überwältigendes, und auf diesen Flug setzen die Seeleute ihre Wetten. Der Riesenvogel bewegt kaum die Flügel und kommt doch so schnell vorwärts, wie er will.

Silver warf eine Münze vor der auf Vorschiff versammelten Besatzung hoch.

„Wer hält die Wette?"

Laguna Grande hielt sie: „Ich, ich sage sechs Minuten."

Silver rief:

„Acht und eine halbe."

„Das wäre, wenn der Minutenzeiger die Vier erreicht!" schrie der Grönländer, der als Schiedsrichter die Zeit nahm.

Da waren auch schon Sottomarina, Piede, sogar Vater Guzsik draußen. Sie hatten die Uhr vom Vorschiff mit herausgebracht, die sie aus Achtung Chronometer nannten, und schauten jetzt alle entweder auf die Uhr oder auf den Albatros.

„Zeit!" riefen mehrere, als der Minutenzeiger die Vier erreicht hatte.

Der Vogel segelte noch immer mit unbewegten Flügeln ruhig in der Höhe der Rahe.

Seine großen, runden, braunen Augen waren forschend auf das Deck gerichtet. Der riesige Wanderer des Ozeans ist sehr gefräßig, und er hat längst die Erfahrung gemacht, daß von den Schiffen nicht nur Speisereste ins Meer geworfen werden, sondern daß es auch gutherzige Seeleute gibt, die ihn dann und wann mit einem Leckerbissen erfreuen. Dabei kommt es manchmal vor, daß diese Lockspeise als Köder dient, an einer langen Schnur hängt und eine spitze Angel in sich birgt, die dann dem Vogel zum Verhängnis wird. Aber für die Mehrheit der Seeleute ist der Albatros — ein heiliger Vogel. So manche Sage, abergläubische Ereignisse und Prophezeiungen knüpfen sich an den Riesenvogel der unendlichen Meere. Angefangen von dem Engländer Coleridge (in seiner Ballade *Der alte Seemann*) bis hin zu Joseph Conrad in unserer Zeit haben viele Dichter und Schriftsteller die eine oder andere Geschichte über den Albatros bearbeitet. Wenn der Seemann draußen auf offenem Meer den ruhig und ohne jede Anstrengung dahinfliegenden Albatros über den vom Sturm aufgepeitschten Wellen erblickt, stellt sich ihm unwillkürlich die Frage: Was mag diese Begegnung bedeuten? Denn die vielen Geschichten und Gerüchte haben sich bei den Seeleuten von Jugend an als Schiffsjunge tief in ihr Bewußtsein geprägt.

Wer kann es auf die Minute oder auf die Sekunde erraten, wann der Albatros seine Flügel bewegen wird?

Die sechs Minuten waren um.

Laguna Grande zog ein enttäuschtes Gesicht. Die anderen lachten.

Der Vogel ließ sich in unbewegter Haltung weiter durch die Luftströmung tragen.

Auch die acht und eine halbe Minute waren vorbei.

Nun verriet die Miene Silvers ebenfalls Enttäuschung.

Das Geld blieb in der Kasse. Nun trat Piede vor und warf eine Silbermünze in die dazu dienende Matrosenmütze. Gegen ihn wettete der Grönländer und legte eine Münze dazu. Doppelt oder nichts, galt jetzt die Wette. Piede rief, neun Minuten zwanzig Sekunden. Der Grönländer zehn Minuten, zehn Sekunden.

Der Vogel segelte genau elf Minuten lang, ohne die Flügel zu bewegen.

In der Mütze hatte sich schon eine Handvoll Silbermünzen angesammelt, als sich Sottomarina zum Einsatz entschloß.

„Sechs Minuten, fünf Sekunden", schmetterte er.

Silver lachte laut.

„Er wird wohl verrückt sein, schon nach so kurzer Zeit mit den Flügeln zu schlagen."

Aber es kam eine unverhoffte Windbö, und die Schwingen des Albatros hoben und senkten sich.

Sechs Minuten und fünf Sekunden waren vergangen!

„Ich weiß schon, was ich sage", Sottomarina griff nach der Mütze mit den Münzen.

Eine neue Runde begann mit neuen Hoffnungen. Wir waren schon dicht an der Küste, als der Vogel uns untreu wurde. Er kreischte auf, drehte ab und nahm Kurs auf einen Dampfer. Wie ein Pfeil flog er dahin, mit kaum sich bewegenden Flügeln, wunderbar graziös und majestätisch.

„Was wollte uns der Albatros wohl sagen?" knurrte Gabbia neben mir.

„Daß du nach einer Woche bereits vergessen hast, wie du in Brasilien lebtest", sagte ich und lächelte meinem Gefährten am Steuerrad zu.

Gabbia schüttelte sein struppiges, braungebranntes, an einen Piraten erinnerndes Haupt; mit dem Ernst eines Gläubigen sagte er:

„Er hat uns gemustert. Er weiß nun schon, was uns zuteil werden wird."

Ich war überrascht: Hatte sich ein neuer Prophet gefunden, der Schlüsse zog wie seinerzeit unser alter Freund Suttora, einer der abergläubischsten Seeleute, die ich gekannt habe? Aber in dem gelassenen, ruhigen Gesicht Gabbias spiegelte sich keine Spur von Schlußfolgerungen.

„Mich kümmert es wahrlich nicht, was der Vogel weiß. Wir werden es schon auch noch erfahren. Ein Narr, der sich den Kopf darüber zerbricht, was die Zukunft bringt. Ich weiß nur, daß wir in See stechen."

Ich sah ihn an.
„Bist du ein alter Seemann?"
Er nickte.
„Das bin ich. Ich stamme aus Pozzuoli, bei Neapel."
In diesem Satz klang Stolz mit: Wer aus Pozzuoli stammt, kann nur ein guter Seemann sein. Er war ein erfahrener, alter Seemann.
„Ich habe unter dem Commendatore gedient, sogar auf einem U-Boot", fügte er selbstbewußt hinzu.
Das überraschte mich ein wenig.
„Auf einem U-Boot? Unter dem kleinen Mann?"
Die immer ernsten Züge Gabbias wurden jetzt etwas weicher.
„Er war im Weltkrieg ein berühmter U-Boot-Kommandant. Und ein guter Kamerad. Wir hatten ihn gern."
Vater Daniló rief vom Kommandodeck herunter:
„Steuerrad um zwei Strich nach backbord."
„Zwei Strich . . ."
Unser Gespräch unterblieb.
Die Wache auf dem Vorschiff sprang auf.
„Segel an den Wind!" kommandierte Sottomarina. „An die Brassen!"
Die Richtung des Windes hatte sich gedreht, aber auch die Position des Schiffes, da wir uns der Einfahrt der Lagune näherten.
Die Rollen knarrten, die frischen, noch kaum gebrauchten Seile ächzten, und wir mußten sogar das Ankerspill in Betrieb nehmen, damit das Manöver in dem immer stärker werdenden Wind ohne Schwierigkeiten durchgeführt werden konnte. An der verkehrsreichen Laguneneinfahrt war besondere Vorsicht geboten. Es lief nun schon eine ganze Schar Motorboote neben uns her.
Die *Königin des Ozeans* war nun mal in den Städten an der Lagune eine Sensation.
Die untergehende Sonne zeichnete sich blutrot am Himmel ab. Auf dem Festland sagt man in solchen Fällen, Wind wird aufkommen. Hier auf dem Meer bedeutete das gar nichts . . . Es war nur ein unvergeßlicher Anblick.
Pedro kam auf das Halbdeck herauf. Er stellte sich neben uns

und betrachtete mal das Steuerrad, mal die schwankende Magnetnadel des Kompasses.

Das schwarze Gesicht des Jungen glänzte, sein lebhafter Blick zeugte von Interesse.

Für Pedro bedeutete jede Minute auf dem Schiff ein Erlebnis. Er lernte neue Begriffe kennen, wurde mit Grundfragen der Schiffahrt vertraut.

„Masa, wenn du geben Steuerrad, Pedro danken."

Ein alter Seemann hat solch kindliches Begehren nicht gern. Daß jemand nach einem ein- oder zweitägigen Aufenthalt auf dem Schiff sich erdreistet, das Steuer zu verlangen, das ist schon fast eine Beleidigung. Selbst dann, wenn der Betreffende noch ein Kind ist. Das Steuerrad ist etwas Heiliges, und wer an ihm steht, empfindet mit Recht, daß das Schicksal von Mensch und Schiff von ihm abhängt. Daher erteilte Gabbia Pedro eine Abfuhr.

„Dir ist die große Ehre zuteil geworden, Kajütjunge, Steward und Küchengehilfe zu sein. Sowohl das eine als auch das andere ist ungemein viel auf einem Schiff. Auch ich war Steward, und wenn ich mich recht entsinne, habe ich fünf Jahre hindurch täglich einen halben Zentner Kartoffeln für die Küche geschält. Davon hing das Wohlergehen der Seeleute ab, ich hatte also ein genauso wichtiges Amt wie du jetzt. Auf das Steuerrad wagte ich nur von der Seite und mit gezogener Mütze zu schauen, weil ich wußte, die dort stehen, das sind die vortrefflichsten Männer auf Deck. Gewichtige Aufgaben aber können nur vortreffliche Männer ausführen. Verstehst du?"

Gerührt stand Pedro da und horchte. Ich war erstaunt, der düstere, immer ernste, wortkarge Gabbia war mit einem Male gesprächig geworden! Ich hätte nicht geglaubt, daß er dazu fähig sei.

Pedro nickte.

„Pedro verstehen ... Pedro nicht sein dumm ..."

Gabbia fuhr fort.

„Nun, wenn du es verstehst, dann mußt du auch wissen, daß das Steuerrad kein Spielzeug ist. Wer es als solches betrachtet, der wird nie ein guter Seemann. Du aber willst doch ein guter Seemann werden?"

„Pedro wollen."

„In fünf Jahren, in zehn Jahren. Inzwischen aber schaust du mit Andacht nach dem Steuerrad. Hast du verstanden? Und mit gezogener Mütze!"

Die schneeweißen Zähne Pedros blitzten.

„Masa sagen ... Masa sagen Wahrheit ..." Und er fuhr sich mit den Fingern in das wollige Haar. „Mütze hat Pedro nicht. Pedro hatte nie Mütze."

Gabbia nickte.

„Du bekommst von mir eine. Wenn wir anlegen, meldest du dich bei mir. Der Seemann muß eine Mütze haben. Ich werde dir eine geben wie die, die ich auf dem Kopf habe. Ich habe noch so eine. Die bekommst du."

Damit gab ihm Gabbia einen Wink, daß das Gespräch beendet sei. Zwei Dampfschiffe kreuzten unseren Weg, man mußte aufpassen. Neben Vater Daniló lehnten sich nun schon Szevér, Feri Horváth und Barrabella auf die Reling.

„Steuerrad ein Strich nach Steuerbord!"

„Ein Strich ..."

Gabbia verfiel wieder in die gewohnte Schweigsamkeit. Soweit ich mich entsinne, habe ich ihn nie wieder so gesprächig gesehen. Doch damals lernte ich diesen stillen, rauh erscheinenden Mann kennen.

Nach einer Weile, als wir schon in der Lagune unserem Hafen zufuhren, sagte mein Gefährte am Steuerrad gleichsam als Rechtfertigung.

„Wenn der Junge so eine Mütze trägt wie ich, wird Janmatje klar werden, daß Pedro unter meinem Schutz steht. Kann er dafür, daß er schwarz ist? Und wenn er schwarz ist!"

Ich schüttelte verneinend den Kopf.

„Hast du gehört, was der Kapitän zu ihm sagte? Er solle sich sein Seefahrtsbuch geben lassen, wenn er nicht mit dem Neger auf einem Schiff dienen wolle. Er wird es verlangen."

Gabbia spuckte wieder in weitem Bogen über die Bordwand.

„Der? Der verlangt es nicht. Auf so ein Schiff würde er nie im Leben wieder kommen!"

Schrill klang die Stimme des Postens im Bug des Schiffes.

„Achtung, Schiff voraus!"

Und schon kam die Anweisung vom Kommandodeck:

„Segel seitlich herumholen! Steuerrad einige Spaken nach Steuerbord!"

Und in diesem Augenblick tauchte wieder der Albatros auf. Mit einem Male schwebte er erneut über den Masten. Ich schwör's, er schaute aus der Höhe herunter, als würde er etwas prüfen, als würde er nachsehen, ob wir noch alle da waren. Seine Riesenschwingen waren gespannt, und doch segelte er mit der gleichen Geschwindigkeit wie die Fregatte mit geblähten Segeln im frischen, kräftigen Wind.

Diesmal kam es zu keiner Wette. Jedermann stand auf seinem Platz, beide Wachen. Die einen an den Masten, die anderen an den Brassen. Wir näherten uns unserer Anlegestelle. Auch Zoller stand bereits neben mir.

„Wenn Suttora noch lebte, er könnte uns sicher sagen, was die Begegnung mit dem Albatros bedeutet", sagte Zoller lächelnd. „Gutes oder Schlechtes."

„Wir werden es erfahren", brummte Gabbia.

Und da fiel mein Blick auf einen Mann. Er lehnte sich an den Großmast. Er stand träge, nichtstuend, mit den Händen in den Taschen da. Er schaute zu Vater Daniló hinauf, unverfroren, spöttisch. Dann raunte er seinem Nebenmann etwas zu, sie lachten und kicherten. Es war Janmatje und neben ihm Mikkelsen, der Grönländer.

In diesem Augenblick fühlte, wußte ich es, daß dieser abscheuliche Kerl das Schiff nicht verlassen und daß seinetwegen eine Lawine von Ereignissen ins Rollen kommen würde.

Ich hätte darauf zu schwören gewagt. Und dasselbe mochte der düstere Gabbia empfunden haben, als ihm der Wunsch zum Schenken gekommen war, obwohl er keine empfindsame Natur war.

Und ich wage auch zu schwören, daß all das mit dem Albatros nichts zu tun hatte.

Ihr seid da vielleicht anderer Meinung.

FÜNFTES KAPITEL

Geradewegs gen Süden — So werden Märchen geboren — Abschied von Brasilien — Wann legt der Kapitän seine Prüfung ab? — Freunde, der Tanz beginnt! — Die Mär von der Schatzsuche — Ein räudiger Nigger — Der Tanz der Fregatte — Die Verletzung Pedros — Sottomarina schreitet ein — „Licht voraus!“ — Was empfand Pedro? — Die verwünschte Bucht: Puerto San Julian — Vögel und Robben — Wind von allen Seiten — Die Schiffe der Walfänger

Die *Königin des Ozeans* segelte im südlichen Atlantik.

Porto Alegre, Pelotas, Geras, Rio Grande samt der Lagune lagen schon weit hinter uns. Ich habe diese Gegend seither nicht wieder gesehen, aber ich vermisse sie auch nicht.

Die *Königin des Ozeans* fuhr noch immer in dem von Afrika her wehenden Ostwind und stampfte ruhig auf den breitrückigen, trägen Wellen.

Es war Nacht, die Zeit der „Hundewache“, weit nach Mitternacht.

Ringsum nirgends Küste, nirgends ein Schein, kein Leuchtfeuer und keine Signale von einem sich drehenden Leuchtturmscheinwerfer. Wir fuhren außerhalb der gewohnten Route der Dampfschiffe auf dem 50. Grad westlicher Länge, geradewegs gen Süden, wie von einer Schnur gezogen. Die Fahrtroute hatte Vater Daniló wie folgt bestimmt:

„Wir nehmen südlichen Kurs bis zum 40. Grad südlicher Breite; wo dieser den 50. Grad westlicher Länge schneidet, biegen wir steuerbords ab und schlagen die westsüdwestliche Richtung ein, um so wieder näher an die Küste Südamerikas zu gelangen und zwischen den Falklandinseln und dem Feuerland hindurch Kap Hoorn zu erreichen."

Auch die *Sailing Directory*, in ihrer deutschen Ausgabe das *Segelhandbuch*, dieser sehr zuverlässige Reiseführer für die Seefahrer, empfahl den Segelschiffen im südlichen Atlantik, hauptsächlich vor Montevideo und Buenos Aires, auf ihrer Fahrt nach dem Süden die stark befahrenen Routen der Dampfschiffe zu meiden, was auch verständlich war. Für einen in seiner Manövrierfähigkeit vom Wind abhängigen Segler ist es nie angenehm, bei Nebel oder in stockfinsterer Nacht plötzlich ein zwischen den Wellenbergen auftauchendes Turbinenlinienschiff, ein Frachtschiff, einen Tramp oder einen Passagierdampfer vor sich zu haben.

Vater Daniló hielt sich an die Ratschläge des Segelhandbuches, und wir fuhren auf dem Kurs der sogenannten Seglerroute. Seit Tagen waren wir einem einzigen Schiff begegnet, der *Pommern*, einer deutschen Fünfmastbark. Wie sie signalisierte, kam sie aus dem Pazifik, brachte Salpeter aus Chile und ließ uns wissen, daß sie den „Schiffsfriedhof" Kap Hoorn glatt passiert hatte. Wir stellten uns die Gesichter vor, die die Besatzung der *Pommern* machte, als sie mit den bis zur Saling hochgezogenen Signalflaggen die Frage stellte:

„Sehen wir ein wirkliches Schiff oder ein Gespenst?"

Lustig lief unsere kleine Antwortrolle auf die Gaffel des Kreuzmastes hinauf, um dort zu regelmäßigen Flaggen entfaltet, zu antworten:

„Die *Königin des Ozeans* ist, aus Porto Alegre kommend, nach San Francisco unterwegs!"

Trotz alledem verlangsamte die *Pommern* ihre Fahrt, stellte sich in den Wind, und die Matrosen schauten uns vom Deck mit offenem Mund nach.

In der Phantasie der zum Aberglauben neigenden Seefahrer entstehen leicht Legenden. Oh, wie oft wurde schon aus der Ferne ganz gewöhnlicher Sargassotang für eine hundert Meter lange Seeschlange und wie oft ein von den Wellen des Amazonas oder des Rio de la Plata mitgeschwemmter und zu nächtlicher Stunde auf den Wogen tanzender Baumstamm als das Schiff des Fliegenden Holländers angesehen.

Ich bezweifle, ob die *Pommern* unserer Antwort ohne weiteres Glauben schenkte und ihre Fahrt fortsetzte, höchstens wenn sie aus südamerikanischen Zeitungen von unserem Unternehmen erfahren hatte. Doch das ist äußerst unwahrscheinlich: deutsche Seeleute, ob Offiziere oder Mannschaft, pflegen keine fremden Zeitungen zu lesen. Auch die Engländer nicht. So bin ich fest überzeugt davon, daß die Besatzung des Fünfmasters, wenn sie noch lebt, auch heute noch behauptet, daß sie auf dem 50. Längengrad der südlichen Halbkugel, etwa auf der Höhe des argentinischen Mar del Plata, einem Gespensterschiff begegnet sei. So etwa werden die Legenden und Märchen geboren.

Daß die Besatzung der *Pommern* dergleichen glauben mochte, ist noch begreiflich.

Aber es gab Nächte auf dem Schiff, da glaubte ich selbst manchmal, daß entweder der Schlaf mit mir seinen Scherz trieb oder daß ich eine verzauberte Stoffpuppe sei. Kann man denn nur in alten Schlössern oder in moosbewachsenen Burgruinen das Gefühl haben, Gespenstern zu begegnen? Es ist eine alte Tatsache, daß sich nachts die Formen verändern, die Gestalten von Gegenständen und Lebewesen anders erscheinen. Wenn dem nicht so wäre, dann würden wir ohne Herzklopfen über einen nächtlichen Friedhof gehen, die knarrenden Stufen zu dem Boden eines alten Schlosses hinaufsteigen oder bei stürmischem Wind zwischen den ächzenden Bäumen eines verlassenen Parkes schreiten. Hallende Gemächer eines leerstehenden Hauses sind tagsüber nur hallende Räume, nachts aber füllen sie sich mit Lauten, mit Flüstern und

Raunen, mit Bewegungen und Geräuschen, mit Geistergestalten. Die Nacht ist ein großer Zauberer, das brauche ich nicht zu beweisen. Ein Schiff aus vergangener Zeit ist wie ein altertümliches Haus. Es regt die Phantasie an, läßt Märchen, Geschichten entstehen.

Nach ihrem Baujahr war die *Königin des Ozeans* zwar nicht alt, um so mehr nach ihrer Form. Die dicken, niedrigen Masten, die starke und dichte Takelage, der hohe Aufbau des Achterschiffs, das für das heutige Auge ungewohnte Steuerdeck, das überholt anmutende Vorschiff, der kurzgehaltene, hochgezogene Galion, verlängert durch das steile Bugspriet, ließen mein Herz im seltsamen Dunkel der Nacht, im Glanz des Himmels und im Widerschein des Meeres manchmal heftiger schlagen.

Und die schwankenden Schatten der Gestalten, dann und wann ein Laut, ein Schrei, der Ruf der im Bug des Schiffes kauernden Wache, die vom Kommandodeck herunterschallende Anweisung . . . Wahrlich, ich sage euch, Jungs, all dies ließ manchmal das Gefühl in mir aufkommen, daß in den nächsten Minuten der junge Robinson aus dem Vorschiff treten würde oder Jean Bart, der große französische Kaper, oder Admiral Anson höchstpersönlich. Berühmte Seefahrer der Vergangenheit zu neuem Leben erweckt.

Es ist ein großartiger Zeitvertreib, wenn man in einer dienstfreien Stunde auf dem Deck liegt, auf einer Seilrolle oder auf einem Segel, und von einem solchen Schiff aus das Himmelszelt der südlichen Halbkugel betrachtet. Ich weiß nicht, ob ihr schon einmal gehört habt, daß das von euch wohl kaum je gesehene südliche Firmament der Himmel der Seeleute ist? Der nördliche ist der der Gelehrten, denn sie waren es, die den meisten Planeten, Sternen und Sternbildern ihren Namen gaben. Aber auf der südlichen Halbkugel verkehrten als erstes die Söhne des Meeres. Und sie hielten die strahlenden Bewohner des dortigen Himmelszeltes unter das Taufwasser.

Und so verraten auch die Namen, daß bei der Taufe Schiffer Pate gestanden haben!

Schaut nur mal hin, dort hinter uns in Richtung des Äquators, diese bläulich strahlenden vier Sterne sind das Kreuz des Südens! Sie sind das auffallendste Sternbild und leuchten am hellsten, denn ich muß euch noch verraten, daß die Sterngruppen der südlichen Halbkugel nicht so glänzen, wie uns das von denen auf der nördlichen Halbkugel vertraut ist. Aber das Kreuz des Südens ist eine Ausnahme, es funkelt wunderbar, und es knüpfen sich mindestens so viel Sagen und Geschichten daran wie bei uns an den Großen Wagen oder an den nördlichen Polarstern. Wenn wir den Merkur, den Mira und den Deneb Kaitos miteinander verbinden, entfaltet sich am oberen Rand des Himmelszeltes ein Sternbild von imposanter Größe. Es ist der Walfisch mit einer scharfkantigen Schwanzflosse und einem regelrechten Walbuckel.

Neben dem Kreuz des Südens gibt es zahlreiche Sternbilder, deren Namen der Schiffahrt entlehnt sind. So findet ihr hier das Südliche Dreieck, das Fernrohr und den Oktant. Das Schiff Argo schließt die Sternbilder Segel, Achterschiff, Kiel und Schiffskompaß ein. An den großen Seefahrer von einst erinnern die Kleine und die Große Magellan-Wolke.

Zwischen dem Netz und dem Kiel schwimmt der Schwertfisch, der mir immer wie eine Seeschlange vorkam. Das Sternenzelt der südlichen Hemisphäre weist die Sternbilder Fisch, Wassermann und Steinbock auf. Hier segelt oberhalb des Orion, des Sirius und des Merkur der Eridanus. Zwischen dem Kleinen Hund und dem Löwen findet ihr den Sextant, auf der gegenüberliegenden Seite des Himmels aber den Herkules und den Skorpion, dessen Hauptstern der hellstrahlende Antares ist.

Und in diesem Sternmeer sind weiter der Fliegende Fisch, die Kleine Wasserschlange und der Jakobsstab zu finden. Dieser war eine Erfindung holländischer Seeleute und ein geschicktes Instrument zum Winkelmessen. Er diente den Seefahrern zum Bestimmen ihrer Position und ersetzte früher den Sextanten. Das einzige überlieferte Exemplar befindet sich heute im Museum von Amsterdam, ein anderes ist Nacht für Nacht am südlichen Sternenhimmel zu sehen, zwischen Mitternacht und Morgengrauen, wenn der Seemann „Hundewache" hält.

Die ersten Tage verliefen ohne besondere Ereignisse. Die *Kö-*

nigin des Ozeans segelte im gleichbleibenden Ostwind dahin, daß wir schon übermütig wurden.

„Wenn wir weiter so gute Fahrt machen, können wir in einem Monat in Frisco sein“, sagte Sottomarina und rieb sich zufrieden die Hände.

„Wenn ...“ fügte Szevér hinzu, „wenn wir nicht einen Abstecher nach Juan Fernandez und Pitcairn machen müßten. Aber wir müssen abbiegen.“

„Und wir legen in der Julianbucht an, vielleicht sogar auf den Falklandinseln“, schaltete sich Feri Horváth in das Gespräch ein. „Jetzt ist es uns noch warm, aber in einer Woche werden wir frösteln und uns die Magalhãesjacken anziehen.“

Magalhães!

Von nun an begegneten wir dem Namen des — neben Kolumbus — größten Seefahrers häufig. Die Sterne da oben, die sich in der Ferne verlierende Küste und der südliche Atlantik bewahren den Namen des Seefahrers Magalhães für alle Zeiten. Es gibt keine Bucht, keine Flußmündung von Bahia bis Feuerland, die er mit den Einheiten seiner Flotte (der 90 Tonnen großen *Concepción*, der 95 Tonnen großen *Victoria*, dem 120tonner *San Antonio*, dem 110tonner *Trinidad* und der 75 Tonnen großen *Santjago*) nicht durchsucht und durchforscht hätte nach der auf der Karte von Martinus Behaim angegebenen Durchfahrt aus dem Atlantischen Ozean in die Südsee, die Mar del Sur. Er mochte mit seinen Leuten nach denselben Sternen geblickt haben, nach der Milchstraße des Südens, dem Walfisch, dem Antares und dem Jakobsstab, entmutigt und bedrückt, als sie immer weiter nach dem Süden fuhren und von der angegebenen Durchfahrt keine Spur zu finden war!

Auch unsere Fahrt ging nach dem Süden, immer nach dem Süden, um am 40. Grad südlicher Breite nach steuerbord zu drehen und die legendäre Julianbucht zu begrüßen, die Bucht der großen Schiffsdramen, und um von dort weiter nach dem Süden an den Falklandinseln vorbeizusegeln.

Die *Königin des Ozeans*, das nach dem Vorbild der Fregatten aus dem 18. Jahrhundert erbaute Schiff, segelte auf der Route der Karavellen des Magalhães.

Und wenn ich jetzt noch kurz auf unseren Abschied von der Küste Brasiliens zu sprechen komme, tue ich das einfach nur deshalb, weil wir jetzt an der Stelle angelangt sind, wo sich die Ereignisse zu häufen beginnen und sich allmählich eine zu Beginn wohl unglaublich erscheinende Geschichte vor uns entfaltete, die — ich muß es gestehen — einem heutigen Seemann, und wenn er noch so viel Abenteuer erlebt, selten widerfährt. Aber wenn sie uns widerfahren ist, warum soll ich sie nicht erzählen?

Zuvor jedoch wollen wir noch sehen, wie uns die Schiffe in der Lagune mit den Buchstaben TDL ihrer Signalflaggen begrüßten.

Das große Ereignis begann zwei Tage vor Weihnachten, als die Sonne heiß auf die Häuser von Geras und die im Hafen liegenden Schiffe schien. Die *Königin des Ozeans* schaukelte beflaggt, mit schlaffen Segeln am Ende der Hafenmole bereits im freien Wasser. Rings um uns jagten Motorboote, von deren Deck sich Fernrohre und die Linsen von Fotoapparaten auf uns richteten.

Neben uns lag die *Pluto* vor Anker und verkündete mit ihren schneeweißen Aufbauten den Reichtum ihres Besitzers. Ein Gig hatte von ihrem Deck Santa-Clara und Kapitän Dominico und ein weiteres Boot eine größere Anzahl uns unbekannter Persönlichkeiten zu uns an Bord gebracht. Provinzstatthalter, Bürgermeister, Minister, Hafenkommandant, diese und ähnliche Titel schwirrten uns um die Ohren, doch weiß der Teufel, welcher von ihnen was war!

Santa-Clara hatte diese große Ansammlung herbeigeführt, die der Seemann von Herzen verabscheut und die ihn so sehr befremdet. Da werden viele große Worte gemacht, überschwengliches Lob ausgesprochen, hochtrabende Versprechen gegeben, die nie in Erfüllung gehen, und dann ziehen die Herren gelassen ab, legen sich in ihre weichen Betten, der Seemann aber kann hinausziehen gegen Wind und Sturm, gegen Wellenberge, gegen Schnee und Eis . . . Der wackere Seemann, unser Mann, wie es in den Ansprachen hieß.

So geschah es auch diesmal. Jeder hielt eine Rede, der Provinzstatthalter, der Bürgermeister von Rio Grande, der Hafen-

kommandant und nicht zuletzt der Minister, waren sie doch deshalb gekommen. Jeder sprach vom kühnen Unternehmen, von Helden unserer Tage und davon, daß wir den Schleier, der über der Vergangenheit der Schiffahrt liegt, lüften würden. Was sie damit meinten, blieb unklar, aber sie sagten es. Und ohne Ausnahme strichen sie die Verdienste Santa-Claras heraus, seine menschliche Größe, seine wissenschaftliche Berufung. Und zuletzt, das könnt ihr euch denken, sprach Santa-Clara selbst. In Anbetracht dessen, daß er Besitzer des Casa, des größten Geschäftshauses in Porto Alegre, war, verhielt er sich sehr bescheiden. Kurz und gut, dieser Modellsammler war ein hochanständiger Mann, auch wenn er zu den größten Kaufleuten Brasiliens gehörte.

Er brachte zum Ausdruck, daß er mit Tränen in den Augen an Deck stehe (ich sah zwar keine, aber er sagte es), hob hervor, welch großartige Leistung es sei, ein Schiff aus der Zeit von vor zweihundert Jahren so zu rekonstruieren, daß es ein getreues

Abbild der damaligen Schiffe wurde. Und hier wandte er sich zu Barrabella.

„Aber ich habe einen ausgezeichneten Berater, einen großen und vortrefflichen Konstrukteur, ohne den dies alles nicht möglich gewesen wäre. Als ehemaliger Stabsoffizier der königlich-italienischen Kriegsmarine hat er es sich nicht nehmen lassen, das Schiff auch auf seiner wunderbaren Reise zu begleiten. Alles habe ich ihm zu verdanken."

Bei diesen Worten trat Santa-Clara vor und umarmte Barrabella lange, damit die Fotografen Zeit hatten, diesen historischen Augenblick zu verewigen. Vor allem dieses ergreifende Bild erschien in den Zeitungen. Aber Santa-Clara war nicht ungerecht. Er unterstrich, daß er die Fregatte ruhigen Herzens auf ihre weite gefährliche Fahrt ziehen lasse, weil sie von einem Kapitän befehligt werde, dessen Name beim *Mary-Celeste*-Fall mit Recht Weltruhm erlangt hatte und der der namhafteste Vertreter der Segelschiffahrt sei.

Hier trat Santa-Clara wieder vor, aber er umarmte unseren Kapitän nicht, sondern schüttelte ihm männlich die Hand.

Jetzt fehlten nur noch die Schlußakkorde der Rede, kaum einige Sätze, als die Äußerung fiel, die von dem Augenblick an, da sie verklungen war, Gelegenheit zu soviel Vermutungen gab. Und sie lautete:

„Die *Königin des Ozeans* sticht also in See, um den Beweis zu erbringen, daß ein altertümliches Schiff auch in der Seefahrt von heute bestehen kann, sowohl in sportlicher Hinsicht als auch, was die Ausbildung der Mannschaft betrifft. Sie sticht in See, um die Route einstiger großer Seefahrer, Entdecker und Piraten einzuschlagen. Selbst die Route verdient schon allgemeines Interesse, aber vielleicht eifert die Fregatte dem Beispiel großer Vorgänger nach und wird — selbst zum Entdeckerschiff! Allzeit gute Fahrt, *Königin des Ozeans*!"

Die Sirene der *Pluto* heulte auf, die Pfeifen der im Hafen vor Anker liegenden, bis über die Toppe beflaggten Liniendampfer schrillten, alle Motorboote und Dampfbarken schalteten ihre Nebelhörner ein, und in den beiden Kirchen von Geras läutete man sogar die Glocken. Es war ein wahres Fest, das könnt ihr mir glauben.

Sottomarina, als rangältester Bootsmann, blies auf einen Wink von Vater Daniló in seine silberne Pfeife.

„Alle Mann auf die Plätze!“

Es wurden jetzt in der Tat alle gebraucht. Zum Flottmachen eines Dreimasters sind mehr Hände nötig, als um ihn in Fahrt zu halten, besonders dann, wenn das Schiff „elegant“ abfahren sollte. Und darauf legte Vater Daniló großen Wert.

„Beim Anlegen und beim Auslaufen muß der Kapitän seine Prüfung bestehen, aber auch die Mannschaft!“ hatte er schon oft gesagt.

Und wir hielten uns an seine Weisung.

Einige Minuten später genoß die Prominenz von Deck der *Pluto* den Anblick des Auslaufens.

Feri Horváth leitete auf Vorschiff eine der schwierigsten Aufgaben, das Ankerlichten. Das Ankerspill, die Welle für die Ankerkette, kreischte auf. Acht Mann hielten die Spillspaken und setzten mit ganzer Kraft die Winde in Bewegung.

„Anker auf!“

Ausnahmsweise standen Zoller und ich zugleich am Steuerrad.

Zu Ehren Silvers sei gesagt, daß sein Blick voller Aufmerksamkeit auf Vater Daniló gerichtet war.

Wie ein Uhrwerk mußte jetzt alles funktionieren, damit der Fachmann zufrieden mit den Fingern schnipste und sagte: Das läßt sich sehen, diese Männer verstehen ihre Aufgabe! . . .

Und es lief alles wie ein Uhrwerk.

Als sich an der Ankerwinde der Arm Feri Horváths hob und seine Stimme erklang: „Anker los!“, hieß das, daß sich der Ankerflügel aus dem steinigen Grund des Hafens von Geras gelöst hatte und daß der Anker sich hob.

„Klüversegel setzen!“ rief von oben unser Kapitän.

Die Abfahrt verlangte, unter vielen Möglichkeiten, diesmal diese Manöver. Die Klüversegel erhielten die Aufgabe, den Bug des Schiffes vom Wind abzuwenden, damit sich das Schiff in den Wind stellte, aber nicht plötzlich, denn vor uns befand sich die Molenmauer und an der Mole das Linienschiff sowie ein ganzer Schwarm kleinerer und größerer Motorschiffe und Barken rings um uns.

Die erste Hälfte des Manövers verlangte also, daß sich die Fregatte von der Mole entfernte, Bewegungsfreiheit bekam, also manövrierfähig wurde. Als dies geschah, gurgelte das Wasser unter dem Bug, und hinter dem Ruderblatt zeichnete sich der das Herz erfreuende Streifen, das Kielwasser, ab. Da erklang folgender Befehl:

„Großsegel spannen! Focksegel spannen!"

Zugleich schallte vom Fockmast die Stimme Laguna Grandes und vom Großmast die Stimme Silvers.

„Zieht! Spannt!"

Kräftige Hände griffen in die Brassen und Leinen, die Rollen kreischten und knarrten, die frischen, noch kaum gebrauchten Seile ächzten. Die im voraus schon gelösten aufgerollten Segel drehten sich schlagend in die richtige Lage.

„Fahrt voraus, Kurs Südsüdost, Lagunenausfahrt", traf Vater Daniló seine Anordnungen.

Auf den Schiffen, so auch auf dem Mast der *Pluto*, wurden die Signalflaggen TDL hochgezogen!

„Gute Fahrt, *Königin des Ozeans*!" wünschten die Flaggen.

„Blauen Peter einholen! Fahne hissen!"

Von der Saling des Großmastes wurde der Blaue Peter, die Signalflagge P, eingeholt, die die Bereitschaft des Schiffes zum Auslaufen anzeigte, und zugleich wurde am Heck die brasilianische Nationalflagge gehißt, um die zum Abschied Erschienenen zu grüßen, in erster Linie die Passagiere der *Pluto*.

Auf der gegen Wellen schützenden Schwelle der Kombüse stand Pedro. Mit unverwandtem Blick schaute er nach dem sich entfernenden Hafen von Geras. In seinem sonst stets lächelnden schwarzen Gesicht spiegelten sich diesmal Staunen, Verwunderung und ein wenig Ergriffenheit.

Der elternlose Negerknabe hatte hier gelebt, hier seine Kindheit verbracht. Viel Freude mag ihm in Geras nicht zuteil geworden sein, aber wie das Leben auch ist, der Anblick der immer mehr zurückbleibenden Heimat macht einem das Herz schwer.

Die zum Abschiedsgruß gehißte brasilianische Flagge mit dem blauen Globus auf grünem Grund wurde langsam wieder eingeholt. Die *Pluto* begleitete uns nur bis zur Laguneneinfahrt, dort drehte sie in großem Bogen ab und nahm unter lautem Pfeifen Abschied.

Vom Kommandodeck auf Achterschiff grüßten Vater Daniló, Barrabella, Szevér und Feri Horváth die Jacht des Schiffseigners.

Damit begann der erste Abschnitt unserer abenteuerlichen Fahrt.

Auf der nördlichen Hälfte der Erdkugel traf man Weihnachtsvorbereitungen. Wir, die Besatzung der Fregatte, wischten uns die schweißfeuchte Stirn: Hier über Südamerika strahlte sengend heiß die Sonne.

Zoller sah mich an und sagte:

„Nun, lieber Freund, jetzt hat es begonnen! Jetzt wird sich herausstellen, welche Überraschungen das Schicksal für uns bereithält. Seit mindestens einer Woche zerbreche ich mir den Kopf darüber, woher zum Teufel ich die Visage dieses Silver kenne!"

„Du kennst ihn?" fragte ich verwundert. „Davon hast du bis jetzt nie etwas gesagt."

„Freilich habe ich nichts gesagt. Irgendwo habe ich diesen Kerl schon einmal gesehen, das ist alles. Aber weißt du, ich habe gerade eine Statistik über Binnenmeere zusammengestellt, und so ging mir zuviel im Kopf herum. Binnenmeere und die Fratze dieses Silver!" Er lachte auf und fuhr dann fort: „Jetzt wird die Welt erst recht davon überzeugt sein, daß die *Königin des Ozeans* ein Schatzsucher ist! Nachdem Santa-Clara von Entdeckungen gesprochen hat, werden alle an dieses Märchen glauben."

Ja, so war es. Zum erstenmal hatten wir es in der Hafenkneipe des Martinez gehört, daß die *Königin des Ozeans* ein auf Schatzsuche gehendes Schiff sei. Die Arbeiter aus der Werft und selbst die Neger in den Schenken von Geras hatten uns damit empfangen.

Ein schatzsuchendes Schiff!

„Die ganze Filmgeschichte ist nur ein Märchen", hatte uns einer der barfüßigen Kapitäne in der Schenke von Martinez gesagt. „Sie werden es erleben, Sie führen einen versiegelten Befehl mit, den Ihr Kapitän an angegebener Stelle zu öffnen hat. Der Befehl befindet sich bei Barrabella. Sie werden es sehen!"

Solche Gerüchte verbreiteten sich über uns.

Von all dem stimmte kein Wort, kein einziges Wort! Daß die Dinge später eine andere Wendung nahmen, war ein Spiel des Zufalls. Doch bis dahin dachten weder Santa-Clara noch Barrabella oder Vater Daniló an irgendeinen Schatz.

Aber daß Silver und seine Leute der Mär von der Schatzsuche immer mehr Glauben schenkten, dafür gab es mehrere Anzeichen.

Das war besonders von dem Augenblick an unverkennbar, als Santa-Clara in hochtrabender Weise von Piraten, dem Vorbild großer Vorgänger und von einem Entdeckerschiff gesprochen hatte. Bis dahin hatte ich mich, offen gestanden, nicht mehr um das Ganze gekümmert wie etwa um die Frage, wieviel Fische wohl in der Lagune schwimmen. Ihr habt ja gemerkt, daß ich diese kindliche Albernheit nicht einmal erwähnt habe. Warum hätte ich es auch tun sollen?

Doch nun war immer häufiger zu hören, daß wir uns auf Schatzsuche befänden.

An einem Vormittag, als das Schiff im ruhigen Wind sichere Fahrt machte, kauerten beide Wachen, sowohl die freie als auch die diensthabende, vor dem Wasserfaß und rauchten ihre Pfeifen und Zigaretten. Wie das in solchen Fällen zu sein pflegt, besserten manche ein Hemd, die Unterwäsche oder die Bluse aus, es gab auch welche, wie Sottomarina, die einen Brief schrieben, wieder andere unterhielten sich oder gaben sich dem Schweigen hin. Auf dem Kommandodeck stand Feri Horváth allein. Am Steuerrad befanden sich Zoller und Santjago, und auf dem Vorschiff hielt der Grönländer Wache.

Der Wind von Afrika her wehte gleichmäßig mit unveränderter Stärke.

Da sagte Silver:

„Habt ihr gehört, daß zur Insel Nuez wieder eine Expedition auf Schatzsuche ausgelaufen ist?"

„Nein, woher nimmst du das?"

„Der Maschinist von der *Pluto* hat es erzählt. Er hat es am Tag unserer Verabschiedung gelesen. Er sagte auch, daß sei nun schon das sechsunddreißigste Unternehmen, das sein Glück versucht."

Jetzt übernahm Laguna Grande das Wort.

„Das sind da sehr gute Inseln. Sowohl Nuez als auch Balboa und ebenso die Galapagos. Der chilenische Kapitän Antonio de Haro, den ich persönlich gekannt habe, ist dort Millionär geworden. Er hat auf einer der Galapagosinseln einige Kisten Schätze von Piraten gefunden!"

Die Augen glänzten auf.

„Ist das jetzt gewesen?" fragte der Südafrikaner.

„Nicht gerade jetzt, aber vor nicht allzu langer Zeit. Antonio de Haro lebt in Valparaiso, er hat einen eigenen Palast, mehrere Autos und sonst dergleichen. Ich bin bei ihm gewesen. Du kannst es bezeugen, Silver."

Der lange John nickte.

„Es stimmt. Ich kann es bestätigen, denn ich kenne Antonio de Haro auch."

Da stieß Silver den neben ihm kauernden Sottomarina freundschaftlich an.

„Ich hab' gehört, ihr seid früher schon Schatzsucher gewesen?"

Sottomarina zuckte mit der Schulter.

„Das ist lange her. Das war noch auf der Adria. Aber wir haben nichts gefunden."

Silver fuhr fort:

„Na und das Schatzschiff, die *Mary Celeste*. Ist das auch lange her?"

Es entstand eine kurze Pause. Heute weiß ich schon, daß dieses ganze Gespräch vorbereitet war. Man hatte dem Gerücht Glauben geschenkt, und Silver wollte auf den Busch klopfen.

Sottomarina faltete sorgfältig den Briefbogen, den er nach Zengg zu schicken gedachte, aber er schrieb täglich durchschnittlich nur vier bis fünf Zeilen. Er wischte erst noch die Feder an einem Seil ab und antwortete dann:

„Ich habe dich für einen klugen Mann gehalten, Silver. Die *Mary Celeste*! Das ist nie ein Schatzschiff gewesen, nur ein verlorengegangenes, geraubtes Schiff. Das haben wir ausfindig gemacht."

„Und habt ihr es gefunden?"

„Ja, jenseits des Polarkreises. Leer, wie eine weggeworfene Konservendose."

Silver und Laguna Grande wechselten Blicke und lächelten. Silver drehte sich erst eine Zigarette (mit einer Hand, Jungs, mit einer Hand, in der Art der Seeleute), brannte sie sich an und lachte dann auf.

„Und wofür habt ihr ein Schiff kaufen wollen, wenn ihr nichts gefunden habt?"

Sottomarina stand auf. Der Hüne sah Silver mitleidig an.

„Ich hab' schon gesagt, ich hielt dich für einen klugen Mann. Das Geld gehört nicht uns, sondern dem Kapitän. Er hat es von der Versicherung erhalten, weil sein Schoner gesunken ist. Das ist die Wahrheit. Glaubt ihr vielleicht, wir sind erfahrene Schatzsucher?"

Das verschlagene Gesicht Silvers zuckte vor Heiterkeit.

„Nicht wir glauben es, andere haben es gesagt. Auch der Maschinist auf der *Pluto* beteuerte, er wisse es bestimmt."

Das schmetternde Lachen Sottomarinas erfüllte das ganze Deck.

„Weißt du, was ich dir rate, Silver, warte ab, vielleicht behaltet ihr recht, du und dein Maschinist!"

Jetzt sah sich Sottomarina um.

„Der Wind nimmt zu. Macht euch an die Segel, Männer. Los, Wache, an die Arbeit!"

So und in ähnlicher Weise kam das Gerücht auf, daß die *Königin des Ozeans* ein Schatzschiff sei.

„Ich verstehe nur eins nicht, warum man mit so einem schwer zu bedienenden Schiff alten Typs auf Schatzsuche gehen muß, wo sich doch dazu beispielsweise die *Pluto* viel besser eignen würde, wenn Santa-Clara solche Pläne hegen sollte", erklärte Barrabella lachend, als er erfuhr, welche Gerüchte es in der Kneipe von Martinez, aber auch hier an Deck gab.

Ja, warum mit diesem Schiff? Darin hatte Barrabella recht. Gerüchte jedoch bauen nie auf Verstand, auf Vernunft auf. Ganz gewiß nicht. Gerüchte entstehen aus der Dummheit der Menschen. Sie verbreiten sich dadurch und täuschen sogar kluge Leute. Silver und seine Gefolgschaft waren keine klugen Leute. Sie schenkten dem Gerücht gerade wegen des altertümlichen Schiffes Glauben. Sie vermuteten in der *Königin des Ozeans* ein Tarnschiff.

Und da beschäftigte einige von uns die Frage, weshalb wohl die Leute von Silver und Laguna Grande gerade auf der *Königin des Ozeans* angeheuert hatten?

Weshalb wohl?

Bevor ich auf die Entdeckung Zollers zu sprechen komme und darauf, wie wir in eine der wildromantischsten Buchten, in die Julianbucht, einliefen, muß ich noch von Pedro berichten.

Ihr wißt, daß man nach einigen Anzeichen darauf schließen konnte, daß der kleine Pedro einem Teil der Mannschaft nicht gerade sympathisch war. „Du räudiger Nigger", „du verdammter kleiner Teufel", „du stinkendes Krokodil", das waren die Namen, die Pedro auf dem Vorschiff oft zu hören bekam. Aber im Leben der Seeleute wird vieles der Zeit überlassen, dem Umstand, daß es früher oder später in Langerweile erstickt. Von einer aus so vielerlei Volk zusammengewürfelten Besatzung wie die unserer Fregatte konnte man nicht erwarten, daß sie sich salonfähig ausdrückte. Übrigens ist der Kajütjunge oder Schiffsjunge, der Steward oder Boy auf einem Segelschiff nie besonders verwöhnt worden. Das war auf den Seglern schon ungeschriebenes Gesetz. Wer erwartet, mit „gnädiger Herr" angesprochen zu werden, der darf nicht auf einen Segler oder auf ein Frachtschiff gehen. Passagierschiffe sind etwas anderes. Das sind gar keine richtigen Schiffe, sondern schwimmende Hotels. Dort wird großes Gewicht auf gute Manieren gelegt, dort wird Rücksicht auf den Fremdenverkehr genommen. Dort katzbuckeln sogar die Matrosen in der Hoffnung, von den Passagieren könnte ein Trinkgeld abfallen.

Ich habe einen Matrosen eines Passagierdampfers gekannt, der reich geworden war, sich ein Haus kaufte und sich zur Ruhe setzte. Und von nun an stand er den ganzen Tag über vor seinem Haus, um von den Passanten die schwere Kette seiner goldenen Uhr bewundern zu lassen. Wovon war er reich geworden? Er machte daraus kein Hehl: Davon, daß er dienstbeflissen und mitfühlend jenen, die auf hoher See die Fische füttern mußten, den Kopf gehalten hatte.

Auf den Segelschiffen und Frachtern, vor allem aber auf den Segelschiffen war das Leben rauher. Wie gesagt, nicht zuletzt infolge der zusammengewürfelten Besatzung, aber auch wegen der Härte des Dienstes. Aber Pedro gegenüber war der Ton noch unfreundlicher als sonst üblich. Voran ging dabei Janmatje, der sich freilich nicht vom Schiff getrennt hatte, wie ihm das Vater Daniló anheimgestellt hatte. Aber der Grönländer, der Südafrikaner und die anderen Bewohner des Vorschiffes standen ihm im Ton nicht viel nach.

Und das, obwohl Pedro immer dienstbeflissen und gut gelaunt war und genau alles verrichtete, was man ihm auftrug.

Das kohlschwarze Gesicht des Jungen verfinsterte sich nur in den seltensten Fällen. Am meisten fühlte er sich zu Sottomarina hingezogen, hatte ihn doch unser Hüne „entdeckt". Er schaute zu dem Bootsmann auf, wie Freitag auf Robinson gesehen haben mag.

„Masa Sotto sein Papa von Pedro", pflegte der Junge zu sagen, „Pedro lieben Masa Sotto."

Das Liebebedürfnis und alle verborgenen Gefühle des Herzens kamen jetzt bei Pedro zum Vorschein. Er schaute uns mit kindlichem Vertrauen an, glaubte an uns und legte sein winziges Leben in unsere Hand. Er versuchte auf seine Weise diensteifrig zu sein. Er strahlte vor Glück, wenn er einem von uns die Bluse ausbürsten oder die Stiefel putzen durfte. Mit der magischen Geschicklichkeit seiner Rasse trug er den mit Essen gefüllten Teller, den bis zum Rande vollen Topf oder die Bohnenkasserolle über das schwankende Deck.

Ich weiß nicht, wer ihm als erster den neuen Seemannsnamen gab, aber er hatte ihn bekommen. Wir nannten ihn den „kleinen Hund". Denn er war in der Tat wie ein kleiner Hund, anhänglich, anschmiegsam und freute sich über jedes freundliche Wort.

Doch nicht so auf dem Vorschiff. Dort blieb er auch weiterhin der räudige Nigger, das stinkende Krokodil.

Eines Tages geschah es, daß wir auf ein lautes Klatschen aufmerksam wurden.

Da fuhren wir schon weit im Süden, hatten den 40. Breitengrad erreicht und passiert, unser Kurs war genau Südwest, wir näherten uns der Julianbucht.

Die Winde waren lebhafter geworden, bald heulte die „Sudestada“ zwischen der Takelage, bald empfanden wir den beißenden Festlandwind, den „Pampero“. „Die „Sudestada“ war kalt und eisig wie die „Bora“ auf der Adria. Der „Pampero“ trocken, atemberaubend, wie das dem sich über das Meer verirrenden Wüstenwind eigen ist.

Wir begannen uns daran zu gewöhnen, daß das Wetter, je südlicher wir kamen, um so unwirscher wurde. Wir erfuhren am eigenen Leibe, wovor sich die Alten in jenen Gewässern gefürchtet hatten.

Von Zeit zu Zeit forderte der Sturm die Fregatte zum Tanz auf. Und zu was für einem Tanz!

Der kleine Barrabella war vom Kommandodeck verschwunden, als befände er sich gar nicht an Bord.

„Masa halten Kopf“, Zoller ahmte Pedro nach und deutete mit dem Kopf nach der Kabine des Schiffskonstrukteurs. „Halten sehr.“

Ein Wunder war es nicht. Von Zeit zu Zeit fiel der Schiffsschnabel ab, die stolze Galionsfigur und der Bugspriet tauchten in die Wellen. Und hier machten wir eine interessante Entdeckung. Der breite, gewölbte Bug mit den hohen Aufbauten und das sehr hoch gebaute Achterschiff gaben diesen alten Schiffen die Form einer Nußschale. Und wie die Nußschale unbekümmert auf den Wellen tanzt, so tat es auch die *Königin des Ozeans*. Wenn das Deck eines neuzeitlichen Schoners, aber auch das einer belasteten Barke, schon von den Wellen überspült wurde, auf unserer alten Fregatte konnten wir noch trockenen Fußes über alle Teile des Hauptdecks schreiten, vom Heck bis zum Bug. So war nichts Besonderes daran, daß die Bewohner des Vorschiffes, aber auch wir anderen selbst bei stärksten Schwankungen am Tisch vor der Kombüse unser Mittagessen verzehrten.

Als das Poltern vernommen wurde, saßen ausnahmsweise alle Matrosen vom Vorschiff am Tisch.

Ein großer Topf rollte das Hauptdeck entlang, schlug erst gegen das kieloben liegende Rettungsboot und dann luvwärts gegen die Bordwand, und im Mittelteil des Hauptdecks lag langgestreckt unser kleiner Neger Pedro.

Als erster sprang Vater Guzsik zu dem Jungen und beugte sich über ihn, dann eilte Piede herbei. Sie beide hoben ihn auf und schafften ihn in die Kammer neben der Kombüse, wo der Junge sein Quartier hatte.

Von denen am Tisch trat als einziger Silver heran, um zu sehen, was mit dem Jungen geschehen war.

„Nichts passiert", stellte Silver fest und ging wiegenden Schrittes auf dem zur Seite geneigten Deck zum Tisch zurück.

„Er ist gestolpert", sagte der Grönländer feixend. „Der Topf hat ihn umgeworfen!"

Der Junge blutete an Mund und Nase.

Janmatje, Johnson, Laguna Grande und ihre Kumpane löffelten ruhig das Mittagessen, das Vater Guzsik — durch das Krängen des Schiffes bedingt — wirklich unter Lebensgefahr gekocht hatte.

Feri Horváth kam mit dem Sanitätskasten, und aus seiner Kabine eilte Sottomarina herbei und stand nun düsteren Gesichtes an der Schwelle der Kammer, schüttelte den Kopf und brummte vor sich hin, wie jemand, dem etwas nicht einleuchtet.

„Er ist gestolpert, hingefallen und fertig", rief Silver Sottomarina zu. „Der Nigger ist ungeschickt."

Ja, auf einem Schiff kommt dergleichen schon vor. Ich will keinen Augenblick lang behaupten, daß wir von dem Unfall Pedros großes Aufsehen machten. Auffälliger war schon, als Sottomarina etwas später an den Tisch der Matrosen trat. Er legte seine beiden gewaltigen Fäuste auf die Tischplatte, schob Cap-York und Johnson ein wenig zur Seite und fragte mit ungewohnt gedämpfter Stimme.

„Wer hat den Jungen zu Fall gebracht?"

Die am Tisch Sitzenden sahen den Bootsmann an und machten ein überraschtes Gesicht.

Das Schiff pflügte die Wellen, zwischen der Takelage heulte der

Wind, die Rahen ächzten von Zeit zu Zeit, und die Racks klirrten hell. Diesmal trieb die nachlassende Sudestada die Fregatte auf der Route der Segelschiffe nach Südwesten.

„Wer hat ihn zu Fall gebracht?“ fragte Sottomarina noch einmal.

Als erster zuckte Mikkelsen mit der Schulter.

„Ich nicht, dafür verbürge ich mich.“

„Ich auch nicht“, fügte der südafrikanische Mischling hinzu.

Janmatje löffelte ungerührt den Rest seines Mittagessens aus dem Kochgeschirr.

Silver hielt den Augenblick für gekommen, um sich zu Wort zu melden.

„Niemand hat ihn zu Fall gebracht, behaupte ich. Er ist ausgerutscht, der schwere Topf hat ihn zur Seite gezogen, so ist er hingefallen. Da können wir doch nichts dafür.“

Und er sah den vor ihnen stehenden Sottomarina mit gewohnter Überheblichkeit an.

„Der Junge sagt“, der Hüne hob seine Stimme, „er hat es gespürt, daß ihm jemand ein Bein gestellt hat.“

„Der Junge lügt, oder er denkt es sich bloß“, sagte Laguna Grande und nickte gnädig.

„Wir haben dergleichen nicht getan“, fügte Janmatje hinzu.

„Wir können den Nigger nicht gut leiden“, Mikkelsen, der Grönländer, lächelte überheblich, „aber wir tun ihm deshalb nichts.“

„Ich hab's ja gesagt, daß es kein gutes Ende nimmt, wenn der Nigger mit uns kommt“, erklärte Janmatje scheinheilig. „Da haben wir's. Schon behauptet er etwas, was nicht wahr ist.“

Silver lachte plötzlich auf.

„Dummer, armer Nigger! Jetzt entsinne ich mich wieder, als er ausrutschte, streckte ich das Bein aus, um seinen Fall aufzufangen. Das hat er wohl als Beinstellen angesehen.“

Sottomarina wurde unsicher. Er sah lauter biedere Blicke. Er knurrte und räusperte sich, was bei ihm — und im allgemeinen bei jedem — ein Zeichen dafür ist, daß er sich seiner Sache nicht sicher war.

„Ich will euch nur eins sagen, Leute“, brummte er, „daß ich nicht möchte, wenn sich des Jungen wegen das Verhältnis zwischen uns verschärfte. Der Junge gehört zum Schiff, das habt ihr zur Kenntnis zu nehmen.“

Laguna Grande nickte.

„Das hat hier jeder zur Kenntnis genommen. Schade um jedes weitere Wort, Bootsmann.“

Janmatje griente dreist.

„Wir mögen den Nigger nicht, aber wenn der Kapitän auf ihm besteht ...“

Silver rief leutselig in Richtung der Kammer:

„Pedro, beherzige die alte Seemannsweisheit: Halte dich mit einer Hand immer am Mast fest! Dann kann dir das nicht passieren.“

Am Abend verrichtete Pedro schon wieder seine Arbeit. Eine

große Beule auf seiner Stirn und eine geschwollene Wange erinnerten daran, was sich zu Mittag ereignet hatte.

„Die hätten sich nur gefreut, wenn sich Pedro das Genick gebrochen hätte“, behauptete Gabbia. „Du kennst diesen Schlag Leute nicht. Die haben immer auf amerikanischen Schiffen gedient und dort den Negerhaß in sich eingesogen. Sieh dir diesen Mischling Cap-York an, sogar er haßt die Neger. Solche Kerle reißen den Mund um so mehr auf, nur um zu zeigen, sie haben mit dem Neger nichts gemein.“

Dieser Tag blieb mir noch aus anderem Grunde in Erinnerung.

Zoller rückte schließlich doch damit heraus, woher er den langen John Silver kannte.

Der Walfisch und das Schiff lagen nun schon fast am Horizont, so weit nach Süden waren wir gelangt, und ich fröstelte schon sehr, als ich an jenem Abend neben Feri Horváth auf Achterdeck stand. Ich war nicht im Dienst. Am Steuer verrichteten Zoller und Santjago ihre Arbeit. Ich war zu Feri, dem diensthabenden Offizier, heraufgekommen, um mich ein wenig mit ihm zu unterhalten. Die kalte, steife, bissige Sudestada war wieder stärker geworden. Die Segel mußten gerefft, um ein Drittel verkürzt werden. Alle zogen wärmere Kleidung an. Aus dem Lager holte man auch die dicken, ölgetränkten Magalhãesjacken hervor.

Die große Laterne auf Achterdeck der Fregatte warf helles Licht auf das Hinterschiff. Zugleich ließ sie die gerefften Segel in einer seltsamen märchenhaften Beleuchtung erscheinen. Am Wasserfaß auf dem Vorschiff glühten winzige Lichtpunkte: Dort kauerte die Steuerbordwache und rauchte ihre Zigaretten. Allein Piede, der diensthabende Bootsmann, ging auf dem Hauptdeck auf und ab. Piede, obwohl er dick war wie ein Bierfaß, bewegte sich mit bewundernswerter Geschicklichkeit auch auf dem geneigtesten Deck.

Feri Horváth hielt von Zeit zu Zeit nach Westen Ausschau.

Wir näherten uns der Küste Argentiniens, dem Kap Rivadavia, und wir hofften, das Signalfeuer des dortigen Leuchtturmes noch vor Mitternacht zu erblicken.

„Noch immer nichts“, brummte Feri vor sich hin.

Plötzlich stand Zoller neben uns.

Er hatte Santjago am Steuer allein gelassen, seine kräftige Faust vermochte die Spaken des Steuerrades sicher zu halten.

Nun waren wir drei Landsleute beisammen.

„Jetzt weiß ich es schon“, sagte Zoller, und der Schein der Hecklaterne beleuchtete sein Gesicht. Sein Blick war ahnungsvoll und stolz.

„Wieviel Binnenmeere gibt es also?“ fragte Feri.

Zoller stieß ihm mit dem Ellbogen in die Seite.

„Nimm mich nicht auf den Arm. In Kürze werde ich sie alle erfaßt haben. Die Frage ist nicht so einfach, wie ihr glaubt. Aber jetzt geht es um etwas anderes.“

Er fragte in gedämpftem Ton:

„Entsinnt ihr euch des Schoners *Tolna*?“

Uns beiden dämmerte es nur schwach, und so mußte Zoller es Feri und mir erst näher in Erinnerung bringen.

„Es war ein Zweimastschoner, der im Oktober 1903 aus San Francisco zu seiner zweiten Fahrt auslief. Schiffseigner und Kapitän war Rudolf Festetics.“

Nun entsannen wir uns. Wie sollten wir uns auch nicht an den närrischen Grafen erinnern? Er war auf seinem siebzig Tonnen großen Zweimastschoner *Tolna* acht Jahre hindurch in der Inselwelt des Stillen Ozeans gesegelt und vielleicht der letzte Europäer, der auf einer der Salomoninseln Menschenfleisch gegessen hatte. Ja, und er war der abenteuerliche Seefahrer, der zusammen mit Robert Louis Stevenson, dem Autor der *Schatzinsel*, auf den Samoainseln einen Aufstand plante. Samoa war damals deutsche Kolonie und der dort lebende Stevenson ein begeisterter Freund der Eingeborenen. Aus dem gut vorbereiteten Aufstand ist nur deshalb nichts geworden, weil Stevenson unverhofft starb. So war das, Jungs, Stevenson war ein hartgesottener Bursche, selbst dann noch, als er schon krank war. Und er war ein großer Freund der farbigen Völker. Heute weiß darüber kaum noch jemand etwas, aber in unserer Jugendzeit — vor einem halben Jahrhundert — beschäftigten uns diese Abenteuer.

„Und entsinnt ihr euch des denkwürdigen Falles der *Tolna*?“ fragte Zoller weiter. „Es geschah auf ihrer zweiten Fahrt.“

Feri und ich sahen einander an.

Die düster wirkenden breitrückigen Wellen des Atlantiks kamen von der Seite schwarz und rauschend heran wie riesige Ungeheuer. Die schwankende Hecklaterne beleuchtete den Aufbau recht gut, um so weniger die anderen Teile des Schiffes.

„Ich kann mich wirklich nicht mehr an den Fall erinnern", sagte Feri und schüttelte den Kopf.

Zoller zog die Brauen selbstsicher hoch.

„Ich entsinne mich, ich habe mir jede Zeile über diese abenteuerliche Fahrt des Festetics in Erinnerung gerufen. Es geschah auf der Fahrt von San Francisco nach Honolulu, als Piraten, die sich als Mannschaft hatten anheuern lassen, den Schoner in ihre Gewalt bringen wollten."

Nun konnten wir uns auch wieder erinnern.

„Ja, richtig", riefen wir verwundert, „hast du ein gutes Gedächtnis, Jóska!"

„Mein Gedächtnis war immer gut." Unser Freund nickte zufrieden. „Ich kann mich sogar noch entsinnen, daß der Obersteuermann, das Haupt der Piraten, Wickmann, und sein Vertreter Pepperkorn hießen."

„Du hast recht", Feri stimmte ihm zu. „Der Fall erregte damals großes Aufsehen. Wickmann und Pepperkorn hatten sich bemüht, den Schoner von der Route nach Honolulu abzubringen. Sie wollten Festetics und seine Leute auf einer unbewohnten Insel aussetzen. Um so größer war die Überraschung, als die *Tolna* eines schönen Tages in den Hafen von Honolulu einsegelte. Es stellte sich heraus, daß Festetics Wickmann und seine Kumpane überwältigt hatte und die ganze Piratenbande in Eisen mitbrachte."

Zoller stimmte ihm zu.

„Genauso war es, Feri. Dein Gedächtnis ist in Ordnung. Aber kannst du dich noch an ein Bild aus dem in deutscher Sprache erschienenen Buch des Festetics erinnern? Auf dem Bild saßen die fünf Piraten nebeneinander. In der Mitte Wickmann, neben ihm Pepperkorn und neben Pepperkorn ein junger, kaum zwanzig Jahre alter Bursche."

Hier schwieg Zoller. Er sah uns bedeutungsvoll an. Die Laterne warf tiefe Schatten auf sein Gesicht.

„Nein, daran kann ich mich nicht mehr erinnern."

„Aber ich. Ich entsinne mich sogar noch an die Namen, die unter dem Bild standen. Wickmann ... Pepperkorn ... Silverman ..."

„Silverman?"

„Ja, Silverman. So hieß der jüngere."

Feri sah Zoller vielsagend an.

„Du willst doch damit nicht etwa sagen, daß Silverman identisch mit Silver ist?"

Zoller lächelte.

„Doch, genau das wollte ich sagen. Ich wette hundert gegen eins, daß der Kerl auf dem Bild und unser Silver ein und dieselbe Person sind! Damals mag er zwanzig Jahre alt gewesen sein, jetzt ist er um die fünfzig. Damals war er jung, jetzt ist er älter, aber die lange schmale Nase, die völlig zusammengewachsenen Brauen sind unverändert geblieben. Und dieses ewige Lächeln, das mir schon damals aufgefallen war: was grient dieser Pirat? Was sich an seinem Aussehen geändert hat, liegt an den dazwischenliegenden Jahren. Aus Silverman ist Silver geworden ... aber im Geist hat er sich nicht gewandelt. Jungs, wer einmal ein Haus in Brand gesetzt hat, der ist auch ein zweitesmal dazu fähig."

„Das wäre eine überraschende Entdeckung, wenn sie stimmt", sagte ich.

„Ja, wenn sie stimmt", schränkte Feri ein.

Zoller brauste auf.

„Ich setze meinen Kopf, daß es an dem ist!"

Feri nickte.

„Nehmen wir mal an, es stimmt. Und selbst dann, was haben wir zu befürchten? Meiner Ansicht nach wird sich Silver freuen, daß er zusammen mit seinen Kumpanen eine solche Heuer erwischt hat. Auf diesem Schiff gibt es keine Werte, höchstens das Schiff selbst. Aber für sie würde der Segler auch keinen Wert darstellen."

Zoller biß sich mit finsterem Gesicht auf die Lippen.

„Und doch sage ich euch, von nun an werde ich den Kerl noch mehr im Auge behalten. Was wäre, wenn ich mich vor ihn stellen und ihn fragen würde: Erinnerst du dich an die *Tolna*?“

Feri schüttelte den Kopf.

„Er würde es abstreiten. Wir würden höchstens erreichen, daß er Bescheid wüßte. Selbst zu Vater Daniló kein Wort über das Ganze. Wir drei werden die Augen offenhalten und auf der Hut sein, wenn Silverman mit Silver identisch sein sollte.“

Zoller richtete sich auf.

„Ich werde recht behalten. Ich weiß es! Mir kam der Kerl von Anfang an verdächtig vor.“

Damit zog mein Kamerad am Steuer die Magalhãesjacke fester um sich und wies mit dem Kopf in Richtung des Hauptdecks. Eine dunkle Gestalt kam auf das Steuerdeck herauf und zog dann weiter auf Achterdeck.

„Wir behalten also den Kurs bei“, sagte Zoller betont laut. „Zwei Strich nach Steuerbord.“

Und damit rutschte er in der Art der Seeleute das Geländer hinunter, ohne die Stufen zu berühren.

Die dunkle Gestalt war Silver.

Jetzt schaute er in Richtung der Laterne auf dem Achterdeck. Da fielen die schmale lange Nase und die völlig zusammengewachsenen Brauen noch mehr auf! Hatten wir einen Piraten des einstigen, auf den Malediven zerschellten Schoners *Tolna* vor uns?

Ich hätte Lust gehabt, nur das Wort zu sprechen: „Tolna“.

Der Segelmeister lächelte selbst bei dem schneidenden eisigen Wind unbekümmert.

„Captain“, meldete er Feri, „man sollte den Außenklüver einziehen. Er drückt zu sehr auf den Bug. Und Johnson glaubt, einen Schein gesehen zu haben, ist sich allerdings nicht sicher.“

„Veranlassen Sie es“, sagte Feri und nickte. „Lassen Sie den Außenklüver einziehen. Das Klüversegel aber bleibt noch. Sagen Sie Bootsmann Piede, er soll bis zum Bugspriet vorgehen, und wenn er sich sicher ist, Licht zu sehen, soll er es melden. Dann schlagen wir Südkurs ein.“

„Es wird nicht leicht sein“, erwiderte Silver im vertraulichen Ton, „dann bekommen wir die Wellen der Sudestada ganz von der Seite. Es wird ein mächtiger Tanz.“ Er lachte laut auf. „Doch wir sind ja deshalb auf den alten Kahn gekommen, um zu tanzen! Aber ich gestehe Ihnen, Captain, wenn wir nach Frisco kommen, kehre ich in die erste Kirche ein. Ich bin lange nicht mehr in einer Kirche gewesen, doch diesmal gehe ich! Es wird auch nicht leicht sein, an Kap Hoorn vorbeizukommen. Aber ich gehe jetzt, Captain. Wir ziehen den Außenklüver ein, und ich melde dem Bootsmann, daß er nach dem Licht Ausschau hält. Woher müßten wir Licht sehen?“

„Das Leuchtfeuer von Kap Rivadavia.“

„Zu Befehl, Captain. Das also mag Johnson gesichtet haben.“

Damit führte er die Hand zum Gruß an die Mütze und stieg die Treppen hinunter. Wie ein tadelloser, disziplinierter, erstklassiger Seemann.

Feri und ich schauten ihm hinterher.

„Das sollte Silverman sein aus der Piratenbande des berüchtigten Wickmann? Fast unglaublich.“

„Auch wenn er einer der größten Halunken sein sollte, selbst dann ist er ein guter Seemann“, stellte Feri fest, als der Schatten Silvers auf dem Hauptdeck auftauchte.

Aber ich hatte keine Zeit zum Antworten, denn vom Bug des Schiffes erschallte ein langgezogener Ruf, die Stimme Johnsons:

„Licht voraus! Genau vor uns!“

Piede gab den Ruf von unten weiter.

„Licht voraus!“

Es war das Signalfeuer aus dem Leuchtturm von Kap Rivadavia.

Feri blies in seine Pfeife, nahm dann das Sprachrohr, damit die Besatzung auf Deck ihn besser verstand.

„Alles hält sich bereit! Die Freiwachen wecken! Segel herumholen!“

Ich ging ebenfalls die Stufen hinunter, um von Santjago das Steuer zu übernehmen. Für ihn würde es mit den anderen an den Masten zu tun geben.

„Ich verstehe nur nicht, warum Silver und seine Bande auf der Fregatte angeheuert haben“, sagte ich zu Zoller, als wir allein waren.

Zoller, der nicht nur Seekarten erforschte, sondern auch die Vergangenheit und die Absicht Silvers, schlug mit kräftiger Faust auf das Steuerrad.

„Mir ist das jetzt kein Geheimnis mehr: weil sie glauben, wir sind auf Schatzsuche!“

All dies ereignete sich, als wir bei hohem Wellengang, vom heulenden Sturm der Sudestada getrieben, Kurs auf die Julianbucht nahmen und als uns die große Veränderung mit einem Male deutlich wurde: Wir waren aus der Wärme des Südens in die Kälte des Südens gelangt.

Vor wenigen Tagen noch sahen wir Palmen, Seidenäffchen, Papageien, spürten den Duft des grünen Kaffees und des Kakaos, jetzt peitschten immer eisigere, immer stürmischere Winde die Segel, und die warmen Mahlzeiten und heißen Getränke wurden immer begehrter. Mit unserem verweichlichten Körper wurden wir uns entsetzt bewußt, daß bald die Zeit da sein würde, daß wir auf eiskalten Liegestätten schlafen und eiskalte Konserven essen würden. Vielleicht mußten wir in der Hölle um Kap Hoorn wochenlang an einer Stelle lavieren und auf günstigen Wind warten, der uns an dieser launischen Stelle aus dem Atlantik in den Stillen Ozean, in die Mar del Sur brachte.

Wenn wir Glück hatten, umschifften wir Kap Hoorn in ein oder zwei Tagen. Wenn nicht, war es noch gut, wenn es in wenigen Wochen gelang. Wenn wir Glück hatten ... Aber das ist etwas so Seltenes wie der blaue Vogel im Märchen.

Der Südpol sorgt dafür, daß die Seeleute, die mit ihren Schiffen um Kap Hoorn segeln, entsprechend empfangen werden. Von der Antarktis her weht ununterbrochen der Wind, ziehen Schneestürme und Eisregen heran — selbst zur Sommerszeit auf der südlichen Halbkugel! Vielleicht klingt es seltsam, wenn ich sage, daß sich die Arktis und die Antarktis zur Sommerszeit genausowenig miteinander vergleichen lassen wie ein kirres Lamm mit einem wilden Stier. Aber es ist so!

Schon hundert oder hundertfünfzig Meilen vor der Julianbucht traf uns der eisige Hauch des Südpols.

Wo war hier der Sommer geblieben? wunderten sich jene, darunter auch ich, die zum erstenmal auf dieser Route segelten.

Wo war er geblieben?

Von Zeit zu Zeit kamen dunkle Wolken auf uns zu, die unteren Fetzen hingen bis zum Topp herunter, und als sie über das Schiff segelten, verfinsterte sich die Welt.

Es begann zu schneien! Unter Umständen ergoß sich Schneeregen aus den Wolken.

Dann klärte es sich plötzlich wieder auf, der Himmel wurde erneut blau, aber Wärme bekamen wir nur tropfenweise wie Medizin.

Und hier zeigte es sich, daß die *Königin des Ozeans* gut konstruiert war. Wenn sie auch langsamere Fahrt machte als die neuzeitlichen Dreimaster, gegen ihre Standfestigkeit gab es nichts einzuwenden. Unser Vertrauen zu ihr wuchs.

„Jetzt bin ich schon sicher, daß wir glatt an Kap Hoorn vorbeikommen", Vater Daniló rieb sich die Hände. „Es ist ein gutes Schiff, es behauptet sich auch im 20. Jahrhundert!"

Denn ich muß euch gestehen, unsere Gedanken weilten immer wieder bei Kap Hoorn.

Wir wußten, daß wir uns einer der interessantesten Buchten der Weltgeschichte näherten, der San-Julian-Bucht. Wir wußten auch, daß wir die legendäre Insel zu sehen bekommen würden, auf der die Handlung des *Robinson* spielt, aber der Name Kap Hoorn wich für keinen Augenblick aus unserem Bewußtsein.

Ich glaube nicht, daß es auf der Erde ein Gebiet gibt, dem sich die Schiffe mit mehr Bangen nähern als dem südlichen Zipfel des Feuerlandes.

Genauso ging es auch uns.

Und ich muß gestehen, daß die „Entdeckung" Zollers nicht spurlos an uns vorübergegangen war. Wenn mein Blick auf Silver fiel, mußte ich an Wickmann und seine berüchtigte Bande denken. Daß aus Silverman Silver werden konnte, ist nicht weiter verwunderlich. Die Eintragungen in den Seefahrtsbüchern sind nicht immer verbürgt. Die Dokumente der Seeleute sind vielen Gefahren ausgesetzt: „Meine Papiere sind durchweicht.“ — „Ich konnte nur meine Haut retten, nicht aber meine Dokumente.“ — „Der Kapitän hat mich von Bord gewiesen, meine Papiere aber nicht herausgegeben“, diese und ähnliche Angaben treffen in vielen Fällen zu, sind aber auch geeignet, um in den Arbeitsausweis des Seemannes kleinere und größere Korrekturen einzuschmuggeln. Ich brauche nicht erst zu sagen, daß der zweite Offizier Horváth sich das Seefahrtsbuch Silvers genau angesehen hatte. Die Eintragungen gingen darin aber nur bis 1920 zurück.

„Es ist ein neues Buch“, sagte Silver, „das alte war voll und ist bei meinem Eintritt in die Flotte verlorengegangen. Es muß noch in der Kommandantur von Pearl Harbor bei der Pazifikflotte liegen.“

So interessant und romantisch es zuerst klang, daß Silver identisch sei mit Silverman von der *Tolna*, so sehr verlor dies nach ein oder zwei Tagen bei mir, aber auch bei Feri an Wahrscheinlichkeit. Man konnte sich leicht irren, besonders nach so langer Zeit. Das beste wäre, das Buch „Unter Menschenfressern“ des Kapitäns Festetics herbeizuschaffen, aber in dem südlichsten Hafen Südamerikas würden wir sicher vergeblich danach suchen. Und selbst wenn man es vorliegen hätte, was würde der Bericht des Grafen schon beweisen. Das etwa zwanzigjährige Bandenmitglied auf dem Bild konnte unserem Segelmeister ähneln, ohne ihn darzustellen. Über all diese Einwände sprachen wir aber nicht mit Zoller, denn er war in dieser Beziehung sehr empfindlich. Für alle Fälle hatte er uns einen Floh ins Ohr gesetzt, der biß und bohrte und manchmal die Flamme des Mißtrauens in uns auflodern ließ. Vorerst galt unsere Aufmerksamkeit mehr Janmatje, denn wir waren fest davon überzeugt, daß er Pedro zu Fall gebracht hatte. Seine verschlagene Visage verriet nichts Gutes, dagegen erweckte Silver eher deshalb unser Mißtrauen, weil Leute wie dieser Janmatje zu seinem Freundeskreis gehörten.

„Er ist ein ausgezeichneter Seemann“, behauptete Silver von ihm, „wir haben zusammen auf der *Inca* gedient. Er ist zuverlässig, geschickt, nur schmutzig, aber er stammt ja auch nicht aus der englischen Königsfamilie.“

Die Redewendung von der englischen Königsfamilie gebrauchte der Segelmeister recht häufig.

„Weißt du, Freund, wenn ich in die englische Königsfamilie aufgenommen werde, dann sage ich der Schiffahrt für immer Ade, bis dahin aber . . .", sagte Silver so manches Mal.

In einem konnten wir ihm zustimmen: Janmatje stammte nicht von ihr ab.

Janmatje mochte aus irgendeinem der finstersten Hafenviertel kommen, und ich glaube kaum, daß er wußte, aus welchem.

Sein Haß gegenüber Pedro war eher das Empfinden eines Tieres als das eines Menschen. Er schickte dem Jungen Blicke hinterher, als hätte dieser mindestens seine Familie ermordet.

„Ich kann die Nigger nicht ausstehen, meine Nase ist so empfindlich", äußerte Janmatje.

Und wir waren uns nun schon sicher, daß er Pedro ein Bein gestellt hatte.

„Pedro haben gesehen, Pedro haben gemerkt", hatte der Junge behauptet, als wir ihn in der Kabine Sottomarinas befragt hatten.

„Wenn du es gesehen hast, dann weißt du auch, wessen Fuß es war", versuchte der Bootsmann Näheres zu erfahren.

„Pedro sehen Fuß, aber dann schon fallen. Fuß mit Stiefel, großer Fuß."

Es stand also außer Zweifel fest, daß Silver und Janmatje genauso logen wie der Südafrikaner, der Grönländer und Laguna Grande.

Wenn ich jetzt auf diese Zeit zurückblicke, auf die abenteuerliche Fahrt der *Königin des Ozeans*, erkenne ich die Zusammenhänge ganz deutlich. Den Haß Janmatjes gegen Pedro, die Annahme, daß wir Schatzsucher seien, die seltsame Vermutung Zollers, sein Mißtrauen gegen Silver und seine Entdeckung zwischen der Ähnlichkeit Silvers und Silvermans.

Heute sehe ich das.

Doch damals sah ich es nicht. Vielmehr schwankte meine Stimmung wie das Schiff auf den Wellen des Meeres; das freundliche Wesen Silvers entwaffnete mich meistens.

Und das ist auch sehr verständlich. Es gab eine Menge Dinge, die unsere Aufmerksamkeit in Anspruch nahmen. Da war allein schon das Schiff, die lebendig gewordene Vergangenheit, und dann die nicht alltägliche Aufgabe — die Route des Schiffes. Seeleute schwärmen für Abenteuer. Das Bewußtsein, daß wir in die Julianbucht einlaufen, die Falklandinseln sehen, den berühmten Stützpunkt der Walfänger, das wir nach Feuerland und ans Kap Hoorn gelangen und den Pazifik erreichen würden — all das barg von vornherein so viel Erregung in sich, daß uns die ganze Frage um Silver nur nebensächlich erschien.

In jenen Tagen hielt mich eine Erregung ganz anderer Art in ihrem Bann.

Das Bewußtsein, daß ich endlich den Hafen Puerto San Julian zu sehen bekomme!

Ich hoffe, es ist keiner unter euch, der sich darüber wundert. Ich wäre enttäuscht, Jungs, wenn es sich herausstellen sollte, daß ihr noch nie von der Julianbucht gehört habt.

Es wäre eine große Schande, behaupte ich. Es gibt Dinge, die es sich zu wissen schickt. Zum Beispiel, wer Shakespeare, Molière, Kolumbus, Marco Polo, Stanley, Amundsen, Rembrandt war, aber auch wo der Nil ist, der Kongo, Madagaskar, Korea, Tibet, die Wolga, Stockholm oder Paris. Und genauso muß man wissen, wo die Julianbucht liegt, die dramatische Stelle auf dem Entdeckungsweg des weißen Mannes.

Diese Bucht ist seit dem April des Jahres 1520 den Seeleuten als die „verwünschte Bucht" bekannt.

Werfen wir einen Blick zurück: April 1520. Damals lag die Flotte des Magalhães hier vor Anker, die Karavellen *Concepción*, *Victoria*, *San Antonio*, *Trinidad* und *Santjago*. Zu dieser Zeit glaubte nur noch ein Mensch daran, nämlich Admiral Magalhães selbst, daß sie den geheimnisumwitterten Durchgang zwischen den beiden Ozeanen finden würden. Die vom Sturm zerzauste Flotte mit ihren ermüdeten, erschöpften Besatzungen suchte vor den grimmigen Winterstürmen fünf Monate lang Schutz in einer der ödesten Gegenden der Welt, in der von schwarzen Felsen umgebenen schwarzen Bucht. Und was hat sich zwischen dem 2. und 7. April des Jahres 1520 hier zugetragen?

Das einfachste ist wohl, wenn wir das Tagebuch des Antonio Pigafetta aufschlagen, der ein Weggefährte des Magalhães auf der ersten Erdumseglung war. Der kaum zwanzigjährige Pigafetta hat für die Nachwelt die kühnste Seereise aller Zeiten festgehalten. Er führte auf dem Flaggschiff, der *Trinidad*, das Logbuch und wurde auf der Insel Mactan verwundet. Er gehörte zu der von den 237 auf 18 Mann zusammengeschrumpften Besatzung, die die Erdumseglung überlebte.

Der Chronist des Geschwaders hat in bezug auf die Bucht folgendes aufgezeichnet:

„In jenem Hafen, den wir nach San Julian benannten, haben wir fünf Monate verbracht. Während dieser Zeit widerfuhren uns zahlreiche außergewöhnliche Ereignisse. Einige davon will ich berichten. So auch, daß die Führer der anderen vier Schiffe einen Verrat gegen Magalhães planten, als wir hier anlegten. Sie wollten ihn umbringen. Die Verschwörer waren: Juan de Cartagena, der Inspektor der Flottille, Loys de Mendoza, Schatzmeister, Antonio de Coca und Caspar de Casada. Aber der Verrat kam heraus, worauf der Schatzmeister durch Dolchstiche umgebracht und dann gevierteilt wurde. Auch Caspar de Casada wurde hingerichtet und gevierteilt. Antonio de Coca aber, der einige Tage später einen neuen Verrat versuchte, wurde zusammen mit einem Priester verbannt. Man hat sie auf dem Festland Patagoniens ausgesetzt. Magalhães wollte ihn nicht hinrichten lassen, da Kaiser Karl ihn mit der Führung eines seiner Schiffe betraut hatte . . .“

Die spanischen Kapitäne empörten sich also gegen den Portugiesen Magalhães, weil sie nicht mehr an die Entdeckung einer Durchfahrt glaubten und der Unsicherheit, der Entbehrungen und Leiden überdrüssig waren. Hier im Julianshafen standen die vier revoltierenden Schiffe dem einzigen Schiff des Admirals gegenüber. Und doch siegte die Entschlossenheit, der Glaube an die Berufung: Magalhães schlug die Meuterei nieder! Von dieser Zeit an zogen noch dunklere Schatten über die Julianbucht. „Verwünschte Bucht“ nannten sie die hier einlaufenden Walfänger, die hierher verschlagenen Seeleute und Unterschlupf suchenden Piraten. Es ist merkwürdig, aber es gibt Orte, die sich für verworrene Situationen besonders eignen. Die Julianbucht ist ein solcher Ort. Das erste Drama begann mit dem Geschwader des Magalhães. Und es setzte sich mit Sir Francis Drake, dem englischen Piratenadmiral, fort. Ist es denn nicht seltsam: Drake war der zweite, der fünfzig Jahre nach Magalhães die Erde umsegelte und die Magalhãesstraße passierte, zuvor jedoch widerfuhr ihm in der Julianbucht das gleiche wie seinem Vorgänger: Er mußte eine Empörung niederschlagen! Der meuternde Kapitän in dem Geschwader des legendären Piratenadmirals hieß Thomas Doughty, und auch diesmal befand sich unter den Verschwörern wieder ein Priester. Die Seeleute von Drake fanden im Julianshafen noch den Block, auf den Caspar de Casada seinen Kopf hatte legen müssen, der wenige Augenblicke später davonrollte, als Beweis dafür, daß das Schicksal der Verräter nicht anders sein kann. Vielleicht kam der Kopf von Thomas Doughty auf denselben Block, denn daß dieser Kopf rollte, das wissen wir aus dem Schiffstagebuch von Drake und aus dem angefertigten Protokoll, das von den Mitgliedern des Kriegsgerichtes unterzeichnet ist.

Ja, Jungs, über Puerto San Julian ziehen stets dunkle Wolken. Hier saß im Jahre 1765 Commodore Byron, der Kommandant der Fregatte *Dolphin* — der Großvater des Dichters Byron —, zu Gericht über vier aufsässige Seeleute, darunter zwei Geschützmeister; hier überfiel Anfang des 18. Jahrhunderts die Bande des Seeräubers Flecher die kleine Siedlung, und hier zerschoß das Linienschiff *Tamar* unter seinem Kommandanten Wallis den Segler der verwilderten, ständig betrunkenen Walfänger, den Dreimaster *Bonanza* aus Neufundland.

Und hier wurde ein Schiff das letztemal gesehen, das Ende des vergangenen Jahrhunderts in der Tat Weltruhm erlangte. Doch darüber später, denn dies gehört zu unserer Geschichte, und es wäre nicht angebracht, den Ereignissen vorzugreifen. Aber der altüberlieferte Ausspruch trifft zu: „Wenn du nach Puerto San Julian verschlagen wirst, rechne mit Überraschungen!"

Zu dieser Zeit hatten wir das Leuchtfeuer von Rivadavia schon hinter uns, und soweit es möglich war, folgten wir in großen Zügen dem Verlauf der Küste. Der Kurs des Schiffes verlief so, daß wir das ödeste Plateau, die Hügel und die Berge einer der trostlosesten Küstenstreifen der Welt sehen konnten.

„Das dort ist Patagonien", Vater Daniló zeigte nach dem Westen.

Alles war grau, schwarz, dunkelbraun, kahl und wüst. Nirgends ein Fleckchen erfrischendes Grün, keine blühenden Wiesen, kein handgroßes Stück Wald, nicht einmal Gebüsch. Südlich von Deseado hat es den Anschein, als wäre alles Leben ausgestorben. Nur Steine, Felsen, Regen und abermals Regen, abgelöst von Schneeregen und Schnee!

Hier war die Vergangenheit zu Hause, das versteinerte Leben. Nicht umsonst hatte Darwin in den hiesigen Buchten jenseits des Plateaus und in den inneren Gebieten soviel Überreste von Urtieren gefunden. Im Jahre 1831 hatte die Fregatte *Beagle* mit Darwin an Bord die Buchten durchforscht.

Für uns Europäer hat das Wort „Süden" einen besonderen Zauber. Bei diesem Wort erscheinen vor unserem geistigen Auge Sonnenschein, Palmen, blaues Meer, goldener Strand, buntgefiederte Vögel, olivbraune, unbeschwerte Menschen.

Und wir hatten jetzt den Süden vor uns, den südlichsten Zipfel Südamerikas. Und er war trostlos und bedrückend.

Hier am 50. Breitengrad der südlichen Halbkugel bellten zur Sommerzeit Robben zwischen den Felsen auf den Inseln, und es fiel ununterbrochen eisiger Regen. Bei uns im Norden reifen am selben Breitengrad im Sommer in der französischen Normandie die Äpfel, und in den Straßen von Kiew glüht der Asphalt.

Über Patagonien scheint die Sonne nur selten. Und selbst dann nur zaghaft.

Und doch war hier noch Leben. Je weiter wir nach Süden kamen, desto mehr Vögel sahen wir auf den vielen einsamen Inseln in Küstennähe. Um das Schiff tauchten dunkelblau gefiederte Sturmschwalben auf, kreischend zog dann und wann eine größere Schar über die Fregatte hinweg. Auf den düsteren schwarzen Basalt- und Granitinseln lärmten tausende Vögel: Scharben, mit anderem Namen Kormorane. Hier, in den Buchten Patagoniens, wo es außer Felsen nichts weiter gab, lebten so viele dieser Vögel, wie auf einer Insel oder auf einem Felsen überhaupt Platz fanden.

Tausende und aber Tausende. Doch die Kormorane waren nicht die einzigen. In ähnlich großer Zahl schnatterten neben ihnen die Polargänse, und noch weiter südwärts, hinter Puerto San Julian, begegneten wir dann den Pinguinen. Hier, zwischen Deseado und Julianshafen, verkündeten zweierlei Tiere die Nähe des Polargebietes, die blau und weiß gefiederte Felsentaube und die Mähnenrobbe.

Von Zeit zu Zeit vernahm man ihren bellenden, brüllenden Ruf, man hörte sie viel öfter, als daß man sie sah. So gleichgültig die unzähligen Kormorane und die Polargänse den Seeleuten sind, weil ihr Fleisch durch die tranige Ernährung ungenießbar ist, um so mehr haben die Robben die Schiffe zu fürchten. Diese gewaltigen, bis drei Meter langen und zwölf bis fünfzehn Dezitonnen schweren Tiere sind ersehnte Zielpunkte sowohl der gesetzlich jagenden als auch der wildernden Robbenschläger. Im Laufe von anderthalb Jahrhunderten haben es die Mähnenrobben gelernt, daß es am klügsten ist, beim Nahen eines Schiffes einfach zu verschwinden. Im Julianshafen hörten wir, daß es zwischen den argentinischen Küstenwachen und den nach hier verschlagenen, meist ohne Konzession jagenden Robbenfangern häufig zum Feuergefecht kommt.

Als wir seinerzeit den vermißten Dampfer *Mary Celeste* suchten, gelangten wir nicht nur bis Shetland, sondern auch jenseits des Polarkreises bis Jan Mayen, also weit über den 70. Grad nördlicher Breite. An den etwas geschützten eisfreien Stellen der Insel sahen wir sogar heidekrautartige Blumen, blühende Flechten und ähnliche Gewächse, soweit ein Seemann unseresgleichen darauf schon achtet. Aber in Patagonien sieht man südlich des 45. Breitengrades nicht die kleinste Blume. Wie das kommt? Auf diese Frage hat bereits Darwin eine Antwort gefunden: Weil hier im Gegensatz zur nördlichen Halbkugel keinerlei Insekten leben. Zur Bestäubung jedoch bedarf es der Insekten!

„Das dort ist Patagonien", zeigte Vater Daniló nach dem Festland, und wir von der einstigen *Jadran* bestaunten entsprechend diese berüchtigte Gegend.

„Ich lasse mich in keine Meuterei verwickeln", erklärte Zoller. „Mich soll man hier nicht aussetzen!"

„Eine ödere Gegend habe ich noch nie gesehen", stellte Szevér fest, der schon auf vielen Meeren gefahren war.

„Bei uns geht das alles noch", Vater Daniló lächelte, „aber wie mag es denen von einst zumute gewesen sein? Denken wir an Magalhães und seine Leute, die das erstemal hier vorübersegelten, in der Stimmung hoffnungslosen Suchens, erschöpft durch die Strapazen und Entbehrungen der Reise. Hier kann man die Empörung, die Aufsässigkeit, das schwerste Vergehen eines Seemanns, eher verstehen, als wenn man zu Hause hinterm Ofen das Tagebuch von Pigafetta liest."

„Das Ärgste steht auch uns noch bevor", bemerkte Barrabella düster. „Wir sind noch nicht an Kap Hoorn vorbei! Was glauben Sie, Kapitän?"

Der Kapitän schien nichts zu glauben, er lächelte. Vater Daniló vertraute auf den Erfolg der Reise, denn es hatte sich gezeigt, daß die *Königin des Ozeans* ein gut zu steuerndes und sicher gebautes Schiff war. In dem Maße, wie wir es kennenlernten, ließen sich seine anfänglichen Launen überwinden. Unsere erste Feststellung war, daß es bei schwachem Wind abfiel und sich schwer aus dem Wellental hob. Das erste lag an dem stark gerundeten Schiffsboden ohne ausgeprägtem Kiel, das zweite an den verhältnismäßig niedrigen Masten sowie an dem breiten Bug und ebenso an dem runden Schiffsboden. Doch daran war nichts zu ändern. Wenn jedoch Vater Daniló richtig manövrierte, ließen sich diese beiden „Schönheitsfehler“ beheben, und dann gehorchte die *Königin des Ozeans* auf den leisesten Druck.

Ja, der Kapitän lächelte. Zum wievielten Male schon hatte der wackere kleine Barrabella besorgt und erregt gefragt, was am Kap Hoorn sein würde? Aber die von unserem Kommandanten verordnete Kur begann langsam zu wirken. Die seltsame Furcht des Commendatore vor dem offenen Meer und noch mehr vor der Fahrt auf dem Segelschiff wich immer mehr. Das blasse Gesicht bekam Farbe, der entsetzte, unsichere Blick Festigkeit.

Barrabella, der Held des Unterseebootes, der gelehrte Schiffskonstrukteur, verbrachte immer mehr Zeit an der Seite unseres Kapitäns.

Es kam sogar vor, daß er allein auf dem Kommandodeck blieb und mit sichtlicher Ruhe über das weite Meer schaute. Und immer seltener ertönte die Anweisung Vater Danilós: „Bitte Kapitän Barrabella auf Achterschiff . . .“, immer seltener, denn Barrabella erschien jetzt von allein.

Und ich kann sagen — warum sollte ich es leugnen —, der Süden schickte ohne Unterlaß und aus allen Richtungen heftige, manchmal orkanartige Winde!

Wir waren nahe an den Falklandinseln, der „verdammten Ecke“, und die schwierigen, aber unvermeidbaren Manöver mit Segel und Steuerrad bereiteten immer mehr Schwierigkeiten. Es war „Sommer“, Jungs, daß ihn der Teufel geholt hätte, der uns hier oft in den Fängen hatte! Bald heulte die Sudestada aus dem Osten, bald wehte aus den Steppen Patagoniens und von den Kordilleren her der Pampero, dann wieder vom Süden her aus der Magellanstraße der „Williwaw“, einer der abscheulichsten aller Winde. Schwachte sich die Sudestada ab, kam der Pampero auf, wurde der Pampero schwächer, heulte der ungemein kalte, flach streichende Williwaw auf! Hier bewahrheitete sich in der Tat der alte Seemannsspruch, die bedrückende, spöttische Klage der Segelschiffer: „Es stimmt nicht, daß der Wind aus einer Richtung weht, denn der Wind weht — aus allen Richtungen!“

All dies erfuhren wir auf den Wogen vor Patagonien. Der Wind wehte aus allen Himmelsrichtungen.

Aber die altertümliche Fregatte setzte ihren Kurs unverdrossen fort.

Meistens so, daß sich alle Mann unter ständiger Bereitschaft auf Deck aufhielten. Wie auch an jenem Tag, als wir die verwünschte Bucht, Puerto San Julian, endlich zu Gesicht bekamen.

Zoller, Feri und ich wurden den Gedanken nicht los, daß wir künftig den Namen Magalhães nur im Ton höchster Bewunderung aussprechen dürften, und noch einen Namen, den des Kapitäns Slocum. Den Namen Magalhães, weil er an dieser ihm völlig unbekannten, wie eine Mondlandschaft anmutenden wilden Gegend die Kraft und den Mut aufbrachte, weiterzusegeln, im Oktober 1520 . . . Und den Namen Joshua Slocum, weil er ganz allein auf seinem kleinen Schiff *Spray* der Route Magalhães' folgte, im Jahre 1895! Die dergleichen wagten, waren richtige Männer.

Wie gesagt, beide Wachen waren an Deck, jetzt war keine Zeit zum Ausruhen. Wir konnten nicht mehr weit von der Julianbucht entfernt sein, wußten nur nicht, wie weit.

Undurchsichtiger dichter Nebel lag über dem Meer, und wir segelten in diesem milchartigen, weißlichen Dunst.

Wir mußten mit der Gefahr rechnen, auf eine der Patagonien vorgelagerten zahlreichen Inseln aufzulaufen oder mit einem Schiff zu kollidieren.

Wir hätten die Möglichkeit gehabt, in die freien Gewässer des Ozeans abzudrehen und Puerto San Julian den Rücken zu kehren oder abzuwarten, bis sich der Nebel verzog.

Aber Vater Daniló war weder zu dem einen noch zu dem anderen bereit.

„Der Befehl lautet, daß wir die Julianbucht anlaufen. Wir halten also darauf zu! Postenkette aufstellen."

Das war auch erforderlich. Vom Steuer sahen wir kaum über das Kompaßgehäuse hinweg! Wir vermochten also nur den Kurs zu halten, aber keiner von uns wäre in der Lage gewesen zu sagen, wo wir uns genau befanden.

Eine Postenkette ist nichts anderes als eine vom Bug des Schiffes bis hin zum Kommandanten in regelmäßigen Abständen aufgestellte Reihe von Seeleuten.

Einer gibt die Beobachtungen dem anderen weiter, möglichst leise, damit alle Geräusche außerhalb des Schiffes wahrgenommen werden können. Im Bug des Schiffes stand als Posten ein Offizier, Szevér, in der Mitte des Hauptdecks der zweite Wachoffizier, Feri Horváth, und über Steuerbord und Backbord verstreut die Männer, und sogar im Mastkorb des Großmastes und des Fockmastes saß je ein Auslug, denn es konnte passieren, daß man von oben durch den Nebel sehen konnte.

Der Wind, der Pampero, heulte. Die Wellen schlugen, die Takelage stöhnte, die Masten krachten, und es klirrten die Racke an den Rahen.

Die Wachen strengten immer wieder ihre Augen an, spitzten die Ohren.

„Achtung! Stimmen aus der Windrichtung!"

„Achtung! Schatten voraus!"

„Achtung!"

Achtung, Achtung und nochmals Achtung! In anderen Breiten senkt sich der Nebel dort auf das Meer, wo Windstille herrscht. Patagonien ist auch hierin eine Ausnahme. Hier bildet sich auch im heulenden Sturm Nebel, weiß der Kuckuck, wieso. Und was für ein Nebel! Würdig der düsteren, bedrückenden Küste, den Klippen und den pechschwarzen Inseln.

Und plötzlich wehklagende Schreie, ein Schlag gegen die Aufbauten, ein Krachen und Dröhnen.

Eine Schar Polargänse war gegen das Schiff geflogen! Hinein in die Segel, gegen die Bordwand und die Aufbauten des Schiffes. Mikkelsen, der Grönländer, fluchte, eine der fliegenden Gänse hatte ihn voll getroffen, und von dem Schlag schmerzte seine Brust tagelang.

Dazwischen hörte man das Bellen und Brüllen der Robben, der „patagonischen Löwen", wie sie auch genannt werden, weil ihr Laut eher ein Brüllen als ein Bellen ist.

Die nahen Stimmen der Robben verursachen — im Nebel — eine Panikstimmung auf dem Schiff.

Das Brüllen mehrerer Robben aus einer Richtung läßt eine Insel vermuten.

„Achtung!“

„Achtung! Stimmen von Steuerbord!“

Vater Daniló gab seine Anweisungen durch das Sprachrohr.

„Steuer, Achtung! Zwei Strich nach Backbord!“

„Zwei Strich nach Backbord!“ wiederholte Zoller neben mir den Befehl.

Dieser Nebel hatte uns gerade noch gefehlt. Wir hatten schon den vierten Tag nichts Warmes mehr gegessen, weil die Kombüse nicht benutzt werden durfte: wegen des starken Wellenganges und des Stampfens und Rollens des Schiffes durfte kein Feuer gemacht werden. All unsere Klamotten wurden allmählich durchnäßt, klamm, selbst die bewährten Magalhãesjacken. In den Kabinen herrschte genau solche Kälte wie draußen, denn wer hat schon mal von einer Fregatte mit Zentralheizung gehört?!

„Achtung! Steuerbord!“

Alle Gesichter drehten sich in diese Richtung. Von der rechten Seite des Schiffes her oder vielmehr aus dieser Richtung vernahm man ein Heulen, das nicht von den patagonischen Löwen herrührte. Nein, das Nebelhorn eines Schiffes heulte in vorgeschriebenen Zeitabständen auf.

„Donnerwetter, am Ende stoßen wir noch mit einem Schiff zusammen!“ keuchte Zoller neben mir.

Durch das Brausen der Wellen und des Windes hindurch hörten wir das Stampfen der Schiffsmaschinen, das Schlagen der Wellen gegen den stählernen Körper des unbekannten Schiffes.

„Steuer ganz nach Backbord!“

Das Rudergeschirr kreischte förmlich auf, als wir uns mit voller Kraft in die Spaken des Steuerrades legten.

Und schon kamen weitere Befehle.

„Segel umsetzen! Spannleinen nachlassen!“

Die Postenkette geriet in Bewegung. Jedermann rannte an seinen bestimmten Platz, zu den Pollern, zu den Haltetauen, mehrere kletterten die unsichtbaren Wanten hinauf zu den Rahen, für den Fall, daß sich ein Segel, das man von unten nicht sehen konnte, verklemmte.

Die Schiffsmaschinen dröhnten, keuchten und stampften immer näher.

„Achtung!“

„Achtung!“

„Das kann eine schöne Bescherung werden!“ brummte Zoller, der mit ganzer Kraft auf dem Steuerrad lag, das in der geneigten Lage des Schiffes äußerst schwer zu halten war.

Aber die Bescherung blieb aus. Der sichere Instinkt Vater Danilós, seine Erfahrung siegten auch diesmal.

Patagonien ist das Land der Überraschungen.

Kaum einige Minuten nach diesem Wirrwarr begann sich der Nebel sichtlich zu lichten. Auch das ist eine Erscheinung, die jene, die in dieser wilden Gegend Argentiniens leben, wohl kennen.

„Der Nebel lichtet sich!“ schallte vom Hauptdeck die Stimme Sottomarinas.

Für den Seefahrer ist der Nebel ein Kerker, eine riesige Belastungsprobe für Nerven und Herz. Lieber ein heftiger Sturm als mittlerer Nebel, Jungs! Denn es gibt keine so dunkle Nacht auf dem Meer, in der man nicht irgend etwas ausmachen kann. Die weißen Schaumköpfe der Wellen, das Schimmern der unermeßlichen Menge von Einzellern, 'von' Planktons, und nicht zuletzt der Schein der Schiffslaternen verleihen Sicherheit. Den Nebel dagegen empfindet man wie Fesseln, die man nicht abstreifen kann.

Der Nebel lichtete sich, was wir mit einem Freudenschrei begrüßten, wie Schiffbrüchige, die ein Rettungsschiff sichten.

Statt eines Rettungsschiffes tauchte die Julianbucht auf.

„Segel zurück in die ursprüngliche Stellung!“ rief Vater Daniló durch das Sprachrohr. „Allmählich wieder früheren Kurs steuern!“

„Zieht die Segel“, brüllte Sottomarina auf Hauptdeck.

Silver und seine Mannen arbeiteten wie Zauberer. Der Neid mußte es ihnen lassen, sie verstanden ihr Fach ausgezeichnet.

„Trotz alledem sind es Schufte!“ sagte Zoller und lachte hinter dem Kinnriemen seines Südwesters. „Du wirst es sehen.“

Doch mich interessierte jetzt Silver am allerwenigsten.

Immer mehr entfaltete sich die Julianbucht, der Hauptschauplatz meiner Abenteuerlektüre aus der Jugend.

Jene kahlen Felsinseln haben die *Trinidad* gesehen, die mit ihren vier Gefährten als erste Sendboten Europas in die Bucht einsegelten. Und sie sahen die Schiffe Drakes und seither immer mehr Schiffe, und somit nahm der Traum des patagonischen Dornröschens ein Ende.

Vielleicht hatte sich Magalhães von derselben Stelle aus umgesehen, wo jetzt unsere seltsame Fregatte dem Inneren der Bucht, dem kleinen Hafenstädtchen San Julian, zuschwamm. Seinerzeit, so glaube ich, mag der Anblick noch öder und trostloser gewesen sein. Obwohl er auch jetzt öde und trostlos genug war. Weder der schmucke Hafen noch die vielen stockhohen Häuser, aber auch nicht der Umstand, daß hier die südlichste Bahnstation Argentiniens lag, vielleicht an derselben Stelle, wo einst Magalhães und Drake Richtstätten hatten errichten lassen, vermochten den öden Anblick der kahlen Klippen und Inseln und der steilen Felsküste zu mildern.

Und vielleicht hatte sich dort, am äußersten Lagergebäude, wo rot die große Coca-Cola-Tafel leuchtete, eine interessante Geschichte der Menschheit abgespielt: Die erste Begegnung eines weißen Mannes mit einem Patagonier. „Wir erblickten einen Hünen", hat Pigafetta aufgezeichnet, „der am Strand völlig nackt tanzte, hüpfte, sang und sich dabei Sand und Staub auf den Kopf streute. Unser Kommandant nannte dieses Volk nach seinen großen Füßen Pataghomo . . ."

Es mag auch sein, daß von jenem kahlen Hügel her der verbannte Antonio de Coca und der mit ihm ausgesetzte Priester den wieder auslaufenden Schiffen nachschauten. Die Verbannung mochte eine noch härtere Strafe gewesen sein als die Hinrichtung durch das Schwert des Profosses der Flottille.

Das also ist die Julianbucht, dachte ich und sah mich von der Fregatte um, die stark geneigt im kräftigen Wind und bei einsetzendem Eisregen dem Hafen zusegelte.

Und wenn ich so zurückdenke an diesen Tag und an die folgenden beiden, die wir in San Julian verbrachten, kann ich nur sagen, es ist eine verwünschte Bucht, ganz gleich, wie ein anderer darüber denken mag.

Obwohl wir hier ganz großartig empfangen wurden! Es versammelten sich gerade die Walfänger in der Julianbucht, die bald darauf in der Weddellsee und im Gebiet der Bouvetinsel auf Walfang gingen. Hier nahmen sie den größten Teil der Verpflegung und Ausrüstung an Bord. Die Flotte bestand überwiegend aus norwegischen und dänischen Schiffen. Unter ihnen lag das riesige norwegische Schiff *Solstreif*, die Sonnenstrahl, vor Anker, von der man in jener Zeit sprach wie heute von dem Atomeisbrecher *Lenin*.

Als die Fregatte auftauchte, hißte man auf allen Schiffen zur Begrüßung die Flaggen, ließ die Pfeifen und Nebelhörner ertönen. Jeder, der im Städtchen laufen konnte, rannte auf die Wellenbrecher und auf die Hafenmole, die Jüngeren kletterten sogar auf die Dächer der Lagerhäuser, um unsere Ankunft besser sehen zu können.

Vielleicht haben einst die Eingeborenen die *Trinidad* und die anderen Schiffe des Magalhães so bestaunt wie die Bevölkerung des kleinen Hafenstädtchens jetzt die *Königin des Ozeans*.

Als der Lotse und der Arzt im äußeren Abschnitt der Bucht an Deck kamen, konnten sie vor Verwunderung kaum sprechen.

„Sie sind angekommen?" Der hagere, blasse, in der ewigen Kälte lebende Hafenarzt keuchte. „Die *Estados* hat berichtet, daß Sie aus der Bucht in Rio Grande ausgelaufen seien, aber wir glaubten nicht, daß Sie hier ankommen würden!"

Der Lotse schüttelte Vater Daniló lächelnd die Hand.

„Es war eine gute Arbeit, Kapitän! Ein Wunder, daß Sie in dem Nebel nicht mit dem norwegischen Fangboot zusammengestoßen sind, das vor zwei Stunden den Hafen verlassen hat."

„Wir haben sein Nebelhorn gehört", erwiderte Vater Daniló, „wir kamen uns recht nahe, noch näher wäre für keinen von uns gut gewesen."

Der Lotse musterte das Schiff und sagte dann:

„Ich werde Ihnen die Richtung zeigen, Kapitän, aber das Kommando übernehme ich nicht."

Wir befanden uns also in der Julianbucht, der ersten Station unserer abenteuerlichen Fahrt.

SECHSTES KAPITEL

Gegenstand der Bewunderung — Fritz Großmann, der einstige Marinesoldat — Legenden um die „Margherita" — Der schmachvolle Anschlag kommt ans Tageslicht — Abschied von der Julianbucht — Die Seemannskiste wird geöffnet — In Höhe der Magellanstraße — Alte Karten, Schriften und Schiffspläne — Ein Notizblock, der in der Tat als Schatz gelten kann — Wo mag Roatan liegen?

Welch großes Ereignis die Ankunft der *Königin des Ozeans* für die Bevölkerung des Hafens war, darüber will ich weder jetzt noch später ausführlich berichten. Nicht nur am Tag, sondern auch bei Nacht bewunderten Hunderte das Schiff. Wieviel strahlende Kinderaugen starrten uns entgegen! Wir verkörperten für sie die Romantik, und wenn einer von uns ans Festland ging, wurde er durch die Straßen begleitet, als wären wir Staatsoberhäupter oder weltberühmte Fußballspieler. Aber die Palme der Popularität und des Sieges errangen — überall wo wir anlegten — Sottomarina und Pedro. Der Hüne mit dem schneeweißen Haar erregte mit seinem schmetternden „Corpo di bacco" überall Aufsehen, besonders wenn er obendrein die auf seine Arme tätowierten blauvioletten Drachen sehen ließ. Höchste Bewunderung aber errang Pedro selbst. Er setzte sich oben auf die Bordwand oder stützte sich gegen die Wanten des Großmastes und ließ sich bestaunen. In der Tat, Pedro genoß es über alle Maßen, daß es in Puerto San Julian niemanden gab zwischen sechs und achtzehn Jahren, der nicht gern mit ihm getauscht hätte.

Wir verbrachten die kurze Zeit unseres Aufenthaltes natürlich nicht damit, uns bestaunen zu lassen. Die Sudestada und der neu hinzugekommene Wind, der Williwaw, hatten einigen Schaden angerichtet, auch hatten die neuen Seile sich etwas gedehnt, so daß wir nach Anweisung Barrabellas ausbesserten, was auszubessern war, um am nächsten Tag die legendäre Julianbucht verlassen zu können.

Kaum lagen wir einige Stunden an der Mole, als Besuch kam.

Gabbia, der an der Ausstiegsplanke Posten stand, meldete dem Kommandanten, daß man ihn suche.

Am Aufgang zum Schiff stand eine schon bejahrte Frau. Sie war in ein dickes wollenes Umhängetuch gehüllt, ihren Kopf schützte ein seltsam anmutender kleiner Hut gegen den von Zeit zu Zeit einsetzenden eisigen Regen, der hier von den Leuten nicht einmal so beachtet wurde wie bei uns der Sonnenschein.

Die Frau sah unseren Kommandanten mit traurigen Augen an und sagte deutsch:

„Ich bin Frau Großmann, diesen Brief hier schickt Ihnen mein Mann."

Vater Daniló übernahm den Umschlag, öffnete ihn, nahm den Briefbogen heraus und begann zu lesen.

Da der Brief ein entscheidendes Ereignis in unserem weiteren Leben bedeutete, könnt ihr euch vorstellen, daß ich ihn mehrmals gelesen habe. Ich entsinne mich jeder einzelnen Zeile, und wenn ich ihn auch nicht mehr wortwörtlich wiedergeben kann, so doch dem Inhalt nach:

Verehrter Herr Kapitän! Die hiesigen Zeitungen haben mehrfach darüber berichtet, daß Sie, Kapitän Daniló Turkovics, mit einer

Fregatte alter Bauweise Südamerika zu umsegeln beabsichtigen. Jetzt hörte ich, daß die Fregatte hier im Hafen angelegt hat. Ihr Name ist mir wohlbekannt, auch ich stamme von der Adria, aus Triest, bin aber schon sehr lange von dort weg. Ich war Seemann, diente bei der Flotte auf der „Ferdinand Max" und war zuletzt Verpflegungsmaat auf der „Margherita". Sicher werden Sie sich noch an das Schiff „Margherita" erinnern. Leider liege ich schwerkrank darnieder und kann Sie daher nicht aufsuchen. Ich diktiere sogar diesen Brief, weil ich selbst nicht die Kraft zum Schreiben habe. Gern aber würde ich mit Ihnen zusammentreffen, um Ihnen bezüglich der „Margherita" einiges anzuvertrauen, bevor ich Abschied vom Leben nehme. Ich bitte Sie, Herr Kapitän, suchen Sie mich auf.

Ihr Sie verehrender Fritz Großmann,
einstiger Marinesoldat.

Vater Daniló ließ die alten Gefährten von der einstigen *Jadran* zu sich bitten, Szevér, Feri, Sottomarina, Vater Guzsik, Zoller, Piede und mich.

„Lest", sagte er. „Ein Mann von der *Margherita*! Phantastisch!"

Szevér fragte:

„Von dem Schiff des Johann Orth?"

„Ja", Vater Daniló nickte, dann wandte er sich an Frau Großmann: „Ich stehe Ihnen zur Verfügung, Frau Großmann. Jetzt, auf der Stelle. Ich will die Angelegenheit nur noch mit dem Commendatore besprechen, dann können wir uns gleich auf den Weg machen. Dürften mich ein oder zwei meiner Leute begleiten?"

Die betrübt dreinblickende Frau nickte.

„Wie Sie denken, Herr Kapitän. Meinen Mann hält vielleicht nur noch die Hoffnung am Leben, daß er mit jemandem zusammentreffen kann, der wie er von der Adria stammt."

Unser Kommandant bestimmte Szevér und mich (seinen Pigafetta), ihn zu begleiten.

Ich habe auf der nördlichen Halbkugel Lerwick, die Hauptstadt der Shetlandinseln gesehen. Ich bin in Torshavn auf den Färöern gewesen, kenne Bergen an der Küste Norwegens, ebenso

Tromsö nördlich der Lofoten ... und so darf ich behaupten, daß diese Städte auch mehr Regen und Frost zu sehen bekommen als daß sie die gesegnete Wärme der Sonnenstrahlen genießen. Aber in den Fenstern der dortigen Häuser fehlen nicht die Blumentöpfe mit Petersilie, Mohrrüben, Paprika und Tomaten — als Zierpflanzen und Stolz der Hausfrau.

In San Julian gibt es keine mit Blumenerde gefüllten Töpfe auf den Fenstersimsen oder unter den Wetterdächern. Die von Nebel, Ruß, eisigem Wind, Schnee und ununterbrochenem Regen grauschwarzen Häuser und die Straßen mit ihrem Kopfsteinpflaster sind genauso unfreundlich und bedrückend wie das ganze Patagonien, wie die Julianbucht, die Bucht der Tragödien selbst.

In so ein grauschwarzes, schwermütig stimmendes Haus traten wir auf ein Zeichen von Frau Großmann ein.

„Bitte hier herein, den Gang geradeaus, Herr Kapitän."

Sie öffnete eine Tür.

Aus der Tiefe des Zimmers vernahmen wir eine zitternde, verschleierte Stimme.

„Willkommen, Herr Kapitän. Fritz Großmann von der *Margherita* zu Ihren Diensten."

Von hochaufgerichteten Kissen gestützt, fanden wir mehr sitzend als liegend einen alten Mann. Er streckte seinen dünnen knochigen Arm nach uns aus, das fahle, eingefallene Gesicht war von einem ungepflegten Bart gerahmt. Ein alter Seemann lag vor uns im Bett, der einst genauso flink auf die Masten und Rahen kletterte wie wir. Es war ein trauriger, bedrückender Anblick, Freunde.

„Ich bin Kapitän Turkovics." Vater Daniló drückte dem alten Mann sehr behutsam die Hand. „Das hier sind mein erster Offizier, der zugleich ein Verwandter von mir ist, und mein Steuermann. Wir sind gekommen, um das Wunder zu sehen, einen lebenden Menschen vom Schiff des Johann Orth! Bis jetzt glaubten wir, das Verschwinden der *Margherita* bleibe ein ewiges Geheimnis."

Großmann lächelte schmerzlich, nur schwer und stöhnend kamen die Worte über seine Lippen.

„Ich bin schwerkrank, Herr Kapitän ... Ich habe vielleicht nur

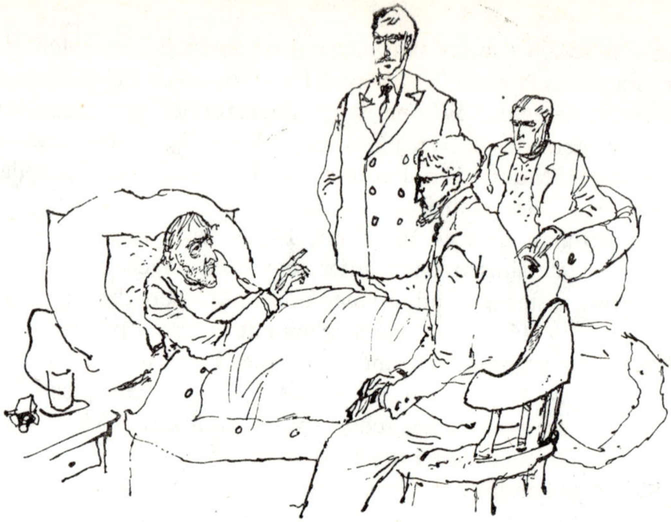

noch Tage zu leben ... Sie hat das gute Schicksal hierhergeführt, denn in der letzten Zeit hatte ich keinen anderen Wunsch mehr, als das Geheimnis der *Margherita* einem Landsmann anzuvertrauen ..."

Der alte Mann unterbrach sich, hustete, war außer Atem.

Seine Frau sprach beruhigend auf ihn ein.

„Nur leise, Fritz, nur leise. Du darfst dich nicht so anstrengen."

Vater Daniló setzte sich ans Bett und ergriff die Hand des alten Mannes.

„Ich werde mich etwas herabbeugen, damit Sie sich nicht so anzustrengen brauchen."

In den Mundwinkeln des kranken Mannes erschien ein spärliches Lächeln. Der Husten hatte sich wieder gelegt. Er fuhr ruhiger, aber kaum vernehmbar fort.

„Herr Kapitän, außer dem Verschwinden des Schiffes gibt es noch etwas, was ich Ihnen anvertrauen möchte ... Frau, bring die Kiste her! ..."

Es wurde still. Großmann hüstelte leise. Seine Frau bückte sich und zog unter dem Bett eine Seemannskiste hervor. Szevér und ich halfen ihr dabei.

Eine sehr alte, wohl über hundert Jahre alte Seemannskiste kam zum Vorschein. Die Messingbeschläge daran waren ganz schwarz, selbst das Holz war sehr gedunkelt. Vorn in der Mitte stand eingebrannt die Jahreszahl: 1793. Es war die früher übliche Seemannskiste mit abgerundeten Ecken und gewölbtem Deckel.

„Die nehmen Sie mit, Kapitän", sagte der Kranke. „Ich bitte Sie darum."

„Aber warum?" fragte Vater Daniló verwundert. „Mit welchem Recht? Vor einer Stunde haben wir uns noch nicht gekannt."

Großmann wollte etwas erregt erwidern, geriet aber außer Atem und fing wieder an zu husten.

Die Frau umfaßte ihren Mann erschrocken.

„Nur ruhig, Fritz, nur ruhig."

Der einstige Seemann ließ den Kopf nach hinten fallen, er sammelte Kraft.

„Aber wenn Sie meinen", begann unser Kapitän entgegenkommend, „wenn Sie meinen, daß ich Ihnen damit einen Dienst erweise, so tue ich es gern."

„Danke", flüsterte der Kranke. „Die Kiste habe ich vor fünfundzwanzig Jahren hier in der Julianbucht gefunden ... in einer verborgenen Höhle ... Sie enthält Schriftstücke, die ich allerdings nicht lesen kann." Er lächelte. „Das Lesen war übrigens nie meine starke Seite ... Ich habe nur eine Bitte, Herr Kapitän, wenn die Schriften zu irgendeinem Schatz oder dergleichen führen, dann soll die Hälfte davon meiner Frau gehören. Ich kann der Armen sonst ohnehin nichts hinterlassen."

Die Frau schluchzte auf.

Es war ein trauriger, bedrückender Anblick: der kranke alte Mann und das bejahrte Mütterchen. Zwei auf sich gestellte, einsame Menschen. Und Vater Daniló, der mitfühlende und weichherzige Mann, was hätte er anderes sagen können:

„Natürlich, Herr Großmann, natürlich. Wenn Sie es wünschen, gebe ich Ihnen das auch schriftlich."

Der Alte nickte, daß ihm das recht sei.

„Meine Adresse ist noch immer Fiume, Piazza Duomo", fügte

Vater Daniló hinzu. „Ich werde die Schriften durchsehen und Sie von dem Ergebnis unterrichten."

„Mich?" Der Alte machte eine vielsagende Handbewegung. „Höchstens meine Frau. Ja, Herr Kapitän, sehen Sie den Inhalt der Kiste durch. Irgendwie habe ich das Gefühl, Sie werden viel Interessantes darin finden ... Sie können mit Recht fragen, warum ich die gefundenen Schriftstücke bis jetzt niemandem gezeigt habe ... Bislang lebten wir in der Hoffnung, daß wir nach Triest zurückgelangen ... Aber jetzt ..."

Er winkte ab, hoffnungslos, traurig. Triest? Wie weit lag für ihn nun schon Triest!

Gerührt, kaum vernehmbar, flüsterte er:

„Bitte, geben Sie mir Ihre Hand, daß Sie meinem Verlangen gegenüber meiner Frau nachkommen ..."

Vater Daniló ergriff die abgezehrte Rechte Großmanns.

„Ich verspreche es feierlich, im Beisein von zwei Zeugen, meines ersten Offiziers und meines Steuermanns!"

Die Frau schluchzte wieder auf. Der einstige Seemann nickte ergriffen.

„Ja, die alten Seeleute ... Und Ihr Name war in unseren Kreisen ein Begriff ..." Er versuchte zu lächeln. „Ich weiß, Sie sind am meisten darüber verwundert, Herr Kapitän, daß ein Mann vom Schiff des Johann Orth vor Ihnen liegt, der mit dem Leben davonkam ... Ich weiß es ... und dieser Mann hat bis jetzt auch darüber geschwiegen ..."

Vater Daniló mußte dabei wieder lächeln.

„Natürlich, lieber Freund, bin ich verwundert. Ich und soweit ich weiß, der ganze Wiener Hof, eingeschlossen Kaiser Franz Joseph selbst, glaubte seinerzeit, daß die *Margherita* für alle Zeiten verschwunden sei und daß niemand gerettet werden konnte. Oder aber: daß alle am Leben waren, aber ihr Versteck verheimlichten."

Großmann schaute traumverloren an die rauchgeschwärzte Decke des ärmlichen Zimmers. Endlich sagte er.

„Darüber sind Sie also im Bilde, wer Johann Orth war ... und was man alles unternommen hat, um eine Spur von den Verschwundenen zu finden."

Vater Daniló nickte, und mit ihm nickten auch wir: Wie sollten wir es nicht wissen. Der Fall des Johann Orth und seines Schiffes, der *Margherita*, erregte zu meiner Zeit allgemeines Interesse, wie die Fabel vom Fliegenden Holländer. Nur war das eine Wirklichkeit und seine Darsteller lebende Personen, während die Geschichte vom Fliegenden Holländer nur eine Legende ist.

Während der alte Seemann, dessen Leben langsam erlosch, Kräfte sammelte, um weiter berichten zu können, und seine Frau ihm einen Löffel Medizin aufnötigte, zog die Orth-Tragödie, soweit sie uns bekannt war, an meinem geistigen Auge vorüber.

Ihr könnt kaum noch wissen, wer Johann Orth gewesen ist! Woher solltet ihr auch?

In der Hofburg setzte sich im Arbeitszimmer Kaiser Franz Josephs im Herbst 1887 der Rat der Feldmarschälle der habsburgischen Erzherzöge zusammen. Den Vorsitz führte der damalige Oberkommandierende der österreichisch-ungarischen Armee, Erzherzog Albrecht. Es mußte in einer peinlichen Sache eine Entscheidung getroffen werden: Erzherzog Johann Nepomuk Salvator, k. u. k. Feldmarschalleutnant, hatte sich keines geringeren Vergehens schuldig gemacht, als in seinen militärischen Schriften Reformideen zu verkünden und kritische Bemerkungen über die Leitung der Armee zu äußern. Die Armee aber wurde — unter Leitung von Kaiser Franz Joseph — von Erzherzog Albrecht selbst geführt. Erzherzog Johann Nepomuk Salvator wurde vom Rat seines Kommandos enthoben. Dem Erzherzog wurde noch ein zweites Vergehen angelastet: Er war heimlich verlobt. Die Braut war ein schlichtes Bürgermädchen namens Milly Stuberl und Sängerin an der Wiener Oper. Es war also höchste Zeit, den in bürgerlichen Kreisen so populären Erzherzog aus der Armee und aus der großen Familie der Habsburger auszuschließen:

1889 verzichtete er auf Rang und Würden und nahm den bürgerlichen Namen Johann Orth an. Aus dem Feldmarschalleutnant wurde ein Schiffskapitän. Das in jungen Jahren in Pola erworbene Seeoffizierspatent kam ihm hierbei zustatten.

Endlich war der seltsame und feinfühlige Erzherzog, „das Idol der Wiener Kleinbürger“, wie man ihn damals nannte, ein freier

Mann. Er brach die Beziehungen zu seiner verhaßten Umgebung, zu dem Hof von Franz Joseph, ab, heiratete das Bürgermädchen und ging dahin, wo das Leben mit jedem gleich verfährt — aufs Meer, auf ein Segelschiff.

Das Segelschiff hieß *Margherita* und war eine Zweimastfrachtbrigg. Das Schiff des Johann Orth lief im August 1891 aus dem Hafen von Buenos Aires aus, um nach Umsegelung von Kap Hoorn nach Valparaiso zu gelangen. Es legte in der Julianbucht an, setzte dann wieder die Segel und lief aus, um Kap Hoorn zu umsegeln. Von diesem Zeitpunkt an gab es nur noch Vermutungen. Die Namen von Johann Orth und seiner Frau sowie seinem Schiff *Margherita* durchliefen die Welt. Geschichten und Mutmaßungen wurden laut. Einige glaubten zu wissen, daß der Erzherzog in den Pampas von Argentinien als Viehzüchter lebte. Seine getreuen Matrosen aber seien jetzt Gauchos, Hirten. Es gab auch eine Nachricht, nach der sich Kapitän Orth zusammen mit seinen Leuten von der Welt zurückgezogen und auf einer Insel im Stillen Ozean eine Kolonie gegründet habe. Das ist gar nicht so verwunderlich: Vor kaum einigen Jahrzehnten waren im Pazifik mehr als 300 unbewohnte Inseln registriert, und keine felsigen Eilande, sondern palmenbestandene Laguneninseln! Es gab nicht wenige, die auf eine Nachforschung drängten, konnte es doch passiert sein, daß die *Margherita* an einer der zahlreichen Inseln am Kap Hoorn Schiffbruch erlitten hatte. Auch wenn der Kapitän sich Johann Orth nannte, so galten die Angriffe weiter Teile der Presse in Europa der Wiener Hofburg. Zu dieser Zeit wußte jeder Schusterjunge. wer der Kapitän der *Margherita* war und wessen man ihn beschuldigte. Ein Erzherzog, der in der damaligen Zeit dem Kaiser Franz Joseph die Meinung sagte, galt als Held, Jungs. Es gab sogar Pressestimmen, die durchblicken ließen, es könnte vielleicht ein Anschlag gewesen sein. Man habe Johann Orth aus dem Weg räumen müssen! Schließlich blieb Wien keine andere Wahl, als Nachforschungen anstellen zu lassen: Die Flottenkommandantur in Pola schickte erst die Korvette *Fasana* und später die Fregatte *Saida* aus, um das Gebiet um Feuerland und der Magellanstraße zu durchforschen. Nach erfolgloser Suche erklärten die Kapitäne der *Fasana* und der *Saida* übereinstimmend, daß die *Margherita* vermutlich an den steilen Klippen östlich von Feuerland zugrunde gegangen sei. Bedingt durch die gewaltigen Stürme, die nach den Logbüchern verschiedener Schiffe um die fragliche Zeit in diesen Breiten getobt hatten; daß es so geschehen sein konnte, bekräftigten die aufgenommenen Protokolle ...

Fritz Großmann schaute uns noch immer traumverloren an, als wir ihm alles berichteten, was wir über Johann Orth wußten, das Auslaufen der *Margherita*, ihr Verschwinden, all die Gerüchte und Vermutungen sowie die Nachforschungen der *Fasana* und der *Saida*.

Die fiebrigen Augen Großmanns funkelten, als er wieder zu reden begann.

„*Fasana*, *Saida*, sie dienten nur als Alibi. Die Seeleute konnten von nichts wissen, auch die Kapitäne nicht."

Er rang nach Luft.

„Herr Kapitän, die *Margherita* ist nicht durch einen Sturm gesunken, sie ist versenkt worden! ..."

Vater Daniló sprach ganz ruhig, um den Schwerkranken nicht zu erregen.

„Ich habe selbst oft daran gedacht, daß etwas Ähnliches geschehen sein könnte. Aber es ist nichts durchgesickert."

Jetzt übernahm die Frau das Wort.

„Fritz ist der einzige, der mit dem Leben davongekommen ist. Aber er hat nicht gewagt, jemandem darüber zu berichten, sondern war bemüht, irgendwo unterzutauchen. So kamen wir in die Julianbucht. Hier hatten wir erst einen Krämerladen, später eine kleine Kneipe. Jetzt sind auch die fort, die Krankheit hat sie aufgezehrt."

„Die Kiste ... die Kiste wird schon ..." Der Kranke stöhnte.

Die Frau lächelte bitter.

„In dieser Kiste ist nichts anderes als viele wertlose alte Papiere!"

„Wir werden sehen", sagte Vater Daniló ermunternd. „Aber warum haben Sie darüber geschwiegen, Herr Großmann, daß ein Anschlag auf die *Margherita* verübt worden ist?"

Der Kranke lächelte.

„In der ersten Zeit hatte ich Angst, und nach dem Zusammenbruch der Monarchie: wen kümmerte da schon das Schicksal des Johann Orth?“

Er hatte sich wieder beruhigt und fuhr fort:

„Niemanden ... Doch jetzt, wo ich nicht mehr lange zu leben habe ... muß ich doch sprechen, damit wenigstens Sie, Herr Kapitän, von der Sache erfahren ...“

Und mit großer Anstrengung, oft kaum noch hörbar, berichtete Fritz Großmann das Drama der *Margherita*.

„Bis jetzt hat nur meine Frau davon gewußt“, begann er und berichtete dann, daß die Brigg in der Tat in Buenos Aires eine Ladung an Bord genommen habe mit der Weisung, den größten Teil davon an die gegenüberliegende Küste des Erdteils, nach Valparaiso, zu bringen. Inzwischen mußte sie noch in der Julianbucht und in Port Stanley, auf den Falklandinseln, Fracht aufnehmen. Die Besatzung bestand aus Männern, die Johann Orth schon von früher kannten, die in Pola unter ihm gedient hatten. Eine Ausnahme allerdings gab es: Großmann selbst, den ein Verwandter auf die Brigg empfohlen hatte. Er hatte zuvor auf der *Ferdinand Max* gedient, da seine drei Jahre gerade um waren, wechselte er beglückt auf das Schiff von Johann Orth über.

Sie segelten vornehmlich vor der amerikanischen Küste und hatten erst zwei größere Fahrten zurückgelegt. Die letzte wäre die dritte gewesen.

„Am 10. November 1891 liefen sie hier aus der Julianbucht aus“, kam Frau Großmann, die alles genau wußte, ihrem Mann zu Hilfe.

Die beiden Alten hatten Zeit gehabt, die Vergangenheit wachzuhalten.

Großmann ließ den Kopf auf das Kissen zurückfallen und fuhr leise fort:

„Und es war der 17. November, als wir mit dem unbekannten Kriegsschiff zusammentrafen.“

„Mit einem Kriegsschiff?“ fragte unser Kommandant verwundert. „Was hat das zu bedeuten?“

Röchelnd holte Großmann Luft.

Die arme Frau strich ihrem Mann über die Stirn, wischte mit einem Essigtuch den Schweiß ab und ermahnte ihn besorgt:

„Reg dich nicht auf, Fritz. Der Herr Kapitän kommt morgen wieder . . .“

„Ja“, Vater Daniló nickte zustimmend.

Der Schwerkranke sagte mit röchelnder Stimme:

„Nein! Jetzt! Jetzt will ich es berichten! . . .“ Die müden, vom Fieber glänzenden Augen schauten in die Ferne. „Das Kriegsschiff! . . .“

Ich glaube, Jungs, es ist klüger, wenn ich mit eigenen Worten berichte, was ich in dem armseligen Zimmer am Krankenbett des einstigen Seemanns auf der *Margherita* hörte. Der unglückliche Großmann konnte manchmal mehrere Minuten lang kein einziges Wort hervorbringen. Aber er sammelte wieder Kraft, um sein Geheimnis von der schmutzigen, bestialischen Tat des kaiserlichen und königlichen Hofes zu offenbaren, von dem er aus verständlichen Gründen bis jetzt nicht zu sprechen gewagt hatte. Er hatte es nicht gewagt, weil er befürchtet hatte, ihm könnte das gleiche Schicksal zustoßen wie Johann Orth, dem einstigen Erzherzog von Habsburg.

Also das Kriegsschiff.

Johann Orth wußte, daß er aus der Heimat, vom Wiener Hof, nichts Gutes zu erhoffen hatte. Ein Beweis dafür ist, daß er hier in Puerto San Julian vor dem Auslaufen seine Leute zusammenrief. Wie ich den Worten Großmanns entnahm, sagte der Kapitän der *Margherita* zu der Besatzung, alles hartgesottene Seeleute aus Istrien und Dalmatien, etwa folgendes:

„Wackere Freunde, Schicksalsgefährten in der Verbannung! Mir ist zu Ohren gekommen, daß man am Wiener Hof böse Absichten gegen mich hegt. Ich bin ihnen ein Dorn im Auge, man haßt mich. Freunde haben mir das zur Kenntnis gebracht. Ich weiß nicht, was man im Schilde führt und woher uns Gefahr droht. Ebendeshalb fordere ich vor unserer Fahrt nach Valparaiso jeden, der nicht bei mir bleiben will, auf, den Dienst hier zu quittieren. Ihr habt mir bis jetzt eure Treue bewiesen, habt mit der Heimat gebrochen. Denn wer unter Johann Orth gedient hat, für den gibt es keinen Platz weder in Pola noch in Triest, denn dorthin kann er nicht zurückkehren. Es sei denn, er verläßt jetzt das Schiff, dann steht ihm der Weg als Meuterer nach Hause offen!"

Ich brauche wohl nicht erst zu sagen, daß es keinen einzigen unter der zwanzigköpfigen Besatzung gab, der diesen Weg gewählt hätte.

So setzte die *Margherita* die Segel und lief aus — zu ihrer letzten Fahrt.

Das Meer zwischen den Falklandinseln und der Küste Patagoniens wird oft von Stürmen heimgesucht und ist gefährlich. Die verschiedenen Strömungen, der Nebel, die Schneestürme, die häufig wechselnden Winde stellen die Besatzungen der Segelschiffe auf eine harte Probe. Das Wetter war in der Tat widerwärtig. Davon zeugen die Logbücher aller Schiffe, die sich zu jener Zeit in diesem Gebiet befanden. Aber die Leute des Johann Orth verstanden ihr Fach, und der Segler wollte nach Valparaiso gelangen. So verzichtete der Kapitän sogar darauf, die Falklandinseln anzulaufen. Man war bemüht, Kap Hoorn zu erreichen und von dort im Pazifik weiterzusegeln.

Schon am zweiten Tag meldete ein Auslug, daß er in der Ferne Rauch sehe. Merkwürdigerweise kam der Rauch weder näher, noch entfernte er sich. Er blieb im gleichen Abstand zur *Margherita*! Was konnte das bedeuten?

Wenn Gegenwind aufkam und der Segler nur wenig Fahrt machte, kam der Rauch nicht näher. Wenn man beim Kreuzen in langen Zickzacklinien gegen den Wind segeln mußte, folgte der Rauch diesem Manöver in gleicher Weise.

Es stand nun schon außer Zweifel, daß der Rauch von einem Schiff herrührte.

Ein Dampfschiff folgte der *Margherita*! Und zwar ein Kriegsschiff.

Woher das die Besatzung der *Margherita* wußte? Die Antwort ist sehr einfach: vom Rauch. Sie alle hatten bei der Kriegsmarine gedient, waren erprobte Seeleute, die nach dem Stand der Masten und der Schornsteine und nach der Form der Aufbauten schon den Typ eines Schiffes erkannten. Aber auch am Rauch. Der aus breiten Schornsteinen aufsteigende Rauch konnte nur von einem Kriegsschiff stammen.

Als auch der dritte Tag auf diese Weise vergangen war, zweifelte niemand mehr auf dem Segler, daß das Kriegsschiff die *Margherita* verfolgte.

Und da beging Johann Orth einen schwerwiegenden Fehler.

Die Brigg segelte unter italienischer Flagge, war sie doch im italienischen Schiffahrtsregister eingetragen.

Und Johann Orth ließ jetzt die italienische Flagge einholen und an ihrer Stelle das blau-weiß-blau gestreifte Hoheitszeichen, die Flagge von Argentinien, hissen. Für die späteren Ereignisse war dies von entscheidender Bedeutung.

Wenn ein Dampfschiff einen Segler verfolgt, ist das Segelschiff gegenüber dem Dampfer im großen Nachteil. Besonders im Gebiet des Feuerlandes, wo die Strömungen und die Winde noch launischer sind als weiter oben an der Küste Patagoniens.

Und die *Margherita* wurde von einem Kriegsschiff verfolgt!

Orth versuchte zu entkommen, er bemühte sich, Nebel, Regenwolken und Schneestürme auszunützen. Schon glaubte die Besatzung, dem Verfolger entronnen zu sein, als ihr Schiff vor Kap Hoorn, in der Nähe von Ponsonby Sound, in einen solchen Gegenwind geriet, daß es unmöglich war, weiterzukommen. Umzukehren aber hätte bedeutet, dem Kriegsschiff vor die Rohre zu laufen.

Und doch geschah es so!

Wie gesagt, damals wußten schon alle, daß das Kriegsschiff die Gefahr war, vor der man Johann Orth gewarnt hatte. So könnt ihr euch vorstellen, Jungs, welchen Schreck es auf Deck gab, als die *Margherita* an einem Morgen aus dem Nebel stieß und kaum einige hundert Meter entfernt den riesigen schwarzen Körper des Kriegsschiffes vor sich hatte.

„Wir erkannten es sofort, Herr Kapitän, auf der Stelle“, stöhnte Großmann, „es ist die reine Wahrheit: es war die *Kaiser Franz Joseph* aus der Flotte Seiner Majestät . . . aus unserer Flotte . . .“

Der Viertausendtonner, der 1889 gebaute Kreuzer, verfolgte den kleinen Segler des Johann Orth! Und auf diesem Kriegsschiff wußte außer dem Kommandanten und vielleicht ein oder zwei Offizieren niemand, wen man verfolgte, denn der Mannschaft hatte man weisgemacht, daß man ein unter argentinischer Flagge segelndes geheimnisvolles Piratenschiff verfolge. Die Kanoniere auf der *Kaiser Franz Joseph* ahnten nicht einmal, daß ihre Geschosse Menschen zerrissen, die ihre Kameraden waren, von denen mehrere mit ihnen zusammen gedient hatten.

Denn die Geschütze des Kreuzers hatten das Feuer eröffnet!

Ein Geschoß nach dem anderen schlug in den Körper der auf den Wellen schaukelnden Brigg klaffende Wunden. Der Großmast brach krachend um, der Fockmast barst, durch die Lecke strömte das Wasser!

Unter den ersten fiel Johann Orth selbst, die erste Granate explodierte auf dem Achterschiff und fegte die Steuerleute und mit ihnen den Kommandanten hinweg.

In wenigen Minuten bekam die Brigg Schlagseite und begann zu sinken; ein unter der argentinischen Flagge fahrendes Piraten- oder Schmugglerschiff, das der Kreuzer *Kaiser Franz Joseph*, das Kriegsschiff Seiner Majestät, mit Recht auf den Grund des Meeres geschickt hatte. Denn dieser Meinung war die Besatzung, dort auf dem Schiff genauso wie später in Pola. Der Kreuzer hielt Schießübung auf ein gefährliches Schmugglerschiff. Obendrein führte die Route der *Kaiser Franz Joseph* nach Tsingtau, und sie verbrachte ein reichliches Jahr im Gelben Meer. Bis man in die Heimat zurückkehrte, waren die Erinnerungen schon verblaßt, und keiner wußte so genau, daß sich das alles zur selben Zeit ereignet hatte, als das Schiff des Johann Orth spurlos verschwunden war. Die Eingeweihten aber schwiegen, der Kaiser wünschte es so.

Wie Großmann gerettet wurde, das wußte er selbst nicht. Er kam in einem Zelt aus Robbenfellen im Lager der Ona-Indianer auf Feuerland zu sich. Er verstand weder ihre Sprache, noch kannte er ihre Sitten. Er war fest davon überzeugt, daß diese furchterweckenden, selbst bei eisigen Stürmen halbnackten Eingeborenen ihn auffressen würden. Dagegen hielt man ihn für den Gesandten des Feuers, für einen Heiligen. Er lebte jahrelang unter ihnen. Doch das gehört nicht mehr zu unserer Geschichte. Dies hat übrigens nicht er, sondern seine Frau erzählt, auch wie er in die Zivilisation zurückkehrte und wie er schließlich als Händler in die Julianbucht gelangte. Von dem „Geheimnis“ aber sprach er zu niemandem. Wenn ihm Gerüchte zu Ohren kamen, daß man Johann Orth und seine Leute hier oder dort gesehen habe, lächelte er traurig: Er wußte, was mit der *Margherita* geschehen war.

„Die Nachforschungen der *Fasana* und der *Saida* waren also eine niederträchtige Täuschung“, sagte Vater Daniló, als der einstige Matrose der Brigg schon erschöpft im Delirium auf den Kissen des ärmlichen Bettes lag. „Unser armer Freund hat sich überanstrengt.“

„Ihm bleiben vielleicht nur noch Tage“, die Frau des Schwerkranken nickte uns zu, als wir Abschied nahmen. „Und nehmen Sie bitte die Kiste mit, Herr Kapitän, vielleicht . . .“

Ja, die Kiste brachten wir mit.

Am nächsten Tag, kurz vor dem Auslaufen, erfuhren wir, daß Fritz Großmann gestorben war. An seiner Beisetzung konnten wir nicht teilnehmen, aber wir bestellten noch in aller Eile einen Kranz, den Pedro hinschaffte. Auf die Schleife ließen wir schreiben: Dem treuen Sohn des Meeres — die Seeleute von der Adria.

Und als die Erde Patagoniens auf den Sarg des Seemannes der *Margherita* fiel, waren wir mit unserer Fregatte schon weit weg. Die Julianbucht, in der sich so viele Dramen in der Geschichte der Schiffahrt abgespielt hatten, war in der Ferne zurückgeblieben. Auf Nimmerwiedersehen.

Wenn ich seither den Namen von Puerto San Julian auf der Karte sehe oder ihn zu hören bekomme, fallen mir nicht nur Magalhães und Drake ein, da sehe ich nicht nur die vom ständigen Regen gewaschenen Kopfsteinpflaster in den Straßen des Städtchens, sondern auch das ärmliche Zimmer und den im Krankenbett liegenden Seemann Fritz Großmann, der das Geheimnis der *Margherita* und das Drama des Johann Orth in der Tat bis zu seinem Tode bewahrt hatte . . .

Aber die Kiste, die Kiste!

Ich kann mir vorstellen, daß euch diese Frage beunruhigt, Jungs. Ich leugne nicht, mir ging es damit genauso.

Die durch die Abfahrt, die noch in aller Eile zu verrichtenden Ausbesserungsarbeiten und die Ergänzung der Lebensmittelvorräte bedingten Aufregungen jedoch drängten die Frage der Seemannskiste recht in den Hintergrund.

„Wenn wir Zeit dafür haben, werde ich sie öffnen und nachsehen, was sie enthält", wies Vater Daniló unsere Ermunterungen zurück, er sollte sich an die Durchsicht der Kiste machen.

Übrigens war es uns gelungen, die Kiste so aufs Schiff zu bringen, daß Silver und seine Leute nichts darüber wußten. Die Männer um Laguna Grande hatten Abschied vom Festland gefeiert und ihr Hauptquartier in einer Hafenspelunke aufgeschlagen. Mit Hilfe der Hafenpolizei landeten sie wieder auf dem Schiff. Sie hatten dem Nationalgetränk Argentiniens, dem Agua ardiente, was nichts anderes ist als ein sehr betäubender Branntwein, übermäßig zugesprochen. Da hatte sich auch Silver nicht ausgeschlossen, aber er schritt noch so stolz daher wie sonst und war höchstens auffällig schweigsam und hatte von Zeit zu Zeit mächtigen Schlukken, was ebenfalls auffällig an ihm war.

Die Schäden waren behoben. Wo es erforderlich war, hatten wir die Taue ausgewechselt. Barrabella prüfte nochmals alles gründlich, und dann kam das Kommando:

„Leinen los! Schlepper, Fahrt voraus!"

Wegen des Gegenwindes erklärte sich der Lotse nicht bereit, unseren Segler ohne Schleppboot aus dem Hafen zu bringen. So spannte sich die *St. Matias*, eines der schäbigsten Schleppboote, das ich je in einem Hafen gesehen habe, vor uns und duckerte mit uns zum Hafen hinaus.

Es war ein seltsames Gefühl, in der Julianbucht Umschau zu halten, wozu sich ausnahmsweise Gelegenheit bot, denn weder Regen noch Schnee oder Nebel behinderten die Sicht. Die Fregatte fuhr, recht schwerfällig lavierend, bestaunt von der Besatzung eines sie begleitenden Motorbootes, seitwärts geneigt dem Ausgang der Bucht zu.

Zoller und ich standen am Steuer. Wir ließen den Blick durch die Bucht schweifen, über die schwarzgrauen Wellen, die dunklen Felsen der Küste, über das dunkelbraune düstere Plateau, von dem in großen Scharen die Vögel geflogen kamen: Stummelmöwen, Polargänse und dunkelblau gefiederte Sturmschwalben. An der Ausfahrt der Bucht sahen wir auch Pinguine, auf einem gewaltigen Felsen standen einige von ihnen, die wie ernst dreinschauende Männlein im Frack anmuteten. Am meisten bewunderte sie Pedro. Er hatte bis jetzt nur Papageien, Kolibris, Albatrosse, Möwen und Seidenäffchen gesehen.

Magalhães war hier entlanggesegelt und Drake. Sie sahen genau dieselben Felsen, dieselbe Steilküste wie wir jetzt. Ihr düsterer Blick paßte zu dieser Gegend. Auch ihre Schiffe waren nicht wesentlich schwächer als unseres. Es mußten schon gute Segler gewesen sein, wenn sie bis hierher gelangt waren und von hier weitersegelten, hinaus in die Südsee und hinein in das völlig Unbekannte! Ganz gleich, was der eine oder andere darüber denkt.

„Was würde jetzt wohl Herr Anton sagen, wenn er uns auf diesem Schiff sähe?" fragte Zoller lächelnd. „Auf einer Fregatte, wie nicht einmal er sie mehr gekannt hat!"

Signore Anton! Mir scheint es heute noch so, daß er die gefürchtetste Persönlichkeit der *Nautica*, der Marineakademie in Fiume, war. Der stattliche, wohlbeleibte, weit in der Welt herumgekommene einstige Bootsmann auf der Korvette *Zrínyi*, mit einem Doppelkinn und Vollbart, war zu unserer Zeit Hauptportier der *Nautica*. Wir hatten mehr Angst vor ihm als vor Direktor Pavlicsek oder vor Herrn Hanko, dem strengen Professor für Koppelnavigation. Herr Anton blieb auch auf der Akademie Bootsmann, nostroumo, vor den Seeleuten der Kriegsfregatten und Korvetten ein fast noch höherer Rang als der des Kommandanten. Nur in einem Fall wurde er gerührt: wenn das Gespräch auf die *Zrínyi* kam, auf die großartige, zum Teil schon auf Dampf umgestellte Korvette der alten Kriegsflotte. Wir mit allen Wassern gewaschenen Zöglinge machten uns von dieser Seite an ihn heran, wenn wir von Herrn Anton etwas erbitten oder erbetteln wollten.

„Signore Anton, prego . . . wie war das damals mit der *Zrínyi* auf dem Gelben Meer?"

In solchen Fällen lächelte Herr Anton plötzlich vor sich hin, obwohl er einen eben noch mit düsteren und blitzenden Augen angesehen hatte. Der Vollbart erbebte, Herr Anton schob die Schirmmütze in den Nacken, stützte sich in seiner Portierloge mit dem Ellbogen auf das Schreibpult, das er als Navigationstisch bezeichnete, und schaute verklärt in den Masten- und Schornsteinwald des Hafens.

„Das war so, caro mio amico, die *Zrínyi*, die schönste Korvette der Welt, geriet in einen Taifun . . .“

Und die Augen des gestrengen Herrn Anton verschleierten sich, und er begann zu erzählen. Nun, an diesen hochangesehenen Mann seligen Andenkens erinnerte sich Zoller, als wir aus der Julianbucht segelten.

„Wenn er dieses Schiff sehen könnte“, sagte ich lächelnd, „würde er sagen: ‚Schön, schön, caro mio, aber die *Zrínyi* . . . das war ein Schiff!‘ “

Wir lachten laut auf, es schallte hinein in die öde Gegend, in der wir nichts anderes empfanden als einen schrecklichen Druck auf unsere Seele und unser Herz. Obgleich wir Seeleute waren und von heiterer Gemütsart.

Hinter uns auf dem Achterschiff lachten sie ebenfalls. Dort standen Vater Daniló, Szevér, Feri Horváth und Barrabella und lehnten sich auf das Geländer, nur das Gesicht des Commendatore war ernst, darüber amüsierten sich die anderen.

„Wir werden es passieren, Kapitän“, hörten wir Vater Daniló, „wir werden es passieren! Schließlich sind wir Seeleute und keine ängstlichen Köchinnen!“

Wir hatten also die gleichen Gedanken. Kopf hoch und fröhlich aufgelacht, genug der bedrückenden Empfindungen!

„Wo ist dieses Kap Hoorn? Wir fahren es über den Haufen!“ rief Szevér lachend.

„He, Pedro!“ vernahmen wir vom Hauptdeck Sottomarina. „He, du wirst noch viel mehr frieren, hörst du!“

Ja, das war wieder der alte Ton. Der alte Ton, wie er einst auf der *Jadran* herrschte. Heiter, frohmütig und selbstbewußt. Hier in der Julianbucht, in der Bucht der Dramen, fanden wir uns wieder.

Wir fühlten, daß wir das Schiff in der Hand hatten, fühlten, daß wir an einem großartigen Abenteuer teilnahmen.

Kap Hoorn? Mag es kommen, sobald wie möglich, damit wir es sehen! Damit wir der Gefahr ins Auge blicken.

Und hier in der Julianbucht, in der Bucht der Dramen, fanden wir in der Tat den Schlüssel zu dem großen Abenteuer.

Denn die Kiste stellte den Schlüssel dar, Jungs, ohne den die auch so schon abenteuerliche Fahrt doch ärmer gewesen wäre.

Diese Kiste war jeden Preis wert.

Hört also zu.

Der ursprüngliche Plan sah vor, daß wir auf den Falklandinseln anlegten und aus Port Stanley nach Feuerland ausliefen, um das berüchtigte Kap Hoorn zu umschiffen.

Aber es kam etwas dazwischen.

Vater Daniló hatte die Kiste geöffnet, und damit änderte sich das Tempo unserer Fahrt. Um sechs Uhr morgens gab Vater Daniló folgende Anweisung:

„Kurs ändern, statt Südsüdost: Süd!" Wir verließen also die nach Falkland führende Route und drehten ab nach Kap Hoorn. Rennende Füße polterten über das Deck, die Pfeife Piedes verkündete schrill die Anweisung: Alle Mann auf Deck!

„Segel umsetzen!"

„Brassen anziehen!"

„Erste Wache auf den Großmast!"

Jetzt war auch Sottomarina da. Seine dröhnende Stimme schallte über Deck.

„Klüver umsetzen, corpo di bacco!"

Die Fregatte hielt plötzlich inne, ein Beben lief durch den Rumpf des Schiffes; als sich der Segler in den Wind drehte, tauchte der Bug unter Wasser, im nächsten Augenblick aber wurde der hohe Aufbau des Achterschiffes zusammen mit dem Ankergestell von den Wellen überspült. Zu dieser Zeit saß wegen der Auflaufgefahr auf einer der hundert Klippen und Inseln im Gebiet von Feuerland ein Auslug im Korb des Fockmastes. Als Auslug nahm man immer einen der Zuverlässigsten, meistens Gabbia oder Santjago. Die Kursänderung verlief so schnell, daß Gabbia, der Auslug, meinte:

„Wenn ich mich nicht geduckt hätte, wäre ich aus dem Krähennest geflogen!"

So bekamen wir die Falklandinseln nicht zu sehen, konnten aber um so mehr den aus der nahen Magellanstraße immer stärker wehenden Williwaw genießen.

Ich muß gestehen, das große Ereignis, von dem gleich die Rede sein wird, ließ uns vergessen, daß wir eine der interessantesten Inselgruppen, bestehend aus zwei großen und mehr als hundert kleinen Inseln, nicht zu sehen bekamen. Warum die Falklandinseln interessant sind? Wegen ihrer Geschichte und ihrer Lage. Ihre Geschichte begann, als der Engländer Davis sie im Jahre 1592 entdeckte. Nach ihm erhielten sie ihren ersten Namen: Davisinseln. Aber die unzähligen Vögel, die Kormorane, Pinguine, Albatrosse und andere Sturmvögel der südlichen Meere, die verschiedenen Möwen, die Robben und Walrosse konnten in Frieden weiterleben, denn die ersten Siedler erschienen erst 1773: Der Franzose Bougainville hatte Kolonisten nach Ostfalkland gebracht, die aber die unwirtlichen Inseln schon nach kurzer Zeit wieder verließen. In Westfalkland erschienen die Engländer, die hier „King George Bay" gründeten, aber auch sie hielt es nicht lange im Land der Robben und Pinguine. Schließlich gründete im Jahre 1831 ein Deutscher namens Louis Vernet aus Hamburg eine neue Niederlassung. Er brachte an die hundert Gauchos aus Argentinien mit. Vernet hatte bei der Gründung seines Unternehmens ein interessantes Geschäft im Auge. Von überall umherkommenden Walfängern, deren größter Teil zu dieser Zeit nichts anderes war als Seeräuber und Piraten, hatte er gehört, daß auf den Inseln große Rinderherden lebten!

Ich will zugeben, es klingt überraschend, daß es auf den Falklandinseln wildlebende Rinder geben sollte. Hunderte und aber Hunderte, Tausende und aber Tausende von Rindern! Die Vorfahren dieser Rinder, die Kühe und Bullen, hatten die Siedler des Bougainville mit sich gebracht. Als sie dann die unfreundlichen Falklandinseln verließen, hatten sie ganz andere Sorgen, als die Rinder wieder mitzunehmen. Die Rinder akklimatisierten sich: gegen das windige, rauhe Klima wuchsen ihnen lange Haare, wie den Yaks und den

Moschusochsen, und sie vermehrten sich. Es stellte sich heraus, daß die Falklandinseln zwei große Vorzüge haben: der Schnee bleibt auf ihnen nicht liegen, und die geschützteren Stellen sind mit üppigem saftigem Gras bedeckt. Diese Wahrnehmung machte Vernet, der durch sein Unternehmen mit einem Schlag ein reicher Mann wurde. Um so weniger wurden die Gauchos reich. Als schließlich im Berkeley-Sund eine kleine Kolonie entstanden war, erschien die als Robbenschläger getarnte Bande Duncans, mordete die Gauchos nieder und plünderte die Siedlung aus! Damit zog wieder Ruhe auf den Falklandinseln ein. Die Nachricht von ihrer guten Weide verbreitete sich aber, und es war ja auch nicht gleichgültig, wem die Inseln wegen ihrer strategischen Lage zur Magellanstraße und zu Kap Hoorn gehörten. England wurde sich dessen bewußt und hißte seine Flagge im Berkeley-Sund.

Auf der Insel erschien der erste Beauftragte des englischen Reiches: ein Gouverneur und mit ihm eine kleine Schar Bewaffneter. Port Stanley, die Hauptstadt, wurde gegründet, die heute noch nicht mehr als tausend Einwohner zählt. Dem Gouverneur folgte Mister Both, der Begründer der Both-Dynastie auf den Falklandinseln. Mister Both kam auf die Inseln, weil sein Schiff gesunken und er als einziger gerettet worden war. Er und sieben Schafe. Anstelle der ausgerotteten Rinder kamen nun Schafe, und die rauhen Falklandinseln belohnten das Vertrauen reichlich: der Schiffbrüchige und seine Familie wurden Herr eines Millionenvermögens. Eine Niederlassung traten die Söhne Boths im Jahre 1905 für 260 000 Pfund Sterling ab! Auf den Falklandinseln lebten also nicht nur Walrosse, Robben und Pinguine, sondern auch Schafe, Schafhirten und einige Kaufleute, die die hier überwinternden Walfänger versorgten.

Eines Abends standen Gabbia und Santjago am Steuer. Auf Achterschiff versah Szevér und auf Hauptdeck Piede den Dienst.

Wir befanden uns in Höhe der Magellanstraße. Von dort fauchte uns der Williwaw entgegen wie ein grimmiger Stier aus dem Pferch. Überall verrichteten doppelte Wachen die Arbeit. Anders war es auch gar nicht möglich. Wir wußten, daß wir von nun an nicht viel Ruhe haben würden. Es hatte sogar den Anschein, als

wären auch die Gesichter von Laguna Grande, Janmatje und Mikkelsen ernster gewesen, von Silver ganz zu schweigen, der seltener griente und mit gedankenvoller Miene nach den Felsen des Feuerlandes Ausschau hielt. Kleine und große Inseln, aus dem Meer herausragende Felsen und unzählige Klippen hat die Natur hier verstreut. Brodelnd, schäumend und mächtig krachend brandeten die Wellen an den schwarzen Felsen. Wenn es in der Hölle eine Küste gibt, mag sie dieser ähneln.

Magalhães hat sein Handwerk schon verstanden, als er seine Karavellen hier ohne Schaden vorbeilenkte! Uns verhalfen selbst die genauesten Seekarten nicht zu der Sicherheit, mit der dieser großartige Seefahrer zum erstenmal in der Weltgeschichte hier vorübersegelte.

Wie gesagt, am Steuer standen Gabbia und Santjago. Im Bug

des Schiffes war doppelte Wache aufgestellt, und auch der Auslug auf dem Fockmast und auf dem Großmast waren besetzt.

Wohl nur Pedro schlief auf seinem Lager, alle anderen waren wach.

Laguna Grande und seine Leute verrichteten an verschiedenen Stellen des Decks ihre Arbeit. Wir anderen hielten uns mit Ausnahme von Szevér und Piede in der Kommandokabine auf.

Die an der Decke hängende Lampe pendelte wie ein Perpendikel, denn das Schiff vollführte einen recht wilden Tanz.

Der Schein der hin und her schwankenden Lampe beleuchtete das Gesicht unseres recht ernst dreinschauenden Kapitäns.

Die Kabine war — nach dem Brauch Vater Danilós — zugleich auch ein wenig Museum. Über der Lagerstätte hing in einem vergoldeten Rahmen ein Foto der *Jadran*, aufgenommen von Meister Zamboni in Fiume. Daneben ein Gruppenbild, das Professor Hall Pettersen jenseits des nördlichen Polarkreises im Hafen der Insel Jan Mayen auf Deck der *Jadran* aufgenommen hatte, als wir nach dem verschollenen Dampfer *Mary Celeste* forschten. Rechts von den Bildern befand sich in einem imposanten Holzgehäuse ein bekanntes Aneroidbarometer: ein Überbleibsel von der *Jadran*. Daneben hing ein alter Sextant und an der gegenüberliegenden Wand die alte Schiffsflagge der *Jadran*. Alles, aber auch alles erinnerte an die *Jadran*.

Vater Daniló stand unter der Lampe und hielt sich von Zeit zu Zeit, wenn das Schiff gar zu sehr tanzte, an irgend etwas fest, genau wie wir.

„Freunde“, sagte unser Kommandant und sah uns an, „ich habe euch zu mir gerufen, um nach altem Brauch etwas mit euch zu besprechen. In den letzten Stunden hat sich Wichtiges ereignet.“

Er schwieg und zeigte auf seine Liegestätte. Dort stand die Seemannskiste, die wir von Großmann mitgebracht hatten.

Die oxydierten Beschläge der Truhe glänzten jetzt. Pedro hatte sie den ganzen Nachmittag über geputzt.

Unsere Augen leuchteten auf.

Sottomarina brach die Stille der Überraschung.

„Sie sind wohl auf den seit langem gesuchten Schatz gestoßen, Kapitän?"

„Donnerwetter!" rief Zoller. „Ein Schatz?"

Die Schatzsuche war für den alten Sotto eine fixe Idee, sie stammte noch aus der Zeit, als wir glaubten, wir hätten den Schatz der einstigen uskokischen Seeräuber in der Adria entdeckt.

„Ich hab' ja schon immer gesagt, daß noch nicht alle Schätze entdeckt sind, die man früher versteckt hat", beteuerte Sottomarina. „Keineswegs hat man alle gefunden! Wir wollen also nachforschen, Freunde, wollen nachforschen!"

Vater Daniló sah den Hünen lächelnd an.

„Ein Schatz? Davon ist mir nichts bekannt."

„Corpo di bacco! Das ist schlimm genug!"

„Keineswegs ist es schlimm. Ein Schatz ist nicht immer ein Schatz!"

Sottomarina kratzte sich am Schopf, den die Jahre schneeweiß hatten werden lassen.

„Das Beste aber ist, wenn der Schatz in der Tat ein Schatz ist!"

Unser Kommandant nickte. Schweigend trat er an das Fenster der Kabine, durch das man auf das Steuerdeck sehen konnte. Er schloß den Fensterladen.

Dann drehte er sich um und schaute uns an, ernst, streng, wie immer, wenn wir vor großen Ereignissen standen.

„Freunde, wovon jetzt die Rede sein wird, können wir nur unter uns besprechen. Szevér weiß schon von der Sache, und Piede wird es von euch erfahren."

Vater Guzsik kratzte sich am stachligen Kinn. Er war sein ganzes Leben ein wortkarger Mann, so sagte er auch jetzt nicht mehr als:

„Und vor den anderen den Mund halten!"

„Ja, so ist es, Guzsik", Vater Daniló nickte. „Kein Wort zu den anderen. Allerdings müssen wir Kapitän Barrabella informieren, doch darüber können wir später entscheiden. Jetzt aber wollen wir uns ansehen, was ich gefunden habe ..."

Damit nahm er die Kiste von seiner Liegestätte und stellte sie auf den Klapptisch der Kabine.

Die Lampe schaukelte gelassen hin und her. Unsere Schatten tanzten bald an der Decke, bald an der Kabinenwand. Sottomarina, Vater Guzsik, Feri Horváth, Zoller und ich umringten Vater Daniló.

„Kriegsrat" nannte unser Kommandant dergleichen Zusammenkünfte, den ersten hielten wir im Herbst 1918 in der Hafenkneipe *Napoleon* in Fiume. Und an wie vielen hatten wir seither teilgenommen, denn Vater Daniló liebte außergewöhnliche und schwierige Aufgaben, die auf ihn eine besondere Anziehungskraft ausübten. Und durch diese unverhofften Ereignisse wurden wir dann in eine ganz andere Richtung gelenkt, als vorher geplant.

„Nun, Freunde, dann wollen wir uns mal den Inhalt der Kiste ansehen."

In dem rostigen Schloß drehte sich der selten gebrauchte Schlüssel nur schwer, aber das Schloß öffnete sich, und der Deckel ging auf.

Sotto, unser Hüne, fuhr enttäuscht auf:

„Lauter Papier, corpo di bacco! Ich glaubte, sie enthalte wenigstens ein oder zwei goldene Kelche!"

„Ja, lauter Papier", erwiderte Vater Daniló lächelnd und legte den Inhalt der Kiste einzeln heraus. „Dieses Bündel enthält alte Karten ..."

Zoller seufzte voll Wonne auf:

„Ach!"

„... vor allem die großartigen Karten von Dr. Streit und Professor Poepping aus Leipzig. Wie ihr seht, sind es ausgezeichnete Kupferstiche. Aber hier gibt es noch ältere Kartenbündel, aus der Mitte des 18. Jahrhunderts, in einem recht mitgenommenen Zustand. Der Zahn der Zeit, der Schimmel und die feuchte Luft der Julianbucht haben ihre Spuren hinterlassen, aber Zoller wird sie schon durchforschen."

„Wenn es sein muß, auf der Stelle!"

„In deiner Freizeit, mein Sohn, wenn es der Dienst erlaubt. Hinter Kap Hoorn! Bis dahin werde höchstens ich mal einen Blick hineinwerfen können. Doch gehen wir weiter."

Nach den beiden großen, aus mehreren hundert Blatt bestehenden Kartenbündeln nahm Vater Daniló einen sorgfältig zusammengelegten, vergilbten Stoß Schriften heraus.

„Schiffspläne", sagte unser Kommandant bedeutungsvoll. „Sie gehörten offenbar dem Besitzer der Kiste. Wer das gewesen ist? Es wird sich gleich herausstellen. Die Pläne sind übrigens gut, ich habe sie mir einzeln angesehen. Darüber wird sich vor allem Kapitän Barrabella freuen. Ich habe mich über etwas anderes gefreut."

Damit legte Vater Daniló die Schiffspläne neben die Kartenbündel auf die Liegestätte.

Zoller hatte der Kartenrausch gepackt, so daß er sich etwas zurückzog und nacheinander die Blätter Poeppings betrachtete.

„Donnerwetter!" brummte er. „Großartig! . . ."

Vater Daniló griff in die Kiste. Jetzt brachte er einige Bücher zum Vorschein. Der Besitzer der Kiste war also ein belesener Mann. Und das als Seefahrer! So wie von den Karten und den Schiffsplänen konnte man auch von den Büchern behaupten, daß seit ihrer Entstehung viele Jahre vergangen waren. Hundert Jahre, hundertfünfzig Jahre und bei dem einen Buch sogar zweihundert Jahre. An dieses Buch entsinne ich mich noch heute genau; es trug den ausgiebig langen Titel: *The Use of the Globe*, *the First Voyage of Sir Francis Drake by Sea unto the West and East Indies both Outward and Homeward.* Es war ein kleiner dicker Band mit einem Globus auf der Innenseite und enthielt die Reise des Piratenadmirals Francis Drake um die Erde und seine westindischen Erlebnisse.

Unter den Büchern lag ein weiteres Schriftenbündel.

„Der Betreffende war ein sorgfältiger, genauer Mann", unser Kapitän lachte. „Diese Bogen sind nichts anderes als Listen der allmonatlich erfaßten Schiffsbestände und — Aufzeichnungen über geraubtes Gut. Dieser Bogen zum Beispiel enthält die Beute von den Falklandiseln! Hier steht auch das Datum: 1832."

Jetzt klang die Stimme Vater Danilós schon verschleiert. Wir wußten, was das bedeutete.

Wir näherten uns dem Schlußpunkt des Dramas. Der Vollentfaltung, dem Finale des dritten Aktes.

Ich warf einen Blick in die Kiste: Auf dem Boden lag noch etwas, was wie ein Heft aussah.

„Und nun, Freunde, hole ich das hervor, was in der Tat als Schatz gelten kann, was unter Umständen auch wirklich ein Schatz ist, damit sich auch Sotto beruhigt!"

Das soeben noch auf dem Boden der Kiste liegende Heft kam zum Vorschein. Es war ein zerknittertes, vergilbtes, abgegriffenes Heft mit aufgerollten Ecken.

„Als meine selige Frau noch lebte, schrieb sie in ein solches Heft ein, was sie auf dem Markt in Fiume eingekauft hatte", sagte Vater Guzsik und lächelte vor sich hin.

„Darin soll der Schatz sein?" fragte Sottomarina geringschätzig.

„Man kann die Stelle von etwas Verstecktem sogar auf einem einzigen Bogen aufzeichnen", erwiderte Feri Horváth.

Zoller war so in die Karten vertieft, daß er auf das Wort „Schatz" nicht einmal aufhorchte.

„Ich habe gesagt, dieses Heft kann unter Umständen ein Schatz sein . . . unter Umständen."

Vater Daniló musterte einen jeden von uns einzeln. Dann setzte er die Brille auf, denn zum Lesen brauchte er sie bereits.

„Ich wiederhole, unter Umständen ein Schatz . . ." fuhr er fort. „Aber es kann selbst dann eine große Entdeckung sein, wenn wir keinen Schatz finden. Die Buchstaben, wie ihr seht, sind schon recht verschwommen. Es ist verständlich, daß Fritz Großmann sich in den Aufzeichnungen nicht zurechtfand. Sie sind französisch geschrieben. Auf dem ersten Blatt steht: Tagebuch des Kapitäns Harry Duncan, des letzten Kommandanten von Roatan. Aufgezeichnet von Kapitän Harry Duncan persönlich."

Harry Duncan?

Der Name klang bekannt. Feri Horváth entsann sich am genauesten.

„Duncan von den Falklandinseln? Der vor hundert Jahren die Siedlung der Gauchos überfiel?“

„Ja, Duncan von den Falklandinseln“, Vater Daniló nickte, „aber etwas habt ihr nicht bemerkt, etwas Erregendes, das schon aus der Titelseite hervorgeht, nämlich wer dieses Tagebuch eigenhändig geschrieben hat.“

Wir merkten es wirklich nicht, was eine große Schande war. Am wenigsten fiel es Sottomarina auf, der enttäuscht feststellen mußte, daß es sich wieder um einen Schatz drehte, der in Wirklichkeit keiner war.

Vater Daniló schüttelte den Kopf.

„Ei, ei, Freunde, in den vergangenen Jahren war doch so oft von den alten Piratenzeiten die Rede ... Und da fiel auch der Name Roatan. Als ich den Satz, der letzte Kommandant von Roatan, entziffert hatte, da pfiff ich laut vor Freude. Der letzte Kommandant von Roatan!“

Jetzt mischte sich Zoller ein mit dem Schuldbewußtsein des Kartographen.

„Wenn ich nicht irre, befand sich auf Roatan die Stadt der Piraten.“

Unser Kommandant klopfte meinem Gefährten am Steuerrad anerkennend auf die Schulter.

„Bravo, Zoller, bravo! Eine treffende Antwort. Aber vielleicht fügst du noch hinzu, die verschollene Stadt der Piraten. Denn von Roatan kann man behaupten, daß es existierte, vielleicht anderthalb Jahrhunderte als Schlupfwinkel für die Seeräuber diente, und doch von niemandem ausfindig gemacht wurde! Man suchte es in Westindien, an der Küste Afrikas, von Juan Fernández bis Galapagos und sogar auf den australischen Inseln. Aber es blieb ein Geheimnis, von wo die Schiffe von Dampier, Flinch, Flecher ausgeruht und wohlausgerüstet auftauchten und wohin sie nach dem einen oder anderen größeren Überfall wieder verschwanden! Es war bekannt, daß Roatan existierte ... aber wo sich Roatan befand, das wußte man nicht. Schließlich verbreitete sich überall in der Welt das Gerücht, daß es Roatan nie gegeben hat! Freunde, ich habe das Gefühl, ich halte das Geheimnis einer Entdeckung in der Hand! Dieses Heft birgt dieses Geheimnis. Es wäre eine große historische und geographische Entdeckung, wenn wir Roatan finden würden!"

Hier versagte die Stimme Vater Danilós verständlicherweise. Entdeckungen waren immer seine schwache Seite, er wurde ergriffen, gerührt. Er räusperte sich einige Male, dann fuhr er fort:

„Ich habe das Tagebuch noch nicht gründlich durchgearbeitet, dazu hatte ich noch keine Zeit. Aber es steht ohne Zweifel fest, daß das Geheimnis von Roatan bisher hier in dieser Kiste ruhte. Das Lesen wird dadurch erschwert, daß einzelne Seiten fast völlig verblaßt sind, und die Verständlichkeit wird dadurch nicht erleichtert, daß das Schreiben nicht gerade die starke Seite Harry Duncans gewesen ist."

„Nach seinem Namen zu urteilen, war Duncan Engländer, und doch schreibt er französisch?" stellte Feri Horváth die Frage.

Vater Daniló nickte.

„Er war Engländer und auch Franzose. Schaut her, gleich am Anfang des Tagebuches gibt er auf diese Frage Antwort. Ich übersetze es euch."

Und er begann zu lesen:

„Bis zu meinem 14. Lebensjahr hieß ich Sebastian Fragonard. Ich stamme aus dem französischen Dieppe. Von dort haben mich die Seeleute Ansons mit mehreren meiner Schicksalsgenossen geraubt. So kam ich zur englischen Flotte, und da ich sah, daß es unklug gewesen wäre, sich ihnen zu widersetzen, habe ich mich ihnen langsam angepaßt. So wurde ich zu Harry Duncan. Es gab auf dem Schiff einen gutherzigen Marinesoldaten, einen gewissen Duncan, der sich meiner annahm und mich wie einen Sohn schützte, denn ich war als Knabe auf dem Flaggschiff Ansons unter den grausamen Bootsleuten genauso der neunschwänzigen Katze ausgesetzt wie ein Erwachsener. Dieser Duncan hat mich aus den Krallen der wilden Tiere gerettet ..."

Vater Daniló schwieg und klappte das Heft zu. Er nahm die

Brille ab. In seinem Blick strahlte der alte kindliche Zug — die Erregung bevorstehender Abenteuer.

„Das Schicksal meint es gut mit uns. Durch den wackeren Großmann erfuhren wir die wahre Geschichte der *Margherita*, und wenn alles gut geht, gelingt uns auch die Entdeckung des geheimnisvollen Roatan! Und damit auch Sotto zu seinem Recht kommt, finden wir dort vielleicht sogar Schätze!"

Sottomarina winkte betrübt ab.

„So ein Glück haben wir nicht. Wir finden die Papiere, die Schätze aber haben uns andere vor der Nase weggeschnappt!"

„Roatan ausfindig machen?" fragte Feri verwundert. „Glauben Sie, Kapitän, daß wir das noch auf dieser Fahrt verwirklichen können?"

Vater Daniló legte die Karten, Aufzeichnungen, Schiffspläne und Bücher in die Kiste zurück. Das Heft ließ er draußen.

Bei der Frage von Feri hielt er mit dem Einräumen inne.

„Darüber können wir erst entscheiden, wenn wir Kap Hoorn hinter uns haben. Ich habe eine Vorstellung, aber es hängt alles davon ab, wie wir in dieser Sturmecke empfangen werden. Gelingt es uns, schnell durchzukommen, dann bliebe uns Zeit, die vermutete Stelle aufzusuchen. In diesem Falle müßten wir die Zustimmung Barrabellas gewinnen. Doch das liegt noch in weiter Ferne. Alles hängt von Kap Hoorn ab. Und wenn es jetzt nicht klappt, dann werden wir mit unserem Schiff, das wir in Oakland kaufen, Roatan suchen und finden."

„Ich würde ja sagen, wir wollen keine Zeit verlieren und mit diesem Schiff Roatan suchen", meinte Zoller begeistert. „Eine altertümliche Fregatte im Hafen der früheren Piraten!"

Vater Daniló setzte die Brille wieder auf und begann im Heft zu blättern.

„Damit ihr seht, worauf sich meine Hoffnung gründet, daß wir Roatan finden werden, lese ich euch hieraus einige Zeilen vor: ... Thomas Flinch wurde mir ein väterlicher Freund. Ich war noch keine fünfundzwanzig Jahre alt, als ich schon ein Piratenschiff befehligte. Ich leitete das kleinste Schiff der Flottille von Flinch, die *Jean Bart*, völlig selbständig. Ich sah ein verheißungsvolles Zeichen darin, daß ich der Kommandant der *Jean Bart* geworden war. Ich bin Franzose, auch wenn ich heute den Namen Duncan führe, und Bart war der größte französische Kaper aller Zeiten. Ich möchte wissen, wer von sich behaupten kann, nahe 600 Schiffe geentert, versenkt oder erbeutet zu haben! Mein guter Geist verließ mich nicht. Ich flehte nicht die Heilige Jungfrau an, wenn mir etwas zustieß, sondern Bart, und der Alte half mir. Und Flinch vertraute mir das große Geheimnis an, das Geheimnis um Roatan. Ich bin der letzte Kommandant der Pirateninsel, denn ich weiß, daß nach mir kein weiterer folgen wird. Alle Kriegsschiffe, die es gibt, sind hinter uns her. Es ist eine gräßliche Welt, der Teufel mag sie holen! Und ich weiß, er wird sie holen. Die verschollene Insel war bis jetzt ein guter Schlupfwinkel. Aber die Spürhunde stellen uns nach, und deshalb haben wir beschlossen, Roatan zu verlassen. Die Vegetation mag die Ruinen überwuchern, damit alles verdeckt wird von dem, was Dampier gegründet, Flecher und Flinch groß gemacht haben. Nie soll jemand erfahren, wo Roatan liegt. Bis diese Zeilen jemandem in die Hände geraten, wird niemand mehr etwas über die verschollene Insel wissen. Im weiteren Abschnitt meines Tagebuches beschreibe ich genau die Insel und die Stelle des versenkten Schiffes. Das Schiff ist die ursprünglich portugiesische Galeere *Enrique*, die in der Bucht des Hasses versenkt wurde. Es gab nämlich mehrere, die nicht geneigt waren, Roatan zu verlassen, und meuterten. Sie zogen sich auf die Galeere in der Bucht des Hasses zurück, um auf ihr die Insel zu verlassen und zurückzukehren, wenn wir fort waren. Aber ich wollte, daß die heilige Stätte, auf die die größten Piraten ihren Fuß gesetzt hatten, vor der Welt in Vergessenheit geraten soll. Ich bin im Geiste von Thomas Flinch erzogen und daran gewöhnt, daß mein Wort unanfechtbar ist. Ich ließ das Schiff der Meuterer unter Feuer nehmen, und die *Enrique* sank, wo das Wasser recht tief ist, mit Kisten voller Silber und Geld. Die genaue Stelle, an der sie unterging, führe ich in der Skizze an. Künftig werden wir mal da, mal dort einen Schlupfwinkel einrichten, um auszuruhen und die Schiffe auszubessern. Eine solche Stelle ist die Julianbucht an der Ostküste Südamerikas und die Malwinen, die man neuerdings die Falklandinseln nennt. Die verschollene Insel aber soll in Vergessenheit geraten ..."

Vater Daniló machte das Heft zu und setzte die Brille ab. Das Schiff stöhnte gewaltig unter dem Druck des Windes. Dröhnend schlugen die Wellen gegen die Planken.

Die Lampe tanzte förmlich über unseren Köpfen.

„Wenn dieses Schatzschiff noch in der Bucht läge ..." Sottomarina seufzte tief.

Vater Daniló blickte auf Zoller.

„Nun, gelehrter Herr, wo liegt Ihrer Meinung nach die verschollene Insel?"

Zoller kratzte sich am Kopf, was bei den Männern im allgemeinen das deutlichste Zeichen des Nachdenkens ist.

„Darüber zerbreche ich mir schon die ganze Zeit den Kopf, seit ich den Namen gehört habe."

Feri Horváth sprach es aus:

„Es gibt mehrere verschollene Inseln."

„Wie es auf der Karte auch mehrere winddurchpeitschte Inseln gibt", ergänzte Zoller. „Ich schwöre, ich habe keine Ahnung, welche Insel gemeint sein könnte."

Unser Kommandant verschloß die Kiste.

„Leider vermeidet unser Freund Duncan in diesem Falle jegliche Angaben von Längen- und Breitengraden", fügte Vater Daniló hinzu. „Und das ist auch verständlich. Ihm waren sie bekannt — und das war das wichtigste —, alles andere interessierte ihn nicht. Ich habe eine Vorstellung, aber ich möchte, daß ihr zu der Nachforschung euren Teil beitragt. Ich befürchte, wir werden reichlich Zeit dazu haben. Morgen müßten wir Kap Hoorn erreichen. Dort wird sich dann herausstellen, was wir tun können. Ob uns Zeit bleibt, nach der verschollenen Insel zu suchen, und ob wir die Piratenstadt auf dem legendären Roatan finden."

„Und das versenkte Schiff mit den Schätzen", fügte Sottomarina mit Nachdruck hinzu. „Denn wegen der Ruinen lohnt es keine Meile zu segeln, das sage ich euch!"

Es klopfte an der Tür. Pedro trat ein. Er hatte nun schon gelernt, daß es ohne Anklopfen nicht gestattet war, in die Kabine der

Offiziere einzutreten. Und man mußte an der Schwelle die Mütze absetzen, denn auch das verlangten die Vorschriften, sogar bei der Kriegsmarine.

Pedro trat ein und zog die Mütze. Mit blauen, vor Kälte zitternden Lippen stammelte er:

„Masa Szevér bitten Masa Kommandant ... Schiff schlucken Wasser! ...“

Vater Daniló griff nach seiner Sturmjacke.

„Von all dem, worüber wir hier sprachen, zu niemandem ein Wort. Aber denkt über die Stelle der verschollenen Insel nach!“

Zoller drückte sich die schäbige Seemannsmütze auf den Kopf und lachte frohgemut.

„Endlich eine Aufgabe, die zu mir paßt!“

„Die erste Aufgabe aber lautet, Kap Hoorn zu umsegeln!“ rief unser Kommandant von der Schwelle zurück. „Danach werden wir sehen, was wir tun können. Das Auffindigmachen von Roatan ist eine verlockende Aufgabe! Jetzt aber, Freunde, mir nach, alle Mann an Deck!“

Draußen heulte bei undurchdringlicher Dunkelheit das Meer.

Wir befanden uns in der Nähe von Kap Hoorn, in jenem Meeresabschnitt, in dem der Stille und der Atlantische Ozean zusammentreffen. Hier befindet sich der berüchtigte Friedhof für Segelschiffe.

Aber wo mochte die verschollene Insel liegen?

SIEBENTES KAPITEL

Vor Kap Hoorn — Warum nicht durch die Magellanstraße? — Im Reich der wilden Vierziger — Zur Zeit der Hundewache — Mann über Bord! — Zieh, los! — In Ketten legen! — Begegnung mit Walen — Die Geschwindigkeit von Segelschiffen — Unsere Begleiter, die Albatrosse — Das Rätselraten um die Lage der verschollenen Insel — Silver singt — Schatten am Bullauge — Die verlorene Insel Tatakoto

„Achtung, Land voraus!“

„Beide Wachen an die Segel!“

Wir befanden uns unmittelbar vor der Le-Maire-Straße, zwischen dem südöstlichsten Zipfel des Feuerlandes und den Staateninseln.

Unweit davon mußte Kap Hoorn liegen.

Zu unserer größten Überraschung sahen wir auf den zerklüfteten, düsteren, schwarzen Felsen weder Ona-Indianer noch Feuer, das von den Ureinwohnern stets unterhalten wird und wonach die Seeleute diesem Gebiet seinerzeit den Namen Feuerland gaben.

Statt dessen sahen wir einen schrecklich schlingernden Robbenfänger, ein kleines, kurz gebautes, aber sehr hohes Schiff, das aus den Wellentälern kaum hervorschaute.

Die *Königin des Ozeans* wurde am südlichen Zipfel des Kontinents von berghohen Wellen empfangen.

Auf unsere Erkundigung signalisierte der Robbenfänger durch Flaggen:

„Mein Schiff ist beschädigt! Bin unterwegs nach Ushuaia zur Ausbesserung! Danke der Nachfrage! Aber woher wurden Sie in diese Gegend verschlagen?"

Ihr könnt euch die Überraschung der Robbenschläger vorstellen, als sie in dem vorbeifahrenden Dreimaster eine altertümliche Fregatte erkannten.

Unser Schiff muß tüchtiges Aufsehen erregt haben, denn das soeben noch fast leere, von den Wellen überspülte Deck bevölkerte sich, und auf der Brücke zwischen dem Bug und dem Aufbau drängten sich zwanzig oder fünfundzwanzig Mann.

Vater Daniló konnte nicht widerstehen, in spitzbübischer Weise signalisieren zu lassen:

„Hier das Piratenschiff *Königin des Ozeans*. Wir befinden uns auf Beutefahrt in den Stillen Ozean!"

Das kleine Dampfschiff, der Robbenfänger, schwarz gestrichen und mit grünem Schornstein, nahm Kurs auf Ushuaia, der südlichst gelegenen Stadt der Welt, wir aber stampften durch die unsichere und gefährliche Le-Maire-Straße der Drakestraße, also Kap Hoorn entgegen.

„Solange die leben, werden sie schwören, einem Geisterschiff begegnet zu sein." Szevér blickte dem Robbenfänger nach.

Wir lachten herzlich über die Feststellung Szevérs.

Aber um ehrlich zu sein, gab es für uns nicht viel zu lachen. Hier tobte der Sturm der Antarktis schon ungehindert.

„Wie gut es doch in dem gesegneten Norden ist", Zoller seufzte, „dort gibt es sogar Zeiten der Windstille!"

Ja, Freunde, der „gesegnete" Norden ist bei weitem nicht so unwirsch wie der Süden. Vielleicht kommt das daher, weil das Nordpolargebiet aus Meer besteht und kein Festland ist wie der

Südpol. Die ungemein hohen Berge der Antarktis, die weit ausgedehnten Plateaus und Schneefelder sind wahrhaftige Wiegen der aufkommenden und sich verstärkenden Luftbewegungen, das heißt des Windes. Und seltsamerweise bekommt von den „vier Vierteln" das Gebiet der Drakestraße das meiste von dem Wind, dem Orkan, den Stürmen, dem ewigen eisigen Regen und den Schneegestöbern ab! Denn ihr müßt wissen, daß das Gebiet der Antarktis und des dazugehörenden Meeres in vier Sektoren, in vier Viertel, gegliedert ist: das amerikanische, australische, afrikanische und pazifische Viertel. Die Drakestraße, die zwischen dem Feuerland (dem vorgelagerten Kap Hoorn) und den Südshetlandinseln liegt, gehört in das amerikanische Viertel.

Und hier tobt der berühmte und berüchtigte Kap-Hoorn-Sturm! Ein Sturm, wie er im Buche steht!

Ihr mögt fragen, weshalb wir gerade auf dieser Route segelten, um von der Atlantikseite Südamerikas nach der Pazifikseite zu gelangen, warum wir nicht die ruhigere Magellanstraße wählten oder überhaupt weiter nördlich durch den zweifellos völlig sicheren künstlichen Panamakanal segelten? Auf den letzten Teil der Frage ist die Antwort am kürzesten: die Benutzung des Panamakanals ist zu teuer. Die Vorteile der Frachtsegler liegen gerade darin, daß sie billig sind. Die Unterhaltung kostet nicht mehr als die Instandsetzung des Schiffes, die Verpflegung der Besatzung und die Heuer. Sonstige Betriebskosten fallen nicht an. Deshalb gibt es noch heutzutage riesige — fünfmastige — stählerne Frachtsegler, die unter Umsegelung von Südamerika Salpeter, Kohle oder Holz nach Europa bringen. So ein Koloß kann sechs- bis siebenhundert Waggon Kohle laden, und der Tarif durch den Panamakanal würde den Transport beträchtlich verteuern. So steht es also mit dem Panamakanal! Und die Magellanstraße? Sie beginnt mit Kap de las Vírgenes (dem Kap der Jungfrauen) und führt von dort über mehrere hundert Meilen (genau 620 Kilometer) bis Kap Thomar auf der Seite des Stillen Ozeans. Warum nehmen die Segelschiffe nicht diese Route? Was für die kleine Flottille ihres Entdeckers Magalhães verhältnismäßig leicht war, ist jetzt — besonders für die großen Frachtsegler — eine sehr schwierige Aufgabe.

„Lieber segle ich hundertmal um Kap Hoorn, als einmal durch die Magellanstraße!" sagt auch heute noch fast ohne Ausnahme jeder Segelschiffskapitän.

Da umsegeln also diese verrückten Kapitäne lieber Kap Hoorn? Ja, Jungs, so ist es. Denn die Magellanstraße hat auch ihre Mucken. Die Schwierigkeit ergibt sich durch den riesigen Höhenunterschied zwischen Ebbe und Flut. Er ist hier der größte auf der ganzen Welt: 15 bis 17 Meter! Bei Flut strömt das Wasser des Atlantischen Ozeans bei Kap de las Vírgenes mit Riesendruck in die Straße ein. Diese Wasserwand von ungeheurer Kraft erreicht eine Geschwindigkeit von 21 bis 22 Kilometern in der Stunde! Bei Ebbe wiederholt sich dasselbe, aber in entgegengesetzter Richtung, vom Stillen Ozean her! Wenn aber ein Schiff von dieser Gezeitenwelle erfaßt wird, dann kann die Besatzung sich bekreuzigen, denn selbst das größte Schiff wird dann zu einer ohnmächtigen Nußschale. Kapitän Slocum, an Tatkraft ein würdiger Nachfolger von Magalhães, passierte auf seinem kleinen Schiff *Spray* die Straße im Schneckentempo, verkroch und versteckte sich in den Buchten und nahm das Risiko eines Angriffs der Indianer von Feuerland in Kauf.

Wegen dieser Gezeitenströmung also segelten wir um Kap Hoorn.

Als wir die Le-Maire-Straße hinter uns hatten, bemerkte Vater Daniló:

„Jetzt wird es sich herausstellen, ob uns Zeit bleibt, nach Roatan zu forschen oder nicht."

Die erstarrende Kälte, die eisige Knochenhand des Südlichen Todes packte uns an der Kehle.

Hier traf es in der Tat zu, daß der Wind von allen Seiten wehte. Und überallhin.

Es gab keinen trockenen, warmen Winkel auf dem Schiff! Dort begriffen wir, warum das Schiff Darwins, die *Beagle*, ein Jahrhundert vor uns wochenlang ohnmächtig auf und ab trieb, ohne vorwärtszukommen. Dort verstanden wir, was es heißt, man kann an Kap Hoorn nicht vorbeikommen. Dort leuchtete uns ein, daß es möglich ist, sogar acht Wochen auf der Stelle zu treten, wie es unter anderen der *Tubantia* erging, die schließlich nach Europa umkehrte, weil die Mannschaft durch schlechte Verpflegung und Entbehrungen vom Skorbut befallen wurde.

Ich habe viel gelesen und viel gehört von den „Hindernissen" am Kap Hoorn, aber nie, worin sie bestehen, was doch eigentlich am naheliegendsten wäre. Die Möglichkeiten eines Segelschiffes, seine Manövrierfähigkeit, die alten und neuen Navigationskniffe kennend, schien es mir fast unvorstellbar, daß ein Schiff, wenn es entsprechend kreuzt und laviert, selbst gegen den Wind nicht dahin gelangen soll, wohin es will! Ja, es kommt schon ans Ziel, wenn es einen Abschnitt von wenigen Kilometern auf diese Weise zurückzulegen hat, anders sieht es aber aus, wenn es wie zwischen Kap Hoorn und den Südshetlandinseln eine Strecke von tausend Kilometern überwinden muß!

Das ist das Geheimnis von Kap Hoorn. Und wenn es bis jetzt ein Geheimnis war, ist es angebracht, es endlich zu lüften. Schließlich könnt ihr selbst dahin verschlagen werden, warum sollt ihr euch da also nicht im klaren sein? Die Sache ist fast so einfach wie die Frage, warum die Segelschiffe die Magellanstraße meiden? Nur sind die Gründe hier vielschichtiger.

Sehen wir sie uns mal an: Als erstes ist es der Wind. Er weht ohne Unterlaß vom Südpolargebiet her, pausenlos, mal aus Süden, mal aus Südwesten, mal aus beiden Richtungen zugleich. Und neben dem Wind, den das Südpolargebiet schickt, gibt es hier noch einen zweiten, der vom Atlantik kommt. Und hier an Kap Hoorn geraten sie aneinander, messen schon seit endloser Zeit ihre Kräfte. Und hier treffen auch die beiden Ozeane zusammen, der Atlantik und der Pazifik. Und hier werden die abscheulichsten Wellen geboren, die ständig die Richtung wechseln, sich steil, spitz dem Lauf des Schiffes entgegenstellen: emporschlagende, spritzende Wasserungeheuer.

Unter solchen Umständen ist es unmöglich, mit vollen Segeln zu fahren.

Am Kap Hoorn sah die *Königin des Ozeans* wie ein geschorener Pudel aus. Auf dem Fockmast und dem Großmast blieben nur Fock- und Marssegel, und selbst diese waren gerefft, am Kreuzmast war das Besansegel bis auf ein Minimum verringert, und am Bugspriet blieb ein einziges Segel.

Mehr Tuch konnten wir nicht auf den Masten belassen. Je geringer aber die Segelfläche ist, um so schwerer läßt sich das Schiff führen. Auch das ist einer der Hauptgründe dafür, warum Kap Hoorn so schwer passierbar ist. Bei heulendem, jagendem Wind, der — wie gesagt — aus verschiedenen Richtungen weht, inmitten der schäumenden, sich in verschiedene Richtungen fortbewegenden Wellenberge, in dem auch hier bemerkbaren Kampf von Ebbe und Flut, zwischen den scharfen Zähnen der heimtückischen Klippen ist es eine äußerst schwierige Aufgabe, aus dem Atlantik in den Pazifik zu gelangen! Denn auch Klippen gibt es hier reichlich, verborgene Fallen zwischen Feuerland und den Südshetlandinseln. Zwei, drei, fünf oder acht Meter unter der Meeresoberfläche, und wie sich ihre Zahl vermehrt hat! Auf den immer neueren Karten häufen sich die mit unterbrochenen Strichen umgebenen Kreise mit den Feststellungen: „Gefährliche Klippen! Gemeldet 1934." — „Verschwindende und hervortretende Untiefe! Gemeldet 1901 und 1935." Ihr könnt euch vorstellen, was der Anlaß zu der einen oder anderen Meldung war — manchmal gewiß der Untergang eines Schiffes.

Vater Daniló, Szevér und Feri Horváth standen auf dem Kommandodeck oder studierten die Karten. Der kleine Barrabella war kaum wiederzuerkennen. Bis zum Kopf eingehüllt in Schals, eingemummt in Tücher und Jacken, taumelte er mit zitronengelbem Gesicht aus seiner Kabine und kletterte auf die höchste Stelle des Achterschiffes hinauf. Hundertmal und tausendmal sagte er mit bebender Stimme:

„Ich bange um das Schiff, Dom Daniló, ich bange sehr darum!"

Auch wir bangten darum, wenngleich es ein schöner Sport war, Jungs, diesen alten Pott (oh! verzeih mir diese Bezeichnung, *Königin*!) den Bug in die Wellen von Kap Hoorn tauchen zu sehen . . . Auf genauso einem Schiff mochte im Herbst des Jahres 1616 der holländische Seefahrer und Navigator Cornelisz Schouten hier angekommen sein. Schouten stammte aus Hoorn am Zuidersee, und er nannte die südlichste Insel der Hermiteninselgruppe Hoorninsel und deren Zipfel Kap Hoorn.

„Der wackere Schouten mag recht schlechte Erinnerungen an seine Heimatstadt gehabt haben“, stellte Zoller fest, „wenn er keinen besseren Platz zur Verewigung des Städtchens gefunden hat!“

Nun, was wahr ist, ist wahr. Das Gebiet um Kap Hoorn war eine ekelhafte Ecke!

Grauschwarzes Meer, in der Ferne grauschwarze Felsen und Inseln, heulende, jagende Winde, immer wieder einsetzender eisiger Regen und Schneesturm. Ich glaube, Cornelisz Schouten hätte diese Gegend mit viel mehr Recht wüstes Land taufen können. Von der Le-Maire-Straße an folgt eine Insel der anderen: Navarin, Nassau, Wollaston, Diego-Ramírez, Hoste, aber die schwärzeste und ödeste ist doch die Hoorninsel!

Das ist hier die Heimat der wilden Vierziger, Jungs. Das ist so zu verstehen, daß der Sturm mit einer durchschnittlichen Geschwindigkeit von vierzig Seemeilen pro Stunde dahinrast! Und das will schon etwas heißen.

Aber man ist ja nicht deshalb dreiunddreißig Jahre alt, um die Nase hängen zu lassen.

Manchmal nahm es uns förmlich den Atem, so fest klammerten wir uns ans Steuerrad. Und schließlich genügte auch das nicht mehr, und hier geschah es zum erstenmal, daß wir uns an das Rad anschnallen mußten. Die schwere Fregatte wurde von den steilen, heimtückischen Wellen wie eine Nußschale umhergeworfen, und da blieb nichts anderes übrig — da das Schiff seine Fahrtgeschwindigkeit und somit seinen Halt verloren hatte —, als uns dem Spiel der Wogen anzuvertrauen. Zwei Schritt nach vorn, zwei Schritt zurück. Das ist der Hoorntanz, Freunde!

Nie hätte ich geglaubt, daß es so etwas gibt.

Und doch war es so.

Wenn wir mehr Tuch gespannt hätten, wäre der Mast gebrochen oder die Segel wären in Fetzen gerissen. Hätten wir noch weniger gesetzt, dann wären wir von Kap Hoorn abgetrieben worden und bald irgendwo an den Klippen Südgeorgiens gestrandet.

Aber die *Königin des Ozeans* war in guten Händen. Santa-Clara und der Konstrukteur Barrabella mochten sie segnen. Vater Daniló hatte noch kein Schiff, kein Wind, keinerlei Wellengang oder Meeresströmung unterzukriegen vermocht. Auch diesmal nicht.

Am ersten Tag lavierten wir nur auf und nieder, ohne auch nur eine Meile vorwärtszukommen. Am zweiten Tag wiederholte sich dasselbe. Die dunkle Masse der Hermiteninseln verschwand mal, mal tauchte sie wieder auf. Dann und wann hörte man durch das Rauschen der Wellen und das Pfeifen des Windes das Bellen der Robben und Walrosse, dann wieder nicht.

Zwei Schritte vor und zwei Schritte zurück, so ging das drei Tage hindurch.

Und so wäre es sicher noch weiter gegangen, wenn Vater Daniló nicht die Weisung gegeben hätte:

„Reffbändsel lösen, Marssegeln hissen, Kreuzmarssegel hissen!"

Barrabella starrte unseren Kommandanten verzweifelt an:

„Ich bitte Sie! Wird das kein Unheil geben?!"

Vater Daniló antwortete diesmal nicht. Wir kannten ihn schon und wußten, daß er sich jetzt zum Handeln entschlossen hatte, und dem Entschluß mußte die Tat folgen.

Es war eine mutige Tat, das steht außer Zweifel, aber auch eine logische. Vorn und hinten voll besegelt, überwand das Schiff vielleicht den toten Punkt. Wenn nicht, konnten wir auch Kurs nach Ushuaia nehmen, um die Schäden ausbessern zu lassen.

Silver und seinen Leuten muß rühmlich nachgesagt werden, daß sie ihre Arbeit gut verrichteten.

„Diese Leute sind Gold wert", rief der kleine Barrabella begeistert, als die Segelmanöver erfolgreich abgeschlossen waren.

Die Segel waren bis zum Zerreißen gespannt. Der Kreuzmast krachte manchmal so gewaltig, daß wir am Steuer den Kopf einzogen: Jetzt bricht er entzwei. Die Klüver schien nur ein Wunder zu halten.

Aber das Schiff machte sichtbar Fahrt.

Daß die Segel diesen gewaltigen Druck aushielten und die Masten diese Spannung, das grenzte ans Märchenhafte.

Aber sie hielten!

„Hurra, Kapitän!“ Sottomarina schwenkte seine Wollmütze. „Wir machen Fahrt!“

Am nächsten Tag hatten wir Kap Hoorn hinter uns, Freunde. Diese verdammte Gegend war überwunden.

Aber Arbeit gab es reichlich, keiner kam zum Ruhen. Ohne Unterlaß drehte sich das Rad der Bilgenpumpe. Auf der Fregatte aber wurde alles mit Muskelkraft bewegt, so auch die Pumpe. Durch die Fugen des Hauptdecks strömte das Meerwasser, als würde es auch im Innenraum des Schiffes regnen.

Ich begreife heute noch nicht die große Dienstbereitschaft, die Silver und seine Leute damals an den Tag legten.

„Wenn es wahr ist, daß Silver ein Pirat war und vielleicht auch heute noch ist, selbst dann zählt er zu den zuverlässigsten Kameraden!“ stellte Feri Horváth fest.

Dies äußerte Feri, als Zoller und ich Platz in seiner Kabine nahmen und der Reihe nach alles beratschlagten, was uns beschäftigte. Die Fahrt selbst, Silver und seine Leute und das Allerwichtigste, das Geheimnis um Roatan. Werden wir das Geheimnis lüften, je dahin gelangen, wo sich die Stadt der Piraten befand? Oder wo sie sich vielleicht noch immer befindet, auf jener geheimnisvollen verschollenen Insel! ...

Wir hockten also in der Kabine Feris, es war schon der dritte Tag, daß wir nicht geschlafen hatten. Es war die Zeit der Hundewache, schon weit nach Mitternacht. Am Steuer hatten uns Santjago und Gabbia abgelöst, während wir in der Kabine von Feri verschnaufen wollten.

„Seht mal“, folgerte Zoller, „diese äußerste Dienstbeflissenheit läßt mir den Kerl noch verdächtiger erscheinen, und nicht nur ihn, sondern jeden seiner Kumpane. Ein gewöhnlicher Deckmatrose fängt da schon an zu murren. Die nicht. Die scheinen diesen höllischen Tanz zu genießen.“

Wie gesagt, es war nach Mitternacht. Ich bin kein Freund großer Worte, aber ich kann nicht anders, ich schreibe es nieder: Wir segelten im Meer der Hölle!

Die *Königin des Ozeans*, dieses großartige, zuverlässige Schiff, leistete, was vielleicht kein anderer Segler geleistet hätte: Es machte Fahrt, wenn auch langsam, aber es kam vorwärts.

„Wenn das bis morgen nachmittag so weitergeht, dann sind wir aus der Patsche heraus.“ Vater Daniló rieb sich zufrieden die Hände. „Morgen kommen wir in Höhe von Desolación. Dort weht schon der Wind des Pazifiks.“

„Ja doch“, Barrabella lächelte ängstlich, „wenn es uns nicht auch so geht wie Slocum, der genau bei Desolación nicht von der Stelle kam!“

„Wir kommen weiter, Kapitän“, sagte unser Kommandant selbstsicher. „Wer Kap Hoorn überwindet, für den ist Desolación ein Kinderspiel!“

Das ist in der Tat so. Und wir wurden wieder in unserem alten Glauben bestärkt, daß Vater Daniló nicht nur ein ausgezeichneter Kapitän war, dessen Namen man auch in fernen Meeren kannte, nicht nur ein großartiger Seefahrer, sondern zugleich ein Zauberer der Schiffahrt.

Der Kreuzmast war nicht geborsten, die Klüver nicht zerfetzt, und das Manöver mit den vorn und hinten gesetzten Segeln, das nur ein sehr erfahrener Kommandant mit einer vielerprobten Mannschaft ausführen konnte, war in der Tat gelungen. Und das mit einer Fregatte, wie sie seit zweihundert Jahren auf keinem Meer mehr schwamm.

„Was ihr auch sagt“, erwiderte Zoller und schüttelte den Kopf, „was Silver betrifft, werde ich doch recht behalten ...“

Aber plötzlich schwieg Zoller. Feri Horváth und auch ich horchten auf.

Was war das? Irgend jemand hatte geschrien, durchdringend, verzweifelt, voller Entsetzen!

Wir hatten es deutlich vernommen, obwohl die Wellen kräftig gegen die Planken donnerten und die Fugen unaufhörlich krachten.

Es war ein menschlicher Schrei, nicht das Kreischen einer Möwe, nicht die laute Stimme einer Robbe oder eines Walrosses.

Wir sprangen gleichzeitig auf und drängten zur Kabinentür.

„Die Stimme kam von luv“, sagte Feri. „Vielleicht ist jemand über Bord gegangen. Schnell hinaus!“

Wir rannten auf das Kommandodeck. Unter der Glasscheibe des Kompasses drang Licht hervor und beleuchtete die gebräunten Gesichter von Gabbia und Santjago, die am Steuer standen.

Im Bug des stark geneigten Schiffes leuchtete ebenfalls eine Lampe. Der rote und grüne Schein der Positionslichter warf dann und wann einen roten oder grünen Streifen auf das glatte, von Wellen überspülte Deck.

Feri rief den Männern am Steuer zu:

„Habt ihr etwas gehört?! Jemand hat um Hilfe gerufen!“

Die beiden hatten nichts gehört, nur das Schlagen und Klatschen der Wellen gegen den Schiffskörper. Auf dem Kommandodeck stand Szevér, auch er hatte nichts gehört.

Und da kam — von weither, mit sehr matter Stimme — wieder der Hilferuf.

Welch guter Geist Feri Horváth geleitet hatte, als er in der Kabine nach dem mit einer Batterie gespeisten stabförmigen Scheinwerfer gegriffen hat, das weiß ich nicht, aber es war die Eingebung eines guten Geistes, denn als Feri auf Achterschiff auf die Luvseite des Schiffes sprang und in die Tiefe leuchtete, schrie er auf:

„Hierher, Leute, Pedro ist über Bord!“

Der Anblick war fürchterlich, schreckeinflößend. An der Bordwand des Schiffes, zeitweilig von den Wellen überspült, war Pedro zu sehen. Er klammerte sich an eine Leine, die sich vom Rettungsboot gelöst hatte und an der Seite des Schiffes herunterhing und zum Glück nicht bemerkt und hochgezogen worden war.

Hier war keine Zeit, um Alarm zu geben. Hier mußte gehandelt werden. Wie sich der Junge über Wasser halten konnte und wie er überhaupt in den Wellen gelandet war, blieb vorerst ein Geheimnis.

„Jungs, bindet mir schnell das Seil unter die Arme“, ordnete Feri an und zeigte auf die Seilrolle neben dem Aufgang zum Kommandodeck. „Ihr beiden haltet das andere Seilende!“

Aber da waren auch Gabbia und Szevér schon zur Stelle.

Pedro war ins Meer gefallen.

Und ihm war geglückt, was unter Tausenden vielleicht einem glückt: er hatte sich an einem Seil festhalten können.

Das Schiff konnte natürlich nicht angehalten werden. Wenn wir uns in den Wind drehten oder unsere Fahrt durch ein anderes Manöver stoppten, würde der am Seil hängende, sich sicherlich mit letzter Kraft festhaltende Pedro untertauchen, und dann gab es keine Rettung mehr.

Feri Horváth zögerte nicht.

„Laßt mich langsam zu ihm hinunter!" schrie er und schwang sich über die Bordwand.

Es war eine artistische Leistung, würdig für einen Seeoffizier. Die glitschige, schwankende, mal steile, mal flachliegende Schiffswand glitt Feri mehrmals unter den Füßen weg, aber er erreichte den an der Wasseroberfläche um sein Leben ringenden Pedro.

Zoller, Gabbia und Szevér hielten das Seil, ich bediente den Handscheinwerfer.

Ich muß gestehen: das Herz klopfte uns bis in den Hals.

Wird es gelingen, wird es nicht gelingen? Wird der Junge es so lange aushalten?

Eine verzweiflungsvolle Minute verging nach der anderen.

Da sahen wir, daß Feri hinunterlangte und sich bemühte, den Jungen unter den Armen zu umfassen.

Und da wurden beide von einer unberechenbaren Welle überspült.

„Zieht!" brüllte Szevér. „Zieht, potztausend! Santjago, leg dich ins Steuerrad!"

Ja, es gab keine andere Lösung: Man mußte ziehen. Da hielten wir schon alle vier das Seil und zogen. Und wie, mit welcher Kraftanstrengung, ich fühle es noch heute. Mit Muskeln, bis zum Reißen gespannt!

„Zieht! . . . Zieht! . . . Zieht! . . ."

Wenn das Seil jetzt riß, dann waren Feri und auch Pedro verloren. Zogen wir zu langsam, hob sie die steigende Welle empor und schleuderte sie gegen die Bordwand.

„Zieht! . . .“

Die Minuten dünkten uns Stunden! Die Wellen griffen brausend nach Feri und Pedro, erreichten und überspülten sie. Dann mußte man warten, bis der Wellenberg weitergerollt und der Offizier und der Schiffsjunge wieder auftauchten.

„Zieht! . . .“

Da waren wir schon schweißgebadet, obwohl der eisige Wind des Südpols die Zähne nach uns fletschte.

Endlich griffen Szevér und Zoller über die Bordwand. Gabbia und ich unterstützten sie.

Wir hoben Feri und Pedro an Deck. Aus ihrer dicken Kleidung strömte das Wasser des Polarmeeres.

Feri taumelte, wir mußten ihn stützen, damit er nicht stürzte. Er keuchte, japste nach Luft, sein Gesicht war im Schein der Handlampe gespenstisch weiß. Pedro fiel uns wie eine Stoffpuppe zu Füßen. Fiel er in Ohnmacht, war er tot? Es wäre schwer gewesen, diese Frage zu beantworten.

„Hinein in die Kabine, in meine Kabine“, keuchte Feri.

Gabbia riß Pedro die durchnäßte Kleidung förmlich vom Leib. Dann begann er, den ebenholzschwarzen Körper des kleinen Negers zu massieren und zu kneten.

Lebt er, oder lebt er nicht?

Die Beine und Arme hingen schlaff herunter, der Kopf war nach hinten gefallen. Die Augen waren halbgeöffnet. Und der Brustkorb hob und senkte sich nicht.

Lebt er?

„Er lebt“, rief Gabbia, der wie ein Zauberer um die Wiederbelebung des Knaben bemüht war. „Er lebt, ich fühle, daß noch Leben in ihm ist!“

Ja, Pedro blieb am Leben. Der zähe, abgehärtete, an Entbehrungen gewöhnte Körper überstand die schwere Prüfung. Das Seil, an das er sich festklammerte, hatte tief in seine Hände eingeschnitten. Seinen Körper und den Kopf hatten die Wellen und der Schiffsrumpf übel zugerichtet. Wasser hatte er fast nicht geschluckt, er wußte, daß er darauf am meisten achten mußte.

Pedro blieb am Leben. Aber es war schon heller Morgen, als

er von dem Nervenfieber und den erlittenen Schmerzen zu sich kam und mit Mühe berichten konnte, was geschehen war.

Da segelte unser Schiff schon auf Desolación zu, und es bewahrheitete sich, was Vater Daniló gesagt hatte.

Die *Königin des Ozeans* hatte siegreich den Weg zwischen dem Atlantischen und dem Stillen Ozean zurückgelegt, auf der gefährlichsten Schiffsroute der Welt. Dieses Ereignis hätte in der Tat gefeiert werden sollen, wenn nicht anders, dann mindestens mit einer Ration Rum.

Doch in dem Augenblick, als wir eins der großartigsten Manöver unserer Fahrt hätten hochleben lassen sollen, setzte sich der schwarze Vogel der Sorge auf unser Deck.

Pedro war ins Meer geworfen worden, damit er umkam, damit er vom Schiff verschwand.

In dem Meeresabschnitt, wo schon so viele wackere Seeleute den Tod gefunden haben, unweit der Drakestraße und des Kap Hoorn, da lauerte auch auf unseren kleinen Neger der Tod. Der prächtige kleine Kerl, der förmlich darauf bestand, an allen Arbeiten der Deckmatrosen beteiligt zu werden, war zur Schiffswache eingeteilt. Durch seine äußerst scharfen Augen war Pedro für diese Aufgabe besonders geeignet. Und er war stolz darauf, auf Deck der Fregatte die Arbeiten der Matrosen zu erlernen.

„Pedro ist klug“, hatte Sottomarina so manches Mal gesagt, „er wird ein guter Seemann!“

Und diesen braven und gelehrigen Jungen wollte man umbringen.

Die in diesem Abschnitt des Meeres nie richtig durchdringende Sonne schickte einen blassen Schein durch die Wolken, als Vater Daniló die Offizierskabine verließ, in der der arme kleine Pedro lag.

Das Gesicht Vater Danilós war sorgenschwer und düster. Jetzt, wo man hätte jauchzen sollen, daß die Fregatte, wenn auch kämpfend, so doch gleichmäßig auf Desolación zusteuerte, gab der Kommandant folgenden Befehl:

„Alle Mann, mit Ausnahme der Diensttuenden, aufs Hauptdeck!“

Die Pfeife Piccolo Piedes, des diensthabenden Bootsmannes,

übertönte das Brausen der gegen den Schiffskörper schlagenden Wellen.

„Alle Mann aufs Hauptdeck!"

Über das verhältnismäßig tiefliegende Hauptdeck schlug zwar von Zeit zu Zeit eine hochgehende Welle, so daß das eiskalte Meerwasser über die Planken spülte, aber der Seemann hält sich an den Befehl. Und da Zoller bereits bei Santjago am Steuer stand, konnte auch ich bei dem Ereignis, das ich nie vergessen werde, mit den anderen zugegen sein.

Es hätte nur einer Filmkamera bedurft, um die Szene festzuhalten: die Piratenbande von Flinch, Dampier, Flecher oder Duncan hat Kap Hoorn passiert!

Alles bärtige, struppige Gestalten, denn keinem machte es in der eisigen Kälte Spaß, sich zu rasieren, ja kaum sich zu waschen, hatten wir doch nicht einmal Gelegenheit, die Fußlappen zu trocknen, geschweige denn die Handtücher.

Und als ich so dastand, verstärkte sich in mir das Gefühl, daß hier auf der Fregatte zwei Gruppen lebten. Die Männer von Vater Daniló und die Bande um den geheimnisvollen Silver. Sie stellten die Backmannschaft und wir die Achtergasten dar. Selbst beim Antreten fiel es auf: um Laguna Grande und Silver scharten sich Mikkelsen und die anderen, hinter Szevér standen wir, die alte Garde von der *Jadran*.

Das Schiff aber machte mittelmäßig geneigt, mit bis zum äußersten geblähten Segeln bereits im Stillen Ozean Fahrt. Wir befanden uns im Mar del Sur, im Meer des Magalhães und Balboa.

Unsere Gruppe machte Platz, der Kommandant trat in die Mitte.

Wegen des Heulens des Windes und des Rauschens des Meeres war seine Stimme forscher als gewohnt.

„Männer, in dieser Nacht hat sich auf dem Schiff etwas ereignet, was jeden ehrlichen Menschen mit Recht bestürzen muß!"

Er machte eine kurze Pause. Eine gewaltige Woge lief brausend gegen den Bug des Schiffes, der Klüverbaum ging unter Wasser, die Fregatte neigte sich stärker als gewohnt zur Seite, und die Hälfte des Vorschiffs wurde überspült. Dann ergoß sich dieselbe Welle über das Hauptdeck. Jeder hielt sich fest, woran er konnte.

„Weis die Steuerleute an“, Vater Daniló gab Szevér einen Wink, „das Steuer zwei Strich nach Lee. Wenn wir etwas an Fahrt verlieren, ist es nicht schlimm. Wir sind schnell fertig.“

Vater Daniló wartete nicht ab, bis die Kurskorrektur ausgeführt war, sondern fuhr fort und wandte sich jetzt direkt an die Gruppe um Silver.

„Es ist etwas Ehrloses und Beschämendes geschehen. Und ich werde mein gesetzliches Recht gebrauchen und den Schuldigen in Ketten legen lassen und im ersten Hafen den Behörden zur Aburteilung übergeben. Der erste Hafen aber ist Juan Fernández — chilenisches Gebiet. Und wie ich die chilenischen Behörden kenne, kommt der Attentäter in die richtigen Hände!“

Es folgte eine dramatische Pause, eine Pause, wie wir sie von Vater Daniló kannten. O, du teurer, unvergeßlicher Kommandant, wer vermochte auf wogender See tiefer in die Seele der Menschen zu schauen als du? In jene Seele, die so voller Geheimnisse und Rätsel ist — in die Seele des Seemanns? ...

In das Schweigen der Menschen, das jedoch ausgefüllt war vom Pfeifen des Windes, vom Heulen der berüchtigten Vierziger und dem Stöhnen des gegen die Wellen ankämpfenden Schiffes, dröhnte die Stimme Sottomarinas:

„Kapitän, es hat keinen Sinn, daß wir den Lumpen in Juan Fernández aussetzen! Jetzt und hier an Ort und Stelle muß man ihn aburteilen und an der Rahe aufknüpfen, wie es die Alten taten. So ziemt es sich für Schiffer dieser altertümlichen Fregatte!“

So sprach der grauhaarige Hüne und zeigte hinauf auf die jetzt nackte Rahe, wo einst so manches Mal menschliche Leichen im Wind schaukelten.

Die rauhe Stimme Gabbias war die erste Antwort:

„So muß man verfahren!“

Ich beobachtete während der ganzen Zeit das Gesicht von Silver. Wenn der Verdacht Zollers zutraf, wenn seine Vermutung bezüglich des Schoners *Tolna* richtig war, dann, so hatte ich das Gefühl, konnte einzig und allein Silver den Anschlag verübt haben. Aber Silver verfügte entweder über ein ausgezeichnetes schauspielerisches Talent, oder er wußte von nichts, denn er starrte unseren Kommandanten fragend an.

„Captain, wir wissen gar nicht, um was es geht! Was ist passiert?"

Unser Schiff war um zwei Grad abgefallen, es schlingerte jetzt nicht mehr so stark wie zuvor. Auch wurde das Deck nicht von Wellen überspült.

„Pedro wurde ins Meer geworfen", donnerte Vater Daniló, „das ist passiert! Aber der erste Offizier Horváth hat den Jungen gerettet! Das ist passiert!"

Laguna Grande lachte zynisch auf.

„Es gibt noch genug Nigger auf unserer Erde!"

Mikkelsen, Cap-York und Johnson fingen an zu lachen.

„Wir haben gar nicht gewußt, daß er über Bord gegangen war", fügte Silver hinzu.

„Warum schauen Sie uns an, Kapitän, als wären wir die Schuldigen?!" Laguna Grande starrte Vater Daniló herausfordernd an. „Ja, weshalb, der Junge befand sich auf Wache, und zwar auf dem Vorschiff, da hat ihn eine Welle gepackt und über Bord gespült! Das ist doch kein Anschlag!"

„Nur so kann es geschehen sein, Captain", stimmte Silver ihm zu und grinste. „Es ist schade, darüber noch mehr Worte zu verlieren!"

Vater Daniló fuhr auf:

„Ich stelle die Frage, wer ist es gewesen? Er trete vor! Ich werde den Schuldigen in Ketten legen lassen!"

In den Augen Sottomarinas blitzte es vor Erregung.

„Der Junge steht unter dem Schutz von Gabbia und mir. Das haben wir allen gesagt. Nach altüberliefertem Schifferbrauch aber betrachten wir den Anschlag gegen den Jungen als gegen uns geführt!"

Vater Daniló ließ den Blick über die Gruppe gleiten.

„Ich fordere den Betreffenden nochmals auf, vorzutreten!"

Silver zuckte mit den Schultern und auch Laguna Grande.

Etwas weiter hinten, von den anderen halb verdeckt, stand, gegen die Seite des Vorschiffes gelehnt, Janmatje. Er saugte an seiner erloschenen Pfeife mit dem bei ihm gewohnten gleichgültigen Blick.

„Wenn der Junge vom Meer abgetrieben worden wäre“, unser Kommandant hob die Stimme, „dann hätte ich glauben müssen, daß er über Bord gespült worden sei. Aber man hat ihn gerettet. Zwar liegt er von der durchgemachten Anstrengung und der Aufregung noch immer regungslos da, aber ich hatte schon Gelegenheit, ihn zu vernehmen. Daher weiß ich, daß er nicht ins Meer gefallen, sondern hineingeworfen wurde!“

Silver und Laguna Grande wechselten einen Blick, als wollten sie sagen: Ist der aber hartnäckig.

„Ich sage zum letztenmal, wer es gewesen ist, trete vor!“

Das Schiff schwankte gewaltig. Eine Riesenwelle hatte die Fregatte auf ihren Rücken genommen und mit sich gerissen, und dann lief die Welle unter dem Schiff heraus. Jedermann hielt sich fast an dem, was er gerade packen konnte: in der Mitte an dem festgezurrten Rettungsboot, an den Pollern, an der Bordwand oder der Tür zum Vorschiff. Nein, es konnte keine Rede davon sein, daß die Zeit für eine längere Unterredung auf dem von den Wellen überspülten Deck besonders geeignet gewesen wäre. Aber der Ernst der Lage erforderte, daß der Kommandant seine Macht und seinen Glauben an die Gerechtigkeit zum Ausdruck brachte. Solange die Schiffahrt besteht, erfolgten Befehlsausgabe und Appelle auf dem Hauptdeck, und hier wurden die Schuldigen zur Verantwortung gezogen. Es hätte dem Ernst der Angelegenheit Abbruch getan, wenn wir uns zur Klärung des Falles unter Deck (in den Lagerraum, in das recht geräumige Vorderschiff) begeben hätten. Zu der dramatischen Szene lieferten die ächzenden Maste, die gegen den Schiffskörper schlagenden Wellen, das brausende Meer und die heulenden Vierziger die Begleitmusik.

Vater Daniló gab Sotto einen Wink.

„Sottomarina, vortreten. Sieh nach!“

Sottomarina schlug die Krempe seines Südwesters hoch, lockerte den Riemen seiner Sturmjacke und wandte sich an den ihm am nächsten stehenden Silver.

„Zeig deine Hände!“

Überrascht hielt ihm Silver die Hände hin. Sottomarina nickte. Dann trat er vor Laguna Grande.

„Jetzt du. Laß sehen.“

Der Anführer der Bande fuhr ihn grimmig an.

„Mich soll keiner untersuchen wollen!“

„Das ist mein Befehl“, mischte sich Vater Daniló ein, „sonst sehe ich selbst nach! Macht, Leute.“

Nach Laguna Grande folgte Mikkelsen und dann Cap-York.

„Vielleicht würden Sie uns sagen, Captain“, redete Silver dreist dazwischen, „was dieses Theater soll.“

Da kam Sottomarina zu Janmatje.

„Zeig deine Hände!“

Janmatje hob den Kopf und ließ beide Fäuste in seinen tiefen Taschen verschwinden.

„Ich halte meine Hände, wie es mir gefällt“, fauchte er grimmig und drehte sich um, um die Tür des Vorschiffes zu öffnen. „Ich bin kein Schuljunge, der auf Befehl seiner Eltern . . .“

Sottomarina streckte die Hand aus, und die berühmte eiserne Faust faßte Janmatje an der Schulter, und der nicht schwache Mann drehte sich um wie ein leerer Wäschekorb.

„Halt! Hiergeblieben! Zeig deine Hände!“

„Na, na, Bootsmann, diesen Ton sind wir nicht gewohnt!“ empörte sich Laguna Grande.

Janmatje riß sich aus der Hand des Hünen.

„Rühr mich nicht an!“

Es gibt Menschen, die in solchen Fällen (aus Hartnäckigkeit oder Dummheit?!) ihre Lage nicht richtig einschätzen. Janmatje, der wahrscheinlich gewohnt war, durch Gewalttätigkeit und dreistes Auftreten und nicht zuletzt im Vertrauen auf gleichgeartete Kumpane in verschiedenen Hafenkneipen oder auf Schiffdecks alles überheblich abzuschütteln, versuchte es auch diesmal. Aber er hatte eins außer acht gelassen, nämlich, daß der grauhaarige, sechzigjährige Sottomarina in Wirklichkeit noch immer der alte war. Jener, der zu meiner Kindheit bei den Ringkämpfen der Kriegsmarine in Pola, Fiume, Sebenico oder Ancona und selbst in der Levante, in Konstantinopel oder Smyrna solche Kolosse wie Garibaldi, Pallatina oder Hassan Ali und selbst den Dalmatiner Dominic auf beide Schultern gelegt hatte.

„Ich befehle es ..." begann Vater Daniló.

„Es ist schade, Janmatje zu verdächtigen", sagte Silver lächelnd und versuchte, mit einem äußerst freundlichen Gesicht der ganzen Angelegenheit ein Ende zu bereiten.

Der Holländer stand wutschnaubend, mit den Händen in den Taschen, vor dem Bootsmann.

Sottomarina trat zurück.

Mit ruhiger Bewegung schnallte er den Halsriemen seiner Sturmjacke auf.

„Kapitän, überlassen Sie mir den Kerl", sagte der alte Sotto und sah unseren Kommandanten an. „Der Junge sagte aus, daß er, bevor man ihn über die Bordwand in die See geworfen, dem Betreffenden in die Hand gebissen habe! Und diese Hand suchen wir jetzt!"

Und damit wandte er sich erneut mit größter Ruhe an Janmatje.

„Ich fordere dich nochmals auf, zeig deine Hände her!"

Der verkommene Holländer blickte auf Silver und Laguna Grande. In deren Blicken lag eher Ermunterung als ein Hinweis zum Einlenken.

„Wir stehen für Janmatje ein", versicherte Silver.

Und da das Schiff wieder auf einen Wellenberg kletterte, mußte gewartet werden.

„Ich zeige sie nicht!" erwiderte der Holländer mit fletschenden Zähnen. „Jetzt zeige ich sie erst recht nicht!"

Das Schiff schwebte gerade auf dem Gipfel des Wellenberges, als die Faust Sottomarinas blitzschnell nach vorn stieß. Diese Faust war imstande, ein Hufeisen zu zerbrechen oder einen vollen Weizensack mit einem Griff auf die Schulter zu schwingen.

Die Faust Sottomarinas traf! Ein dumpfer Schlag war zu hören, und Janmatje stürzte vor der Tür des Vorschiffs hin.

Würden Silver, Laguna Grande, Mikkelsen oder irgendein anderer aus der Bande eine Hand für ihn rühren? Muß ich es erst noch sagen, daß es keiner tat? Ein Eingreifen im rechten Augen-

blick wirkt in den meisten Fällen ernüchternd. Janmatje hatte offenbar damit gerechnet, daß sich die Kumpane auf seine Seite schlügen. Aber die Kumpane taten es nicht. Janmatje war allein geblieben.

Als er sich mühte aufzustehen, sah man, daß der Daumen seiner linken Hand mit einem Fetzen umwickelt war.

Der Verdacht, daß Janmatje der Täter war, verstärkte sich! Sein grausames, rohes Gesicht war vor Wut verzerrt, mit blutunterlaufenen Augen starrte er Sottomarina an, der nach der Art geübter Schläger auf das Aufrappeln seines Gegners wartete und bereitstand — wenn dieser nicht klein beigab —, erneut zuzuschlagen.

„Du Schwein!" brüllte Janmatje und warf sich auf den Bootsmann.

In der Hand des Holländers blitzte ein Messer auf. Es war eins dieser gefürchteten Norwegermesser in hölzernem Heft, das man in der Tasche öffnen kann und das schon soviel Unheil angerichtet hat.

Wozu Sottomarina imstande war, was er zu leisten vermochte, darüber waren wir genau im Bilde. Deshalb rührte sich keiner von uns, als wir in der Hand Janmatjes das Messer aufblitzen sahen. Und es muß auch gesagt werden, daß uns gar keine Zeit dazu blieb.

Die eiserne Faust von Sottomarina umklammerte das Handgelenk Janmatjes. Ich weiß nicht, ob ihr den Griff Sottomarinas kennt. Das Handgelenk packen, den Arm hochreißen, drückend das Handgelenk umdrehen und gleichzeitig mit der freien Faust dem Gegner in die Magengrube stoßen. Das ist der nach Sottomarina benannte Griff. Es gehören viel Kraft, Gewandtheit und Mut dazu. Aber wenn er gut angesetzt wird, läuft alles glatt. So auch in diesem Falle.

Janmatje gehörte nicht zu den Schwächlingen. Er war kräftig und vierschrötig wie die meisten Deckmatrosen auf Segelschiffen. Er wog mindestens achtzig Kilo. Doch was war dieses Gewicht für Sottomarina? ... Wie gesagt, er packte den Holländer am Handgelenk, riß ihm im gleichen Augenblick den Arm hoch, drückte zu und drehte wie ihr den Draht mit der Flachzange, so daß dem verkommenen Matrosen das Messer aus der Hand fiel. Es blieb ihm aber keine Zeit, auf den schrecklichen Druck hin aufzuschreien, denn schon traf die freie Rechte des alten Sotto ihm in die Magengrube.

Das Messer blieb mit der Spitze in der Deckplanke stecken.

Janmatje aber fiel wie ein leerer Sack zusammen und stürzte neben sein Messer!

All das hatte sich in wenigen Sekunden abgespielt, nach den klassischen Regeln der Rauferei, so wie man das in alten Zeiten in den Hafenkneipen und auf Deck von einem tüchtigen Bootsmann erwartete.

Da ergoß sich wieder eine Welle über das Hauptdeck. Wie das Wasser in einer Mulde walzte sie sich hin und her und versuchte, durch die Wasserpforten abzufließen, hatte aber genügend Zeit, um Janmatje zu erfassen und ihn von einer Seite des Decks zur anderen zu spülen.

Es gab keinen einzigen unter den Männern um Silver, der aufgemuckt, sich empört, protestiert oder seinem Kumpan zu Hilfe geeilt wäre. Im Gegenteil, Silver rief sogar anerkennend:

„Bootsmann, das hast du gekonnt gemacht!"

Feri Horváth beugte sich zu dem ohnmächtigen Matrosen, riß den Verband von seiner Hand und sah sich den Daumen an.

„Ein Biß! Man sieht genau den Abdruck der Zähne", erklärte er Vater Daniló.

Vater Daniló nickte.

„In Ketten legen! Unter Deck mit ihm!"

Damit drehte sich unser Kommandant um, doch bevor er ging, gab er den Befehl:

„Vorherigen Kurs wieder einschlagen! Unverzüglich die Marssegel am Fockmast und Großmast setzen!"

Der Fall des Janmatje war damit abgeschlossen.

Wenn Laguna Grande oder seine Leute die Absicht gehabt hätten, ihren Kumpan zu unterstützen, das schnelle Zupacken Sottomarinas und die klaren Anweisungen Vater Danilós erstickten ihren Widerstand im Keime. Wie gesagt, ein Eingreifen zur rechten Zeit ist viel wert! Der Entschluß ist schon der halbe Sieg.

Vater Daniló stieg auf das Kommandodeck hinauf, Szevér und Feri Horváth folgten ihm. Sottomarina fuhr die Gruppe an:

„An die Arbeit, Leute! Die diensthabende Wache auf den Großmast, die Freiwache auf den Fockmast! Marssegel lösen!"

Wir befanden uns in Höhe der Insel Desolación. Wenn das Wetter klar und sonnig gewesen wäre, dann hätten wir dort im Osten auf dem Festland die hochemporragenden Gipfel der Darwin-Kordilleren gesehen, aber der Sonne waren wir auch hier noch nicht begegnet, Nebel und Regenschleier ließen die ungastliche und verlassene Gegend grau und düster erscheinen. Die Insel Desolación und ihr nördlicher Zipfel, Kap Pilar, wo der wackere Kapitän Slocum sich so abquälte, um aus dem Labyrinth der Magellanstraße herauszugelangen, verschwanden wie eine langsam sich verlierende, geheimnisvolle Erscheinung, da unser seltsames

Schiff, die *Königin des Ozeans*, in dem aufgewühlten Höllenmeer endlich Kurs nach Norden nahm.

Aus der Ferne hörte man das Kreischen und Schreien von Pinguinen und das Bellen von Robben.

Und hier begegneten wir zum erstenmal Walen. Drei Riesenkörper schwammen leewärts in dem aufgepeitschten Meer. Von Zeit zu Zeit schnaubten sie gewaltig und stießen Wasser aus, doch nicht in der Art der nördlichen Wale in einem einzigen Strahl, sondern in einem zerstäubenden, fächerartigen Spritzer.

„Südliche Blauwale", stellte unser Kommandant fest. „Das wäre kein schlechter Fang, wenn wir Walfänger wären. Aber so können sie ruhig weiterschwimmen."

Eine halbe Stunde später waren weder Kap Pilar noch die Wale mehr zu sehen. Wir hörten auch das Bellen der Robben und das Kreischen der Pinguine nicht mehr.

Die Fregatte hielt stark geneigt, die Pumpen ständig in Betrieb, in gleichmäßigem Tempo Kurs auf Juan Fernández, also auf die Insel Robinsons!

Barrabella konnte Vater Daniló nicht genug danken.

„Kapitän, Ihre Schiffsführung ist bewundernswert! Wenn ich diesen großen Erfolg nur schon Santa-Clara mitteilen könnte. In Juan Fernández werde ich einen Funkspruch aufgeben. Was glauben Sie, Kapitän, wann wir die Insel erreichen?"

Vater Daniló rechnete kurz und erklärte dann:

„Wenn sich die Stärke des Windes und seine Richtung nicht ändern, dann erreichen wir die Insel in acht Tagen."

Die Augen Barrabellas leuchteten.

„Denken Sie, Kapitän?"

„Ich verbürge mich dafür", sagte unser Kommandant und nickte.

... Ja, Jungs, es ist schon soviel über die Schiffahrt und die Navigation gesprochen worden, aber noch nichts darüber, mit welcher Geschwindigkeit die großen Segelschiffe auf dem Meer fahren. Während der Arrestant unter Deck gebracht wird und wir in die Kommandokabine gehen, um weitere Einzelheiten unserer abenteuerlichen Fahrt zu beratschlagen, will ich euch einiges über die Geschwindigkeit berichten. Die Angelegenheit wird dadurch erschwert, daß ihr schon daran gewöhnt seid, daß Düsenflugzeuge die Erde in wenigen Stunden umfliegen und die Sputniks nach einigen Minuten eine Höhe erreichen, wo sich die Anziehungskraft der Erde nicht mehr auswirkt. Im Vergleich dazu ist die Geschwindigkeit eines Seglers äußerst gering. Am besten ist, ihr setzt euch selbst mal in ein Segelboot und erlebt somit die Geschwindigkeit eines Schiffes. Ich weiß, ihr werdet da manchmal glücklich lächelnd denken, wie schön, wie gut das Boot doch gleitet! Dann können wir uns die Statistik über die Geschwindigkeiten zur Hand nehmen, die folgendermaßen aussieht:

Die Meeresströmung am Äquator beträgt im Durchschnitt	0,5	m/sec.
Die Strömungsgeschwindigkeit der meisten Flüsse	1,0	m/sec.
Die Geschwindigkeit einer leichten Brise	3,0	m/sec.
Die Geschwindigkeit eines galoppierenden Pferdes	6,25	m/sec.
Ein Frachtschiff erreicht mit voller Belastung	5,5	m/sec.
Ein modernes Turbinenschiff (Zerstörer)	18,0	m/sec.
Ein neuzeitliches Passagierschiff (auch Turbinenschiff)	15,4	m/sec.
Sich dahinwälzende Meereswellen erreichen	13,5	m/sec.
Stürmischer Wind weht mit	20—30	m/sec.
Ein fliegender Adler erreicht	25,0	m/sec.
Der Schall verbreitet sich in der Luft mit	330,0	m/sec.
Ein Punkt des Äquators bewegt sich infolge der Erdrotation mit	465,0	m/sec.
Die Erde dreht sich um die Sonne mit einer Geschwindigkeit von	29 700,0	m/sec.
Die Lichtgeschwindigkeit beträgt	300 000,0	km/sec.
Die erste sowjetische kosmische Rakete, die am 13. September 1959 auf dem Mond auftraf, erreichte eine Geschwindigkeit von	2,33	km/sec.

Die Geschwindigkeit der verschiedenen Flugzeuge und Raketengeschosse habe ich nicht aufgeführt, weil sie sich sowieso von

Monat zu Monat erhöht, und die Mittelwerte sind euch ohnehin bekannt.

Wir wollen uns jetzt einmal die Geschwindigkeit der Segelschiffe ansehen. Bei den Segelschiffen unterscheidet man erstens die Geschwindigkeit nach Typ, zweitens die Geschwindigkeit nach Wetterlage, drittens die Geschwindigkeit mit oder ohne Belastung und viertens die Geschwindigkeit der für Wettkämpfe oder für den Transport von Frachten gebauten Schiffe.

Was man unter der Geschwindigkeit eines Typs versteht, das wißt ihr sicherlich. Die mittlere Geschwindigkeit einer Dreimastbark kann nicht mit der Durchschnittsgeschwindigkeit eines Fünfmastschoners übereinstimmen. Die Geschwindigkeit nach Wetterlage ist auch leicht verständlich. Mit halbem Rückenwind, also raumschots, fährt das Schiff anders als gegen den Wind, bei Windstille anders als im Sturm und bei hohem Wellengang anders als in der von den Seeleuten so geschätzten leichten Brise. Begreiflich ist auch, daß ein Segelschiff unter Belastung anders vorwärtskommt als ohne Fracht. Die meisten Menschen glauben zwar, es fährt belastet langsamer als ohne Ladung. Dem ist aber nicht so: der unbelastete, sich übermäßig heraushebende Schiffskörper läßt sich schwerer lenken, kann sogar zum Spiel der Wellen werden und verträgt keine volle Besegelung. Auch hier ist der wesentlichste Maßstab des Schiffsbaues entscheidend, die Abmessung. Wozu das Schiff dimensioniert ist. Schließlich bleibt der letzte Punkt, ob das Schiff für den Wettkampf oder für den Gütertransport gebaut ist. In Cobes, meine Freunde, sah ich einmal das damals schnellste Segelschiff der Welt, die Jacht *Ranger* des amerikanischen Multimillionärs Harold Vanderbilt. Nun ja, dieses Schiff schien zu fliegen. Sein Großsegel war 250, ein einziger Klüver 100 Quadratmeter groß. Sein Mast erreichte eine Höhe von 40 Metern, und auf dem Deck versahen 40 Mann Dienst. Die Jacht erreichte bei gutem Wind und nicht zu hohem Wellengang eine in der Tat phantastische Geschwindigkeit von 30—35 Kilometern in der Stunde. Ich glaube, das ist heute noch der Weltrekord für Segelschiffe. Diese Jacht hatte man bauen lassen, um einen Rekord aufzustellen. Die gewöhnlichen Segelschiffe aber werden gebaut, um eine gewisse Fracht auf sicherem Wege in kürzester Zeit an einen Bestimmungsort zu bringen. So kann dann selbst der bestgebaute Dreimastschoner oder ein Vollschiff bei bester Fahrt nicht die Leistung der *Ranger* erreichen. Die Durchschnittsleistung eines gutgebauten Segelschiffes beträgt bei mittlerem Wind in der Stunde 8,35 Seemeilen, grob gerechnet also 15,4 Kilometer. Die *Königin des Ozeans* erreichte von Kap Pilar bis Juan Fernández unter der großartigen Leitung Vater Danilós eine ganz außergewöhnliche Leistung. Sie legte diese zweitausend Kilometer lange Strecke nicht in acht, sondern in sieben Tagen zurück, und es gab Abschnitte, auf denen sich die Geschwindigkeit des doch (entsprechend seiner Zeit) recht schwerfällig gebauten Schiffes auf 17 Kilometer in der Stunde erhöhte. Bei solcher Geschwindigkeit hätten wir nicht zwei-, sondern fast dreitausend Kilometer zurücklegen müssen. Aber die Windrichtung ändert sich ständig, besonders auf den Gewässern um Patagonien und Feuerland. Der Wellengang und die Höhe der Wellen sind nicht gleichbleibend, so daß wir auf den „Rekord" der Fregatte sehr stolz waren. Wie gesagt, wir erreichten die Insel Robinson Crusoes nicht in acht, sondern in sieben Tagen.

Doch während dieser Zeit — in diesen sieben Tagen — ereigneten sich einige erwähnenswerte Dinge auf dem Schiff. Denn ich möchte doch darüber berichten, wie sich Silver und Laguna Grande, die den Verdacht Zollers immer mehr bestätigten, nach dem Zwischenfall verhielten. Außerdem interessiert es euch sicherlich, wann unser kleiner Neger wieder zu sich kam und was im weiteren Verlauf mit ihm geschah. Und es ist auch verständlich, daß ihr wissen möchtet, ob sich der Schleier um die verschollene Insel lüftete.

Den Vorschriften entsprechend mußte ein Protokoll von dem Vorfall aufgenommen werden, womit unser Kommandant Feri Horváth beauftragte. Bei dem Verhör waren aber auch Vater Daniló und sogar Barrabella zugegen. All dies spielte sich in der Offizierskabine ab, als wir Kap Pilar schon weit hinter uns gelassen hatten und das Schiff mit voller Besegelung (!) auf dem 80. Längengrad geraden Kurs auf die Inselgruppe Juan Fernández hielt, zu der die Inseln Más a Tierra, Más a Fuera und Santa Clara gehören.

Die genauen Einzelheiten des Verhörs erfuhr ich von Feri, denn ich stand zu dieser Zeit am Steuer, auf den Kompaß und die Anweisungen Szevérs achtend, der seine Augen überall hatte, wo die Männer ihre Arbeit verrichteten. Verrieten die Mienen Silvers oder seiner Leute etwas, nachdem Sottomarina Janmatje niedergestreckt und nachdem man ihn gepackt und unter Deck geschleift hatte? War ihnen etwas anzusehen? Ich weiß es selbst nicht. Ich müßte lügen, wenn ich das eine oder andere behaupten wollte, aber sie ließen die Nasen hängen. Und Silver schaute sogar noch freundlicher auf unsere Offiziere und Bootsleute und sagte jedesmal, wenn er an unserem Hünen vorüberging:

„Du hast da einen großartigen Griff, Bootsmann! Wo hast du den gelernt?"

Offenbar wollte er damit seine übereilte Bemerkung („Vielleicht würden Sie uns sagen, Captain, was dieses Theater soll!") vergessen machen und war bemüht, sich wieder einzukratzen. Laguna Grande aber verhielt sich sehr gleichgültig. Die anderen schon weniger. Hauptsächlich Mikkelsen, Cap-York und Johnson standen oft beisammen, wenn die Pumpen nicht bedient werden mußten und man sich nicht um die Segel zu kümmern brauchte. Selbst aus der Ferne konnte man deutlich erkennen, daß sie sich über Janmatje unterhielten und ihr Blick häufig nach der Backbordseite des Achterschiffes glitt. Unter dem Aufbau befanden sich genau nach den alten Bauplänen die hinteren Batterieräume, aus denen sich einst die Geschütze auf das Schiff des Gegners richteten. Die Batterieräume waren unter dem Aufbau des Achterschiffes, dem Hauptdeck und dem Vorschiff ausgebaut, aber Geschütze führten wir keine mit. Die Stückpforten der Batterieräume waren vorschriftsmäßig mit Lukendeckeln gegen die Außenwelt abgeschlossen, zum Schutz gegen die Wellen des Meeres.

Der Batterieraum Nummer 2 war ein winziger, geschlossener Raum, in dem man nur geduckt gehen konnte und in dem seinerzeit zwei auf Rädern montierte, mit Seilen vertäute Bronzegeschütze standen. Hier ließ Vater Daniló Janmatje einsperren, und zwar in Ketten gelegt, denn dazu besaß er nach den Bestimmungen der internationalen Seefahrt als Kommandant das Recht.

Von da brachte man den verkommenen Schurken in die Offizierskabine, um ihn zu verhören.

Pedro hatte dieser schreckliche Fall arg mitgespielt. Beide Hände waren durch das Seil, an dem er sich festhielt, aufgerissen worden. Den Kopf, den Rücken, die Brust und die Beine hatte er sich an der Bordwand wundgeschlagen. Aber Pedro war mit dem Leben davongekommen, und dank der aufopfernden Betreuung durch Feri Horváth besserte sich sein Zustand von Stunde zu Stunde. Seine Errettung ist für mich heute noch ein Wunder. Es war ein Wunder, daß er das Seil packen konnte, und ein noch größeres Wunder, daß er die Kraft aufbrachte, sich festzuklammern und die Hilfe abzuwarten.

„Masa, puh, Pedro haben viel salziges Wasser geschluckt!" sagte das Bürschlein, als es wieder Lust zum Sprechen hatte. „Meer hier sehr kalt, nicht so wie in der Lagune! . . ."

Als man Janmatje an die Lagerstätte Pedros stellte, sah er den Knaben gleichgültig an.

„Ich habe mit der Sache nichts zu tun", sagte er, „glauben Sie es mir, Kapitän, gar nichts."

„Du hast die Bißwunde an deiner Hand. Pedro, hast du jenen gebissen, der die Dunkelheit ausnutzte, um dich ins Meer zu werfen?"

Der Junge nickte.

„Pedro haben beißen."

Janmatje lächelte zynisch.

„Kein Wort davon ist wahr, Kapitän. Ich habe mir den Finger in den unteren Flaschenzug des Marssegels geklemmt."

Das von Sonne, Wind und Meerwasser gegerbte hagere Gesicht Vater Danilós zuckte.

„So?! Du willst wohl auch leugnen, daß du mit dem Messer auf den Bootsmann Sottomarina losgegangen bist?"

Der Holländer zuckte mit der Schulter.

„Das habe ich in blinder Wut getan. Ich wollte ihm nur drohen. Warum hat er mich gereizt? Ich habe dafür bezahlt, er hat mir so in die Magengrube geschlagen, daß ich mich jetzt noch nicht gerade aufrichten kann. Aber den Bengel habe ich nicht angerührt."

„Du leugnest also?"

„Ich bin unschuldig, Kapitän."

Barrabella mischte sich ein.

„Zeigen Sie Ihre Hand. Nehmt ihm den Verband ab."

Der Schurke fauchte grimmig.

„Das sieht ein Blinder, daß die Wunde an meinem Daumen von dem Flaschenzug stammt."

Barrabella sah sich die knotige, schwielige Hand und die tiefe Wunde am Daumen Janmatjes lange an.

„Dann bin ich also blind", erklärte er nach einer gewissen Zeit. „Bitte, lieber Kamerad, schreiben Sie: Kapitän Barrabella erklärt, daß die Wunde von einem Biß herrührt, die Spuren der Zähne sind genau zu erkennen!"

„Einen so räudigen Nigger fasse ich nicht einmal an", fuhr Janmatje auf, „selbst dann nicht, wenn ich Lust hätte, ihn ins Meer zu werfen!"

Vater Daniló mußte lächeln.

„Natürlich, du bist ja auch ein harmloser Mensch. Wir sind allerdings nicht so harmlos. Wir trauen es dir zu, daß du diesen Anschlag begangen hast. Das geht aus deinem früheren Verhalten, aus der Aussage Pedros und nicht zuletzt daraus hervor, daß du mit Gewalt hast überführt werden müssen. Deshalb werden wir dich auf Juan Fernández an Land setzen und den chilenischen Behörden übergeben! Du hast dein Vergehen noch dadurch verschlimmert, daß du meinem Befehl nicht nachgekommen bist und gegen einen Vorgesetzten das Messer gezogen hast!"

Janmatje verließ das Schiff aber doch nicht bei den Juan-Fernández-Inseln.

Es geschah schon zwei Tage früher, als wir und er dachten.

Wir waren schon über die Chiloé-Insel hinaus und segelten in Gewässern, in denen die großen Sturmvögel häufig unsere Begleiter waren. Obwohl wir draußen auf hoher See segelten, war an der Küste doch mal ein blauer, mal ein schwarzer Streifen zu sehen: die zum Himmel emporragenden schneebedeckten Berge der Kordilleren, die älteste Gebirgskette unserer Erde.

„Vorn, Steuerbordseite ein Schiff!“ kam der Ruf des Auslugs aus dem Mastkorb.

Vom Deck sah man erst eine langgezogene Rauchfahne, dann waren ein Mast und schließlich der Aufbau zu erkennen.

„Ein Kriegsschiff“, stellte Szevér durch das Fernrohr fest, und er wandte sich an einen der Männer, „melde es dem Kommandanten.“

Das Kriegsschiff hielt sichtlich Kurs auf uns. Es war eine dieser gewissen Einheiten, die man Korvette nannte, und die von den Vereinigten Staaten in die Kriegsmarine eingeführt worden waren. Mit einer wirklichen Korvette hatte sie nichts zu tun. In Wirklichkeit war das kleine Kriegsschiff ein Mittelding zwischen Patrouillenboot und Zerstörer.

Wir erkannten schon von weitem, daß es Signalflaggen aufzog, und das erste Zeichen war nichts anderes als eine feierliche Begrüßung. Z B M ! — O N V ! Seien Sie herzlich gegrüßt! — Willkommen!

Dann entfaltete sich nach der sogenannten Trennungsschnur eine weitere und schließlich noch eine Signalflagge.

L! — Y!

Das bedeutete: Stoppen Sie, ich habe Ihnen etwas mitzuteilen! — Ich bringe Ihnen Post!

Das höfliche Kriegsschiff hatte da bereits an der Gaffel des Kreuzmastes das mit einem weißen Stern in der Ecke geschmückte rot-weiß-blaue Hoheitszeichen gehißt: die Flagge Chiles.

„Die chilenische Korvette *Valdivia*“, meldete Szevér unserem Kommandanten und dem mit ihm aus der Kabine tretenden Barrabella, der die Seekrankheit immer mehr vergaß.

„Schiff beidrehen!“ gab Vater Daniló den Befehl.

Die Fregatte drehte sich also gegen den Wind. Inzwischen trieben die Schiffe aufeinander zu, aber sowohl der Kapitän der *Valdivia* als auch unser Kommandant waren bemüht, das Treiben der Schiffe auf ein Minimum zu beschränken. Wenn bei starkem Wellengang und einem plötzlich einsetzenden steifen Wind ein Segler und ein

Motorschiff nahe aneinander kommen, nimmt das nicht immer ein gutes Ende.

Und die „Unterhaltung“ zwischen den beiden Schiffen begann.

„Bitte die Post in einer Tonne unterbringen und luvwärts an einem Seil auf uns zulassen“, signalisierte die *Königin des Ozeans.*

„Der Schiffseigner Santa-Clara erkundigt sich aus dem brasilianischen Porto Alegre nach der *Königin des Ozeans.* Welche Nachricht sollen wir ihm übermitteln?“ fragte die *Valdivia.*

„Bitte mitzuteilen: Die Fregatte macht ausgezeichnete Fahrt und nähert sich Juan Fernández. Dort beabsichtigen wir einen aufrührerischen Seemann, der einen Mordanschlag verübte, an Ihre Behörde zu übergeben“, übermittelten die bunten Signalflaggen die Antwort.

„Geben Ihre Mitteilung per Funk weiter“, signalisierte die Korvette. „Auf Juan Fernández gibt es keine zuständigen Behörden. Übernehmen den Attentäter und überstellen ihn der Polizei.“

Dann kam eine recht schwere Aufgabe: das Aussetzen des Rettungsbootes und der Abtransport von Janmatje.

„Der hätte auch nicht geglaubt, auf einem Kriegsschiff der chilenischen Republik die Reise fortzusetzen!“ sagte Silver grinsend, als Vater Daniló Anweisung gab, das Boot zu fieren, die Sachen des Holländers zusammenzupacken und ihn selbst vorzuführen.

„Du fährst mit dem Protokoll hinüber“, wandte sich unser Kommandant an Feri Horváth. „Bestimme die Mannschaft des Bootes.“

Das Rettungsboot auf der *Königin des Ozeans,* darüber wurde bis jetzt nicht gesprochen, war nicht stilecht. Ich könnte auch sagen, das Rettungsboot bereitete Barrabella Kummer. Da waren alle Beziehungen umsonst, die brasilianischen Hafenbehörden hatten keine Abweichung von den internationalen Normen zugelassen. Das Rettungsboot mußte den Vorschriften entsprechen, was sehr gut verständlich ist.

Es steht ohne Zweifel fest, daß es sehr abwich von den Gigs früherer Zeiten, die völlig offen waren und ohne Luftbehälter, ohne Sicherheits- und Schutzvorrichtungen.

„Gabbia, Santjago, Cap-York und du, Parana, ihr kommt mit mir“, zeigte Feri auf die Männer.

Zugleich wurden die von Szevér angebrachten Signalflaggen bis zur Saling des Fockmastes hochgezogen.

„Verfahren nach Ihrer Empfehlung! — Boot fährt gleich ab!"

Die Matrosen und Offiziere der *Valdivia* starrten zu uns herüber, als schaukelte die *Hispaniola* aus der *Schatzinsel* Stevensons vor ihren Augen. Denn wir schaukelten in der Tat. Ein Segelschiff ist mit geblähten Segeln ein stolzer Vogel auf den Rücken der Wellen und tanzt im Verhältnis zu einem Dampfer oder zu einem Motorschiff kaum auf den Wogen. Aber wenn es gegen den Wind dreht, ja dann, Freunde, verhält es sich unter dem Seemann wie ein bockiges Pferd! Die schweren Masten, die schlagenden Rahen und die mit den Rahen noch mehr schlagenden gelockerten Segel, vor allem aber die Wellen brachten unser Schiff so zum Schwanken, daß es den stärksten Magen zu schaffen machte. Kapitän Barrabella zum Beispiel suchten wir nach Verlauf der ersten fünf Minuten vergebens auf Deck.

Silver hatte recht: Janmatje konnte vor diesem Zusammentreffen wirklich nicht ahnen, in Kürze Passagier der *Valdivia* zu werden. Silver, der große Komödiant! Wenn ich an diesen Tag und die Ereignisse zurückdenke, als sich Zollers Verdacht bewahrheitete, kann ich nichts anderes sagen, als daß man die Durchtriebenheit Silvers, seine ständig angewandten Raffinessen bewundern mußte! Er, der genau wußte, was Janmatje verzapft hatte, vielleicht sogar auf seinen Befehl hin, er lachte dem Holländer ins Gesicht, als man diesen aufs Deck brachte.

„Und benimm dich anständig, du dummer Kerl, wenn du aus dem chilenischen Kerker herauskommst!"

Und Janmatje war nicht minder gerissen. Er schien sich über die Worte seines Kumpans zu empören.

„Ich werde es auch dir noch heimzahlen, Silver, wenn wir uns wieder begegnen!"

„Aber wir werden uns nicht begegnen, Freundchen", sagte Laguna Grande feixend. „Wie ich die Chilenen kenne, werden sie dich in die Salpetergruben stecken!"

Hierauf begann Janmatje laut zu lachen, als sollte er nicht vor Gericht gestellt werden, sondern zu einer Hochzeit gehen.

„Bisher bin ich aus sieben Kerkern ausgebrochen! Ich war sogar auf der Teufelsinsel und bin auch von dort entkommen!“

„Nun aber genug“, unterbrach Vater Daniló ihre Unterhaltung. „Löst ihm die Fesseln und dann ab mit ihm.“

Das Rettungsboot schwebte noch immer über dem Wasser. Durch das Ruder wurde das Schiff so gehalten, daß die Backbordseite unter dem Wind stand. Hierher warf Piede Piccolo den Ölbehälter, das Öl ergoß sich, und die Wellen leewärts des Schiffes glätteten sich. Das Ausgießen von Öl auf dem Meer ist eine alte und bewährte Methode, wenn der Wellengang das Aussetzen des Bootes gefährdet oder wenn ein Mensch aus den Wogen gerettet werden muß. Jeder umsichtige Kommandant hat in seinem Lagerraum Ölbehälter, möglichst mit Waltran gefüllt, weil dieser am dickflüssigsten und das schwerste Öl ist. Es läßt sich dafür allerdings auch Maschinenöl und allerlei pflanzliches oder tierisches Öl verwenden. Den Seeleuten ist seit langem bekannt (die Landratten aber halten es bis zum heutigen Tag für ein Märchen), daß das Öl die Wellen beruhigt. Das Wesentliche dieses Verfahrens ist, daß das Öl sich auf der Wasseroberfläche schnell verteilt und die entstehende Schicht (im allgemeinen in einer Stärke von einem Zehntausendstel Millimeter) sich wie ein Panzer auf das Wasser legt, was zu dem überraschenden physikalischen Ergebnis führt, daß die brechenden und tosenden Wellen auf dem offenen Meer auf die Hälfte, wenn nicht gar auf ein Viertel vermindert werden. Ich betone, Jungs, nur auf offener See, denn in Küstennähe gegen die vom Boden zurückschlagenden und sich an den Klippen brechenden Wellen hilft die „Ölkur“ gar nichts.

In unserem Falle war es von Nutzen. Das backbords heruntergelassene Rettungsboot traf auf verhältnismäßig flache Wellen auf.

„Ich sage dir nur eins“, wandte sich Janmatje an Sottomarina, als er schon im Begriff war, auf der schwebenden Strickleiter ins Boot hinunterzusteigen, „ich sage dir nur, es wird welche geben, die dir die mir zugefügte Kränkung heimzahlen werden!“

Sottomarina rief ihm nach:

„Denen wird es genauso ergehen wie dir, darauf kannst du dich verlassen!“

Voller Haß blickte Janmatje aus dem Boot nach oben und rief hinauf:

„Sie werden es heimzahlen, auch den anderen!“

Da war auch Feri schon in das Boot hinuntergeklettert. Er fuhr den Holländer an:

„Noch ein Wort, und ich übergebe dich gefesselt!“

Silver, Mikkelsen, Johnson und Laguna Grande lehnten sich auf die Bordwand. Sie blickten dem abfahrenden Boot mit so heiteren Mienen hinterher, als bereite ihnen die Übergabe Janmatjes Freude.

Silver rief dem Boot hinterher:

„He, Jan, bestelle der chilenischen Polizei schöne Grüße!“

Janmatje saß im Bug des schaukelnden Bootes, in einer nicht beneidenswerten Lage. Wenn die schaumgekrönten unberechenbaren Wellen gegen den Bug des Bootes schlugen, stieg eine förmliche Fontäne empor und ergoß sich über den Holländer. Daß er ein echter Seemann war, konnte jedermann sehen: er schüttelte sich nicht einmal, obwohl nach den ersten Ruderschlägen, sobald sie aus der geölten Zone heraus waren, seine Klamotten von Kopf bis Fuß durchnäßt wurden!

Am Aufbau des Steuerdecks auf Achterschiff starrte eine Gestalt dem Boot hinterher.

Es war Pedro. Er hatte das Krankenbett eben erst verlassen. Sein Kopf war verbunden, den Arm trug er in einer Binde. Mit verstauchtem Fuß war er herangehumpelt und lehnte sich an die altertümliche Kabinenwand.

So wurden wir von Janmatje befreit, der als erster aus der Bande sein wahres Gesicht gezeigt hatte. Ob er nun Gründe für die Selbstentlarvung hatte oder nicht, weiß ich nicht. Er hatte sich wahrscheinlich hinreißen lassen, denn ich kann mir schließlich nicht denken, daß in diesem Schuft die rassische Überheblichkeit so stark gewesen sein sollte. Der Instinkt, der das Tier zum Beißen veranlaßt, mag ihn dazu getrieben haben, Pedro, unser aller Liebling, umbringen zu wollen!

Der stahlgraue Körper der *Valdivia* schwebte mindestens eine Stunde in unserer Nähe. Feri übergab den Gefangenen und das aufgenommene Protokoll als Anklageschrift, die zur Aburteilung Janmatjes führen würde. Der wackere chilenische Kapitän machte auch nicht viel Federlesens. Er ließ Janmatje fesseln und hinunter in den Kielraum bringen, wo der einstige Gefangene der Teufelsinsel über seine Schandtaten nachdenken konnte.

Schließlich löste sich unser Rettungsboot von der Korvette und kam auf uns zugerudert. Diesmal ohne Janmatje, statt dessen mit einem Sack, der die Post enthielt, unter der sich mehrere mahnende Hinweise von Santa-Clara und wohlgemeinte, aber überholte Ratschläge befanden.

Aus dem niedrigen Schornstein des ölgetriebenen Kriegsschiffes stieg dichter schwarzer Rauch empor. Zugleich erschienen unter der Saling am Mast drei Flaggen:

„T D L ! Gute Fahrt, Kapitän!"

Die Fregatte aber, die so viel Ähnlichkeit mit der *Hispaniola* aus der *Schatzinsel* hatte und auf die sich genauso ein langer John Silver eingeschlichen hatte wie auf das Schiff Stevensons, die

Königin des Ozeans also, dippte als Gruß und zur Verabschiedung das auf Achterschiff gehißte brasilianische Hoheitszeichen.

T D L ! winkten auch wir der *Valdivia* nach, und als das ölbeschmierte Rettungsboot an Deck gehoben war, erschallte der Befehl Vater Danilós.

„Kurs Nordnordwest! Brassen der Segel spannen!"

Das stahlgraue Kriegsschiff nahm Kurs nach dem Osten, der Küste Chiles entgegen, wir aber segelten auf die Insel Robinsons zu!

Wir schauten dem sich entfernenden Kriegsschiff noch eine Weile nach. Bald aber umschloß uns wieder die düstere Einsamkeit des südlichen Pazifiks. Nirgends ein Schiff, soweit das Auge sah, was freilich nicht heißen soll, daß an der Küste Chiles keine Schiffe fuhren, aber auf Anweisung Vater Danilós mied unsere Fregatte aus Sicherheitsgründen die gewohnten Routen der Dampfer und Segelschiffe. Die verhältnismäßig schwere Manövrierfähigkeit unseres Schiffes und der bis jetzt schwere Dienst für unsere kleine Besatzung veranlaßten unseren Kommandanten zu diesem klugen Verhalten.

Es war eine große Erleichterung für uns, daß wir Janmatje auf diese Weise losgeworden waren. Der Gedanke, daß dieser Schuft an Bord war, hatte uns allen schwer auf der Seele gelegen. Selbst auf Silver und seine Leute schien sich seine Entfernung wohltuend auszuwirken.

„Bootsmann!" Silver umschmeichelte Sottomarina auch weiterhin. „Du hast den Kerl tüchtig hergerichtet! Wenn ich mich nicht täusche, warst du einst berufsmäßiger Ringer oder Boxer, ist es nicht so? Ich möchte keine Bekanntschaft mit deiner Faust machen!"

Wie es aussah, trauerten weder Silver noch die anderen ihrem verlorenen Kumpan nach.

Sottomarina, der vielleicht noch leichtgläubiger war als Vater Daniló und ein noch schlechterer Menschenkenner, ließ sich durch die Worte Silvers beeindrucken und äußerte später zufrieden:

„Ich glaube trotz allem, daß die anderen ordentliche Kerle sind. Besonders dieser Silver . . ."

„Hoffentlich sagst du das am Ende der Fahrt auch noch, Sotto", brummte Zoller, der, wie ihr seht, seinen Standpunkt recht hartnäckig vertrat. „Wenn ..."

... Und je weiter das verdammte Gebiet um Kap Hoorn hinter uns zurückblieb, desto mehr erwärmte sich die Luft. Schließlich war es Sommer auf der südlichen Halbkugel, aber wir waren in diesen Wochen zwischen der Julianbucht und der Insel Desolación so durchgefroren, daß wir uns nichts anderes wünschten als eine trockene, windstille, vor Kälte geschützte Ecke mit einem warmen Ofen.

Eines schönen Tages erblickten wir endlich, als wir uns bereits auf gleicher Höhe mit der Stadt Valdivia, auf dem 31. Grad südlicher Breite, befanden, die ersten Albatrosse über dem Stillen Ozean. Drei dieser riesigen und doch so leicht und graziös fliegenden Vögel gesellten sich zu unserem Schiff. Und sie begleiteten uns unverdrossen Tag und Nacht, bis Juan Fernández.

„Was würde wohl Suttora sagen, wenn er noch lebte?" gedachte Vater Guzsik, der Koch, unseres alten Kameraden, als er die Küchenabfälle ins Meer schüttete. „Wie würde er das Auftauchen der drei Albatrosse für uns deuten?"

Ich weiß nicht, was unser einstiger abergläubischer Kamerad für ein Zeichen in ihrem Erscheinen gesehen hätte, aber eins ist sicher, die drei Albatrosse brachten die gesegnete Wärme der Sonne mit sich.

Auch der Wellengang wurde ruhiger. Gleichmäßig wehte der Wind über dem blaugrau glänzenden Wasser. Wir kamen in den Bereich des Südäquatorialstromes, das heißt erst noch des Perustromes, der sich hier am 40. Grad südlicher Breite und 100. Längengrad aus dem Südäquatorialstrom löst und nicht nur ein Segen für die aus dem Süden kommenden Segelschiffe ist, sondern auch einzelne Gelehrten vermuten ließ, daß er die Urbewohner Amerikas auf Schilfflößen auf die Inseln des Stillen Ozeans getragen habe.

Diese wohltuende, nach Norden ziehende Strömung bekamen wir an jenem Tag zu spüren, als wir die Albatrosse und die um den Wendekreis lebenden Vögel sahen und schon in der Erwartung lebten, daß es nur noch einige Tage dauerte, bis wir Juan Fernández, diese für abenteuerlustige Seeleute interessanteste aller Inseln, erblicken würden. Wir segelten in einem ruhmreichen Meeresabschnitt. Hier kam als erste die Flottille von Magalhães vorbei, unterstützt von dem Perustrom und dem Südäquatorialstrom, und hier segelten Kapitän Cook und fast zur gleichen Zeit Commodore Byron; in diesen Gewässern blähten die Winde die Segel der Schiffe der Commodoren Bougainville und Wallis und des gelehrten Darwin, die gekommen waren, um die Geheimnisse des Stillen Ozeans zu erforschen.

Hier segelten seinerzeit der berühmte Navigator John Davis und selbst Drake. Dieses Meer sah den sanftmütigen Jacob Le Maire und seinen Gefährten Cornelisz Schouten im Jahre 1616, als sie Kap Hoorn und die Taufe dieses verfluchten Ortes hinter sich hatten. Diese Winde haben das Schiff eines der abenteuerlichsten Seefahrer nach dem Norden getrieben, das Schiff von Jacob Roggeveen, den die Welt schon vergessen hat, von dem die zur See fahrenden Völker aber wissen, daß er ein Seefahrer ersten Ranges war. Er umsegelte die Erde in den Jahren 1721/22 in einer Rekordzeit!

Die Erinnerung berühmter Schiffe und berühmter Seefahrer lag über der *Königin des Ozeans*, als auf ihrem Kurs die Albatrosse auftauchten. So mochten einst ihre Vorfahren der Karavelle *Nendrach* des Cornelisz Schouten gefolgt sein.

Denn das Meer ist zeitlos ...

Uns, Zoller, Feri Horváth und mich, beschäftigten in diesen Tagen fieberhaft zwei Themen. Erstens würden wir Juan Fernández sehen, und zweitens grübelten wir, wo dieses Roatan mit der Piratenstadt liegen mochte, von der die Aufzeichnungen berichteten, die wir in der Seemannskiste von Großmann gefunden hatten.

Ich brauche wohl nicht erst zu sagen, daß die Frage nach der verschollenen Insel von uns allen Zoller am stärksten beschäftigte.

Nicht umsonst hatte er sich als Kartograph qualifiziert, außerdem wollte er unserem Kapitän schon der Ehre wegen beweisen, was er konnte.

In seiner Freizeit tat er nichts anderes, als die besten Blätter seiner riesigen Kartensammlung zu durchforschen und aus den wenigen, aber brauchbaren Abhandlungen Licht in das Geheimnis der verschollenen Insel zu bringen. Es war uns gelungen, in überraschend kurzer Zeit aus dem Atlantik in den Stillen Ozean zu gelangen, was bedeuten konnte, daß Vater Daniló vielleicht doch den Versuch unternahm, Roatan ausfindig zu machen, ohne dadurch die vorgegebene Zeit der Fahrt nach Oakland zu gefährden. Roatan, die Insel mit der Stadt der Piraten, den von Legenden umwobenen Schlupfwinkel, wo vielleicht sogar Schätze zu finden waren!

Und da würden Silver und seine Leute recht behalten: Die *Königin des Ozeans* wäre ein Schatzschiff!

Aber wir hatten Kap Hoorn längst hinter uns, und Vater Daniló ließ nichts über seine weiteren Pläne verlauten.

„Kurs Juan Fernández“, hatte er gesagt und keine Silbe mehr.

Sottomarina fragte ihn:

„Na, und die Schatzsuche fällt wohl aus, Kapitän?“

Worauf Vater Daniló nur lächelnd erwiderte:

„Wenn ich mir sicher bin, wo die verschollene Insel zu suchen ist, werden wir den Bug unseres Schiffes dahin wenden. Aber wenn ich mich recht entsinne, Sotto, habe ich die Frage nach der Lage der Insel auch euch gestellt, bis jetzt aber hat sich keiner gemeldet, der sie gelöst hätte.“

Sottomarina kratzte sich hierauf hinter dem Ohr.

„Vielleicht Zoller . . . denn ich . . .“

Ja. Zoller forschte. Wenn wir uns mal zufällig in unserer Kabine trafen, wurde über nichts anderes gesprochen, nur darüber.

Die verschollenen Inseln!

Es hat mehr als eine Inselgruppe gegeben, die im Verlaufe der Jahrhunderte von den Seefahrern so genannt wurde.

Die Mangelhaftigkeit der alten Navigationsgeräte, die falsch eingetragenen Wahrnehmungen und selbst die durch die Witterung bedingten unterschiedlichen Sichtverhältnisse spielten der Seefahrt und der Geographie so manchen Streich.

Wem von euch zum Beispiel käme der Gedanke, daß von den Inseln des Stillen Ozeans die Salomoninseln und sogar Tahiti, das herrlichste Fleckchen auf der Erde, in den Seekarten und den

Segelhandbüchern lange Zeit als „verschollene Inseln“ vermerkt waren.

Die Salomoninseln waren bereits 1568 von dem Spanier Don Alvarez Mendaña de Neyra, einem der besten Seefahrer und Navigatoren seiner Zeit, entdeckt worden. Im Jahre 1568! Von da an fand man zweihundert Jahre hindurch die Inselgruppe nicht wieder, die nicht weit vom nördlichen Zipfel Australiens liegt und eigentlich die Fortsetzung Neuguineas ist! Unter den Suchenden befand sich der Spanier Pedro Fernández de Quiros. Nach den Salomoninseln wurde sehr intensiv gesucht. Den Namen hatte ihnen ihr Entdecker Mendaña de Neyra selbst gegeben, nachdem er dort auf reichlich Gold gestoßen war und glaubte, das biblische Land Ophir gefunden zu haben, aus dem König Salomo kostbare Schätze hatte holen lassen. Schließlich brachte der Marquis de Bougainville nach zweihundert Jahren Licht in die Geschichte: Er entdeckte 1796 die Salomoninseln erneut und endgültig. Und da stellte sich heraus, daß die Seeleute nicht in dem legendären Land Ophir gelandet waren!

Und auch das wunderbare Tahiti, oder richtiger Oteheiti, stand auf der Liste der verschollenen Inseln ... Es ist in der Tat so. Der vorhin genannte Pedro Fernández de Quiros erwähnt in seinem Schiffstagebuch die Insel Tahiti. Quiros sah die Insel 1650, einige Jahre später stieß auch der Holländer Luis Vaez de Torres darauf, aber keiner von ihnen legte an ihr an, denn sie suchten beide das goldreiche Land Ophir! Dabei kamen sie wahrlich recht weit von den Salomoninseln ab! Vor ihnen lag die „Perle des Stillen Ozeans“, sie ließen sie aber unberührt und bestimmten nur ihre Lage. (Tahiti heißt in polynesischer Sprache „Hohe Inseln“, die dazugehörende Hauptgruppe, Paumotu, aber „Niedrige Inseln“.) Und was Quiros und Torres 1650 entdeckt hatten, ging für die nachfolgenden Generationen genauso wieder verloren wie die von de Neyra entdeckten Salomoninseln. Im 18. Jahrhundert gelang es, Tahiti wieder aufzufinden: Kapitän Wallis, der Gefährte des Commodore Byron, entdeckte sie mit seinem Schiff *Dolphin* 1767, rund hundert Jahre später, als Quiros sie erblickt hatte.

„Es gibt so viel verschollene Inseln, es ist schrecklich!“ seufzte mein Freund Zoller.

Und wie ihr zuvor gesehen habt, war dieser Seufzer berechtigt. Denn die beiden angeführten Fälle sind nur hervorstechende Beispiele, aus denen ihr ersehen könnt, daß auf dem riesigen Gebiet des Stillen Ozeans selbst so große Inselgruppen wie Tahiti und die Salomonen lange Zeit unauffindbar blieben. Ganz zu schweigen von den kleineren, unbedeutenderen, von denen nicht eine (sondern mehrere hundert!) unbewohnt und tatsächlich unbekannt irgendwo liegen. Im Inseldschungel von Mikronesien, in den Tausenden und aber Tausenden von Atollgruppen Französisch-Ozeaniens oder unterhalb von Samoa, in der Inselwelt von Tonga, finden sich auch heute noch nicht nur vereinzelt, sondern sehr reichlich Inseln, die im „Pilot book“ oder im „Segelhandbuch“ wie folgt gekennzeichnet sind: „Gefährliches Gebiet, meiden!“ — „Ständig brechende Wellen, meiden!“ — „Niedriger Korallengrund, meiden!“ — „Korallenriffe, Wassertiefe unbekannt, meiden!“ . . . und so weiter und so fort: meiden, meiden, meiden! Zugleich stehen auf den Karten die auf die Gefahren hinweisenden Zeichen sowie die umpunkteten weißen Flecke mit den Hinweisen in der Mitte: „Daten der Stelle unbekannt“, oder „Die Daten vor langer Zeit kontrolliert“! Nun, wo ist der Schiffskapitän, der nach solchen Kennzeichnungen und Warnungen Schiff und Besatzung aufs Spiel setzt? Es gibt genügend Inseln in Ozeanien, wo er verhältnismäßig ruhig vor Anker gehen und forschen kann, wenn er dazu Lust verspürt. Verhältnismäßig ruhig, wie gesagt, denn auf dem Meer haben solche Feststellungen immer nur vorübergehend, für eine bestimmte Zeit, Gültigkeit. Die See — und darin liegt ja ihr Reiz — ist das Reich der nie endenden Überraschungen.

„Aber wo mag die verschollene Insel liegen, die Duncan als solche bezeichnet hat?“ Zoller grübelte und starrte auf die Karte, und auch Feri und ich zerbrachen uns den Kopf, genauso Sottomarina, den dabei vor allem eins erregte: die Schätze, die unter Umständen dort zu finden waren. „Wo mag sie liegen? Wo ist Roatan mit der legendären und von den Gelehrten so eifrig gesuchten Piratenstadt?“

Aber selbst dieser Frage kamen wir noch vor Juan Fernández näher.

Am Abend nach dem Zusammentreffen mit der *Valdivia* ließ Vater Daniló seine alten Gefährten in seine Kabine rufen.

Das war der erste Abend nach langen Wochen, an den ich als „echten Abend in der Südsee“ zurückdenke. Die Abende und Nächte in der Südsee unterscheiden sich deutlich von den Abenden und Nächten auf der uns bekannten nördlichen Halbkugel. Nicht nur deshalb, weil am Firmament andere Sterne und Sternbilder stehen, sondern auch, weil der nördliche Himmel nie so dunkel, so tiefdunkel, samtig schwarz ist wie der im Süden. Und diese geheimnisvolle tiefe Dunkelheit mit den funkelnden Sternen verleiht der südlichen Halbkugel zur nächtlichen Stunde ihren zauberhaften, überwältigenden Anblick. So mancher in seine nördliche Heimat zurückgekehrte Seemann hat sich nach dem Süden zurückgesehnt, um die wirklich erstaunliche Schönheit seiner mit schwarzem Samt überzogenen Nächte zu bewundern.

An jenem Abend bestaunte ich dieses Wunder vom Bug des Schiffes, vom Vorschiff, vom Bugspriet aus. Zu den drei Albatrossen hatten sich vier andere Vögel gesellt. Insgesamt sieben von früh bis abends kreischende, riesige Vögel mit gewaltiger Flügelspanne folgten unserer Fregatte. Die vier Neuankömmlinge waren Fregattvögel. Wenngleich die Fregattvögel als herumirrende Wanderer der Meere zwischen den Wendekreisen angesehen werden, so wissen die Seeleute gut, daß diese Festlegung nicht von ihnen, sondern von den Ornithologen stammt. Der Fregattvogel jedoch fliegt, wie auch in diesem Falle, wenn er Lust verspürt und das Wetter günstig ist, auch in südlichere Regionen. Unsere vier graugefiederten, ständig nach Nahrung Ausschau haltenden Vögel kreisten ununterbrochen um das Schiff, mit Ausnahme der Nacht. Da verschwanden sie. Sie mochten sich irgendwo auf den Wellen zum Ausruhen niedergelassen haben, doch wenn am östlichen Horizont die rosafarbenen Lichtstrahlen die tiefe Dunkelheit des Himmelszeltes durchbrachen, erschienen die Fregattvögel und machten durch ihr Kreischen Vater Guzsik auf ihre Rückkehr aufmerksam.

Versunken starrte ich in die Dunkelheit über dem südlichen Meer, als ich Vater Guzsik nach mir rufen hörte.

„Du sollst zum Kapitän kommen!"

Ich schaute zum Steuerrad hinauf. Die Lampe des Kompasses beleuchtete Gabbia und Santjago. Also war auch Zoller beim Kommandanten. Der diensttuende Bootsmann Sottomarina wurde von Piede abgelöst.

„Beeil dich", raunte mir Piede Piccolo ins Ohr, „der Alte hält Kriegsrat!"

Kriegsrat! So nannten wir von Anfang an — seit der ersten Gelegenheit, als wir uns in Fiume im *Napoleon* versammelt hatten — die entscheidenden Beratungen mit Vater Daniló.

So ein Kriegsrat fand nach Puerto San Julian statt, als er vor uns den Inhalt der Seemannskiste ausbreitete, und vielleicht sollte auch diesmal ein Kriegsrat stattfinden, wie Piede meinte.

Im Schein der Decklampe vor der Kombüse gewahrte ich eine Gestalt. Sie hockte auf einer Seilrolle am Fuße des Großmastes. Wie ein Falke oder ein Sperber, dachte ich. Es war der lange John Silver. Leise summte er das alte Seemannslied vor sich hin:

Mutter Kareys Hennen
Künden vom großen Sturm.
Ei, Mutter Karey,
Hast nichts Gutes mit uns vor,
Gar Schlimmes mit uns vor,
Böse Mutter Karey! . . .

Als ich an ihm vorüberging, hörte er auf mit dem Summen und lachte mir zu.

„Hast du gehört, Boy, der Kapitän erwartet dich."

Und er lachte so laut, daß ich überrascht stehenblieb.

„Ich finde daran nichts zu lachen, wenn mich der Kapitän rufen läßt", sagte ich und bemühte mich, ihm in die überschatteten Augen zu sehen.

Er reckte sich und stand auf.

„Nein, das ist nicht verwunderlich", brummte er, nun schon

leise lachend, „um so verwunderlicher ist es aber, daß er uns nie rufen läßt. Ich meine weder mich noch Laguna Grande. Na ja, wir gehören eben nicht zu den Vertrauten.“

Er nickte und schritt, die Hände in den Taschen, summend nach dem Vorschiff.

Mutter Kareys Hennen . . .

In diesem Augenblick schwanden all meine Zweifel über Silver. Ich fühlte, daß der Verdacht Zollers begründet war. Dieser Silver wußte mehr, als wir ahnten. Er hatte mehr hinter den Ohren, als wir vermuteten! An diesem dunklen, in schwarzen Samt gehüllten Abend an Deck dieses in einen Piratenroman passenden, von Albatrossen und Fregattvögeln begleiteten Schiffes, beleuchtet von der Lampe vor der Kombüse, war etwas in den Augen Silvers, was er bis jetzt verborgen hatte. Der zynische, wilde Blick eines furchteinflößenden Halunken.

Mutter Kareys Hennen . . .

Auf Steuerdeck bemerkte Gabbia:

„Wenn der Wind anhält, erreichen wir morgen Fernández!“

Alle Segel waren prall gefüllt. Die Fregatte machte Fahrt, von der die Seeleute sagen: Das Schiff überholt den Wind.

In der schrägliegenden Kabine des stark geneigten Schiffes saß die alte Besatzung beisammen. Sogar Kapitän Barrabella fand ich hier! Der kleine Mann saß an dem schmalen Tisch, auf dem Vater Daniló diesmal allerlei ausgebreitet hatte.

„Freunde“, sagte gerade unser Kommandant, als ich die Tür hinter mir geschlossen hatte, „wir stehen vor einer großen Entscheidung. Deshalb ist auch Kapitän Barrabella mit hier, um dem gewichtigen Plan von seiner Person aus zuzustimmen. Ich weiß, daß wir beide, Kapitän Barrabella, der ebenfalls ein Seemann der Adria ist, und ich, übereinstimmen.“

Damit drückten sich die beiden Männer die Hände.

„Ja, wir verstehen uns. Kapitän Barrabella teilt meine Meinung:

Da wir bei der Umsegelung von Kap Hoorn Zeit herausholen konnten, wollen wir uns auf die Suche nach Roatan machen."

Die Stille der Überraschung legte sich auf die Kabine. Als erster fand Sottomarina die Sprache wieder.

„Evviva, il capitano!" rief er. „Wenn Sie der Meinung sind, daß dort der Schatz verborgen liegt, so fahren wir drauflos. Ich will nicht sterben, ohne Schätze gefunden zu haben! Seit meiner Kindheit träume ich davon! Evviva!"

Nach dem Wortschwall Sottos und den Freudenrufen bemerkte eine ernste Stimme:

„Und Oakland? Was wird, wenn wir Oakland nicht zeitig genug erreichen?" meldete Szevér seine Bedenken an.

„Oakland!" Vater Daniló lächelte. „Wenn es uns gelingt, Roatan zu finden, woran weder Kapitän Barrabella noch ich zweifeln, dann bringt das der *Königin des Ozeans* einen solchen Ruhm, daß wir sogar ein Jahr zu spät kommen können! Dann wird Santa-Clara gern der Filmgesellschaft Schadenersatz zahlen. Finden wir sie aber nicht, dann bleibt uns noch genügend Zeit umzukehren, um rechtzeitig in Oakland zu sein."

Barrabella nickte mit tiefem Ernst.

„Genauso ist es, Kapitän, ganz genauso. Der Inhalt der Kiste ist von solcher Bedeutung, daß es unvernünftig wäre, die Gelegenheit nicht zu nützen. Santa-Clara gegenüber übernehme ich jede Verantwortung! Für die *Königin des Ozeans* kann es keine schönere und glorreichere Aufgabe geben, als den einstigen Schlupfwinkel der Piraten, das verschwundene und heute unbekannte Roatan ausfindig zu machen! Hol der Kuckuck die Filmgesellschaft, wenn sich die Gelegenheit zu einer solchen ruhmvollen Tat bietet!"

Das war eine klare Sprache. Der kleine Mann geriet förmlich in Feuer, wiederholt schüttelte er Vater Daniló die Hand.

„Hol der Kuckuck die Filmgesellschaft!"

In den Worten unseres Kommandanten klang Stolz mit, als er erklärte:

„Ich habe gezögert, als es zu entscheiden galt, über den Inhalt unserer Entdeckung zu sprechen. Aber mein Gefühl sagte mir:

Wer auf der Adria gesegelt ist, der versteht das Großartige dieser Möglichkeit, Roatan zu finden!"

„Und die Schätze eines gesunkenen Schiffes!" fügte Sottomarina hinzu.

Feri Horváth fragte:

„Wissen wir wenigstens, wo wir Roatan, die verschollene Insel, suchen müssen?"

Vater Daniló blickte auf Zoller.

„Was sagt der Kartograph? Hast du sie gefunden, Zoller?"

Meinem Herzensfreund stieg das Blut ins Gesicht. Beschämt blinzelte er.

„Ich hab sie nicht gefunden. Obwohl ich mir den Kopf genug darüber zerbrochen habe. Aber es gibt so viele ‚verschollene Inseln'!"

Vater Daniló schüttelte den Kopf und zwinkerte verschmitzt.

„Und ich hatte so auf dich gebaut, Zoller! ... Doch unabhängig davon habe ich selbst auch nachgeforscht!"

Damit setzte er seine Brille auf und zeigte auf den Tisch.

„So will ich euch nun berichten, was ich gefunden habe. Kapitän Barrabella kennt meine Pläne schon, und jetzt will ich sie auch euch mitteilen."

Und er griff nach einem vergilbten, zerknitterten, schon verblaßten Bogen Papier.

„Das ist die Skizze, die Duncan in seinem Tagebuch erwähnt. Sie ist von großem Wert, sie stellt Roatan selbst dar! Die rot nachgezeichneten Ergänzungen stammen von mir. Die Zeichnung auf der Skizze war stark verblaßt und kaum noch erkennbar, so daß mir nichts anderes übrigblieb, als sie zu ‚restaurieren'. Seht euch die Zeichnung aufmerksam an, sie zeigt die Umrisse von Roatan. Ich habe die kaum noch wahrnehmbaren, verblichenen Linien mit dem stärksten Vergrößerungsglas verfolgt."

Der rötliche Schein der Schiffslampe beleuchtete die von Erregung gespannten Gesichter und die strahlenden Blicke. Eine Kartenskizze von Roatan! Eine Insel von eigenwilliger Form und seltsam klingenden Aufschriften ...

„Zum Teufel mit den Filmleuten!" rief Barrabella erneut aus

und zeigte frohgemut auf die Skizze. „Wir suchen die Insel, Kapitän Turkovics."

Vater Daniló klopfte dem alten Seemann auf die Schulter.

„Wir werden uns bemühen. Es ist auch nicht so einfach, uns den Augen Santa-Claras zu entziehen. Teilen wir ihm unseren Plan von Juan Fernández telegraphisch mit, kann er daraus nicht viel entnehmen und bläst unser Unternehmen ab . . ."

„Das sollte aber nicht abgeblasen werden, Kapitän", warf unser Bootsmann erregt ein. „Es riecht mir nach Schätzen!"

Vater Daniló lachte.

„Schätze, Schätze . . . Immer nur diese Schätze! Glaube mir, Sotto, wenn wir Roatan fänden, wäre das soviel wert wie einige Kisten mit Goldbarren!"

„Aber wir wollen auch die Schätze nicht unbeachtet lassen, Capitano", brummte der alte Sotto. „Haben wir sie erst, können wir noch immer entscheiden, was mehr wert ist: die Insel oder die paar Kisten voller Gold!"

Vater Daniló schnitt die einsetzende Debatte mit einer Handbewegung ab.

„Noch haben wir weder die Insel noch die Schätze. Paßt also auf. Ich war da stehengeblieben, daß wir Santa-Clara nicht mitteilen können, was wir vorhaben. Wenn wir darüber aber keine Mitteilung machen und für geraume Zeit von der vorgegebenen Route abweichen, würde das besonders dann auffallen, wenn wir nach dem Anlaufen von Pitcairn die Route nach Oakland einschlagen müßten. Wir laden damit eine große Verantwortung auf unsere Schultern. Aber wir wollen diese Verantwortung auf uns nehmen!"

Barrabella nickte.

„Ja, wir nehmen sie auf uns."

Vater Daniló nahm die Brille ab, die er nur immer verstohlen benutzte, und griff wieder nach der Skizze.

„Was fällt euch auf diesem Blatt auf, worauf sich meine Nachforschungen vornehmlich stützen? Nun, Zoller, Szevér, Franzel, alter Nautiker, was fällt vor allem euch auf? Denn von irgend etwas muß man ja ausgehen, wenn man die von Duncan erwähnte verschollene Insel finden will ... Doch wir wollen keine Zeit verlieren, hört also, worauf sich meine Annahme stützt. Seht euch die Skizze an: Die Insel ist von einem Korallengürtel umgeben, der eine Lagune einschließt. Das ist entscheidend. Entscheidend in erster Linie deshalb, weil daraus schon ersichtlich ist, daß Roatan nach der Darstellung von Duncan nicht in Westindien zu suchen ist, sondern hier im Stillen Ozean. Des weiteren deshalb, weil daraus im gewissen Sinne schon auf die Lage geschlossen werden kann. Hier müßte sich eigentlich Zoller zu Wort melden."

Zoller meldete sich auch, aber es war eher nur ein Stöhnen.

„Nun ..." und er fuhr sich nachdenklich mit den Fingern durch die dichte Mähne, „nun ..."

„Ja, Zoller, nun ..." sagte Vater Daniló amüsiert, und wir lachten mit ihm. „Schaut her auf die ausgebreitete Karte des Stillen Ozeans. Wir wollen die Frage untersuchen. Die unzähligen Inseln zerfallen in drei Gruppen, in drei voneinander recht abgegrenzte Gebiete. Die unter dem Namen Marschallinseln bekannte Ralikgruppe und die unter dem Namen Gilbertinseln bekannte Tarawagruppe bilden Mikronesien, die Kleininselwelt. Darunter und zum Teil etwas südöstlich davon erstreckt sich Melanesien, die Schwarzinselwelt mit ihren dunkelhäutigen Bewohnern. Die dritte Gruppe aber, östlich des 180. Längengrades, der Datumsgrenze, ist Polynesien, das Vielinselland mit einer Bevölkerung von heller Hautfarbe. Nun stellt sich die Frage, welche von den drei Inselgruppen verbirgt Roatan?"

Ja, Jungs, ich muß es niederschreiben: Vater Daniló war in seinem Element, ihn kümmerte jetzt nicht die Neigung des Schiffes, auch nicht, wenn zu nächtlicher Stunde dann und wann eine stärkere Bö die Segel erfaßte und nicht einmal die Tatsache, daß wir uns nicht an die Vorschriften der Schiffahrt hielten. Auf Kommandodeck stand kein Wachoffizier, weder Szevér noch Feri. Vater Daniló, der Kenner der Meere und des Seemannslebens, wurde vom Fieber seiner Forschungsergebnisse gepackt. Wie schon so oft, versetzte er auch jetzt seine Gefährten durch die Sicherheit seiner Beweisführung in Erstaunen. Zoller raunte mir nicht nur einmal ins Ohr: „Ja, dieser Vater Daniló ..."

„Bevor wir weitergehen, seht euch noch einmal die Skizze an, damit ihr meinen Standpunkt bestätigt seht. Was für eine Insel ist Roatan? Sie ist von einem Korallengürtel umgeben, und in der Mitte als Kern liegt die Insel. Und nun paß auf, Zoller, du Kartograph! Im Stillen Ozean unterscheidet man drei Inseltypen, der eine ist ausgesprochen vulkanischen Ursprungs und hebt sich steil aus dem Meer heraus, wie zum Beispiel Viti Levu in der Fidschigruppe. Der andere Typ besteht nur aus Atollen und einem Korallengürtel, wie hier die Laguneninsel Kapingamarangi. Der dritte Typ aber, und das ist unserer, setzt sich aus beiden zusammen, er ist von einem Korallengürtel umgeben, der mittlere Teil aber, die Insel selbst, ist vulkanischen Ursprungs."

Hier setzte Vater Daniló wieder die Brille auf. Er war am entscheidenden Teil seiner Ausführungen angekommen.

„Wo also kann Roatan liegen? In Mikronesien nicht, denn das liegt sehr weit von der Küste Amerikas entfernt. Uns aber ist bekannt, daß die Piraten über das Gebiet des heutigen Panamakanals eine Verbindung zwischen dem Stillen Ozean und Westindien unterhielten. Hier gibt es allerdings sowohl Laguneninseln als auch Koralleninseln. Auch Melanesien ist noch zu weit, aber abgesehen davon, finden sich hier nur Inseln vulkanischen Ursprungs. So bleibt also Polynesien. Hier gibt es vornehmlich Korallen- und Laguneninseln, aber auch vulkanische, wie zum Beispiel ein Ziel unserer Reise, die Insel der Meuterer der *Bounty*, Pitcairn. Da alle großen Inseln der Salomonen, aber auch Viti Levu aus der Fidschigruppe und die Cookinseln vulkanischen Ursprungs sind, beschränkt sich das zu erforschende Gebiet Polynesiens auf Paumotu, die Niedrigen Inseln, und auf die Inselgruppe Tubuai. Aber selbst das ist noch ein großes Gebiet, Freunde, ein sehr ausgedehntes Gebiet! Von den hiesigen Leewardsinseln, angefangen von Maupiti über die Palliserinseln bis zu den Gambierinseln sind es zwölfhundert Seemeilen! In diesem Gebiet haben unsere

Vorfahren Jahrhunderte hindurch nicht einmal Tahiti gefunden!"

Stumm, ohne eine Silbe lauschten wir den Worten unseres Kommandanten. Mal schaute er auf uns, mal auf die Karte, dann zeigte er wieder auf die Skizze. Über unserem Kopf kreischte das Kugelgelenk der Schiffslampe. Von draußen hörte man — in der großen Stille — das Tosen der gegen den Schiffskörper schlagenden Wellen.

Und da schien mir, als hätte ich am Bullauge backbords irgendeinen Schatten gesehen!

Es war Nacht, und aus der samtenen Dunkelheit leuchteten durch das Bullauge die Sterne herein. Das ist verständlich, da der Wind von der linken Seite des Schiffes blies, wodurch sich das Schiff nach Steuerbord legte und die Backbordseite nach oben kam. Mir schien, als hätte ich die Umrisse eines Kopfes hinter dem runden Schiffsfenster gesehen!

Vater Daniló machte gerade eine Pause, sagen wir es offen, eine Kunstpause. Diese benützte ich, um schnell ans Fenster zu treten und hinauszuschauen.

Das Phosphoreszieren des Meeres, hervorgerufen durch Milliarden einzelliger Planktons, beleuchtete die Bordwand der Fregatte so deutlich, daß ich sehen konnte: es hing oder klammerte sich niemand an die Schiffsseite. Dennoch beschloß ich, Zoller zu sagen, seinen Verdacht gegen Silver Vater Daniló mitzuteilen. Besonders jetzt, da die *Königin des Ozeans* tatsächlich zum Schatzsucher geworden war. Silver hatte ja schon zu Beginn unserer Reise diesen Argwohn gehegt. Damals stritten wir es ab, aber jetzt konnte es doch so werden. Wie, wenn Silver und seine Leute nur deshalb auf der Fregatte angeheuert hatten?

Nur weil sie glaubten, daß die *Königin des Ozeans* auf Schatzsuche ginge. Vielleicht heckten sie aus diesem Grunde einen Plan aus, der bei Menschen ihres Schlages nur die Absicht verfolgen konnte, den Schatz an sich zu bringen! Dergleichen war uns nicht neu. Unlängst, vor einem Jahr, war das Schiff des Kapitäns Perry, die Jacht *Mary Pinchon*, vor der Insel Nuez in der Chatanbucht von jenen Piraten überfallen worden, die den Schatzsuchern der Galapagosinseln auflauerten.

Vater Daniló fuhr fort. Seine hagere, sonnengebräunte Hand glitt unruhig über die Karte.

„Ja, Freunde, selbst so ist dieses Gebiet noch etwas zu groß ... Die Aufgabe ist nicht einfacher, als wollte man jene gewisse Stecknadel im Stroh finden! Und doch habe ich das Gefühl, auf der richtigen Spur zu sein, wenigstens auf der Kartenskizze die von Duncan erwähnte verschollene Insel gefunden zu haben."

Wir schauten einander an.

„Donnerwetter", rief Zoller staunend.

„Corpo di bacco!" Das war natürlich Sottomarina.

Der Commendatore nickte zufrieden.

„Si, si, il capitano Turkovics ist auf dem richtigen Weg."

Glücklich wie ein erfolgreicher Gelehrter klopfte Vater Daniló seinem alten Kameraden Sottomarina wohlgelaunt auf die Schulter.

„Wahrlich, Sotto, ich hab sie gefunden!"

„Ob dort Schätze zu finden sind, darauf kommt es an", äußerte unser Bootsmann auch diesmal in seiner offenen Art. „Denn wenn es nur Steine gibt, dann wollen wir gar nicht erst hinsegeln!"

Vater Daniló antwortete wieder ernst.

„Ich weiß es nicht, was es dort gibt, was zu finden ist. Ich bin kein Prophet, wie unser seliger Suttora es war. Ich hab schon gesagt: allein das Wiederfinden von Roatan wäre Schätze wert."

„Aber ein paar goldene Kelche ..." wandte unser Hüne ein.

„Roatan ist einen Schatz wert. Und wir werden es suchen. Schaut nur mal her, Freunde, schaut mal auf die Karte! Als ich mir schon darüber im klaren war, daß sich die Nachforschung nur auf die Niedrigen Inseln zu erstrecken braucht, mußte ich den Begriff ‚Verschollene Insel' in jene Zeit zurückversetzen. Was mochten Duncan und seine Leute unter verschollener Insel verstanden haben? Da die Kartenskizze Duncans das Jahr 1808 trägt, nahm ich sämtliche Inselgruppen rings um Paumotu durch. Hier sind die Leewardsinseln im Stillen Ozean, die Gesellschaftsinseln, darunter die Tahitigruppe oder dort die Marquesasinseln.

Zu dieser Zeit galt keine dieser Inselgruppen als verschollen. Und dabei fiel mir ein Buch ein, das in meiner Kindheit gern gelesen wurde: ‚Die Seereise auf dem Sonnenstrahl', das Tagebuch des Kapitäns Thomas Brassey. Vor gar nicht allzu langer Zeit, im Jahre 1875, suchte er eine Insel namens Tatakoto, fand sie aber nicht. Ich kann mich entsinnen, wie sehr dieses Tatakoto, das für Kapitän Brassey als verschollene Insel galt, meine kindliche Phantasie erregte. Wenn also eine Insel der Paumotus noch 1875 verschollen war, um wieviel mehr müßte sie es dann 1808 gewesen sein! Und wo glaubte Brassey, daß Tatakoto zu suchen sei? Schaut einmal her, hier!"

Und damit zeigte Vater Daniló auf einen Punkt nahe des 140. Längengrades.

„An diesem Längengrad endet die Inselgruppe Tubuai, und nun hört gut zu."

Er griff nach dem Tagebuch von Duncan und las daraus vor.

Als wir Roatan verlassen hatten, waren wir gezwungen, an der nahe gelegenen Insel Tatakoto vor Anker zu gehen. Es hatte sich herausgestellt, daß mehrere unserer Leute mit den Meuterern auf der „Enrique" sympathisierten. Diese setzten wir ohne einen Bissen Nahrung aus und überließen sie ihrem Schicksal . . ."

„Daraus ist zu sehen, daß Duncan nicht lange fackelte", erklärte Zoller.

Vater Daniló putzte lächelnd die Gläser seiner Brille.

„Stellt euch vor, was ich empfunden habe, als ich diese wenigen Zeilen aus dem Tagebuch entziffern konnte und dem Namen aus der Lektüre meiner Kindheit begegnete: Tatakoto! Und obendrein bezeichnet Duncan in seinem Tagebuch sie als nahe. Freilich, was für einen Seefahrer nahe ist. Doch einerlei: die Anhaltspunkte sind gegeben. Die Tubuaiinseln sind auch heutzutage noch sehr wenig bekannt. Sie liegen nicht an den gewöhnlichen Schiffsrouten. Und nun sehen wir nach, was über sie im Segelhandbuch des Stillen Ozeans geschrieben steht. Lies vor, Szevér."

Und Szevér las den ersten Absatz auf der angegebenen Seite des kleinen Buches.

Tubuaiinseln, auf manchen Karten Australinseln, bestehen aus mehreren, vielfach verstreuten kleineren und etwas größeren Inseln. Sie liegen oberhalb und unterhalb des Wendekreises des Steinbockes. Die meisten sind unbewohnte Laguneninseln vulkanischen Ursprungs. Auf den Karten der alten Seefahrer sind die südöstlichen und die nordöstlichen Inseln der Gruppe als verschollene Inseln eingezeichnet ...

„Genug", sagte Vater Daniló, „ich glaube, damit habe ich alles gesagt, Freunde."

Barrabella, der die Höflichkeit in der alten italienischen Flotte gelernt hatte, machte sogar im Sitzen eine tiefe Verbeugung.

„Nicht umsonst ist Ihr Name berühmt, Kapitän! Ihre Beweisführung ist ausgezeichnet, und für mich besteht kein Zweifel, daß die *Königin des Ozeans* die legendäre Insel Roatan finden wird, von der schon soviel gesprochen wurde, von der aber niemand wußte, wo sie liegen könnte!"

Bei diesen Worten drückten sich die beiden Kapitäne erneut die Hand.

„Ich habe sogar schon die Route eingetragen", sagte Vater Daniló lächelnd. „Wir werden im Hafen von Juan Fernández festmachen. Kap Hoorn hat unseren Segeln arg mitgespielt. Dort werden wir die Takelage und die Segel ausbessern. Wenn wir damit fertig sind — und wir müssen schnell fertig werden —, verlassen wir Juan Fernández und segeln nach der Osterinsel und von dort weiter nach Pitcairn. Ich habe mich noch nicht entschieden, ob wir auf dem Hin- oder Rückweg dort vor Anker gehen. Nach Pitcairn sind wir für eine Weile für die Welt verloren. Santa-Clara wird uns sicher suchen lassen, wenn man uns lange Zeit vermißt. Wir werden auf jeden Fall die unweit von Roatan gelegene Insel Tatakoto erforschen. Nie hätte ich geglaubt, daß die verschollene Insel aus der Lektüre meiner Jugendzeit einst so wichtig für uns werden würde."

Nun, Jungs, das trug sich an diesem wunderbaren tiefschwarzen Abend zu, als wir in Richtung Juan Fernández segelten.

Hatte Zoller unserem Kapitän seine Vermutungen über Silver

mitgeteilt? Glaubte ich, in dem vermeintlichen Schatten das Gesicht Silvers erkannt zu haben? Über all das wird später die Rede sein.

Genauso wie darüber — aber das hat sich ja auch erst später ereignet —, daß eines schönen Tages die alte Seemannskiste samt Tagebuch des Duncan und der Skizze von Roatan aus der Kabine unseres Kommandanten verschwunden war.

Doch wie gesagt, all dies trug sich erst später zu.

ACHTES KAPITEL

In der Ferne erscheinen die Inseln Juan Fernández — Wo Robinson Crusoe lebte — Wo ist Freitag? — Meeresungeheuer — Der Teufel schläft nicht — Achtung, Haigefahr! — Silver als Lebensretter — Eine Büchse kracht — Die samtschwarze Nacht — Laguna Grande muckt auf — Parkin Christian — Das meuternde Schiffervolk — Vierzig Jahre im Stillen Ozean — Eine wichtige Rundfunknachricht — Populäres Schach — „Mutiny on the Bounty“

Auf der Insel Robinsons . . .

Fühlt ihr, was diese Worte in uns aufrühren: Auf der Insel Robinsons . . . Die großartige Gestalt Meister Defoes hat sich in der Kindheit in unser Herz gestohlen und bleibt dort bis zum letzten Atemzug.

Defoe ist der erste realistische Schriftsteller in England, der alles genau beschreibt: Zeit, Ort, Güte der Getreidekörner, Länge und Material des Bootes, das Warenverzeichnis, den Wert der portugiesischen Münze Moidores und selbst das Wassernetz der Insel. Und Robinson ist die erste Romangestalt, die in der Arbeit den Hauptzweck des Lebens sieht und den Beweis erbringt, daß man nie übereilt, sondern immer mit klarem Kopf alles erwägen und durchdenken soll, ehe man an die täglichen Aufgaben herangeht. Er beginnt mit der Arbeit, nachdem er alles berechnet und überlegt hat. Robinson ist ein Mann der Tat, deshalb auch haben wir ihn liebgewonnen.

Hat Robinson überhaupt gelebt? Ja, er hat gelebt. Er hieß nicht Robinson Crusoe, sondern Alexander Selkirk. Er war ein aus Schottland stammender Seemann, der zur Zeit Defoes lebte und dessen abenteuerliches Schicksal, vor allem aber seine Standhaftigkeit in den schier ausweglos erscheinenden Situationen den Schriftsteller so begeisterte, daß aus dieser Begeisterung heraus der größte Jugendroman aller Zeiten, „Robinson Crusoe“, entstanden ist!

Und als in dem vergnügt wehenden Südwestwind unter ganz klaren Sichtverhältnissen in der Ferne die Juan-Fernández-Insel auftauchte, verschnürte mir etwas die Kehle.

Neben mir standen Zoller, Feri Horváth und Szevér, etwas weiter Vater Daniló und Kapitän Barrabella, und am Rande des Kommandodecks saß auf der nach unten führenden Treppe Pedro, unser Freitag. Pedro wußte bereits, wer Robinson war. Feri Horváth, der „Arzt“ auf unserem Schiff, hatte während seiner hingebungsvollen Behandlung dem Negerbürschlein ausführlich die Geschichte von dem auf die Insel verschlagenen schiffbrüchigen Seemann und seinem Diener Freitag erzählt.

In der Ferne tauchte hinter dem Dunstschleier des Meeres die Insel wie eine bergartige Masse auf.

„Juan Fernández“, hatte Feri Horváth, der diensthabende Offizier, unserem Kommandanten gemeldet, als die Insel in Sicht kam.

Auf die Nachricht hin waren fast alle an Deck geströmt.

Die Insel Juan Fernández sollte sich jeder Seemann so oft ansehen, wie sie in Sichtweite kommt. In den Augen der Seeleute stellt Juan Fernández etwas Geheiligtes dar. Man sagt, wer die Insel gesehen hat, könne ruhig weitersegeln, seine Wünsche gingen in Erfüllung, und sogar sein Leben würde sich verlängern. Ich glaube nicht, daß dies wegen Robinson so ist, sondern weil die

Insel, genauer die Inselgruppe, eine Art Eingangspforte zu den Inseln des Stillen Ozeans darstellt, aber auch für die Schiffe, die von Kap Hoorn kommen und nach Nordamerika wollen. Und wer mit dem Wind, dem eisigen Regen und dem Schneesturm Bekanntschaft gemacht und während der erlittenen Plagen vergessen hat, daß es auch Sonnenschein, Blumen und grüne Wälder auf der Welt gibt, der betrachtet mit Recht die Inselgruppe als Wunder und schreibt ihr Zauberkraft zu.

Jene Insel, die durch ihre verschiedenen Namen bei den Seefahrern und den abenteuerlustigen Freunden von Seekarten so viel Verwirrung verursacht hat. Juan Fernández ist eigentlich eine Inselgruppe, die aus drei Inseln besteht. Richtig heißt es also Juan-Fernández-Inseln. Der Name der Inselgruppe Juan Fernández übertrug sich allmählich auf die Hauptinsel, auf Más a Tierra. Viele Seeleute aber bezeichnen die Insel — aus Zuneigung zu dem Helden von Defoe — als Robinsoninsel.

Eins ist sicher — und ich glaube, ihr werdet uns das nachfühlen können — Feri Horváth, Zoller, ich selbst, aber auch Pedro und vielleicht sogar Vater Daniló schauten mit Herzklopfen in die Ferne.

Das dort ist die Insel Robinsons, auch wenn sie die wackeren Chilenen Juan Fernández nennen! Ein wunderbarer, märchenhafter Anblick: hoch emporragende Berge, die sich im blauen Meer widerspiegeln.

Am zeitigen Morgen war die Insel in der Ferne aufgetaucht, unklar und verschwommen, und es war wohl schon Mittag, als wir die Küste erreichten und Ausschau nach der auch auf der Karte recht klein erscheinenden Bucht und dem Eingang zur Siedlung hielten. Denn auf der Insel gibt es keine Stadt und kein Dorf, nur eine Ansiedlung; verstreut liegende kleine Häuser, Gehöfte und einige größere Bauten gegenüber der Einfahrt zur Bucht: der Sitz des „Gouverneurs" oder vielmehr des Friedensrichters, ein oder zwei Lagerhäuser und das Häuschen des Hafenmeisters. Der Hafenmeister war übrigens zu dieser Zeit gleichzeitig Barbier (der einzige auf der Insel!) und Polizist des Friedensrichters.

Der Zauber der Ankunft beherrschte unser Gemüt. Die Insel

Robinsons! Obwohl es doch verschiedene Ereignisse gab, die unsere Gedankenwelt eingehend beschäftigten. In erster Linie war es der erhebende Gedanke, daß unsere abenteuerliche Fahrt noch weiter gehen sollte: Wir mußten Roatan finden. Und dann war der Fall Silver, der mich nun schon genauso beschäftigte wie Zoller. Und allein die Tatsache, daß wir das Meer mit einem Schiff wie die *Königin des Ozeans* durchpflügten, war kein geringes Erlebnis.

Aber selbst unter diesen Umständen fühlte ich mich beglückt, den Tag erlebt zu haben, an dem wir die Insel Robinsons erreichten.

Freilich, die Träume decken sich nie mit der Wirklichkeit. Die von Defoe beschriebene Insel ist eine Mischung aus den Inseln, wie sie im Stillen Ozean vorkommen, und denen vor der Küste Afrikas, denn auf seiner Insel gedeihen sowohl Datteln als auch Kokosnüsse, dort leben Papageien, aber auch europäische Ziegen. Die Einwohner bei Defoe sind zum Teil Papuas, die auf ihren Kanus angreifen, und zum Teil Neger wie Freitag. Aber seine Fabel verlangte es so.

Doch für mich ist die Insel Robinsons die, die ihr jetzt zusammen mit mir hier erblickt: Juan Fernández.

Die einzige zum Anlegen notdürftig geeignete Bucht wird bis hin zu den ankommenden Wellen von sattgrünen üppigen Wäldern umrahmt wie in Pago-Pago auf Samoa. Lorbeer, Zypressen, Sykomoren, Ölweiden, besondere mediterrane Eichen bedecken die Insel, vereinzelt aber gibt es sogar Palmen, um der Insel Robinsons gerecht zu werden. Und es gibt so viele Bäche, daß es erstaunlich ist. Was würden die Bewohner der Kapverdischen Inseln dafür geben!

„Ich begreife einfach nicht, warum sich der biedere Selkirk von hier fortgesehnt hat ... zurück nach dem nebligen Albion!" bemerkte Zoller, nachdem er das Ufer mit dem Fernrohr abgesucht hatte.

Juan Fernández war eine Insel des Friedens, der Schönheit und der Ruhe. Hier legte nur selten ein Schiff an, die meisten gaben die üblichen Signale ab und fuhren vorüber, denn weder die Bucht noch der Hafen waren für das Anlegen größerer Schiffe geeignet. Einige vorbeikommende chilenische Walfänger oder kleine Dampfschiffe von Robbenfängern, unter Umständen ein Segelschiff oder ein Vagabund der Meere suchten dieses Arkadien im Stillen Ozean auf, wo vielleicht dreihundert Menschen leben mögen, und sie leben — im Frieden! Ein Hafen, in dem keine Schenke und keine Kneipe ist, aber auch kein Gefängnis! Nur eine Rundfunkstation und ein damit verbundener Signalturm. Das ist alles, was Juan Fernández, die zu Chile gehörende Inselgruppe, mit der Außenwelt verbindet. Und es ist seltsam, wenn man sich vorstellt, daß hier mitten im Ozean eine Insel liegt, von der kaum einen Kilometer entfernt das Senklot beziehungsweise das Echolot eine Tiefe von 1000 bis 2000 Metern anzeigt. Irgendein Vulkan hat die Insel Robinsons aus der Tiefe emporgeschleudert. Auf ähnliche Weise sind auch die anderen Inseln dieses Gebietes entstanden, so auf dem gleichen Längengrad etwas nördlicher San Felix und San Ambrosio und etwas westlicher (um geringe 1500 Kilometer) die Osterinsel und unweit davon Sala y Gómez, wo auch wir vorbeisegeln würden, wenn alles gut ging. Sie ragen von dem mehrere tausend Meter tiefen Meeresboden wie steile Berge empor. Wenn der Perustrom und der Südäquatorialstrom sich schon auf der Höhe von Juan Fernández plötzlich nach dem Westen drehten, dann wären die Osterinsel und die auf fast gleicher südlicher Breite liegende Pitcairninsel die wichtigsten Löschplätze und Aufnahmehäfen für Kohle und sonstige Treibstoffe und für die großen Segelschiffe, die aus dem Süden kommen, Häfen zur Rast und zur Ausbesserung der Schiffe. Aber die beiden Ströme biegen erst wesentlich nördlicher, etwa um den 10. Grad südlicher Breite, nach den reizvollsten Gegenden, den Inseln im Stillen Ozean, ab. Daher herrscht auf Juan Fernández, und noch mehr auf der Osterinsel und der berühmten Pitcairn, arkadischer Frieden.

Diese schläfrige Ruhe wird von dem halbjährlich einmal auftauchenden Postschiff oder einem aus besonderen Gründen hier vorüberkommenden Segelschiff unterbrochen.

Wie von der *Königin des Ozean*s, die wir jetzt in die einzige zum Ankern geeignete Bucht der Insel lenkten.

Auf unserem Mast wurden die Signalflaggen gehißt: Bitte einen Lotsen! Bitte die Ankerstelle angeben!

Der Hafenmeister und Barbier rasierte offenbar irgendwo einen Kunden. Auf dem Mast der Rundfunkstation wehte gelassen die Staatsflagge von Chile. Auch von dort kam keine Antwort auf unsere Signale.

Vom Schiff aus, durch das Fernrohr betrachtet, sah die Hafenmole recht mitgenommen aus, daher entschied Vater Daniló, daß wir, falls wir keinen Lotsen erhielten, an einer geeignet erscheinenden Stelle vor Anker gehen wollten.

„Tiefe messen! Vorbereitungen treffen zum Ankern! Segel verringern! Klüver lockern!"

Ein Befehl folgte dem anderen. Silver und seine Leute rannten über Deck von einer Rüste der Brassen zur anderen und standen den Besatzungen der alten Kriegsschiffe in nichts nach. Ja, sie waren Gold wert. Und dennoch . . . Jedermann war eifrig bei der Arbeit. Vater Daniló und Barrabella überwachten vom Achterschiff aus die Ausführung der Befehle und ergötzten sich an dem Anblick der herrlichen Bucht.

Zoller und ich standen am Steuer, denn Gabbia und Santjago hatten ihre Plätze am Ankerspill eingenommen, genau wie Feri Horváth, der als Offizier das Ankermanöver leitete.

Selbst Vater Guzsik nahm an den Deckarbeiten teil. Er war mit Piede dabei, das Rettungsboot loszubinden.

Allein Pedro hockte am oberen Ende der Treppe. Er fror nun nicht mehr. Sein schwarzes Gesicht war nicht mehr fahl und aschgrau. Nein, sein Zustand besserte sich von Stunde zu Stunde. Die gesegneten Sonnenstrahlen, die lebenspendende Wärme hatten dem kleinen Neger über den Schreck und die Qualen seiner Verletzungen hinweggeholfen. Der kleine schwarze Bursche starrte wie verzückt auf die Insel, von der ihm Master Horváth so erstaunliche Dinge erzählt hatte und auf der ein wackerer schwarzer Bursche, Freitag, gelebt hatte.

„Pedro lieben Freitag", hatte uns unser Schiffsjunge schon mehrfach lachend versichert, „Pedro lieben auch die Insel von Freitag."

(Pedro, teurer kleiner Freund, wie gern denke ich an dich zurück! Deine Haut war schwarz, deine Seele aber schneeweiß und dein Herz aus Gold. Du warst zu einem richtigen Freitag unter uns geworden, unter dem rauhen Schiffsvolk, und du blicktest zu uns auf wie Freitag auf Robinson geblickt haben mag! Und wir hatten dich genauso gern wie Robinson seinen Freitag.)

Zoller sah mich an und sagte belehrend:

„Donnerwetter, diese Namen! Weißt du, was die zwei großen Inseln der Gruppe für närrische Namen haben? Más a Fuera, Más a Tierra, ein Uneingeweihter würde meinen, das klingt gut. Der eine oder andere Name mag ein schönes Attribut bergen! Der Chilene aber gebraucht ‚Fuera', wenn er jemand aus seinem Haus weisen will. Es heißt: Fort von hier! Scher dich fort! Nicht so in dem Inselnamen! Da heißt Más a Fuera äußeres Land, während Más a Tierra die der Küste näher gelegene Insel ist. Einst genügte es den Walfängern oder den vor dem Gesetz sich verbergenden, umhersegelnden Seeleuten, wenn sie wußten, ob es die äußere oder die nähere Insel war. Nur knapp zwei Kilometer vom Südwestende der Más a Tierra liegt die dritte und kleinste Insel der Gruppe, Santa Clara, die wegen ihres Reichtums an Ziegen auch Goat Islands, also Ziegeninsel, genannt wird. Die meisten Schiffe aber, die die Insel anlaufen, schreiben in ihr Logbuch nicht Más a Tierra, sondern Juan Fernández oder Robinsoninsel."

Zoller hätte seine Betrachtungen gern fortgesetzt, doch dazu war jetzt wirklich keine Zeit. Der Lotse war nirgends zu sehen, und auf dem Mast, der auf dem niedrigen Turm der Funkstation angebracht war, erschien keine Signalflagge ... Die *Königin des Ozeans* aber war über einer günstigen Tiefe angelangt. Die Tiefenmessung nahm Santjago vor.

„33 Klafter! ... 27 Klafter! ... 23 Klafter! ... 17 Klafter! ..."

Monoton, aber weithin verständlich klangen die Angaben Santjagos, die Feri Horváth sicherheitshalber durch das Sprachrohr nach dem Kommandodeck weitergab.

„23 ... 17 ..."

Und dieses seltsame Schiff, wie diese Märcheninsel seit Jahrhunderten keines mehr gesehen hatte, beschrieb einen weiten Bogen, und nach der Methode Vater Danilós wurde ein Segel nach dem anderen eingeholt und gerefft, damit sich die Geschwindigkeit immer mehr verringerte und an der Anlegestelle das Rucken, das Spannen der Ankerkette nur noch ganz minimal war. So drehte sich die Fregatte allmählich in den Wind.

„10 Klafter!“ schallte die Stimme Santjagos.

Vater Daniló hob die Hand und gab das Zeichen zum Herunterlassen des Ankers.

Dann rief er zu uns herunter:

„Steuer ganz nach Steuerbord!“

Er wandte sich nach hinten. Am Kreuzmast stand Laguna Grande mit zwei Matrosen. Nur noch ein Klüver war oben.

„Segel einholen!“

Hätten Fachleute am Ufer gestanden, ich schwöre es, sie hätten beim Vor-Anker-Gehen der Fregatte geklatscht. Es war ein so richtiges, herzerfreuendes, gekonntes Festmachen, wie Vater Daniló das stets erwartete. Aber die Bewohner von Juan Fernández waren weder von der Schiffahrt noch vom Meer je verwöhnt worden. Von den fünfundzwanzig oder dreißig Mann, die auf unser Einlaufen hin gaffend herbeigeeilt waren, fand sich — wie sich später herausstellte — nur ein einziger, der das Anlaufen des Ankerplatzes und das Ankersetzen der *Königin des Ozeans* — zum erstenmal seit Puerto San Julian — zu würdigen wußte.

Über einer Tiefe von zehn Klaftern ließ man fünfzig Klafter Ankerkette abspulen.

„Anker steht!“ meldete Feri Horváth nach kurzer Zeit durch das Sprachrohr, denn die Brandung in der Bucht war recht stark und somit das Tosen der zurückschlagenden Wellen ziemlich laut. Der Anker stand, er pflügte also nicht, rutschte nicht, schwebte nicht, sondern hatte eingehakt im Grund und hielt das Schiff fest an der Ankerkette.

„Boot aussetzen!“ kommandierte Vater Daniló. „Wenn sich der Lotse und der Hafenarzt nicht melden, dann werde ich die beiden suchen!“

Wir waren angekommen.

Aus dem dichten, bis ans Meer vorrückenden Wäldern der Insel schlug uns Wärme und ein würziger Duft entgegen.

Wir waren auf der Insel Robinsons, Jungs, auf der Insel Robinsons!

Offen gestanden, es gäbe über das hier Gesehene und Erfahrene manches zu berichten. Aber die Ereignisse drängen nun schon. Juan Fernández könnte über vieles erzählen, nicht nur über den Schiffbruch des Alexander Selkirk, sondern über zahlreiche weitere Schiffbrüche und Schiffbrüchige, von aus Chile hierher verbannten unglücklichen Revolutionären oder Abenteurern, von Helden oder Schuften und von ehrlichen Seefahrern, die die Insel ohne Ausnahme nur als Zwangsaufenthalt, als Versteck, als gelegentlichen Schlupfwinkel angesehen haben und bei der ersten passenden Gelegenheit wieder weiterzogen. Die wenigen hundert Menschen, die ständig hier lebten, waren nur ein Bruchteil derer, die mal hier vorbeigekommen waren. Erstere haben mit der Welt gebrochen und sich für ewig mit der Insel verbunden. Man berichtet heute noch stolz davon, daß die meisten der Alten gar nicht wußten, daß in Europa von 1914 an vier Jahre hindurch ein Krieg wütete!

Die fünf Tage, die wir in der Hafenbucht von Juan Fernández verbrachten, vergingen mit harter Arbeit. Das locker gewordene, an vielen Stellen geschwächte Tauwerk wurde zum Teil neu gespannt und zum Teil ausgewechselt. Die eine oder andere Rahe wurde durch eine stärkere ersetzt. Segel wurden genäht, ausgebessert und ausgewechselt. Die Deckfugen sperrten stellenweise und mußten kalfatert werden. Wir standen vor einer großen, unbekannten und gefährlichen Fahrt. So schadeten diese Vorsichtsmaßnahmen nicht. (Wie sich später dann auch bewahrheitete.) Trotz dieser Arbeit blieb doch Zeit, daß ich zusammen mit Zoller, Feri Horváth und Pedro die Höhle aufsuchte, in der — nach Ansicht der Inselbewohner — Selkirk alias Robinson, seinerzeit der einzige Mensch auf der Insel, Unterschlupf gefunden hatte. Die Höhle liegt in der Robinsonbucht, einige Meilen westwärts von unserer Anlegestelle, oberhalb der Höhle, kaum anderthalb Kilometer von der Robinsonbucht, gelangten wir auf einen kahlen Berggipfel, von wo aus wir den Meeresabschnitt übersehen konnten, den Selkirk Tag für Tag verzweifelt abgesucht haben mochte: den unendlichen Stillen Ozean mit dem durch Entfernung und ständigen Dunst kaum auszumachenden schwarzen Fleck in dem schillernden Blau, die westlich von hier gelegene Insel Más a Fuera.

An einem Felsen auf dem Gipfel war eine Gedenktafel angebracht, die über die Abenteuer von Selkirk berichtet. Den Text entnehme ich den Aufzeichnungen Zollers, wenn er nicht stimmt, hat er es auf dem Gewissen.

DEM ANDENKEN DES SEEFAHRERS
ALEXANDER SELKIRK,

der in der schottischen Grafschaft Fife in dem Städtchen Largo geboren wurde und auf dieser Insel in völliger Einsamkeit vier Jahre und vier Monate gelebt hat. Er wurde von dem Kriegsschiff „*Cinque Ports*“, einem 96tonner mit 16 Kanonen bestückt, im Jahre des Herrn 1704 ausgesetzt und am 12. Februar 1709 von dem englischen Beuteschiff „*Duc*“ an Bord genommen. Er starb mit 47 Jahren als Leutnant auf der „*Weymouth*“, einem Kriegsschiff Seiner Majestät, im Jahre des Herrn 1723. Diese Gedenktafel wurde von dem Schiffskapitän Powell und den Offizieren der „*Topas*“, einem Schiff Ihrer Majestät, im Jahre des Herrn 1868 an der Stelle angebracht, von wo Selkirk Ausschau gehalten haben mag.

Als wir den Text der recht verwitterten, schon einige Male ausgebesserten Tafel entziffert hatten, sah Pedro uns enttäuscht an, hauptsächlich aber Feri Horváth.

„Freitag ist nicht. Herr Offizier haben Pedro belogen!“

Ich muß euch noch sagen, daß unser kleiner Neger, der noch recht wacklig auf den Beinen war, sich uns angeschlossen hatte, weil er die Stelle sehen wollte, von der aus — nach der Schilderung Feris — Robinson und Freitag gemeinsam auf ihre Befreiung gewartet hatten. Und nun stand auf der Tafel geschrieben, daß der Seemann „in völliger Einsamkeit“ auf der Insel lebte. Ohne Freitag, der genauso schwarz war wie Pedro.

Feri klopfte dem Jungen auf die Schulter und sagte:

„Merke dir, Pedro, Freitag und Robinson haben wirklich zusammen gelebt! Es gibt keinen normalen Menschen auf der Erde, der daran zweifeln würde. Die Inschrift der Gedenktafel stimmt nicht. Das kannst du auch daraus ersehen, daß auf ihr geschrieben steht, er wurde von einem Kriegsschiff ausgesetzt, obwohl doch jedermann weiß, daß Robinson Schiffbruch erlitten hat! Ist es nicht so, Jungs?“

Wir nickten alle zustimmend, denn wir wollten in dem kleinen Kopf Pedros nicht alles durcheinanderbringen, indem wir ihm zu erklären versucht hätten, daß die Geschichte des Seemanns Alexander Selkirk Defoe nur die Anregung zum Schreiben seines „Robinson Crusoe“ gegeben hatte. Und daß somit die Robinsoninsel gar keine Robinsoninsel war! In seiner aufrichtigen Offenherzigkeit wäre Pedro gar nicht imstande gewesen zu glauben, daß es einen Menschen gab, der die Wirklichkeit zugunsten einer Fabel veränderte.

So retteten wir am Tag unseres Landganges die Ehre und die Glaubwürdigkeit Defoes und seines Robinson.

In jener Nacht kam ich übrigens nicht los von Robinson. Ich glaube, euch wäre es nicht anders ergangen. Zur Geisterstunde hielt ich zusammen mit Gabbia Deckwache. Da hätte es keinen besseren Gefährten für mich geben können. Der wortkarge Seemann rauchte ruhig und ohne ein Wort seine Pfeife. Ich aber lehnte mich auf Achterdeck gegen den Kreuzmast und schaute in die stille Nacht. Der südliche Himmel wölbte sich auch diesmal gleich einem tiefschwarzen Samtzelt über der Insel und dem Meer. Der düstere Berghang und die Bucht flossen ineinander. Vom Ozean her, von der Einfahrt in die Bucht, vernahm man das Rauschen der Wellen. Dann und wann bellte ein Hund oder meckerte eine Ziege. Von einer nahe gelegenen Plantage brachte der Wind den Duft reifer Feigen herüber. Die Brise, die sich vom Ufer gelöst hatte, streifte durch die Bucht und streichelte das Schiff.

Wieder hatte ich das Gefühl, in einer abenteuerlichen Geschichte mitzuwirken. An der Küste vor der Insel Robinsons auf einem Segler aus der Zeit Robinsons vor Anker zu liegen, so etwas konnte doch nur in einer abenteuerlichen Geschichte vorkommen. Ich wartete förmlich darauf, daß an dem beleuchteten Küstenstreifen Alexander Selkirk persönlich erschiene und zum Schiff herüberriefe:

„Ahoi, Schiff, zu Hilfe! Ahoi!“

Wie er gerufen und gewinkt haben mochte, als in der Ferne das Kriegsschiff *Duc* auftauchte, das selbst im Stillen Ozean Piraten, Spaniern und Franzosen, nachstellte. Was dieser Mensch, der auf der Insel mehr als vier Jahre — in völliger Einsamkeit — verbrachte, durchgemacht hat, läßt sich nur schwer nachfühlen. Wie oft mag er auch in diese Bucht heruntergekommen sein, um nachzusehen, ob nicht das heißersehnte Schiff eingetroffen war, ein umherstreifender Wanderer des Meeres, der um Wasser aufzunehmen oder um Ausbesserungen an seinem Schiff auszuführen, auf der Suche nach Abenteuer oder Beute in der größten und schönsten Bucht von Juan Fernández festgemacht hatte? . . .

Diese in samtiger Nacht verborgene, von dichten Wäldern umgebene Bucht hat auch Selkirk gesehen, und er hat sich an den für uns ungewohnten Sternbildern der südlichen Halbkugel erfreut. Und er hat die seltsamen, merkwürdigen, für einen einsamen Menschen schreckeinflößenden Geräusche in der Bucht vernommen. Klatschen, Seufzen, Stöhnen und prasselnde Laute. Denn Juan Fernández ist nicht nur durch Robinson berühmt, sondern auch wegen der Haie, Rochen, Delphine und Wale. Die gefürchtetsten Meeresungeheuer geben sich in den verschiedenen Buchten der Insel von Zeit zu Zeit ein Stelldichein. Von den Bewohnern der Insel erfuhr ich, daß die einzelnen Buchten meistens von einer Tierart beherrscht werden. Oft treiben sich Hunderte von Haien in der Bucht umher, und wenn dann ein Schwarm Delphine oder zwei oder drei Blauwale auftauchen, die sich übrigens nicht gern weit von der Küste entfernt aufhalten, bietet sich für die Inselbewohner ein phantastischer Anblick. Der kleine gestreifte Delphin mit seinen schwertförmigen Flossen stellt hier unter Beweis, daß er nicht nur der Clown der Meere ist, sondern auch ein gefährlicher, kühner Räuber. Er nimmt den Kampf mit den Haien auf — genauso wie der Blauwal oder der gelbbauchige Wal! Es ist auch keine Seltenheit, daß der Seemann, wenn er vom Deck seines Schiffes herunterschaut, mehrere Quadratmeter große, flache, ungestalte, sich schwebend bewegende, geisterhaft anmutende Wesen gewahrt. Das sind die Riesenrochen, die man ruhig als Wölfe der Meere bezeichnen kann.

Seit Selkirk konnte hier jeder auf der Insel Juan Fernández das Seufzen und Stöhnen der Delphine und Wale, das Klatschen der aus dem Wasser schnellenden Haie und die prasselnden Laute der Rochen vernehmen. Hier war das Baden gefahrvoller als die Einsamkeit auf der Insel.

... An jenem Abend, an den Kreuzmast auf Achterdeck gelehnt, lauschte auch ich den geheimnisvollen Lauten in der Bucht.

Gabbia saß auf der Stufe zum Steuerdeck und rauchte seine Pfeife. Auch am Wasserfaß rauchten Männer: drei Schatten im Widerschein des Meeres und im Funkeln der Sterne. Laguna Grande, Silver und Mikkelsen. Aus der Kabine des Kommandanten und der angrenzenden Kajüte Kapitän Barrabellas fiel ein breiter, sich weit bis ans Ufer hinziehender Lichtstrahl.

Das Schiff stand fahrbereit. Wir hatten alles ausgebessert, und Vater Daniló hatte unser Auslaufen für den nächsten Tag bestimmt. Die Funkstation auf Juan Fernández hatte bereits unsere Nachricht an Santa-Clara und die Außenwelt weitergegeben: Die *Königin des Ozeans* läuft in Kürze auf der angegebenen Route in Richtung der Pitcairninsel aus, berührt also als erstes die Osterinsel. Das mit der „angegebenen Route“ war eine kleine Finte. Vater Daniló und Barrabella hatten gemeinsam beschlossen, daß wir an der Osterinsel vom Kurs nach Pitcairn abwichen und in Richtung der Tubuaiinseln weitersegelten.

„Nach Roatan nehmen wir dann Kurs auf Pitcairn, wie es im Vertrag vorgesehen ist“, sagte Vater Daniló im engeren Freundeskreis. „Zuvor jedoch halten wir Ausschau nach Roatan! Bis zum 4. April sind wir dennoch im Dock von Oakland.“

Jetzt hielten Zoller, Feri Horváth und ich die Zeit für gekommen, unsere Zweifel, unseren Argwohn gegenüber Silver und seinen Leuten, unserem Kommandanten zu offenbaren. Ich habe schon erwähnt, daß es eine Redewendung gibt, die besagt: Der Teufel schläft nicht.

„Der Teufel schläft nicht!" sagte auch Zoller. „Ich kann nicht länger schweigen. Wir begeben uns für lange Wochen in die völlige Einsamkeit des Meeres. Und mir sind diese Kerle verdächtig!"

Ich muß gestehen, seit ich an jenem Abend hinter dem Kabinenfenster einen Kopf gesehen zu haben glaubte, war auch in mir der Argwohn immer größer geworden. Immer mehr verstärkte sich das Gefühl, daß es keine Einbildung gewesen war, sondern daß Silver wirklich zur Zeit unseres „Kriegsrates" zum Fenster hereingespäht hatte. Eine andere Frage ist, wie er das anstellen konnte, ohne dabei aufzufallen. Aber in der Höhe der äußeren Kabinenreihe auf Achterdeck war zur Verzierung ein Balken angebracht, der wie ein Sims wirkte, unter Umständen konnte er sich auch abseilen, die Möglichkeit des Spionierens war also gegeben. Der Wahrheit zuliebe muß gesagt werden, daß Santjago und Gabbia, die zu dieser Zeit am Steuer ihren Dienst verrichteten, während der Beratung niemanden auf Kommandodeck hatten hochkommen sehen.

„Einerlei", entschied Zoller, nachdem wir alles erwogen hatten, „wir teilen unseren Verdacht dem Alten mit."

Und nun paßt auf, daß der Teufel in der Tat nie schläft. Ich wiederhole: Paßt auf!

Wir baten unseren Kommandanten um Rapport, so wie es die Vorschriften verlangen.

„Ist es wichtig?" fragte er.

„Ja, es ist wichtig", beteuerten wir alle drei.

„Dann heute nachmittag nach der Wachablösung, wenn ich mit Kapitän Barrabella das Schiff inspiziert habe. Recht so?"

„Ja, es ist recht."

Am Nachmittag nach der Wachablösung saßen wir in der Kabine des Kommandanten beisammen.

Zoller packte alles aus, vor allem die Sache mit dem Schoner *Tolna* und noch viele Einzelheiten, die unseren Argwohn bestärkten.

„Hm, hm", brummte Vater Daniló von Zeit zu Zeit. Und manchmal schaute er zum Ufer hinüber.

Die *Königin des Ozeans* lag verhältnismäßig weit draußen und in Sicherheit vor den Steinen des Ufers und den Balken des baufälligen Piers.

Am Ende der Hafenmole — wie das in Siedlungen am Meer allgemein üblich ist — angelten Kinder. Zwei von ihnen ruderten in einem alten Kahn. Es war kein richtiges Boot, eher nur ein auf dem Wasser schwimmender und schaukelnder Kasten.

„Schert euch fort von hier, corpo di bacco!" fuhr Sottomarina sie an. „Ihr kommt mir unter das Schiff und dann ist es aus mit euch! Die Haie fressen euch auf!"

In der Bucht gab es viel Haie. Das hatten nicht nur wir gemerkt, sondern auch der Barbier und Hafenmeister, der schon am zeitigen Morgen eine Tafel am Molenrand angebracht hatte: „Vorsicht, Haigefahr!" Auch daraus könnt ihr ersehen, daß in dem Arkadien Robinsons Ordnung herrschte.

Vater Daniló nickte.

„Hm, hm."

Das galt zum Teil dem schaukelnden Kahn, und zum Teil war es eine Antwort auf die Mutmaßungen Zollers.

„Wir glauben, Kapitän", beendete Zoller seinen Bericht, „daß es unsere Pflicht war, Ihnen all das mitzuteilen. Denken Sie nur an den Fall der *Mary Celeste*, wie Piraten von heute den mächtigen Dampfer hatten verschwinden lassen! Ich glaube, Laguna Grande, Silver und das zu ihnen gehörige Gesindel sind Mitglieder der heute noch bestehenden Piratenbande ‚Jolly Roger'!"

„Hm, hm!"

Vater Daniló kratzte sich am Kopf.

„Es sind ausgezeichnete Seeleute", sagte er, „wo könnte man bessere finden? Habt ihr diesbezüglich etwas gegen sie vorzubringen?"

Feri Horváth schüttelte verneinend den Kopf. Auch Zoller hatte diesbezüglich nichts einzuwenden. Sie waren in der Tat ausgezeichnete Seeleute, geborene Segelschiffer.

„Ich glaube", meinte Vater Daniló mit einem spärlichen Lächeln, „das ist in unserem Fall das Entscheidende. Hier, ich betone das, auf einem Schiff wie dem unseren braucht man solche Männer."

Enttäuscht sah Zoller unseren Kommandanten an. Wir hatten es im voraus befürchtet, Vater Daniló, der leichtgläubige, begeisterte, alles erforschende und herausfindende, aber auf jeden Halunken hereinfallende Vater Daniló konnte auch diesmal nicht über seinen Schatten springen.

„Wißt ihr, Jungs", sagte unser Kommandant, „dergleichen kommt im Leben vor. Du willst doch nicht behaupten, Zoller, daß ein vor langer Zeit gesehenes Bild in einem vor vielen Jahren gelesenen Buch ein fester Anhaltspunkt ist. Das Buch hast du in deiner Kindheit gelesen! Jetzt bist du ein erwachsener Mann. Daß sie Fragen stellen, ob wir auf der Schatzsuche sind? Was ist denn schon dabei?! Auch Sottomarina beschäftigen die Schätze, und doch ist er kein Pirat! Daß Janmatje ihr Freund war? Seeleute sind nun mal keine betenden Mönche!"

„Wir glaubten ..."

Aber hier unterbrach sich Zoller.

Vater Daniló und auch wir sprangen auf, und schon waren wir draußen auf dem Kommandodeck.

Sottomarina rannte brüllend auf die am Boot angebrachten Rettungsringe zu.

„Corpo di bacco! Ich habe es vorausgesagt!"

Vater Daniló wandte sich zurück.

„Meine Büchse! Bringt mir meine Büchse!"

Im selben Augenblick sprang ein Mann steuerbords über Deck. Hohes Aufspritzen zeigte an, daß er im Wasser gelandet war.

Der schwerfällige Kahn war gekentert! Einer der Jungen klammerte sich an der Seite des gekenterten Bootes fest, der andere aber war verschwunden.

All das ereignete sich fünfzig bis sechzig Meter vom Schiff und etwa einhundertfünfzig Meter von der Mole entfernt.

All die Kinder, die auf der Mole standen, schrien im Chor:

„Haie! Haie! Carlo! Benjamino! Paßt auf, Haie!"

Und schon sah man eine Rückenflosse über den Wellen, die schnell durch die Wogen auf das gekenterte Boot zuschoß.

Ein Hai! Und obendrein der gefürchtete Riesenhai der südlichen Meere, der Pesce grande! Inzwischen war auch der zweite

Junge wieder aufgetaucht. Entsetzt und von tödlicher Angst gepackt, paddelte er im Wasser, wie einer, der instinktiv handelt. Von Wellen überspült und wieder auftauchend, näherte er sich nun schon schwimmend seinem Spielgefährten, der auf den Kiel des Bootes zu klettern versuchte und seinem Kameraden immer wieder zurief:

„Hierher, Benjamino, hierher! Mach schnell, Benjamino!"

Da sahen wir nicht nur die Flosse, sondern den Hai schon selbst. Es war ein riesiges Exemplar!

Zu gleicher Zeit schwamm in schnellem Tempo ein Mann auf den verzweifelt um sich schlagenden Jungen zu. Es war der lange John Silver, der mit kräftigen Zügen, das Küchenmesser Vater Guzsiks zwischen den Zähnen, auf den Jungen zueilte! Silver, an dem wir soeben kein gutes Haar gelassen hatten.

„Das Boot! ... Männer, schnell das Boot aufs Wasser!“

Sottomarina riß die Haltegurte förmlich herunter, Piede bediente den unmodernen, aber stilechten Bootskran. Laguna Grande, Gabbia, Guzsik und Mikkelsen hoben bereits das Rettungsboot.

Wieder vernahm man ein Klatschen.

Pedro war mit verbundenen Beinen und Armen ins Wasser gesprungen!

Und da krachte die Büchse Vater Danilós.

Der Donner der guten alten Remington, dieses zuverlässigen Repetiergewehres, hallte von den Tälern, Schluchten und Wäldern rings um die Bucht vielfach wider.

Silver war schon ganz nahe an den Jungen heran. Er rief ihm etwas zu, offenbar, daß er keine Angst haben und aushalten sollte ... Und dann nahm er das Messer in die Hand.

Der Riesenhai war nur noch wenige Meter von dem Jungen entfernt! Silver schrie auf, so laut, daß er sogar den Schuß übertönte:

„Juppiii!“

Und plötzlich verschwand er im Wasser, um unter dem Jungen hinwegzutauchen und vor den Hai zu gelangen.

„Juppiii!“

„Pedro zurück!“ rief Szevér vom Deck hinunter. „Zurück mit dir!“

Denn ob ihr es glaubt oder nicht, unser kleiner Neger schwamm mit seinem Verband mutig und kühn auf das gekenterte Boot zu. Diese Negerjungen aus Brasilien bewegen sich mindestens so sicher im Meer wie die jungen Singhalesen oder die Wellenreiter im Stillen Ozean. Aber Pedro bedeutete in unserem Falle nur neue Sorgen, ein Mann mehr in der gefährlichen Bucht und obendrein verletzt und geschwächt.

„Nehmt Pedro auf!“

Dies rief Szevér Sottomarina zu, der das Kommando in dem schon auf dem Wasser schaukelnden Boot führte, das jetzt mit schnellen Ruderschlägen vorwärtsgetrieben wurde. (Wir haben seither häufig gerätselt, wie es möglich war, das Gig der Fregatte in so unwahrscheinlich kurzer Zeit, so schnell aufs Wasser zu bringen.)

Der Körper des Hais schnellte empor, der stahlblaue Leib mit weißen und grauen Streifen an der Seite hob sich für einen Augenblick aus dem Wasser, die gewaltige Schwanzflosse fegte durch die Luft. Wenn der Tiger angreift, zieht er sich zusammen und springt im nächsten Augenblick, der Löwe schlägt sich mit dem Schwanz erst kräftig gegen die Flanken und schnellt dann wie eine Feder nach vorn.

Der Blauhai, der Tiger der Meere, schnellt empor, als wollte er seine Kunst zeigen und seinem Opfer einen lähmenden Schrecken einjagen, ehe er sich auf seine Beute stürzt.

„Juppiii!"

Der aus den Häfen bekannte Schlachtruf Silvers klang drohend. Wie gelähmt starrte der Junge auf die Szene, die sich einige Meter von ihm entfernt abspielte. Von der Mole schallten im Chor entsetzte Rufe. Der Junge, der sich auf das gekenterte Boot gerettet hatte, beobachtete den schrecklichen Vorgang und rief immer wieder den Namen seines Kameraden.

„Benjamino! . . . Benjamino! . . ."

Silver schwang das Messer wie der Wasserballspieler den Ball.

Es war ein erbaulicher, heroischer, männlicher Augenblick, Freunde.

Wir mußten befürchten, daß im nächsten Augenblick entweder der Junge oder Silver in der Tiefe verschwinden würden. Und nur ein breiter blutiger Streifen würde in ihrer Spur zurückbleiben.

Und als sich der Körper des Hais aus dem Wasser hob, krachte wieder die Büchse Vater Danilós. Er schoß das ganze Magazin leer, alle sieben noch vorhandenen Kugeln.

Auf dem knochigen, sonnengebräunten Gesicht unseres Kapitäns lagen Ruhe und Entschlossenheit. Inmitten des Lärms, des Geschreis und der Ruderschläge konnte man das Einschlagen der Kugeln hören. Zoller behauptete später, er habe gesehen, wie der Körper des Hais zusammenzuckte.

Der Riesenkörper peitschte das Wasser auf und stürzte dann in die Fluten zurück.

All das Geschilderte spielte sich in wenigen Minuten ab, vielleicht war es nur eine einzige. Noch heute ist diese Erinnerung in mir lebendig, die ganze erschreckende, lähmende, bestürzende Szene.

Als der ins Wasser zurückfallende Hai verschwand, waren auch der Junge sowie Silver verschwunden! Sottomarina lenkte das Boot in die Mitte des entstandenen Wirbels.

Und da konnten wir sehen, daß auf der einen Seite der Junge und auf der anderen Seite Silver ins Boot gehoben wurden.

Sie waren am Leben geblieben! Der Hai aber war verschwunden. Allerdings nicht spurlos: ein blutiger Streifen in der Bucht verriet, daß die Kugeln Vater Danilós getroffen hatten. Kaum hatte das Gig auf das gekenterte Boot zu abgedreht, um dort den sich festklammernden Jungen aufzunehmen, als es an der Stelle des Angriffes wie in einem Kessel zu brodeln begann. Auf den Blutgeruch hin eilten die Haie herbei und begannen ihren verwundeten oder vielleicht erlegten Gefährten zu zerfleischen.

Das Rettungsboot brachte vier durchnäßte Menschen an Bord. Pedro, die beiden gekenterten Jungen, von denen Benjamino nur durch künstliche Atmung ins Leben zurückgerufen werden konnte, und natürlich Silver. Dieser hartgesottene Halunke war ein Teufelskerl: lachend winkte er zu uns herauf und rief wohlgelaunt:

„Vater Guzsik, dein Messer ist futsch! Der Hai hat es mitgenommen!“

... Das trug sich zu, und so geschah es, daß Silver in wenigen Augenblicken zum Helden wurde. Und das kurz nachdem wir nachzuweisen versucht hatten, daß Silver — und höchstwahrscheinlich auch die anderen — gefährliche Burschen, Piraten seien, Mitglieder der „Jolly Rogers“. Der Teufel schläft also in der Tat nicht. Wie auf Verabredung hatte er die beiden dummen Kerle, ihren alten Kahn und den Hai geschickt. Wie gesagt, Silver war zum Helden geworden. Die Bevölkerung der kleinen Insel feierte ihn begeistert. Man beglückwünschte den mutigen Seemann (und sein Verhalten war in der Tat mutig gewesen, mag ihn der Teufel holen!), man lud ihn sogar in die Kapelle ein, damit er bei der Danksagung zugegen sei, und er erhielt auch mehrere Einladungen zu Festessen mit Ziegenbraten, wo er nach eigenem Eingeständnis nichts anderes tat als essen und trinken, vornehmlich aber trinken.

„Noch nie in meinem Leben habe ich so viel getrunken wie heute“, sagte er mit einem breiten Lächeln, aber völlig nüchtern, als er von dem Fest zurückkam. „Es ging einfach nicht mehr in mich hinein.“

So war Silver zum Helden geworden.

„Euren Verdacht aber begrabt“, meinte Vater Daniló. „Wer soviel Heldenmut aufbringt und soviel Menschlichkeit, der kann nur ein anständiger Mann sein. Und Silver ist nicht nur ein ausgezeichneter Seemann, er ist auch ein anständiger Mensch!“

... Und nun kehren wir zurück zu unserer Wache, also zu unserem letzten Abend, den wir in der von Haien wimmelnden Bucht vor der Insel Robinsons verbrachten.

Gabbia, mein Gefährte bei der Wache, saß auf der Stufe zum Steuerdeck. Silver, Laguna Grande und Mikkelsen rauchten am Wasserfaß ihre Pfeifen.

Durch die kleinen runden Fenster der Kabine des Kommandanten und der Kajüte des Commendatore fiel ein breiter Lichtstrahl aufs Wasser, gleich einer goldenen Brücke, die die Fregatte mit dem Ufer verband.

„Vor Mitternacht kommt ein Boot“, hatte Vater Daniló zu mir gesagt. „Laß den Mann an Deck.“

Das war alles, und offen gestanden hatte ich seine Anweisung schon vergessen und gar nicht mehr daran gedacht, daß Vater Daniló jemand erwartete.

Ich muß auf seine Anweisung hin ein recht erstauntes Gesicht gemacht haben, denn er hatte noch hinzugefügt:

„Anstelle des ausgefallenen Janmatje brauchen wir Ersatz. Jener, der kommt, ist der richtige Mann für uns.“

Ich jedoch weilte am Fuße des Kreuzmastes mit meinen Gedanken bei Robinson.

Der letzte Abend vor dieser Insel, dachte ich bei mir und versuchte mir die Zeit mit dem erhebenden Gedanken zu vertreiben, daß ich mich an einer legendären, in der Tat märchenhaften Stelle befände.

Alexander Selkirk ... Defoe ... Robinson ... Freitag ...

Siehe, auch unser Freitag, Pedro, hatte gezeigt, daß er das

Herz am rechten Fleck hat! Er war ein richtiger Freitag. Unbekümmert seiner Verletzungen, der langsam heilenden Schürfungen und Verstauchungen war er erst mit uns auf den Aussichtshügel gestiegen, und dann war er — vom goldenen Trieb seines schwarzen Herzens bewegt — über Bord gesprungen, um den gekenterten Jungen von Juan Fernández zu helfen!

Freitag . . .

„Ahoi, Schiff!"

Es war doch nicht etwa Selkirk, der sich dort in dem Boot am Rande des Lichtkegels näherte?

Die wenigen Augenblicke, die ich brauchte, um in die Gegenwart zurückzukehren, glaubte ich an einen Zauber.

Mir wollte scheinen, als säße Selkirk am Steuer des Bootes und ein dunkelhäutiger Freitag würde rudern.

Süßer Duft reifer Feigen erfüllte die ganze Bucht.

Gabbia stand auf und rief:

„Ahoi, Boot!"

Der Ruf unseres wortkargen Kameraden weckte mich aus meiner Träumerei.

„Ahoi! . . ."

Wir zündeten die helleuchtende Decklampe an. Gabbia ließ steuerbords die Strickleiter hinunter.

Silver, Laguna Grande und Mikkelsen kamen neugierig zu der Stelle, an der der Ankömmling über die Bordwand klettern mußte.

Das Boot legte sich mit einem leichten Schlag an die Fregatte.

Der am Steuer sitzende Mann wandte sich frohgelaunt an den Ruderer:

„Wir sind angekommen, Ambrosio. Bring mir mein Gepäck nach."

Die Strickleiter wurde gespannt; als sich das Hanfseil unter der Last ausdehnte, ruckte es gewaltig. Füße traten gegen die Bordwand des Schiffes. Der Ankömmling verstand sich auf das Erklettern einer Strickleiter, denn er bewegte sich sicher und flink.

Im Schein der Lampe erschien unser neuer Gefährte.

Wie soll ich euch meine erste Begegnung mit dem Mann, dessen

Name bei den Seefahrern so bekannt, ja weltberühmt ist, beschreiben? Die Aufgabe ist nicht leicht.

Im gelblichen Schein der Decklampe erschien als erstes ein schäbiger, zerknitterter Leinenhut, unter dem schneeweißes, lokkiges Haar und ein lächelndes, von einem Vollbart gerahmtes, olivbraunes Gesicht hervorschauten, dann folgte in einem abgetragenen Leinenanzug und in leichten Sandalen eine ziemlich untersetzte Gestalt.

Der Mann schwang sich über die Bordwand, wandte sich aber gleich zurück und rief hinunter:

„Ambrosio, das Gepäck!"

Mehrere Leinensäcke, eine Art Seemannsgepäck, landeten auf Deck, einer nach dem anderen. Der Chilene Ambrosio verabschiedete sich, und dann stand der Ankömmling in voller Gestalt vor uns.

Er sah uns an wie ein alter Bekannter. Er sprach englisch, aber in der hier im Stillen Ozean üblichen Wortfügung, unter Hinzumischung eines spanischen, französischen oder polynesischen Ausdruckes, wie das hier von der Osterinsel bis zur Küste Australiens allgemein üblich ist.

„Guten Abend, Boys. Kennen wir uns nicht? Jorana!" und er reichte mir die Hand.

Die Stimme des Fremden klang angenehm, tieftönend und heiter. Aus seinen himmelblauen Augen und seinem braunen Gesicht strahlten Zutrauen und Wohlwollen.

„Nein", schüttelten wir den Kopf, „wir kennen dich nicht, Freund, wer bist du?"

Sein Blick glitt von einem zum anderen, bei Laguna Grande blieb er stehen.

„Jach, dir bin ich schon begegnet! Jach, ich will dir auch sagen wo. Vor sechzehn Jahren auf der Insel Fanning, als man die Barke *Palmira* wegen Menschenschmuggel angehalten hat. Jach, wenn ich mich nicht täusche, hast du auf diesem Schiff gedient."

Laguna Grande fuhr mürrisch auf:

„Wir sind uns noch nicht begegnet, Freund. Da irrst du. Ich bin im ganzen Leben noch nicht auf Fanning gewesen, aber auch

nicht auf den anderen Inseln des Stillen Ozeans. Erst recht nicht auf der *Palmira*."

Der Fremde schüttelte den Kopf und lachte.

„Nun, dann habe ich mich getäuscht. Jach, obwohl ... obwohl Parkin Christian ein gutes Gedächtnis hat. Denn das bin ich, jach, Parkin Christian, Fahrensmann und Matrose. Jach!"

Damit reichte der leutselige Mann jedem die Hand und sprach sein „Jorana", was in Polynesien ein freundlicher Gruß ist.

Zu einer weiteren Unterhaltung zwischen ihm und uns kam es jedoch nicht, denn auf dem Kommandodeck erschien Vater Daniló und kam freudig auf den Neuankömmling zu.

„Guten Abend, Mister Christian. Kommen Sie in meine Kabine, damit ich Sie in die Mannschaftsliste eintrage. Ich werde den ersten Offizier wecken, damit er Ihnen einen Schlafplatz anweist."

Mister Christian! Das kommt auch nicht alle Tage vor, daß der Kapitän eines Segelschiffes ein neues Mitglied der Besatzung mit Herr anspricht.

Der Mann schaute noch einmal auf Laguna Grande und schüttelte den Kopf.

„Jach, und doch sind wir uns schon begegnet, Kamerad!"

Und er folgte Vater Daniló mit breiten Schritten und eingeknickten Knien. Das geübte Auge sah auf der Stelle, daß es ein Mann war, der in seinem Leben mindestens so viel Zeit auf dem Meer verbracht hatte wie auf dem Festland.

Laguna Grande zuckte verächtlich mit der Schulter.

„Corre di dios, alter Affe!" Und er schlug Silver grinsend auf die

Schulter. „Da macht der Kapitän einen guten Fang, wenn er den aufs Schiff anheuert."

Gabbia sagte nur kurz:

„Es gibt wohl kaum einen besseren Seemann auf dem Stillen Ozean als ihn!"

„Fahrensmann", Silver grinste geringschätzig. „Ein Hausierer, der den Papuas Strumpfbänder und Nachtgeschirre verkauft! Hahaha!"

Er schlug Laguna Grande gegen die Brust.

„Leugne nicht, daß du auf Fanning gewesen bist und Menschen auf die Plantagen in Australien geschmuggelt hast! Leugne es nicht, Grande!"

Laguna Grande schaute verächtlich in die Richtung, in der Vater Daniló und der neue Mann verschwunden waren.

„Ich werde mich drum kümmern, daß er in meine Wache kommt. Er soll noch erfahren, wer Laguna Grande ist, den er mit irgendwem verwechselt! Madre de dios!" In seinen duckmäuserischen Augen sprühten Funken des Zornes. „Er soll es erfahren!"

... Und am nächsten Tag stach die *Königin des Ozeans* wieder in offene See.

„Kurs Westnordwest, Osterinsel", gab Vater Daniló Anweisung.

Die Himmlischen bekundeten uns ihre Zuneigung, es wehte günstiger Wind, und obgleich wir vom Passat abkehrten, machte die Fregatte gleichmäßige Fahrt. Es war ein vortrefflicher Südwind, der von backbords wehte und der in dieser Gegend sehr selten ist. So begann unsere Fahrt, die überraschend enden sollte.

Zoller, der Kartograph, konnte nicht widerstehen, uns mitzuteilen, was er über die Insel auf unserer Fahrtroute wußte.

„Daß Más a Tierra auf den verschiedenen Karten mal als Juan Fernández, mal als Robinsoninsel angegeben wird, ist noch verständlich. Aber daß die Osterinsel so viele Namen hat! Die Italiener bezeichnen sie als America Meridionale Isola della Pasqua, die Chilenen — denen die Insel ja gehört — nennen sie La Serena, die Amerikaner haben auf der Karte des Sunny Pacific bereits den alten, von den Eingeborenen gebrauchten Namen der Insel angegeben: Rapa-nui. Auf den Karten der englischen Admiralität steht sie als Easter Island, und auf dem Seeatlas des Deutschen Justus Perthes steht sie mit Xaihu. Jetzt sei bloß noch gesagt, warum sie im allgemeinen Osterinsel genannt wird: sie wurde von holländischen Seefahrern im Jahre 1722 am Ostersonntag entdeckt."

Ich will nun nicht in allen Einzelheiten die kleinen Ereignisse der verhältnismäßig eintönigen Fahrt schildern, begnügt euch damit, daß ich sage: Die Fregatte fuhr in großer Einsamkeit über das endlose Meer, meist bei stechender Hitze, in wunderbarer Bläue. Auf dem Meeresabschnitt zwischen Juan Fernández und der Osterinsel, der östlichsten Insel Polynesiens, aber auch darüber hinaus bis hin zu den Tubuaiinseln erstreckt sich das Meer der Einsamkeit. Auch in der Vergangenheit wichen die Kapitäne nicht gern von der gewohnten Passatroute ab, die wesentlich nördlicher, jenseits des 10. Breitengrades nach dem Westen auf Polynesien zu führt. Es gab allerdings einige unternehmungslustige Kapitäne, die, um die Entfernung abzukürzen, das „Meer der Ungewißheit", wie die Seeleute diesen Abschnitt des Ozeans nennen, durchquerten. Denn das „Meer der Ungewißheit" steht in schlechtem Ruf: Hier lösen sich Strömungen und Gegenströmungen ab, noch schlimmer jedoch wirken sich die plötzlich und für Wochen eintretende Windstille oder unverhofft aufkommende verheerende und heftige Stürme aus. Es gibt kaum noch einen Meeresabschnitt, der so verlassen wäre wie das „Meer der Ungewißheit"! Es zählt zur größten Seltenheit, wenn ein Dampfer oder gar ein Segelschiff durch die breiten, würdig dahinrollenden Wellen pflügt. Die *Königin des Ozeans* war eins dieser seltenen Schiffe.

Wir erfuhren es, was Windstille heißt — zum Glück nur kurze Zeit. Und wir erlebten einen beachtlichen Sturm, der unsere Segel und sogar das Tauwerk recht in Mitleidenschaft zog. Die gefürchteten und gefährlich daherrollenden Wellen des Sturmes, der uns zu nächtlicher Stunde überraschte, brachen sogar in die Kapitänskajüte ein. Ich muß gestehen, das hätte nicht passieren dürfen. Aber irgendwie schien sich das Schiff zu widersetzen, und wir gewahrten nur, daß es wieder in seine Kinderkrankheit zurückfiel: es hob sich nur sehr schwer aus den Wellentälern heraus wie seinerzeit auf der Probefahrt. Wir hatten schon geglaubt, diese schlechte Eigenschaft beseitigt zu haben. Leider irrten wir. Genau am 32. Breitengrad und am 110. Grad westlicher Länge überfiel uns der Orkan, und hier ereignete sich das Übel, von dem später noch die Rede sein wird.

Aber ich glaube, euch wird vorerst interessieren, wie sich Parkin Christian bewährte, warum er auf dem Stillen Ozean als berühmte Persönlichkeit galt und was er unter Fahrensmann verstand.

Um gleich auf die erste Frage einzugehen, muß ich euch sagen, daß das Anheuern Parkin Christians — ausnahmsweise mal — ein glücklicher Fang Vater Danilós war. In Wirklichkeit hatte nicht Vater Daniló Parkin Christian geangelt, sondern Parkin Christian unseren Kapitän. Die Sache trug sich folgendermaßen zu: Unser Kommandant war zur Funkstation hinübergerudert, um Santa-Clara übermitteln zu lassen, wann das Schiff ausläuft und daß man in Porto Alegre die nächste Nachricht von der Pitcairninsel erwarten möge.

Im Offiziersraum der Funkstation saß ein älterer Mann, der auf den Namen Pitcairn aufhorchte.

„Sie, Herr Kapitän, wollen nach Pitcairn?“ wandte er sich an Vater Daniló.

Vater Daniló antwortete, daß er eigentlich dahin wolle, zuvor jedoch habe er noch etwas zu erledigen, aber er werde auf jeden Fall Pitcairn anlaufen.

Der schon bejahrte Mann in einem recht zerknitterten Leinenanzug jubelte förmlich, als er das hörte.

„Jach, Sie sind mein Mann, Herr Kapitän! Ich will nach Pitcairn und warte nun schon seit Monaten, um ein Schiff nach den Paumotus oder nach Tahiti zu finden, um von dort in meine Heimat auf Pitcairn zu gelangen. Ich bin bereit, Ihnen sowohl meine Dienste als auch meine Brieftasche anzubieten . . . Aber nehmen Sie mich auf Ihrem Schiff auf meine Heimatinsel! Mein Name ist Parkin Christian, Herr Kapitän. Jach!“

Vater Daniló blinzelte kurz vor sich hin, aber in seinem Gehirn, das alle Daten aus der Geschichte der Seefahrt genau speicherte, öffnete sich die entsprechende Zelle. Er wandte sich mit einem Male voller Interesse dem Fremden zu.

„Parkin Christian? Doch nicht ein Nachkomme von Fletcher Christian?"

Der bejahrte Mann nickte überrascht.

„Sie wissen, wer Fletcher Christian war?"

„Wie Sie sehen, weiß ich es. Sind Sie ein Nachkomme von ihm?"

„Yes, Sir. Great-great-grandson ... sein Ururenkel, wenn Sie gestatten. Von Beruf her ein Fahrensmann, aber auch Matrose, wie Senhor Villa vielleicht bezeugen kann."

Senhor Villa, der Funker, nickte heftig.

„Gewiß doch, Don Parkin ist ein ausgezeichneter Seemann. Das kann ich bezeugen, Herr."

Vater Daniló zögerte nicht und stellte Parkin Christian die Frage:

„Sie, Mister Christian, kennen doch sicher gut die westlich von Pitcairn gelegenen Inseln?"

Der schon nicht mehr junge, gutmütig dreinblickende Mann lächelte.

„Natürlich."

„Und die Strömungen und Windrichtungen?"

„Die kenne ich auch."

„Und die zum Anlegen geeigneten Lagunen, geschützten Stellen? Die Einfahrten zu den Atollen?"

„Es gibt mehrere hundert Lagunen und mehrere tausend Einfahrten zu Atollen. Ich will nicht behaupten, daß ich sie alle kenne. Aber sehr viele davon."

„Wären Sie bereit, auf dem von mir angegebenen Meeresabschnitt, im großen und ganzen im Bereich der Tubuaiinseln, die Rolle eines Lotsen zu übernehmen und bis dahin mir als Vertreter des Steuermannes zur Verfügung zu stehen? Als Gegenleistung dafür würde ich Sie und falls Sie Ware haben, auch diese, nach Pitcairn bringen."

„Jach, ich nehme Ihr Angebot an, Kapitän", schlug Parkin Christian in Vater Danilós dargebotene Hand. „Wann muß ich an Bord des Schiffes sein?"

„Spätestens heute abend. Morgen früh laufen wir aus.“

„Ich werde rechtzeitig auf dem Schiff sein, Kapitän. Ich muß meine Sachen aus dem Inneren der Insel herunterholen, aber ich werde vor Mitternacht auf dem Schiff sein.“

Und als die Robinsoninsel in der Ferne nur noch als großer blauer Fleck erschien und im Süden als zweiter Fleck Más a Fuera auftauchte, stand an der Stelle von Santjago Parkin Christian am Steuer.

Parkin Christian!

Das Leben, das wirkliche Leben ist zu wunderbaren Geschichten fähig. Ich habe es bis jetzt nicht geleugnet, und weshalb sollte ich es auch verschweigen, daß ich mir in den Jugendjahren den Kopf reichlich mit Seefahrtsgeschichten vollgestopft habe. Den ersten Platz nahm freilich Robinson Crusoe ein, aber es fanden sich noch zahlreiche andere, die auch mich, wie so viele meiner Landsleute, nach Fiume zum Seemannsleben lockten. Eins von den Büchern berichtete von meuternden Seefahrern und von der Fregatte *Bounty*. Die Geschichte dieser berühmten Meuterei hatte meine Phantasie stark erregt. Sie ist unter der Bezeichnung „Mutiny on the Bounty“ in die Annalen der Seefahrt eingegangen.

Aber nicht in meinen kühnsten Träumen hatte ich daran gedacht, daß ich einst den Ururenkel des Helden der Meuterei kennenlernen und sogar mit ihm auf einem Schiff segeln würde, das der Fregatte *Bounty* in vielem glich! Daß der Nachkomme des Anführers der meuternden Seeleute, des Seefahrers Fletcher Christian, einst mein Gefährte werden würde, das hatte ich doch nicht geglaubt, Jungs. Ich schwör's bei den Zähnen der Haie, daß ich mir das nicht träumen ließ!

Deshalb sagte ich, daß das Leben zu wunderbaren Geschichten fähig ist ... Wenn wir sie nur zu entdecken vermögen.

Parkin Christian war ein Fahrensmann, was zusammenfassend bedeutete, Seemann und Händler.

„Seit rund vierzig Jahren fahre ich auf dem Pazifik“, erzählte er in der ersten Stunde unserer Freundschaft. „Von Pitcairn nach Manihiki, von Manihiki nach den Fanninginseln, von den Fanning nach Malaita, von Malaita nach Suva, den Cookinseln oder Tahiti!

Recht schöne Entfernungen, nicht wahr? Drei Kutter sind unter mir gesunken, drei gute Schiffe, prächtig gebaute Fahrzeuge. Man hatte sie auf den Pitcairn gebaut, wo ein Nachkomme John Adams Meister der Schiffsbauer ist. Denn darin sind wir dort groß, im Bau von Walfangbooten und Kuttern, die zwischen den Inseln verkehren. Jach! Wie gesagt, drei sind unter mir gesunken, jetzt habe ich kein einziges mehr. Ich bin alt geworden. Da nehme ich lieber mein Bündel und werde mal von diesem, mal von jenem Schiff mitgenommen. Das ist eine langsamere, aber sicherere Fahrt. Es kostet einem unter Umständen nicht gleich ein Schiff!"

Das sanfte, lächelnde Gesicht von Parkin Christian war von Falten durchzogen. Noch nie war ich einem so abgeklärten, ausgeglichenen Seefahrer begegnet. Seine seltsamen englischen, aber mit Ausdrücken der im Stillen Ozean beheimateten Sprachen geschmückten Sätze und sein mit dem charakteristischen Ausruf „Jach" aufgelockerter Vortrag öffneten uns allmählich eine neue Welt. Eine neue Welt, die irgendwo hinter dem opalfarbenen, sich im Unendlichen verlierenden Horizont lag.

Palmen, Atolle, Korallenbänke, Lagunen und braunhäutige Menschen.

Polynesien, Mikronesien, Melanesien. Die Inselwelt des Stillen Ozeans. Die Anwesenheit Parkin Christians verlieh uns allen große Sicherheit. Vielleicht schlug Vater Daniló deshalb einen noch westlicheren Kurs ein, anstelle des vorher angewiesenen Westnordwest? Offenbar ist es so gewesen. Zoller gewahrte dies nach den Kursangaben schon am ersten Tag.

„Nun, ich habe das Gefühl, wir werden nichts von der Osterinsel sehen", sagte er ein wenig enttäuscht. „Wir werden die von Cook und seinen Leuten entdeckten Statuen und die Inschriftensteine nicht zu Gesicht bekommen! Übrigens habe ich noch einen Namen für die Osterinsel entdeckt: Olau, damit hat sich die Zahl der Namen für die Osterinsel auf sechs erhöht!"

Es war in der Tat so, wir wandten uns von dem ursprünglich geplanten Kurs ab. War die Kursänderung Vater Danilós richtig? Rückschauend und in Kenntnis der Ereignisse sage ich, es war nicht richtig. Ein Segelschiff soll, wenn es sich zu solch einem

Unternehmen entschließt, wie in diesem Falle die *Königin des Ozeans*, mindestens die von der Natur gebotenen Stationen anlaufen. Dadurch, daß wir von der angegebenen Route, die an und für sich schon nicht für besonders sicher galt, abwichen und das Schiff somit — für eine längere als erwartete Zeit — vor den Augen der Welt verschwand, begingen wir einen schwerwiegenden Fehler!

Wir erfuhren dadurch nichts von einer in der ganzen Welt ausgestrahlten, sehr wichtigen Rundfunkmeldung, die auf uns alle wie eine Sensation gewirkt hätte. Das war das erste Übel. Und das zweite, daß der Sturm das Schiff erreichte, als wir uns auf gleicher Höhe mit der Osterinsel befanden und somit die Möglichkeit gehabt hätten, unter mehreren geschützten Buchten der Insel zu wählen. In diesem Falle wäre uns vieles erspart geblieben, darunter auch der Verlust unseres gehüteten Schatzes, der Kiste Großmanns.

Ich glaube, es wäre unpassend, wenn ich jetzt gleich von der Rundfunknachricht berichten würde. Ich habe mich bis jetzt an die Reihenfolge der Geschehnisse gehalten und will es auch weiterhin tun, aber auf das Verschwinden der Kiste mit den kostbaren Dokumenten komme ich in Kürze zu sprechen. Zuvor jedoch mache ich euch weiter mit Parkin Christian bekannt, weil ihr über ihn alles wissen müßt, um so mehr, weil — wie sich das später herausstellte — der gute Stern der Seeleute ihn zu uns geführt hatte. Obige Abschweifung war aber erforderlich, damit ihr schon von hier an diesen Bericht in dem Bewußtsein lest, daß Vater Daniló einen sehr schwerwiegenden Fehler beging, als wir von der Route nach der Osterinsel abwichen.

Gib einen bekannten Weg nicht um den Preis eines unbekannten auf, dieses Sprichwort hat auch in der Schiffahrt Gültigkeit. Wir aber hatten den bekannten Weg verlassen!

Doch vorerst zurück zu unserem alten Freund Parkin Christian.

Er bezeichnete sich als Fahrensmann und war ein reisender Händler, zugleich aber auch ein ausgezeichneter Seemann. In seinen Säcken und Bündeln und allerlei Tüten führte er wichtige und im Reich des Stillen Ozeans unentbehrliche Dinge mit sich: Glasperlen, Spiegel, Batikstoffe, Pfeifen, Tabak, Seidenbänder in hunderterlei Farben, Streichhölzer, Kölnischwasser, kleine und große Töpfe, Messer und Löffel, aber selbst Teesiebe und Einkochgläser fanden dank der Rührigkeit Parkin Christians auf den Inseln Besitzer. Wozu man dort Teesiebe, Kölnischwasser und so vielerlei Kram und Tand benötigte, das weiß ich nicht, aber es wurde begehrt, denn weshalb hätte ihn Parkin Christian sonst feilgeboten? Noch dazu unter Einsatz seines Lebens.

„Der Fahrensmann weiß nie, wann er aus seiner Hose im Kessel der Papuas landet", sagte der wackere Mann lachend. „Auch mir ist es einmal passiert, und zwar auf Malaita, daß ich fast aufs Geschäft draufgezahlt hätte. Das Schiff setzte mich samt Kisten, Säcken und Bündeln in der Bucht der Kopfjäger ab, und wir hatten den Fehler begangen, uns vorher nicht zu erkundigen, wie die Stimmung der Eingeborenen auf Malaita war. Wir wußten nicht, daß das englische Kriegsschiff *Euphrosine* die Insel beschossen hatte, weil dem Missionar Böses zugestoßen war. Die Papuas auf Malaita hatten daraufhin geschworen, jeden Weißen aufs Feuer zu setzen, der auf der Insel landete! Dieser Weiße wäre damals ich gewesen, jach! Aber sie haben mich doch nicht gegessen, wie ihr seht, worüber ich mich unendlich freue. Jach. Aber die Kisten, Säcke und Bündel mit all meinem Besitz sind dort geblieben, während ich mit Hilfe eines gekaperten Kanus und im Schutz zweier Schneiderbüchsen floh. Jach, dergleichen kommt schon vor!"

Parkin Christian erwies sich als zuverlässiger Kamerad. In erster Linie befreundete er sich mit zwei unserer Leute: mit Sottomarina und — Pedro. Die Verbindungsbrücke zu dieser Freundschaft war das Schachspiel. Im Reisegepäck Parkin Christians befand sich auch ein Schachbrett.

„Auf der Insel Espíritu Santo, auf der die Naturvölker auch heute noch unter urzeitlichen Verhältnissen leben, ist das Schach von allerhöchstem Wert", erzählte Christian. „Die Nachkommen und Untertanen des großen Häuptlings Nagapate schätzen die für Fetische gehaltenen Schachfiguren noch höher als Schellen, wohingegen auf anderen Inseln die Schellen die begehrteste Ware sind! Einmal rettete mir auch das Schach mein Leben, jach!"

Das Schachspiel wirkte auch auf der *Königin des Ozeans* Wunder. Die erste Windstille, die uns dazu zwang, auf dem spiegelglatten Wasser drei Tage lang untätig zu verharren, war erträglich, weil man zum Schachbrett griff. Der Traum Sottomarinas ging damit in Erfüllung. Seit langem hatte er sich vorgenommen, Schachspielen zu lernen. Jetzt war die Gelegenheit gekommen. Parkin Christian übernahm die Rolle eines Lehrmeisters, und hier bedurfte es wirklich seiner Güte und seiner Menschenfreundlichkeit, daß das eine oder andere Spiel ohne Schmach zu Ende ging, inmitten des südlichen Stillen Ozeans, bei drückender Hitze, bei blauem Himmel und auf blauem Meer, in der Erwartung, weitersegeln zu können, der erhofften großen Entdeckung entgegen, dahin, wo wir Roatan, die Insel und die Stadt der Piraten, vermuteten.

Wie gesagt, hier bedurfte es der Güte Parkin Christians. Sottomarina schwärmte für das Schachspiel, aber eins war er nicht bereit anzuerkennen: die Spielregeln.

„Wenn man beim Pokern Schmu machen darf, dann kann man es

auch beim Schach", beteuerte er, und er wollte auf keinen Fall einsehen, daß das Pferd nur seitwärts rücken darf, daß der Bauer nach vorn nicht schlagen darf und der Läufer immer auf seiner Farbe bleiben muß. „Corpo di bacco! Im Spiel schummle ich, wo ich kann!"

So galt das Spiel zwischen Christian und unserem hünenhaften Bootsmann als wahrhaftiges Ereignis. Wenn sie spielten, war stets „volles Haus" auf Deck. Selbst Vater Daniló und Barrabella kamen aus ihren Kabinen, wenn ein Spiel zwischen Christian und Sottomarina angekündigt wurde. Und da stellte es sich heraus, daß sowohl Szevér als auch Zoller gute Schachspieler waren und sogar unser Pedro! Unser kleiner Freitag, der in den südamerikanischen Zeitungen nur die großen Buchstaben lesen konnte, erwies sich als wahrhaftiges Schachgenie. Nach ein- oder zweitägigem Lernen setzte er Szevér schon matt und spielte gegen Christian remis!

„Dieser Junge ist ein wahres Wunder!" sagten wir erstaunt, und Vater Daniló meinte: „Unser kleiner Schwarzer wird am Ende noch Schachweltmeister!"

So befreundete sich Christian mit Sottomarina und Pedro und wuchs in die Besatzung der Fregatte hinein. Ich brauche freilich nicht erst zu sagen, daß die Männer um Silver die Schachmeisterschaft auf Deck kaum interessierte. Sie verbrachten ihre Freizeit und die Tage des untätigen Wartens eher mit Glücksspielen. Der gutmütig dreinblickende Christian aber musterte Laguna Grande so manchesmal und meinte:

„Diesen Mann kenne ich. Was er auch behauptet, ich bin ihm schon mal auf der Fanninginsel begegnet!"

Ihr könnt euch vorstellen, daß Zoller und eigentlich alle von der alten *Jadran* Parkin Christian hauptsächlich nach der Meuterei auf der Fregatte *Bounty* befragten. Wir bekamen die wie ein Roman wirkende Geschichte von einem direkten Nachkommen des Haupträdelsführers gleichsam aus erster Hand geschildert.

„Jach, wenn ihr wollt, erzähle ich euch die Geschichte, wie sie sich in Wirklichkeit zugetragen hat", sagte Parkin Christian eines Abends, als die Windstille schon erschreckend wirkte und wir mit unserer Fregatte über der 1019 Meter tiefen Osterschwelle schaukelten wie ein hilfloser Luftballon in der Höhe. „Jach, man hat viel zu der Geschichte meines Ururgroßvaters hinzugedichtet, aber wir kennen die Wahrheit. Jach, hört zu!

MUTINY ON THE BOUNTY

Wenn ihr Pitcairn, meine Heimat, zu sehen bekommt, werdet ihr mir zustimmen, daß die Seeleute, die in ihrer schrecklichen Lage dort Zuflucht suchten, kluge Männer waren. Heute findet ihr auf Pitcairn zwei Dörfer und zwei kleinere Siedlungen. Wir haben eine Schule, eine Kirche und auch einen anständigen Hafen. Damals, zur Zeit der Meuterei, war dort gar nichts. Pitcairn war eine unbewohnte Insel. Jach, es ist die reine Wahrheit, Boys. Aber ich beginne lieber am Anfang.

Man schrieb das Jahr 1789. Merkt euch diese Jahreszahl. Im Februar dieses Jahres geschah es, daß die Fregatte *Bounty*, ein Kriegsschiff Seiner Majestät, den Befehl erhielt, aus Tahiti unter Umsegelung von Kap Hoorn nach Westindien zurückzukehren, wo spanische Piraten erneut ihr Unwesen trieben. Der Kommandant des Schiffes war Kapitänleutnant William Bligh, derselbe Bligh, der in der englischen Marine einen sehr schlechten Ruf genoß. Zu dieser Zeit hatten der große James Cook und Commodore Wallis bereits den Beweis erbracht, daß man mit der Mannschaft auch menschenwürdig umgehen kann. Die Geißel, die berüchtigte neunschwänzige Katze, und das im Wasser eingeweichte Tauende waren auf den Schiffen von Cook schon unbekannt, genauso wie das Aufknüpfen an der Rahe oder das Anschlagen an den Mast. Nicht so auf der *Bounty!* Dort war alles beim alten geblieben, so wie seinerzeit bei Drake. Jach, Kapitänleutnant Bligh wollte nicht von Cook lernen, obwohl er ein Schüler Cooks war.

Eins ist allerdings wahr, Freunde: Bligh war ein guter Seemann, das muß man ihm lassen. Die Aufzeichnungen meines Ururgroßvaters und seiner Leute bescheinigen das. Dieses Tagebuch ist in meinem Besitz. Und ich würde mich für keinen Schatz der Welt von ihm trennen! Es ist allerdings auch wahr, daß Bligh ein harter Seemann war, ein Meister der Grausamkeit, wie die Aufzeichnungen der

Alten beweisen. Schon das kleinste Vergehen ahndete er mit roher Grausamkeit. Es ist auch vermerkt, daß seine Offiziere ihn mehrfach ersuchten, seine Strenge, die übertriebene eiserne Disziplin etwas zu mildern. All das fruchtete nichts. Bligh schüttelte düster den Kopf: ‚By, alles bleibt wie es bisher war!' Er ließ sogar McCoy, den zweiten Steuermann, auspeitschen.

Ihr müßt wissen, daß im Wortschatz der Seeleute der Ausdruck ‚by, by' vieles bedeuten kann. Auch die Offiziere schüttelten den Kopf und meinten: ‚by, by, das nimmt kein gutes Ende! . . .' So dachten auch mein Ururgroßvater und John Adams. Mein Ururgroßvater war ‚masters mate', was seinerzeit als Offizier zählte. John Adams aber war Steuermann. Jach, auch sie haben nicht nur einmal ‚by, by' gesagt!

Das Schiff lief also von Tahiti aus, um nach Westindien zu fahren. Aber es kam nie dort an.

Nicht weit hinter Tahiti, ich glaube, es war so auf der Höhe von Fakarava, brach die Meuterei aus!

Die Geschichte dieses tragischen Tages wird auf verschiedene Weise erzählt. Daß Bligh den Matrosen Stewart auspeitschen ließ und dieser daran starb. Daß er wegen irgendwelchen Versäumnissen die Ausgabe der täglichen Rumration verweigerte. Jach, es wird vieles erzählt. Die Wahrheit ist, daß damals die Besatzung schon endgültig alles satt hatte! Der unmittelbare und sichtbare Anlaß war in der Tat die Anweisung, Stewart auszupeitschen! Die Anweisung, die nicht ausgeführt wurde! Stewart ist also nicht gestorben, das stimmt also auf keinen Fall. Stewart hatte man gern, er war ein fröhlicher, wackerer Bursche, für den sich mehrere einsetzten. So auch mein Ururgroßvater und der Bootsmann und sogar der erste Offizier Blighs.

‚By, by', sagte der Kapitänleutant, ‚die Auspeitschung wird vollstreckt! . . .'

Und er gab Anweisung, daß die Besatzung anzutreten habe, um sich die Vollstreckung der Strafe mit anzusehen.

Da schritt mein Ururgroßvater Flecher Christian ein, von dem so viele Ungereimtheiten überliefert worden sind. Der ‚Anführer der Meuterer', so hieß es sogar in den Lehrbüchern. Obwohl die

Meuterei von der gesamten Besatzung ausging, die gerade genug unter der Grausamkeit Blighs gelitten hatte. Denn da waren während der Fahrt der *Bounty* im Stillen Ozean schon sieben Mann der Besatzung durch Auspeitschen umgekommen! Das Maß war voll, das ist die Wahrheit. Mein Ururgroßvater tat nichts anderes, als daß er mit gezogener Mütze ehrerbietig vor Bligh trat und sagte:

‚Sir, wir bitten Sie inständig, von der Bestrafung Stewarts abzusehen ...‘

Nur das hatte er gesagt. Und Bligh schlug meinem Ururgroßvater dafür ins Gesicht! Dort auf Deck, vor seinen Kameraden, einem der besten Mastmeister, der nach der damaligen Rangliste als Offizier galt. Er schlug ihm ins Gesicht und brüllte:

‚Hund, ich lasse dich in Eisen schließen!‘

Jach, aus dem In-Eisen-Schließen wurde nichts. Jemand schrie:

‚Wir lassen das nicht zu!‘

Jach, sie ließen es nicht zu. Die Fesseln wurden Bligh und einigen seiner Vertrauten angelegt! Zwei Offiziere, die den Säbel gezückt hatten, bezahlten dafür mit dem Leben! Daß sich mein Ururgroßvater und seine Gefährten aber nicht von Rache leiten ließen, beweist am besten, daß sie Kapitän Bligh, der sich durch seine Grausamkeit so oft an der Mannschaft versündigt hatte, freiließen.

Wir auf Pitcairn wissen, daß man den Empörern diese Freilassung auch oft vorgeworfen hat. Obgleich Bligh gerade dadurch ein großer Mann, ein Admiral geworden ist. Man setzte den grausamen Kommandanten nicht in einem schlechten Kahn aus, wie die Nachwelt dies häufig behauptete, damit er mit seinen treuen Gefährten auf dem Ozean schnell umkäme! Kein Wort davon ist wahr. Er bekam das beste Boot des Schiffes, einen Kutter, wie ihn die Walfänger fahren, reichlich mit Nahrung ausgerüstet für ihn und seine Gefährten. Wie hätten diese sonst eine Fahrt von 4160 Seemeilen bis hin zur Insel Timor zurücklegen können? Es war auch so noch eine höchst bewundernswerte Leistung, die von den ausgezeichneten seemännischen Fähigkeiten Blighs zeugt. Man hatte ihnen aber keine Schußwaffen gegeben. Und deshalb wagten sie nicht, an den dazwischenliegenden Inseln anzulegen, wo es zu dieser Zeit noch gefährlich war, ohne Flinte an Land zu gehen.

Die *Bounty* aber kehrte nach Tahiti zurück. Die Meuterer wußten, daß sie ein grausamer Tod erwartete, wenn die Kriegsschiffe Seiner Majestät sie zu fassen bekämen, und man zweifelte keinen Augenblick daran, daß diese alles daransetzen würden. Deshalb beschlossen die Männer, aus den Augen der Welt zu verschwinden!

Sie wollten eine unbekannte Insel suchen, auf der sie sich niederlassen und ein neues Leben beginnen konnten.

Deshalb kehrten sie nach Tahiti zurück. Damals gab es hier noch keine weiße Siedlung und keine Festung, es wurde auch nicht von Schiffen angelaufen, die Kohle oder Wasservorräte aufnehmen wollten. Die Bevölkerung von Tahiti dachte gern an den wackeren und gütigen Kapitän Cook zurück, der vor achtzehn Jahren hier gelandet war und mit Tuapia, dem obersten Häuptling, Freundschaft geschlossen hatte. Die *Bounty* nahm dann Saatgut, Schweine und Geflügel an Bord, und die Männer heirateten sogar. Sie nahmen eingeborene Mädchen zur Frau, deshalb sind wir, die Nachkommen auf Pitcairn, auch von dunkler Hautfarbe, in Wirklichkeit Mischlinge. Unsere Ururgroßmütter stammen von den Naturvölkern Tahitis! Zwölf eingeborene Frauen folgten den Seeleuten nach Pitcairn.

So machte sich die *Bounty*, das Schiff der Meuterer, mit einer ganz anderen Ladung, als das bei den Schiffen Seiner Majestät üblich war, auf die Suche nach einer neuen Heimat.

Volle einundzwanzig Jahre wußte die weite Welt nichts von den Meuterern der *Bounty*. Im Februar 1808 legte eine amerikanische Korvette, die *Topas*, als erste auf der Insel Pitcairn an. Sie fand dort eine kleine Siedlung mit weißhäutigen Männern, Frauen von hellbrauner Hautfarbe und sehr anmutigen, gutgewachsenen Mischlingskindern. John Adams, der einstige Steuermann, war zu dieser Zeit Richter auf der Insel. Die Besatzung der *Topas* kam bald dahinter, daß auf Pitcairn die verschwundenen und verloren geglaubten Matrosen der *Bounty* lebten. Von den Seeleuten erfuhr die Welt, daß die Meuterer nicht im Wellengrab des Stillen Ozeans ruhten.

Wenn ihr zu uns kommt, werdet ihr überrascht feststellen können, wie viele von den Nachkommen von Fletcher Christian, John Adams, William McCoy, John Stewart und den anderen Seeleuten auch heute noch dort leben.

Allein ich habe ja acht Enkelkinder, Kameraden! Jach, und eins tüchtiger als das andere. Das Blut der Meuterer von der *Bounty* ist kein schlechtes, glaubt es mir!“

NEUNTES KAPITEL

Wie „still" ist eigentlich der Stille Ozean? — Grauer Fleck am Himmel — Der grüne Schein — Duncans Kiste ist verschwunden! — Die lähmende Frage: Auf Roatan verzichten? — Das Reich der Überraschungen — Sottomarina belehrt Pedro — Einsames Boot in der Ferne — Das Argument Vater Danilós — William Hunter stellt sich vor — Kratzen ist gesund — Das Schiff in Flammen! — Die Durchsuchung des Schiffes — Zwei Revolver — Was Parkin Christian gehört hat — Die Flaschenpost

Solltet ihr einmal nach dem Stillen Ozean kommen, dann ist es gut, wenn ihr euch im voraus über eins im klaren seid: Namen können einen manchmal leicht täuschen. Daß der große Seefahrer Magalhães seinerzeit — nach der Durchfahrt der nach ihm benannten Meeresstraße bis hin zum Schauplatz seines Dramas, der Insel Matan — den von ihm benannten Stillen Ozean tatsächlich „still" fand, das war ein Glück für ihn und sein Schiff, doch weniger für die Nachkommen. Allein die Tatsache, daß das größte Weltmeer unserer Erde das Attribut „still" trägt, hat schon so manchen unbedachten Kapitän in arge Schwierigkeit gebracht. Diese riesige, von Wasser bedeckte Fläche — sie ist 180,1 Millionen Quadratkilometer groß — wirkt in der Tat stiller als die anderen Weltmeere. Hier sind die Passate und Antipassate, die Windstillen und Windzonen im großen und ganzen ausgeglichener als ähnliche Zonen anderer Weltmeere, aber durch das „im großen und ganzen" und das „ausgeglichener" soll sich niemand täuschen lassen! Der berüchtigte Taifun und der Hurrikan von Malaita sind echte Kinder des Stillen Ozeans, die hier geboren werden, die hier verwüsten, hier ihre wahre Größe zeigen, aber auch hier ersterben.

„Ach, albernes Geschwätz!" rief einmal, als ich noch ein junger Seemann war, ein berühmter Schiffskapitän vor mir aus. „Wer behauptet, daß der Pazifik ein gefahrvolles Wasser ist, der kennt die Ozeane nicht! Ich bin mehrmals auf ihm gefahren und habe ihn sehr sanft gefunden!"

Und später erfuhr ich, daß dieser Kapitän, kaum ein Jahr nach unserer Begegnung, vor der Küste der Palauinseln mit seinem Schiff spurlos verschwunden ist! (Im August 1921 mit der *San Juan*, einem 2512tonner!)

Nun, ich glaube nicht an den „Stillen", auch wenn Magalhães bei der Namengebung Pate gestanden hat. Ich will anerkennen, es ist ein herrliches Meer. Bei uns würde man sagen: ein solches Meer gibt es gar nicht. Es ist blauer als blau und durchsichtiger als Glas. Es ist überwältigend, aus dem Mastkorb in diese Bläue hinunterzublicken: hineinzusehen in eine Tiefe von 20 bis 25 Metern, wo Riesenhaie, blitzschnelle Barracudas, schillernde Pilotfische, träge, aber immer neugierige Wale, wie Geister schwebende Rochen, in allen Farben des Regenbogens schimmernde Medusen das Schiff umschwimmen und wo die bläulichrot glänzenden fliegenden Fische wie Kometen hervorschießen! Die Bewohner der Meere haben im Verlaufe von Jahrhunderten gelernt, daß es in der Nähe von Schiffen auch Nahrung gibt. Wohin sollte der Koch, der Smutje, seine Abfälle werfen, wenn nicht ins Meer? Und daß der Ozean fern der Küste wie ausgestorben ist, ist leeres Gerede! Welcher Stubengelehrte oder zu einem Aprilscherz aufgelegte Kapitän dieses Gerücht in die Welt gesetzt hat, ließe sich schwer herausfinden, aber irgendwie verbreitete sich unter denen, die nie einen Ozean gesehen haben, die Ansicht, daß das Meer Tausende

Meilen von der Küste entfernt ausgestorben sei, daß es dort keine Lebewesen gäbe! Hierauf kann ich euch nur sagen: Jungs, die großen Fische und die gewaltigen Säugetiere des Meeres halten sich dort auf, wo die kleinen Fische sind; die kleinen Fische aber findet man dort, wohin die Strömungen die mit dem bloßen Auge kaum sichtbaren Meerestiere und das Plankton treiben. Manchmal werden diese zur Küste getrieben, wie zum Beispiel in den Buchten der Robinsoninsel, manchmal von den Passaten hinaus aufs offene Meer oder hinein in die sogenannten windstillen Zonen, in denen der Wind allerdings auch nicht selten ist. Aber es ist albern, so absolute Theorien darüber aufzustellen. Wer das tut, ist nie auf dem Ozean gefahren! Der hat nicht gesehen, welch ein Gewimmel die *Königin des Ozeans* nahe der Wasseroberfläche über der tausend Meter tiefen Osterschwelle umgab! An jenen nach Tran riechenden Tagen konnten wir über die Durchsichtigkeit der spiegelglatten See nachsinnen. Und wenn man wenigstens hätte baden können. Aber man konnte nicht. Vater Daniló brachte zwei Haie zur Strecke, und in den nächsten zehn Minuten umschwammen das Schiff drei neue!

Die Sonne brannte sengend auf uns herab, der Horizont flimmerte opalfarben. Tagsüber konnte man es in den Kabinen kaum aushalten. Nachts änderte sich die Lage. Eine Brise kam auf, ein fast kühles Lüftchen.

„Landwind", stellte Feri Horváth fest.

Und darüber lachten wir herzlich. Landwind! Die nächste Küste, die Osterinsel, mochte etwa tausend Kilometer entfernt liegen!

Aber die nächtliche Brise trieb die Fregatte durch das wunderbar blaue Meer, und am vierten Tag kam sogar etwas Wind auf, so daß Szevér, als der diensthabende Offizier, bei der Acht-Uhr-Wache die Position des Schiffes mit 32 Grad südlicher Breite und 112 Grad westlicher Länge bestimmte. Da lag die Osterinsel genau nördlich über uns, vierhundert Seemeilen entfernt.

Und wir segelten in der Tat in der Einsamkeit des Ozeans den Augen der Welt entschwunden.

„Ich hätte einen Dollar dafür gegeben, wenn ich die Steingötzen auf der Osterinsel hätte sehen können", sagte Zoller und schaute mit betrübter Miene in die Nacht. „Vater Daniló behauptet, so würden wir die fragliche Stelle eher erreichen. Nun, ich bin neugierig . . ."

Und als Szevér genau um Mitternacht den Dienst an Feri übergab, machte er ihn auf etwas aufmerksam.

„Im Westen, genau im Westen war nach Sonnenuntergang ein deutlicher grauer Fleck zu sehen. Mir wollte es scheinen, als wäre dieser Fleck größer geworden. Beobachte ihn nach Anbruch des Tages!"

„Windrichtung?"

„Die Windrichtung ist, wie du merken kannst, Ostsüdost."

„Und der Fleck ist größer geworden?"

„Solange ich ihn sehen konnte, schien er mir größer zu werden. Hab also ein Auge drauf, Franzel."

Feri nickte.

„Du kannst dich drauf verlassen, Szevér. Gute Nacht!"

„Gute Nacht!"

Unter den Schritten von Szevér, Zoller und Parkin Christian knarrten die die Hitze vom Tage langsam abgebenden Planken des Steuerdecks. Am Steuer standen Gabbia und ich. Vor uns beleuchtete die Lampe der Bussole die Windrose des Kompasses. Sie warf einen rötlichen Schein auf das narbenbedeckte, düstere Gesicht Gabbias und das über uns kaum geblähte Marssegel am Großmast.

Feri Horváth benetzte sich mit Speichel die Stelle hinterm Ohr, drehte sich ein wenig und nickte dann.

„Ja, der Wind weht aus Ostsüdost."

Wir hatten also die Wache nach Mitternacht übernommen.

Das Deck war still wie ausgestorben. Allein Picde kam zu uns heraufgetappt, und am Raucherfaß auf dem Vorschiff sahen wir einigen Schatten. Dort hockten die Männer der Wache.

Der Wind erinnerte an die Brise, die zu nächtlicher Stunde vom Festland über die Adria zu wehen pflegte: leicht und leise lispelnd. Vom Bug des Schiffes vernahm man die für das Seemannsohr lieblichste Musik, das Glucksen des durchpflügten Wassers, das Schlagen der Wellen gegen die Bordwände.

Das blaue Meer wurde jetzt zum goldenen Meer. Die an der Oberfläche schwebenden Myriaden Kieselalgen und anderen Einzeller fluoreszierten und leuchteten und ließen sogar die Schaumkronen der gegen die Bordwand schlagenden Wellen in einer Goldflut erscheinen.

Feri trat ans Steuer.

„Hat einer von euch soeben geseufzt?"

Wir waren es nicht.

„Wir glaubten, du oder Piede sei es gewesen", antworteten wir.

„Merkwürdig, ich habe das Seufzen genau aus dieser Richtung gehört."

„Und ich von euch her, vom Rande des Kommandodecks", erwiderte ich lächelnd.

Gabbia zeigte hoch zum Himmel.

„Sie sind verschwunden."

Er meinte die Sterne. Soeben hatten noch das Alpha Crucis, das Kreuz des Südens, und darunter der Zentaur und der Kompaß am Himmelszelt gestrahlt.

Ja, sie waren verschwunden.

Feri stieß einen leisen Pfiff aus.

„Nun, Piede, alarmiere die Wache! Alle Segel reffen, nur die Sturmsegel bleiben. Los!"

Inzwischen hatte sich, wie auf einen Befehl, die Fahrt des Schiffes verlangsamt. Der raumschots wehende Wind wurde schwächer und legte sich dann ganz.

„Hörst du's?" Gabbia stieß mich an. „Hörst du's?!"

Aus der Ferne vernahm man ein seltsames, an einen Trommelwirbel erinnerndes Brausen und ein Seufzen wie vorhin. Ein gewaltiges Seufzen! Und als Ausklang ein Ächzen und Stöhnen.

Das Schiff machte halt.

„Halbe Wache auf den Großmast, die andere Hälfte auf den Fockmast!" brüllte Piede. „Presto, presto, Männer!"

Der Sturm kam immer näher.

Der von Szevér bemerkte graue Fleck am westlichen Horizont war herangerückt. Die Sterne waren verschwunden, das Brausen des Sturmes kam immer näher.

„Das wird schlimm werden“, stellte Feri fest. „Er kommt zu schnell heran.“

Der tropische Sturm, besonders wenn er den Passat nicht berührt, vermag selbst dann ernste Gefahren heraufzubeschwören, wenn er nicht länger als eine Viertelstunde dauert.

Jemand beugte sich über die Schulter von Gabbia und blickte auf den Kompaß.

„Gut so. Steuer vier Strich nach Steuerbord! Sehen wir dem Kommenden ins Auge!“

Vater Daniló stand neben uns.

„Alarmiert auch Szevér, Sottomarina und die anderen“, gab unser Kommandant Anweisung, denn er wußte recht gut, was uns erwartete.

Auch wir wußten es. Der Trommelwirbel und das sich wiederholende Seufzen und Stöhnen schienen immer näher zu kommen. Noch leuchtete der goldene Strom des Meeres rings um das Schiff. Und da sah ich zum erstenmal das im Pazifik und im Indischen Ozean auftretende Phänomen, den grünen Schein!

Die Taue und die beim Reffen flatternden und kürzer werdenden Segel wurden von einem seltsam wirkenden, mal schwächeren, mal stärkeren grünen Schein überzogen. Was hätte wohl der selige Suttora, der Prophet des einstigen Schoners *Jadran*, daraus gefolgert, wenn er diese gespenstische Beleuchtung zusammen mit uns hätte wahrnehmen können?

Jedenfalls ließ es einen erschauern, als bei der Dunkelheit der Nacht der gespenstische Schein die hellen Teile des Schiffes mit einem grünen Schimmer überzog. Auch die weiße Leinenmütze Vater Danilós erschien grün.

„Alles verstärken!" vernahm man die Stimme unseres Kommandanten. „Festzurren! Den Anker mit einer zusätzlichen Schlaufe sichern!"

„Corpo di bacco! Los, Männer!"

Jetzt arbeitete auch Sottomarina mit seinen Männern schon auf Deck.

Das Schiff schwankte, hob und senkte sich.

Interessanterweise erreichten uns als erstes nicht der Sturm, sondern die vom Sturm getriebenen Wellen.

„Das wird einen ernsten Tanz geben!" stellte Zoller fest. „Da heißt es, ruhig Blut bewahren!"

Eine alte Weisheit besagt, daß der Sturm, der langsam anrollt, sich mit nervenaufreibender Trägheit nähert, von nicht zu unterschätzender Stärke ist. Darauf deutete auch die „Vorhut", die Wellen.

„Was glauben Sie, Mister Christian, was für einen Sturm haben wir zu erwarten?" fragte Vater Daniló den Fahrensmann.

Parkin Christian antwortete nicht gleich. Im schwachen Schein der Kompaßlampe konnte man auch nicht sehen, daß der immer lächelnde und heiter dreinblickende Mann jetzt ernst die Lage abwog.

„Ein Hurrikan ist nicht zu erwarten, denn den fühlt man mindestens schon zehn Stunden zuvor. Was zeigt das Barometer an, Captain?“

„Es ist seit gestern nur um fünf Zehntel gefallen.“

„Nun, das ist nicht viel. Es ist also kein Hurrikan. Es wird ein örtlicher Zyklon, den wir schnell abschütteln. Die Hauptsache, wir bekommen den ersten Stoß von hinten, dann kann er uns nicht zur Seite drehen. Ich würde daher vorschlagen, Captain, Kurs West-Nordwest einzuschlagen.“

Kaum hatte Christian dies gesagt, mußten wir uns schon mit ganzer Kraft in die Spaken des Steuerrades legen.

Donnerwetter, Jungs, der Stille Ozean zeigte in wenigen Sekunden, wozu er durch einen als einfachen örtlichen Zyklon bezeichneten Sturm imstande war! Ein Glück, daß niemand mehr auf den Rahen war.

Das Schiff kippte nach vorn und bäumte sich dann auf! Der goldene Strom, aber auch der grüne Schein waren mit einemmal wie weggeblasen. Auf dem Deck zwischen den Masten und über den Wellen schienen alle Hexen und Teufel, Kobolde und Geister zu kreischen. Sie kreischten und klammerten sich an allem fest, was auch nur den leisesten Widerstand leistete!

Und es wurde dunkel, stockdunkel! Strömender Regen setzte ein, der Wind heulte, und die Wellen schlugen steil empor.

Mützen, Decklampen, die über die Boote gespannten Planen und die handgroßen Sturmsegel wurden im ersten Augenblick losgerissen und davongetrieben.

„Festhalten!“ schrien Vater Daniló, Szevér, Feri und Sottomarina.

Sonst konnte man wirklich nichts tun, nur sich festhalten. Auf die Knie sinken und sich festklammern, an dem, was einem am nächsten war, am Deckpoller, am Mast, am Steuerrad, an der Brüstung, an den Halteriemen des Rettungsbootes, denn der „örtliche“ Zyklon zeigte uns die Zähne.

Das Schiff krachte und stöhnte in allen seinen Fugen. In diesem schrecklichen Tanz, unter den Schlägen der Wellen und den ungeheuer wuchtigen Stößen des Sturmes stellte die *Königin des*

Ozeans unter Beweis, wozu sie fähig war. (Ihr tüchtiger Konstrukteur, Kapitän Barrabella, zog sich in seine Kabine zurück und wurde erneut von der Seekrankheit befallen.)

Von unten und oben ergoß sich das Wasser über das Schiff, so auch über uns.

„Nur ruhig Blut!" keuchte Zoller neben mir und spuckte in einem fort das Salzwasser aus.

Da hatten wir zur Sicherung bereits Seile um uns gewickelt wie alle anderen auch, die das Vorschiff oder die Kabinen nicht erreicht und keinen Schutz gefunden hatten. Viel tun und helfen konnte man hier ohnehin nicht.

Die Fregatte tanzte wie ein ohnmächtiger Spielball auf den Rücken der Wellen und manchmal auch darunter.

„Nur ruhig Blut!" stöhnte ich nun auch schon vor mich hin, sprach mir damit selbst Mut zu, denn es gab Augenblicke, wo ich glaubte, das Ende sei gekommen, es gehe nicht weiter.

Und das mag auch Parkin Christian empfunden haben, denn von Zeit zu Zeit schrie er uns aus kaum einem halben Meter Entfernung zu:

„Jach, gleich ist es zu Ende! Gleich! Jach!"

... Es dämmerte bereits, als wir einen Blick über Deck und auf uns selbst werfen konnten.

Parkin Christian hatte recht behalten: Es war kein Hurrikan, nur ein örtlicher Zyklon.

So wie Dschinns über uns hergefallen waren, so verschwanden sie nach einer oder anderthalb Stunden.

Am Himmel blinzelten die wiederkehrenden Sterne, im Osten erschien der erste Schimmer der aufgehenden Sonne.

Nur die noch tosend anrollenden Wellen und das mit leeren Masten schaukelnde Schiff waren ein Beweis dafür, daß hier vor kurzem noch alles wie im Kessel der Hölle brodelte.

Von Westen her kam ein gleichmäßig wehender Wind auf. Als wäre nichts geschehen. Nun, so ist der Stille Ozean, ein launisches Meer, das können viele Seeleute bezeugen.

Wie durch ein Wunder war niemandem etwas zugestoßen. Am besten von allen hatten Vater Guzsik und Pedro den Sturm überstanden. Sie waren in die Kombüse gedrängt worden und kauerten dort zwischen heruntergestürzten Töpfen und zerbrochenen Flaschen, den Kopf unter den Kartoffelkorb gesteckt, damit er nicht von herunterfallenden Gegenständen getroffen wurde.

Daß ein Teil der Seitenwand der Kommandokabine unter den ungeheuren Schlägen der Wellen eingebrochen und das Fenster samt Rahmen und Schutzdeckel herausgerissen war, gewahrte als erster Szevér.

„Kommandant“, meldete Szevér, „die Kabinenwand ist beschädigt. Alles schwimmt. Auch die Tür zum Gang ist herausgerissen!“

„Ich werde nachsehen. Aber erst bringen wir das Schiff in Ordnung“, antwortete der Kapitän, „auch die Kabinentür!“

Nun, es war keine leichte Aufgabe, Ordnung auf dem Schiff zu schaffen. Ein großes Glück, daß die Masten nicht beschädigt worden waren. Hier fand ich die als überholt bezeichnete Theorie bestätigt, daß sich für stürmische Meere (vor allem für den Indischen Ozean und den nördlichen Atlantik) am besten niedrige, starke Masten eignen. Und was man für Bäume sagt, das trifft auch für Masten zu. Es ist nicht gut, wenn sie in den Himmel wachsen. Leewärts war die Brüstung beschädigt. Die zwei Finger dicken Bohlen waren auf einem Abschnitt von zwei Metern zersplittert, die Halteböcke des Rettungsbootes in Stücke gegangen, und auch in der Takelage klafften Lücken, weil mit den Sturmsegeln einige Seile (spannende und ziehende) losgerissen waren. Zum Leidwesen Vater Guzsiks war das Wasser in den Vorratsraum eingedrungen und hatte dort vieles zertrümmert. Aber auch das Vorschiff war nicht verschont geblieben, so daß das Deck nach kurzer Zeit von den vielen zum Trocknen herausgehangenen Klamotten aussah wie ein Trödelmarkt.

Aus der Kajüte Vater Danilós war der Schlafsack unseres Kommandanten verschwunden, den er noch von Jan Mayen mitgebracht hatte, prima Ware, aus Robbenfellen gefertigt. Verschwunden waren auch seine langschäftigen Dunlop-Wetterstiefel mit weißen Sohlen, der Traum eines jeden Schiffsjungen. Und es fehlten mehrere Kleinigkeiten, die die zum Fenster eingedrungenen Wellen hinweggespült hatten, was wir in der Stockfinsternis nicht gewahren konnten, schon deshalb nicht, weil wir geraume Zeit gar nicht wußten, ob wir uns unter oder über Wasser befanden. Das Steuerdeck war genauso von den Wellen überspült worden wie das wesentlich niedriger liegende Hauptdeck.

Das größte Übel jedoch war, daß die Kiste fehlte!

Ja, Jungs, die Kiste von Großmann mit all den Schriftstücken des einstigen Piratenkapitäns Harry Duncan.

„Der Kommandant läßt dich bitten“, flüsterte mir Feri Horváth ins Ohr, als wir dabei waren, das Schiff wieder in den alten Kurs zu stellen. „Stell dir vor, die Kiste ist aus der Kabine verschwunden! Die Wellen haben sie herausgespült.“

Ich ließ Parkin und Gabbia am Steuer und betrat zusammen mit Zoller den Kabinengang.

Mitten in der vom Sturm stark mitgenommenen Kabine stand Vater Daniló und neben ihm der kleine Barrabella, der über der Nachricht von der verschwundenen Kiste mit einemmal sein Leiden vergessen hatte.

„Es besteht kein Zweifel, die Flutwellen haben sie hinausgespült“, stellte Vater Daniló fest. „Ich hatte sie hier unter der Liegestätte stehen, neben den Stiefeln. Das eindringende Wasser mag sie aufs Steuerdeck und von dort auf das Hauptdeck gespült haben oder mit Hilfe einer hochgehenden Welle direkt vom Steuerdeck ins Meer. Leider habe ich mir keine Abschriften gemacht, nicht einmal Notizen.“

Der Verlust war tragisch. Hauptsächlich deshalb, weil das Tagebuch Duncans und die Karte beweiskräftige Dokumente darstellten, besonders in dem Fall, wenn wir ohne Erfolg blieben und die Abweichung von der vorgegebenen Fahrtroute begründen mußten. Nicht zuletzt aber auch deshalb, weil wir vom historischen Gesichtspunkt aus einen Beweis in der Hand hatten, daß Roatan, der Schlupfwinkel der Piraten, diese geheimnisumwitterte Insel mit einer unbekannten Stadt, in der Tat existierte, keine Erfindung, keine Fiktion war, wie viele es behaupteten. Es waren Dokumente von wissenschaftlicher Bedeutung, die schon an sich einen Wert darstellten. Doch unabhängig davon waren sowohl die Karte als auch das Tagebuch für uns, die Roatan suchten, entscheidende

Richtungsweiser! Und all das war verschwunden, spurlos verschwunden. Hatte es das Meer, der Stille Ozean des Magalhães, verschlungen?

„Sehen wir uns mal um, vielleicht ist sie irgendwo hängengeblieben", empfahl Szevér.

Vater Daniló schüttelte hoffnungslos den Kopf.

„Das hat nicht viel Sinn."

Ich muß euch sagen, so niedergeschlagen, so mutlos hatte ich unseren Kommandanten vielleicht nur ein einziges Mal gesehen, an jenem Tag, als wir vor der Küste Nordafrikas Abschied nahmen von dem Wrack der *Jadran*, unserem gestrandeten Schiff, und von dem Meeresabschnitt, in dessen Tiefen Suttora seinen ewigen Schlaf schläft. Damals, in jenen Minuten war Vater Daniló, sonst ein unermüdlicher Mann der Tat und schneller Entschlüsse, der hellen Begeisterung und endloser Abenteuer, fast gelähmt und hilflos.

So auch diesmal.

„Das hat nicht viel Sinn, schon deshalb nicht", wiederholte er, „weil ich mich schon selbst umgesehen habe, bevor ich dich rufen ließ, Szevér. Warum habe ich nur nicht selbst nachgesehen, ob Pedro den Lukendeckel vor dem Kajütenfenster richtig geschlossen hatte! Sicher hat er die Schraube nicht fest genug angezogen, und die Wellen haben den Deckel samt Fenster und Rahmen herausgerissen."

Wir blickten nach der Fensteröffnung und konnten auf die sich heranwälzenden Wogen des Ozeans sehen, die sich noch immer nicht glätten wollten.

In diesem Augenblick dachten Zoller und ich an ein und dieselbe Person.

Ich mußte daran denken, wie ich unlängst bei abendlicher Dunkelheit hinter dem Fenster das Gesicht Silvers zu erkennen glaubte.

Zoller aber sagte:

„Und wenn jemand die Kiste entwendet hat? Eigentlich könnte es doch sein. Oder nicht?"

Wir sahen einander an. Zoller hielt mit seiner Meinung nicht hinter dem Berg.

Die Augen Barrabellas leuchteten auf.

„Denken Sie, Steuermann?“

„Albernes Gerede“, fuhr Vater Daniló auf. „Außer euch hat niemand von der Kiste gewußt! Und übrigens — hat jemand von euch am Steuer irgend jemanden gesehen, der während des Sturmes hierherkam? Oder von hier heraus? Mit einer recht schweren Kiste, wo zwei Hände allein zum Anhalten zu wenig waren? Du hast am Steuer gestanden, Zoller, du auch, Andrea, nun?“

„Gesehen haben wir niemanden“, wir schüttelten den Kopf, „konnten aber auch niemanden sehen.“

„Dann ist es schade, dergleichen zu erwägen. Ich ahne, Zoller, an wen du denkst.“

„Ja, an Silver.“

Vater Daniló lächelte seit dem Sturm zum erstenmal.

„Das ist eine fixe Idee von dir, Zoller. Sottomarina, kannst du uns sagen, an welchem Mast sich Silver während des Sturmes aufhielt und was er trieb?“

Sotto kratzte sich am Kopf und brummte:

„Nun ... er holte mit seinen Leuten am Fockmast die Segel ein. Und dann, wenn ich mich recht entsinne, suchte er mit den anderen im Vorschiff Schutz.“

„Aber was sollte Silver auch mit der Kiste anfangen, und wußte er überhaupt, daß wir eine solche Kiste besaßen? Nein, das kommt gar nicht in Frage ... kommt nicht in Frage ...“

Und damit wandte sich Vater Daniló an Barrabella. Seine Stimme klang verschleiert.

„Wir müssen jetzt vielmehr entscheiden, Commendatore, ob es sich nach den Ereignissen noch lohnt, unseren Weg nach dem mutmaßlichen Roatan fortzusetzen.“

Die Frage wirkte lähmend.

Da wurde uns bewußt, wie sehr die große Hoffnung, Roatan aufzufinden, in Wirklichkeit unsere Gedanken beherrschte, wie sehr wir uns nach dem Abenteuer, der Verwirklichung des seltenen und sensationellen Ereignisses sehnten. Darauf sollten wir verzichten? Auf Roatan, das Piratennest, in das kein einziges Schiff mit mehr Berechtigung eindringen durfte als die *Königin des Ozeans?!* Darauf sollten wir verzichten?

„Corpo di bacco, vielleicht finden sich dort doch noch ein paar Goldkelche!" fuhr Sottomarina auf.

„Wir wollen die Möglichkeit aufgeben, Roatan zu finden? . . ." Szevér schnappte nach Luft.

Die Lage rettete der kleine Barrabella. Ich kann bezeugen, daß der Commendatore elend aussah. Er war gelb wie eine Zitrone, und seine Augen waren von tiefen Ringen umgeben, als hätte er sich mit Sottomarina geschlagen. Die Seekrankheit hatte ihm also arg mitgespielt. Aber in dem gequälten Körper lebte eine heldenmütige Seele. Unser starker Vater Daniló brach unter dem unverhofften Verlust förmlich zusammen, nicht so der einstige Seeoffizier der italienischen Flotte. Barrabella schlug mit müder Faust gegen die Wand der Kabine.

„Wir setzen den eingeschlagenen Kurs fort, Kapitän. Wir weichen nicht davon ab!"

Er sprach so energisch, mit solch mutiger Entschlossenheit, daß ich in diesem Augenblick sah: Vater Daniló schämte sich bereits seiner Schwäche.

„Wir werden Roatan finden, Kapitän", ereiferte sich der kleine Mann. „Wenn es sein muß, auch ohne die Kartenskizze. Was wir wissen müssen, wissen wir ohnehin. Ihre Annahme hat Hand und Fuß, und deshalb gebe ich Ihnen, Kapitän Daniló Turkovics, als Bevollmächtigter Santa-Claras den Befehl: Vorwärts nach Roatan!"

Jetzt lächelte Vater Daniló zum zweitenmal. Er reichte Barrabella die Hand.

„Ich danke Ihnen, Commendatore, daß Sie mir meinen Glauben wiedergegeben haben. Ja, jetzt bin auch ich wieder der Meinung, wir müssen Roatan suchen."

Ehrerbietig mischte sich Zoller ein.

„Ich bitte um Verzeihung, aber ich habe das Gefühl, daß es meine Pflicht ist zu erklären: ich bin felsenfest davon überzeugt, daß die Kiste nicht vom Ozean verschlungen wurde. Sie befindet sich auf dem Schiff!"

Mein alter Kamerad, mit dem ich seinerzeit gemeinsam auf der Marineakademie in Fiume das saure Brot der Kriegszeit gegessen habe, wiederholte mit der Überzeugung eines Gläubigen in die von Lächeln erfüllte Stille hinein, die seiner Erklärung folgte:

„Es ist meine felsenfeste Überzeugung, Herr Kommandant."

. . . Jetzt, so auf die Vergangenheit zurückblickend, auf die Zeit des großen Abenteuers, muß ich euch eins offen und ehrlich gestehen, mir ist die Beharrlichkeit Zollers bis zum heutigen Tag ein Rätsel. Von dem Augenblick an, als er eine Ähnlichkeit zwischen Silverman von dem Schoner *Tolna* und unserem Silver entdeckt zu haben glaubte, hörte er nicht auf zu zweifeln, nachzuforschen und sogar — wie ihr das bis jetzt gesehen habt — zu beschuldigen. Und jetzt kommt meine offene und ehrliche Erklärung: Ich weiß nicht, woher der von mir so geliebte und geschätzte Zoller die Fähigkeit nahm, in die Seele und in die Zukunft zu sehen. Er war nämlich durchaus kein Hellseher oder ein übermäßig guter Menschenkenner. Zoller war das Grübeln fremd, und er pflegte nicht hinter allen Dingen etwas zu sehen wie einst Suttora. Zoller war ein Mann des Augenblicks, bei dem es sogar wie ein Wunder anmutete, daß er sich plötzlich in die Kartographie vertieft hatte. Zoller hatte nämlich seine Tage bis zu unserer Fahrt auf den Stillen Ozean ohne jedes Grübeln und Nachsinnen verlebt. Er war die Einfachheit und Natürlichkeit selbst, ein Mann der gegebenen Stunde und der gegebenen Lage.

Aber in Silver hatte er sich festgebissen wie ein Boxer, und er ließ ihn nicht los.

„Es ist meine felsenfeste Überzeugung", wiederholte er mehrfach.

Und Zoller war ständig auf der Lauer.

Um bei der Wahrheit zu bleiben, muß ich gestehen, daß um Silver und Laguna Grande nichts Verdächtiges zu bemerken war. Denn das konnte ja weiter nicht verdächtig sein, daß sie jetzt noch häufiger als bisher nach der Schatzsuche fragten.

„Würdest du mir sagen, Kamerad", wandte sich Silver an Sottomarina, „was mit diesem Schiff los ist? Wir haben die Osterinsel steuerbords liegengelassen und segeln einen wesentlich westlicheren Kurs, als Pitcairn eigentlich liegt."

„Woher soll ich das wissen?" antwortete Sottomarina. „Der Kommandant hat es so angeordnet. Er wird wissen, weshalb."

Silver griente in seiner gewohnten Art.

„Nun, ich will es dir sagen. Wegen des Schatzes!"

Sottomarina klopfte Silver auf die Schulter.

„Du hast immer nur den Schatz im Kopf, Kamerad! Du bist Amerikaner, ein aufgeweckter Kerl, ein alter Seemann. Aber hast du noch nie daran gedacht, daß ein Schiff wie diese Fregatte die Bewunderung der Welt erregen will? Denn darum geht es, Kamerad, glaub es mir. Mein Kommandant legt auf dergleichen großen Wert. Corpo di bacco!"

Was Silver von alldem als bare Münze nahm und was nicht, ist jetzt gar nicht mehr wesentlich. Später werden wir ohnehin sehen, daß er den Worten Sottomarinas keinen Glauben schenkte.

Jetzt tat er allerdings so, als würde ihm doch etwas davon einleuchten, denn er sagte:

„Nun, ich kann dergleichen nur schwer glauben. Meinetwegen kann die Welt gaffen. Ich glaube an das, was ich trinke und esse. Alles andere ist für mich Schall und Rauch!"

Aber die abhanden gekommene Kiste bereitete uns — trotzdem wir die Suche nach Roatan nicht aufgaben — doch Sorge. Vater Daniló bedrückte es, daß die beweiskräftigen Schriftstücke und die Karte selbst, die die Nachforschung immerhin erleichtert hätte, verloren waren. Deshalb versuchte unser Kommandant, die Karte aus dem Gedächtnis nachzuzeichnen. Das Tagebuch freilich konnte nicht ersetzt werden. Zoller bedauerte, daß er keine Gelegenheit gehabt hatte, das Kartenbündel durchzusehen, denn sicher fanden sich darunter kostbare Stücke. Barrabella trauerte hauptsächlich den Schiffsplänen nach. Seiner Meinung nach hätten sie Glanzstücke der Sammlung Santa-Claras werden können. Aber zum übertriebenen Jammern blieb nicht allzuviel Zeit. In der Einsamkeit des Stillen Ozeans, in jeder Stunde von ähnlichen oder noch größeren Überraschungen bedroht, mußten die Beschädigungen des Schiffes behoben werden. Segelschiffe führen stets Ersatzteile, Maststücke und zusätzliche Taue und Bohlen mit sich. Bei der eingehenden Überprüfung, die weniger Vater Daniló, sondern vielmehr Barrabella vornahm, stellten wir fest, daß der von Parkin Christian als örtlicher Zyklon bezeichnete Sturm ganze Arbeit geleistet hatte. Vater Guzsik, der zugleich Schiffszimmermann war und eigentlich ein besserer Zimmermann als Koch, sah sich die von den rollenden Wellen verursachten Schäden mit der Begeisterung des Fachmannes an.

„Endlich kann ich dem Commendatore zeigen, was Guzsik aus Zengg für ein Zimmermann ist! Man mag mir Piede und Gabbia zuteilen, und wir werden alle Zimmermannsarbeit so verrichten, daß es keinen Menschen gibt, der hinterher noch zu sagen weiß, wo etwas kaputt war!"

Die Äxte krachten, die Säge sang, auf dem ganzen Deck war eine emsige Arbeit im Gange.

Die Offiziere warfen von Zeit zu Zeit einen besorgten Blick auf das Barometer. Der vergoldete Zeiger fiel wieder hartnäckig, und der blaue Kontrollzeiger mußte immer nachgerückt werden.

Parkin Christian schüttelte das schneeweiße Haupt.

„Dergleichen will hier nichts besagen. Was nahe ist, das zeigt das Aneroidbarometer nicht an, vielmehr das entfernte. Der Stille Ozean ist ein närrischer Ort!"

Wahrlich, ein närrischer Ort. Der Stille Ozean ist das Reich der Überraschungen. Ein Riesengebiet mit Tausenden Inseln dreier großer Gruppen — Mikronesien, Melanesien, Polynesien —, auf denen verschiedene Volksstämme und Rassen leben, angefangen von den dunkelhäutigen Papuas bis zu den hellhäutigen Kanaken; die sich auf den Inseln versteckenden unzähligen Schufte und Abenteurer, die Irrgänge inmitten der Lagunen, die unverhofften Fallen zwischen den Korallenbänken — sie alle sind geeignet, in der einen oder anderen Form mit Überraschungen aufzuwarten.

Seit die ersten Schiffe des weißen Mannes im Stillen Ozean auftauchten, hat dieses Gebiet durch zahlreiche Ereignisse von sich reden gemacht. Schlagt irgendeine Zeitung auf, sagen wir die angesehene „Pacific Herald Tribune", was lest ihr darin? „Mister Kennedys Zweimastschoner wurde gestohlen. Das Schiff und seine Entführer sind spurlos verschwunden." — „Mister Sopwith hat sein Schiff *Cromwell*, das eine Piratenbande erbeutet hatte, nach zwanzig Jahren wiedergesehen." — „Der Hurrikan hat die Insel Kalimpalang völlig verwüstet. Kein einziger Bewohner ist am Leben geblieben . . ." — „Die Schiffahrtsgesellschaft Matson Line sucht ihren zwischen den Marquesasinseln und Tahiti verschwundenen Dampfer *Honolulu* . . ."

Wie gesagt, wir segelten auf dem Meer der Überraschungen.

Nur einen Tag nach dem überstandenen Sturm kam in der Frühe das Leben auf dem Schiff tüchtig durcheinander.

Es wehte ein gleichmäßiger, recht steifer Wind vom Süden her. Die Fregatte machte ausgezeichnete Fahrt.

Breitrückige Wellen mit weißen Schaumkronen rollten in Richtung des Äquators. Die Sonne schien heiß. Und wir besprengten in Erwartung der Hitze das Deck.

Von Zeit zu Zeit schnellte ein fliegender Fisch aus dem Wasser und flog einige Meter durch die Luft. In seiner Spur folgten Barracudas mit scharfen Zähnen und gefürchteten Kiefern und straften die überholte Theorie Lügen, daß es auf dem weiten offenen Meer kein Leben gebe.

Auf der Plattform des Auslugs am Großmast ließ Pedro die Beine baumeln.

Unser kleiner Neger fand, seitdem er von seinen Verletzungen genesen war, sein größtes Vergnügen darin, daß er bis zum Marssegel hinaufkletterte, dort in den Mastkorb stieg und sich von dort oben an dem unter ihm liegenden Deck und dem weiten Meer erfreute. Nun, es gibt vieles, woran man sich von da oben ergötzen kann.

„Ich erlaube dir, daß du dich dort aufhältst", stimmte Vater Daniló seinem Verlangen zu, „aber nur unter einer Bedingung."

„Wie Masa befehlen." Die weißen Zähne Pedros blitzten.

„Bei mir auf dem Schiff hat jeder seine Aufgaben. Wenn du bei schönem Wetter da hochkletterst, mußt du auch bei schlechtem Wetter hinauf. Du wirst zu gegebener Zeit unser Auslug werden, besonders zwischen den Inseln."

„Zu Diensten, Masa, wie Masa befehlen", pflichtete Pedro begeistert bei, der von Sottomarina allmählich zu einem ausgezeichneten Seemann erzogen wurde.

Nicht umsonst war Sottomarina Zwei-Sternen-Marsgast auf der *Don Juan* gewesen, woran er sich mit Stolz erinnerte. Dort lernte er die Vorschriften und gab sie uns allen weiter.

„Wenn du vor deinem Vorgesetzten stehst, nimmst du Haltung an und schaust ihm in die Augen, damit er sieht, daß er seine Befehle nicht einem dummen Haifisch gibt. Was antwortest du, wenn du von einem Vorgesetzten einen Befehl erhältst?"

„Pedro sagen: Masa, zu Befehl!"

„Richtig, und du schaust ihm dabei in die Augen."

„Pedro schauen in die Augen."

„Vergiß das nicht!"

„Pedro nicht vergessen."

So unterrichtete der Hüne unseres Schiffes, der Bootsmann Sottomarina, unseren kleinen Neger.

So war Pedro Auslug geworden, was keine zu verachtende Anstellung für einen jungen Burschen war. Der Auslug muß Augen wie ein Adler, schnelles Urteilsvermögen und Scharfsinn besitzen. Und er braucht gute Nerven und starke Muskeln, damit er da oben in dem kaum einen Quadratmeter großen Ausguck, den Rücken an den Mast gestützt, das ständige Schaukeln aushält.

Wie gesagt, für Pedro war der Auslug sein Lieblingsaufenthalt. Niemand von uns beneidete ihn darum.

An jenem Morgen glitt Pedros Blick in die Ferne.

Auf dem Meer, das klingt für Menschen auf dem Festland vielleicht seltsam, kann man nur schwer, sehr schwer etwas ausmachen. Schon so mancher Schiffbrüchige hat nach seiner Rettung klagend berichtet, daß ein Motorschiff an ihm vorübergefahren sei oder daß er sich in der Nähe eines Segelschiffes befunden habe, die keine Kenntnis von ihm genommen hätten. Für ihn sei sicher, daß sie ihn nicht haben retten wollen, meinte der Schiffbrüchige erbittert. Gewiß hätten sie es getan, aber sie haben ihn nicht gesehen! Der über der Wasseroberfläche schwebende Dunst, der mit zunehmender Entfernung immer dichter wird, die Brechung des Lichtes, das Spiel der Wellen, der Schleier der Wellenkämme und nicht zuletzt das Verschwinden im Wellental, all dies birgt die Gefahr, daß auf dem Meer ein kleinerer Gegenstand, sagen wir ein Floß oder ein Boot, ganz zu schweigen von einem schwimmenden Menschen, aus dem Blickwinkel von Deck nicht zu sehen ist. Auch Segler auf Binnenseen kennen die Erscheinung, daß Gegenstände bei starkem Wellengang schon nach wenigen Metern nicht mehr zu sehen sind. Auf dem Meer aber gibt es auch bei größter Flaute reichlich Wellentäler und Wellenberge.

Pedro hatte Augen wie ein Adler. Das konnte Szevér bestätigen, der auf ein Zeichen des Jungen, daß er einen schwimmenden Gegenstand sehe, hinauf in den Mastkorb gestiegen war.

Szevér suchte die Ferne in der angegebenen Richtung ab und rief dann hinunter:

„Ein einsames Boot in der Ferne!"

Die Nachricht vertrieb mit einemmal die einschläfernde morgendliche Schwüle vom Deck.

Ein Boot in der Ferne!

Wir segelten nicht in Gewässern, in denen einsame Boote zu erwarten waren.

Denn es stand fest, daß man aus dem Auslug ein Boot sah, aber nirgends ein Schiff.

„Es scheint ein verlassenes Boot zu sein", rief Szevér von oben.

„Vielleicht hat es der Sturm von irgendeinem Schiff heruntergerissen", meinte Vater Daniló.

Doch schon kam von oben die Meldung.

„Es ist nicht verlassen! Ich sehe Bewegung. Mir scheint, als würde man winken!"

Vater Daniló rief zu Sottomarina und zum Steuer hinüber:

„Die Leinen der Schoothörner lockern und die Segel vor den Wind setzen! Steuer drei Strich nach Steuerbord!"

Und die Fregatte nahm Kurs auf das gesichtete Boot.

Ein einsames Boot auf dem Meer, besonders wenn Menschen darin sind, zählt immer als Ereignis. Schon aus diesem Grund ist die oft zu hörende Behauptung, man würde einen Schiffbrüchigen seinem Schicksal überlassen, ein Unding. Ausnahmen kann es freilich geben, aber wenn auf dem Meer etwas als Verbrechen gilt, dann ist das Im-Stich-Lassen eines Schiffbrüchigen das größte Verbrechen. Ich entsinne mich eines solchen Falles. Der nordamerikanische Dampfer *Mariposa* aus New England nahm im Winter 1930 die Schiffbrüchigen des isländischen Fischkutters *RI 75* nicht auf. Ich glaube, der Kapitän der *Mariposa* hat dies sein ganzes Leben bereut. Die Mannschaft empörte sich und fesselte den Kapitän und setzte ihn im heimatlichen Hafen in solcher Verfassung an Land, daß er nie im Leben mehr die Kommandobrücke der *Mariposa* betreten konnte.

Ein verlassenes Boot erinnert daran, daß jedem, der die Ozeane befährt, etwas Ähnliches zustoßen kann, und zugleich ist es ein großes Ereignis in der Eintönigkeit des endlosen Wassers.

So war auf den Ausruf hin, daß in der Ferne ein Boot gesichtet wurde, Leben auf Deck gekommen.

Selbst jene, die nach der nächtlichen Wache im Vorschiff oder in den Kabinen ruhten, kamen heraus.

„Jetzt kann ich es schon deutlich ausmachen“, rief Szevér, „es sitzen mehrere im Boot! Es ist ein vorschriftsmäßiges Rettungsboot, wie sie die englischen Schiffahrtsgesellschaften benützen!“

Vater Daniló rief Sottomarina zum Hauptdeck hinunter:

„Rettungsboot vorbereiten. Nehmt Rum und Verbandzeug mit! Kapitän Horváth übernimmt die Erste Hilfe!“

Wir kamen immer näher an die Schiffbrüchigen heran. Denn es war klar, daß es sich nur um solche handeln konnte.

Nun konnte man auch schon von Steuerdeck erkennen, daß in einer Entfernung von anderthalb bis zwei Kilometern mal auftauchend, mal im Wellental verschwindend, ein einsames Boot auf dem Wasser schaukelte.

„Das Boot ist fast voll Wasser“, stellte Feri Horváth fest, „es hebt sich kaum aus den Wellen heraus. Offenbar halten es nur noch die Luftkammern über Wasser.“

Ja, das Boot tauchte bis zum Rande ein. Wie Pedro es gewahren, wie er es erspähen konnte, ist mir bis heute schleierhaft. Szevér brauchte ein Fernrohr dazu.

„Du bist ein tüchtiger Bursche, Pedro“, lobte unser Kommandant den Jungen, als er vom Mast herunterkam. „Du wirst mal ein guter Seemann!“

Ich schulde der Wahrheit die Erklärung: das hilflos auf den Wellen treibende Boot mit den vier oder fünf uns entgegenstarrenden Insassen war für uns ein überraschender Anblick, aber auch sie, die sich keineswegs in einer beneidenswerten Lage befanden, doch schon die Hoffnung auf Rettung hatten, staunten nicht schlecht über uns.

Ich glaube nicht, daß es unter euch auch nur einen einzigen gegeben hätte, der an ihrer Stelle das Auftauchen der *Königin des Ozeans* nicht als Fiebertraum empfunden hätte. Das war auch aus den verwunderten Blicken der mitgenommenen, gequälten, bärtigen Gesichter zu lesen. Den Unglücklichen mußte eine solche, noch nie gesehene Fregatte wie ein Phantom vorgekommen sein. Später sagten sie auch, daß sie ihren Augen nicht trauen wollten, als wir, das Schiff von vor zweihundert Jahren, auf den Wellen des Stillen Ozeans auftauchten.

„Rettungsboot aufs Wasser setzen! Los!"

Der Kutter unserer Fregatte wurde über Bord geschwenkt und unter dem Ächzen der Leinen und Kreischen der Rollen leewärts auf Wasser gesetzt. Die Fregatte schwebte da bereits mit gegenübergestellten Segeln auf der Stelle. Wir mochten hundertfünfzig bis zweihundert Meter von dem Boot entfernt sein, näher heranzufahren war nicht ratsam, damit das bis zum Rand eintauchende Boot und die haltende und somit ebenfalls ohnmächtige Fregatte nicht zusammenstießen.

In den Kutter stiegen Feri Horváth, Sottomarina und die Ruderbesatzung.

Nach fünf oder sechs Minuten vernahm man die schmetternde Stimme Sottomarinas von dem Boot her:

„Melde: Der Rest der am Leben gebliebenen Besatzung des gesunkenen englischen Kohlentransporters *Vulcania!* Erwarten Befehl!"

Vater Daniló führte das Sprachrohr an den Mund.

„Den Männern Erste Hilfe leisten und dann an Bord bringen! Wenn sie Ausrüstung oder Schriftstücke mit sich führen, auch diese. Das Boot den Wellen überlassen!"

Sottomarina brüllte:

„Zu Befehl!"

Wir sahen, daß Feri Horváth die entkräfteten und in unser Rettungsboot herübergehobenen Männer einzeln untersuchte. Dann tauchten die Ruder wieder ein, und der Kutter begann seinen Wellentanz, um zur Fregatte zurückzukehren.

„Es sind fünf Mann! Einer von ihnen scheint Heizer zu sein!"

Blaugefrorene, ausgehungerte, von der Sonnenglut verbrannte, dürstende, vom Wasser und von den erlittenen Qualen zitternde Menschen zogen wir an Deck der Fregatte.

Es war nicht einer unter ihnen, der zusammenhängend hätte sprechen können.

„Sie mußten schnell fliehen", stellte Zoller beim Anblick ihrer unvollständigen Kleidung fest.

Außer einer zerschlissenen Arbeitshose und einem zerrissenen Hemd trugen sie nichts am Leibe, mit Ausnahme von einem. Dieser mutete wie ein Steuermann an, er war älter als die anderen und hatte Brand- und Sengflecken an seiner zerrissenen Bluse. Der fünfte mochte in der Tat Heizer sein. Sein Overall deutete darauf hin.

Der Mann in der zerrissenen Bluse sagte, als man ihn aus dem Kutter auf Deck hob, wie traumverloren mit matter Stimme:

„*Vulcania* . . . Sie hat Feuer gefangen . . . Kohlenfrachter . . ."

„Wo ist das geschehen?" fragte Vater Daniló.

Aber dieser wiederholte in einem fort:

„*Vulcania* . . . ein Kohlenfrachter, hat Feuer gefangen . . . ein Kohlenfrachter."

Vater Daniló winkte ab.

„Völlige Erschöpfung. Es hat keinen Sinn, sie mit Fragen zu

quälen. Das beste wird sein, wenn sie von Zeit zu Zeit einen Schluck Branntwein bekommen und vielleicht einige Tropfen Milchkonserve, damit der Magen wieder zu arbeiten beginnt. Franzel, du kümmerst dich um sie."

Dann wandte er sich an Parkin Christian:

„Sagen Sie, Mister Christian, wo mag sich die Katastrophe ereignet haben?"

Der grauhaarige Inselbewohner schüttelte das Haupt.

„Jach, ich weiß nicht, Kapitän. Ich habe nie gehört, daß ein Kohlenfrachter namens *Vulcania* jetzt zwischen den Paumotus verkehrt. Erst recht nicht in diesem Meeresabschnitt. Jach."

Da meldete sich Barrabella zu Wort.

„Da im Vorschiff kein Platz ist, werden wir den angrenzenden Lagerraum für sie frei machen. Pedro und Santjago mögen dort aufräumen. Vorerst aber bringe man die Männer ins Vorschiff."

Vom Gesicht Vater Danilós konnte man Besorgnis ablesen. Er sagte auch zu uns, seinen vertrauten Freunden:

„Da haben wir ein neues Problem. Irgendwo müssen wir die Männer an Land setzen. Zeit verlieren aber dürfen wir nicht. Ich werde mit Kapitän Barrabella beratschlagen, was wir tun sollen."

„Hol's doch der Teufel", brummte Feri Horváth, „immer muß etwas dazwischenkommen!"

„Da haben wir weitere Galgenvögel bekommen!" stellte Zoller überzeugt fest. „Viel Freude werden wir an ihnen nicht haben. Es sind typische Soho-Gestalten!"

Soho ist das verkommenste Viertel in London. Von dort kommen die gefährlichsten Figuren der Häfen, Zechbrüder und Halunken, vor denen kein Lagerraum und kein Schiff sicher ist.

Sottomarina, der einst so gefürchtete Ringkämpfer, der weichherzige Hüne, nahm unsere neuesten Passagiere in Schutz.

„Was redest du denn da schon wieder, corpo di bacco! Ich möchte wissen, wie du aussehen würdest, wenn man dich von Hunger und Durst erschöpft aus einem bis zum Rand gefüllten Boot fischte! Dann würdest auch du aussehen, als kämst du aus Soho, amigo, glaube es mir."

Nach einer reichlichen halben Stunde erfuhren wir die „vertrauliche Entscheidung" Vater Danilós und Barrabellas: Die Zeit drängte leider, wir durften keine Verzögerung in Kauf nehmen. Der Kurs würde nicht geändert. Unser Ziel blieb weiterhin Roatan. Wenn wir unterwegs einem Schiff begegneten, würden wir die Schiffbrüchigen übergeben. Wenn nicht, so fuhren wir weiter und nahmen sie mit, natürlich entsprechend dem internationalen Schiffahrtsrecht, das besagte, daß sie sich während ihres Aufenthaltes auf dem Schiff an der Arbeit beteiligen mußten. Wenn wir die Insel fanden und ohne Zweifel feststand, daß wir Roatan entdeckt hatten, würden wir auf nähere Erkundungen verzichten. Das konnten wir nachholen, wenn wir die *Königin des Ozeans* in Oakland abgeliefert hatten. Barrabella würde mit Unterstützung von Santa-Clara, unter Umständen schon auf dem neuen Schoner Vater Danilós, den wir in Oakland zu kaufen gedachten, eine Expedition ausrüsten, und so würden wir dann nach Roatan zurückkehren.

„Es hat keinen Sinn, wenn wir die Sache überstürzen", sagte unser Kommandant. „In der kurzen Zeit aber wäre das alles nur ein Hasten. Es ist möglich, daß wir die Insel auch nicht ohne weiteres finden, daß wir nach ihr suchen müssen."

Diese Nachricht war nicht verheißungsvoll. Es schien, als hätte Barrabella Angst vor der Verantwortung bekommen und fürchtete sich vor seinem Brotgeber, vor Santa-Clara, denn vor einigen Wochen sprach er noch ganz anders! Und sicher wollte auch Vater Daniló die interessanteste Erkundung der letzten Zeit, die in die Annalen der Seefahrtsgeschichte gehörende Entdeckung Roatans, nicht mit so viel Fremden an Bord durchführen.

„Ich komme immer mehr zu der Überzeugung, daß man sich auf diese Expedition vorbereiten muß", betonte Vater Daniló und gab sich Mühe, daß seine Worte recht überzeugend klangen. „Ich glaube, wir werden dann auch herausfinden können, wo der große englische Pirat und Seefahrer William Dampier im Stillen Ozean seinen Schlupfwinkel hatte. Ich meine, wenn Roatan existiert hat, und nach den Aufzeichnungen und der Karte Harry Duncans gibt es darüber keinen Zweifel, dann diente es Ende des 17. Jahrhunderts wahrscheinlich auch Dampier als Unterschlupf. Aber man müßte die diesbezügliche Literatur studieren. Es ist daher klüger, wenn wir uns vorerst mit dem Auffinden der Insel begnügen und das Durchforschen auf später verschieben."

Feri Horváth winkte betrübt ab.

„Ich muß leider auf die *Jilland* zurückkehren. An einer zweiten Expedition werde ich nicht teilnehmen können."

Aber es kam doch nicht so, wie Vater Daniló es gemeinsam mit Kapitän Barrabella geplant hatte. Das Leben läßt sehr häufig die Entscheidungen der Menschen außer acht. So war es auch in diesem Falle.

Ich glaube, euch wird jetzt in erster Linie interessieren, durch welche Umstände die Schiffbrüchigen von der *Vulcania* gezwungen wurden, ihr Schiff zu verlassen, und wer sie in Wirklichkeit waren, auch wenn wir ihren Bericht vorerst als glaubhaft annehmen wollen.

Das Seerecht besagt eindeutig, daß über die Wahrnehmung eines sinkenden Schiffes, von dem Sinken selbst, von dem Zustand der geretteten Menschen, ihrer Aussage, über alle Daten und Fakten, wie Ort und Zeit, ein Protokoll aufgenommen und an die zuständigen Behörden weitergegeben werden muß. Das Protokoll wurde auch auf der Fregatte aufgenommen, und zwar von Feri Horváth im Beisein von Vater Daniló und Barrabella zu einem Zeitpunkt, als die Männer schon vernehmungsfähig waren.

Als erster hatte sich der wie ein Steuermann anmutende Matrose erholt. Er war im besten Alter, so an die Fünfzig. Sein Gesicht war vielleicht noch derber und gewöhnlicher als das von Laguna Grande. Seine Arme und sein Rücken waren genauso voller Tätowierungen wie die unseres Sottomarina, aber nicht mit solchen wundersamen züngelnden Drachen, sondern mit recht abgeschmackten Szenen, wie sie ordinäre Menschen ausdenken und sich unter großem Gelächter und Beifall in den Hafenspelunken tätowieren lassen. Allein schon diese Tätowierungen bezeugten, daß wir nicht den Erzbischof von Canterbury an Deck genommen hatten.

„Juppi!" hatte Silver freudig ausgerufen, als man ihn damit beauftragt hatte, den Seemann durchzukneten, um seinen Blutkreislauf wieder in Gang zu bringen. „Juppii, seht euch das an, Jungs, das nenne ich Tätowierung!“

Allmählich erholten sich die fünf Männer wieder dank Feri Horváths aufopferungsvoller Pflege. Rum, Milchkonserven, Abreibungen und Spritzen, die das Herz stärkten und den Blutkreislauf förderten, halfen ihnen wieder auf die Beine.

Am schwersten kam der Heizer wieder zu Kräften. Ein schmächtiger, magerer Mann, den sein schwerer Beruf völlig erschöpft hatte. Einen ganzen Tag bestand wenig Aussicht, daß er am Leben blieb. Aber am nächsten Tag erwachte er aus seiner Ohnmacht, sein Atem wurde gleichmäßiger, sein Herzschlag kräftiger, und sein kreideweißes Gesicht leuchtete nicht mehr so geisterhaft in dem recht düsteren Raum wie am Vortage.

„Ich heiße William Hunter“, sagte der Tätowierte, „ich stamme aus Cardiff. Ich war zweiter Bootsmann auf der *Vulcania.*“

Feri schrieb auch die Namen der anderen auf: Phillipson aus Hartlepool, George Bell aus London, Robert Supply ebenfalls aus London und schließlich der Heizer Jack Gidley aus Nordschottland.

„Soviel sind nach der Explosion auf der *Vulcania* und nach ihrem Sinken am Leben geblieben“, erklärte Hunter. „Wir hatten zwar noch zwei Kameraden im Boot, aber sie sind gestorben, und wir haben sie ins Meer geworfen. Der eine hieß Oakes und der andere Scott.“

Schon am ersten Tag sah man, daß Hunter der Wortführer war. Er sprach, und es sah so aus, als wäre er bemüht, immer selbst zu antworten. Phillipson, Bell und Supply zeigten sich recht wortkarg, und der Heizer Gidley tat kaum den Mund auf.

Hunter aber redete, als er wieder zu Kräften gekommen war, immer weitschweifiger.

Unser argwöhnischer Zoller bemerkte auch hier:

„Es sieht aus, als hätten sie sich verabredet, daß nur einer spricht! Der Heizer ist noch der anständigste unter ihnen. Laßt euch das gesagt sein!“

In der Tat, für den Heizer empfanden auch wir Sympathie. Er lag wie die zerbrochene Statue der Verlassenheit und Einsamkeit, wortlos, zusammengekauert und ohne ein Lächeln, auf seiner Liegestätte. Aus seinen fiebrigen Augen leuchtete erschütternde Vereinsamung und merkwürdige Traurigkeit. Wenn man zu ihm sprach, nickte er nur, aber nur selten kam ein Wort über seine Lippen.

„Er war immer so geschwätzig", versuchte Hunter zu scherzen. „Ich werde ihn doch kennen. An die zehn Jahre sind wir zusammen auf dem alten Pott gefahren. Ist es nicht so, Gidley?"

Der Heizer nickte, aber es kam kein Laut aus seiner Kehle.

„Da seht ihr, es stimmt", fuhr Hunter fort und kratzte sich dabei die Fußsohlen, den Rücken und den Bauch. „Auf dem Dampfer *Vulcania* war eine eingespielte Mannschaft beisammen, selbst der Kapitän McGregor und der Erste Offizier Turnay gehörten seit langem zur Besatzung. Die Ärmsten sind mit den anderen dort umgekommen. Nur wir haben die Katastrophe überlebt, und ich weiß jetzt noch nicht, wie. Der Sturm war eifrig bemüht, unser Boot kentern zu lassen! Aber Hunter ist nicht von dem Schlag, der sich leicht unterkriegen läßt."

Selbstzufrieden, von sich eingenommen lachte er. Und er kratzte sich, kratzte sich in einem fort.

„Sag, Freund", stellte ihm Vater Guzsik die Frage, „hast du vielleicht Läuse, daß du dich in einem fort kratzt?"

Hunter kicherte jetzt noch mehr.

„Keine Spur, aber ich pflege mich gerne. Einmal bin ich einem Arzt begegnet, der hat mir den Rat gegeben, mich häufig zu kratzen, ich würde damit mein Leben verlängern. Dadurch wird die Haut nicht schlaff und das Blut nicht tranig. Es war ein kluger Arzt, wenngleich ihn die meisten für verrückt hielten. Aber ihr seid ja auch verrückt, sonst hättet ihr euch nicht auf dieses Schiff gesetzt!"

Wie gesagt, Hunter schwatzte gerne. Einen so geschwätzigen Engländer, einen Seemann und einen zweiten Bootsmann wie ihn habe ich noch nicht wieder gesehen. Auch Silver redete gern, aber im Vergleich zu Hunter war er ein stiller Trappist!

Die Tragödie der *Vulcania* schilderte er wie folgt:

„Der Dampfer nahm in Colón am Panamakanal Fracht auf, um 3000 Tonnen Kohle nach Tahiti zu bringen. Das Unglück ereignete sich in der Nähe der Insel Ducie", berichtete Hunter weiter und kratzte sich. „Die Kohle fing Feuer! Wenn ihr auf einem Frachtschiff gedient habt, wißt ihr ja, daß dergleichen vorkommt. Selbst bei der Kohle für den eigenen Bedarf, und erst recht bei einer Kohlenladung. Selbstentzündung! Genau vor zwei Wochen, wenn ihr es wissen wollt, abends zur Dämmerzeit gewahrte ich, daß aus dem ersten Laderaum Rauch drang. Rauch und Kohlengas! Ihr müßt wissen, daß die *Vulcania* ein recht alter Kahn war, mit veralteten Sicherheitseinrichtungen, bei dem die Spanten nur noch vom Rost zusammengehalten wurden!"

Mit Wonne kratzte er sich den Rücken und stöhnte vor Vergnügen. Er lag da auf seiner Liegestätte wie ein Maharadscha, der sich äußerst wohl fühlt.

„Nicht wahr, Robert Supply, dir habe ich zugerufen: In der Eins brennt es!"

Supply, ein düster dreinschauender Deckmatrose mit vom Wetter gegerbtem Gesicht, nickte.

„Es stimmt. Ich rannte zum Kapitän, daß er Feueralarm geben sollte!"

„Ja, Supply, du bist gerannt. Aber unser Kapitän stammte nicht umsonst aus Cardiff, was hat er zu dir gesagt?"

Hunter sah den Matrosen vielsagend an, genau wie jemand, der einem etwas eingetrichtert hat und ihn nun abfragt.

„Nun, was hat unser Kapitän McGregor gesagt?"

Und Supply antwortete:

„Er hat gesagt, ich solle nicht solchen Krawall machen. Das Ganze sei albern. Wenn's brenne, so möge es brennen. Es gehe auch wieder aus! Er wisse es besser, wie sich die Kohle verhalte, er stamme schließlich aus Cardiff, und sein Vater habe überdies in der Kohle gearbeitet. Ihn sollten wir nicht belehren."

„Und was geschah dann? Hörst du, Phillipson, denn dich, Gidley, frage ich erst gar nicht, du gibst sowieso keine Antwort. Na, Phillipson?"

Phillipson, der sich im Aussehen nicht viel von Supply unterschied, sagte langsam und sehr bedächtig:

„Der Kapitän, der Erste Offizier und auch der Zweite Offizier und sogar unser aller Liebling, Obersteuermann Patterson, haben gesagt, man brauche nichts zu überhasten, es würde von allein wieder ausgehen!"

Hunter biß genießerisch in eine Banane und sprach mit vollem Mund weiter.

„Da wußten wir bereits, um was es ging. Zum Schein ließen sie die Fahrt des Schiffes verringern. Der Laderaum wurde luftdicht abgeschlossen, die Entlüftung überall versperrt. Ihr versteht schon, das ist so Vorschrift. Doch wir wußten damals schon, daß das Ziel nicht die Rettung des Schiffes war, sondern sein Untergang! Ja, Freunde, es sollte sinken, denn die Kiste war alt, die Versicherungssumme aber hoch, hatten wir doch hochwertige Steinkohle geladen!"

Hunter machte eine dramatische Pause. Er kratzte sich, kaute an der Banane, genoß es, daß wir gespannt und mit Interesse zuhörten, und es gefiel ihm auch, daß seine Gefährten höflich seinen Worten lauschten, obwohl es nicht gerade wohlerzogene, auf Anstand bedachte Kerle waren.

„Einmal", mischte sich Zoller ins Gespräch, „erlebte ich einen ähnlichen Fall, aber da waren einige, die sich empörten!"

Hunter feixte.

„Sich empören! Die *Vulcania* war ja nicht mein Schiff! Das Feuer war in der Tat durch Selbstentzündung entstanden, darauf wage ich zu schwören, aber all die Gegenmaßnahmen waren nur ein Augenauswischen. Die Selbstentzündung kam gerade gelegen, von Patterson weiß ich, daß McGregor schon seit einem Jahr darauf hoffte, gelegentlich einen Taifun oder bei Labrador einen Eisberg zu erwischen. Jetzt ist er nun selbst auch da, wo sich das Schiff befindet, auf dem Boden des Meeres! Sämtliche Offiziere, Steuerleute, mit Ausnahme von Gidley alle Heizer und Maschinisten und außer ihnen noch vierzehn Deckmatrosen! Bald hätten auch wir daran glauben müssen, aber Hunter versteht sein Fach. Ist es so, Männer?"

Bell, Supply und Phillipson nickten, Jack Gidley starrte mit fiebrigen Augen gegen die starken Balken der Decke des Vorschiffs.

„Ist das Schiff gekentert?" fragte Sottomarina.

„Ja“, Hunter kratzte sich wieder, „aber wir stiegen vorher in die Boote. Das Unheil wurde durch den Sturm herbeigeführt. So klapprig wie die *Vulcania* waren auch die Boote. Von vier Booten gingen drei vor unseren Augen unter . . . aber Hunter versteht sein Fach. Das vierte ging nicht unter. In dem saßen wir! Nur Oakes und Scott gingen noch darauf, sie ertrugen den Hunger nicht! Nicht daß ihr denkt, wir haben sie aufgegessen! Sie waren von dem Hungern ganz heruntergekommen und kippten schließlich um. Wir haben sie ins Meer geworfen. Dieser abgezehrte Kerl hat für sie gebetet. Gidley, du warst der Pfarrer!“

Und er lachte so laut auf, daß sogar Sottomarina ihn hätte beneiden können.

„Reverend Gidley!“

Der Heizer starrte ungerührt gegen die Deckenbalken und sagte nichts. Aber es schien, als würden seine Mundwinkel ein wenig zucken.

„Ihm hat die Anstrengung im Kopf geschadet“, Hunter grinste wieder und schaute dann auf Sottomarina. „Offen gesagt habe ich beim Anblick dieses Oldtimers von einem Schiff auch geglaubt, ich sei übergeschnappt. Du siehst Gespenster, Hunter, habe ich mir gesagt. Aber gut, daß es keine Einbildung war, denn inzwischen wären wir längst in dem Boot umgekommen! Sagt doch mal, Leute, warum zum Teufel segelt ihr auf so einem närrischen Schiff? Bei uns in dem guten alten England malt man solche Schiffe auf die Aushängeschilder von Hafenkneipen. Und Heilige, nach denen auch du geseufzt hast, Reverend Gidley! Hahaha!“

. . . So wuchs unsere Besatzung um vier Matrosen und einen Heizer an, die recht bald wieder auf den Beinen waren und die unser Kommandant mit zur Wache einteilte.

Vielleicht brauche ich gar nicht erst zu betonen, daß Hunter und seine drei Gefährten — mit Ausnahme von Gidley — sich mit Silver und seinen Leuten befreundeten. Man sah schon in den ersten Tagen, daß sie sich gut verstanden, viele gemeinsame Züge hatten und dieselbe Sprache führten.

Ich stimmte mit Zoller und Feri Horváth überein, daß sich das Lager von Silver und Laguna Grande vergrößert hatte.

Zoller hielt nicht hinterm Berg und brachte Vater Daniló gegenüber zum Ausdruck:

„Kapitän, ganz gleich, ob wir die Insel Roatan erkunden oder nicht, vorausgesetzt, wir finden sie, aber ich bin der Ansicht, erst sollten wir diese Bande irgendwo an Land setzen! Wir sollten uns der Insel Duc oder Pitcairn nähern, um die Kerle so schnell wie möglich loszuwerden!“

Vater Daniló — ich stand in der Nähe — lächelte und sagte im gedämpften Ton zu Zoller:

„Das ist auch ihr Wunsch.“

„Daß wir auf Pitcairn anlegen?“

„Nein, daß wir uns trennen. Hunter und seine Leute haben den Entschluß gefaßt, auf der ersten unbewohnten Insel auszusteigen und dort ein neues Leben zu beginnen. Gerade heute hat er mir das mitgeteilt. Inseln wird es reichlich geben, auch unbewohnte in der Tubuai- oder Paumotugruppe. Sie können darunter wählen. Ich bin selbst darüber erfreut, denn wenn wir Roatan erreichen sollten, was ich hoffe, stören sie uns nicht.“

Ja, das war eine neue Wendung.

Wir waren nun schon recht nahe an dem Korallengürtel, wie wir aus der Karte ersehen konnten. Die Fregatte machte bei kräftigem, gleichmäßigem Wind gute Fahrt, und wenn auch ab und zu ein örtliches Gewitter niederging, so näherte sich die *Königin des Ozeans* doch immer mehr ihrem erhofften Ziel.

Dem Anschein nach verlief alles glatt, und doch hatten einige von uns das Empfinden, es sei die Stille — vor dem Sturm.

Warum wollten Hunter und seine Leute auf einer unbewohnten Insel an Land gesetzt werden und sich dort ansiedeln? Warum?

„Ich glaube nicht, daß sie dafür seelische Gründe haben“, sagte mein Freund Zoller lachend, als wir zu zweit in unserer Kabine ruhten. „Ich halte sie nicht für den Typ, der der menschlichen Gesellschaft überdrüssig geworden ist und die Einsamkeit wählt. Irgend etwas stimmt mit ihnen nicht, ich sage dir, mit denen stimmt etwas nicht!“

Der Verdacht des Kartographen unseres Schiffes bewahrheitete sich. Nun paßt auf, Jungs, paßt gut auf, ihr werdet es gleich selbst sehen, daß nicht nur ehrliche und wackere Männer die Meere befahren, sondern auch Schurken.

Kurz nachdem Vater Daniló Zoller anvertraut hatte, mit welchem Anliegen Hunter zu ihm gekommen war, kam Vater Guzsik aus dem Inneren des Schiffes und meldete unserem Kommandanten:

„Signore Capitano, im Kielraum ist etwas nicht in Ordnung. Am Vordersteven und an den Bodenspanten haben sich die Planken gelockert! Die *Königin des Ozeans* ist immerhin ein neues Schiff. Der Tanz um Kap Hoorn und der Zyklon von unlängst haben ihr ganz schön mitgespielt. Wir könnten den Schaden selbst beheben, wenn wir das Schiff in einer geeigneten stillen Bucht auf die Seite legen und die locker gewordenen und gerissenen Bohlen festnageln könnten. Das Beste wäre, wenn wir recht bald eine Küste erreichten."

Vater Daniló, Barrabella und die beiden Offiziere begaben sich unverzüglich in den Schiffsraum, in dem nichts anderes war als der in zahllosen Sandsäcken für das Tauchen des Schiffes erforderliche Ballast. Auch sie konnten nichts anderes feststellen als Vater Guzsik, der, wie ihr wißt, in einer Person Koch (Smutje) und Schiffszimmermann (Carpenter) war. Und noch dazu ein ganz ausgezeichneter Schiffszimmerer. Barrabella geriet beim Anblick des Schadens ganz in Verzweiflung.

„Das kann doch gar nicht sein . . . Wir haben bestes Holzmaterial . . . und sorgfältig verarbeitet . . ." stammelte der wackere kleine Mann, beschämt wegen seines „Glanzstückes" und seines Wissens. „Das ist gegen alle Berechnung, so etwas hätte nicht vorkommen dürfen."

„Grämen Sie sich darüber nicht, Commendatore", sagte Vater Daniló, „dergleichen kommt vor. Vielleicht hat man, irrtümlich oder bewußt, Planken verarbeitet, die noch nicht völlig ausgetrocknet waren. Auf alle Fälle müssen wir versuchen, eine geschützte Bucht zu finden, denn in diesem Zustand könnte uns ein erneuter Zyklon zum Verhängnis werden. Von nun an aber müssen wir den Kielraum verstärkt auspumpen. Für diese Arbeit eignet sich die Hunter-Gruppe ganz gut. Zu etwas anderem kann man sie ohnehin schlecht gebrauchen. Keiner von ihnen hat je auf einem Segelschiff gedient."

Aber ihr wißt ja, der Teufel schläft nie. Er hielt auch für diesen Tag noch zwei einschneidende Überraschungen bereit. Im Grunde genommen zeigte der Teufel dabei sein freundlicheres Gesicht, das läßt sich nicht abstreiten. Doch paßt nun gut auf.

Der Kielraum ist selbst bei einer glänzenden Luxusjacht eine abstoßende Stelle. Hier sammelt sich nun mal das abgestandene, von Algen und Pilzen durchsetzte faulige Wasser, das in jedes Schiff eindringt, ob die Pumpen nun in Tätigkeit sind oder nicht. Gleichsam wie ein Stockwerk lag über dem Kielraum der Fregatte der eigentliche Schiffsraum, wo die Sandsäcke als Ballast lagerten, da das Schiff außer der nötigen Ausrüstung, den Ersatzteilen und der Verpflegung keine Ladung mit sich führte. Als die vier Offiziere aus dem Kielraum in den Schiffsraum emporstiegen, starrte Vater Daniló plötzlich auf Pedro, der die Lampe hielt. Er zeigte auf den Hals des Jungen und fragte:

„Was ist das dort an deinem Hals? Woher hast du das?"

Pedro antwortete mit sichtbarem Stolz:

„Pedro finden . . . Amulett für Pedro."

Am Hals des Jungen hing an einem Faden ein Schlüssel, ein altertümlicher silberner Schlüssel.

Ob ihr es glaubt oder nicht, es war der Schlüssel der verschwundenen Kiste!

Wie verzaubert starrte unser Kommandant auf den Schlüssel, nahm ihn in die Hand, drehte ihn hin und her und wollte seinen Augen nicht trauen. Denn der Schlüssel befand sich, soweit sich Vater Daniló erinnern konnte, im Schloß der Kiste, als die Wellen sie aus der Kabine herausspülten.

„Wo hast du ihn gefunden, Pedro?" fragte unser Kapitän.

Der kleine Neger ging einige Schritte in dem lagerartigen Schiffsraum und zeigte dann auf eine Stelle unmittelbar hinter der Treppe. Diese Treppe führte hinauf zu den Batterieräumen, von denen aus man schon ans Oberdeck gelangte.

„Hier Pedro finden, Masa."

„Wann?"

Hier übernahm Vater Guzsik das Wort.

„Vor wenigen Stunden, als er mit mir herunterkam, um zu leuchten. Da habe ich gesehen, daß er ihn aus dem Staub aufhob. Und Sie wissen ja, Signore Capitano, wie die Schwarzen sind: Sie lieben das Glänzende wie die Elster. Er hing ihn sich um den Hals wie die Frauen das Kruzifix."

Vater Daniló klopfte dem Jungen auf die Schulter.

„Pedro, diesen Schlüssel brauche ich. Du bekommst dafür einen Dollar."

Pedro löste den Bindfaden und sagte stolz:

„Pedro finden, Pedro geben. Pedro geben Masa Capitano Amulett! Pedro wollen Dollar nicht."

All das erfuhren wir wenige Stunden danach, als unser Kapitän den „Kriegsrat" der alten Gefährten von der *Jadran* einberief.

Wir hatten den Schlüssel vor uns, den wir seinerzeit aus verständlichen Gründen nicht beachtet hatten, der aber zweifellos zu der verschwundenen Kiste gehörte.

„Wie kann er in den Schiffsraum zwischen die Sandsäcke gelangt sein?" Unser Kommandant sah uns fragend an, nachdem er alles eingehend geschildert hatte, wie ihr es zuvor gelesen habt. „Wie? . . . Wenn er sich im Schloß befand und herausfiel, dann hätte er irgendwo auf Deck liegenbleiben müssen. Aber er lag unterhalb der Batterieräume im Schiffsraum!"

Jeder hatte eine Meinung. Sottomarina vertrat die Ansicht, daß der Schlüssel vielleicht gar nicht zu der Kiste von Großmann gehöre, sondern einem Arbeiter aus der Tasche gefallen sei, als diese den Ballast in den Schiffsraum geschafft haben oder beim Zimmern der Treppe.

„Nein, nein", unser Kommandant schüttelte den Kopf. „Die Form des Schlüssels verrät genau, daß er sehr alt ist. Das ist Handarbeit aus früheren Jahrhunderten. Ist es nicht so, Kapitän Barrabella?"

Der Commendatore nickte.

„So ist es, Kapitän. Es ist ein sehr alter Schlüssel."

Er zeigte auf die Verschnörkelungen und Bögen.

„Er ist aus Silber."

Natürlich äußerte sich auch Zoller. Auf seinem Gesicht saß ein überlegenes Lächeln.

„Kapitän, meine alte Überzeugung beginnt sich zu bewahrheiten. Ich behaupte, daß sich nicht nur der Schlüssel, sondern auch die Kiste auf dem Schiff befindet." Leise, im gedämpften Ton, vor innerer Erregung gerötet, fuhr er fort: „Man hat die Kiste im Schiffsraum oder sonst irgendwo versteckt, aber daß sie nicht von den Wellen fortgespült worden ist, darauf setze ich meinen Kopf."

Vater Daniló fragte ruhig, gelassen:

„Und wer waren die Täter? Oder unter Umständen, wer war der Täter?"

Eine kurze Pause entstand. Wir wechselten Blicke.

„Ich beharre nach wie vor auf meinem Standpunkt: Silver oder Silver und seine Leute!"

Das wortkargste Mitglied unseres Schiffes, Piede Piccolo, sagte kurz:

„Geschickt ist er. Ihm ist alles zuzutrauen."

Sottomarina, der biedere, gutherzige Hüne, brummte:

„Wer einem Kind das Leben rettet!"

Vater Daniló stimmte ihm zu.

„So ist es. Wenn ich es nicht mit eigenen Augen gesehen hätte . . ."

Barrabella unterbrach ihn.

„Eine unverhoffte Durchsuchung des Schiffes könnte vielleicht manches Rätsel lösen. Ich kenne jeden Winkel des Schiffes genau. Ich weiß auch, wie der Ballast in den Säcken gestapelt ist. Mir sind alle Stellen bekannt, die in Frage kommen können, wenn jemand ein Versteck sucht. Wir werden das Vorschiff durchsuchen. Das Recht dazu haben wir, ohne zu sagen, was wir suchen. Das ist mein Vorschlag."

Vater Daniló blickte auf den in seinem Holzgehäuse tickenden Chronometer. Es war Nachmittag, fünf Minuten vor vier. Kurz vor der Wachablösung.

„Jetzt", unser Kapitän blickte auf Barrabella, „jetzt, Commendatore?"

„Si, si, capitano. Jetzt gleich. Geben Sie Befehl: Alle Mann an

Deck. Zuvor aber wollen wir das Suchkommando zusammenstellen. Wenn Sie gestatten, leite ich es. Geben Sie mir Signore Horváth, Padrone Guzsik und Signore Piede. Unter Umständen noch Gabbia."

Vater Daniló sagte sehr ernst:

„Ich ordne diese Durchsuchung nur ungern an. Ich verdächtige nicht gerne jemanden", und hier blickte er auf Zoller, „aber in diesem Falle müssen wir in der Tat handeln. Es ist auf jeden Fall merkwürdig, daß Pedro den Schlüssel der Kiste an der Treppe zum Schiffsraum gefunden hat. Im Hinblick darauf, daß wir meiner Ansicht nach in wenigen Tagen die äußeren Atolle der Tubuaiinseln erreichen, wäre mir lieb, wenn bis dahin alle Zweifel beseitigt wären. Hunter und seine Leute werden wir an Land setzen, wo sie es wünschen. Also, Sottomarina, laß deine Pfeife schrillen: Alle Mann an Deck!"

Die Sonne über dem Stillen Ozean stach und gleißte. Das Meer war in der Ferne blau wie der wolkenlose Himmel, in der Nähe aber schillerte es grünlichweiß. Ein wahres Wunder, daß recht weit von dem Passat entfernt, aus Südosten ein gleichmäßiger Wind der Stärke fünf wehte. Ein wahres Wunder, Jungs. Daß wir solchen Wind hatten, als wir das Niemandsmeer überquerten, wo seit Cook, Wallis und Byron nur selten Schiffe verkehrt haben mögen, wo bekannterweise — infolge der ablenkenden Saugkraft des Passats — monatelang Windstille herrschen kann. Jedenfalls hat sich auch hier bewahrheitet, daß sich auf dem Ozean die Regeln nicht immer mit der Wirklichkeit decken.

In der drückenden Hitze, bei stechendem Sonnenschein standen Parkin Christian und Gabbia am Steuerrad. Überrascht hoben sie die Köpfe, als der Bootsmann in seine silberne Pfeife blies.

Alle Mann an Deck!

„Antreten auf dem Hauptdeck!" brüllte unser Hüne, in dem noch die alten Vorschriften lebten, die er von der Kriegsmarine mitgebracht hatte und nach denen sich die Handelsmarine nicht gern richtete. „Antreten!"

Was mag geschehen sein? Diese Frage stand den auftauchenden Männern ins Gesicht geschrieben. Der mit Stärke fünf wehende

Wind sicherte der Fregatte eine gute Fahrt, auch konnte nicht davon die Rede sein, daß wegen des festgestellten Schadens das Schiff sinken sollte ...

Und dennoch hieß es: Alle Mann an Deck!

Laguna Grande, der mit dem gleichgültigsten Gesicht in die Welt zu schauen vermochte, blinzelte diesmal unruhig. Wegen der blendenden Sonne oder aus einem anderen Grund? Er vergaß aber trotz allem nicht, einen verächtlichen Blick nach Parkin Christian zu werfen, den er von Anfang an verabscheute.

„Nun, was gibt es, Boys?" Silver, der im Schatten des Rettungsbootes geschlummert hatte, sah sich um. „Was ist geschehen? Warum dieser Krach?"

An der Brüstung auf dem Steuerdeck der prächtig geneigten Fregatte stand Vater Daniló. So mögen seinerzeit die Admirale Nelson, Hood oder Nachimow gestanden und sich auf die verschnörkelte Reling gestützt haben.

Neben Vater Daniló standen Kapitän Barrabella, der allmählich schon ganz vergaß, was Seekrankheit ist, weiterhin Feri Horváth, Szevér, der den Steuermann ablösende Zoller und ich.

Da die Masten und die Takelage in dem von raumschots wehenden steifen Wind mächtig krachten, die vom Bug des Schiffes durchschnittenen Wellen brausend das Weite suchten und die Rahen und Spieren unter dem Druck der geblähten Segel ächzten, griff unser Kommandant nach dem Sprachrohr.

„Ich ordne eine Durchsuchung des Schiffes an! Sie wird von Commendatore Barrabella geleitet! Alle daran nicht Beteiligten bleiben auf dem Hauptdeck."

Zoller und ich beobachteten — wie wir vorher vereinbart hatten — Silver, Laguna Grande, Mikkelsen, Cap-York, das heißt, die Männer aus Porto Alegre. Was spiegelte sich in ihren Gesichtern, als der Befehl gegeben wurde? Am liebsten würde ich berichten, daß sie bestürzt waren, daß sie einander erschrocken und unruhig anschauten, aber das war nicht der Fall.

„Nun, dann setzen wir uns hier in den Schatten der Barke", Silver griente und sah Hunter und Laguna Grande an, „ein

Glück, daß ich die Karten fürs Pokern bei mir habe! Das ist doch wohl nicht verboten, Bootsmann?"

Sottomarina schüttelte sein schneeweißes Haupt.

„Nein."

„Offenbar ist etwas verlorengegangen, nicht wahr?" fragte Silver und griente noch immer. „Es wird schon zum Vorschein kommen, wenn man es sucht. Und obendrein Commendatore Barrabella! Nun, Jungs, wer beteiligt sich an einer zünftigen Pokerschlacht?"

Und die Durchsuchung begann.

Kapitän Barrabella und sein Trupp tauchten mal hier, mal dort auf. Man sah, daß sie gründlich vorgingen. Der kleine behende Marineoffizier stieg sogar in den Kettenkasten hinunter. Man wollte sichergehen. Eine Stunde verstrich nach der anderen. Die Sonne neigte sich bereits über dem Meer und schickte sich zum Untergehen an.

Zoller und ich bedienten das Steuer und wechselten von Zeit zu Zeit einen Blick. Silver, Laguna Grande und ihre Mitspieler waren völlig in die Karten vertieft. Sie schien auf der weiten Welt nichts anderes zu interessieren als die Unbeständigkeit des Glücks.

Wenigstens machten sie diesen Eindruck.

„Er hat gute Nerven", Zoller deutete mit dem Kopf zu Silver hinüber, „aber was der Alte auch immer sagt: Der Täter ist entweder Silver oder einer seiner Leute!"

Ich hatte dasselbe Gefühl. Und doch brachte mich ihre Ruhe, ihre Gleichgültigkeit zum Wanken. Sie hoben nicht einmal die Köpfe, wenn Kapitän Barrabella und der Suchtrupp von irgendwo auftauchten.

Schließlich kam die Reihe an das Vorschiff, das Mannschaftsquartier im Bug des Schiffes. Hier geschah es, daß Laguna Grande verträumt den Eintretenden hinterhersah.

Aber sie machten keine Anstalten, um sich durch irgendeine List ihrem Quartier zu nähern oder sich mit irgendeinem Ziel von der Seite des kieloben liegenden Kutters zu entfernen.

Als sich Pedro bereits anschickte, die Positionslichter und die Lampen auf Deck anzuzünden, kamen Commendatore Barrabella und seine Begleitung wieder an Deck und gingen zu der

Kajüte des Kommandanten. Aber eine Kiste hatten sie nicht bei sich! Es war also nicht gelungen, sie zu finden!

„Donnerwetter!" brummte Zoller. „Die sind wieder durch die Maschen geschlüpft!"

Piede trug zwar etwas, aber das war nicht die Kiste.

Kaum waren einige Minuten vergangen, rief Feri Horváth vom Kommandodeck herunter:

„Silver und Laguna Grande zum Kommandanten!"

Zoller und ich sahen einander an. Verflixt und zugenäht, da hat sich doch etwas getan!

„Mein lieber Freund, es ist doch gut, wenn man auf den erfahrenen Zoller hört", sagte mein alter Gefährte und lächelte zufrieden.

Silver und Laguna Grande standen auf. Mit wiegenden Schritten gingen sie auf dem schräggeneigten Deck auf das Kommandodeck zu. Sie stiegen die Treppe hinauf, und wir hörten, als Laguna Grande zu seinem Kumpan sagte:

„Wenn du den König ausgespielt hättest, wäre die Runde an dich gegangen."

Wir schauten so verdutzt, als hätten wir den Verstand verloren. Wenn du den König ausgespielt hättest! Diese Kerle hatten eiserne Nerven, das mußte man ihnen lassen. Silver trat wohlgelaunt zu uns, schaute in das beleuchtete Gehäuse des Kompasses und sagte mit leichtem Spott und breitem Lächeln:

„Wie weit sind wir noch von der Schatzinsel entfernt, Boys? Denn mir könnt ihr erzählen, was ihr wollt, letzten Endes läuft das Spiel doch darauf hinaus!"

Und damit verschwanden sie am Eingang des schmalen Kabinenganges.

Alles Weitere weiß ich nun von Feri Horváth. Folgendes trug sich zu:

Silver und Laguna Grande traten in die Kommandokabine ein. Vorschriftsmäßig zogen sie die Mützen und richteten ihren Blick auf die Anwesenden. In dem Raum waren Vater Daniló, Barrabella, Feri Horváth, und Szevér. Sie führten die Hand an den Mützenschirm.

„Zu Diensten, Captain, Sie haben uns rufen lassen", meldete Silver.

In dem knochigen Gesicht Vater Danilós spannten sich die Muskeln. Streng sagte er:

„Aus verschiedenen Gründen mußte ich eine Durchsuchung des Schiffes anordnen. So kam die Reihe auch ans Vorschiff. Wem gehören diese beiden Gegenstände?"

Damit griff er auf den Tisch, auf dem mit einer Karte etwas verdeckt war.

Zwei Acht-Millimeter-Revolver, geladen mit Stahlmantelgeschossen! Und mehrere Magazine voller Kugeln!

„Den Vorschriften gemäß dürfen nur der Kommandant oder die Offiziere über Schußwaffen verfügen! Wem gehören diese beiden Revolver und die dazugehörende Munition?"

Silver lächelte. Ebenso auch Laguna Grande. Ihre Ruhe war erstaunlich, wie Feri Horváth später berichtete.

„Sie gehören uns, Captain", erklärte Silver. „Laguna Grande und mir."

„Sie kennen wohl die Vorschriften nicht?" fragte Vater Daniló in strengem Ton.

„Wir kennen sie ganz genau, Captain! Wenn wir einen Fehler begangen haben, so bestrafen Sie uns oder tun Sie, was Sie für richtig halten. Aber wir haben auf so einem Schiff noch nie gedient. Wir befürchteten, wir könnten Schiffbruch erleiden, und da schadet die Waffe auf einem Meer wie dem Pazifik nicht! Deshalb haben wir die Revolver an Deck gebracht."

Laguna Grande nickte mit der unschuldigsten Miene der Welt.

„Ja, deshalb, Senor Capitano!"

Vater Daniló räusperte sich, ein Zeichen, daß seine Strenge sich milderte.

„Hm", begann er, „hm. Im gewissen Sinne ist die Antwort verständlich. Ich verstehe das. Nun, Kapitän Barrabella?"

Der kleine Commendatore schüttelte heftig den Kopf.

„Es ist ein schwerwiegender Verstoß gegen die Vorschriften . . ."

Silver kicherte leise vor sich hin. Er war ein ausgekochter Schurke, einer der größten, den ich unter den Piraten von heute kennengelernt habe. Schon fühlte er, daß er Oberwasser gewonnen hatte. So konnte er mutig entgegnen:

„Nach den Vorschriften hat auch die Führung des Schiffes einen Fehler begangen. Man hat uns für die Route von Porto Alegre nach Oakland angeheuert. Soviel ich weiß, ist das hier nicht der nächste Weg, denn Pitcairn liegt irgendwo im Norden, gut ein paar Meilen von hier entfernt. Aber machen wir ruhig einen Abstecher, wie es dem Captain beliebt, Silver ist noch nie ein Spielverderber gewesen. Aber auch mein Kumpel Laguna Grande nicht."

Vater Daniló protestierte heftig:

„Wir werden Pitcairn in Kürze anlaufen, aber das Schiff hat Schaden erlitten. Pitcairn ist eine vulkanische Insel und hat, soviel ich von Parkin Christian weiß, keinen geschützten Hafen, um ein solches Schiff aufnehmen zu können. Der Schaden aber muß behoben werden. Denn bis Oakland kann uns noch ein Zyklon überraschen. Deshalb suchen wir in der Nähe eine Laguneninsel, wo wir den Schaden ausbessern können."

Silver nickte gnädig.

„In diesem Falle ist das etwas anderes, Captain. Davon wußten wir nichts. Und was geschieht mit den Revolvern?"

Vater Daniló — der unverbesserliche, gutherzige und leichtgläubige — sprach nun schon im Ton der Nachgiebigkeit.

„Die beschlagnahme ich ... das heißt, ich übernehme sie zur Aufbewahrung. Ich werde sehen, Silver, ob ich den Fall in Oakland der Seefahrtsbehörde melde oder nicht."

Silver schlug nun schon einen vertraulichen Ton an.

„Die Amis sind sture Burschen. Deshalb habe ich ihnen auch den Rücken gekehrt. Behalten Sie die Revolver lieber für immer, Captain. Wie gesagt, wir haben sie zur Sicherheit für alle mit an Bord gebracht!"

Und damit war das Verhör zu Ende.

Weder Vater Daniló noch irgendein Mitglied unserer alten Garde vermutete, welch Unglück über unser Schiff hereingebrochen war. Eine Ausnahme gab es freilich doch — ihr werdet ahnen, wer das war —, Zoller, der das Steuerrad fast entzweibrach, als er das Ergebnis des Verhörs vernahm.

„Der hat uns wieder an der Nase herumgeführt! Verflucht nochmal!"

Deshalb hielten wir es auch für zwecklos, Vater Daniló von dem zu erzählen, was wir von Parkin Christian erfuhren.

Es geschah kurz nach dem eben geschilderten Verhör.

Alles, aber auch alles wäre anders gekommen, wenn wir vorher auf der Osterinsel angelegt hätten. Die dortige Rundfunkstation hätte die Information und die Anweisung Santa-Claras an den Kommandanten der *Königin des Ozeans* und seinen persönlichen Beauftragten, nach der wir den nächstgelegenen Hafen anlaufen sollten, sicher ausgerichtet. Doch davon erfuhren wir erst wesentlich später.

Parkin Christian war wie die Inselbewohner und die Schiffer im allgemeinen ein leidenschaftlicher Raucher. Häufig kauerte er am Wasserfaß, so auch an diesem Abend. Es war auffallend dunkel, wie es hier auf diesem Meer nur selten der Fall war. Träge Wolken bedeckten den Himmel, und weder der Mond noch die Sterne leuchteten.

Das Barometer war seit Tagen verdächtig gefallen und ließ ein unsicheres Gefühl in uns aufkommen.

Der Wahrheit zuliebe muß ich gestehen, wir hatten Angst. Wir hatten Angst vor einem erneuten Zyklon, denn dieser hätte — vor allem wegen des beschädigten Schiffes — unseren geplanten Abstecher leicht durchkreuzen können. Es traf in der Tat zu, was Vater Daniló zu Silver gesagt hatte: Wir bedurften dringend eines geschützten Ortes, um den zwar nicht schwerwiegenden, aber Gefahr in sich bergenden Schaden zu beheben. Hierfür war die nicht entsprechend geschützte Hafenbucht, die Bounty-Bucht, wirklich nicht geeignet.

Vater Daniló war bestrebt, eine entsprechende Laguneninsel zu suchen. Und diese Inseln lagen schon vor uns.

Wie gesagt, Parkin Christian rauchte am Wasserfaß seine Pfeife. Die Pokerschlacht wurde im Vorschiff fortgesetzt.

Wie auf den Schiffen im allgemeinen interessierte das launische Verhalten des Barometers und der verhangene Himmel, der in dieser Gegend eine Seltenheit war, außer dem Kommandanten und der Schiffsleitung niemanden. Ebensowenig die lästige, das Atmen erschwerende Schwüle, die aber hier nichts Außergewöhnliches war.

So ist es verständlich, daß die Leute von Silver und Hunter entweder ausruhten oder Karten spielten oder bei den Kartenspielern kiebitzten.

Im Bug des Schiffes hielt Gabbia Wache, und die Deckwache stellten Sottomarina und Santjago.

Über uns oder genauer hinter uns auf dem Kommandodeck schritt Szevér auf und ab.

Christian rauchte seine Pfeife am Faß und schlummerte ein wenig, wobei er sich mit dem Rücken gegen die Wand des Vorschiffes lehnte.

Wie gesagt, es war dunkel, die Lampe des Vorschiffes warf nur einen schwachen Schein auf die Schwelle. Die Decklampe aber beleuchtete wegen des starken und dicken Großmastes nichts von der Umgebung des Fasses.

Parkin wurde auf das Gespräch zweier Männer aufmerksam. Im Schein ihrer Zigaretten konnte er erkennen, daß es Silver und Hunter waren.

Sie sprachen leise, aber das scharfe Ohr Christians konnte die Worte doch verstehen.

„Sag, Freund“, hörte er Hunter, „seid ihr nicht die ‚Jolly Rogers‘, über die Valparaiso vor zwei Wochen eine CQ-Meldung ausgestrahlt hat?“

Silver lachte gewohnheitsgemäß auf, aber in seiner Stimme lag Neugierde.

„Wir sind weder die ‚Jolly Rogers' noch andere Piraten. Aber was für eine Meldung hat Valparaiso ausgestrahlt?"

„Nun, sei nicht beleidigt, Freund, ich verachte die Piratenarbeit nicht", die Stimme Hunters klang noch gedämpfter. „Das ist keine schlechte Arbeit... Die Meldung besagte, daß die brasilianischen Behörden einer größeren Piratenbande auf die Spur gekommen sind, und sie weisen alle unter brasilianischer Flagge fahrenden Schiffe an, die neue Mannschaften angeheuert haben, zwecks Überprüfung den nächsten Hafen anzulaufen. Ermittlungsangaben sind nur an die Seefahrtsämter ergangen, damit die ‚Jolly Rogers' keinen Wind davon bekommen und das Weite suchen."

Parkin Christian spitzte die Ohren. Hunter fuhr noch leiser fort:

„Die CQ-Nachricht galt nur für die Kommandanten. Auch ihr fahrt unter brasilianischer Flagge, noch dazu ohne Radio, und da habe ich gedacht, die Nachricht könnte dich interessieren. Vielleicht seid ihr die ... denn ich, wie gesagt, verachte die Piratenarbeit nicht ... es ist eine schöne Arbeit ..."

Mehr hörte Christian von der Unterhaltung der beiden nicht. Es kam jemand aus dem Vorschiff heraus, und Hunter schwieg. Dann gingen alle drei zurück zum Kartenspiel.

Die brasilianischen Behörden waren also einer größeren Bande von Seeräubern auf die Spur gekommen oder, wie diese in der Seefahrt nach ihrer alten Flagge benannt wurden: den „Jolly Rogers"! Das Gehörte berichtete Christian Sottomarina, der sagte es Szevér und Feri Horváth, und so erfuhren es schließlich auch wir.

Ihr könnt euch vorstellen, daß erneut die Frage auftauchte, ob man Vater Daniló etwas sagen sollte.

Aber das hätte fast schon kindisch gewirkt. Eine neue Verdächtigung? Denn das wäre es geworden. Es hätte auch keinen Sinn gehabt, wenn wir uns Hunter vorgeknöpft hätten. Mehr würde er ohnehin nicht auspacken. Da war es besser, wenn sie nicht vermuteten, daß wir von dieser Nachricht wußten. Die

Erklärung Hunters, er verachte die Piratenarbeit nicht, wirkte sehr als Schmeicheln, als eigene Rechtfertigung und Anbiederung. Hunter hatte also eine gute Nase, genau wie Zoller.

„Jungs“, erklärte Zoller nun entschieden, „am besten ist, wenn wir davon ausgehen, daß die gesuchte Bande sich auf unserem Schiff befindet. So kann es uns nicht überraschen, daß Silver und seine Leute die ‚Jolly Rogers‘ sind. Denn glaubt mir, das wird sich letzten Endes herausstellen, wenn — wir es erleben! Wir haben keinerlei Verbindung mit der Außenwelt. Die Fregatte ist ein altertümliches Schiff, und wir müssen uns in frühere Zeiten versetzen. Wie könnte man ein Lebenszeichen oder einen Hinweis über unsere Fahrtroute geben? Was haben die Seeleute früher getan, wenn sie in Gefahr gerieten oder Gefahr befürchteten? Sie haben eine Flaschenpost geschickt!“

Die Beweisführung Zollers war einleuchtend. Szevér, Sottomarina und Feri Horváth pflichteten ihm bei.

„Und wenn diese Flaschenpost nirgends ankommt?“ stellte unser alter Sotto die Frage.

„Das gehört auf ein anderes Blatt“, Zoller schüttelte den Kopf, „dann haben wir getan, was wir tun mußten. Und übrigens habe ich das Gefühl, wir müssen fest zusammenhalten. Alles beobachten, alles im Auge behalten, das ist von nun an unsere Pflicht! Parkin Christian ist unser Mann, genauso Gabbia und auch Santjago. Aber wir können nicht auf Hunter und seine Leute bauen, vielleicht mit Ausnahme von Gidley. Die Erklärung Hunters, er verachte die Piratenarbeit nicht, läßt mir die Tragödie der *Vulcania* sehr, sehr verdächtig erscheinen.“

Dieses Gespräch fand in der Kabine von Feri Horváth statt. Zoller sprach wie ein Besessener, und es war ein Glück, daß er so sprach. Er argumentierte gut und überzeugte uns. Es war der letzte Augenblick, wo wir noch etwas tun konnten.

Szevér nickte.

„Geht in Ordnung. Wieviel Flaschen schicken wir auf die Reise?“

Hier gingen die Meinungen auseinander. Wir mußten berücksichtigen, daß die Fregatte in einem Abschnitt des Stillen Ozeans segelte, auf dem vielleicht Jahre hindurch kein Schiff fuhr.

„Je mehr, um so besser“, erklärte Sottomarina. „Wenn du der Meinung bist, Zoller.“

„Ja, ich bin der Meinung, Sotto.“

Wie einst die alten Seefahrer warfen auch wir in den dreißiger Jahren des 20. Jahrhunderts zehn Flaschen ins Meer.

Es ist fast unglaublich, aber wahr.

Ob es einen Sinn hatte oder nicht, oder welchen Erfolg die Flaschenpost bringen würde, darüber zerbrachen wir uns nicht den Kopf. Wie Zoller gesagt hatte, fühlten wir, daß wir etwas tun mußten. Wenn anders nicht, dann auf diese primitive Weise, eine andere Möglichkeit hatten wir ja nicht. Die Fregatte führte kein Rundfunkgerät mit sich, weder einen Empfänger noch einen Sender. Santa-Clara und Barrabella hatten nicht damit gerechnet, daß es auf dem Meer auch heute noch üble Überraschungen geben kann. Ein Beispiel dafür war die Nachricht, die der einstige Funker der *Vulcania* aufgenommen und Hunter erzählt hatte. Die Seefunkstation in Valparaiso hatte die Nachricht ausgestrahlt: Mitglieder einer geheimen Seeräuberbande halten sich auf einem brasilianischen Schiff auf.

Und die *Königin des Ozeans* segelte unter brasilianischer Flagge!

Unsere in Flaschen gesteckte und dem Wohlwollen des Meeres anvertraute Nachricht für die Außenwelt lautete:

„Der Dreimaster *Königin des Ozeans* bittet den Finder dieser Flaschenpost, dem Schiffseigner Santa-Clara in Porto Alegre (Brasilien) umgehend mitzuteilen, daß die Fregatte in beschädigtem Zustand Kurs auf die zu den Niedrigen Inseln gehörende Insel Tatakoto nimmt. Die Nachricht haben wir 135° 40′ westlicher Länge und 28° 32′ südlicher Breite als Flaschenpost ins Meer geworfen.“

Zehn Flaschen flogen zur nächtlichen Stunde in einer merkwürdigen, auf dem Stillen Ozean ungewohnt wolkenlosen Nacht ins Meer.

Eine nach der anderen. Die Flaschen warf Sottomarina von der Heckgalerie aus, auf die man vom Kommandogang aus gelangen konnte. Derselbe Sottomarina, der sich mit Parkin Christian so befreundet hatte, daß sie fast in wenigen Tagen zu Brüdern geworden waren, und der genauso lange wie er auf dem Meer diente. Und da er seit langem auf dem Meer diente, kannte er auch die Disziplin des Seemannslebens. Er kannte sie und schätzte sie. Daß man Revolver gefunden hatte, die Silver und Laguna Grande gehörten, hatte sein Vertrauen in Silver erschüttert.

„Corpo di bacco“, ereiferte sich unser hünenhafte Bootsmann, „mir gefällt diese Sache nicht! Nein. Matt!“

Denn er spielte zu dieser nächtlichen Stunde unter der Decklampe mit Parkin Christian Schach. Pedro, wie in solchen Fällen immer, kiebitzte zwischen den beiden alten Spielern.

Scheinbar war auf dem Schiff alles in bester Ordnung. Mit Ausnahme, daß die Pumpen ständig in Betrieb gehalten werden mußten.

Würde es denn einen Sinn haben, daß man zu einer solch alten Methode, zur Flaschenpost, gegriffen hatte?

ZEHNTES KAPITEL

Die einst verschollenen Inseln — „Gebt acht auf Hunter!" — An der Pforte des Reiches meiner Träume — Korallen und Atolle — Dem Wind zugedrehte und dem Wind abgewandte Seiten der Inseln — Parkin Christian in der Kabine des Kommandanten — Kurs: Ada-Ada — „Die gesuchte Piratenbande hält sich auf dem Schiff auf!" — Was der Mensch des Festlandes nicht versteht — Zwei Jahrhunderte zurück — Unter den Palmen der Kleinen Puka-Puka — Der Seemannsvogel — „Halte das Steuer und weiche nicht ab vom Kurs!"

Gidley lag im Sterben.

Gerade zu der Zeit, als in der Ferne Inseln auftauchten.

Über dem Ozean lag drückende Hitze, und zeitweilig trat solcher Nebel auf, als segelten wir durch den nördlichen Atlantik.

Dieser Nebel war heiß wie der Dunst eines Dampfbades und genauso atembeklemmend. Auch das Fallen des Barometers mochte damit zusammenhängen, der ferne Passat und die heiße Äquatorialluftströmung schickten noch wärmere Luftmassen hierher in die „windstille Zone".

„Da braut sich etwas zusammen", bemerkte Szevér unheilverkündend.

Parkin Christian, der unser Navigator und Fachberater in einer Person war, lächelte.

„Wenn nicht jetzt, dann vielleicht in einem Monat!"

Als er sah, wie sehr wir über seine Erklärung staunten, fuhr er fort:

„Jach, der Pazifik ist der Ozean der Überraschungen. Der Uneingeweihte will es nicht glauben, daß hier Nebel auftreten kann. Und daß es hier Wochen und Monate anhaltende Windstille gibt. Aber aus irgend etwas muß der Hurrikan ja entstehen!"

Als in der Ferne endlich die ersten Schatten auftauchten, wußten wir, daß es Palmen waren, das heißt, daß dort Inseln lagen.

Genau wie seinerzeit das Boot wurden auch diesmal die blassen Linien der Inseln zuerst von Pedro entdeckt, dem häufigsten Beobachter im Mastkorb.

„Ja", stellte Szevér fest, als er vom Mast herunterkam, „es mögen dort in der Tat Inseln liegen."

Christian nickte.

„Es sind die östlichsten Inseln von Tubuai und Paumotu."

Vater Daniló, der neben ihm stand, fügte hinzu:

„Die einst verschollenen Inseln!"

Ich kann euch sagen, wir bekamen Herzklopfen. Wir waren an der Schwelle des ausgedehnten Inselreiches angelangt, wo bis hin nach Australien und weiter nördlich bis zur Küste Neuguineas Insel auf Insel folgte: Tausende und aber Tausende von Inseln, die zu Polynesien, Melanesien und Mikronesien gehörten. Das Reich von Menschenfressern, Kopfjägern, uralten, nach primitivster Art lebenden Völkern und zugleich die Inselwelt von verkommenen Weißen, abenteuerlustigen Händlern, Menschenwerbern und Menschenjägern.

Die Fregatte *Königin des Ozeans* segelte wie ein plötzlich aufgetauchtes Gespensterschiff ferner Jahrhunderte auf die mit Palmen gesäumten Atolle zu. Wir fuhren — im Schneckentempo — in der höchstens als leichte Brise anzusehenden Luftströmung auf die einst verschollenen Inseln zu.

Wir nahmen Abschied von dem unglücklichen Heizer der *Vulcania*, dem wortkargen Sohn Schottlands, Jack Gidley.

Der seltsame, einsilbige, in sich gekehrte Mann war in den ersten Tagen genau wie die anderen Schiffbrüchigen wieder auf die Beine gekommen. Da Pedro die meiste Zeit im Mastkorb verbrachte, ordnete die Schiffsführung an, daß Gidley in die Küche zu Vater Guzsik kam. Aber kaum einige Tage darauf erschien Gidley nicht. Hunter berichtete:

„Der Schwächling spuckt Blut! Er hat die Schwindsucht wie alle Heizer, unser Herr Reverend."

Und er lachte laut über seine eigenen Worte, als würde er sich darüber freuen, daß sein Gefährte so schwer krank war.

Vater Daniló und Feri Horváth untersuchten den Unglücklichen, um ihm zu helfen, sofern zu helfen war. Feri war nicht umsonst Erster Offizier auf Schiffen gewesen, auf denen es nicht eigens einen Arzt gab. Er verstand sich auf diese Wissenschaft. Aber sie sahen schon im ersten Augenblick, daß es keine Hilfe mehr gab: Gidley schickte sich an zum letzten Gang!

„Noch ein oder zwei Stunden, und er hat ausgelitten", sagte Feri, als Hunter ihn danach fragte, wie es ihrem Gefährten gehe. „Nach den durchgemachten Entbehrungen und Aufregungen ist Lungenbluten aufgetreten."

Hunter rieb sich die Hände und zog ein duckmäuserisches Gesicht.

„Er war ein anständiger Kerl. Deshalb auch wollte ich ihn retten. Aber wenn es keine Hilfe mehr gibt . . ."

Gidley starb. Genau in dem Augenblick, als Pedro von oben meldete, daß er in der Ferne eine Insel zu sehen glaube.

Der Heizer starb, wie er gelebt hatte, wie wir ihn kennengelernt hatten: ohne Klagewort, den Blick an die Decke geheftet, den abgemagerten Körper kaum bewegend. Feri Horváth saß neben ihm, mein alter Freund, der in meiner Erinnerung lebt als die Verkörperung wahrer Menschlichkeit auf dem Meer.

Er wachte in seiner freien Zeit neben dem Kranken. Nur ein einziges Mal kam Gidley aus seinem apathischen Delirium zu sich. Verwundert blickte er auf Feri, der neben seiner Liegestätte saß. Dann gab er ihm einen Wink, sich näher heranzubeugen.

„Gebt acht . . . auf Hunter . . . gefährlich . . ."

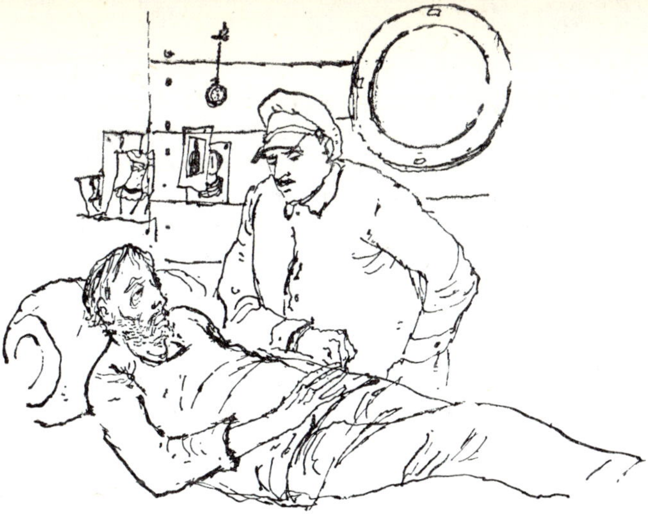

Stöhnend und mit Anstrengung brachte er die wenigen Worte hervor. Er nickte, als fühlte er sich erleichtert. Seine Lippen bewegten sich noch.

„Gebt acht ..."

Und da hörte man von Deck, aus der Höhe des Mastes, den Ruf Pedros.

„Land in Sicht!"

Ein Beben ging durch den Körper Gidleys, sein Kopf fiel zurück. Er war gestorben.

Man erwies ihm nach altem Seemannsbrauch die Ehre. Die irdische Hülle des stets wortkargen Mannes wurde in Segeltuch eingenäht und an seine Füße ein Gewicht gebunden. Da es auf dem Schiff keine englische Flagge gab, deckten wir die grüne Flagge Brasiliens mit der Erdkugel über den Heizer, solange er neben dem Kutter auf Vorderdeck lag. Und Vater Daniló las aus der Bibel vor.

Die zwei Seeleute aus London hoben den in Segeltuch eingenähten Leichnam auf. Ein Klatschen, und Gidley versank in den Wellen.

Aber seine Warnung blieb zurück: Gebt acht auf Hunter!

Vater Daniló hörte sich nachdenklich den Bericht von Feri Horváth an.

„Er hat gesagt, wir sollten auf ihn achtgeben, weil er gefährlich ist?“

„Zu Befehl! Das Achtgeben hat er sogar wiederholt.“

Vater Daniló nickte.

„Dann wollen wir also achtgeben. Aber lange werden wir das nicht müssen. Hunter hat ja darum gebeten, daß wir sie auf der nächsten Insel an Land setzen. Die Inseln aber sind schon in Sicht. Morgen oder spätestens übermorgen können sie das Schiff verlassen.“

Und da kam die Überraschung. Kaum hatte Feri die Kabine des Kommandanten verlassen, als Hunter bat, eintreten zu dürfen. Recht untertänig, aber dabei unruhig an seiner Mütze drehend, trug er seine Bitte vor.

„Captain, als Sie uns an Bord genommen haben, baten wir darum, uns auf der nächsten Insel abzusetzen, weil wir den Seemannsberuf aufgeben wollten.“

„Ja, laut Eintragung im Protokoll haben Sie darum gebeten“, stimmte ihm unser Kommandant zu.

Hunter kratzte sich am Kopf, denn ohne Kratzen konnte er nicht sein.

„Das war unsere Absicht, Captain. Aber jetzt habe ich zusammen mit meinen Gefährten beschlossen, daß wir uns doch nicht auf der ersten Insel niederlassen wollen. Außer einer Hose und dem Hemd ist uns nichts geblieben, so kann man sich doch nicht ansiedeln. Wir müßten an einen bewohnten Ort kommen, um von der Schiffahrtsgesellschaft den uns zustehenden Schadenersatz einstreichen zu können. Deshalb . . .“

Hier unterbrach ihn Vater Daniló.

„Wir sollen Sie also mit nach Pitcairn nehmen, Hunter?“

„Wir würden Sie darum bitten, Captain. Wir sind unglückliche Schiffbrüchige, Captain. Wir werden auch weiterhin bemüht sein, uns unsere Verpflegung zu verdienen. Sie können uns nicht dem Untergang preisgeben.“

„Sie selbst haben darum gebeten, daß wir Sie auf der ersten Insel . . .“

Hunter zog ein so betrübtes Gesicht, wie er es nur vermochte.

„Es stimmt, Captain. Damals hatten wir nur ein Verlangen: so schnell wie möglich wieder Land unter die Füße zu bekommen. Sie werden uns verstehen.“

Vater Daniló machte eine längere Pause, bevor er antwortete. Ihm ging die Mitteilung Feri Horváths durch den Kopf. Die einzige Botschaft Gidleys: Gebt acht auf Hunter! Doch warum zum Teufel sollte man sich vor Hunter in acht nehmen? Nur deshalb, weil ein unglücklicher Sterbender im Fieberwahn dergleichen gesagt hatte? Hunter und seine drei Gefährten bewährten sich großartig an den Pumpen, die ständig in Betrieb gehalten werden mußten, weil die Fregatte immer mehr Wasser schluckte. Deshalb stimmte Vater Daniló aus Menschlichkeit und in seiner Leichtgläubigkeit zu, daß Hunter und seine Gefährten bis Pitcairn an Bord bleiben konnten.

„In Ordnung, Hunter. Sie können bleiben.“

Zu Feri Horváth und Szevér sagte unser Kommandant:

„Ich habe über die Botschaft Gidleys und die Bitte Hunters nachgedacht. Ich gebe nichts auf solch Altweibergeschwätz. Gidley lag im Sterben. Er sprach im Delirium. Aus den Worten des einen wie des anderen ist ersichtlich, daß sie für einander nichts übrig hatten. Gidley hatte sichtlich Angst vor Hunter. So messe ich seiner Erklärung keine größere Bedeutung bei. Wovor sollten wir übrigens auf der Hut sein? Das ist ja albern! Das Schiff muß so schnell wie möglich in eine geschützte Bucht gebracht werden, damit wir es kippen und den Schaden beheben. So wie es jetzt ist, können wir nicht auf die Route Pitcairn—Oakland gehen. Dazu aber brauchen wir tatkräftige Hilfe. Da kommen uns Hunter und seine Leute gelegen. Dieser unverhoffte Wassereinbruch bereitet mir und Kapitän Barrabella genügend Sorge. Außerdem wollen wir Roatan ausfindig machen, Freunde, sonst war der ganze Abstecher unnütz!“

All das stimmte, war richtig und vernünftig. Aber die Zweifel Zollers und sein Mißtrauen steckten auch uns an, die alte Besatzung der *Jadran*. Und er sah die Dinge so:

„Warum wollte Hunter zusammen mit den anderen drei erst so schnell wie möglich an Land gehen? Das ist sehr einfach, sie hatten ihre Gründe. Und warum wollen sie es nach dem Tod von Gidley nicht mehr? Weil der Tod des unglücklichen Heizers diesen Grund beseitigt hat. So ist das und nicht anders. Wenn der Alte so leichtgläubig ist, können wir daran nichts ändern. Aber wir werden es nicht sein. Das Rätsel um den silbernen Schlüssel zur Kiste Großmanns ist noch immer nicht geklärt. Christian hat ein Gespräch Silvers und Hunters mit angehört. Die Flaschenpost ist unterwegs ... Jetzt kommt die Mahnung Gidleys hinzu ... Da kann ich nur sagen, äußerste Vorsicht, Freunde! Allergrößte Vorsicht! Wir wollen geloben, daß wir nicht nur das Schiff und das Meer genau beobachten, sondern auch die Bewohner des Vorschiffes im Auge behalten!"

Wir gelobten es.

Zugleich kam auch von seiten Vater Danilós die Ermahnung zur äußersten Vorsicht.

„Äußerste Vorsicht, Freunde. Wir haben die gefährliche Zone erreicht. Dieser Abschnitt zwischen Tubuai und Paumotu ist für den Seefahrer voller Fallen. Wir nehmen jetzt Kurs auf die einst verschollene Insel, auf Tatakoto. Nach Ansicht von Parkin Christian erfordert es das ganze Können eines Seemannes, um dahin zu gelangen. Sowohl auf der Karte als auch im Segelhandbuch ist diese Zone als gefahrvoll vermerkt! Es gibt zahllose Korallenbänke und Korallenriffe unter der Wasseroberfläche. Deshalb ordne ich volle Bereitschaft an. Sowohl auf dem Fockmast als auch auf dem Großmast wird ständig Wache gehalten. Im Bug stellen wir eine Doppelwache auf. Viertelstündlich wird die Wassertiefe gelotet. Änderung der Meerestiefe, weißlich schäumende Wellen, Wasserwirbel und Strudel sind dem Kommandanten oder den Offizieren unverzüglich zu melden. Ebenso ist jede unverhoffte und ungewohnte Erscheinung zu melden! Denn wir haben die gefährliche Zone erreicht, Freunde!"

Ja, wir hatten die gefährliche Zone erreicht, Jungs, jetzt kann ich es euch sagen. Sowohl in dieser als auch in jener Hinsicht.

„Dieses Gebiet ist der Schreck der Seefahrer; es beginnt mit den Tubuaiinseln im Süden, verläuft nach dem Westen bis zur Cookinsel, macht einen Bogen nach dem Norden bis zu den Gesellschaftsinseln, bis Tahiti und schließt die ganze Inselgruppe Paumotus bis hinunter nach Pitcairn mit ein! An den Korallenriffen Französisch-Ozeaniens ist schon so manches Schiff aufgefahren. Der denkwürdigste Fall war, als zwei Riesendampfer der Schiffahrtsgesellschaft Toyo Kisen Kaisha, die *Mandschuria* und die *Mongolia*, der eine auf der Hin- und der andere auf der Rückfahrt zu gleicher Zeit strandeten! Jach, auf Korallenriffen! Der eine vor Tahiti, der andere im Norden bei den Midwayinseln an ein und demselben Tag! Stellt euch vor, wie ein 16 000tonner kracht, wenn ein Korallenriff ihm plötzlich Halt gebietet! Jach, auch ich bin nicht nur einmal aufgelaufen, Boys! Diesem wackeren Schiff würde ein Korallenriff auch nicht bekommen!" So sprach Parkin Christian.

Windstille war eingetreten, und das Schiff kam an der Pforte des Reiches meiner Träume nicht von der Stelle. Denn wo gibt es einen körperlich und geistig gesunden Jungen mit guten Nerven, der nicht dann und wann einen Seufzer voller Sehnsucht nach den Inseln im Stillen Ozean geschickt hätte?! Auch ich schickte oft so manchen Seufzer nach dort, wenn ich Conrad, Melville oder Jack London gelesen hatte oder wenn wir uns in dem wundersamen Kabinett der Marineakademie in Fiume über die Kurskarten des Stillen Ozeans beugten und bemühten, uns in den Beschreibungen des Pazifiks in den englischen, deutschen und italienischen Hilfsbüchern der Seefahrt zurechtzufinden.

O Freunde, es gibt kein größeres Vergnügen, als zwischen den Kokospalmen der Atolle zu schlendern, sich hinzulegen im feinsten Sand der Welt, der auf der inneren Seite der Atolle, an der Küste der Lagune zu finden ist, und sich an dem schönsten Anblick zu erfreuen: an dem blauen Himmel, dem blauen Meer und der blauen Lagune, an den tiefgrünen Kokospalmen und all den Wundern, die mal das Meer, mal die Lagune birgt: im durchschimmernden Wasser ein Korallenwald, eine Korallenwiese und ein Teppich aus Korallenblumen! Und im Korallenwald, auf der Korallenwiese und zwischen den Korallenblumen in allen Farben des Regenbogens schillernde Fische, die da schwimmen, dahinhuschen, eilen, schweben, nach Luft schnappen, einander jagen oder in Scharen gleich einer Prozession ruhig dahinziehen. Wenn ihr Aquarienfreunde seid, ahnt ihr vielleicht, was ein solcher Satz heißt, wenn ich sage, daß es außer dem Korallenreich kein Gebiet mehr gibt, in dem so vielerlei und in so vielen Farben schillernde Fische leben. Das gibt es in der Tat nicht noch einmal.

Und es gibt kein Meer, das so viel Schönes bietet wie das Meer des Inselreiches Ozeaniens, der Pazifik.

An Korallenablagerungen unterscheidet man Korallenriffe, Korallenklippen und Koralleninseln. Die ersten beiden, die Riffe und Klippen, sind von den Seeleuten gefürchtet, wo es Inseln gibt, die Atolle, in deren Nähe tauchen recht häufig auch Riffe und Klippen auf. Die gefahrvolle Zone, in die wir einzudringen gedachten, war berüchtigt durch ihre Riffe und Klippen. Diese Klippen sind die heimtückischen Fallen des Inselmeeres. Bei Flut sind sie nur dadurch erkennbar, daß über ihnen das Meer nicht blau ist, sondern weißlich oder gräulich. Die Wellen rollen nicht ungestört dahin, sondern brechen, werden aufgehalten, so daß das Wasser zu kochen scheint. Bei Ebbe kommen die „Fallen“ zum Vorschein. Da kann das Auge staunen, welch ein überwältigender Blumenwald! Es mutet an wie gelbe, blaue, rote, grüne, weiße und rosafarbene Felder, Wiesen und Weiden voller Blumen. Nur wenn man sie berührt, gewahrt man, daß sie in Wirklichkeit steinhart und rauh sind wie eine Feile, ihr Duft der Geruch des Sumpfes ist, der von den vielen verwesenden Stoffen, von verendeten Tieren, Fischen, Polypen, Muscheln, Schnecken, Aktinien und Medusen herrührt . . . Aber wenn ein Orkan über den Stillen Ozean fegt, ein Hurrikan oder Zyklon die Kokospalmen auf den Atollen zu entwurzeln droht, da sieht man weder Riffe noch Klippen und selbst die Atolle kaum. Dann verdecken die bis zu elf Meter hohen Wellen des Ozeans alles, dann schwinden sogar die Kokospalmen aus den Augen der Seeleute, und sie tauchen erst auf, wenn es — schon zu spät ist! Der Ring der Atolle ist nicht höher als zwei bis drei Meter, hier wachsen die Kokoswälder, und hier errichten braunhäutige Menschen aus Bast oder Palmenblättern die Hütten ihrer Siedlungen. Sie leben von dem, was ihnen das Meer bietet und was die Bäume tragen. Das Meer gibt ihnen Fische, Krebse,

Schnecken und Muscheln und allerlei uns ungewohnte Nahrung. An den Bäumen wachsen Kokosnüsse, die in der Inselwelt neben Bananen, Taro und den wohlschmeckenden Früchten des Melonenbaumes die wichtigsten Nahrungsmittel darstellen.

Auf der im Wind liegenden und von hohen Wellen heimgesuchten Seite der Atolle ist das Ufer am steilsten und am höchsten, weil die Korallen hier am besten gedeihen. Auf der Seite unter dem Wind dagegen steigt der Küstenstreifen sanft an, ist flach und stellenweise sandig. An diesen Abschnitten liegen die Eingänge. Gäbe es keine Eingänge, dann fehlten auf den meisten Atollen die Menschen. Von der Windseite her brechen sich die Wellen an der Korallenküste und den Korallenrändern so heftig, daß man sich in Booten, nicht ohne die Gefahr zu kentern, dem Ufer nähern kann. Aber zu den meisten Atollen finden sich Eingänge und vor jedem Atoll eine Lagune, so daß die Auslegerboote der Inselbewohner, diese spielerisch leichten Fahrzeuge, getrost von Atoll zu Atoll, aus einer Lagune in die andere, durch blaue Wellen, unter blauem Himmel und über Korallenwälder hinweg segeln können. Ihr fragt, wie groß so ein Atoll ist? Wie breit, wie groß sein Umfang ist und wie tief die Lagune? Die meisten Atolle sind nicht breiter als 50 bis 200 Meter, und ihre Ausdehnung beträgt nicht mehr als drei bis vier Kilometer. Die Wassertiefe in den Lagunen liegt zwischen fünf und zehn Metern. Es gibt freilich auch Riesenatolle, so zum Beispiel das Oolong-Atoll. Sein Ring hat einen Umfang von 140 Seemeilen, in seiner Lagune kann man sich nur mit Kompaß orientieren, und die Wassertiefe in der Lagune erreicht mancherorts 200 bis 300 Meter!

Die östliche Inselgruppe nennt man deshalb Paumotu, niedrig, weil es hier sehr viel Atolle — große und kleine durcheinander — gibt, die aber alle niedrig sind.

In der gefährlichen Zone zwischen Paumotu und Tubuai gibt es jedoch nicht nur Atolle, sondern auch Inseln vulkanischen Ursprungs, umgeben von Korallenringen oder Saumriffen und darüber hinaus noch etwas weiter seewärts die ebenfalls etwa einen halben Meter hohen Wall- oder Barrierenriffe. Der längste Wall, den es auf der Erde gibt, erstreckt sich an der Ostküste Australiens in südnördlicher Richtung — in einer Länge von 1250 Seemeilen! Zwischen Paumotu und Tubuai sind die Wallriffe von geringem Ausmaß. Es gibt auch nicht übermäßig viel, aber in dem ungeheuer großen Gebiet von Mangarewa bis hinunter nach Rapa-Oparo finden sich doch genug davon!

Nach der Karte von Duncan ist auch Roatan eine solche Insel.

„. . . Die Vegetation mag die Ruinen überwuchern, damit alles verdeckt wird von dem, was Dampier gegründet, Flecher und Flinch groß gemacht haben. Nie soll jemand erfahren, wo Roatan liegt . . ."

Entsinnt ihr euch noch dieser Zeilen? Vater Daniló las sie aus den Aufzeichnungen von Duncan vor, aus jenen Aufzeichnungen, die zusammen mit der Kiste verschwunden sind.

Die Fregatte schaukelte am Rande der gefährlichen Zone, bereit, in eins der größten Korallenreiche dieser Erde einzudringen, wo die Korallen das „Geheimnis" von der Existenz oder Nichtexistenz Roatans, dem Schlupfwinkel der Piraten, hüten.

Von diesem Geheimnis wollten wir den Schleier lüften. Hinwegblasen, verschwinden lassen.

Unser Kommandant entschloß sich zu einem ernsten Schritt. Er bat Parkin Christian in seine Kajüte und empfing ihn hier im Beisein von Szevér und Feri Horváth.

„Sie sind ein zuverlässiger Mann, Mister Christian", erklärte Vater Daniló, „und deshalb wende ich mich vertrauensvoll an Sie. Kennen Sie im Bereich von Tubuai eine Insel namens Tatakoto?"

In der Kabine herrschte tropische Hitze. Schweiß perlte nicht nur auf der Stirn Szevérs und Feri Horváths, sondern auch auf der Parkin Christians. Allein das hagere, sonnengebräunte Gesicht Vater Danilós verriet weder etwas von der aufregenden Nähe der verschollenen Inseln und der gefährlichen Zone noch von der Hitze.

„Tatakoto?" Der Fahrensmann schaute etwas verwundert auf die Anwesenden. „Tatakoto? . . . Captain, wollen Sie auf diese Insel gelangen?"

Vater Daniló nickte.

„Ja, das heißt, eigentlich bin ich mir darüber gar nicht so im klaren. Mehr noch würde mich interessieren, ob Sie je dagewesen sind, ob Sie die Insel kennen, denn die Angaben, die ich aus verschiedenen Büchern und Karten sammeln konnte, sind sehr widersprüchlich."

Parkin Christian wischte sich die schweißfeuchte Stirn ab. Er lächelte.

„Captain, diese Insel werden Sie schwerlich finden. Sie ist vor vielen, vielen Jahren verschwunden. Es war eine Laguneninsel, die durch ein Seebeben völlig vernichtet wurde, zusammen mit ihren Bewohnern, wenn ich mich recht entsinne, mit fünf unglücklichen Familien."

Vater Daniló biß sich auf die Lippen. Ihn durchzuckte derselbe Gedanke, der auch Szevér und Feri Horváth gekommen war: Wenn Tatakoto verschwunden ist, können dann „in der Nähe" nicht auch andere Inseln verschwunden sein?

Er überlegte eine Weile, ehe er sich entschloß, danach zu fragen.

Parkin Christian lächelte noch immer. „Ja, Captain, es sind damals mehrere Inseln verschwunden!" Sein Blick glitt in der Art eines Seemannes in die Ferne, als er hinzufügte: „Dergleichen kommt in dieser Gegend schon vor. Vor zehn oder fünfzehn Jahren hat ein Erdbeben auch Pitcairn dermaßen erschüttert, daß wir mit Recht glaubten, unsere letzte Stunde sei gekommen. Jach, es sah ganz danach aus."

Vater Daniló starrte auf die vor ihm ausgebreitete Karte und zeigte auf eine Stelle.

„Tatakoto, hier hat die Insel gelegen."

Er blickte auf.

„Mister Christian, ist Ihnen in der Nähe von Tatakoto eine Insel bekannt, auf der es Ruinen gibt? Die Insel ist vulkanischen Ursprungs und von einem Wallriff umsäumt. Es müssen Ruinen von Gebäuderesten sein. Ist Ihnen dergleichen bekannt?"

Parkin Christian dachte nach. Er trat an die Karte und betrachtete sie.

„Jach, Ruinen, Captain? Nein. Dergleichen ist mir nicht bekannt. Doch das kann mir auch kaum bekannt sein. Die Bewohner der Paumotus und die Bevölkerung der Tubuaiinseln suchen nicht nach Steinen. Wozu auch? Wenn sie welche brauchen, so gibt es auf den Lavainseln genug. Wenn sie welche brauchten. Aber sie brauchen keine. Steinhäuser sind gefährlich, sie können über einem einstürzen, wenn der Hurrikan die Insel erschüttert oder wenn die Wellen über die Atolle schlagen. Bast und Palmenblätter sind da besser. Jach, Captain. Es gibt hier auch mehrere vulkanische Inseln, aber die Menschen hier lieben die Koralleninseln mehr. Dort gedeihen reichlich Kokospalmen. Wie heißt die gesuchte Insel unweit von Tatakoto, Captain?"

Parkin Christian schaute mit seinen blauen, leuchtenden Augen sanft auf unseren Kommandanten. Man sah ihm an, daß er gern helfen würde, denn der Fahrensmann war ein Mensch mit Herz, und für den Kommandanten unserer Fregatte empfand er besonders tiefe Zuneigung.

„Jach, wie heißt sie?"

Unser Kapitän schaute nachdenklich vor sich hin.

Da kreischte die Kabinentür, und Barrabella trat ein.

Sein Gesicht war bekümmert und voller Sorgen. Wie Feri hinterher schilderte, hatte er ihn so niedergeschlagen nur damals gesehen, als er mit der Seekrankheit kämpfte.

Vater Daniló wollte Parkin Christian gerade antworten, aber er hielt die Worte zurück und schaute fragend auf den Commendatore.

„Ich habe das Schiff nochmals geprüft", teilte Barrabella mit, „die Lage ist ernst. Die Nägel haben sich dermaßen gelockert, daß eine Überholung unaufschiebbar geworden ist. Ein unverhoffter Sturm oder das Auflaufen auf ein Riff könnte das Schiff kosten! Als ich die *Königin des Ozeans* in der Werft überprüfte, ist mir kein Fehler aufgefallen. Dergleichen ist mir noch nie passiert! Kapitän, wir müssen unverzüglich entscheiden, welches Atoll oder welche Laguneninsel wir mit der Fregatte ansteuern wollen! Ich glaube, hierbei kann uns unser Freund Christian einen guten Rat geben ..."

Unser Kommandant informierte Barrabella, worüber sie soeben gesprochen hatten.

„Bevor Sie eintraten, stellte Mister Christian gerade die Frage nach dem Namen der von uns in der Nähe von Tatakoto gesuchten Insel. Nun, ich muß gestehen, daß wir den heutigen Namen nicht kennen. Früher hieß sie Roatan. Vielleicht könnten wir, wenn sie nicht zu weit entfernt ist, dort das Schiff überholen ..."

Parkin Christian schüttelte den Kopf.

„Jach, diesen Namen höre ich zum erstenmal. Roatan! Ich kenne die alten und neuen Namen von vielen hundert Inseln, aber den habe ich noch nie gehört!"

„Es ist eine vulkanische Insel, umgeben von einem Korallengürtel", half ihm Vater Daniló.

Jetzt trat Christian erneut an die Karte und zeigte auf das uns interessierende Gebiet.

„Dies hier ist ein förmlicher Korallenwall. Mehrere kleine Atolle, viele Klippen und noch mehr Riffe, innerhalb dieser gibt es auch zahlreiche vulkanische Inseln. Unter ihnen mag sich die gesuchte Insel befinden, aber ich wüßte nicht zu sagen, welche es ist. Ruinen soll es darauf geben, haben Sie gesagt, Captain. Jach, dergleichen ist mir nicht bekannt."

„Einerlei", sagte Barrabella aufgeregt, „das wichtigste ist jetzt, daß wir eine entsprechende Stelle zum Anlegen finden. Wir müssen uns genauso zu helfen versuchen, wie es seinerzeit Cook und Wallis taten. Wir müssen den Schaden selbst beheben. Jetzt ist das noch einfach und geht schnell ... jetzt noch!"

Von draußen vernahm man ein Rufen.

„Achtung! Klippe voraus! Achtung!"

Da hörte man auch das Schreien Sottomarinas.

„Festmacheleinen nachlassen, Brassen anziehen!"

Parkin Christian blinzelte.

„Das ist das Kela-Kela-Riff, Roatan aber kenne ich nicht. Aber wenn Sie mir Vertrauen schenken, Captain, führe ich das Schiff in die Lagune einer nahe gelegenen Insel. Hinter Kela-Kela liegt Rapho, hinter Rapho die Kleine Puka-Puka und hinter Puka-Puka Ada-Ada. Hier finden wir nicht nur eine geschützte Lagune, sondern an der Südseite der vulkanischen Insel auch einen prachtigen Sandstrand. Da können wir das abgetakelte Schiff kippen und an Land ziehen."

Kleinmütig äußerte Vater Daniló:

„Und die Zeit verstreicht! Nach der Ausbesserung des Schiffes können wir dann gleich Kurs auf Oakland nehmen! Ich danke Ihnen, Mister Christian, für die versprochene Hilfe. Dann also auf nach Ada-Ada."

„Das wird keine leichte Aufgabe sein", Parkin Christian lächelte. „Ich muß noch einmal darauf hinweisen, daß wir uns in einer gefährlichen Zone befinden, Captain!"

„Nun, wir werden die Augen offenhalten", erwiderte Vater Daniló. „Von nun an sind Sie der Navigator, Mister Christian."

Der Fahrensmann wurde ernst.

„Vielen Dank für Ihr Vertrauen, Captain. Aber ich möchte Ihnen noch etwas sagen ...“

Dem blauäugigen Inselbewohner mit dem offenen Blick war der Entschluß ins Gesicht geschrieben, auszusprechen, was ihn bedrückte.

Szevér hatte die Kabine bereits verlassen, um die Manöver des Schiffes zu kontrollieren. Feri Horváth und Barrabella schauten aufmerksam auf Christian.

„Bitte“, ermunterte ihn Vater Daniló und sah ihn fragend an.

Parkin Christian nickte.

„Jach, da will ich beginnen ... Captain, ich möchte noch einmal betonen, daß mich Ihr Vertrauen sehr ehrt. Ich bin der Nachkomme meuternder Seefahrer und kenne hier diese Welt. Als ich an Bord der Fregatte kam, erschien mir einer der Männer sehr bekannt. Ich sagte zu ihm, vor sechzehn Jahren sind wir uns auf Fanning schon einmal begegnet, als man die *Palmyra* wegen Menschenschmuggel festhielt. Captain, in diesen Regionen zählt der Menschenschmuggel nicht als großes Vergehen, die Neger werden auf den Plantagen der Inseln gebraucht. Die *Palmyra* wurde von den Zollbehörden der Christmas-Inseln auch nicht deshalb angehalten, weil sie Menschen schmuggelte. Jach, keine Spur. Vielmehr deshalb, weil die *Palmyra* ein gestohlener Schoner war, den man im Korallenmeer an sich gebracht hatte und der ursprünglich den Namen *Brokey-Bay* trug. Der Kapitän und der Steuermann gestanden damals, daß sie das Schiff gestohlen hatten. Und als ich hier an Bord kam, traf ich mit diesem Steuermann zusammen.“

Feri Horváth warf ein:

„Laguna Grande, ihn haben Sie damals angesprochen, Mister Christian.“

„Jach, ihn habe ich angesprochen. Er hat es abgestritten. Doch seither bin ich immer mehr davon überzeugt, daß in der Tat er der Steuermann der *Palmyra* war.“

Vater Daniló griff in ein Schubfach des Kartenschrankes. Hier bewahrte er die Seefahrtsbücher auf. Er nahm ein mitgenommenes, abgegriffenes Buch heraus, betrachtete es und reichte es dann Christian.

„Bitte, das ist das Seefahrtsbuch von Laguna Grande. Sie finden echte Stempel darin. Aber keine Spur davon, daß der Mann jemals im Stillen Ozean gefahren ist."

Der Fahrensmann blätterte in dem Seefahrtsbuch und gab es dann unserem Kommandanten zurück.

„Und doch war er es, Captain. Und daß ich das jetzt hier vorbringe, Captain, geschieht deshalb, weil ich felsenfest davon überzeugt bin, daß sich die gesuchte Piratenbande auf diesem Schiff aufhält."

Vater Daniló starrte Parkin Christian verständnislos an. Ebenso auch Barrabella.

„Eine gesuchte Piratenbande?"

„Ich hielt es für meine Pflicht zu erwähnen, Captain ..."

„Aber ich weiß nichts von einer gesuchten Piratenbande. Vielleicht haben Sie die Güte, uns zu sagen, was Sie in Erfahrung gebracht haben ..."

Und Parkin Christian berichtete es. Er berichtete, was er am Wasserfaß von dem Gespräch zwischen Hunter und Silver gehört hatte. Welche CQ-Meldung des Seefunks von Valparaiso der Funker der *Vulcania* empfangen hatte.

Der blauäugige Nachkomme der Meuterer von der *Bounty* lächelte nun schon.

„Captain, auf unserem Meer hier ist vieles möglich. Seit ich denken kann, habe ich gelernt, daß es nirgends soviel Schurken gibt wie hier bei uns, im Stillen Ozean und auf den Inseln dieses Meeres. Diese Kerle vertrauen mit Recht auf die Schlupfwinkel auf den Tausenden von Inseln, auf die immer wieder neu angenommenen Namen und die Seefahrtsbücher, die sie einem niedergeschlagenen Matrosen entwendet haben. Jach, Captain, haben Sie von dem Fall des Schoners *Ninorahiti* gehört? Die *Ninorahiti* war Eigentum des Herzogs von Tahiti, Pomare Hinoi. Auf einer Fahrt nahm er zwei Reisende mit, die sich als französische ‚Kaufleute' namens Rorigue und Degraeve ausgaben. Der Schoner stach von Jalui in See und blieb zwölf Jahre verschollen! Die beiden

Franzosen brachten die gesamte Besatzung des Schiffes um und bemächtigten sich des Schoners und verlegten ihren Sitz von Französisch-Ozeanien nach den Salomonen. Der Schoner hieß jetzt *Toraru* und fuhr unter diesem Namen zwölf Jahre hindurch im Besitz der Mörder. Schließlich kam die Sache ans Tageslicht, die beiden Übeltäter und noch einige ihrer Helfershelfer landeten auf der Teufelsinsel. Jach, mit dergleichen muß man hier rechnen!"

Vater Daniló und Barrabella hörten — wie ich das von Feri Horváth später erfuhr — dem Bericht des Fahrensmannes mit großer Aufmerksamkeit zu.

Aber im großen und ganzen kam es so, wie wir es vermutet hatten, und weshalb wir unserem Kommandanten gar nicht erst berichteten, was Parkin Christian am Wasserfaß gehört hatte.

„Ich sage Ihnen ganz offen, Mister Christian, daß bereits mehrere Einwände gegen einen Teil der Besatzung, genauer gegen Laguna Grande und seine Leute, vorgebracht worden sind", antwortete Vater Daniló. „Es mag auf ein rebellisches, ruchloses Mitglied dieser Gruppe, einen gewissen Janmatje, zurückzuführen sein, daß einige meiner vertrauten Freunde — genau wie Sie — an der Ehrlichkeit aller Männer vom Vorschiff zweifeln. Janmatje habe ich den chilenischen Behörden übergeben. Und seither herrscht Ordnung auf dem Schiff. Daß die beiden französischen Piraten sich des Schoners *Ninorahiti* bemächtigten, kann man noch verstehen, wenn man bedenkt, daß sie das Schiff gebrauchen konnten. Doch nehmen wir mal an, es träfe zu, daß alle Deckmatrosen auf der *Königin des Ozeans* Piraten seien, im geheimen Mitglieder der ‚Jolly Rogers', welchen Sinn hätte es dann für sie, sich auf dem Schiff aufzuhalten? Selbst wenn sie das Schiff an sich bringen könnten, was sollten sie damit anfangen? Es nützt ihnen nicht soviel wie eine Kokosnuß, denn letztere könnten sie wenigstens essen. Ist es nicht so, Kapitän Barrabella?"

Der kleine Commendatore nickte.

„Si, si, Capitano, si, si."

Feri Horváth mischte sich ein.

„Und wenn sie davon ausgehen, daß wir Schatzsucher sind? Dergleichen haben sie nicht einmal geäußert. Es ist schon vorgekommen, daß sich organisierte Banden auf einen Schatzsucher anheuern ließen. Ich erinnere nur an die abenteuerliche Fahrt der amerikanischen *Trumbull*, die 1925 Kurs auf die Galapagosinseln nahm ..."

Vater Daniló lächelte.

„Ihr seid ja über alle Einzelheiten informiert! Ich habe nie behauptet, daß die Seeleute eine andächtige Versammlung von Priesterseminaristen sind. Auf dem Meer ist alles möglich, selbst heute noch. Und gerade das ist das Schöne daran. Mister Christian, meine beiden Offiziere und meine beiden Bootsleute, aber auch Sie, haben einen Fehler begangen, als Sie mir das eben Geschilderte nicht gleich mitteilten. Trotz alledem glaube ich nicht, daß Laguna Grande, Silver und die anderen identisch mit den gesuchten Piraten sind! Ich glaube es nicht. Es sind ausgezeichnete Seeleute. Hunter aber, Sie haben es ja erlebt, ist ein typischer Schwätzer, wie es sie in allen Hafenspelunken gibt. Jetzt leistet er uns gute Dienste, indem er die Pumpen bedient. Leider schluckt die Fregatte kräftig Wasser, und ich kann nur sagen, in eine Bucht damit, abtakeln und ausbessern! Aber wenn Sie sagen, daß Ada-Ada die geeignetste Stelle dafür ist, dann müssen wir dorthin."

Jetzt hielt Vater Daniló eine kurze Pause und wandte sich dann an Barrabella.

„Ich weiß nicht, ob Sie mir in alldem beipflichten, Commendatore? In diesem Falle sind Sie der Vertreter des Schiffseigners."

Barrabella seufzte.

„Ach, der Schiffseigner ... Es ist besser, jetzt gar nicht von ihm zu sprechen! ... Aber wenn wir nun mal in der gefährlichen Zone sind, pflichte ich Ihnen natürlich bei ..."

Und wieder seufzte er tief auf. Armer kleiner Barrabella! Er hatte solche Angst vor seinem Herrn in Porto Alegre wie ein schlechter Schüler vor der Prüfung! Nicht ohne Grund. (Und wenn er erst noch gewußt hätte, daß eine CQ-Meldung durch den Äther gegangen war, die *Königin des Ozeans* solle den nächsten Hafen anlaufen! Aber das wußten wir ja auch nicht, das erfuhren wir erst später.)

Vater Daniló fragte Parkin Christian:

„Können wir Ihrer Ansicht nach in diesem Abschnitt Schiffen begegnen? Denn nach der Karte ist es eine gefährliche Zone und wird von der Schiffahrt gemieden."

Christian nickte.

„Gewiß können wir Schiffen begegnen. Die Patrouillenschiffe der Flotte von Französisch-Ozeanien kommen hier vorbei und ab und zu auch ein Handelsschiff."

Vater Daniló lächelte.

„Ich gelobe feierlich, daß ich die Schiffbrüchigen der *Vulcania* dem ersten Schiff übergebe, dem wir begegnen. Dann brauchen wir uns auch wegen der Leute von Laguna Grande keine Sorgen mehr zu machen. Wir sind ihnen zahlenmäßig überlegen, falls sie die gesuchten ‚Jolly Rogers' sind! Ich ordne sogar an, daß von nun an ich und meine Offiziere Waffen bei sich tragen. Eins ist allerdings sicher: Wenn wir davon ausgehen, daß Laguna Grande und seine Leute, durch die Männer um Hunter verstärkt, das Schiff in ihre Gewalt bringen wollen, so würden sie das keinesfalls jetzt tun. Das Schiff muß erst ausgebessert werden — soviel Verstand haben sie auch. Aber ich glaube nicht an die ganze Geschichte. Ich bin vielmehr überzeugt, daß die ungewohnte Form unseres Schiffes, die in der Phantasie verflossene Zeiten heraufbeschwört, dazu verführt, alles romantisch aufzublähen. In Oakland werden wir über das Piratenschiff herzlich lachen! . . ."

Der Teufel schlief also nicht, Jungs.

Nein, er knüpfte langsam das Netz, in dem wir gefangen werden und in dessen Maschen wir uns verstricken sollten.

Wir segelten durch ein seltsames, leblos wirkendes Inselreich!

Die Zeit der Ebbe war gefährlich, aber auch die Zeit der Flut. Bei Ebbe erschien uns die gefährliche Zone des Meeres wie eine versteinerte Wiese. Zwischen den flachen, sich aus dem Ozean kaum heraushebenden Inseln sahen wir unzählige dieser „Wiesen". Es sind im Aufbau begriffene oder abbröckelnde Koralleninseln. Und wie viele gab es noch, die wir nicht sahen! Das heißt, wir konnten sie sehen von den Masten, aus der Höhe des Bugs, wie sie mit ihren lebhaften Farben unter der sich leise bewegenden Wasseroberfläche hervorschimmerten. Gefürchtete Fallen für

Schiffe! Ich glaube nicht, daß es noch eine Tierart gibt, die den Seefahrern soviel Sorge bereitet wie die Korallen. Wollte man von dem Tage an, da das berühmteste Schiff aller Zeiten, die Karavelle des Kolumbus, die *Santa Maria*, vor Puerto Navidad auf ein Korallenriff auflief und zugrunde ging, alle Namen der verschiedenen Schiffstypen registrieren, die vor den Koralleninseln durch Klippen und Riffe gesunken sind, so würde das einen ansehnlichen dicken Band füllen.

In Meeresabschnitten wie diesem zwischen Tubuai und Paumotu sind Ebbe und Flut gleichermaßen gefürchtet. In einem Falle sieht man mehr, aber nicht genügend, im anderen kaum etwas, und das kann zum Unheil führen. Das Schiff, das hier von Windstille überrascht wird, die dann von einem Orkan abgelöst wird, ist verloren!

Das geeignetste Verkehrsmittel in diesen Breiten ist das aus zwei Schiffskörpern bestehende Segelboot der Eingeborenen, das leicht dahingleitet und fast keinen Tiefgang hat. Diese mit einem Ausleger ausgestatteten Pirogen entstehen in der Weise, daß man einen stärkeren Palmenstamm in der Form eines Bootes aushöhlt oder ausbrennt; er stellt den eigentlichen Schiffskörper dar. Daran befestigt man mit zwei bis drei Meter langen Stangen ein kleineres, meist nicht einmal ausgearbeitetes Boot, den Ausleger, der das Gleichgewicht und die Sicherheit des eigentlichen Schiffskörpers beträchtlich steigert. Aus der Piroge, dem Einbaum der Eingeborenen des Stillen Ozeans, entstand der Katamaran, was nichts anderes ist, als zwei gleich große Schiffskörper, die auf zwei Meter voneinander entfernt miteinander verbunden sind. Der mit einem Segel ausgerüstete Mast wird zwischen den beiden Schiffskörpern an der vorderen Querstange befestigt. Die Katamaranform ist besonders bei der amerikanischen Seefahrt verbreitet: So nennt man die nach ähnlicher Methode gebauten Rettungsflöße, aber das ist auch der Name für die neuesten Sportsegelboote.

Über den Korallenbänken und in den Labyrinthen der Koralleninseln sind die Pirogen und der Katamaran die sichersten Verkehrsmittel. Sie haben einen nur geringen Tiefgang, und ihre Geschwindigkeit ist überraschend groß. Ein gutgebautes Auslegerboot segelt mit einem geschickten Steuermann in Windeseile von Koralleninsel zu Koralleninsel.

Vorerst sahen wir keine Pirogen und keine Katamarane.

Nirgends gab es Menschen zu sehen, nicht einmal die Spur menschlichen Lebens!

Unter den Kokospalmen, im Gestrüpp auf den Atollen tauchten dann und wann Überreste von hüttenähnlichen Gebilden auf. Zwischen den Palmen flatterten buntgefiederte Papageien, die in ihrer Größe an unseren Star erinnerten, während über dem offenen Wasser schnell dahinschießende große braune Vögel Jagd auf die fliegenden Fische machten: die Fregattvögel.

Wie gesagt, Menschen sahen wir nirgends.

Es war ein seltsames, bedrückendes Gefühl, Freunde, zwischen den stummen Inseln über lebensgefährlichen Korallenbänken zu manövrieren: Viele berühmte Seefahrer erinnern in ihren Tagebüchern an die gefährliche Zone dieses Inselmeeres. Französisch-Ozeanien bot auch in der Vergangenheit gute Schlupfwinkel für alle, die aus dem Auge des Gesetzes verschwinden wollten oder den Gesetzen ein Schnippchen schlugen und von der Piraterie lebten. In diesen Breiten hatten vor zweihundert Jahren William Dampier und Admiral Lord Anson die spanischen Schiffe gejagt und waren dabei selbst auf Seeraub ausgegangen. Außerdem war dieses wundersame Reich der Korallen ein großartiges Betätigungsfeld für das Anwerben von Menschen! Ein solches „Menschenwerbeschiff“ war die *Palmyra*, auf der, wie Parkin Christian behauptete, Laguna Grande gedient hatte. Hunderte und aber Hunderte solcher Barken verkehrten vor kaum ein bis zwei Jahrzehnten zwischen den Inseln, um die billigsten Arbeitskräfte der Welt „anzuwerben“ und sie an die Plantagenbesitzer in Australien zu liefern. Mit Flinten und sogar mit Maschinengewehren wurde dieser Anwerbung genannte Menschenraub ausgeführt, eins der schrecklichsten Kapitel in der Geschichte des weißen Mannes im Stillen Ozean! Der auf diese Weise von einer Insel entführte Eingeborene erhielt für drei Jahre Arbeit eine Schelle und einen Ballen Kattun. Der auf Menschenfang ausziehende Unternehmer, der Schiffseigner, aber steckte für die Lieferung einer Arbeitskraft dreißig bis vierzig Pfund Sterling ein! Wegen dieser Menschenjagd sind auf so vielen Inseln die Bewohner ausgestorben! Die Werber in Französisch-Ozeanien gingen noch gewissenloser vor als die Werber des europäischen Frankreichs für seine Armee in Nordafrika, die Fremdenlegion.

Wir kamen auf der Suche nach Ada-Ada hauptsächlich an Inseln vorbei, die durch das Wirken zweier Mächte menschenleer geworden waren: durch den weißen Mann und das Meer. Denn neben dem weißen Mann hilft auch das Meer, die Atolle und die Laguneninseln zu entvölkern. Von Zeit zu Zeit, wenn ein Seebeben durch Ozeanien zieht oder ein Hurrikan über die Inseln fegt, spielen sich wahre Dramen ab! Denn der Stille Ozean ist nicht immer still, glaubt es mir, Freunde!

Als wir in die gefährliche Zone eindrangen, war der Ozean wirklich still. Zu unserem Glück! Nur so war es möglich, daß wir mit dem in Wirklichkeit schwer zu manövrierenden, beschädigten, wasserschluckenden Schiff verhältnismäßig sichere Fahrt machten und in unmittelbarer Nähe der gefährlichen Korallenbänke, Klippen und Korallenfelder nicht den Mut verloren. Parkin Christian hatte wahrlich ein guter Stern auf unser Schiff geführt. Ohne ihn wären wir an dieser gefürchteten Stelle wohl kaum weitergekommen. Seine große Erfahrung, sein sicherer Blick, seine schnelle und richtige Lagebeurteilung und das nüchterne Erkennen der Gefahren machten ihn unentbehrlich.

„Jach“, der Fahrensmann lächelte, „in diesen Breiten ist schon so manches Schiff verlorengegangen! Hier irgendwo verschwand vor vier Jahren auch die *Phantom*. Sie kam aus Pitcairn und hielt quer durch Französisch-Ozeanien Kurs auf Tahiti. Jach, wir sagten dem Kommandanten, hier mit einer Dreimastbark durchzukommen, sei unmöglich. Wenn er es wage, könne ihm das teuer zu stehen kommen. Der Kommandant der *Phantom* war ein verrückter Schotte, er glaubte nicht, daß die Korallen mächtiger seien als er! Nie wieder hat jemand die *Phantom* gesehen! . . .“

Wir hatten das Kela-Kela-Riff hinter uns gelassen und auch die völlig menschenleere Insel Rapho und schließlich auch die Kleine Puka-Puka-Insel.

„Donnerwetter!“ Zoller schüttelte am Steuer mehr als einmal den Kopf. „Donnerwetter, ich begreife nicht, was die Alten für Segelkünstler waren! Mit solchen Kähnen, wie dem, den wir unter uns haben! Das begreife der Kuckuck! Konnten dieser Duncan und die anderen Piraten keinen besseren Schlupfwinkel finden als diese närrische Gegend?!“

Aber offenbar hatte Vater Daniló recht, der bemerkte:

„Sie kannten den zu ihrem Versteck führenden Weg, der Wert ihrer Schlupfwinkel aber hing immer von den verborgenen Wegen ab, die zu diesem Hauptquartier führten. Deshalb konnte Roatan, das wichtigste Versteck der Piraten, bis zum heutigen Tag unentdeckt bleiben.“

So fuhren wir also, Jungs, auf Ada-Ada zu. Auf blauem Wasser, zwischen grünenden Inseln, blauen, gelben, roten und schneeweißen Korallenklippen.

Es war herrlich oder sogar noch mehr: überwältigend!

Ein Kindheitstraum wurde Wirklichkeit.

Inzwischen zerbrachen wir uns den Kopf darüber, welche Insel wohl das einstige Roatan sein mochte und ob wir es überhaupt finden würden. Wir mußten etwas in unsere Berechnung mit einbeziehen, an das wir vorher nicht gedacht hatten: Seebeben und vulkanische Ausbrüche, die Tatakoto und andere Inseln vernichtet hatten. Vielleicht gab es die Insel gar nicht mehr, die die Piraten Roatan genannt hatten.

„Das ist schon möglich“, stellten wir nicht ohne Grund fest.

Zugleich schauten wir beruhigt auf Feri Horváth und Szevér. In ihren Gesäßtaschen verbargen sich ihre Revolver.

„Ich möchte wissen, wie der Schlüssel von der Kiste unter die Treppe gekommen ist!“ Zoller war voller Wut, als er durch Feri von der Aussprache zwischen dem „Alten“ und Parkin Christian erfuhr. „Vater Daniló ist blind oder es stimmt sonst etwas nicht mit ihm, denn daß er nicht weiter sieht als seine Nase, das steht fest! Die Kiste ist auf dem Schiff. Auch wenn Barrabella behauptet, alles durchsucht zu haben! Und daß unser Kapitän Hunter und seine Leute dem nächsten Schiff übergeben will! Wo ist dieses Schiff? Sind wir doch in dieser verdammt schönen Gegend und auf dem ganzen Weg von Juan Fernández bis hierher keinem einzigen Schiff begegnet! Vielleicht gibt es außer dieser Fregatte gar keine anderen Schiffe mehr auf der Welt! Ein Patrouillenschiff! Und wenn wir keinem Patrouillenschiff begegnen?!"

So wetterte mein alter Freund, und uns anderen war ähnlich zumute.

Eins freilich begreift der Mensch vom Festland nur schwer. Sicher gibt es so manchen unter euch, der sagt: Wenn Zoller und allmählich auch die anderen von uns so sehr davon überzeugt waren, daß Silver, Laguna Grande und ihre Leute, vor allem aber Silver, und unter Umständen Hunter und die anderen Schiffbrüchigen Schurken waren, warum setzten sie dann ihren Standpunkt nicht entschiedener durch? Meinetwegen so, daß sie sich den Anweisungen Vater Danilós und des ihm meistens beipflichtenden Barrabella widersetzten? Warum taten sie es nicht? Warum fanden sie sich damit ab, daß ihre Gefühle und Mutmaßungen, ja sogar ihre Feststellungen und Fakten von Vater Daniló völlig unberücksichtigt blieben?

Ich wiederhole, ein Mensch vom Festland versteht so etwas nur schwer. Ein Grund dafür war, daß wir Vater Daniló verehrten, ja bewunderten. Er war ein berühmter Seemann, ein Kenner der Seefahrt und des Meeres. Wir blickten immer ein wenig zu ihm auf. Und obendrein war er unser Kommandant. Dies bedeutet auf dem Meer mehr als irgendwo sonst in der Welt. Dieser Titel, dieser Rang brachte alles zum Schweigen, setzte sich über jede Befürchtung, jeden Zweifel und jede Ungewißheit hinweg. „Ein Schiff fährt nicht deshalb, weil es Segel am Mast oder Maschinen im Rumpf hat", lehrte uns einst Direktor Pavlicsek auf der Marineakademie, „sondern deshalb, weil es einen Kommandanten gibt, der dem Wind und den Maschinen befiehlt!" Und dem ist so, Jungs, der Kommandant ist auf dem Meer ein Begriff. Heute noch genauso wie in der Vergangenheit. Vergebens hatte die Mannschaft gemurrt, als Kolumbus mit seinen Schiffen immer weitersegelte. Vergebens hegten die Kapitäne Befürchtungen, als Magalhães seine Flotte in die nach ihm benannte Straße lenkte. Vergebens gab es Zweifler, die da meinten, Nelson würde sich bei Trafalgar mit einem falschen Manöver den französischen Schiffen nähern. Oder glaubt ihr, die *Titanic* wurde aus blinder Wut des Schicksals ein Opfer des Ozeans? Kommodore Smith, der Kommandant, bestand darauf, daß die *Titanic* im Interesse einer kurzen Fahrt den nördlicheren, kürzeren Kurs einschlagen müsse, obwohl er am zweiten Tag nach dem Auslaufen (am 11. April 1912) durch die Dampfer *Caronia* und *Baltic* erfahren hatte, daß in diesen Breiten Eisberge schwammen. Mister Murdock, der Erste Offizier, schlug zwar vor, den Kurs zu ändern. Aber Kommodore Smith wies den Ersten Offizier zurecht: Das Schiff bleibt auf dem von mir bestimmten Kurs! Und dieser Kurs führte auf den Boden des Atlantischen Ozeans.

Auf dem Meer ist der Befehl tatsächlich Befehl. Der Kapitän oder der Kommandant ist dafür da, um entsprechend seiner Überzeugung Anweisungen zu treffen. Wer da widerspricht, der widersetzt sich den Anweisungen des Kommandanten. Und das ist auf dem Meer unmöglich. Der angehende Seemann, der Schiffsjunge sowohl wie der Offiziersanwärter, wird von Anfang an dazu erzogen, daß er dem Befehl der „Brücke" bedingungslos Folge zu leisten hat. Diese Brücke verkörpert der höchste Offizier, der Kommandant. Es ist auch ein von der Seemannssprache geprägter Ausdruck.

Wie uns Vater Daniló später gestand, hatte er die Befürchtungen Zollers gegenüber Silver, seine Ansicht über die verschwundene Kiste oder die letzten warnenden Worte Gidleys in bezug auf Hunter für Hirngespinste und Ammenmärchen gehalten. Er sah in Silver und seinen Kumpanen nur ausgezeichnete Seeleute, was sie in Wirklichkeit auch waren. Und er sah, daß man Hunter und seine drei Gefährten bei den Pumpen gut gebrauchen konnte.

Er ging von dem alten und zutreffenden Standpunkt aus, daß bei so einer gemischten Gesellschaft, wie es die Besatzung eines Schiffes im allgemeinen ist, eine gute Zusammenarbeit nicht leicht ist und verständlicherweise die verschiedensten Gegensätze auftreten können. Besonders auf einem Schiff wie unsere Fregatte, die durch ihre Form und die von ihr ausgelöste Stimmung — und jetzt gebrauche ich wieder die späteren Worte Vater Danilós — auf die phantasiereichen Typen unbedingt so wirkte wie ein uraltes Gespensterschloß. Und da ist etwas Wahres daran, das läßt sich nicht abstreiten. Wenn ihr das Schiff dort zwischen den Inselgruppen Tubuai und Paumotu im südöstlichen Korallenreich der Paumotus — nun schon westlich von Pitcairn — in der gefährlichen Zone gesehen hättet, da würdet ihr mir beipflichten.

Nirgends stieg Rauch empor. Kein dahintuckerndes Tankschiff, nirgends ein Flugzeug, keine Musik aus dem Rundfunk oder dergleichen. Alles mutete an, als befänden wir uns im 18. Jahrhundert. Ich behaupte, uns hätte nicht einmal überrascht, wenn uns eine ähnliche westindische Fregatte entgegengekommen wäre, oder sagen wir, das Schiff Cooks, die *Resolutión*, oder der Dreimaster von William Dampier oder Bougainville.

Da, genau in der gefährlichen Zone, fühlten wir uns zweihundert Jahre in der Geschichte zurückversetzt, und das hatte etwas Gespenstisches an sich. Wenn hinter der Kleinen Puka-Puka-Insel das berühmte Schiff aus dem Roman Stevensons, die *Hispaniola*, mit dem „echten" Silver an Deck aufgetaucht wäre, hätte uns auch das nicht überrascht! Wahrlich nicht, Jungs!

Die *Königin des Ozeans* war die verkörperte Vergangenheit selbst, und wir waren ein Teil davon. Als ich zusammen mit Sottomarina, Zoller und Pedro auf das erste Atoll hinausruderte, hätten wir, gebräunt von der Sonne, schwitzend von der Hitze, mit einem nassen Tuch um den Kopf und in beschmutzter Hose, ruhig als Statisten bei dem zu drehenden Film über die *Schatzinsel* mitwirken können. Und die auf dem stillen Wasser des Atolls schaukelnde *Königin des Ozeans* war in der Tat ein die Phantasie anregender, an Gespenstergeschichten erinnernder Anblick!

Die bezaubernden Minuten auf dem Korallenstrand des Puka-Puka-Atolls sind mir jetzt noch gegenwärtig.

O Jungs, es waren herrliche Minuten, und wer so etwas vergißt, verdient es nicht, gelebt zu haben!

Hinter und über uns schwankten — mit einem Geräusch, das an das Knistern von Papier erinnerte — dicke, schiefstämmige Kokospalmen. Zwischen den Bäumen flatterten von Zeit zu Zeit Südmeerstare oder blaue, grüne, rosafarbene Papageien.

„Pallada“, murmelte unser Bootsmann vor sich hin, und seine Augen wurden feucht.

Sottomarina war gerührt! Er dachte an Pallada, unseren viele Jahre treuen Papagei, den wackeren Gefährten auf dem weiten Meer, und mit ihm an einen großartigen Freund, an Suttora, den „Piraten“.

„Pallada, Pallada!“ sagte auch Zoller. „Was der Alte auch immer sagt, ich nehme doch einen Papagei aus Ozeanien mit nach Hause! Was ist das für ein Seemann, der heimkehrt, ohne von hier einen Papagei mitzunehmen!“

Pedro, der mit seiner dunklen Haut und mit der ganzen Bewunderung seines Kinderherzens die Glut der Sonne über Ozeanien und die seltsamen Wunder auf dem Atoll genoß, sagte voller Begeisterung.

„Masa sagen, Pedro fangen Nimba. Schönen Nimba, allerschönsten Nimba.“

Einen Nimba, wie die brasilianischen Neger den Papagei nennen.

„Ja, du wirst einen fangen, wenn ich es dir sage.“ Zoller lachte wohlgelaunt. „Auch Freitag hat für Robinson einen gefangen, wenn ich mich recht entsinne.“

Mit schlagenden, schlaffen Segeln und lockeren Festmacheleinen und Brassen schaukelte etwa dreihundert Meter von uns entfernt die *Königin des Ozeans*. Ziemlich tief eingetaucht — fast bis an die Lukendeckel — durch das ständig eindringende Wasser, aber doch stolz und stattlich. Erst jetzt sahen wir, hier vom Rande des Atolls, gerahmt von den herrlichen Palmen an der Lagune, was für ein großartiges Schiff das Werk Barrabellas war. Ein prächtiges Schiff, seine kurzen starken Maststengen, die robusten Mastkörbe, die kühn emporragenden Bramstengen, das hohe Kommandodeck, das schwungvoll gestaltete breite Galion und vor allem unser Stolz, der schräg emporragende Klüverbaum, wie man ihn heute nicht mehr sieht — das war ein ergreifender Anblick.

„Ein gutaussehendes Schiff“, stellte Sottomarina fest, als wir es vom Strand aus so betrachteten. „Ein schönes Schiff. Aber auch diese Inseln sind schön, amigo, corpo di bacco! Seht doch mal, was für ein großer Krake dort schwimmt! Seht euch das an! Und was für gewaltige Haie hinter ihm her sind!“

Denn nicht nur auf der Insel und dem Schiff, sondern auch im Wasser gab es viel Erstaunliches zu sehen. Was ihr euch denken könnt.

Man konnte mit Leichtigkeit in eine Tiefe von zehn bis fünfzehn Metern sehen, denn die Lagune des Atolls war im wahrsten Sinne des Wortes kristallklar und strahlend blau. Der Octopus, der achtarmige Krake, war hinter bunten, dem Barsch ähnelnden, blau-schwarz-gelben Tricolorfischen her, und die Haie jagten den Kraken. Seine Arme mochten zwei Meter lang, die Haie aber mindestens vier Meter lang sein. Wenn die drei Haie ihre Kraft mit dem achtarmigen Kraken messen, wird das ein etwas ungleicher Kampf, dachten wir. Aber der Octopus war, wie in den meisten Fällen, auch diesmal klüger. Er gewahrte die hinter ihm auftauchenden Schatten, streckte sich wie ein Band, stieß sich fort und verschwand mit einem Mal vor den Haien, aber auch vor unseren Augen. Dort wo die Seeanemonen, die Seegurken, die wie Blumen anmutenden Tiere mit ihren Tastorganen auf Fang gingen, wo halbmetergroße Krebse krabbelten und violette Seeigel dahinkrochen, wo angefangen von der Perlmuschel sich mannigfaltig geformte Muscheln und Schnecken in verschiedenen Farben dahinbewegten, dort war der Krake verschwunden.

Die Tricolorfische stoben auseinander, die Haie gingen leer aus. Verständnislos kreisten sie um die Stelle, wo sie soeben noch den Octopus gesehen hatten.

„Corpo di bacco“, rief Sottomarina und lachte laut auf, „denen ist es ergangen wie mir einmal vor Cattaro auf der Adria, als wir auf der *Don Juan* Schießübung hielten. Ein Sturm, die Bora, kam auf, ihr kennt sie ja, sie ist von ungeheurer Kraft. Die *Don Juan* tanzte wie ein ausrangierter Trabakel. Vier Tage aßen wir nichts Warmes, weil in der Kombüse alles auf dem Kopf stand. Schließlich gab der Kommandant Befehl, es muß eine warme Mahlzeit zubereitet werden, selbst wenn alle Köche durch das heiße Wasser und herunterstürzende Töpfe umkommen! Und sie wurde zubereitet. Ich hielt mein Kochgeschirr auch hin, in das man mir heiße

Gulaschsuppe schöpfte, und dann stieg ich die Treppe hinauf. Plötzlich kippte die *Don Juan*, und mein Kochgeschirr war leer! Ich mag vor mich hingestarrt haben wie jetzt die Haie!"

Eine kurze halbe Stunde auf dem Atoll Puka-Puka gehört zu den schönsten Erinnerungen meines Lebens.

Zoller gab Pedro Anweisung.

„Los, Pedro, jetzt fängst du einen Papagei."

Pedro machte vor Freude einen Luftsprung wie ein Känguruh.

„Freitag von Masa fangen für Robinson Nimba!"

Er rannte, kroch und pirschte sich von Palme zu Palme, von der Pandane zum Ficus, und nach wenigen Minuten hielt er einen rosafarben und grün gefiederten kleinen Papagei in der Hand. Es war ein Jungvogel.

„Nimba klein, Nimba gut, Nimba lieben Masa Zoller", Pedro überreichte seine Beute.

Und somit war die Besatzung unseres Schiffes wieder vollzählig. Der Vogel Zollers erhielt den Namen Nimba.

Vater Daniló lächelte verständnisvoll. Auch ihn ergriff die wilde und urwüchsige Schönheit der Landschaft, ihre Einsamkeit und die Romantik aus der Zeit Cooks.

„Meinetwegen nehmen wir ihn auf", erklärte unser Kommandant, „aber nur, wenn er ein würdiger Nachfolger des prächtigsten aller Seemannsvögel, unseres Pallada, wird."

„Ich verspreche es im Namen des Vogels", erklärte Zoller.

Der kleine Nimba blinzelte mit seinen winzigen Augen die Umstehenden erschrocken an.

„Ich werde dich erziehen",

Zoller streichelte ihn, „sogar Geographie bringe ich dir bei, Freundchen."

„Aber sprechen wird er nicht", bemerkte Vater Daniló, „die Papageien des Stillen Ozeans lernen nicht sprechen."

„Um so besser", Zoller lachte, „dann brauche ich ihm wenigstens nicht zu antworten!"

Sicherheitshalber bauten Vater Guzsik, Pedro und Zoller schnell einen Käfig für Nimba und dazu eine Schaukel, auf der er die Schiffsführung lernen konnte, wie Sottomarina bemerkte. Und wie das so zu sein pflegt: Der Papagei wurde der Liebling auf dem Schiff und ein gehüteter Schatz Zollers und natürlich des Vogelstellers Pedro.

Wenn ich einmal sehr viel Zeit haben werde und leben kann wie in den Erzählungen ein echter pensionierter Schiffskapitän, dann schreibe ich eine Abhandlung mit dem Titel: „Der Einfluß der Papageien auf die Seefahrt und auf die Seefahrtsliteratur". Es wird ein lückenfüllendes Werk, ich bin überzeugt, man wird es in alle wichtigen Sprachen übersetzen. In früheren Jahrhunderten galt einer, der ohne Papagei wieder in der Heimat eintraf, gar nicht als vielgereister Seemann. Mehr als einem im Alter aufs Festland zurückgekehrten Seemann war der von den Molukken, aus Australien, Brasilien oder Mexiko mitgebrachte Kakadu, Ara oder Papagei seine einzige Freude. Und mancher Bursche wurde durch die Freundschaft mit dem zu Hause gehaltenen Papagei als Schiffsjunge auf ferne Meere gelockt. Nun, und in der Literatur! Der Papagei Robinsons oder der kreischende Vogel aus der *Schatzinsel* und noch Hunderte und aber Hunderte Papageien aus anderen Büchern bestätigen die von mir aufgestellte These, daß die Papageien im Leben des Seemannes eine entscheidende Rolle spielten.

Diesmal geriet von den Seeleuten auf der Fregatte als erster Zoller in den Bann des Vogels. Ihr hättet ihn sehen sollen, wie er in all seiner Freizeit in unserer Kabine saß, umgeben von Karten und mit dem anhänglichen kleinen Nimba auf der Schulter! Zoller war diesmal gerade dabei, die Zahl der Meere zusammenzurechnen.

Von Deck hörte man die forschen Kommandoworte Szevérs:
„Oberbramsegel drehen! Festmacheleinen straffen!"
Schrill klang die Stimme Silvers:
„All's well."
Alles in Ordnung. All's well? War wirklich alles in Ordnung?
Das Schiff bog aus der Lagune des Atolls Puka-Puka. Eine frische Brise kam auf, und Parkin Christian stieg zu Pedro auf den Großmast hinauf. Von dort beobachtete er die Unterwassergeheimnisse der gefährlichen Zone.

„In dieser Richtung lag einst Tatakoto", zeigte Christian nach Westnordwest, bevor er die Wanten emporkletterte. „Etwa vierzig Seemeilen von hier entfernt. Aber Ada-Ada liegt dort! Dieser Schleier, dieser Dunst weist schon auf die Insel hin. Dort können wir das Schiff ausbessern."

Der Wind war günstig, auch der eingeschlagene Kurs. Die Kleine Puka-Puka, diese herrliche, einsame Insel, die Heimat Nimbas, blieb immer weiter hinter uns zurück.

Als ich mit Zoller das Steuerdeck betrat, um den Dienst zu übernehmen, erblickten wir als erstes Silver. Er saß auf der Treppe, besserte ein Seil aus und summte vor sich hin.

Mutter Kareys Hennen
Künden vom großen Sturm.
Ei, Mutter Karey.
Hast nichts Gutes mit uns vor!

Am Spill der Pumpe drehten sich zwei Mann im Kreise: Hunter und Supply.

„All's well", meldete auch Szevér Vater Daniló, als unser Kommandant zu gleicher Zeit mit uns das Kommandodeck betrat.

Das Gespensterschiff schwamm friedlich auf dem Meeresabschnitt, der den einstigen Piraten als Schlupfwinkel gedient hatte.

Am nächsten Tag zur gleichen Stunde war von diesem Frieden freilich nichts mehr zu spüren.

Mutter Kareys Hennen . .

ELFTES KAPITEL

Der Ozean ruht nicht — 10 000 Atolle — Alarm zu nächtlicher Stunde — Wir trauen unseren Augen nicht — Silver läßt endlich die Maske fallen — Der Revolver Laguna Grandes — Das Schiff stellt sich in den Wind — Der Augenblick der Meuterei — Er lebte zweiundvierzig Jahre — Man setzt unsere geschlagene Schar an Land — Als Robinson auf der Insel — Der traurigste Tag Sottomarinas — Die Fregatte sticht ohne uns in See — Die Neugeburt des Commendatore — Menschliche Fußtapfen! — Wir machen uns auf zur Durchforschung der Insel

Die Nacht war merkwürdig schwül und ohne Sterne.

Kein Wind, nicht die leiseste Brise.

Die Fregatte, in die vermeintliche Windrichtung gestellt, schaukelte mit quergestellten Segeln träge von einer Seite auf die andere.

Aus der Ferne vernahm man ein Grollen und Dröhnen. Dieses Grollen und Dröhnen ist kennzeichnend für den Meeresabschnitt zwischen den Inselgruppen Tubuai und Paumotu. Denn glaubt ja nicht, wenn einer meinesgleichen vom spiegelglatten Wasser spricht, daß das wortwörtlich zu verstehen ist. Das dürft ihr nicht denken. Der Ozean ruht nie, schläft nie. Der Ozean ist ständig in Bewegung. Die eine oder andere ruhig daherkommende Welle ist bei windstillem Wetter genau so lang wie träge. Es gibt welche, die eine Länge von einhundertfünfzig bis zweihundert Metern erreichen. Ihre Höhe beträgt vier bis fünf Meter, was durch die Länge bedingt kaum sichtbar ist. In solchen Fällen erscheint der Ozean dem Betrachter, als würde er atmen. Es ist auch alles in bester Ordnung, solange die Welle nicht auf ein Hindernis stößt. Solche Hindernisse sind die Inseln, die Atolle, die Korallenbänke und Klippen. Die Wellen des Stillen Ozeans branden Tag und Nacht ununterbrochen gegen diese Hindernisse. Zwanzig bis dreißig Meter hoch schlägt das Wasser, wenn die Welle dröhnend gegen ein Atoll oder eine Insel brandet! Wegen dieses zerstörenden Wellenschlages gibt es in der Inselgruppe Paumotu oder den Malediven im Indischen Ozean eine ganze Anzahl Inseln und Atolle, die noch nie ein menschlicher Fuß betreten hat. Nach dem „Sailing Directory" (und dieses Buch weiß sehr viel) besteht die Gruppe der Philippinen aus 7000 einzelnen Inseln, die Malediven mindestens aus 12 000 Korallengebilden und die Paumotus aus mindestens 10 000 Atollen! Nicht aus Inseln, denn deren Zahl erreicht „nur" einige hundert, aber aus 10 000 sich bildenden, zerstörten, bestehenden, bewohnten und unbewohnten, aus kleinen und noch kleineren, großen und noch größeren Atollen.

Und gegen diese unzähligen Atolle brandet das Meer, zerstört sie und baut andere wieder auf. Und diese ständige Bewegung ist ganz im Sinne der lebenden Korallentierchen, der Blumenpolypen. (Je stärker die Bewegung des Wassers ist, um so größer ist sein Sauerstoffgehalt und um so besser entwickeln sich die Korallen.)

Es gibt nichts Erschreckenderes, als bei Windstille in der Nähe der Koralleninseln das dröhnende Geräusch der Wellen zu hören.

Die *Königin des Ozeans* befand sich in dieser Nacht auf einer Strecke, auf der man von nah und fern ohne Unterlaß das unheimliche Dröhnen vernahm!

Immer näher und immer lauter.

Mit verhaltenem Atem, mit entsetzt klopfendem Herzen horchten wir in die Nacht, ob sich das Schiff vom Zentrum der Brandung entfernte oder sich ihm näherte.

Nach der Berechnung mußte nordnordwestlich die von einem Korallengürtel umgebene Insel Ada-Ada liegen, im Süden und im Südwesten mehrere zerstörte Atolle, die sich nur so weit aus dem Meer hoben, daß die gewaltigen Wellen des Stillen Ozeans jedesmal über sie hinwegschlugen. Alle drei bis vier Minuten eine!

Szevér, Feri Horváth, Sottomarina, Piede, aber auch Zoller, Gabbia, Santjago und sogar Vater Guzsik taten zusammen mit mir nichts anderes als zu lauschen. Von Zeit zu Zeit trat Vater Daniló auf das Kommandodeck heraus, schaute sich besorgt um, fragte uns nach unseren Wahrnehmungen, stützte sich für Minuten auf die Reling und starrte in die Dunkelheit.

Natürlich wachte zusammen mit uns auch Parkin Christian, der Navigator unserer Fregatte, ohne den wir in der gefährlichen Zone schon längst hätten umkehren müssen. Sein Ohr war an das Geräusch des Wellenschlages gewöhnt, er konnte die Entfernung abschätzen, was uns ganz und gar unmöglich war.

„Im schlimmsten Falle setzen wir den Kutter aus und greifen zu den Rudern", erteilte unser Kommandant Anweisung.

Wir lauschten, lauschten in einem fort.

In der Mitte des Hauptdecks drehte sich das Gangspill der Pumpe: Phillipson und George Bell, zwei Männer von der gesunkenen *Vulcania*, arbeiteten an ihm. Mit düsterer Miene und grimmigem Blick hielten sie das Spill in Gang. Und das ist nicht verwunderlich. Fragt irgendeinen Seemann, ob ihm das Pumpen Spaß macht. Ich glaube, im Laufe der Weltgeschichte hat es noch keinen gegeben, der gesagt hätte: Es gibt keinen besseren Zeitvertreib! . . .

Vor der Tür zum Vorschiff spielten der Südafrikaner Cap-York und der Grönländer Mikkelsen Karten. Rings um sie kauerte eine kleinere Gruppe. Im Schein der Lampe funkelten die Ohrringe Laguna Grandes, die er nicht einmal beim Schlafen ablegte.

Die schlaffen, nur durch die Bewegung der Masten schlagenden Segel über unseren Köpfen schimmerten noch düsterer und dunkler als die Nacht. (Der Uneingeweihte glaubt es kaum, daß die weißen Segel zu nächtlicher Stunde schwarz erscheinen!)

Das Tosen und Dröhnen der sich brechenden Wellen kam immer

näher. Die gefährliche Zone brachte uns zum Bewußtsein, daß das ganze weite Meer hier eine einzige Schiffsfalle war.

„Kutter zum Aussetzen vorbereiten", gab Szevér Anweisung. „Schleppseil bereitlegen!"

„Wache zu mir!" rief Sottomarina mit schmetternder Stimme.

Die Kartenspieler ließen sich nicht stören. Die zwei Mann am Gangspill hielten in der Arbeit inne.

„Wache zu mir!" wiederholte der alte Sotto. „Wird's bald, amigos?!"

Widerwillig, mit träge hängenden Schultern und gelangweilter Miene erhoben sich die beiden Kartenspieler und die Schar der Kiebitze um sie herum, unter ihnen auch Laguna Grande.

„Das hat doch keinen Sinn", wandte sich Mikkelsen, der Grönländer, an Sottomarina.

„Was hat keinen Sinn?"

„Das Schleppen."

Laguna Grande rief wütend:

„Das hilft soviel wie das Weihwasser. Bei so einem großen Schiff!"

Von Steuerdeck konnten wir im Schein der Lampen alles genau beobachten. Wir sahen den alten Sottomarina und vor ihm halbnackt, mit schweißnassen Körpern, die Hände in den Taschen Laguna Grande und seine Kumpane. Auch die beiden von der Pumpe hatten sich zu ihnen gesellt.

„Seit wann entscheidet die Mannschaft, ob der Befehl des Kapitäns hilft oder nicht?" donnerte Sottomarina.

„Wie das Weihwasser", wiederholte Laguna Grande nun schon lachend.

Ich kenne Sottomarina und weiß nicht, was geschehen wäre, hätte sich Szevér nicht eingemischt. Sottomarina war sein Lebtag ein Mann der Faust, und diese Faust hatte schon oft zugeschlagen. Er hätte auch nicht danach geschaut, wenn es galt, sich durchzusetzen, ob er allein gegen zwanzig oder gar fünfzig Mann stand.

Aber Szevér hatte alles gehört. Er glitt vom Achterdeck gleich am Geländer herunter.

„Den Kutter zum Schleppen vorbereiten!" schmetterte seine Stimme. „Das war mein Befehl!"

Laguna Grande zuckte mit der Schulter und sagte zu den anderen:

„Los, kommt!"

Die Stimmung in dieser nächtlichen Stunde war gespannt und gereizt.

Da schwankten die Masten schon mächtig, ein Zeichen dafür, daß wir auf die Insel zutrieben und die Korallenküste schon nahe war, da die zurückströmenden Wellen bereits die Fregatte erreichten.

Das Schiff war also in Gefahr.

In der Tür zum Vorschiff standen Silver und Hunter. Laguna Grande trat an sie heran, und sie tuschelten miteinander.

„Das Boot anheben!" kommandierte unser hünenhafter Bootsmann.

Der Kutter wurde aufs Wasser gesetzt, und Sottomarina und die Rudermannschaft nahmen ihre Plätze ein.

„Schleppseil werft!" kam das Kommando.

Nun ging also David daran, den Goliath zu bewegen.

Die Ruder von sechs Männern tauchten auf das Kommando von Sottomarina gleichmäßig in die Wellen.

„Zieht fest, corpo di bacco! Mamma mia, legt euch ins Zeug!"

... Endlich begann es aus Richtung der Gambierinsel zu dämmern. Dann erschien am Horizont ein rosaroter Schein.

Die Insel Ada-Ada ragte vor uns aus dem Meer empor.

Soweit wir im Morgengrauen erkennen konnten, war Ada-Ada eine recht große, hüglige, waldbestandene Insel. Sie war von einem gewaltigen, breiten, in Windrichtung steilwandigen Korallenriff umgeben.

Jemand rief laut:

„Schaut, Falter!"

Ähnliches habe ich noch nie gesehen. Hunderte und aber Hunderte oder eher Tausende und aber Tausende Falter, zum größten Teil handgroß, umschwirrten das Schiff, zogen dann weiter und verschwanden in der Ferne. Es waren herrliche smaragdgrüne, leuchtendrote und tiefblaue Falter.

„Das wird ein Brautflug sein“, meinte Vater Daniló, der jetzt bereits an Deck war.

Aus dem Mastkorb vom Fockmast rief Pedro herunter:

„Pedro sehen in Richtung Insel Klippen!“

Da plötzlich Wind aufkam, erhielt das Boot Befehl, das Schleppen einzustellen.

„Und wo liegt die Laguneneinfahrt?“ wandte sich unser Kommandant an Parkin Christian.

Christian schaute mit dem Fernrohr lange in eine bestimmte Richtung.

„Natürlich auf der dem Winde abgewandten Seite, Captain. Jach, wir müssen also Kurs nach der westlichen Seite der Insel nehmen. Wenn Sie das Schiff abfallen lassen, Captain, können wir den Klippen leicht ausweichen.“

Die Klippen waren nicht mehr als zweihundert Meter von der Fregatte entfernt. Ohne Abschleppen, was nach der Ansicht von Laguna Grande nicht mehr half als das Weihwasser, wären wir auf die Klippen getrieben!

Und jetzt geschah etwas, was unser Schicksal für lange Zeit entschied.

„Sotto“, unser Kommandant, winkte seinem zuverlässigen Bootsmann, „komm, wir wollen nachsehen, wie weit der Bug durch das eindringende Wasser eingetaucht ist.“

Bevor sie sich auf den Weg machten, wandte sich der Kapitän an Parkin Christian, der mit großer Aufmerksamkeit den Korallengürtel um Ada-Ada beobachtete.

„Und diese Wolken da?“ Er zeigte zum Himmel, wo dunkle, violettschwarze Wolkengebilde in Passatrichtung zogen.

Der Inselbewohner, der als ausgezeichneter Kenner Polynesiens galt und nach unserer Erfahrung auch über den Zug der Wolken Bescheid wußte, schüttelte den Kopf.

„Jach, Captain. Das tut nichts, das ist nur Dunst, nichts weiter! Davor brauchen wir keine Angst zu haben, und vor uns liegt Ada-Ada mit einer ausgezeichneten Anlegestelle. Sie werden es sehen, Captain.“

Vater Daniló begab sich zusammen mit Sottomarina auf das Vorschiff.

Der Morgenwind blähte die Segel. Wir schauten ein wenig verwundert nach den düsteren Wolken.

„Das Reich der verschollenen Inseln ist ein närrischer Ort", brummte Zoller. „Hier ist alles anders, als man es gewöhnt ist."

„Jach", Parkin Christian lächelte, „hier ist vieles anders. Aber ein Orkan entladet sich auch hier aus dunklen Wolken, wie wir das bei dem örtlichen Zyklon sahen. Aber immer *gegen den Passat!*"

Auf dem Steuerdeck hielten sich fünf Mann auf: Szevér, Christian, Zoller, der abgelöste Gabbia und ich.

Das Schiff fuhr in dem immer stärker werdenden Wind mit gurgelndem Wasser unter dem Kiel — den Klippen in einem weiten Bogen ausweichend — auf Ada-Ada zu. Barrabella und Feri Horváth hielten sich in ihren Kabinen auf. Piede und Vater Guzsik lagen auf Seilrollen unter dem Großmast und schliefen. Die Seeleute sind es gewohnt, notfalls auf blanken Brettern zu schlafen. Und übrigens war noch zeitiger Morgen, ein in der Tat wunderbarer Morgen mit einem rosa Schimmer über dem bewundernswert blauen Meer.

Szevér betrachtete durch das Fernrohr die immer näher kommende Insel und den äußeren Korallengürtel. Christian stopfte sich die Pfeife, brannte sie aber nicht an.

Zoller und ich, seit langen Jahren aufeinander eingespielte Steuerleute, hatten das Augenmerk auf den Kompaß und den Kurs des Schiffes.

Von Zeit zu Zeit rief Pedro von oben:

„Klippe rechts! Steuerbords!"

Zoller hob plötzlich den Kopf, und im nächsten Augenblick folgte ich seinem Blick. Szevér hatte das Fernglas heruntergelassen und schaute wie gelähmt nach vorn.

Parkin Christian war der einzige, der einen Ton herausbrachte:

„Jach!"

Nur soviel, keine Silbe mehr.

Ich weiß nicht, was im Mai 1899 der Kapitän des alten, auch mit Segeln ausgerüsteten Dampfers *Tigre* empfunden haben mag, als chinesische Piraten das vor Anker liegende Schiff vor der Insel Palawan überfielen. Oder was mochte Kapitän Artelli empfunden haben, als sich Anfang der dreißiger Jahre eine Piratenbande, die sich zwischen die Mannschaft eingeschmuggelt hatte, des genuesischen Dampfers *Mary Celeste* bemächtigte? Es mag ihnen genauso ergangen sein wie uns vor zwei Jahren auf dem Schoner *Jadran*, als vor der Küste Afrikas zu nächtlicher Stunde marokkanische Berber über unser Schiff herfielen.

Es wird dasselbe Gefühl gewesen sein, das wir jetzt in diesen Minuten empfanden: Wir glaubten unseren Augen nicht zu trauen.

Auf dem Vorschiff hatten dreizehn Mann Aufstellung genommen und näherten sich jetzt langsamen Schrittes: Silver, Laguna Grande, Hunter, Mikkelsen, Johnson, Cap-York, die vier Brasilianer, außerdem Phillipson, George Bell und Robert Supply.

Dreizehn Mann — mit der Waffe in der Hand!

Vater Daniló und Sottomarina aber waren nirgends zu sehen.

Zoller fuhr auf:

„Donnerwetter!"

Das Steuerrad aber ließen wir nicht los. Auch dann nicht, als die Stimme Silvers erschallte:

„Hands up!"

Und der Revolver Silvers krachte. Hinter uns am Kreuzmast schlug knallend die Kugel ein.

„Hände hoch!" brüllte Silver erneut.

Piede und Vater Guzsik blickten traumverloren und schlaftrunken um sich.

Und schon drängte sich das ganze hergelaufene Gesindel auf dem Kommandodeck. Laguna Grande und die vier brasilianischen Bravos rannten in den Kabinengang, Silver und die anderen fielen über uns her.

Vor durchgeladenen Pistolen verhält man sich meistens unklug. Besonders die Seeleute. Wären Silver und seine Kumpane noch einige Meter von uns entfernt gewesen, hätten wir uns sicher von dem unverhofften Schock erholt, Deckung gesucht und auf

Szevér vertrauend, der als einziger von uns einen Revolver trug, uns in den Kabinengang zurückgezogen und dort Verbindung mit Barrabella und Feri Horváth aufgenommen ... Doch wozu in diesem Sinne fortfahren? Es kam nicht so.

Der unverhoffte, schnelle Überfall nach der nächtlichen anstrengenden Beobachtung, die natürliche morgendliche Müdigkeit, vor allem aber, daß wir nicht wußten, was mit Vater Daniló und Sottomarina geschehen war, lähmten uns und waren die Ursache für unser Verhalten, das eines Seemannes nicht würdig war. Ein dem Seemann würdiges — wenn auch unkluges — Verhalten hätte verlangt, daß wir Widerstand leisteten bis zum Äußersten, bis zum letzten Mann, denn auf See ist man es gewöhnt, vor nichts zu erschrecken. So aber kam es, daß wir uns wie biedere Bürger verhielten, das heißt, wir duldeten, daß man uns fesselte und unter den Großmast trieb. Hier wurden wir mit Vater Guzsik und Piede vereint, die man ebenfalls schnell gefesselt hatte.

Im nächsten Augenblick stand Silver bereits auf dem Kommandodeck, und Hunter übernahm das Steuer.

Wenn wir es bis jetzt nicht geglaubt hatten, so mußten wir nun um so mehr davon überzeugt sein, daß wir als Gefangene in den Händen der „Jolly Rogers" waren, die durch Hunter und seine drei Leute, die „die Piratenarbeit nicht verachteten", Verstärkung erhalten hatten.

„Ich protestiere!" rief Szevér. „Ich protestiere! Das wird Ihnen noch teuer zu stehen kommen, Silver!"

Silver lachte auf dem Kommandodeck schallend auf.

„Wenn du deinen Mund nicht hältst, laß ich dir die Zähne einschlagen!" rief er und lachte wieder laut dazu.

Wir hatten einen neuen Silver vor uns. Der alte, der freundlich lächelnde, sich immer so dienstbeflissen gebende Silver war verschwunden. Statt dessen lernten wir einen neuen, einen uns bis dahin unbekannten, den langen John Silver oder Silverman, den Piraten, kennen! Den Piraten von dem Schoner *Tolna!*

Es ist eine alte Tatsache, daß Hochstapler ausgezeichnete Schauspieler sind. Je größer als Hochstapler, um so größer auch als Schauspieler. Ich könnte sagen, um Menschen über eine längere

Zeitspanne zu täuschen, um den Eindruck zu erwecken, man sei ein ehrlicher Kerl, obwohl genau das Gegenteil zutrifft, dazu bedarf es der Kunst. Einer niederträchtigen Kunst.

Silver war ein sehr großer Verstellungskünstler. Wenn er sich hätte ausbilden lassen, wenn ihn das unberechenbare Schicksal nicht in Hafenspelunken und an Bord so vieler Schiffe geführt hätte, dann wäre der Name John Silver heute vielleicht in der Reihe der großen amerikanischen Schauspieler zu finden. Er hätte einen vortrefflichen Luzifer und einen Jago abgegeben oder vielleicht sogar einen Mephisto.

Aber Silver spielte auf der großen Bühne des Meeres ein stets gefährliches Spiel, ständig eine Maske tragend und immer auf der Lauer, immer gespannt, damit ihn die Faust des Gesetzes nicht packte.

Diesmal hatten er und seine Kumpane uns gepackt — durch unleugbare Geschicklichkeit. Sie hatten die Leichtgläubigkeit Vater Danilós und den Umstand genutzt, daß wir in einem Abschnitt des Weltmeeres fuhren, der neben seinen vielen Namen auch heute noch den des Meeres der Verschwiegenheit verdient. Seine menschenleeren, durch gewaltige Brandung heimgesuchten Atolle und Inseln, wo sich höchstens noch die Vögel an die schreckliche Einrichtung der „labourships“ (Arbeiterschiffe) erinnern, eigneten sich ausgezeichnet für den Überfall einer Bande wie die des Silvers.

„Bald geht ihr an Land, ihr Schlauköpfe!“ rief uns Silver vom Kommandodeck zu. „Wir segeln weiter und suchen den Schatz!“

Hierauf lachte er noch lauter und mit ihm seine Kumpane. Inzwischen wuchs unsere Zahl noch an: Gefesselt brachte man Feri Horváth und Barrabella, Gabbia und Santjago.

„Auf den Schuß hin bin ich aufgewacht, ich habe geschlafen.“ Die Stimme Feris bebte vor Zorn.

„Ruhe!“ brüllte Laguna Grande. „Wer das Maul nicht hält, bekommt eine Kugel in den Bauch! Verstanden?“

Hätten wir noch Zweifel gehegt und das Ganze für einen schlechten Traum gehalten, der unverfrorene, anmaßende und überhebliche Ton bewies, daß all das blutigster Ernst war.

„Und du kommst sofort herunter aus dem Mastkorb, sonst hole ich dich mit der Pistole.“

Und schon krachte der Revolver Laguna Grandes. Seine Kumpane lachten zynisch. Pedro, an dem die Kugel vorbeiflog, kam die Wanten eher heruntergerutscht als geklettert.

Unten empfing ihn eine schallende Ohrfeige und ein Tritt.

„Die ist von Janmatje, du schwarzer Teufel!“ brüllte der Anführer der Meute.

Aber ich will mit der Schilderung nicht fortfahren. Diese Szenen waren beschämend und erniedrigend. Erniedrigend für uns war, daß wir in die Falle gingen, und beschämend, daß diese Briganten, diese Zuchthaus- und Saufbrüder, diese Diebe in Lagerräumen, Häfen und Schiffen, uns überwältigen konnten.

Laguna Grande, der offensichtlich unser Wächter war, lachte Parkin Christian ins Gesicht.

„Jetzt brauchst du das Schiff nicht mehr zu lotsen, Freundchen. Diese Aufgabe nehmen wir dir ab. Wir sind nicht auf den Kopf gefallen, wir verstehen uns auf Wasserfahrzeuge aller Art, von der Waschwanne bis zum Cunard-Schiff! Und wenn du es unbedingt wissen willst, wir sind uns tatsächlich auf Fanning begegnet. Vor sechzehn Jahren!“

Und jetzt lachte er so laut wie vorher Silver.

„Auch die *Palmyra* war ein gestohlenes Schiff, denn ich fühle mich auf gestohlenen Schiffen am wohlsten! Die Franzosen hatten uns geschnappt und auf die Teufelsinsel gebracht. Dort lernte ich Silver kennen, und wir sind gemeinsam ausgebrochen. Denn es gibt keinen Kerker, aus dem Laguna Grande und Silver nicht entkämen!"

Wieder folgte seinen Worten schallendes Gelächter. Um so mehr, da der Rumbestand Vater Guzsiks gefunden worden war und Silver vor allen erklärte: Zur Freude des heutigen Tages kann jeder so viel trinken, wie ihm schmeckt.

Sie tranken, lärmten, drohten mit den Revolvern, und wie die meisten Strolche schnitten sie entweder auf oder stritten sich.

Eins aber muß man zugeben: Silver bemühte sich, trotz seiner zum Vorschein gekommenen Grobheit und seines Machtrausches seine Menschenwürde nicht ganz abzustreifen. Er machte daraus auch kein Hehl, als er am Eingang des Barriereriffs vor Ada-Ada an uns herankam und sagte:

„Wenn ich und Laguna Grande wollten, würde euch alle in wenigen Minuten der Ozean verschlingen! Aber wir wollen das nicht. Auch der Kapitän lebt und dieser großsprecherische Bootsmann. Sie kamen ins Vorschiff, da blieb uns nichts anderes übrig, als sie mit Hilfe einiger Meter Leinen zum Bleiben zu veranlassen. Es schadet nichts, wenn der Kommandant auch mal spürt, wie es sich auf dem Lager der Mannschaft ruhen läßt. Und von nun an werden wir es ausprobieren, wie es sich in den Kabinen schläft."

Plötzlich wandte er sich um und rief den Männern am Steuer zu:

„Das Schiff in den Wind! Wir setzen die Herrschaften an Land!"

Dann wandte er sich wieder an uns:

„Boys, den Schatz werden wir ausfindig machen. Bis euch hier irgendeine Barke entdeckt, sind wir längst wohlhabende Leute. Versucht erst gar nicht, unserer Spur zu folgen, wenn ihr von hier befreit werdet. Es kann freilich auch passieren, daß ihr hier ins Gras beißt! Das wäre nicht weiter schlimm. Wir haben es ja nicht getan. Aber solltet ihr befreit werden, dann braucht ihr nicht nach uns zu suchen, wir haben so viele Namen, daß wir wählen können, und genauso steht es mit der Staatszugehörigkeit. Und noch eins will ich euch sagen. John Silverman, denn das ist mein richtiger Name, hatte schon einige Affären, aber mit so biederen Kamelen wie ihr, hatte er es noch nie zu tun!“

Wieder war lautes Lachen die Begleitmusik zu seinen Worten. (Leider hatte der Halunke nur allzu recht.) Dann sah er mich an:

„Als ich zum Bullauge hineinspähte, gewahrte mich der Herr Steuermann, aber er traute seinen Augen nicht. Und doch war ich es. Silver gelangt schon mit Hilfe einer Leine oder auf dem Sims dahin, wohin er will. Wir wußten schon in Alegre, daß ihr Schatzsucher seid. Diesen Schatz werden wir nun selbst holen!“

Er klopfte dem auf einer Seilrolle verzagt dasitzenden Barrabella auf die Schulter.

„Kopf hoch, Captain! Es kann noch schlimmer kommen als diesmal! Ein andermal mußt du das Schiff genauer durchsuchen, alter Knabe. Du hast weder die Seemannskiste noch den Großteil unserer Waffen gefunden.“

Damit drehte sich Silver um, rannte hinauf aufs Steuerdeck und kommandierte von dort:

„Segel in den Wind stellen! Kutter aufs Wasser!“

Ich schwöre euch: Mir imponierte der Gauner. Und wie wir später feststellten, ging es uns allen so. Er war geschickt, mutig und kühn. Ein richtiger Pirat! Ja, er verstand seine Sache, das mußte man ihm lassen. So großartig wie er sich früher verstellen konnte, so großartig war er nun als Kapitän.

Jetzt griente uns Laguna Grande ins Gesicht.

„Wir wissen es, wo die Insel liegt. Madre de dios! Wir wissen alles!“

... So geschah es also, Jungs. Ich habe nichts verschwiegen, denn es wäre falsch, unsere Einfältigkeit und Dummheit zu beschönigen. Nur einen gab es unter uns, der uns vielsagend ansah. Mein mit mir zusammen gefesselter Gefährte, Zoller.

Zoller, mein alter Freund, mit dem ich schon nahezu zwei Jahrzehnte zusammen verbracht hatte, erst auf der Marineakademie in Fiume und später unter dem Kommando von Vater Daniló.

Zoller sah uns mal düster, mal spöttisch an, und wenn er konnte, denn Laguna Grande beobachtete all unsere Bewegungen, flüsterte er:

„Ich hab's euch gesagt . . . ich hab's euch gesagt . . ."

Die Fregatte drehte sich in den Wind.

Wir sahen den Laguneneingang der Insel Ada-Ada und die sich an den Korallenriffen brechenden Wellen. Heulend und rauschend brandeten dort die Wogen, die Wellen schlugen empor, spritzend und zerstiebend.

Ein hoher, kräftiger Wellengang nagte an den umliegenden Korallenbänken. Wieder umgab ein Schwarm handgroßer grüner Falter das Schiff. Es war ein herrlicher, von dem Gold der Sonne, dem wunderbaren Grün der Insel und dem noch herrlicheren Blau des Meeres strahlender Morgen . . . Der schmachvollste Morgen unseres Lebens.

„Den Kutter aufs Wasser! Und in einen Sack Lebensmittel, damit niemand sagen kann, daß die Nachkommen der ‚Jolly Rogers' ihre vorherigen Gastgeber schlecht behandelt hätten!" ordnete Silver nicht ohne Spott an.

Laguna Grande, Mikkelsen und Cap-York standen mit durchgeladenen Revolvern schußbereit vor uns.

Währenddessen setzten die anderen den Kutter aus oder waren um die Brassen und Festmacheleinen beschäftigt, lockerten und strafften sie, um das befohlene Manöver des Schiffes auszuführen.

„Wer den Mund aufmacht, bekommt eine Kugel", wiederholte Laguna Grande mehrmals und fletschte die Zähne. „Madre de dios!"

Ob er es getan hätte oder nicht, ist schwer zu beantworten. Ich traute es ihm zu.

In ihren Gesichtern lag Entschlossenheit, Unerbittlichkeit und wilder Haß. Szevér und Feri Horváth lehnten sich sehr gelassen gegen den Poller unter dem Großmast. Piede, Vater Guzsik und Zoller hatten sich neben Barrabella auf eine Seilrolle gesetzt. Gabbia und Santjago aber sahen Laguna Grande mit funkelnden Augen an. Diese beiden großartigen, fast halbwilden Seeleute warteten nur darauf, daß ihr Gebieter, Barrabella, ihnen einen

Wink gab, und sie hätten sich auch gefesselt auf die Piraten gestürzt.

Barrabella gab ihnen keinen Wink, aber er stand nach einem Weilchen auf und sagte zu Silver gewandt sehr ruhig:

„Silver, wenn ihr Gefährte schießen will, so soll er schießen! Ich aber will Ihnen einen Vorschlag machen: Wenn Sie der Meuterei ein Ende bereiten, sind wir bereit, diese schmähliche Tat als ungeschehen zu betrachten!"

Laguna Grande schoß nicht, aber er stieß dem Commendatore gegen die Brust, mit solcher Kraft, daß dieser umfiel und langgestreckt auf dem Deck unter dem Großmast liegenblieb.

Was nun folgte, kann ich nicht genau schildern, so schnell ging alles. Ich sah nur, daß Gabbia und Santjago sich im nächsten Augenblick trotz ihrer auf dem Rücken gefesselten Hände auf den Piraten stürzten. Gabbia versetzte ihm einen Tritt, daß er taumelte und aufschrie.

„Carramba! Mein Bein ist gebrochen!" Die Pistole glitt ihm aus der Hand, und er stürzte hin. „Madre . . ."

Szevér war der erste, der die ungeheure Gefahr erkannte, unsere völlige Hilflosigkeit, denn wir waren den Verbrechern auf Gnade oder Ungnade ausgeliefert. Er sprang vor Santjago und brüllte ihn an:

„Laß ab von ihm! Ich befehle es dir!"

Im selben Augenblick krachte die Pistole Mikkelsens, und Gabbia drehte sich um die eigene Achse. Er stürzte neben den Poller, versuchte sich aufzurichten, aber durch Mund und Nase strömte das Blut. Er hatte einen Lungenschuß bekommen!

Er fiel zurück, spreizte die Beine. Und kaum waren einige Augenblicke verstrichen, da lebte Gabbia nicht mehr.

„Ruhe bewahren!" brüllte Szevér. „Keiner rührt sich!"

Die Mündungen von acht Revolvern waren drohend auf uns gerichtet.

Die Mitglieder der Bande, die den Kutter aufs Wasser gesetzt hatten, umringten uns jetzt.

Einer von ihnen versetzte Santjago einen Kinnhaken, was wirklich keine Kunst war, da dieser ja nicht zurückschlagen konnte; so lag auch er auf Deck.

„Ich hab's euch gesagt. Wer sich rührt, den erledigen wir!" brüllte Silver, der vom Kommandodeck heruntergerannt kam und nun mit der Pistole vor uns herumfuchtelte. „Als ersten den Commendatore ins Boot! Und den", er zeigte auf Gabbia, „werft ins Wasser, um den ist es geschehen!"

Leider war Laguna Grande nichts Schlimmeres passiert. Er stand schon wieder auf den Beinen, und wenn er auch hinkte, so konnte er sich doch an die Bordwand schleppen und das Einsteigen in das Boot kontrollieren.

„Ihr habt unseren besten Freund Janmatje ausgesetzt! Jetzt

seid ihr an der Reihe!" rief Silver. „Vorwärts, Boys, einsteigen! Und den ins Meer!"

Zwei bekamen die Leiche des unglücklichen Gabbia zu fassen und warfen ihn wie einen schäbigen Sack über Bord.

Er war zweiundvierzig Jahre alt. Der sich aufrichtende Barrabella starrte benommen hinter seinem besten Mann her.

Parkin Christian überwand seine Abneigung und sagte:

„Ich bin ein einfacher Handelsmann, ein Bewohner dieser Inseln. Nehmt mir nicht mein bißchen Eigentum. Jach!"

Laguna Grande fing an zu lachen, dann antwortete er:

„Du wirst dir schon wieder so viel zusammenschachern, wie du jetzt in den Säcken hast! So wirst du dich unserer noch besser erinnern. Auch die anderen lassen ihre Habseligkeiten zurück. Aber sie retten — ihr Leben! Hahaha, denn auch das könnten wir euch nehmen."

Man trieb uns bereits zu der Strickleiter, als ein Schwirren zu hören war und Nimba, der kleine Papagei, auf die Schulter Zollers flog.

„Nun, den könnt ihr mitnehmen." Silver grinste. „Die Lebensmittel bekommt ihr mit der nächsten Runde, zusammen mit dem Kapitän und dem Bootsmann."

Dann trat er zu Laguna Grande und flüsterte ihm etwas ins Ohr. Dieser nickte.

„Du bleibst bei uns und du auch", er zeigte auf Parkin Christian und auf Santjago. „Wenn wir unsere Arbeit verrichtet haben, kannst du nach Pitcairn zurückkehren und du nach Brasilien. Aber wenn ihr nicht wollt, dürft ihr euch jeder eine Kugel aussuchen!"

Er griff in die Tasche und nahm eine Handvoll 7-mm-Stahlmantelgeschosse heraus.

Parkin Christian sagte nichts. Er ließ den Kopf hängen. In seinem stets lächelnden, freundlichen, von schneeweißem Haar gerahmten Gesicht saß Betroffenheit. Santjago zuckte mit den Schultern und brummte vor sich hin: „Briganten . . ."

„Wenn ich mich nicht täusche, diente einst ein Matrose namens Silverman auf dem Schoner *Tolna.* Solltest wirklich du das sein, Silver?"

Der Bandit sah Zoller einige Augenblicke überrascht an, dann wandte er sich plötzlich ab und schrie Hunter am Steuer zu:

„Halte das Schiff im Wind, he! Das Boot stößt ab!"

Es war nicht gerade leicht, mit nach hinten gebundenen Händen die Strickleiter hinunterzusteigen, das könnt ihr euch vorstellen. Und ihr werdet auch ahnen, daß es wohl keinen unter uns gab, der diesen Abstieg ohne Sturz überstand. Das heißt, einen gab es doch, Pedro; er sprang mit der Gewandtheit einer Katze in den Kutter.

Die Ruder tauchten ein. Am Steuer saß Laguna Grande. Wenn ihr gesehen hättet, welche Überheblichkeit und welcher Übermut sich in seinem Gesicht spiegelten; in diesem stets schmutzigen und verschlagenen Gesicht.

Ich brauche wohl nicht erst zu sagen, welch herzbeklemmendes Gefühl es war, aus dem Boot auf die Fregatte zu sehen. Barrabella wandte den Kopf ab — wir begriffen, weshalb. Mehrere von uns starrten auf das Schiff, auf die im Gegenwind schlagenden Segel, den steilen Klüverbaum, die dicken Mastbäume, auf die ungewohnte Form des seltsamen Schiffes.

An der Bordwand lehnte Silver. Ich glaube, er summte das Lied von „Mutter Kareys Hennen" vor sich hin. Die Szene wirkte unbedingt wie ähnliche Bilder aus der Vergangenheit. Wiederholen sich die Dinge wirklich? Viele bestreiten das, sie ähneln sich wohl nur. Ich kann mir vorstellen, daß Kapitän Bligh, der spätere Admiral, Ähnliches wie wir empfunden haben mag, als ihn die Meuterer auf der *Bounty* zusammen mit mehreren seiner Gefährten in einen dem unseren gleichenden Kutter setzten. Und wie seltsam: auf Deck der *Königin des Ozeans* blieb einer unserer wackeren Gefährten, Parkin Christian, zurück, der ein geradliniger Nachkomme des Anführers der Meuterer auf der *Bounty* war! . . . Und hier in der „Nähe", auf der Insel Samoa, lebte einst Robert Louis Stevenson, der Autor der *Schatzinsel*, dessen Roman man zu verfilmen gedachte, und für diesen Film sollte sich die *Königin des Ozeans* ohne jede besondere Veränderung in die *Hispaniola* verwandeln! Nun, in Oakland mochte man auf das Schiff warten, und auch Santa-Clara konnte auf sein Eintreffen warten! Der wackere Stevenson ließ sich's wohl auch nicht träumen, daß das

Schiff, das dazu bestimmt war, im Film die in meiner Kindheit so bewunderte *Hispaniola* zu verkörpern, daß dieses Schiff wieder einen langen John Silver als Piraten an Deck tragen würde. Und wenn auch nicht hierher, in die gefährliche Zone, so doch nach Polynesien war der Zweimastschoner *Tolna* des „verrückten Grafen" Rudolf Festetics unterwegs, auf dem der Matrose Silverman, der im ersten Drittel unseres Jahrhunderts zum echten Seeräuber geworden war, wohl das erstemal seine Löwen- oder besser Piratenkrallen versuchte . . .

Ich muß es noch einmal sagen: Dieser Fall war schmählich und beschämend für uns. Und schmählich und beschämend war auch, wie man unsere geschlagene Schar an Land setzte.

Laguna Grande hielt in einer Hand das Steuer des Bootes, in der anderen den Revolver. Von Zeit zu Zeit hob er den Lauf, zielte und schrie:

„Wer den Mund auftut, bekommt eine Kugel!"

Keiner sagte ein Wort. Wir fühlten uns grausam gedemütigt und erniedrigt.

Wir hatten das Schiff verloren, all unsere Habseligkeiten und wußten in Wirklichkeit nicht einmal, was mit Vater Daniló und Sottomarina geschehen war. Und wir konnten erst recht nicht ahnen, was uns im Meer der Einsamkeit, der Stille und der Verlassenheit, in der gefährlichen Zone, in dem gefürchteten Korallenreich der Niedrigen Inseln, erwartete. Der arme Zoller trauerte außerdem der geliebten Kartensammlung nach und mit ihm Kapitän Barrabella der erträumten Vergangenheit, seinem Lebenswerk, der Fregatte.

Armer kleiner Barrabella! Wenn es nicht übertrieben wäre, würde ich sagen, er war in diesen wenigen Stunden um hundert Jahre gealtert! Er war einfach nicht wiederzuerkennen. Ein gramgebeugter Greis hockte auf dem Boden des Kutters, seufzte und stöhnte in einem fort. Er, der in Wirklichkeit schon seit Jahrzehnten nicht mehr als Seemann, sondern vielmehr als Gelehrter galt, brach jetzt völlig zusammen. Bestürzt, wie von Sinnen starrte er vor sich hin oder zuckte den Kopf zur Seite, wenn sein Blick die sich immer mehr entfernende Fregatte traf.

Der Anblick dieser Szene mochte in der Tat in eine Abenteuergeschichte passen: Vor uns auf den flachen, ufernahen Wellen schaukelte das Schiff, ein Schiff aus vergangenen Jahrhunderten mit niedrigem Kreuzmast, mit hohem Heckaufbau und einem steil nach oben gerichteten Klüverbaum, hier aber brachte ein moderner Kutter gefesselte Menschen an Land, auf die die Mündung eines Revolvers gerichtet war.

Die zum Leben erwachte Vergangenheit oder eine Filmszene aus der Gegenwart hätte man in diesem — für uns nicht im geringsten schmeichelhaften — Anblick vermuten können.

Und doch war es weder das eine noch das andere, sondern ein Kapitel aus den heute noch vorkommenden Piratengeschichten!

Die *Königin des Ozeans* war in die Macht von Seeräubern gefallen. Wir waren Gefangene, regelrechte Gefangene, ohnmächtige Marionetten in der Hand verkommener Banditen.

Die Tragödie des unglücklichen Gabbia war ein Beweis dafür, daß sie mit ihrer Waffe nicht lange fackelten.

Die Brandung der sich an den Korallenriffen und am Korallengürtel brechenden Wellen kam immer näher. Bald schon spürte man die den Kurs beeinträchtigenden, zurückflutenden Wellen.

„Kräftiger mit den Rudern, amigos!" eiferte Laguna Grande seine Leute an. „Kräftiger!"

Die Piraten, von nun an bezeichne ich sie nur noch so, legten sich in die Riemen. Ich saß zwischen Pedro, Barrabella und Vater Guzsik eingekeilt, so daß ich nicht nach hinten schauen konnte. Aber ich fühlte es, wo wir uns befanden.

Wir mußten am Laguneneingang von Ada-Ada sein.

So war es auch. Wie in einem Kessel brodelte das Wasser rings um uns. Die vom Meer her kommenden und die zurückströmenden Wellen schlugen wie zwei feindliche Heere aufeinander und warfen das Boot wie eine Nußschale mal nach vorn, mal zurück.

Aber diese Nußschale gelangte mit Hilfe der Ruder doch vorwärts, und plötzlich fühlte ich, daß wir auf stillerem Wasser fuhren. Wir hatten den Korallenring oder besser den Schutzwall der Korallenbastei hinter uns und waren durch die Lagunenöffnung in der Lagunenbucht angekommen. Laguna Grande sah sich um, musterte das Terrain und rief:

„Da hin!“ Und er steuerte das Boot nach Nordwesten.

Das Boot drehte sich, und da sah ich zum erstenmal im Leben die Lagune der Insel und die Insel selbst, über die ich noch einiges zu berichten haben werde.

Hier rauschte das Meer nicht mehr.

In dem durchsichtigen, tiefblauen Wasser sah man Schatten: Polypen, Haie, Rochen, Barracudas und Schwärme von Sonnenfischen, die wie glitzernde und funkelnde Silber- und Goldmünzen anmuteten, aber auch Barsche und Papageienfische. Von Zeit zu Zeit schnellte ein fliegender Fisch empor und flog mit Hilfe seiner flügelartigen Flossen durch die Luft, um aus der Nähe der mit offenem Maul jagenden Barracudas zu entkommen.

„Das ist ein guter Platz, Freunde“, sagte Laguna Grande grinsend, „wer von hier fliehen will, wird den Haien eine willkommene Mahlzeit! Überlegt es euch also!“

Was konnte unsere Antwort sein? Dasselbe wie bisher: Schweigen.

An manchen Stellen der Lagune sah man eine Sandbank oder eine kleine Koralleninsel, im blauen Wasser gelbe, rosafarbene Korallen — ein wunderbarer Anblick, wie auch die Insel Ada-Ada selbst einen einmaligen Anblick bot.

Eine von üppiger Vegetation überwucherte vulkanische Insel. Alles war saftig grün, lauter Blumen und Duft. Eine Märcheninsel. Und an der Küste Korallensand so weiß wie Salz oder wie Schnee — zu Winterszeiten in unserer fernen Heimat.

Auf den Atollen findet man meist keine anderen Pflanzen als die Lord-Howe-Palme, Kokospalmen, mancherorts einige Feigenbäume und eine schilfartige, scharfkantige Pflanze. Auf den vulkanischen Inseln dagegen sieht es anders aus. Hier ist die Vegetation so dicht wie im afrikanischen Urwald. Das Meer, der Wind, das Gefieder und der Dung der Vögel tragen die Samenkörner überall hin. Die Riesenfrucht der Kokosnuß ist noch nach einer halbjährigen Seereise keimfähig. Der Palmensamen bleibt es noch nach Jahren! Der blaue und weiße Hibiscus, wilde Kaffeestauden,

Bananen, Orangen, Taro, Cumarunu, Pandanen, die Schraubenbäume und die alles umspinnenden und emporrankenden Lianen, sie alle verkündeten, daß die Natur im Dickicht von Ada-Ada, in dem feuchten Halbdunkel unberührt von Menschenhand lebte.

Ada-Ada war eine ausgestorbene Insel. Also waren die „Werbeschiffe" auch hierher gekommen und hatten die Insel entvölkert.

Der Kiel des Kutters lief auf dem Strand auf. Einige handgroße Kraken, eine Art Sepie, stoben auseinander.

„Aussteigen!" brüllte Laguna Grande. „Madre de dios, aussteigen!"

Aus seinem Hosenbein zog er sein langes Messer, schnitt jedem einzeln die Fesseln durch und versetzte uns einen Stoß.

„Hinaus!"

Pedro bekam auch diesmal einen so derben Schlag, daß er aus dem Boot flog und auf den mit Korallensand bedeckten Strand fiel.

„Schwarzer Hund!" Laguna Grande spuckte hinter dem Jungen her, dann zerrte er Barrabella auf, der mit steifen Gliedern apathisch im Boot hockte. „Hinaus, Capitano, hinaus!"

Es war Ebbe, und so lag die Sandbank, auf der wir ausstiegen, noch weit vom Ufer entfernt.

Die Arme, die stundenlang auf dem Rücken gefesselt gewesen waren, schmerzten uns. Wir bewegten uns noch immer wie betäubt oder benommen, genauso wie Barrabella.

Das Boot wendete. Laguna Grande winkte uns zu.

„Wir kommen noch einmal. Ihr seid an einem netten Ort gelandet, beklagt euch nicht!"

Jenseits des Korallenwalles, reichlich zwei Kilometer entfernt, schaukelte hinter dem Schleier der aufspritzenden Wellen die *Königin des Ozeans*.

Unsere Fregatte, die eine Beute der Piraten geworden war.

Die tropische Sonne brannte und stach. Im niedrigen Wasser am Strand tummelten sich Schnecken, Muscheln und kleine Krebse.

Wir kamen uns wie Robinson vor, auch wenn wir keine Schiffbrüchigen im eigentlichen Sinne des Wortes waren, sondern vom Schiff verjagte, auf einer einsamen Insel ausgesetzte Verbannte!

Als erster fand Feri Horváth seine Ruhe, Sicherheit und Besonnenheit wieder.

„Das klügste, was wir tun können, ist, wenn wir uns in den Schatten begeben. Und wenn wir uns an Bananen satt essen. Vater Guzsik hat vergessen, das Frühstück auszugeben."

Durch seine Worte stahl sich ein Lächeln in unsere Mundwinkel.

„Und du, Pedro, vergiß die Schläge", fuhr Feri fort, „gelegentlich wirst du sie zurückgeben können!"

Die weißen Zähne Pedros blitzten auf.

„Pedro wird zurückgeben. Pedro wissen. Pedro dafür leben!"

Der Kutter hatte den Eingang passiert und entfernte sich jetzt schnell, getrieben vom Rückenwind.

„Wenn ich wüßte, daß man Vater Daniló und Sottomarina auch bringt, wäre ich nicht so sehr besorgt", erklärte Szevér, als wir von der Sandbank im mal bis zum Knie, mal bis zur Hüfte reichenden Wasser auf die Insel zu wateten. „Wenn Vater Daniló und Sotto bei uns sind, werden wir uns schon etwas ausdenken. Den wackeren Parkin haben wir allerdings verloren. Ohne Navigator kommen die Briganten auch nicht aus. Und sie brauchen auch Santjago, offenbar um die Pumpe zu bedienen."

Barrabella kam allmählich zu sich. Mit leiser, zitternder Stimme bemerkte er:

„Und wenn man Senor Turkovics nicht herüberbringt? Wenn man ihn an Bord behält?"

„Das wäre ein schwerer Schlag", antworteten wir im Chor.

Wir erreichten die Insel. Ein breiter schneeweißer Strand begrenzte das Ufer. Er lag voller Muschelschalen, es waren vor allem gelbe, an Porzellan erinnernde Häuser der Kaurischnecken, die einst in Ozeanien als Zahlungsmittel dienten.

„Dort ist das Frühstück", Vater Guzsik zeigte nach vorn.

Zwischen dem Laub schimmerten einige riesige Bananentrauben. Man sah auch Apfelsinenbäume und Kokospalmen, deren Früchte in Ozeanien das ganze Jahr über reifen.

Unser erstes Lager errichteten wir im Schatten des bis ans

Ufer heranreichenden Waldes unter einer riesigen Kokospalme. Ihr werdet nicht glauben, was für hohe Pandanen auf der Insel Ada-Ada wachsen, zwanzig bis fünfundzwanzig Meter hohe sind keine Seltenheit. Sie würden über ein vierstöckiges Haus hinwegragen!

Als wir uns umsahen, dachten wir an Parkin Christian. Die Insel war in der Tat vortrefflich geeignet, daß wir hier nach dem Vorbild früherer Seefahrer unser Schiff hätten ausbessern können.

„Während der Ebbe wäre ich mit der Arbeit fertig geworden", sagte Vater Guzsik und nickte dazu. „Eure Hilfe vorausgesetzt."

„Nun aber wird die Fregatte letzten Endes sinken", der Commendatore winkte verbittert ab, „es braucht nur ein stärkerer Sturm zu kommen, oder das Schiff läuft auf eine Korallenbank, und schon ist es erledigt."

„Alles schön und gut, aber wie kommen wir von hier weg?" fragte Zoller, der mit dem kleinen Papagei auf der Schulter, in einer recht schäbigen Hose, mit einem von der Sonne gebleichten Kopftuch und mit nacktem Oberkörper wie ein echter Schiffbrüchiger aussah.

„Vielleicht fischt man eine der Flaschen heraus, und das Schiff kommt auf seiner Suche auch hier vorbei", sagte Feri Horváth und lächelte. „Jetzt können wir ruhig sagen: Wir haben eine Pirateninsel gesucht und sind in die Hände von Piraten gefallen!"

„Ach, Roatan, wo bist du geblieben?!" Piede, der stillste und wortkargste von uns allen, seufzte.

Ja, Roatan, wo bist du geblieben?!

... Stunden waren vergangen, bis der Kutter in der Ferne wieder auftauchte.

„Sie kommen!" rief Pedro, der den Mastkorb gegen den Stamm einer sich nach dem Süden neigenden Palme vertauscht hatte. „Kutter kommen!"

„Wir hätten ja die Möglichkeit", erklärte Zoller, „den Kutter zu überfallen! Wie denkt ihr darüber? Wir schlagen sie nieder und nehmen ihnen die Waffen ab."

Es war kennzeichnend für unsere Verbitterung und Entschlossenheit, daß wir den Plan gut fanden. Aber nicht lange.

„Kapitän nicht sein in Kutter", rief Pedro von der Palme. „Pedro nicht sehen Masa Kapitän!"

Man hielt Vater Daniló zurück.

„Nun, der Plan mit dem Überfall ist im Eimer", erklärte Zoller. „Man würde ihn umbringen, wenn wir das Boot angriffen!"

Das scharfe Auge Pedros hatte richtig gesehen. Vater Daniló war tatsächlich nicht im Kutter. Man sah nur den Kopf Sottomarinas und das obere Teil eines Sackes.

Laguna Grande rief schon von weitem:

„Wer das Ufer verläßt, den knalle ich nieder!"

„So dumm ist der gar nicht", brummte Szevér. „Er weiß schon, was er von uns zu erwarten hätte."

An der Sandbank hielt das Boot an. Die vier Brasilianer, Mikkelsen und Cap-York, die die Ruder bedienten, sahen grinsend zu uns herüber.

Sottomarina erhob sich. Seine Hände waren ihm auf den Rücken gebunden, wie zuvor auch uns.

„Aussteigen!" rief Laguna Grande. „Aussteigen, Herr Admiral, sonst nehmen wir dich wieder mit zurück!"

Ein wahres Wunder, daß der alte Sotto sich das alles ohne ein Wort gefallen ließ. „Wißt ihr, das war wegen der Revolver", sagte er später. „Ich hätte alle sieben dort auf der Stelle aufgefressen." Er trat aus dem Boot mit dem Sack über der Schulter und watete, so würdevoll es ging, durch das seichte Wasser der Lagune.

„Das Fußbad wird dir nicht schaden, Sotto", rief ihm Laguna Grande lachend hinterher. „Seit einem Jahr hast du dir die Füße ohnehin nicht mehr gewaschen!"

Der Hüne in seinem verschlissenen Hemd drehte sich nicht einmal um. Ich weiß, auch Sottomarina kann sagen: Der heutige Tag war der bitterste, der erniedrigendste und beschämendste in meinem Leben. Er, der sonst schon beim Zirpen einer Grille auffuhr, ließ den Spott ohne Widerrede über sich ergehen.

Der mehr als zwei Meter große, hünenhafte Bootsmann drehte sich nicht eher um, bis er das Ufer erreicht hatte, wo ihn mehrere von uns erwarteten, und Pedro war der erste, der ihm den Sack abnahm.

„Was ist mit dem Kommandanten? Wo ist er?“ riefen wir ihm schon von weitem zu.

Sottomarina schüttelte das düstere Haupt und antwortete erst, als er unmittelbar vor uns stand.

„Ihn haben sie zurückgehalten!“

Und er wischte sich zwei dicke Tränen aus den Augen.

Jetzt drehte er sich um und rief so laut, daß er sogar das Rauschen der Wellen übertönte:

„Der Fluch der Madonna von Tersatto begleite euch, ihr verlaustes Gesindel! Corpo di bacco!“

Ein spöttisches Lachen war die Antwort.

„Man hat ihn zurückgehalten“, keuchte Sotto und klopfte Zoller auf die Schulter, als wir gemeinsam nach unserem ersten Lagerplatz zogen. „Du hast es geahnt, Kamerad. Der Kapitän hat auch gesagt, als man uns überwältigt hatte: ‚Der Verdacht Zollers stimmte, aber ich war wieder leichtgläubig.‘ Das hat er gesagt.“

Und nun berichtete der Bootsmann über alles.

„Man hat ihn zurückgehalten, weil Silver und seine Kumpane den Kommandanten brauchen ... Aber ich beginne von vorn, als wir das Vorschiff betraten. Wir wollten sehen, wie der Kettenkasten von innen aussieht. Ihr wißt schon, wegen des eindringenden Wassers. Als wir in das Vorschiff traten, erhoben sich die Halunken. Silver, Laguna Grande und die anderen spielten Karten. Als ich voranging und den Riegel zurückziehen wollte, hörte ich die Stimme Silvers: ‚Hands up!‘ Corpo di bacco, sie standen alle mit dem Revolver in der Hand da. ‚Hands up!‘ Der Alte und auch ich hoben die Hände, was blieb uns schon anderes übrig. Dann fesselten sie uns an Händen und Füßen. Die Läuse mögen sie fressen! Und sie werden sie fressen, ihr werdet es sehen. Dann stieß man uns beide auf die Liegestätte von Silver. Jetzt trat Laguna Grande vor und sagte: ‚Der Anführer bin ich, und Kapitän des Schiffes wird von nun an Silver sein.‘ Er drohte dann noch, daß jeder ins Gras beißen würde, der sich zu widersetzen wage. Wir vermuteten, daß ihr euch nicht tatenlos ergeben würdet, wenn dieser Bandit auch euch zurief: ‚Hands up!‘ ...“

Sottomarina schwieg. Barrabella stand auf und ging bis an den

Rand der Lagune. Wir schauten alle in Richtung der Ausfahrt, denn Pedro hatte heruntergerufen: „Schiff fahren! Schiff fahren weg!“

Die Fregatte wendete mit dem Wind. Ihre Segel blähten sich. Die Klüver strafften sich.

Die wunderbare Fregatte Santa-Claras, die dazu bestimmt war, in einem amerikanischen Film ein Piratenschiff darzustellen, machte jetzt wieder Fahrt — als wirkliche Piratenbeute. Und obendrein mit Vater Daniló, Parkin Christian und dem wackeren Santjago als Gefangene an Bord!

Ihr Kapitän war John Silver, alias Silverman, dieser geschickte und raffinierte Betrüger und Seeräuber. Die Mannschaft aber bestand, mit Laguna Grande an der Spitze, aus lauter Piraten.

Die weißen Segel des Kreuzmastes verloren sich immer mehr im Blau des Meeres.

Die Fregatte nahm Kurs nach Westnordwest auf eine in der Ferne sichtbare Insel.

Wir standen wie begossene Pudel da und starrten betroffen hinter dem dahinsegelnden Schiff her.

Wir waren in der Tat Schiffbrüchige auf der Insel Ada-Ada!

Kein Boot, nicht einmal ein armseliges, katamaranartiges Floß besaßen wir. Wir verfügten über keine Axt, mit der wir Bäume für ein Floß hätten fällen können, ja — und das war in der Tat bestürzend — wir fanden nicht einmal ein einziges Messer, weil die Halunken sie uns alle abgenommen hatten. Wir waren unseres Kommandanten beraubt, auf den wir alle so stolz waren, und es fehlte uns Parkin Christian, der einheimische Inselbewohner, der ausgezeichnete Kenner Französisch-Ozeaniens.

Das Schiff erschien nur noch als winziger Punkt, als Sottomarina seinen Bericht fortsetzen wollte.

„Corpo di bacco! Nun sind sie fort! Wie soll's nun weitergehen . . . Aber ich glaube, es wird euch interessieren, was dann geschah, mit dem Kapitän und mir . . .“

Da ereignete sich etwas Überraschendes.

Ich erwähnte, daß Commendatore Barrabella an den Rand der Lagune ging und von dort dem sich entfernenden Schiff nachblickte.

Ich habe auch gesagt, wie sehr der biedere, kleine italienische Marineoffizier gebrochen und vor Verzweiflung dem Wahnsinn nahe war. Er wirkte ohnehin mehr wie ein Gelehrter als ein entschlossener Seemann. Ihr wißt auch, daß der wackere Commendatore übrigens nicht zu den hartgesottenen Seefahrern zählte.

Er bot auch sonst keinen sehr würdevollen Anblick in seiner Nachtkleidung, in der die Banditen ihn aus seiner Kabine gezerrt hatten. Die bequemen Pantoffeln hatte er längst von den Füßen verloren, die Hose seines Schlafanzuges war zerknittert, naß, voller Sand, und von der Jacke war ein Ärmel heruntergerissen. Und dennoch, Commendatore Barrabella wuchs in diesen Minuten in unseren Augen. Er wurde zum Hünen. Paßt mal auf!

Sottomarina öffnete den Mund zum Sprechen, aber er brachte ihn vor Staunen nicht wieder zu.

Der Commendatore blieb vor unserer kauernden, hokkenden und im grünen Gras liegenden Gruppe stehen, und seine sonst verschleierte Stimme klang jetzt klar, ja mutig.

„Ich übernehme das Kommando! Als rangältester Offizier der Gruppe bin ich dazu berechtigt! Ich bitte die Ersten Offiziere Turkovics und Horváth, mir folgen zu wollen, damit wir unsere erste Besprechung abhalten."

Damit machte der kleine Mann kehrt und ging auf die andere Seite der Lichtung am Strand zu, wo sich eine dicke Kokospalme mit ihren Blattfächern und der zentnerschweren Last ihrer Früchte über andere niedrigere Palmen neigte.

Der Commendatore reckte sich und schritt dahin. So mochte er seit damals nicht mehr gegangen sein, als er über die Mole des Kriegshafens von Spezia geschritten war und zum letztenmal sein U-Boot bestiegen hatte. Stolz, von Zeit zu Zeit über seinen Spitzbart streichend, ging Barrabella barfüßig, was für ihn sicher ungewohnt war, zur ersten Kommandantenbesprechung, nachdem man die Besatzung der Fregatte auf der Insel ausgesetzt hatte.

Szevér und Feri Horváth sprangen auf und folgten ihm. Sowohl Szevér als auch mein Freund Feri waren damals schon alte Seefahrer, besonders Szevér, der die Offiziersschule in Fiume zwei oder drei Jahre vor Feri absolviert hatte. Beide sprangen auf. Für den Seemann ist der Befehl — ich kann das, Freunde, nicht genug betonen — ein Begriff! Auf dem Meer kann manchmal die Sekunde von Entscheidung sein, auf dem Meer gründet sich die bedingungslose Autorität vorwiegend auf größere Erfahrung, mehr Wissen und Können. (Denn wo gibt es schon den Narren, der einen solchen Wert, wie ihn ein Schiff darstellt, einem unerfahrenen Grünschnabel anvertraut?) Szevér und auch Feri Horváth waren keine Neulinge, sie waren ausgezeichnete Seeleute. Barrabella fuhr noch früher zur See, er war etwa so alt wie Vater Daniló. Er diente als Stabsoffizier bei der italienischen Flotte und war Professor an der Marineakademie. Bis jetzt hatte er sich, wenn ich so sagen darf, gehenlassen. Er erschien uns als Salon-Seemann, und jetzt widerfuhr ihm, was schon so manchem widerfahren ist — auf dem Meer, auf dem Schlachtfeld, in der Gefahr oder Not —, daß er sich plötzlich auf sich selbst besann. Das ist wie ein Zauberschlag, das plötzliche Erkennen der Pflicht, der Verantwortung.

Commendatore Barrabella fand zu sich selbst zurück. Binnen weniger Minuten stand er als neuer Mensch vor uns. Und als er erklärte: „Ich übernehme das Kommando“, sprach die Entschlossenheit des rangältesten Offiziers zu den beiden Offizieren der Fregatte.

Wir, die auf unseren Plätzen blieben, sahen einander an.

„Seht, der Commendatore! So gefällt er uns!“

Und der schreckliche Druck, der auf uns allen lastete, begann zu weichen.

„Wir befanden uns auch schon in den Händen marokkanischer Räuber!“ sagte Vater Guzsik lächelnd. „Und wir sind doch freigekommen.“

„Wir gerieten mit der *Jadran* auf dem Atlantik in einen Orkan, daß wir nur noch auf die Heiligen vertrauen konnten!“ fügte Zoller hinzu.

„Corpo di bacco!“ rief Sottomarina. „Meinetwegen bin ich nicht besorgt. Wie ich uns kenne, werden wir von hier ausfliegen, wenn wir Lust dazu verspüren. Ich bange nur um den Kommandanten ...“

„Ja, hör doch mal, Sotto, du wolltest doch noch erzählen, was dann mit euch geschah“, stieß Piede die Worte langsam heraus.

Sottomarina blickte prüfend in die Ferne. Das Schiff war kaum noch zu sehen. Es wäre euch mehr wie eine dahinfliegende Möwe als eine altertümliche Fregatte erschienen.

Unter der Palme steckten Barrabella und die beiden Offiziere die Köpfe zusammen.

„Corpo di bacco! Jetzt ist sie unserem Blick ganz entschwunden“, brummte Sottomarina, „aber wir werden sie schon wiederfinden. Du hast recht, Guzsik, wir steckten auch in Nordafrika in einer argen Klemme. Und wir kamen doch heraus ... Aber wo war ich stehengeblieben? ...“

„Du warst bei dem ‚Hands up!‘ stehengeblieben, das man wohl auch uns zurufen würde“, half ihm Zoller.

Sottomarina schlug sich gegen die schweißnasse Stirn.

„Ja, also ‚Hands up!‘ Aber zuvor machte sich Silver erst noch über uns lustig, wofür ihn die Hölle verschlingen möge! Unter seiner Liegestätte zog er die Kiste hervor, die Kiste von Großmann, und er sagte: ‚Etwas verstehe auch ich französisch, ich war ja nicht umsonst Gefangener auf der Teufelsinsel. Und ihr würdet umsonst behaupten, daß diese Schriften nichts über die gesuchte Schatzinsel aussagen, wir würden es euch ohnehin nicht glauben! Silver ist im Bilde. Seht ihr, wir haben uns auch dieser Kiste bemächtigt und zwar zur Zeit des Sturmes. Und wir haben sie so versteckt, daß sie auch der kleine bärtige Spürhund nicht finden konnte!' So sprach der Bandit, Freunde, corpo di bacco! . . . Und er sagte noch mehr. So zum Beispiel, daß wir ihm auf Gnade und Ungnade ausgeliefert seien. Er könne mit uns machen, was er wolle. Der Ozean sei groß, er verberge alles. Stellt euch vor, er hat unserem Kommandanten den Vorschlag gemacht, einen Vertrag mit ihm zu schließen und sich zu verpflichten, daß Dreiviertel des gefundenen Schatzes ihm und seinen Leuten zustehe!"

Hier versagte unserem Hünen förmlich die Stimme. Er sehnte sich aus Leidenschaft nach den Schätzen, träumte ein Leben lang davon, die mit Schätzen gefüllte Höhle aus dem Märchen zu finden, was in Wirklichkeit ja auch nicht schlecht gewesen wäre.

„Dreiviertel?" riefen wir erstaunt. „Und was hat ihm der Kommandant geantwortet?"

„Daß sie darauf lange warten könnten. Mit Banditen schließe er keine Vereinbarung, lautete seine Antwort. Hierauf lachte Silver und sagte respektlos: ‚Du steigst schon noch herab von deinem hohen Roß, Kapitän Turkovics!' Und er fügte hinzu: ‚Wir haben dir noch eine kleine Aufgabe zugedacht, Kapitän, du wirst das Schiff zur Schatzinsel führen!' Hierauf sagte unser Kommandant, er habe keine Ahnung, wo die gesuchte Insel liege. Silver aber lachte nur. ‚Es wird dir schon einfallen, wenn du willst.' Und er wiederholte immer wieder: ‚Es wird dir schon einfallen!' Schließlich sagte er noch: ‚Und wenn nicht, dann wissen wir es, und wenn du den Vertrag nicht unterschreibst, wird der ganze Schatz uns gehören! Nun aber wollen wir Kapitän Turkovics Bedenkzeit gewähren! . . .' Damit gab er den anderen einen Wink, und sie verließen das Vorschiff. Alles andere wißt ihr ja schon. Wir hörten dann nur die Schüsse und die Schreie. Später erfuhren wir, daß es den wackeren Gabbia erwischt hatte . . . Der Segen der Madonna sei mit ihm! . . ."

Es entstand Stille. Von der Kokospalme her hörte man Stimmen.

„Mich ließen sie ziehen", Sottomarina schüttelte verwundert den Kopf. „Corpo di bacco! Wenn ich nur die Fäuste hätte mit ihnen messen können! Mit diesen Fäusten habe ich schon stärkere Schädel eingeschlagen als den Silvers oder Laguna Grandes!"

Und er streckte seine Arme aus. Nun ja, ich habe seither nicht wieder solche gewaltige, wie Schaufeln anmutende Hände und Arme wie Säulen gesehen. Wenn sich diese Hände schlossen, wurden sie zur stählernen Klammer.

„Es war das erstemal in meinem Leben, daß ich meine Fäuste nicht gebrauchen konnte“, sagte er und schaute betrübt auf seine schwieligen, narbenbedeckten Hände, durch die während seines Lebens schon Tausende Meter Ankerkette und Segelleine gelaufen waren.

Zwischen den Bäumen flogen Vögel dahin, Stare, eine Art Eisvögel, Papageien und Finken.

Nimba, das neueste Mitglied unserer Mannschaft, blinzelte aufmerksam nach den anderen Vögeln. Aber er rührte sich nicht von der Schulter Zollers. Sie hatten sich schon aneinander gewöhnt. Von Zeit zu Zeit stürzte etwas krachend von den Bäumen. Dieses Geräusch hörten wir die ganze Zeit über, während wir uns auf der Insel aufhielten. Es rührte von zwei bis drei Pfund schweren reifen Kokosnüssen her, die manchmal mit erschreckendem Krach von den Bäumen plumpsten. Und da Kokosnüsse keine Saisonfrüchte sind, sondern das ganze Jahr über reifen, so ist es verständlich, daß man das Fallen der Kokosnüsse in ganz Ozeanien — fast pausenlos — vernimmt.

„Nun, verhungern werden wir nicht“, stellte Vater Guzsik, diesmal als Koch, befriedigt fest. „Bananen, Kokosnüsse, Apfelsinen und im Wasser der Lagune Fische. Und die Halunken haben uns sogar noch Konserven mitgegeben.“

„Ja, ja“, brummte Picde, „verhungern werden wir nicht. Aber wie kommen wir von hier fort? Und was wird mit dem Kommandanten und dem Schiff?“

Barrabella, Szevér und Feri kamen zurück und setzten sich zu uns.

Der kleine Commendatore, ich sage euch, er war wie neugeboren. (Freilich, die Situationen bringen ihre Helden hervor.) Und so war es auch mit Barrabella geschehen. Der kleine Mann, der sich in seinem zerrissenen Schlafanzug zu uns setzte, war nicht mehr derselbe wie der Offizier auf dem Schiff, der selbst in seiner goldbetreßten Uniform Mitleid erweckte, wenn er ängstlich nach den Wellen schaute.

„Das Kommando habe ich übernommen“, bekräftigte der kleine Mann seine Erklärung von vorhin. „Mein erster Vertreter ist Kapitän Szevér Turkovics. Wir sind übereingekommen, die Aufgaben zu teilen. Einmal müssen wir unsere hiesige Lage sichern und zum anderen sehen, wie wir von hier wegkommen. Natürlich nur so, daß wir gleichzeitig meinen Freund Daniló, die Fregatte, Meister Christian und meinen Mann Santjago retten können.“

„All dies wird nicht gerade leicht werden“, brummte Zoller. „Wir haben ja nicht einmal eine Axt, mit der wir einen Baum fällen könnten!“

Es entstand eine kurze Pause. Ich gestehe, der schwarze Vogel der Sorge setzte sich auf unsere Schultern. Ohne Karten und Navigationsgeräte aus dem Labyrinth des Korallenmeeres herauszufinden, obendrein ohne Boot, ohne Segel und ohne Ruder, das konnte man sich fast nicht vorstellen! Und selbst wenn sich hier ein Ausweg böte, dann stand die zweite schwierige Aufgabe vor uns, das Schiff und unsere Gefährten zu finden!

Wir fragten daher Barrabella:

„Meinen Sie, Capitano, daß wir die Piraten entwaffnen sollten?“

Der kleine Mann nickte mit unerschütterlichem Ernst.

„Natürlich meine ich es so.“

Irgendeiner stieß einen Pfiff durch die Zähne. Voller Verwunderung.

„Donnerwetter!“ rief Zoller.

„Corpo di bacco!“

Barrabella strich sich über den immer zerzausteren Spitzbart.

„Ich weiß, daß meine Erklärung etwas kühn klingt, aber man hat mit Hilfe eines hölzernen Pferdes schon eine ganze Stadt erobert. Es ist auch möglich, daß man unsere Flaschenpost auffischt... Dergleichen ist schon vorgekommen. Es kann vieles passieren. Unsere erste Aufgabe ist jetzt, daß wir uns an einer geeigneten Stelle eine Unterkunft bauen, in der Art der Eingeborenen aus Palmenblättern, Lianen und Pandanen. Aus den Konservendosen werden wir versuchen, Sägen, Messer und sonstiges Werkzeug anzufertigen. Sehr wichtig erscheint mir die genaue Durchforschung der Insel. Vielleicht stoßen wir auf etwas, was wir gebrauchen können. Und wenn wir ohne entsprechendes Werkzeug auch kein Boot bauen können, so vielleicht doch einen Katamaran oder sogar eine Piroge. Im Notfalle eignen sich die Palmenblätter sogar als Segel! Wir müssen planmäßig vorgehen, mit Verstand und Besonnenheit!"

Der kleine Mann lächelte. Szevér und Feri Horváth nickten uns zu.

„Wir teilen nun das Schicksal Robinsons", fuhr Barrabella fort. „Robinson aber war allein . . ."

„Masa sagen, Robinson hatte Freitag", wandte Pedro überrascht ein, der mal zwischen uns hockte, mal oben auf einem Baum saß.

„Einen Freitag haben wir auch", unser Commendatore schmunzelte. „Und dazu einen sehr tüchtigen Freitag!"

Mit einem Mal lachten alle.

Sottomarina fuhr sich in das zerzauste Haar, lächelte und sagte:

„Sie werden mir, Signore Capitano, meine Offenheit verzeihen. Ich hatte schon mit vielen Offizieren zu tun, mit vielen anständigen und mit vielen niederträchtigen. Ich kenne mich also unter ihnen aus. Und bis jetzt waren wir nicht davon überzeugt, daß Commendatore Barrabella ein richtiger Seemann ist. Verzeihen Sie mir meine Worte, aber ich stamme aus Zengg, bin ein Nachkomme der Uskoken, und ich bin daran gewöhnt, daß ich das, was ich auf dem Herzen habe, auch auf meinen Lippen führe. Ich und wohl auch die anderen haben nicht geglaubt, daß Sie zu uns passen. Wir haben uns geirrt, Capitano, entschuldigen Sie."

Und er streckte seine Pranke aus. Barrabella ergriff sie. David und Goliath reichten sich unter der Palme die Hand.

„Ich habe auf einem Unterseeboot gedient und galt damals als echter Draufgänger!"

Stolz sah er uns an. Stellt euch Szevér, Feri Horváth, Zoller und vor allem Sottomarina vor, die alle Männer von fast zwei Metern waren, oder Piede mit seinen breiten Schultern — und vor ihnen den kleinen Barrabella! Den kleinen Mann, der — einst ein Draufgänger war!

Aber das Eis war gebrochen. Und die Bande der Freundschaft umschlossen uns.

„Vater Guzsik übernimmt als Zimmermann die Verantwortung für den Hüttenbau“, erklärte Szevér. „Franzel, du ziehst mit zwei Mann aus, um die Insel zu durchforschen.“

Barrabella nickte.

„Je eher, um so besser. Wir müssen wissen, wo wir sind. Parkin Christian meinte zwar, Ada-Ada sei eine unbewohnte Insel, aber es schadet nichts, sich umzusehen. Vielleicht finden wir ein Boot oder sonst ein Wasserfahrzeug. Und übrigens habe ich das Gefühl, daß die Fregatte nicht weit weggesegelt ist. Silver und seine Leute vermuten das für eine Schatzinsel gehaltene Roatan hier in der Nähe.“

Sottomarina holte tief Luft.

„Die Kelche sind futsch! Uns geht es jedesmal so. Als wir 1919 auf der Bischofsinsel die Höhle der uskokischen Räuber fanden, da flog die Insel in die Luft. Wir haben mit der Schatzsuche kein Glück!“

Feri Horváth mischte sich ins Gespräch.

„Unabhängig von den Piraten habe auch ich das Gefühl, daß Roatan hier in der Nähe sein mag.“

Wir standen wieder am Rande der Lagune. In der leichten Brise hörte sich das Rascheln der Palmenblätter wie das Knistern von Papier an. Durch das blaue Wasser der Lagune huschten Bonitos dahin, und fliegende Fische schnellten im weiten Bogen aus den Wellen.

In der Ferne konnte man mehrere dunkle Flecken ausmachen: die Silhouetten entlegener und noch entlegenerer Inseln. Welche von ihnen mochte Roatan, die verschollene Insel der Piraten, sein.

„Ich möchte wissen, wie wir aus diesem Schlamassel wieder herauskommen“, raunte mir Zoller zu.

Feri Horváth hörte es, nickte ernst und sagte:

„Ihr, aber was soll ich sagen? Mich erwartet die *Jilland* in Porto Alegre.“

Nun, das stimmte. Uns aber erwartete Santa-Clara, das heißt, die amerikanische Filmgesellschaft wartete auf die Fregatte! Parkin

Christian wiederum wurde auf Pitcairn von seiner Familie erwartet.

Jeder wurde irgendwo erwartet. Wir aber glichen Robinson und waren vom Schicksal, wie seinerzeit Alexander Selkirk, auf eine verlassene Insel verschlagen.

„Der Schatz ist futsch", brummte Sottomarina. „Corpo di bacco!"

Da hörten wir vom äußeren Rand des Strandes die Stimme Pedros:

„Masa kommen! Masa hierher!"

Der Junge war auf Entdeckung gegangen, er war ja schließlich ein Kind. (Ich glaube, Pedro war der einzige unter uns, dem unsere Verbannung Spaß machte.) Er jagte kleine Polypen, Papageienfische und Korallenfischchen, nachdem er von einer der Palmen heruntergekommen war. Denn übrigens war dies seine Leidenschaft: auf den höchsten Baum zu klettern und von dort Ausschau über das Unbekannte zu halten.

Jetzt jedoch rief er erregt, wir sollten kommen, und er winkte dazu mit beiden Armen.

„Der Junge hat etwas entdeckt", erklärte Barrabella, und wir machten uns auf nach dem äußersten Rand des Strandes, wo sich unser Freitag in dem blendenden Weiß wie ein rußschwarzer Teufel ausnahm.

„Masa kommen! Kommen hierher!"

Der Junge stand am Rande der Lagune und zeigte ins Wasser.

„Masa schauen!"

In dem kristallklaren Wasser, dem unendlich feinen Korallensand erblickten wir gleich einem Abdruck — menschliche Fußspuren.

Seeleute sind keine ausgezeichneten Fährtensucher, das könnt ihr ahnen, sie sind nicht Winnetou und nicht Lederstrumpf. Aber das war auch gar nicht erforderlich. Man konnte die Fußspuren genau erkennen, und nachdem wir ihnen über zwanzig oder dreißig Meter gefolgt waren, führten sie auf dem Strand weiter, bis der Betreffende das mit Gras bewachsene Ufer erreicht hatte, wo die Fußtapfen verschwanden.

„Sie sind frisch, ganz frisch“, stellte Szevér nach Untersuchung der Spuren fest. „Ich glaube nicht, daß sie älter als eine Stunde sind. Schaut nur, hier sieht man sogar noch den Eindruck der Zehennägel.“

Die Insel war also nicht menschenleer, wie Parkin Christian behauptet hatte.

„Wenn aber Menschen hier leben, haben sie auch ein Boot“, rief Feri Horváth.

„Dann finden sich auch eine Axt, ein Beil oder anderes Werkzeug“, begeisterte sich Vater Guzsik, der Zimmermann.

„Eventuell auch Hilfe“, fügte Barrabella hinzu.

Pedro, der nicht umsonst ein Kind des Urwaldes, des Festlandes, des Dickichts an der Küste war, schlußfolgerte sehr klug.

„Mann beobachten uns. Als genug sehen, Mann wieder gehen.“

„Bravo, Pedro!“ Zoller klopfte dem Jungen auf die Schulter. „Anders kann es gar nicht gewesen sein.“

Sottomarina formte seine Hände zu einem Trichter und verstärkte so seine Stimme:

„He, haho! Ahoi, he! . . . Ahoi!“

Von den Bäumen, der Lagunenbucht und dem sich in nördlicher Richtung erhebenden Korallenriff hallte als Echo die Stimme unseres Hünen wider: . . . „He . . . Ahoi!“

Gespannt, mit verhaltenem Atem lauschten wir.

Eine Antwort kam von nirgends. Inzwischen hatte sich auch der Wind gelegt, die Palmenblätter hingen reglos.

„Ada-Ada antwortet nicht“, bemerkte Feri leise, verhalten.

Wir lauschten noch einige Minuten. Umsonst.

Ada-Ada oder zumindest der auf der Insel lebende Mensch, der uns gesehen hatte, antwortete tatsächlich nicht.

„Ich glaube, unser wichtigstes Vorhaben ist jetzt“, erklärte der Commendatore, „daß wir die Bewohner der Insel finden. Offenbar verspüren sie keine Lust, ein Lebenszeichen zu geben, doch das darf uns jetzt nicht abhalten. Unsere Aufgabe ist es, Werkzeug und ein Boot zu besorgen und festzustellen, wohin die Fregatte gesegelt ist. Es ist unsere kameradschaftliche Pflicht, unsere Freunde zu befreien!“

Die Augen leuchteten auf. Die kaum wahrnehmbaren Spuren im Wasser hatten uns Glauben, Zuversicht und Hoffnung gegeben.

Nein, wir würden Vater Daniló, Parkin Christian, Santjago, aber auch das Schiff nicht aufgeben! Wir waren auf dem Schoner *Jadran* nicht dazu erzogen worden, vor Schwierigkeiten zurückzuschrecken.

Und da geschah etwas, was in der Geschichte der Seefahrt nur sehr selten geschehen sein mag: Sottomarina breitete seine gewaltigen Arme aus und umschlang den Kapitän Barrabella.

„Signore Capitano, Sie sind unser Mann!"

Ein Bootsmann umarmte einen Kapitän! Auf den Schiffen ist dergleichen nicht üblich. Aber wir befanden uns jetzt nicht an Bord, und die Szene wirkte in der Tat feierlich. Feierlich und zuversichtlich. Barrabella war ein neuer Mensch geworden, und auf Ada-Ada wohnten Menschen!

„Wir müssen den finden, dessen Fußspuren wir gesehen haben", keuchte der Commendatore, als er aus den Polypenarmen des Hünen Sotto freigekommen war. „Wir teilen die Aufgaben untereinander auf!"

„Zu Befehl!" Szevér und auch Feri Horváth nickten.

ZWÖLFTES KAPITEL

Auf der Insel Ada-Ada — Hundegebell — Die Bastei des Toten — Die Bucht des Hasses ist verschwunden — Der Unbekannte und sein Hund — Stadt unter der Erde! — „Was wissen Sie über Roatan?" — Barrabella gibt Ratschläge — Um Mitternacht brechen wir auf... — Katzenzungen am Himmel — Der Hurrikan ist da! — Unser Leben hängt von drei Minuten ab — Herausspringen! — Auf der Schildkröteninsel — Zoller schildert die Befreiung unseres Kommandanten

Ada-Ada gehörte zu den Niedrigen Inseln oder sagen wir besser zu den größeren Inseln der gefährlichen Zone. Sicher entsinnt ihr euch, daß man in dem größten Ozean unserer Erde drei verschiedene Inseltypen unterscheidet: aus Korallen sich aufbauende Atolle, durch Vulkanausbrüche entstandene Inseln und vulkanische Inseln mit einem Korallengürtel. Ada-Ada gehörte zu den letzteren.

Die durch einen Vulkanausbruch entstandene Insel mochte etwa anderthalb Kilometer lang sein. Ihr war eine breite Lagune vorgelagert, die von einem starken und sehr hohen Korallenring umgeben war. Die Breite der Lagune erreichte stellenweise einen dreiviertel Kilometer, an anderen Stellen kaum einen viertel Kilometer. Dort wo wir ans Ufer gelangten, rechts vom Lagunen-eingang war die Lagune kaum mehr als zweihundert Meter breit.

Auf der Insel erhoben sich Hügel, wie wir gleich feststellten, als wir ans Ufer kamen. Das Innere der Insel war von dichter Vegetation bedeckt, von einer förmlichen Wildnis. Stellenweise war das Dickicht so dicht, daß man nicht eindringen konnte. Bananen, Algaroben, Papayas, Loubalas, Kokos, Hibisken, Feigenbäume und Ponzinen mit leuchtenden Blüten, hauptsächlich aber Loubalas, diese dichte, an Schilfrohr erinnernde, übermannshohe Pflanze, bildeten die dichte Vegetation, und ein weißblühender Strauch mit roten kirschartigen Früchten, bei deren Anblick ich fast glaubte, den Herlitzenstrauch unserer heimatlichen Wälder vor mir zu haben. Pedro lüftete das Geheimnis dieses Strauches.

„Kaffee."

Und diese Sträucher waren zugleich ein Beweis dafür, daß diese Insel Französisch-Ozeaniens einst bewohnt gewesen war. Vor fünfzig oder vor hundert Jahren, das ließ sich nicht mehr feststellen. Und schon hier muß ich euch sagen, daß wir keine weiteren Fußspuren mehr gefunden haben. Es kann sein, daß dies an unserer Unerfahrenheit lag, aber es ist auch nicht ausgeschlossen, daß auch der vortrefflichste Fährtensucher in dem undurchdringlichen Dickicht oder auf den seltenen kleinen Lichtungen keine Fußspur entdeckt hätte.

So gut wir vermochten, durchkämmten und durchsuchten wir gründlich die ganze Insel. Wir fanden keine Spur, die darauf hindeutete, daß heute noch Menschen auf Ada-Ada lebten. Keine Hütte oder sonstige Unterkunft konnten wir entdecken, und obwohl wir uns bis an den Rand der Lagune begaben, stießen wir nirgends auf ein Boot oder eine Piroge, nicht einmal auf ein aus drei Stämmen zusammengefügtes Floß.

Dagegen wurden wir zur Dämmerzeit, die sich hier genauso plötzlich einstellte wie überall in den Tropen, auf Hundegebell aufmerksam.

„Hört ihr das?!" Wir sahen einander an. „Ein Hund."

„Und zwar ein europäischer Hund, denn irgendwo habe ich

gelesen, daß die Hunde der Eingeborenen Ozeaniens nicht bellen, nur heulen. Dieser aber bellte!" schlußfolgerte Zoller.

Der geheimnisvolle Unbekannte, dessen Fußspuren wir gesehen hatten, besaß also einen Hund. Aber warum hielt er sich versteckt, warum gab er sich nicht zu erkennen? Und selbst wenn es nur ein Mann war, warum kam er nicht zum Vorschein?

„Vielleicht hat er Angst vor uns."

„Oder es ist ein menschenscheuer Kauz."

„Unter Umständen jemand, der sich von der Welt und den Menschen zurückgezogen hat."

So rätselten wir.

Es war Abend, unser erster Abend auf der Insel Ada-Ada.

Der Mond und die Sterne leuchteten. Wir hatten weder eine Lampe noch irgend etwas, um Feuer anzünden zu können.

Wir froren, krochen uns zusammen, denn wir hatten ja kaum etwas zum Anziehen, und in Ozeanien, wie überall am Meer, kühlt sich die Luft im Verhältnis zum Tag beträchtlich ab.

Und da sprach Feri Horváth es zum erstenmal aus, was unserer Lage eine erneute Wendung gab.

„Zoller, du hast doch einen besonderen Blick für Karten. Entsinnst du dich noch der Karte Duncans?"

Zoller lachte leise auf.

„Wenn es sein müßte, könnte ich sie genau nachzeichnen. Nur habe ich weder Papier noch einen Stift!"

„Das läßt sich auch im Sand machen", meinte Feri. „Also morgen früh."

„Aber wozu brauchst du eine Karte?" fragte Szevér, der am Eingang der halbfertigen Palmenhütte lag.

Feri Horváth räusperte sich. Wir sahen einander kaum, teils wegen der Wand der entstehenden Hütte und teils wegen der Schatten der Bäume. Aber unweit von uns schillerte das Wasser der Lagune im Mondenschein wie Silber. Eintönig und einschläfernd schlugen die Wellen gegen den Korallenwall.

„Warum?" Feri stützte sich auf den Ellbogen, und seine Stimme klang feierlich. „Weil ich felsenfest überzeugt bin, daß Ada-Ada und das gesuchte Roatan ein und dasselbe sind!"

Hierauf setzten sich alle auf dem doch recht harten Palmenblattlager auf.

„Was sagst du da?“ fragten wir verwundert.

Nimba, der Papagei, schrak von der plötzlichen Bewegung auf, kreischte und flatterte mit den Flügeln.

„Was sagst du da?“

Kapitän Barrabella, der bis jetzt nach dem bei der Kriegsmarine üblichen Brauch kein Duzen gekannt hatte, nur das gemessene, konventionelle, sich zur Zeit Nelsons eingebürgerte (und bei der Kriegsmarine in der ganzen Welt übliche) Sie, bediente sich das erstemal der zivilen Umgangssprache.

„Woraus schließt du das?“

Der Schein des Mondes zeigte jetzt recht deutlich das feierliche, nachdenkliche Gesicht Feris, der sich über die Tragweite seiner Erklärung im klaren war.

„Unweit von hier, im Inneren der Insel, also genau nach Westnordwest, habe ich unter dichter Vegetation Steine gesehen. Ich kämpfte mich mit Pedro, der mich begleitete, durch das dicke Gestrüpp und kam an die Steine heran. Sie sind moosbedeckt, also schon alt. Und es ließ sich unschwer feststellen, daß sie die Überreste einer Mauer sind. Sie stammen also auf jeden Fall von Menschenhand. Wenn ich mich an die Kartenskizze von Duncan zurückerinnere, dann stand an dieser Stelle, genau an dieser Stelle . . .“

Hier schwieg Feri, sah Zoller an und wartete, daß dieser den Satz vollendete; und Zoller sagte auch schon:

„Die Bastei des Toten!“

„Die Bastei des Toten!“

Feri nickte.

„Ja, die Bastei des Toten. So hatte auch ich es in Erinnerung.“

Verblüfft starrten wir Feri an. Sollten wir uns auf Roatan befinden?

„Warum nicht? Warum sollten wir nicht gerade auf dieser Insel sein“, sagte Szevér. „Wir haben sie ja ohnehin in diesem Gebiet vermutet, oder nicht?“

Sicher, warum auch nicht?!

Nur hatten wir nicht vermutet, daß Ada-Ada das einstige Roatan, die verschollene Insel der Piraten, sein könnte. Und wie seltsam: Der Piratenüberfall hatte uns von unserem Schiff, vom Deck der altertümlichen Fregatte, gerade hierher verschlagen.

Ihr könnt euch vorstellen, daß nun an Schlaf kaum noch zu denken war. Uns beschäftigte nur der Gedanke um Roatan, hundertmal und tausendmal der Name Roatan.

„Freilich war auf der alten Karte das einstige Roatan dargestellt", sagte Barrabella sehr richtig, „seither sind fast zwei Jahrhunderte vergangen. Soweit ich mich entsinnen kann, war auf der Karte Duncans hier kein Dickicht, kein Gestrüpp eingezeichnet, sondern eher eine kahle Fläche."

„Ja, Signore Capitano, bewaldet war damals nur die Mitte der Insel", die Stimme Zollers zitterte vor Aufregung, „südlich davon muß die Bastei des Flinch gestanden haben, und dahinter lag die Bucht, die Bucht des Hasses!"

Es war Nacht, Jungs. Über unserer Hütte leuchtete das Kreuz des Südens, und durch die Seitenwand unserer Palmenhütte lugte der Mond herein.

Jenseits des Barrierenwalls aber wogte wie schillerndes, flüssiges Silber das Meer.

Wir waren auf Roatan, der Pirateninsel!

Auf jener Insel, die bis jetzt niemand hatte ausfindig machen können, nach der man geforscht, die man gesucht hatte, die Gelehrten genauso wie die auf Schatzbeute ausgehenden Abenteurer, und über die so viele Studien und Abhandlungen erschienen waren.

Und wir, die Opfer des Piratenüberfalles, sahen uns jetzt im Schein des Mondes mit dem Bewußtsein an, daß wir Roatan gefunden hatten.

Denn dort, wo Feri die Ruinen entdeckt hatte, an dieser Stelle war auf der Karte Duncans die Bastei des Toten eingezeichnet, die dazu bestimmt war, die Insel vom Laguneneingang her zu schützen. Es mochte zutreffen, was Barrabella sagte, daß seinerzeit um die Bastei des Toten kein dichter Wald gestanden hatte.

„Corpo di bacco!" rief Sottomarina. „Dann können wir den Schatz doch noch finden?! Wenn ich mich recht entsinne, war in dem Tagebuch von Duncan auch von einem versenkten Schatzschiff die Rede . . .“

„Von dem Schiff *Enrique*“, ergänzte Zoller, und hier wurde sein Blick etwas düsterer. „Vor wenigen Stunden bin ich an der Stelle gewesen, wo nach unserer jetzigen Schlußfolgerung die Bucht des Hasses liegen müßte. Von einer Bucht aber ist dort nichts zu sehen!“

Diese Erklärung wirkte ernüchternd.

„Dort ist nicht die Spur von einer Bucht. Die Stelle liegt kaum einen Kilometer von hier entfernt.“

Die Stimme Barrabellas klang jetzt beruhigend.

„Die Lagunenbuchten ändern sich schnell. Sie versumpfen. Die Feststellung Zollers will also nichts besagen, Hauptsache, daß er sich an die Kartenskizze erinnern kann. Morgen früh wird er sie in den Sand zeichnen, und nach den Angaben durchforschen wir die Insel nochmals. Denn wenn wir auch an anderen Stellen Ruinen finden, dann sind wir zweifellos auf Roatan. Wir müssen die Ruinen finden!“

So verging die Nacht. Wir riefen uns die Namen von Jean Bart, Flinch, Flecher und Duncan in Erinnerung. Jener Seeräuber, die sich einst hier auf der Insel aufhielten, die hier die „Stadt der Piraten“ erbauten und von hier mit ihren schnellen Schiffen auf den Ozean hinausfuhren, um die Städte Süd- und Mittelamerikas zu plündern und die ihnen begegnenden Segelschiffe zu entern.

„In dieser Lagune haben zahlreiche Schiffe Platz. Hier mögen sie einen ungestörten Hafen gefunden haben“, erklärte Szevér.

„Christian hatte recht, als er sagte, hier könnten wir die Fregatte ausbessern“, brummte Vater Guzsik.

„Wenn wir den Schatz fänden, das wäre ein Treffer, corpo di bacco.“ Sottomarina holte tief Atem. „Den Schatz!“

So verging die Nacht.

Als die Sonne aufging, sahen wir mindestens so struppig, stachlig, zerknittert und dreckig aus, wie einst das Gesindel auf Roatan ausgesehen haben mochte, die barfüßigen, mit langen Messern bewaffneten Seeräuber mit goldenen Ohrringen, Kopftüchern und bunten Hemden.

In dem reinen, schillernden Korallensand des Lagunenstrandes zeichnete Zoller die Kartenskizze von Duncan auf.

„Hier etwa sind wir jetzt ... Da im Norden müssen die auf der Karte eingezeichneten Felsen sein und davor die Landzunge der zwölf Kumpane ... Östlich von uns stand die Bastei des Flinch, und unweit davon war die Bucht, die ich zwar nicht gefunden habe, in der aber ... in der ...“

„... das Schatzschiff gesunken ist“, verfolgte unser Hüne seine fixe Idee weiter.

„Ja“, Zoller nickte, „dort müßte sie liegen. Hier aber ...“

Zoller schluckte plötzlich und schaute überrascht und verstummt in Richtung der aufgehenden Sonne. Wir folgten seinem Blick.

Unweit der Stelle, an der Pedro am Vortage die geheimnisvollen Fußspuren entdeckt hatte, stand am Strand ein einsamer Mann!

Und neben ihm ein Hund!

Der Mann war Europäer. Er trug einen breitrandigen Hut, ein weißes Hemd und weiße Hosen. Der Hund war ein kraushaariger Griffon, der an unseren Vorstehhund erinnerte.

Der Hund machte einen langen Hals und bellte. Der Mann stampfte mit dem Fuß, worauf der Hund verstummte.

Nun kam der Unbekannte einige Schritte auf uns zu und blieb wieder stehen. Er blieb stehen und lüftete den Hut.

Die ganze Szene wirkte so überraschend, daß wir, wenn jetzt jemand gesagt hätte, dort kommt Duncan, der Pirat in eigener Person, es geglaubt hätten. Die Fußspuren hatten uns zwar verraten, daß außer uns noch jemand auf der Insel lebte, wir hatten auch das Bellen des Hundes gehört, aber nach der im Zauber der Pirateninsel verbrachten Nacht erschien uns die Szene doch wie aus einem Märchen.

Wir sahen einen Europäer unweit vor uns, und dieser Mann lüftete den Hut. Er lüftete den Hut und rief uns in reinem Italienisch zu:

„Guten Morgen, meine Herren. Wenn ich mich nicht täusche, sind Sie Filmschauspieler?“

Wenn dem Mann mit dem Hund plötzlich Flügel gewachsen wären und er sich in die Lüfte erhoben hätte oder wenn sein Hund angefangen hätte, den neuesten Schlager zu summen, wären wir darüber auch nicht mehr überrascht gewesen als darüber, daß an diesem sonnenklaren Morgen ein Fremder vor uns stand und uns italienisch ansprach.

Den Völkern an der Adria und sogar des Mittelmeeres ist die italienische Sprache mehr oder weniger geläufig. Aber im Stillen Ozean! Und noch dazu auf Ada-Ada, das heißt, auf der von uns gefundenen Insel Roatan, taucht ein Mann auf und grüßt italienisch! Und er hält unsere arg heruntergekommene und mitgenommene Gruppe für Filmschauspieler.

Kapitän Barrabella ging dem Unbekannten entgegen.

„Guten Morgen, mein Herr", sagte der Commendatore und reichte ihm die Hand. „Wir freuen uns, Sie hier anzutreffen."

Der Fremde war ein stattlicher, gutaussehender junger Mann, nicht älter als dreißig Jahre. Sein hübsches, gewinnendes Gesicht schützte der breitrandige Strohhut vor den immer sengender werdenden Strahlen der Sonne. Der Hund schmiegte sich an die Beine seines Herrn und prüfte uns sehr mißtrauisch. Man sah, daß dieser gelbäugige französische Griffon an bessere Gesellschaft gewöhnt war.

Der Fremde trat nun zu uns anderen, lächelte freundlich und stellte sich vor.

„Ich heiße Pierre Albarran. Ich bin Franzose und Ethnograph. Ich erforsche die Völkerkunde Ozeaniens. Da ich hörte, daß Sie italienisch sprechen und mit diesem Negerjungen in einem Gemisch von portugiesisch-italienisch, dachte ich mir, sie zu überraschen. Ich stamme aus Nizza, meine Mutter ist Italienerin."

Und jetzt hob Pierre Albarran wieder höflich seinen Hut.

„Und Sie? Ich nehme an, Sie sind vom Film. Ich sah gestern das in ein Museum gehörende Schiff wegfahren. Sicher verfilmen Sie eine Piratengeschichte. Habe ich recht?"

Lächelnd sahen wir den sympathischen jungen Mann und seinen zutraulicher werdenden Hund an.

„Corpo di bacco!" rief Sottomarina. „Eine schöne Piratengeschichte, in der man uns unsere jetzige Rolle aufgezwungen hat!"

Da man schon im ersten Augenblick sah, daß wir keinen Grund hatten, etwas zu verheimlichen, hielt Kapitän Barrabella die Zeit für gekommen, Pierre Albarran über unser Schicksal zu unterrichten. Zuvor jedoch fragte er:

„Leben Sie hier auf der Insel? Und wenn Sie hier leben, warum haben Sie sich gestern vor uns versteckt?"

Pierre Albarran schob sich den breitrandigen Strohhut in den Nacken und lachte verschmitzt:

„Keineswegs lebe ich hier. Ich ziehe von Insel zu Insel, forsche nach der Vergangenheit und suche nach noch heute rettbaren ethnographischen Kulturgütern. Warum ich auf Ihr Rufen nicht geantwortet habe? Die Sache ist sehr einfach: Ich wollte nicht. Ich mag die Filmleute nicht. Einmal erhielt ich eine Einladung als Sachverständiger . . . aber das gehört jetzt nicht hierher. Jedenfalls bin ich weder ein Freund der Filme noch der Filmschauspieler. Aber als ich hörte, daß Sie italienisch sprachen, konnte ich der Verlockung nicht widerstehen."

Nun lächelten wir schon alle. Wir und — Filmschauspieler! Kapitän Barrabella faßte den jungen Gelehrten am Arm und sagte:

„Bevor ich Sie darüber unterrichte, weshalb wir auf der Insel sind, halte ich es für besser, Signore Albarran, wenn wir uns setzen. Sie würden sich ohnehin setzen, wenn Sie die Geschichte hören! Nehmen wir also Platz."

Pierre Albarran setzte sich hin und sah die in den Sand gezeichnete Karte.

„Das ist Ada-Ada“, zeigte er auf das Werk Zollers. „Es ist eine seltsam geformte Insel. Ich kann das mit Recht behaupten, denn es ist schon die einhundertfünfundsiebzigste Insel, die ich durchforsche. Und Sie haben sich gerade diese für Ihre Filmaufnahmen ausgesucht? Mir leuchtet auch nicht ein, warum der Stab in Richtung der Äußeren Puka-Puka weitergesegelt ist.“

Barrabella nickte und begann zu berichten.

„Jetzt, da Sie sitzen, Signore, kann ich Ihnen vielleicht sagen, weshalb wir hier sind. Sie müssen wissen, daß wir die Opfer eines regelrechten Piratenüberfalles sind und nicht die Helden irgendeines Films!“

„Wie, mein Herr?“ rief Albarran verblüfft. „Das ist alles echt?!“

„Ja, echte Piraten haben das Schiff entführt, und von einer echten Kugel getroffen starb einer unserer Gefährten . . .“

„Ich hörte Schüsse“, stammelte Albarran und sah uns an, als sähe er Geister. „Aber das Schiff, seine Form, sein Aussehen, die Takelung . . .“

„Das ist mein Werk, Herr“, sagte der Commendatore stolz. Im gewissen Sinne war . . . sollte es tatsächlich ein Filmschiff werden . . . aber jetzt ist es ein Piratenschiff. Doch hören Sie zu, Signore Albarran. Hören Sie gut zu . . .“

Die Sonne stand schon hoch am Himmel, als Barrabella die „kurzgehaltene“ Geschichte unseres Abenteuers beendete. Er schilderte die Entstehung der *Königin des Ozeans*, Vater Danilós und unsere Rolle, das Anheuern Silvers und seiner Leute, unseren Argwohn, die Ereignisse während der Fahrt, unsere Begegnung mit den Schiffbrüchigen der *Vulcania* und schließlich den Überfall der Piraten. Der kleine Commendatore sprach fließend, bedacht und besonnen. Von der Kiste und dem, was wir auf Roatan suchten, erwähnte er kein Wort. Und als er den Bericht über unser bitteres Abenteuer beendet hatte, stellte er Pierre Albarran die Frage:

„Sagen Sie, Signore Albarran, haben Sie schon mal den Namen Roatan gehört?“

Der sympathische französische Gelehrte nickte lächelnd.

„Ja. Aber jetzt habe ich so vieles erfahren, daß mich Roatan fast nicht interessiert. Mich interessiert Ihr Schicksal mehr als alles andere. Es ist einfach phantastisch und bestürzend, was Ihnen, Herr Kapitän, widerfahren ist! Natürlich biete ich Ihnen meine Dienste an, aber auch mein Boot, das mit einem Motor ausgerüstet ist. Ich stehe Ihnen persönlich und mit meinen beiden einheimischen Dienern zur Verfügung, die ausgezeichnete Kenner Französisch-Ozeaniens sind, da sie ja von hier stammen. Ich stelle Ihnen meine Waffen zur Verfügung, denn ich befürchte, die werden noch gebraucht! In erster Linie aber, das möchte ich wiederholen, stehe ich Ihnen selbst zur Verfügung. Ich bin ein Sohn des Mittelmeeres, und dort habe ich eins gelernt: Das Leben ist erst schön, wenn es reich an Abenteuern ist! Deshalb bin ich Ethnograph geworden."

Und hier lachte der sympathische junge Gelehrte so herzerfrischend, daß es uns alle ansteckte. Mit einem Male hing uns der Himmel voller Geigen, wie man zu sagen pflegt. Ein Motorboot und Waffen!

Im Traum hätten wir uns nicht mehr erhoffen können.

Albarran breitete die Arme aus, als wollte er sagen, alles was mein ist, gehört euch.

„Und jetzt lade ich Sie ein in mein Hauptquartier. Wenn Sie es gesehen haben, werden Sie verstehen, warum Sie mich nicht gefunden haben, das heißt mich, meine beiden Helfer und meinen Hund. Ich kann es kaum erwarten, um Ihnen mein Hauptquartier zu zeigen. So nenne ich nämlich mein Versteck, das zweifellos eine interessante Entdeckung ist, aber mehr aus archäologischer Sicht, was mich weniger interessiert. Ich freue mich mehr, wenn ich irgendwo das Boot eines Kopfjägers, alte Schnitzereien oder Ruder finde!"

Damit stand er auf. Sein Hund hatte sich mit Pedro angefreundet. Er hieß Rolf. Rolf stand — wie sich das für einen guten Hund gehört — gleich wieder neben seinem Herrn.

„Folgen Sie mir", sagte Albarran.

Eins merkte der hilfsbereite Franzose nicht. Nämlich, daß wir uns vielsagend ansahen, als er erklärte, er habe ein Versteck, das eine interessante Entdeckung darstelle.

„Wir folgen Ihnen gern, Signore", sagte Barrabella. „Aber sollen wir alle mitkommen?"

Der Franzose lächelte.

„Natürlich. Bringen Sie sogar Ihren Lebensmittelsack mit. Mein Versteck wird sicher auch Ihnen zusagen. Und Platz ist dort für uns alle."

Im Gänsemarsch folgten wir dem freundlichen Franzosen.

Bald hatte uns das Dickicht verschlungen. Das bis zur Hüfte reichende Gras öffnete sich vor uns, um sich hinter uns gleich wieder zu schließen. Auf einer Lichtung blieb Albarran stehen. Er zeigte auf einen Baum und dessen birnenartige Frucht.

„Das ist meine Lieblingsspeise. Sie erfrischt, man fühlt sich davon wie neugeboren. Pflücken Sie sich welche ab."

Ich gestehe, bis dahin wußte ich nicht einmal, daß diese Frucht existiert: Mango. Für meinen Begriff ist es die wohlschmeckendste Frucht der Welt, die Königin aller Früchte. Ihr Aroma gleicht einer Mischung aus Aprikosen, Ananas und der Kaiserbirne. Beim ersten Biß empfindet man etwas wie einen Terpentingeruch, aber danach ist es ein Hochgenuß, schon deshalb lohnt es, Jungs, nach Ozeanien zu gelangen! Sonst bekommt ihr nie die Mangofrucht zu essen, denn sie läßt sich selbst zwischen Eis nicht transportieren und verliert ihr Aroma und ihre Frische schon nach wenigen Tagen. Die Mangofrucht vereinigt in sich den Sonnenschein Ozeaniens, den Duft seiner Blumen und das Blau des Himmels und des weiten Meeres.

Wir waren völlig durchschwitzt, voller Spinnengewebe, Blütenstaub und Schmutz, bis wir uns zur nördlichen Seite der Insel durchgeschlagen hatten, wobei wir das Gebiet durchqueren mußten, das auf der Karte Duncans als Wald eingezeichnet war. Seither war wohl der Wald noch größer, noch dichter, noch urwüchsiger geworden. Ein richtiger Urwald, heiß, schwül, dunstig wie im Gewächshaus. Albarran ertrug diese Strapazen lächelnd, wir, die Männer des weiten Meeres, litten unter der das Atmen erschwerenden, drückenden Atmosphäre.

„Bald sind wir im Hauptquartier", ermunterte Albarran unsere keuchende, schwankende Schar.

Von uns allen genoß allein Pedro diese schwere tropische Luft des Urwaldes und außer ihm der kleine Papagei Nimba, der

Vogel Zollers. Von Zeit zu Zeit schloß er seine faltigen, ledernen Lider und schien diese modrige Luft voller Wonne einzuatmen.

Endlich sahen wir durch eine Öffnung das Meer.

Wir standen auf einem hohen Hügel zwischen Lianen, Pandanen und Feigenbäumen, umgeben von einem betäubenden Hibiskenduft.

Albarran hob den Arm und gab uns einen Wink. Halt!

Und wie ein Straßenjunge steckte er zwei Finger in den Mund und pfiff durchdringend.

Dieser Pfiff brachte uns den liebenswürdigen und aufgeschlossenen jungen Mann noch näher.

„In Marseille macht man das auch so", sagte Albarran lächelnd. „Ich bin dort zur Schule gegangen."

„Auch wir sind einige Male dort gewesen."

Der Pfiff wurde kurz darauf erwidert.

Und dann trat Pierre Albarran — zu unserer größten Verblüffung — an einen Baum und sagte:

„Bitte hinuntersteigen." Und er zeigte auf den Baum.

Erst jetzt gewahrten wir, daß in das Gestrüpp um den Baum, es war eine stattliche Pandane, ein schmaler Pfad führte, an dessen Ende der Baum stand, an dem eine Strickleiter angebracht war.

„Steigen Sie bitte hinunter", wiederholte Albarran.

Nun sahen wir auch schon, daß neben dem Baum eine größere Öffnung klaffte, in die die Strickleiter hinunterhing.

Einer nach dem anderen stieg die zehn bis fünfzehn Sprossen der Strickleiter hinunter.

Unten empfing uns ein wahrlich überraschender Anblick.

Die Strickleiter selbst hing in einem brunnenartigen, mit Steinen ausgesetzten Schacht. Und dieser Schacht endete an einer Öffnung, die wie eine Tür anmutete, hinter der wir einen sehr weiten Raum erblickten. In der Mitte dieses Raumes glänzte Wasser, und auf dem Wasser schaukelte ein Boot.

Zoller führte erstaunt eine Aufschrift der Karte an:

„Stadt unter der Erde!"

Die geräumige Höhle war mit der Außenwelt verbunden: außen sahen wir die Lagune, seitlich die den Eingang verschließenden

Felsen, wo aber so viel freigelassen war, daß reichlich Licht und Luft eindringen konnten. Und durch diese Öffnung paßte auch ein Boot. Es war eine Art Rettungsboot mit vier Paar Rudern.

Man sah auch, daß die Höhle aus mehreren Räumen bestand. Der Raum, in dem wir uns jetzt befanden, glich einer Art Vorhalle. Vor einem der weiteren Räume brannte eine Lampe, unter der zwei schwarze Burschen standen, deren Hautfarbe nicht viel heller war als die unseres Pedro. Sie sahen uns lächelnd an, wir schauten um so überraschter auf sie.

„Dieser hier mit dem Kraushaar ist Mapui, der andere heißt Taraha", stellte Pierre Albarran seine Männer vor. „Sie stammen von Tahiti und sind meine Gehilfen. Außer ihrer Muttersprache sprechen sie noch das Bêche-de-mer."

„Jorana", sagte Mapui und nickte würdevoll dazu.

„Jorana", begrüßte uns in derselben Weise auch Taraha.

„Taraha war es, der Sie gestern entdeckte", sagte der Franzose lächelnd. „Er machte mich darauf aufmerksam, daß Fremde auf die Insel kommen. Seine Fußspuren haben sie im Wasser entdeckt. Ich verließ die Deckung der Bäume nicht. Ich nahm an, Sie seien Filmschauspieler! So sind nun mal die Ethnographen!"

In der Vorhalle war die Luft angenehm kühl, was man nach der drückenden Hitze draußen wohltuend empfand.

„Das ist mein Hauptquartier", Albarran zeigte um sich. „Es bietet ausgezeichneten Schutz. Auch wenn der wildeste Zyklon tobt, herrscht hier Friede und Sicherheit. Unlängst haben wir einen ausgiebigen Orkan erlebt, nicht wahr Mapui?"

Der dunkelhäutige Bursche, der zusammen mit seinem Gefährten Taraha bemüht war, mittels der Zeichensprache mit Pedro Freundschaft zu schließen, sagte mit breitgezogenem Mund nur:

„Jach! . . ."

Jach — dieser seltsame Ausruf, der sich auf alles anwenden ließ, genau wie das „by, by" der Seeleute, erinnerte uns plötzlich an Parkin Christian, unseren wackeren Navigator, den alten Fahrensmann, und wir dachten dabei auch an Vater Daniló und Santjago, die wir zusammen mit der Fregatte aus den Händen der Piraten befreien mußten.

Barrabella wandte sich an Albarran.
„Halten Sie sich schon länger auf dieser Insel auf?“
„Seit mehreren Monaten, Signore Capitano. Wie gesagt, das hier ist das Hauptquartier, und von hier brechen wir zur Durchforschung der umliegenden Inseln auf. Vorgestern sind wir nach dem Durchsuchen der Äußeren Puka-Puka hierher zurückgekehrt. Übrigens wird, wenn Sie das interessiert, das Schiff der Verwaltungsbehörde, die *Orca*, genau in drei Wochen kommen, um uns abzuholen.“
„Drei Wochen?“ Wir sahen einander an. „Drei Wochen!“
„Leider können wir nicht so lange warten“, sagte Szevér düster. „Wir müssen handeln. Ich befürchte, daß Silver und seine Leute unseren Freunden etwas antun könnten!“
„Besonders, wenn sie mit dem schadhaften Schiff Roatan nicht dort suchen, wo es ist“, fügte Feri hinzu.
Barrabella ließ den Blick durch die Vorhalle schweifen und musterte die von hier ausgehenden Gänge.
Sottomarina tat dasselbe. Der hünenhafte Bootsmann schaute überall hinein.
„Corpo di bacco“, sprach er ständig vor sich hin. „Ein paar Kelche werden wir doch finden! . . .“
Barrabella strich sich über den Spitzbart und sagte im ruhigen Ton:
„Ich glaube, meine Freunde haben nichts dagegen einzuwenden, wenn ich Ihnen erneut die Frage stelle, Signore Albarran, was Sie über Roatan wissen?“
Der aufgeschlossene Franzose antwortete freimütig.
„Nicht mehr, als was ein Ethnograph meines Schlages wissen muß. Sie diente Piraten als Schlupfwinkel, es kann allerdings auch sein, daß das Ganze nur erfunden ist.“
Barrabella schüttelte den Kopf. Und er fuhr so stolz fort, als wäre die ganze Roatan-Frage von ihm gelöst worden.
„Ja, um Roatan gab es bis in die Gegenwart leidenschaftliche Debatten. So manche vertraten den Standpunkt, daß die Insel gar nicht existiert, daß die Geschichte nur erfunden sei. Uns jedoch hat ein glücklicher Zufall vor ein oder zwei Monaten auf eine Spur

geführt. Und ein weniger als glücklich zu bezeichnender Vorfall aber — auf die Insel selbst, auf Roatan. Wenn Sie es nicht wissen sollten, Signore Albarran, so will ich es Ihnen sagen: Sie befinden sich jetzt zusammen mit uns in dem unterirdischen Versteck der einstigen Pirateninsel."

Der Ethnograph sah uns verwundert an.

„Auf Roatan? . . . Und ich glaubte, die eigenständige Kultur irgendeines alten polynesischen Volkes entdeckt zu haben. Ruinen gibt es an verschiedenen Stellen der Insel . . ."

„Die Ruinen auf Roatan", der Commendatore nickte. „Wir haben diesbezüglich genaue schriftliche und in der Tat als glaubwürdig anzusehende Beweise gefunden. Leider fielen auch diese Unterlagen in die Hände der Piraten."

Der Ethnograph rief begeistert:

„Großartig! So geriet ich auf einer Pirateninsel in ein Piratenabenteuer! Ich habe schon gesagt, ich stehe Ihnen zur Verfügung! Leider sind meine Waffen recht belanglos, ein Revolver und eine Schrotflinte. Da ist dieses Boot schon besser zu gebrauchen. Was glauben Sie, Capitano?"

. . . Ich will euch, meine Freunde, jetzt nicht unsere wunderbaren Abenteuer in aller Ausführlichkeit schildern. Ich weiß, daß es euch sehr interessieren würde, wie Zoller mit Hilfe von Feri Horváth anhand der tatsächlichen Gegebenheiten die Insel kartierte, wie wir die Ruinen aus der Vergangenheit durchforschten, die trotz der verflossenen Jahre, der Hitze, des dunstigen Seeklimas, der Zyklone und Hurrikane und der alles sprengenden, auseinandertreibenden Wurzeln dieser alles überwuchernden Vegetation noch geblieben waren.

Wir zweifelten nun keinen Augenblick mehr, daß wir auf Roatan waren. Wir fanden die noch recht hohen, verfallenen Mauern der Bastei des Flinch, das Fundament des Signalturmes des Piratenkönigs und ringsum unzählige Steinbrocken. Wir stießen auch auf die Überreste der Kapelle, auf die Ruinen des Baues, der uns recht viel Rätsel aufgab: Wozu brauchten die Piraten eine Kapelle . . . Wir entdeckten noch mehrere Überreste von Bauwerken, deren Bestimmung heute nicht mehr möglich ist, und wir fanden auch die Landzunge der zwölf Kumpane. Das größte Erlebnis jedoch war das Labyrinth der unterirdischen Gänge und die Feststellung, daß sich das Schatzschiff, die *Enrique*, noch dort befand, wo man sie versenkt hatte!

Die Bucht selbst, die auf der Karte als Bucht des Hasses bezeichnet ist, war in der Tat versumpft, und von der Vertiefung, die Duncan eingezeichnet hatte, fand sich keine Spur.

Aber die *Enrique*, das Schatzschiff, war noch da, Jungs. Im Boot von Albarran ruderten wir in den Abschnitt der Lagune, in dem wir das versunkene Schiff vermuteten. Unterhalb der Landzunge, auf der die Bastei des Flinch stand, also nicht an der auf der Karte angegebenen Stelle, sondern mindestens einen viertel Kilometer westwärts davon, entdeckten wir das Wrack der *Enrique*.

Ihr wißt gut, daß das Wasser der Lagunen kristallklar ist. Und man kann bis in eine Tiefe von zwanzig Metern hinuntersehen, als schaute man durch Glas. Um aber ein seit anderthalb Jahrhunderten im Wasser liegendes Schiff genau erkennen zu können, dazu bedarf es natürlich großer Erfahrung. Wer wäre dazu besser imstande gewesen als Kapitän Barrabella, der namhafte Schiffskonstrukteur?! Denn daß die anderthalb Jahrhunderte die ursprüngliche Form der *Enrique* verändert hatten, brauche ich wohl nicht erst zu sagen. Als wir mit unserem Boot über die Fundstelle kamen und prüfend durch das ruhige, spiegelglatte Wasser hinunterschauten, sahen wir, was einem Unkundigen im besten Falle auffallen konnte: einen recht großen Hügel von Korallen und Algen! Aber das Auge Kapitän Barrabellas erspähte noch etwas anderes: unter der Korallen- und Algenschicht die Umrisse eines Schiffes. Nach langer Prüfung, Beobachtung und ausführlichen Berechnungen erkannten wir — dahingestreckt wie auf einer phantasievollen Doré-Zeichnung — den von Algen überwucherten dicken Stamm des Großmastes! So konnten wir feststellen, daß die *Enrique* auf der Steuerbordseite lag.

„Der Salzgehalt des Wassers und die Abgeschlossenheit von der Luft, aber auch die Überwucherung durch Korallen, Muscheln und Algen konservieren vorerst das Schiff“, erklärte der Commen-

datore unter Zustimmung von Albarran. „Würde man es aber an die Luft bringen, zerfiele es auf der Stelle.“

Sottomarina sah den Commendatore bestürzt an.

„Und wie kommen wir dann an die Schätze? Corpo di bacco, wenn ich mir's überlege, daß in einer Entfernung von kaum einigen Metern unter dem vielen Schmutz das Schiff voller Goldkelche sein kann! Haben Sie, gelehrter Herr, nicht einen Taucheranzug?“

„Den habe ich nicht“, Albarran schüttelte den Kopf. „Ethnographen brauchen keine Taucheranzüge.“

„Die Hauptsache ist, daß wir Roatan ausfindig gemacht und das gesunkene Schiff gefunden haben“, erklärte der Commendatore. „Alles Weitere ist Aufgabe der späteren Erforschung.“

„Corpo di bacco“, ereiferte sich Sottomarina, „wir geben die Kelche doch nicht auf?“

„Wir sind uns über die wissenschaftliche Bedeutung der Entdeckung der Insel voll im klaren", der kleine Italiener lachte über den Gemütsausbruch unseres Hünen, „jetzt jedoch besteht unsere wichtigste Aufgabe darin, unsere Freunde zu befreien und die Fregatte wieder in unsere Hände zu bekommen!"

Dieses Argument ließ sogar Sottomarina verstummen. Wir gaben Barrabella recht, und als wir erneut im Schutze des kühlen Hauptquartiers waren, entschlossen wir uns zu einer entscheidenden Tat.

Übrigens wartete das als Hauptquartier bezeichnete unterirdische Versteck auch mit einigen Überraschungen auf. Ein großer Teil des Labyrinths war eingestürzt, die nach allen Seiten führenden, in den Lavaboden getriebenen Gänge verschüttet. Da hätte man Spitzhacken und Schaufeln gebraucht. Der unterirdische kleine Hafen, die Vorhalle und zwei Seitenräume jedoch waren völlig unversehrt geblieben. In dem einen Seitenraum schien eine Mauer brüchig zu sein, und als wir sie näher untersuchten, stellte sich heraus, daß dahinter ein weiterer Raum lag, in dem sich mehrere Fässer Schießpulver, Salpeter, salpetergetränkte Zündschnuren, zwei kleine Schiffsgeschütze, mehrere Steinschloßflinten und ein Armvoll Säbel befanden — alles aus dem 18. Jahrhundert! Das Schießpulver und der Salpeter waren unbrauchbar, ebenso die vom Rost zerfressenen kleinen Geschütze und die Flinten. Von den Säbeln aber konnten wir — mit Hilfe des scharfen Korallensandes — mehrere in einen brauchbaren Zustand bringen.

„Als zusätzliche Waffen tun sie es", erklärte Szevér. „Die Waffen der Piraten von einst — gegen Piraten von heute!"

Unser anfangs so aussichtslos erscheinendes Schicksal nahm also unverhofft eine günstige Wendung. Wir verfügten über ein ausgezeichnetes Versteck, das ein Uneingeweihter nicht entdecken konnte. Wir hatten einen zuverlässigen Helfer, der uns sein Boot zur Verfügung stellte, und wir hatten einen Revolver, eine Schrotflinte und mehrere Säbel! Wir wußten auch, daß das Kanonenboot *Orca* der französisch-ozeanischen Flotte, das man heute bei der Kriegsmarine als Korvette bezeichnet, in den nächsten Wochen hier aufkreuzen würde und daß wir dann aus der bedrückenden

Einsamkeit der gefährlichen Inseln herauskämen. Aber wir wollten auch inzwischen etwas unternehmen.

Und das taten wir auch.

Der verwandelte Kapitän Barrabella leitete unsere Mannschaft in der Tat anerkennenswert. Als wir zwischen den seltsamen, romantisch wirkenden Wänden der Vorhalle unseren ersten „Kriegsrat“ hielten — auf Kisten sitzend, die für ethnographische Fundstücke bestimmt waren —, da wandte sich Barrabella als erster an den französischen Gelehrten.

„Signore Albarran, sind Sie auf allen Inseln gewesen, die westnordwestlich von hier liegen?“

Der Franzose nickte.

„Und welche Inseln halten Sie für geeignet, dort ein Schiff ans Ufer zu bringen, und von welcher Insel könnte angenommen werden, daß diese vielleicht Roatan sei? Was glauben Sie?“

Der Franzose antwortete, ohne lange zu überlegen:

„Da gibt es in der Nähe zwei, die Äußere Puka-Puka- und die Schildkröteninsel. Die Äußere Puka-Puka-Insel kann man von hier aus sehen. Die Entfernung beträgt nicht mehr als sieben bis acht Meilen. Die Schildkröteninsel liegt nördlich von der Äußeren Puka-Puka und ist etwa fünfundzwanzig bis dreißig Seemeilen von hier entfernt. Aber warum sprechen wir in die Luft? Ich hole gleich mal die Karte.“

Bei dem Wort Karte leuchteten die Augen Zollers auf.

Pierre Albarran breitete die als Spezial bezeichnete ausführliche Karte Französisch-Ozeaniens im Maßstab 1:75 000 aus.

„Hier befinden wir uns, und dies hier ist die Äußere Puka-Puka-Insel, diese längere und ebenfalls von einer Lagune umgebene ist die Schildkröteninsel.“

Alle schauten wir aufmerksam auf die Karte. Szevér, Feri Horváth, Barrabella und Zoller schätzten mit geübten Blicken die Entfernung und versuchten mit dem Kopf Silvers und seiner Leute zu denken, die — wer weiß, aus welcher Schlußfolgerung heraus — vermutlich eine der beiden Inseln für Roatan hielten und als Schiffsbasis vorsahen.

„Das Entscheidende ist, daß wir angreifen“, erklärte Barrabella, in dem sich erstaunlicherweise der alte Marineoffizier, der Stratege zur See, immer mehr in den Vordergrund schob. „Es steht fest, daß Silver und seine Leute hierher zurückkommen werden, nachdem sie das Schiff ausgebessert haben, denn so schlau sind die auch, daß sie mit dem schadhaften Schiff nicht weit kommen können. Jetzt werden sie mit der Ausbesserung und der Suche nach dem Schatz beschäftigt sein."

„Der Schatz ruht hier in unserer Nähe!" Sottomarina rieb sich zufrieden die Hände. „Endlich sind auch wir mal auf einen Schatz gestoßen!"

Unter Zustimmung von Szevér und Feri Horváth stellte Barrabella weitere Schlußfolgerungen an.

„Wir haben jetzt dank der Unterstützung Signore Albarrans die Möglichkeit, festzustellen, wo sich die Entführer unseres Schiffes und unserer Freunde aufhalten. Ich habe einst in der Kriegsschule gelernt, daß das unverhoffte Auftauchen des Gegners immer Verwirrung stiftet. Auf dieser Erkenntnis müssen wir unseren Plan aufbauen. Wir müssen unerwartet auftauchen, sie überraschen und irgend etwas unternehmen, was nur für uns günstig ist. Ich würde daher vorschlagen, uns im Dunkel der Nacht der Schildkröteninsel als dem wahrscheinlichsten Ort, auf dem sich die Banditen aufhalten, zu nähern. Signore Albarran, auf welcher Seite könnten unsere Gegner Ihrer Meinung nach angelegt haben?"

Es war erstaunlich, überraschend und überwältigend zugleich, Kapitän Barrabella in dieser Verfassung zu sehen. Unseren Gefährten, dem wir vor Wochen und sogar noch vor drei Tagen nicht einmal die Leitung des Kutters unserer Fregatte anvertraut hätten, viel weniger unser Schicksal. Ja, Barrabella war ein neuer Mensch geworden. Genauer gesagt, er hatte durch die jetzigen Ereignisse, die Tragödie Vater Danilós und des geliebten Schiffes sein früheres Ich wiedergewonnen, das er verloren hatte. Jetzt sahen wir, daß er nicht zu Unrecht U-Boot-Kommandant gewesen war und daß man ihn nicht ohne Grund zum Commendatore befördert hatte.

Albarran erwiderte auch diesmal ohne langes Überlegen:

„Der nördliche Teil der Insel ist natürlich am wenigsten für den Aufenthalt der Piraten geeignet. Auf der Schildkröteninsel befindet sich der Eingang auf der südlichen Seite. Dieser Abschnitt der Lagune ist der beste und ruhigste.“

Kapitän Barrabella erhob sich. Er ging zu dem in der kleinen Bucht der Vorhalle schaukelnden Boot und betrachtete es prüfend.

„Wir haben auch eine Segelausrüstung“, erklärte Albarran. „Außerdem einen Johnson-Außenbordmotor.“

Barrabella maß mit dem Blick des geübten Schiffsbauers den Doppelvierer.

„Es hätte sich in der Vergangenheit vortrefflich als Walfangboot geeignet“, erklärte er. „Wir sind zu neunt . . .“

„Und wir zu dritt!“ fiel Albarran dem kleinen Kapitän ins Wort. „Und wir fahren mit!“

Barrabella verneigte sich.

„Danke, Signore Albarran, daß Sie bereit sind, uns zu helfen. Aber ich muß Sie darauf aufmerksam machen: Unsere Gegner fackeln nicht lange beim Abdrücken des Revolvers!“

Albarran lachte herzlich auf.

„Die Ethnographen sind nicht aus dem Holz geschnitzt, daß sie vor einem kleinen Abenteuer zurückschrecken. Ich bin ja Völkerkundler auf Polynesien geworden, weil mich die Abenteuer lockten. Herr Kapitän, wann wünschen Sie, daß das Boot reisefertig ist?“

„Ich glaube, am besten ist so um Mitternacht. Wenn wir dann losfahren, erreichen wir die Schildkröteninsel im Morgengrauen. Die Sichtverhältnisse begünstigen dann den, der von der See kommt und nicht umgekehrt. Also Aufbruch um Mitternacht!“

Sottomarina, der leicht zu begeisternde und weichherzige Hüne, breitete wieder die Arme aus.

„Corpo di bacco! Capitano, Sie sind unser Mann!“

. . . Und um Mitternacht fuhren wir los.

In dem Boot hatten wir reichlich Platz. Wenn es uns gelänge, Vater Daniló, Parkin Christian und Santjago zu befreien, wäre auch noch für sie Platz da, stellten wir fest. An Waffen hatten wir, wie schon gesagt, nicht mehr als den Revolver und die Schrotflinte von Albarran sowie für jeden einen Säbel. Mich überkam ein seltsames Gefühl, als wir im Schutze der Vorhalle alles verstauten und die einigermaßen gesäuberten und geputzten Säbel an uns nahmen. Im rötlichen Schein der Lampen konnten wir feststellen, daß weder Flinch noch Duncan sich unserer hätten zu schämen brauchen, ich schwöre es euch! Die mehrtägigen Bärte, unser zerlumptes Äußeres, die zerknitterte Kleidung und unsere sonnengebräunten Körper ließen uns wie Piraten erscheinen, und so paßten wir zu dem einstigen Versteck auf Roatan, dem Schlupfwinkel der Piraten.

Die beiden Söhne Tahitis, die Helfer Albarrans, waren emsig mit dem Boot beschäftigt. Man sah, daß Mapui und Taraha ihr Handwerk verstanden, daß sie echte Inselbewohner waren. Sie setzten den starken, von einer Stahlhülle geschützten Johnson-Motor auf, warfen ihn gleich an, um zu sehen, ob er funktionierte. Dröhnend schallte der Motor in dem widerhallenden unterirdischen Raum. Der Papagei Zollers, der kleine Nimba, flog erschrocken von der Schulter seines Herrn auf. Den Vogel nahmen wir übrigens nicht mit. Er wurde vorübergehend in eine Kiste gesperrt, damit ihm nichts zustieß oder damit er nicht davonflog, wenn er der Einsamkeit überdrüssig wurde.

„Nimba, wir kommen wieder", Zoller streichelte den Vogel, „gedulde dich solange."

Wir nahmen die Ruder und auch die Segelausrüstung mit, für den Fall, daß der Motor ausfallen sollte, außerdem wurden ein Wasserbehälter und Lebensmittel an verschiedenen Stellen des Bootes verstaut, und wir nahmen natürlich einen Kompaß und sogar ein Barometer mit.

„Was das Aneroid anzeigt, ist nicht gerade verheißungsvoll", sagte Albarran kopfschüttelnd. „Es fällt seit dem Morgen, langsam, aber ständig, und das bedeutet, daß etwas im Anzug ist!"

„Etwas."

„Auch Mapui und Taraha behaupten", fuhr der Franzose fort, „daß mit einem Wetterumschlag zu rechnen ist. Ihrer Ansicht nach ist das aber erst in zwei oder drei Tagen zu erwarten."

Barrabella, Szevér und Feri Horváth sagten nur: Wir fahren.

„Wir fahren, Signore Albarran, wenn auch Sie dieser Ansicht sind", sagte der Commendatore, nachdem Mapui angedeutet hatte, daß das Boot startbereit sei.

„Einsteigen", ordnete der Gelehrte statt einer Antwort an.

Mapui und Taraha stakten das Boot mit langen Stangen aus der Vorhalle hinaus in die Lagune. Die Lavafelsen des Verstecks hielten düster und drohend Wache, und der Mondschein überzog das stille Wasser der Lagune mit einem silbernen Schimmer. Jenseits des Korallengürtels rauschte schwarz und dunkel, träge Wellen schlagend, der Stille Ozean.

Das Boot erbebte, als der Motor aufheulte, und dann fuhren wir unter gleichmäßigem Summen auf den Ausgang zu. Es war Flut, und am Ausgang brüllten die zurückschlagenden, wirbelnden Wellen, die brechende Brandung ihr furchterweckendes Lied und übertönten sogar das Geräusch des Motors. Ihr wißt ja, der Seemann liebt dieses Lied nicht.

Der winzige Scheinwerfer des Bootes beleuchtete grell die an der Ausfahrt tanzenden, sich aufbäumenden und schäumenden Wellen.

„Festhalten", brüllte Albarran, was er sich ruhig hätte sparen können, denn wir wußten sehr gut, was in solchen Fällen zu tun war.

Das Boot richtete sich auf, fiel dann nach vorn ab, und der Motor mit seinen zehn Pferdestärken heulte schrill in die Luft, als wir die Stelle passierten, wo die ankommende Brandung mit den zurückflutenden Wellen aufeinanderstieß.

Da mußte man sich schon festhalten, sonst wäre man gleich einem leeren Blechkanister auf dem Boden des Bootes hin und her gerutscht.

Einige Minuten später fuhr das Boot schon gleichmäßig geneigt im Rhythmus der Wellen dahin. Wir waren draußen auf dem großen Wasser.

Hinter uns zeichneten sich düster die Umrisse Roatans ab. Vor uns lag dunkel, nur dann und wann silberglänzend — das Nichts.

In der Tat — das Nichts!

Wolken sammelten sich am Himmel, der Mond konnte nur ganz selten auf das gegen Westnordwest jagende Boot herabblicken.

Wir fühlten, daß wir vor entscheidenden Ereignissen standen, wir fühlten aber auch — nicht so wie Albarran und seine Männer —, daß sich das Wetter ändern würde. Abgesehen von unserer Begegnung mit dem örtlichen Zyklon, konnten wir mit Magalhães seit Kap Hoorn sagen, daß das große südliche Meer still ist.

Wir konnten aber auch sagen, daß wir während der Fahrt einiges von Parkin Christian gelernt hatten.

„Wenn Katzenzungen erscheinen und sich in einem großen Umkreis sammeln und gleichzeitig im Westen größere Wolken auftauchen, die zu stehen scheinen, und der Himmel sonst eine bleigraue Farbe annimmt, dann ist das ein Anzeichen eines schweren Zyklons", hatte uns der wackere Christian gelehrt.

Es mag sein, daß Mapui es nicht so gelernt hatte, daß dies Taraha unbekannt war, und erst recht Albarran, wir aber mußten daran denken, als wir uns am Abend von dem Piratenhügel auf Roatan umgesehen hatten und wußten, daß das Barometer ständig fiel.

Am Himmel zogen Zirruswolken dahin, die die Seeleute als Katzenzungen bezeichnen, im Westen schien ein dunkler Wolkenvorhang regungslos zu hängen, und das Firmament war regelrecht grau im Gegensatz zu der rosigen, gelben und grünen Farbenmischung der bisherigen Sonnenuntergänge.

„Das wird ein Tänzchen", stellte Sottomarina fest.

Und als Albarran sagte, Mapui und Taraha behaupteten, die Wetteränderung sei erst für den nächsten oder übernächsten Tag zu erwarten, schüttelte Sottomarina den Kopf.

„Der Tanz beginnt schon früher! Aber für uns ist das um so günstiger!"

„Günstiger?" Zoller und ich waren verwundert.

„Gewiß doch", Sottomarina lachte. „Wer ein schlechtes Gewissen hat, der fürchtet sich auch vorm Sturm."

Aber es gab noch etwas, das uns an unseren großartigen Freund, den Fahrensmann, erinnerte: die Wellen.

Wie die Wellen auch auf Binnenseen von der Form, der Art, der Stärke und der Richtung her nicht gleich sind, so sind sie es auf dem Meer erst recht nicht, besonders alarmieren den Seemann Wellen, die bei Windstille oder bei nur leichter Brise auftreten und nicht aus der Windrichtung kommen. Es gibt außerdem Wellen, die sich auf ganz sonderbare Weise emportürmen: sie sind das Ergebnis zweier entgegengesetzter Bewegungen oder Strömungen.

Wellen dieser Art sind das sicherste Vorzeichen dafür, daß es höchste Zeit ist, die Segel zu reffen und wenn ein Hafen in der Nähe ist, diesen anzulaufen.

Zwischen solchen sich emportürmenden, durch entgegengesetzte Kräfte hervorgerufenen Wellen fuhren wir mit dem Motorboot Albarrans dahin.

Das Boot ruckte von Zeit zu Zeit durch die immer stärker werdenden Wellenschläge. Das hochgehende, brausend zerstiebende Wasser schlug immer wieder ins Boot. Wir schöpften fleißig, sonst wäre das Boot bald voll gewesen. Rolf, der anhängliche Hund Albarrans, suchte winselnd die geschützten Stellen, bald unter den Sitzen, bald zwischen den auf dem Boden des Bootes sitzenden Menschen.

Der Wind wehte noch von keiner Seite, die Wellen aber wurden immer stärker und höher.

Die am Steuer sitzenden Mapui und Taraha rauchten ohne Unterlaß. Sie drehten ihre dünnen Zigaretten mit einer Hand nach Art der Cowboys und rauchten eine nach der anderen. Ihre glänzenden dunklen Gesichter schimmerten düster in der Nacht.

Allein Pedro schlief von der Besatzung. Er lehnte den Kopf gegen den Rücken Sottomarinas und atmete so ruhig, als befänden wir uns auf einer Vergnügungsfahrt.

Mapui schrie Taraha etwas ins Ohr, worauf dieser zu dem zwischen den beiden hinteren Ruderbänken hockenden Albarran kroch. Der Franzose knipste von Zeit zu Zeit die Taschenlampe an, um auf dem Handkompaß den Kurs des Bootes zu kontrollieren.

Albarran rief Barrabella ins Ohr:

„Meine Männer sagen, der Sturm wird doch nicht erst morgen, sondern schon recht bald aufkommen! Meiner Ansicht nach sollten wir nicht umkehren. Wenn der Motor mit voller Kraft arbeitet, erreichen wir noch das Ufer, bevor der Orkan ausbricht!“

Das Boot fuhr mit voller Geschwindigkeit dahin. Es war durchaus kein beruhigendes Gefühl, daran zu denken, daß der Motor aussetzen, versagen könnte. Das Segel würde der Sturm im ersten Augenblick herunterreißen. Um so beruhigender war es zu sehen und zu fühlen, daß der dunkelhäutige Sohn Tahitis, der ständig lächelnde Mapui, sein Fach verstand. Er lebte mit dem Motor, wie man zu sagen pflegt. Die besten Schiffsmaschinisten und Piloten Ozeaniens kommen übrigens aus den Reihen der Naturvölker!

„Wir sind etwa auf halbem Weg“, rief der Franzose, nachdem er erneut einen Blick auf den Chronometer und den Kompaß geworfen hatte.

Da lauschten wir schon alle in die Nacht, beobachteten die Wellen und warteten darauf, wann der Wind aufkommen würde. Denn wenn der Wind einsetzte, begann der von Sottomarina erwähnte Tanz. Das wußten wir bestimmt — aus den Erfahrungen, die wir auf den verschiedenen Meeren gesammelt hatten.

Aber noch erhob sich der Wind nicht.

Inzwischen dämmerte es bereits am östlichen Himmel.

Am Horizont graute der Morgen zwischen Meer und Firmament, die jetzt noch schwärzer erschienen. Es wurde Zeit, das Ufer zu erreichen.

Jemand stellte die Frage, was werden würde, wenn uns der Orkan in die Arme der Banditen triebe.

Es war ja nicht ausgeschlossen, daß wir an der Nordseite der Insel nicht anlegen konnten.

„Die Zyklone kommen vom Westen her“, schrie Albarran inmitten des Motorlärms und des Wellenrauschens. „In solchen Fällen sind die Nordseiten der Inseln am sichersten!“

„Wenn wir nur schon dort wären“, erklärte Vater Guzsik, der doch mit uns behaupten konnte, daß er in seinem Leben genug Abenteuer überstanden hatte.

Die Wellen nahmen an Größe und Höhe noch immer zu.

Die Luft war drückend, dunstig, schwül.

Und welche Finsternis, graues, düsteres Halbdunkel! Wir, die daran gewöhnt waren, daß sich auf dem Stillen Ozean der anbrechende Tag mit strahlenden Farben und mit Helligkeit einstellte, schauten mit beklemmenden Gefühlen über das wogende Meer: der heitere Stille Ozean war verschwunden, man hätte sich eher auf dem nördlichen Atlantik wähnen können, auf dem eintönig grauen, glanzlosen Meer.

Ein richtiger Seemann ist kein großer Anhänger von Bootsfahrten, er fühlt sich auf dem geräumigen Deck zwischen den Seilen, Masten und Aufbauten wohl. Ein Boot ist nichts anderes als ein Behelfsmittel, ein Küstenfahrzeug, eine Brücke zwischen dem Schiff und dem Festland. Wenn der Seemann gezwungen ist, mit dem Boot eine größere Fahrt zu unternehmen, so hat das schon einen Haken.

So ist es verständlich, daß unsere Leute etwas unruhig in dem recht gut gebauten und mit einem ausgezeichneten Motor ausgerüsteten Boot Albarrans hockten. Und es ist begreiflich, wenn Vater Guzsik seufzend sagte: „Wenn wir nur schon dort wären . . .“

Sottomarina, Zoller, Piede, Szevér, Feri Horváth, aber auch Barrabella — von mir, der ich kein besonderer Freund solcher Bootsfahrten war, ganz zu schweigen — spähten angestrengt in die Ferne. Wann tauchte endlich die Insel auf?

Pedro saß nun schon zwischen Mapui und Taraha auf der Steuerbank, und sie verstanden sich offensichtlich sehr gut. Sie lachten so laut, daß sie sogar das Motorgeräusch und das Knallen der gegen die Bordwand schlagenden Wellen übertönten.

Wir waren uns bewußt, daß uns eine schwere Aufgabe bevorstand.

Nur in den Gesichtern Barrabellas und Sottomarinas spiegelte sich eine verklärte Entschlossenheit. Sottomarina öffnete von Zeit zu Zeit die Faust und betrachtete seine gewaltige Hand. Zoller spähte mal in die Ferne, mal schaute er auf den Piratensäbel. Man sah ihm an, daß die Spannung in ihm erst dann nachlassen würde, wenn wir an Land waren — wenn die Zeit zum Handeln gekommen war.

Albarran richtete sich im Boot auf. Der wackere Franzose suchte mit dem Fernglas das Meer ab. Zufrieden meldete er Barrabella:

„Die Insel liegt vor uns, Signore. In Kürze werden wir sie erreichen!“

Die Wellen — die sonst blauen Wellen des Pazifiks — waren schwärzer und der Himmel — der fast ständig blaue Himmel Ozeaniens — war noch dunkler geworden.

Jetzt lachte auch Mapui nicht mehr. Er und auch Taraha hatten sogar das Rauchen vergessen.

Die Wolken, die soeben noch regungslos, düster und schwarz am Himmel standen, gerieten mit einem Mal in Bewegung. Sich ballend, einander überholend wälzten sie sich am Himmel dahin! Es war ein furchterweckender Anblick, glaubt es mir.

Dieser Anblick verriet, daß uns der Zyklon noch nicht erreicht hatte, aber schon über uns war.

Er schwebte über uns, um von dort über uns hereinzubrechen, in der Art der „echten“ Zyklone.

Mapui und Taraha schauten ständig nach oben.

Ersterer wandte sich an Albarran und sagte etwas in seiner eigenartig klingenden Mischsprache zu ihm, der Franzose aber verdolmetschte die Worte des Sohnes von Tahiti.

„Mapui sagt, der Wirbelsturm ist da. Aber er wird erst dann über uns hereinbrechen, wenn die Wolken ineinanderlaufen, wenn alles schwarz wird!“

Auf dem Boden des Bootes sitzend, sahen wir zwischen den immer höher werdenden Wellenbergen nicht viel von der Umwelt.

Wie groß war unsere Erleichterung, als wir die Insel mit bloßem Auge ausmachen konnten!

Die Schildkröteninsel wurde ebenso wie Roatan von einem Korallenwall und Korallenriffen umgeben. Und ähnlich wie diese war die Insel recht hoch und ragte beträchtlich aus dem Meer heraus.

Ihre Palmen, die riesigen Kokosbäume und Pandanen neigten sich gespenstisch in der ungewohnten Beleuchtung: Palmen mit dunkelgrünem oder vergilbtem Laub unter dem völlig lichtlosen, düsteren Himmel über dem dunklen Meer.

Dort hatte der Wind schon eingesetzt. Und kaum, daß wir das festgestellt hatten, schrie Szevér mit donnernder Stimme:

„Leute, festhalten!“

Als hätte auch Taraha den Befehl verstanden, griff er hinunter und packte das Halsband des zu seinen Füßen liegenden Hundes.

Der Sturm erreichte uns.

Und er kam mit so gewaltigem Stöhnen, daß es einen schauderte. Das Stöhnen verstärkte sich zu einem Brüllen. Und die Wolken am Himmel liefen allmählich ineinander.

Aus der Entfernung von mehreren hundert Metern brachte er Palmenzweige, Blätter und Äste, schleuderte sie ins Boot oder fegte sie über uns hinweg.

Die erste Ernte, die ersten Opfer des Zyklons.

Nun sah man keine einzige Wolke mehr am Himmel, um so deutlicher — kaum einige Meter über den Wellen — das Herannahen einer nebelhaften, rauchartigen Masse.

Den Zyklon selbst, die bis auf die Wasseroberfläche heruntergedrückten Wolken.

Ich bekomme heute noch eine Gänsehaut, wenn ich an diese Stunde denke, obwohl es recht lange her ist.

Und ich muß euch gestehen, es war unvernünftig von uns, bei dem zu erwartenden Wetter in dem Boot aufzubrechen, das zwar ein Walfangboot war, in diesem Zyklon aber nicht mehr als eine schwebende Nußschale!

Ich glaube nicht, daß unser Leben an mehr als zwei oder höchstens drei Minuten gehangen hat. Wären wir drei Minuten später vor der Insel angekommen, dann wäre es uns ergangen wie den heruntergerissenen Palmenblättern: der Orkan hätte uns wie Papierfetzen dahingefegt! Wir hatten Glück, das muß ich sagen.

Wir fühlten nur, daß das Boot emporgehoben wurde. Es hob sich empor, drehte sich, neigte sich erst nach backbord, dann nach steuerbord, dann schien das Wasser unter ihm wegzulaufen, das Boot aber kreiste wie eine Haspel; das ganze Fahrzeug ächzte und krachte, als drohte es zu bersten. Mapui und Taraha, Pedro und Rolf waren mal über und mal unter uns. Das sahen und fühlten wir.

Wir aber klammerten uns am Rand des Bootes, an den Bänken und am Bodenrost fest. Krampfhaft hielten wir die Säbel, Szcvéi die Flinte und Albarran den Revolver. Die Faust Mapuis drückte verzweifelt den Steuergriff des Motors, doch das half in diesem Falle nicht mehr, als wenn er ein Streichholz gehalten hätte! Wir waren nun schon ganz in der Gewalt des Wirbelsturmes, der uns immer härter, immer unerbittlicher faßte.

(Ihr wißt doch sicher, was ein Wirbelsturm oder Orkan ist, der jeweils nach dem Gebiet, in dem er auftritt, einen anderen Namen hat. Aber nur die Namen sind verschieden, sonst gleichen sie sich, entstehen auf ähnliche Art und sind von verheerender Stärke. Die Gelehrten nennen diese Wirbelstürme tropische Zyklone. Die Chinesen und die Japaner bezeichnen den Wirbelsturm als Taifun, verheerenden Sturm, die Amerikaner und Engländer nennen ihn nach seinem westindischen Namen Hurrikan, und in Französisch-Ozeanien sagt man einfach Zyklon. Derselbe heißt auf den Philippinen Baguio, und ein Wirbelsturm ist auch der vom Meer auf das Festland übergreifende Tornado.)

Der Wirbelsturm packt eisern zu, kräftiger noch als die stählerne Faust Sottomarinas, er packt eisern zu und ist von ungeheurer Kraft. Die Wucht kommt durch den Wirbel und wird gesteigert durch den sich drehenden, alles mit sich reißenden Orkan, dem schrecklichsten wohl aller Naturgewalten, der vielleicht nur noch von dem verheerenden Erdbeben übertroffen wird.

Gäbe es auf dem Stillen Ozean keine Zyklone, würden die Inseln von der Osterinsel bis Australien das Eden auf Erden, die schönsten, besten und herrlichsten Stätten für die menschlichen Ansiedlungen sein. Aber die Wirbelstürme stellen diese Inseln, ihre Bewohner, die Menschen und Tiere, und die Vegetation einmal oder zweimal oder gar noch öfter im Jahr auf eine harte Probe. Zu dem Wirbelsturm gesellen sich Springfluten, die mit dem gefürchteten Orkan Menschen, Tiere und ganze Inseln vernichten.

Wir befanden uns, wie sich das später herausstellte, am Rande des Zyklons. Sein Zentrum bewegte sich auf der Linie Tahiti—Tubuai in einer Breite von phantastischem Ausmaß dahin, vernichtete und verheerte Siedlungen und ganze Inseln.

Ich wiederhole, Jungs, wir fühlten nur, daß das Boot emporgehoben wurde.

Gibt es Wunder oder gibt es keine? Damals glaubte ich, daß es welche gibt. Ich glaubte es genauso wie meine Freunde und wie Albarran und seine beiden Männer.

Denn es war ein Wunder geschehen.

Als sich das Boot emporhob, vernahmen wir ein tosendes, donnerndes Heulen. Zum Glück besaß Mapui so viel Geistesgegenwart, daß er das Gas des Motors zurücknahm. Wir wußten, daß wir kurz vor der Korallenbarriere, das heißt, vor dem Korallengürtel waren, unter Umständen sogar darüber. Ja, und wir befanden uns in diesem Augenblick — und das ist das Wunder — gerade über der Barriere, an der Stelle, wo unter normalen Umständen die Korallenriffe nie vom Meer bedeckt werden, sondern nur von den ewig sich bewegenden, gefürchteten, schlagenden und spritzenden haushohen Wellen überspült werden. Unter normalen Verhältnissen . . . Aber jetzt herrschten keine normalen Verhältnisse, und die Springflut riß unser Boot empor und schleuderte es über die Barriere hinweg!

Und plötzlich sahen wir die sich fast bis zur Erde neigenden Pandanen und Kokospalmen vor uns, und zugleich hörten wir den Sand unter dem Boot knirschen.

„Herausspringen!“ brüllte mit Stentorstimme Sottomarina, der sich als erster von uns allen bewußt geworden war, daß wir am Ufer der Insel angelangt waren. „Corpo di bacco!“

„Das Boot“, rief Szevér auf den Schrei Sottomarinas hin, „nicht loslassen!“

Völlig durchnäßt, das Boot halb voll Wasser, inmitten heulender Sturmböen, umgeben von tosenden Wellen und dem Rauschen des Zyklons, landeten wir auf der Schildkröteninsel.

Plötzlich fühlten wir Sand unter den Füßen, und mit vereinten Kräften zogen wir das Boot Albarrans ans Ufer, denn das brauchte uns nicht ausdrücklich gesagt zu werden, daß das Boot auch künftig unser Leben bedeutete, daß unser Schicksal und unsere Lage von ihm abhingen.

Uns war nicht einmal Zeit geblieben, zu erschrecken oder zu verzagen, nur Rolf flüchtete unter den Wurzelstock eines umgestürzten Baumes. Winselnd und jammernd, um seine Haut zu retten.

Wir vermochten uns kaum auf den Beinen zu halten, mit solcher Kraft tobte der Sturm. Die Wellen schlugen auch innerhalb der Lagune mehrere Meter hoch. Die Bäume stöhnten, ächzten, krachten und brachen donnernd wie Kanonenschüsse! Die Kokosnüsse fegten wie Schneeflocken dahin, begleitet von Ästen und entwurzelten Sträuchern. Soeben hatte Szevér noch ein

Hemd an, im nächsten Augenblick verfing sich der Wind darin, blähte es auf wie einen Luftballon, und dann flog es in Fetzen zerrissen dahin.

Aber uns hatte das Meer abgehärtet. Wir wußten, auch wenn es uns einen Arm oder ein Bein kosten sollte, das Boot mußten wir halten. Wir zogen und zerrten an dem massigen Fahrzeug, bis es uns im Schutze eines Hügels gelang, es auf den Strand und dann zwischen die dem Sturm trotzenden Kokospalmen zu ziehen, wo wir es kieloben drehten und in der Art der Eskimos darunter krochen. Die mitgebrachten Lebensmittel hatten wir gerettet, ebenso die Waffen, auf die wir wie auf unseren Augapfel aufpaßten.

Ja, wenn Magalhães, der berühmte Namengeber, jetzt seinen Ozean gesehen hätte, er würde ihn nicht Il Pacifico, den Stillen, genannt haben! In Ozeanien ist der Vormittag sonst die Zeit des Lichtes, des Glanzes, der strahlenden Sonne. Wenn wir jetzt unter dem Boot hervorschauten — es war nicht gerade bequem darunter, das könnt ihr mir glauben —, so sahen wir die Landschaft in düsterem Schwarz. In der Lagune und darüber hinaus im Meer türmten sich dunkle Wellen mit gelben Schaumkronen. Die Wolken hingen förmlich bis zu den Kronen der unversehrt gebliebenen Bäume herunter und trieben auf Roatan zu. Und es entstand auch nicht einen Augenblick eine Pause, in der der Zyklon, der Wirbelsturm mit seiner gefürchteten Kraft, nicht gebrüllt, geheult, gebraust und gepfiffen hätte.

Ohnmächtig und mit beklommenem Herzen verharrten wir im Schutze des Bootes, blieb uns doch keine andere Wahl. Wir waren besorgt um die Fregatte, doch wohl noch mehr um unsere Freunde. Hundert- und aber hundertmal tauchte der Gedanke auf:

„Wie werden die Piraten das Schiff gesichert haben?“

„Was mag mit Vater Daniló, Parkin Christian und Santjago sein?“

„Werden wir Silver und seine Kumpane auf der Schildkröteninsel finden?“

„Es könnte ja auch sein, daß sie einen anderen Kurs genommen haben“, meinte Barrabella besorgt.

Bis zum Morgen des nächsten Tages konnte man sich nicht von der Stelle rühren. Es würde zu weit führen, wollte ich all die Erregungen dieses Tages schildern, den Anblick der zweimal einsetzenden Sturmflut, den wolkenbruchartigen Regen, die unzähligen, aufs Meer hinaus treibenden entwurzelten Palmen und die Stunde am Nachmittag, als wir befürchten mußten, samt Boot vom Zyklon hinweggefegt zu werden. Beruhigend während der ganzen Zeit war, daß es niemanden unter uns gab, der den Kopf verloren hätte. Der französische Ethnograph scherzte in den schwersten Minuten. Mapui, Taraha, aber auch Pedro ließen den Kopf nicht hängen. Allein Rolf zeigte mehr Furcht, als sich für einen wohlerzogenen französischen Griffon schickte.

Am zweiten Morgen nach unserer Landung am Ufer hatten wir endlich das Gefühl, daß der Zyklon nachließ. Noch schäumte das Meer, aber nicht mehr schwarz, sondern blau. Die Bäume beugten sich noch tief, brachen aber nicht mehr. Es hörte auf zu regnen, und dann und wann schimmerte die Sonne durch die Wolken.

„Ich glaube, die Zeit ist gekommen, um zu handeln“, erklärte Barrabella, nachdem wir eine Beruhigung des Wetters festgestellt hatten. „Worin besteht unsere erste Aufgabe?“

„Als erstes müssen wir feststellen, ob Silver und seine Leute sich auf der Insel aufhalten oder nicht“, meinten mehrere zugleich.

„Ich hätte einen Vorschlag“, meldete sich Pierre Albarran zu Wort. „Meine beiden Männer sind geborene Inselbewohner. Sie bewegen sich nicht nur sicher auf dem Meer, sondern auch auf dem Festland. Vielleicht sollten wir sie auf Erkundung schicken. Ich glaube, das wäre das klügste. Sie könnten den Hund mitnehmen, der ein ausgezeichneter Fährtensucher ist.“

Barrabella starrte nachdenklich vor sich hin. Wir waren nun schon unter dem Boot hervorgekrochen und dabei, mit Hilfe umgestürzter Baumstämme einen Windschutz zu errichten.

Aus Barrabella sprach auch diesmal der einstige Marineoffizier, der Soldat, der die Strategie beherrschte.

„Ihr Vorschlag ist sehr gut, Signore Albarran. Mapui und Taraha sollen erkunden, ob wir uns an geeigneter Stelle aufhalten. Es können allerdings unverhoffte Ereignisse eintreten. Gesetzt den

Fall, Mapui und Taraha brauchen Hilfe. Und übrigens ist diese Insel größer als Roatan, wir müssen eine Verbindung zwischen ihnen und uns aufrechterhalten. Ernennen wir diese Stelle hier zum Hauptquartier. Zwischen uns und den beiden Aufklärern brauchen wir noch einen Verbindungstrupp. Ich schlage daher vor, daß Kapitänleutnant Horváth, Steuermann Zoller und der Schiffsjunge Pedro diesen Verbindungstrupp bilden."

Alle nickten zustimmend. Nur Sottomarina schluckte. Er schluckte es hinunter, daß er am liebsten auch mitgegangen wäre.

Aber Barrabella war noch nicht fertig. Er fuhr in seiner Anweisung fort.

„Bitte, Signore Albarran, sagen Sie Ihren Leuten, was immer sie gewahren, mögen sie dem Kapitänleutnant und dem Steuermann zur Kenntnis bringen. Pedro aber hält die Verbindung zwischen Ihren beiden Männern und unserem Verbindungstrupp sowie zwischen dem Verbindungstrupp und uns."

Jungs, der kleine Mann bot einen ergreifenden Anblick dort im Schutz der entwurzelten Palmenstämme, neben dem kieloben liegenden Boot, in der Nähe des vom abflauenden Zyklon rauschenden Meeres, unter den sich neigenden und zerzausten Bäumen. Kapitän Barrabella mutete in den Überresten seines arg mitgenommenen, beschmutzten Pyjamas und unrasiert eher wie ein Landstreicher aus Neapel an. Und doch war er Soldat, ein verläßlicher, guter Kommandant, und wir — in unserem Äußeren ihm sehr ähnlich — blickten voller Achtung zu ihm auf.

„Horváth nimmt den Revolver und Zoller die Flinte", befahl der Commendatore.

Und da es einer weiteren Ausrüstung nicht bedurfte und auch keiner größeren Vorbereitung, verschwanden, nachdem Albarran alles verdolmetscht hatte, Mapui, Taraha, Feri Horváth, Zoller, Pedro und der Hund Rolf in dem vom Wind rauschenden Dickicht.

Feri Horváth hatte noch den Kompaß sowie das Fernrohr Albarrans zu sich genommen, und Zoller steckte sich mit dem Ausruf: „Sicher ist sicher!" noch den ihm zugeteilten Säbel in den Gürtel.

Lange schauten wir unseren Kameraden hinterher.

Dann erteilte Barrabella weitere Anweisungen.

„Da es vorkommen könnte, daß wir von hier fliehen müssen, ist es wohl das klügste, wenn wir das Boot und den Motor gleich überprüfen, ob nicht ernsthafte Schäden entstanden sind. Danach setzen wir das Boot aufs Wasser, auch mit verringerter Mannschaft; aber Vater Guzsik ist ja Zimmermann, er wird uns Rollen anfertigen."

Wenn innerhalb der Lagune die Höhe der Wellen auch zurückgegangen war, draußen auf dem freien Ozean zogen noch die haushohen Wellen in dichter Folge tosend und brausend dahin. Gleich einem Regenvorhang zersprühte Welle um Welle an der Barriere. Wir schauten mit gemischten Gefühlen auf das Meer hinaus. Bei solchem Wellengang von hier hinauszugelangen, wenn Gefahr drohte! Da konnte auch Sottomarina nichts anderes sagen als:

„Corpo di bacco! Wie stellen Sie sich das vor, Signore Capitano? Wie sollen wir mit dem Boot hier durchkommen? Es würde ja gleich an der Barriere zerschellen! Corpo . . ."

Der Commendatore, der neugeborene Commendatore, lächelte spitzbübisch.

„Signore Sottomarina! Soviel ich weiß, hast du seinerzeit auch bei der Marine gedient! Was hast du dort gelernt, was war das erste, was man uns dort als Leitsatz einimpfte, ganz gleich, ob bei der italienischen oder der österreichisch-ungarischen Flotte?"

Der Hüne wurde rot. Er schämte sich. Er, der so stolz darauf war, daß er einst das blaue Band der Kriegsmarine an seiner Mütze getragen hatte, nahm, so abgerissen wie er war, Haltung an und meldete:

„Signore Capitano, der Leitsatz lautete: Es gibt keine Gefahr, es gibt nur Feigheit!"

Die alte Garde verfolgte zusammen mit Albarran lächelnd diese Szene. Der kleine David, den wir offengestanden lange Zeit für einen Angsthasen gehalten hatten, und der hünenhafte Goliath, der Mut und Kraft in eigner Person war, standen sich jetzt gegenüber, daß uns das Pfeifen des nachlassenden Zyklons wie heitere Musik vorkam.

„Si, si, bene, bene." Barrabella nickte. „So lautete der alte

Leitsatz. Und wir halten es weiter so. Deshalb sage ich, wir machen das Boot flott. Alles andere ergibt sich. Da, in dieser Richtung sehe ich eine Art Ausfahrt, die wir wohl dem Zyklon zu verdanken haben."

Wir schauten in die angegebene Richtung. In der Tat, an einer entfernteren Stelle der Lagune, die noch gut auszumachen war, schien die Barriere, dieser für Fahrzeuge so gefährliche Wall, durchbrochen zu sein.

„Dort müssen wir versuchen durchzukommen, wenn die Situation es erfordert", lautete der Befehl des Commendatore. „Das Boot also aufs Wasser!"

Hut ab, Jungs! Hut ab vor dem kleinen Mann, er verdient es! Mutig und umsichtig führte er uns an und hielt die Fäden der Ereignisse fest in der Hand.

Es war nicht leicht, das schwere Boot aufs Wasser zu setzen. Die Lagune war ruhiger geworden und hatte sich zurückgezogen, obendrein hatte die Ebbe eingesetzt, wodurch die vom Zyklon geschlagene Öffnung in der Barriere sichtbar wurde.

„Unsere erste Aufgabe ist, die Ausfahrt zu untersuchen", gab Barrabella Anweisung, als wir uns daranmachten, das Boot aufs Wasser zu setzen. Es war ein schwerer Kampf, denn auf dem durchweichten Boden nützten die Rollen Vater Guzsiks fast gar nichts.

Aber wir hatten unseren Sottomarina, der jetzt mehr wert war als alles andere. Seine Kraft, seine Schultern, Arme und Hände stellten einen lebenden Kran dar.

Die in der Barriere entstandene Öffnung näher zu untersuchen, dazu aber kamen wir nicht mehr.

Wir vernahmen das freudige Kläffen Rolfs, und als sich unweit von uns das Gestrüpp öffnete, das Dickicht aus entwurzelten und noch stehenden Bäumen, schrien wir so laut auf, daß es Nimba, der Papagei, vielleicht sogar auf Roatan hörte.

Zwischen Feri Horváth und Mapui stand Vater Daniló! Und zu seinen Füßen Rolf, der kluge Hund.

Zoller trug die Kiste auf der Schulter, die Kiste des Piratenkapitäns Duncan, die uns Großmann anvertraut hatte.

Pedro und Taraha beschlossen die Gruppe, die aus dem Dickicht trat.

„Vater Daniló!"

„Signore Capitano!"

„Don Daniló, mein Freund!"

Ja, Vater Daniló war aus dem Dickicht getreten. Ähnlich zerzaust wie wir selbst, aber voller Spannkraft, lächelnd und mit freudigem Optimismus streckte er uns die Arme entgegen.

„Liebe Freunde, daß ich euch wiedersehe!"

Vater Daniló war also wieder bei uns.

Es blieb nicht einmal Zeit, daß der Spähtrupp die Umstände der Befreiung hätte schildern können oder daß wir danach fragten, was mit Parkin Christian und Santjago sei. Wir hatten auch keine Zeit, um die Kiste, die uns soviel Kopfzerbrechen verursacht hatte, nur mal anzufassen.

Feri rief schon vom Rande des Gestrüpps:

„Aufbrechen, aufbrechen! Sie können uns auf der Spur sein."

Mapui, der dunkelhäutige Maschinist, rannte bereits ins Wasser, um ins Boot zu klettern und den Motor anzuwerfen.

„Abfahrt, so schnell wie möglich", rief Barrabella, dann zeigte er auf Albarran: „Pierre Albarran, Ethnograph ... Kapitän Daniló Turkovics, der berühmte Seefahrer. Gestatten Sie, daß ich Sie miteinander bekannt mache."

... Und jetzt wiederhole ich die Worte Zollers, mit denen er mir seinerzeit die Befreiung Vater Danilós schilderte. Ich will das Ganze in seinem Jargon wiedergeben, so wie er zu sprechen pflegte, denn das ist ja kennzeichnend für ihn.

ZOLLER SCHILDERT DIE GESCHICHTE DER BEFREIUNG UNSERES KOMMANDANTEN

„Als der gute alte Barrabella auf mich zeigte, daß ich zusammen mit Feri den beiden Tahitiern bei ihrer Erkundung folgen sollte, sagte ich mir: Donnerwetter, Freundchen, jetzt heißt es, sich in die Hände spucken, denn bei so einem Unternehmen muß man auf der Hut sein! ... Als wir euch verließen und der dichte Pflanzenvorhang dieser verflixten Insel sich hinter uns schloß, da klopfte mir das Herz doch stärker. Wie sollte es auch nicht, schließlich bin ich ein Seemann und kein Fuchs oder Stachelschwein, die sich in diesem Gestrüpp zu Hause fühlen. Aber du weißt ja, Befehl ist Befehl, und es ging um die Kameraden, um Vater Daniló ... Die beiden Tahitier Mapui und Taraha und unser Pedro, der Freitag, die krochen und wanden sich mit einer Geschwindigkeit durch diese üppige Vegetation, an der die Kühe ihre Freude hätten, daß Feri und ich ihnen so manches Mal nachriefen: He, langsam da vorne, ihr Brüder. Wir sind ja auf dem Schiffsdeck groß geworden und nicht im Urwald! ... Es passierte aber weiter nichts, denn die beiden Adjutanten des Franzosen sind anständige Kerle, sie sahen, daß uns die Zunge weiter heraushing als unserem Hund Rolf.

Im Vergleich zu dem dichten Wald der Schildkröteninsel mutet das Dickicht auf Roatan an wie der üppige Rasen vor dem Palast des schwedischen Königs! Ich wünsche ihn nicht noch einmal zu sehen, meinetwegen kann ihn sogar der nächste Zyklon wegpusten. Weißt du, Andrea, wie oft schon habe ich in schweren Stunden auf dem Meer geseufzt, wenn ich nur schon Festland unter den Füßen hätte! Gott laste es mir nicht an, aber künftig werde ich es nicht mehr sagen, bestimmt nicht. Dieser Marsch durch den Wald der Schildkröteninsel hat mir sowohl auf dem Hin- als auch auf dem Rückweg meine ganze Zuneigung für das Festland geraubt! Lieber ein Leben lang auf einem Schiff, Freund, das man nicht wieder verlassen darf.

Bäume, Lianen, Sträucher, dann ein schreckliches schilfartiges Gras, allerlei Gestrüpp, umgestürzte, verfaulende Bäume und diese modrige, drückende Hitze selbst während des Wirbelsturms! Da hast du's, Zoller, sagte ich mir so manchmal, da hast du's. Dieser Ausflug hat dir noch gefehlt! ... Aber wie alles Gute einmal zu Ende geht, ist auch alles Schlechte einmal vorbei. So war es auch in diesem Fall.

Wir erreichten den Rand einer Lichtung, und nun paß auf, Andrea, es lohnt sich: Vor uns sahen wir eine Bucht und in der

Bucht die Fregatte! Unsere Fregatte, Freundchen, die *Königin des Ozeans!*

Ich staunte Bauklötzer.

Nun hielten sich auch Mapui, Taraha und unser schwarzer Pedro in Deckung. Pedro winkte und raunte mir ins Ohr:

‚Dort sie sein! Masa gucken, dort unser Schiff!', sagte er in seinem Kauderwelsch, das du ja kennst.

Ich winkte zurück zu Feri, der hinter mir keuchte und die verdammten Mücken dieser herrlichen Gegend scheuchte. Freundchen, diese Mücken! ... Doch ich will ja jetzt nicht von den Mücken erzählen, sondern von dem Schiff. Es lag vor uns! Heil und unversehrt. Alle drei Masten an ihrem Platz, aber die Rahen waren abmontiert, also arbeitete man am Schiff. Als wir uns mit Feri dort im Flüsterton unterhielten, stellten wir fest, daß diese Räuber ihr Fach verstehen. Bei einem solchen Zyklon und einer Springflut, wie sie hier tobten, ein Schiff zu sichern, das mit Hilfe der Winden zur Ausbesserung halb ans Ufer gezogen ist, genau wie der alte Seefahrer Cook es seinerzeit tat, nun, Freundchen, das ist keine Kleinigkeit!

Und sie hatten die Fregatte geschickt geneigt und mit Stricken festgemacht, die miteinander verknüpft waren und wie ein Spinnennetz aussahen. Es hatte sogar den Stößen des Zyklons standgehalten. Donnerwetter!

Als wir so aus dem Dickicht spähten, sahen wir, daß alle auf dem Schiff oder um das Schiff emsig tätig waren.

Es war ein merkwürdiges Gefühl, Andrea, du kannst mir's glauben, kaum auf Flintenschußweite mal Silver, mal Mikkelsen, mal Cap-York vor sich zu sehen, daß der Teufel sie für einen kleinen Ausflug zu sich in die Hölle nähme! Und ich verspürte einen Druck im Magen, wenn ich daran dachte, daß meine schönen Karten da irgendwo sein mußten, wenn sie der Zyklon nicht hinweggefegt hatte, vielleicht nach Apia auf den Tisch des Gouverneurs.

Wir sahen Parkin Christian und Santjago, die bei dem verdammten Wind Seilrollen schleppten. Aber nirgends sahen wir Vater Daniló und auch nicht Laguna Grande.

Wir hielten Ausschau, beobachteten alles, und schließlich sagte Feri:

‚Das Schiff ist also hier. Das müssen wir melden. Los!'

Und er berührte die Schultern von Mapui und Taraha, die zusammen mit uns aus dem Dickicht spähten.

‚Talofa li', flüsterte ihnen Feri zu, was meines Wissens ein Gruß ist, womit er aber sagen wollte: Nun aber weg von hier!

Da gewahrten wir, daß weder Pedro noch der Hund da waren.

Donnerwetter, das fehlte uns gerade noch, daß der schwarze Bengel auf eigene Faust etwas unternahm und uns Silver und seine Leute auf den Hals hetzte!

Aber schon pirschte sich der Junge kriechend heran, wie Winnetou, der Indianer. Neben ihm stand mit hängender Zunge der Hund, als wollte er sagen, wir sind auf der richtigen Spur.

Und es war an dem, Andrea, sie waren auf der richtigen Spur. Denn weißt du, was uns unser Freitag zuflüsterte?

‚Masa kommen. Kapitän Daniló ist da! Kommen, kommen, Masa!'

In jenen Minuten damals vergaß ich die vielen Mückenstiche — ich verspüre schon die Malaria, sie beschleicht mich schon! —, vergaß den verdammten Wald, den man eher die Gehenna nennen sollte, Vater Daniló war gefunden!

‚Am Rande der Lichtung stehen Hütte', berichtete Pedro noch. ‚Rolf haben gefunden. Dort Masa Kapitän!'

Feri und ich sahen uns an und sagten wie aus einem Munde:

‚Wir werden ihn befreien!'

Wir werden Vater Daniló aus den Händen der Bande befreien und sollte es uns das Leben kosten!

Wie gesagt, so getan.

Was Mapui und Taraha aus unserem Gespräch, aus den Worten Pedros verstanden hatten, nun, ich glaube nichts, und dennoch trat sowohl der eine als auch der andere vor uns, um uns anzudeuten, daß sie mit Pedro vorankriechen würden und wir ihnen folgen sollten. So geschah es dann.

Am südlichen Rand der Lichtung, wohin wir von unserem vorherigen Platz nicht sehen konnten, stand eine Hütte, eine aus Schiffsplanken und Türen zusammengeflickte Behausung, wie Vater Guzsik sie mit verbundenen Augen besser gebaut hätte. Die Hütte stand nicht ganz am Rande, sondern schon etwas weiter im Wald unter mannsstarken Kokospalmen.

‚Masa, dort Kapitän', flüsterte Pedro. ‚Armer Kapitän gefesselt. Pedro haben gesehen.'

Wir spähten und lauschten. Der Wind pfiff, die Bäume krachten und ächzten. Viel Sinn hatte das Flüstern nicht. Um so mehr war Aufmerksamkeit geboten. Freilich, man konnte vom Schiff aus die Hütte sehen, aber wenn wir in Deckung blieben und uns kriechend näherten, dann konnten sie vom Ufer nichts bemerken.

Als wir mit Feri darüber beratschlagten, trat Laguna Grande mit eingezogenem Kopf zur Tür der Hütte heraus.

Wenn er in die Richtung geschaut hätte, wo wir uns duckten, hätte er uns bemerken müssen.

Aber dieser Galgenvogel schaute in Richtung des Schiffes.

Dann schickte er sich an fortzugehen, überlegte sich's aber und kroch wieder in die Hütte zurück.

Nun, das war eine riesige Überraschung, aber nur für einen Augenblick.

Der Hund gab keinen Laut von sich, er witterte nur mit seinem klugen Kopf. Womit gesagt werden soll, daß nicht nur die Franzosen wohlerzogen sind, sondern auch ihre Hunde. Wenn ich ein Hund gewesen wäre, ich hätte Laguna Grande an den Waden gefaßt! Ganz bestimmt!

Unsere Überraschung dauerte also nur einen Augenblick.

Ich sah Feri an und er mich. Dann sagten wir wieder zugleich:

‚Wir schlagen ihn nieder, komm!'

Da wir auf unsere Sprachkenntnisse nicht bauen konnten, zeigten wir Mapui und Taraha an einer Kokosnuß, was wir mit Laguna Grande vorhatten. Laguna Grande niederzuschlagen, übernahm ich. Du weißt, dergleichen ist ganz nach meinem Geschmack. Freilich, die Faust des guten alten Sotto ist von anderer Dimension als die meine, aber ein Vergrößerungsglas braucht man zu meiner auch nicht.

Das wichtigste war nun, daß unsere Überrumpelung ohne viel

Krach vor sich ging. Die anderen waren um das Schiff beschäftigt, für Lärm aber sorgte der Wind, die Madonna möge ihn dafür segnen!

Mapui und Taraha schlichen sich an die Hütte heran und drückten die Tür ein. Feri und ich waren mit wenigen Sprüngen in der Hütte.

Donnerwetter! Ich weiß nicht, wer mehr überrascht war, Laguna Grande oder Vater Daniló. Laguna Grande war gerade dabei, eine Seilrolle auf die Schulter zu nehmen, als er mich erblickte, aber ich ließ ihm keine Zeit, sie auch nur wegzuwerfen, sondern schlug zu. Es war ein gutgezielter Schlag, auf den ich bis ans Ende meines Lebens stolz sein werde. Den ersten Schlag bekam er in die Magengrube, davon kippte sein Kopf nach vorn, da traf ihn der zweite am Kinn, und davon fiel er rittlings hin! Mehr

brauchte er nicht, Andrea. Er lag auf dem Boden der Hütte wie ein von einer Robbe herausgespuckter Lachs. Leblos.

Im gleichen Augenblick sprang Feri zu Vater Daniló und durchschnitt seine Fesseln, mit denen er an die Wand der Hütte gebunden war. Sie hatten ihn allerdings so angebunden, daß er nicht zu stehen brauchte, sondern sitzen konnte. Feri vergaß selbst in dieser Situation nicht zu melden:

‚Herr Kommandant, wir stehen Ihnen zu Diensten. Auf Anweisung Kapitän Barrabellas sind wir auf Erkundung gekommen!'

Mapui und Taraha sind zuverlässige Burschen. Wir hatten dem Alten kaum die Hand gedrückt und noch nicht einmal richtig gesagt, daß wir uns über das Wiedersehen freuen, da hatten die beiden Eingeborenen — im Handumdrehen — Laguna Grande schon gefesselt und ihm einen Knebel in den Mund gesteckt. Daraus darf man wohl schließen, daß auf Tahiti geordnete Verhältnisse herrschen.

Vater Daniló blieb nicht viel Zeit, sich lange zu dehnen, das ist wahr. Aber sie reichte, um in die Ecke der Hütte zu zeigen.

‚Nehme einer die Truhe. Und dann los!'

Mit der Truhe war die Kiste gemeint, die Kiste, die wir von Großmann bekommen hatten! . . . Ich konnte nicht widerstehen, noch dort an Ort und Stelle dem Alten unter die Nase zu reiben:

‚Nun, Kommandant, wer hatte recht?!'

‚Du, mein Sohn Zoller, du hattest recht', kam die Antwort. ‚Ich werde mich bis zur Stunde meines Todes schämen, daß ich mich so dumm verhalten habe!'

Ich sagte nur: ‚Na!' Einesteils, weil sich unser von uns allen geschätzter Alter, einen besseren Seemann als ihn gibt es auf der ganzen Welt nicht, tatsächlich dumm verhalten hatte, und andernteils, weil uns nicht mehr Zeit blieb.

‚Nun aber ab die Post!' rief Feri, da einige der Männer den Weg zur Hütte einschlugen.

Im nächsten Augenblick preschten wir wieder durch den verdammten Wald. Voran Pedro und Rolf, hinter ihnen Feri, dann folgten Mapui und Taraha, die Vater Daniló stützten, und schließlich ich, wie sich das für den Steuermann schickt, mit der Kiste auf der Schulter. Mit der Kiste, von der ich felsenfest überzeugt gewesen war, daß sie nicht verlorengegangen, sondern in die Hand Silvers und seiner Leute geraten war.

Ich kann mir vorstellen, daß der Pirat, der als erster die Hütte betrat, vor Staunen sein Maul genauso weit aufgesperrt hat wie der Wal, der Jona verschlang!

Mir aber soll niemand wieder mit dem Festland kommen, und vor allem nicht mit dem Wald!“

DREIZEHNTES KAPITEL

Die Kraft des Zyklons – Der Bericht Vater Danilós – Sie kommen! – Silver und seine Leute steigen ins Boot – Sie gehen zum Angriff über – Die Signalrakete leuchtet auf – Ahoi, Schiff! – Sturm auf das Deck – „Jach, Captain!“ – Wir gehen unter Segel – In großer Gefahr – Eine Salve kracht! – Der Zerstörer „Lafayette“ – Alles verdanken wir der Flaschenpost – T D L – Gute Fahrt, Freunde!

Ich behaupte heute noch, daß wir das Abenteuer nicht mit heiler Haut überstanden hätten, wenn nicht Vater Daniló das Boot auf der Rückfahrt von der Schildkröteninsel nach Roatan geführt hätte. Der Zyklon war zwar wesentlich schwächer geworden, aber die Wellen vollführten noch einen wilden Tanz, und als wir aus der Lagune der Schildkröteninsel ins offene Meer stießen, da sahen wir erst, wie sehr die „Zehner“ noch wüteten. Und für ein Wasserfahrzeug wie das unsere gibt es keinen gefährlicheren Wellengang als den, der von hinten kommt, es anhebt, dann ins Tal gleiten läßt und sich schließlich über das Schiff ergießt.

In so einem Wellengang fuhren wir, die bedrohlichen Wellenberge immer im Nacken. Schon in den ersten fünf Minuten ließ sich Vater Daniló von Albarran das Steuer geben. Hier bedurfte es seines großen Könnens, seiner reichen Erfahrung, all seiner technischen Kniffe, um nicht zum Fraß der Haie zu werden!

Wer das nicht gesehen und nicht erlebt hat, kann sich gar nicht vorstellen, welch schreckliche Kraft in so einem Zyklon steckt. Wenn er bereits abgezogen ist, wogt das Meer noch tagelang. Es ist fast unglaublich: der Lufttrichter eines tropischen Orkans hat, wenn er entsteht, einen Durchmesser von mindestens 100 Meilen, 100 Seemeilen! Und wenn er sich dann ausbreitet, an Stärke zunimmt, erreicht er einen Durchmesser von 1000 Seemeilen! Die Stärke des Windes ist über zwölf nicht mehr meßbar, seine Geschwindigkeit beträgt 30 Meter pro Sekunde und der Druck pro Quadratzentimeter mindestens 75 Kilogramm.

Wir befanden uns, wie schon erwähnt, am Rande des Trichters, und doch hatten wir das Gefühl, im schlimmsten Zentrum des Zyklons zu liegen.

Aber wir erreichten Roatan mit heiler Haut.

Abgesehen davon, daß der Orkan eine Anzahl Bäume entwurzelt und die Springflut den unterirdischen Aufenthaltsort völlig überschwemmt hatte, fanden wir alles unversehrt vor. Nur der arme Nimba ließ den Kopf hängen: Zoller hatte in der Eile vergessen, ihm Futter zu geben. Offensichtlich schmollte er mit seinem Herrn.

Stellt euch die helle Freude und Überraschung Vater Danilós vor, als er auf Roatan landete.

„Silver und seine Leute haben die Schildkröteninsel durchforscht und natürlich nichts gefunden", berichtete Vater Daniló, als wir endlich an Land waren und uns zu dem gewohnten Kriegsrat zusammensetzten. „Aber ich bin mir sicher, daß sie hierherkommen werden, denn ich hörte, daß sie nach ihrer Erfolglosigkeit auf der Schildkröteninsel den Schatz hier zu finden hoffen."

Der Bericht Vater Danilós war interessant und packend, Freunde. Es verging kein Tag, an dem Silver sich nicht vor den Kapitän, dem man, wie die Hütte bezeugte, einen getrennten Kerker gebaut, hingestellt hätte. Parkin Christian und Santjago wurden auf dem

Schiff gefangen gehalten. Silver stellte sich also vor Vater Daniló und sagte:

„Wir halten dich so lange gefesselt, du alter Esel, bis du verrätst, wo sich der Schatz befindet! Aber ich will dir auch sagen, daß unsere Geduld einmal zu Ende ist, und dann schlagen wir neue Saiten an!"

So sprach Silver, der die Maske der Anpassung und der Dienstbeflissenheit abgelegt hatte und sein wahres Gesicht zeigte: die Fratze eines Seeräubers.

Sie fingen tatsächlich an, das Schiff zu überholen, mit großer Sachkenntnis, das muß man ihnen lassen.

„Sie verstehen ihr Fach", erklärte unser Kommandant, „es sind unheimliche Kerle!"

Und von Vater Daniló erfuhren wir auch die Geschichte einer schrecklichen Tragödie, die sich auf dem Meer abgespielt hatte.

„Der Heizer hatte recht, als er uns mit seinem letzten Atemzug vor Hunter und seinen Leuten warnte. Die vier sind genauso verkommene Verbrecher wie Silver und seine Leute! Ihr Plan war, die *Vulcania* auszurauben und sich der Schiffskasse zu bemächtigen, in der sich mehrere tausend Pfund Sterling befanden. Dann wollten sie das Schiff verlassen und sich auf irgendeiner Insel im Stillen Ozean für dieses Geld Besitzungen erwerben. Ihr werdet euch noch entsinnen, daß sie anfangs baten, auf der ersten Insel an Land gesetzt zu werden. Als sie dann entdeckt hatten, daß sie mit Silver und seinen Kumpanen gleiche Interessen verfolgten, wollten sie bleiben."

„Hm, hm", Zoller hüstelte, „hm, hm!"

Vater Daniló lächelte schuldbewußt.

„Du hast recht, mein Sohn, du hast recht. Leichtgläubig bin ich auf sie hereingefallen, mich täuschte vor allem der Umstand, daß Silver den kleinen Jungen in der Bucht von Juan Fernández gerettet hat! ... Aber ich will fortfahren. Hunter also ..."

Und Vater Daniló berichtete, daß sich Hunter und seine Bande auf der *Vulcania* förmlich eingenistet hatten. Die Deckbesatzung des Kohlenfrachters bestand mit Ausnahme der Steuerleute aus Banditen. Sie brachten den Kommandanten, die zwei Offiziere, die zwei Steuerleute und den Obermaschinisten um! Die Maschinisten ergaben sich nicht: auf dem Schiff kam es zu einer förmlichen Schlacht, und da geschah es, daß das Naphtalager Feuer fing und das Schiff zu brennen begann! Wenn ein Kohlenfrachter brennt, gibt es keine Macht der Welt, die dem Feuer Einhalt gebieten könnte! Die *Vulcania* sank!

„Verehrter Signore Albarran", wandte sich Vater Daniló jetzt an den jungen Gelehrten. „Sie haben sich mit uns eine große Sorge aufgeladen. Wir kommen von hier nicht fort, es sei denn, Sie würden uns Ihr Boot zur Verfügung stellen und wir versuchten, wie seinerzeit der Kommandant der *Bounty*, mit dem Boot einen bewohnten Ort zu erreichen, um bewaffnete Hilfe zu holen. Aber viel Erfolg verspricht auch dieser Weg nicht. Der Motor könnte ausfallen oder, was Sie bereits andeuteten, das Benzin ginge zur Neige, waren Sie doch nicht für eine Tausend-Meilen-Fahrt ausgerüstet. Obendrein befinden sich noch zwei wackere Kameraden in den Händen der Schurken. Ganz zu schweigen von dem Schiff!"

Barrabella seufzte auf.

„Ja, das Schiff! Das Schiff . . ."

„Vielleicht erspart uns die *Orca,* das Kanonenboot von Französisch-Polynesien, die Flucht von hier", entgegnete Albarran lächelnd.

„Es ist auch nicht ausgeschlossen, daß man irgendwo eine unserer Flaschen aus dem Ozean gefischt hat und daß die Rettungsaktion schon im Gange ist", fügte Zoller hinzu, „ich glaube an den Erfolg erprobter Methoden."

„Aber was geschieht, wenn die Piraten schon eher hier auftauchen?" stellte Szevér die Frage. „Es unterliegt keinem Zweifel, daß Laguna Grande euch erkannt hat. Und es steht auch fest, daß sie nicht auf den Kopf gefallen sind und das Verschwinden Vater Danilós als ein Wunder hinnehmen! Ich bin überzeugt, sie werden nicht nur des Schatzes wegen und weil sie Roatan hier vermuten, auf diese Insel kommen, sondern weil sie wissen, daß etwas Unerwartetes geschehen ist! Sie müssen also mit uns fertig werden. Was unternehmen wir in diesem Falle?"

Wir dachten über die Worte Szevérs nach. Ja, was würde geschehen, wenn Silver und seine Leute auf Roatan auftauchten?

Sottomarina sprach das entscheidende Wort.

„Was wir tun? Corpo di bacco! Nun, wir werden uns auf ihren Besuch vorbereiten."

Hierauf lächelten alle ohne Ausnahme. Unsere Bewaffnung bestand weiterhin aus einem Revolver und einer Schrotflinte.

Aber nun war wieder Vater Daniló hier, und obwohl wir von Barrabella nicht enttäuscht wurden, war es doch gut, seinen beruhigenden, sicheren Optimismus zu hören.

„Jetzt müssen wir wirklich zu dem greifen, dessen sich seit Troja all jene bedienen, die gezwungen sind, Unmögliches zu vollbringen: zur List! Ihrer müssen wir uns bedienen. Im voraus läßt sich da freilich kein Plan aufstellen. Unsere Maßnahmen müssen sich im gegebenen Augenblick entsprechend der Situation danach richten, was unser Gegner unternimmt! Eins jedoch ist sicher, wir müssen unsere Taktik auf dieses Versteck von Duncan aufbauen. Vorausgesetzt, Signore Albarran ist damit einverstanden, denn schließlich steht das Hausrecht ihm zu!"

Albarran verneigte sich lächelnd.

„Sie bereiten mir eine sehr große Freude, wenn Sie in mir einen Gefährten sehen, Signore Capitano. Ich kann nur immer wieder sagen: Ich stehe voll und ganz zu Ihrer Verfügung."

Vater Daniló drückte Albarran die Hand, voller Anerkennung und mit kameradschaftlicher Verbundenheit, dann sagte er:

„Ich glaube, wir könnten unsere Taktik darauf aufbauen, daß wir den Anschein erwecken, als hätten wir die Insel verlassen. Nicht das geringste Zeichen deutet auf das Gegenteil hin. Die Halunken können uns auch nicht unverhofft überraschen. Wir müssen in Richtung der Schildkröteninsel Wachposten aufstellen. Diese Bootseinfahrt ist in der Tat großartig, von außen ist überhaupt nichts zu sehen."

Sottomarina fuhr auf:

„Aber wenn sie das gesunkene Schiff entdecken, dann halten mich keine hundert Teufel zurück! Das Innere der *Enrique* will ich bergen — im Taucheranzug!"

. . . Die ersten beiden Tage vergingen damit, daß wir Posten aufstellten und dann unter Anleitung von Barrabella, Vater Daniló und Albarran die Insel genau durchforschten und auch die geringsten Spuren verschwinden ließen. Wir konnten feststellen, daß Dampier, der große Pirat, und seine Nachfolger Flinch, Flecher und Duncan die von der Insel gebotenen Möglichkeiten sehr klug genutzt hatten. Die Bastei des Toten schützte die Einfahrt, und obwohl von der Bastei kaum etwas übriggeblieben und sie obendrein von dichter Vegetation überwuchert war, wählten wir doch hier einen Baum als Standort für unseren Wachposten Nummer 1 aus. Hierher kamen verständlicherweise Mapui und Taraha, die Söhne der Inselwelt, die sich mit Leichtigkeit zwischen den Lianen und Wurzeln bewegten. Den Wachposten Nummer 2 stellten wir am Felsen auf der Landzunge der zwölf Kumpane auf. Von hier bot sich ebenfalls ein ausgezeichneter Ausblick nach Nordwest und Nord, direkt nach der Schildkröteninsel. Hier bezogen der beleibte, aber flinke Piede Piccolo und Pedro Posten. Die anderen, das heißt wir, die Hauptkraft, wie wir uns bezeichneten, hielten uns vornehmlich in der unterirdischen Behausung auf. Übrigens konnten die beiden Wachposten — durch Zeichen — Kontakt miteinander halten. Die Wachen an der Bastei und an dem Felsen auf der Landzunge der zwölf Kumpane konnten einander sehen.

„Den Plan, das heißt den Angriffsplan, werden wir zur gegebenen Zeit beschließen", erklärte Vater Daniló erneut. „Ich glaube, das beste wird sein, wenn Kapitän Barrabella die Aktionen des Angriffes und der Verteidigung leitet. Ich war immerhin nur Reservist bei der Marine und das vor vierzig Jahren! . . ."

Der kleine Barrabella sah Vater Daniló gerührt an.

„Ich danke für Ihr Vertrauen, Kapitän. Ich werde mich bemühen, es zu rechtfertigen. Aber werden die Piraten wirklich hier auftauchen?"

„Nachdem ich entführt worden bin, ganz sicher." Unser Kommandant nickte. „Davon bin ich überzeugt. Würden Sie nicht auch so handeln, Kapitän Barrabella?"

„Selbstverständlich, Kapitän Turkovics. Wenn sie nur schon kämen! Wenn ich die Fregatte nur schon sehen könnte! Sie ist mein Lebenswerk, fast ein Teil von mir ... Können Sie sich vorstellen, was ich Tag für Tag empfinde? Man hat die Fregatte geraubt! Was mag Santa-Clara denken? Eine höllische Situation!"

Pierre Albarran, der so hilfsbereite Franzose, war ganz begeistert.

„Ich werde mich auch als Archäologe versuchen, obwohl ich Ethnograph bin", erklärte er.

„Da seht ihr", sagte Feri Horváth, „alles ist relativ! Dampier gilt heute als Held! Vielleicht wird es Silver in hundert Jahren ebenso ergehen! Kapitän Barrabella macht sich darüber Sorgen, was Santa-Clara denken wird. Aber was soll ich sagen? Auf mich warten mein Kapitän Jan Mietje und mein altes Schiff, die *Jilland!*"

„Ganz zu schweigen von der amerikanischen Filmgesellschaft, bei der die *Hispaniola*, das berühmte Schiff aus der *Schatzinsel* von Robert Louis Stevenson, nicht ankommen will!" sagte Vater Daniló nicht ohne Ironie. „Aber Sie dürfen mir glauben, Kapitän Barrabella, wenn wir aus dieser Falle entkommen, wird die *Königin des Ozeans* berühmter werden, als wenn sie den Namen gewechselt und zum Filmschiff geworden wäre."

Barrabella, der neugeborene Commendatore, lachte auf.

„Ich glaub's. Aber erst, wenn wir hier raus sind!"

Worauf Sottomarina bemerkte:

„Corpo di bacco! Heute nacht erschien mir im Traum die Madonna von Tersatto. Sie schaute durch diese Öffnung und gab mir einen Wink, ihr zu folgen. Ich schritt auf dem Wasser hinter ihr her wie seinerzeit als junger Bursche in Fiume auf der Promenade. Der selige Suttora würde gesagt haben, da erleben wir ein Wunder! Doch was für ein Wunder könnte uns widerfahren? Höchstens, daß uns die *Orca* oder ein anderes Schiff plötzlich zu Hilfe kommt oder daß sich die Gruppen von Hunter und Silver so in die Haare geraten, daß dabei alle ins Gras beißen!"

„Alles schön und gut, aber Parkin Christian und Santjago sind noch bei ihnen. Zwei zuverlässige Kameraden", dämpfte Vater Daniló die bluhende Phantasie Sottomarinas. „Auf jeden Fall müssen wir klaren Kopf behalten, wenn sie hier auftauchen!"

Und sie kamen.

Vier Tage nach unserer Rückkehr auf Roatan hatte sich der Zyklon schon so weit gelegt, daß nur noch eine leichte Brise das Palmenlaub bewegte. Wir schickten uns im Hauptquartier an, auf Erkundung zum Signalturm des Piratenkönigs auszuziehen, wo am Vortage Zoller und Feri eine eiserne Kiste gefunden hatten, die völlig zerfallene Schriftstücke, aber auch einen Beutel mit Geld enthielt, darunter sechs oder sieben Louisdor, eine Goldmünze aus der Zeit Ludwigs XIII., die wiederum die Phantasie Sottomarinas lebhaft erregten.

„Und Kelche! Dort muß es auch Kelche geben", beteuerte er, und auf sein Drängen beschlossen wir, am Signalturm zu graben.

Wir waren gerade im Aufbruch begriffen, als Pierre Albarran in den unterirdischen Raum herunterrief:

„Pedro nähert sich und ruft uns! Sie kommen!"

Nach im voraus festgelegtem Plan eilten wir ans Tageslicht, wo Pedro aufgeregt und mit schweißnassem Gesicht stand.

„Masa Piede sagen, in der Ferne kommen Schiff, die *Königin des Ozeans!*"

Unweit des Einstiegs, unmittelbar hinter der alten Pandane erhob sich ein kleiner Hügel. Von dort konnte man ausgezeichnet aufs Meer und auch auf die Landzunge sehen.

In der Ferne, vorerst nur für das geübte Auge wahrnehmbar, schimmerten weiß die Segel der Fregatte.

Das Fernglas Albarrans brachte das Schiff näher, und da konnten wir uns überzeugen, daß es kein Irrtum war: Die *Königin des Ozeans* näherte sich.

Das Fernglas ging von Hand zu Hand.

Sie kommen! Es beginnt. Doch was wird beginnen? Das war es, was wir nicht mit Gewißheit wußten, Jungs. Wir wußten nur, daß wir etwas tun mußten, wie man zu sagen pflegt, um die Ehre zu retten. Hauptsächlich aber — ich schäme mich nicht, es auszusprechen — die Ehre Vater Danilós zu retten.

Unser Kommandant, der das Fernglas von den Augen nahm, wandte sich an Albarran:

„Mein lieber junger Freund, ich glaube, es ist meine Pflicht, Sie wiederholt auf die Gefahren aufmerksam zu machen. Haben

Sie es sich reiflich überlegt, was Sie riskieren, wenn Sie sich mit Ihren Leuten auf unsere Seite stellen?"

Albarran, der mit gerötetem Gesicht und aufgeregt wie ein Schuljunge das im schwachen Wind sich nähernde Schiff beobachtete, legte Vater Daniló die sonnengebräunte Hand auf den Arm.

„Wir werden der Falle schon entkommen, Signore Capitano."

Und die *Königin des Ozeans* kam immer näher. Schon konnten wir das Deck, die Aufbauten, das hohe Steuerdeck und das noch höhere Kommandodeck ausmachen. Die Fregatte hielt sichtlich Kurs auf den Eingang der Lagune.

„Mir scheint", sagte Vater Daniló, der durch das Fernglas Albarrans das Schiff betrachtete, „mir scheint, die Ausbesserungsarbeiten sind ausgeführt. Der Bug taucht nicht so tief ins Wasser wie vorher."

„Sie haben uns die Arbeit abgenommen", meinte Sottomarina grinsend, „das ist der Preis für Ihren Abstecher."

„Wart's ab!" brummte Vater Daniló zwischen den Zähnen. Ein sicheres Zeichen dafür, daß er von Unruhe gepackt war und am liebsten mit bloßer Faust auf den Gegner losgehen würde, damit wir die Aufregung — mit welchem Ergebnis auch immer — recht bald hinter uns hätten.

Nach außen aber strahlte Vater Daniló Ruhe aus, gab Sicherheit und verlieh jedermann ungetrübten Mut.

Da stellte Barrabella die Frage, die — wie ihr sehen werdet— bei unserem äußerst gewagten Abenteuer sehr entscheidend war.

„Sagen Sie, Signore Albarran, haben Sie nicht zufällig eine Raketenpistole und einige Schuß Munition dazu?"

„Gewiß doch", erwiderte der Franzose überrascht. „Aber jetzt ist heller Tag!"

Barrabella lächelte vielsagend.

„Ich habe einen Plan, der gewisse Aussichten verspricht... Aber vorerst möchte ich nicht näher darauf eingehen. Glauben Sie, daß die Raketen noch brauchbar sind?"

„Sie befinden sich in einem Bleibehälter, mit Rücksicht auf die hohe Luftfeuchtigkeit."

„Dann sind sie noch in Ordnung", erklärte der Commendatore.

„Nun aber glaube ich, daß es das klügste wäre, wenn sich einige von uns nach der Bastei des Toten begäben, um das Manöver des Schiffes besser verfolgen zu können. Wenn dann Silver und seine Leute die Insel betreten, müssen wir uns hier verbergen. Wir werden dann auch die Wachposten einziehen, damit wir zahlreicher sind. Nur Mapui und Taraha, die sich gewandt durch das Gestrüpp bewegen, bleiben draußen, um die Banditen im Auge zu behalten. Wollen Sie ihnen das bitte sagen."

So schlugen sich dann einige von uns, Albarran, Zoller, Feri und ich, in Begleitung von Kapitän Barrabella durch das Ufergestrüpp und erreichten die Bastei des Toten.

Da war auch Piede mit Pedro schon da. Der Mauerrest der Bastei war mindestens zwei Meter dick, sehr gut dazu geeignet, um hinaufzuklettern und Ausschau zu halten.

Da gelangte die *Königin des Ozeans* in Höhe der Einfahrt, und drei- bis vierhundert Meter davor — genau wie damals, als man uns aussetzte — drehte sie gegen den Wind und warf den Tiefseeanker aus. Der kleine Barrabella lachte leise vor sich hin.

„Si, si. Wie es scheint, wagen sie nicht, in die Lagune hereinzusegeln. Sie versuchen also, auf offenem Meer vor Anker zu gehen."

Jetzt leistete uns das Fernglas Albarrans gute Dienste. Das ausgezeichnete 10×40-Back-Kassel brachte uns das Deck so nahe, daß man es mit der Hand zu fassen glaubte. Wir bewunderten auch diesmal die Sicherheit, mit der die Piraten die Segel und die Taue bedienten. Auf dem Kommandodeck stand Silver und erteilte von dort seine Anweisungen. Man muß ihnen zugestehen, es lief alles wie ein Uhrwerk. Das Umstellen der Brassen, die Manöver auf den Rahen, das Aufrollen der Segel hätten auch der Mannschaft eines alten Segelschiffes zur Ehre gereicht. Wir konnten Parkin Christian gut erkennen, der an der Seite der Steuerleute stand, und auch Santjago, der unter den Deckmatrosen tätig war. Am Spill der Wasserpumpe stand niemand. Der Schaden war also behoben. Am Steuer versahen Hunter und Mikkelsen Dienst. Hunter, dieser Verbrecher!

Und wir mußten lachen, als wir Laguna Grande mit verbundenem Kopf erblickten.

„Nun, dem habe ich ganz schön zugesetzt!" sagte Zoller selbstzufrieden.

Eine Stunde war vergangen. Da versammelte sich auf dem Steuerdeck die Besatzung des Schiffes. Christian und Santjago sahen wir jetzt nicht mehr. Die Anwesenden saßen um das Steuer. Silver und Laguna Grande redeten abwechselnd, manchmal ergriff auch Hunter das Wort. Sie zeigten ständig auf die Insel und schienen sich über etwas aufgeregt auseinanderzusetzen. Hunter aber kratzte sich immer wieder, wie durch das Fernglas deutlich zu erkennen war. Eine weitere Stunde verging.

Dann sahen wir, daß Laguna Grande Revolver an die Mannschaft verteilte.

Als erster sprang Silver auf und eilte auf das Hauptdeck zum Rettungsboot.

„Das beste wird wohl sein", erklärte Barrabella, „wenn wir uns jetzt zurückziehen. Wir wollen nur noch abwarten, wieviel Mann ins Boot steigen."

Bald schon erfuhren wir es. Silver, Hunter, George Bell, Robert Supply, Phillipson, Mikkelsen, Cap-York und einer der Brasilianer stiegen in das Boot, das Kurs auf den Laguneneingang nahm.

Da zogen wir uns zurück. Mapui und Taraha, die von Albarran instruiert worden waren, blieben als Beobachter zurück. Sie erhielten die Weisung, daß einer von ihnen von Zeit zu Zeit das unterirdische Versteck aufsuchen und uns über das Geschehene informieren sollte.

Vater Daniló, dem die Gefangenschaft und die Bootsfahrt mitgespielt hatten, wartete zusammen mit den anderen in großer Erregung auf unsere Rückkehr.

Kaum hatten wir berichtet, was wir gesehen hatten, spitzte Rolf die Ohren und rannte erregt zur Leiter des Einstiegschachtes. Der kluge, ausgezeichnet witternde Hund gewahrte, daß sich oben Mapui näherte. In wenigen Augenblicken kam er schon die Strickleiter heruntergeklettert.

Der Bursche aus Tahiti wandte sich aufgeregt und mit schnellen Worten an seinen gelehrten Herrn, der sie uns dann übersetzte.

„Mapui sagt, das Boot hat angelegt, genau an der Stelle, wo man Sie ans Ufer gesetzt hat. Alle acht Mann sind ausgestiegen und haben dann eine längere Zeit aufmerksam nach dem Wald geschaut. Man sah, daß sie überrascht das Ufer absuchten, wo sie keinerlei Spuren fanden. Dann stiegen sie wieder ins Boot ein und ruderten langsam davon, um in der Lagune die Insel zu umfahren. Wir können damit rechnen, daß sie auch hier vorbeikommen. Also aufgepaßt! Taraha begleitet sie am Ufer in Deckung des Gebüschs."

Dann wandte sich Mapui um, kletterte die Strickleiter wieder hinauf und verschwand.

„Jetzt wird es sich herausstellen, wie gut dieser Eingang verborgen ist", sagte Vater Daniló und schaute nach der Öffnung. „Auf jeden Fall müssen wir gefaßt sein, daß sie hier eindringen. Mit acht Bewaffneten wäre es nicht leicht, fertig zu werden!"

Das Walfangboot Albarrans zogen wir in die Tiefe der Vorhalle und löschten alle Lichter aus. Einen schon vorher bereitgelegten, vom Zyklon entwurzelten und entlaubten Baumstamm rückten wir vor die Einfahrt. Mit Säbeln und Steinen, dem einen Revolver und der Schrotflinte bewaffnet, harrten wir der Ereignisse. Eintönig rauschten die gegen die Barriere des Korallengürtels schlagenden Wellen.

Dann vernahmen wir Ruderschläge und Stimmen. Sie kamen näher, immer näher.

Das gespenstische Licht in der Vorhalle beleuchtete unsere Gesichter.

An dem mächtigen Hals Sottomarinas waren die Muskeln und die Adern bis zum Zerreißen gespannt. Sotto war ein Mann der Taten. Er verabscheute solche ungewisse Minuten. Am liebsten hätte er zugeschlagen, aber auf der Stelle, sich im Notfalle mit hundert Feinden gemessen. Das knochige Gesicht Vater Danilós war voller Aufmerksamkeit. Barrabella strich sich mit überraschender Ruhe über den Spitzbart. Die Lippen Zollers bewegten sich ständig, aber lautlos . . .

Es waren schwere Minuten, Jungs, das könnt ihr mir glauben, ich leugne es nicht.

Die Ruderschläge waren schon ganz nahe, dann setzten sie aus. Das Geräusch des Ruderns verstummte.

Gespannt beugten wir uns nach vorn. Wir hielten sogar den Atem an.

Die Stimme, es war die Stimme Silvers, klang so laut, daß wir glaubten, sie hätten den Eingang entdeckt, aber sie hallte nur in der Höhle so kräftig wider.

„Boys", rief Silver, „wie auch immer, aber wir müssen ihre Spur finden! In diesen Spalt können sie schwerlich geschlüpft sein!"

Ein Revolver knallte. Laut und krachend hallte der Schuß an den Wänden des unterirdischen Verstecks wider. Albarran zog den Hund an sich, die Haare Rolfs sträubten sich, und er begann zu knurren. Die Kugel schlug in unserer Nähe ein, sie mochte einen Felsen getroffen und nach dort abgeprallt sein, wo wir sprung- und angriffsbereit hockten.

„Ein Felsspalt", hörten wir Hunter, „davon gab es bis jetzt schon an die zehn. Los weiter!"

„Boys, taucht ein!" kommandierte Silver.

Das Boot fuhr weiter, und schließlich verhallten die Ruderschläge.

Wir atmeten auf. Pedro zeigte grinsend auf die Einschlagstelle der Kugel an der Höhlenwand.

„Wäre es nicht klüger gewesen, sie hier hereinzulocken?" fragte Szevér, als wir schon zu flüstern wagten.

Die meisten von uns hatten diesen Gedanken, Zoller, Piede, Sottomarina, Feri und ich selbst auch, ich gebe es zu.

„Nein", Barrabella schüttelte den Kopf. „Meine Taktik ist, daß wir den Anschein erwecken, als hätten wir die Insel verlassen. Ich habe einen Plan, von dem ich mir viel verspreche ..." Der kleine Mann lächelte uns zu. „Aber ich möchte darüber erst sprechen, wenn ich davon überzeugt bin, daß er auch auszuführen ist."

So verging eine Stunde nach der anderen. Endlich erschien Taraha. Auch er kam die Strickleiter heruntergeklettert, und ähnlich wie Mapui sprudelte er erregt die Worte hervor.

Albarran hörte mit großer Aufmerksamkeit zu. Dann sagte er zu dem Eingeborenen nur:

„Tera ha! Macht es!"

Da nahm Taraha einen Strick zu sich und ließ sich von Albarran den Revolver geben. Er lachte uns zu und verschwand, wie er gekommen war.

Dann erst wandte sich Albarran an uns:

„Bald wird uns einer von Silvers Leuten hier besuchen", sagte er.

Wir erstarrten fast. Einer von Silvers Leuten kam hierher?

„Ja, ihr werdet sehen." Albarran lächelte. „Das Boot ist nämlich wieder abgefahren. Aber einen Mann haben sie zurückgelassen. Offenbar damit er die Insel beobachtet. Das abgefahrene Boot soll den Anschein erwecken, als wären alle weggerudert. Und wenn wir sie von irgendwo beobachten, dann sollen wir nichts anderes feststellen können, als daß sie die Insel wieder verlassen haben. Aber sie haben am Rande des Dickichts einen Mann zurückgelassen, der keine andere Aufgabe hat, als zu beobachten, ob von uns, das heißt von Ihnen, meine Herren Kapitäne, eine Spur zu entdecken ist."

„Und wo ist dieser Mann?" Sottomarina sprang auf. „Corpo di bacco! Ich suche ihn!"

„Wie gesagt, er wird uns bald besuchen", sagte der Franzose verschmitzt. „Wir können jedenfalls jetzt hinaus ans Tageslicht gehen. Und wenn der Mann Silvers da ist, nehmen wir wieder das Schiff unter Beobachtung."

Nacheinander kletterten wir die Strickleiter hinauf. Albarran klemmte sich den Hund unter den Arm und brachte ihn ebenfalls mit nach oben.

Wir brannten unsere Pfeifen an und drehten uns Zigaretten. Die Sonne schien heiß, brütende Hitze lag über der Insel. Aus dem Wald stieg drückende, dunstige Luft zur Anhöhe empor. Draußen das Meer war blau wie der sommerliche Himmel. Vor uns, wo die Lagune zwischen der Insel und dem Korallengürtel recht schmal war, schlugen die Wellen krachend gegen die Felsen, spritzten hoch und zerstiebten.

Der Rauch der Pfeifen schlängelte sich empor, als der zwischen

uns hockende aufmerksame Rolf den klugen Kopf hob. Wir hörten einen Pfiff. Den langgezogenen Pfiff eines Paradiesvogels.

„Das sind meine Leute. Sie haben uns reden hören und geben uns ein Zeichen, daß sie kommen."

Albarran formte die Hände zu einem Trichter und erwiderte den Pfiff. Auch er ahmte den schrillen Ruf des Paradiesvogels nach. Auf die Antwort kam wieder eine Erwiderung, und bald öffnete sich das dichte Gebüsch, Mapui und Taraha traten hervor und zwischen ihnen ein alter Bekannter aus der Bande Silvers. Taraha hielt den erbeuteten Revolver in der Hand.

Gefesselt, mit blutendem Gesicht, aufgesprungener Braue und aufgerissener Lippe stand Mikkelsen, der Grönländer, der Mörder Gabbias, vor uns.

Mit gesenktem Kopf, düster, wild und verbittert dreinschauend, sah er sich um. Vor einer Stunde hätte er sich noch nicht träumen lassen, daß er bald als Gefangener vor jenen stehen würde, die er ausspionieren sollte.

Der lange, grobknochige Grönländer mit Händen wie Schaufeln, der einstige Walfänger, stand entsetzt, mit seinem blutenden Gesicht einen schrecklichen Anblick bietend, vor Vater Daniló und Barrabella.

Zoller schaute voller Anerkennung auf die beiden Eingeborenen von Tahiti.

„Großartige Kerle! Nun, auf Tahiti scheint man etwas vom Kampf zu halten!"

Albarran dolmetschte bereits.

„Meine Männer sagen, daß es ihnen gelungen sei, sich unbemerkt an den Fremden heranzupirschen. Sie haben sich auf ihn gestürzt, er hat ein wenig Widerstand geleistet, aber Mapui und Taraha verstehen ja ihre Sache!"

Vater Daniló wandte sich jetzt in englisch an Mikkelsen:

„Bist du auf der Insel geblieben, um uns auszuspionieren?"

Mikkelsen schwieg. Verstockt und entschlossen schaute er vor sich hin, wie seinerzeit Janmatje, der Holländer.

„Möchtest du", sagte unser Kommandant entschlossen, „daß dich Sottomarina mit zur Seite nimmt und dich ein bißchen verhört?"

Mikkelsen schaute auf Sottomarina, maß dessen kraftvolle Arme, seinen Stiernacken, die gewaltigen Muskeln seiner Schultern und seiner Brust.

„Ja, Captain. Deshalb hat man mich zurückgelassen", stöhnte er schließlich.

„Wie lange solltest du in deinem Versteck bleiben?" fragte unser Kommandant weiter.

Mikkelsen schielte erneut zu Sottomarina hinüber.

„Bis morgen früh", antwortete er.

Vater Daniló sah dem Grönländer fest in die Augen.

„Ich mache dich darauf aufmerksam, daß du mit keinerlei Schonung rechnen kannst. Du bist ein Mörder. Deshalb werde ich dich aufgrund des Rechtes, das mir das Gesetz als deinem Kommandanten gibt, verhaften. Doch zuvor möchte ich noch wissen, wo Silver und Laguna Grande unseren Aufenthalt vermuten? Antworte!"

Das rohe, mit verkrustetem Blut verschmierte Gesicht bot in der Tat einen fürchterlichen Anblick. Und über dieses Gesicht huschte ein Lächeln. Aus Mikkelsens Stimme sprach die zynische Verachtung des Verbrechers.

„Silver konnte nicht begreifen, wo der Erste Offizier und der Steuermann das Boot hergenommen haben, mit dem sie auf die Schildkröteninsel gekommen sind. Er verstand auch nicht, wohin sie verschwunden waren. Er nahm an, sie hätten mit Hilfe von Eingeborenen eine andere Insel erreicht. Aber er sagte auch, daß es sein könnte, daß sie sich hier versteckt halten. Um das herauszufinden, hat man mich zurückgelassen."

„Und wenn du uns entdeckt hättest? Was solltest du ihnen für ein Zeichen geben?"

Mikkelsen zuckte mit der Schulter, was wohl heißen sollte, warum soll ich es euch nicht sagen?

Und er antwortete: „Zur Abenddämmerung oder in der Nacht sollte ich gegenüber dem Laguneneingang ein Feuer anzünden."

Der kleine Barrabella rief:

„Das genügt! Verbindet dem Gefangenen die Augen und sperrt ihn ein!"

In einem Seitengang des unterirdischen Verstecks wurde Mikkelsen einquartiert. Gefesselt, mit verbundenen Augen, wie einen Sack hatten ihn Sottomarina und die beiden Tahitier den Schacht hinuntergelassen. Der Mörder Gabbias war also unser Gefangener. Wir sahen darin ein gutes Vorzeichen. Um so mehr, da Barrabella mit Vater Daniló und Albarran beratschlagt hatte und wir aus den Gesichtern unserer Anführer ablesen konnten, daß sie ihre Entscheidung mit Zuversicht erfüllt. Nun bezogen unsere Wachen wieder ihre Plätze. Ich beobachtete mit Feri, Szevér und einigen anderen von der Bastei des Toten aus die Fregatte und das Leben auf Deck. Wir mußten sehr vorsichtig vorgehen, denn vom Schiff aus suchten sie die Insel ständig mit dem Fernglas ab. Offensichtlich beobachteten sie, ob Mikkelsen sich bewegte oder ob er vorzeitig ein Zeichen gab. Sicher aber auch, ob sie nicht jemand von uns erspähen konnten.

Für uns war es jedenfalls interessant, das Schiff, unsere Fregatte, zu beobachten wie etwas Fremdes, etwas Entlegenes.

Parkin Christian und Santjago sahen wir nicht wieder auf Deck.

„Ich bin der Ansicht", sprach Sottomarina wiederholt vor sich hin, „das klügste wäre, wenn wir das Schiff stürmten. Die Nacht würde sich dafür wohl am besten eignen, denn der Mond ist kaum zu sehen. Solche Überfälle versprechen immer Erfolg!"

Ich leugne es nicht, wir alle fühlten etwas Ähnliches, wir hätten das Schiff am liebsten überfallen. Wir sahen darin die einzige Lösung.

Aber Barrabella, der einstige U-Boot-Kommandant und Professor an einer Kriegsschule, hielt nichts von einem einfachen Überfall, sondern bediente sich einer raffinierteren Methode. Gleich werdet ihr erfahren, welcher.

In den Tropen bricht der Abend ohne Dämmerung herein, in Afrika genauso wie auf dem Stillen Ozean. Die Fregatte erschien erst als grauer Fleck, dann nur noch als schwarze Silhouette auf dem dunklen Meer.

Fast von einer Minute auf die andere begannen die Sterne am Himmel zu leuchten. Unsere neuen Bekannten, das Kreuz des Südens, das Schiff, der Kompaß, die Lichter der Fahrensleute auf den südlichen Ozeanen ...

Der kleine Nimba blinzelte schläfrig auf der Schulter Zollers. Wir waren vollzählig im Hauptquartier versammelt. Barrabella sprach leise, damit Mikkelsen den Plan des Überfalls nicht hören konnte. Die Strategie des Commendatore lebt seither in meiner Erinnerung fort als unser „trojanisches Pferd".

„Ich bitte Sie, Kapitän, unsere Gefährten über Ihren Plan und Ihre Strategie zu informieren." Vater Daniló sah Barrabella an. „Dann brechen wir auf."

Barrabella begann zu sprechen, wie gesagt, gedämpft, leise.

„Unser Plan beruht auf einem unverhofften Überfall ..."

Alle holten tief Atem. Sottomarina brachte zufrieden hervor:

„Corpo ...“

„... also auf einem unverhofften Überfall, so daß wir nur auf den allergeringsten Widerstand stoßen“, fuhr der große Schiffskonstrukteur fort, „si, si, nur auf den geringsten Widerstand! Und wie wollen wir das erreichen? Ich glaube, indem wir die Banditen von dem Schiff locken. Und wenn uns das gelingt, und ich bin überzeugt, es wird uns gelingen, dann können wir trotz unserer mangelhaften Bewaffnung das Schiff erobern.“

Der Commendatore machte eine kurze Pause. Mit gesenktem Kopf und mit einer gewissen Scham sagte er:

„Es kränkt mich genauso wie Kapitän Turkovics, daß die *Königin des Ozeans* durch meine Gleichgültigkeit und die Leichtgläubigkeit von Kapitän Turkovics in die Hände der Piraten gefallen ist!“

An dieser Stelle lächelte der kleine Mann.

„Das paßt zwar zur Vergangenheit der Insel, aber nicht zu uns. Ich gestehe, ich war in der Vergangenheit eher ein Gelehrter, doch nicht in der Art Signore Albarrans. Ich war zu einem Bücherwurm geworden. Das ist eines Seeoffiziers aus der italienischen Flotte unwürdig, aus jener Flotte, die noch nicht Mussolini unterstanden hat! ... Aber wie heißt es bei uns auf der Adria? Wer sich am Mast festhält, dem kann nichts passieren! Nun, wir werden uns jetzt daran festhalten. Paßt auf, ich will euch meinen Plan erklären, dem Kapitän Turkovics und unser Freund Albarran schon zugestimmt haben ... Ich würde mich freuen, wenn auch ihr eure Meinung dazu sagen würdet ...“

... Es war schon dunkel, als Mapul, Taraha, Pedro und Zoller aufbrachen, um sich zu der Bastei des Toten zu begeben.

„Die Streifzüge durch den Wald nehmen für mich kein Ende“, brummte Zoller, als er den Vogel auf die Schulter nahm und sich auf den Weg begab, den er (entsinnst du dich noch, mein lieber alter Freund?) um keinen Schatz der Welt einem anderen überlassen hätte.

Zur gleichen Zeit stiegen wir anderen ohne Ausnahme im Inneren des unterirdischen Verstecks in das Walfangboot. Diesmal war der Motor zum Schweigen verurteilt, das schwere Fahrzeug wurde mit Hilfe der Ruder in Gang gesetzt. Mikkelsen ließen wir in seinem Verlies. Seinetwegen machten wir uns keine Sorgen, selbst wenn er hier umkommen sollte.

Das Kreuz des Südens leuchtete hell und mit vibrierendem Glanz am westlichen Himmelszelt.

Vom Meer her schlug uns ein warmer Dunst entgegen, als wir zur Öffnung des Verstecks hinausbogen.

Am Steuer saß Vater Daniló. Zu viert bedienten wir lautlos die Ruder. Die Lagune glänzte tiefschwarz, gleich einer trügerischen, regennassen Asphaltstraße.

In Wirklichkeit war nichts anderes im Gange, als daß eine kleine Gruppe entschlossener Menschen zum Angriff aufbrach, um das zurückzuerobern, was man ihnen geraubt hatte, und dabei bediente man sich ein wenig des „Trojanischen Pferdes". Was das bedeutet, brauche ich euch wohl nicht erst zu erklären. Wir wandten also eine List an, darauf war der Plan Barrabellas aufgebaut.

„Ganz leise", ermahnte uns Vater Daniló, „in allergrößter Stille."

Obwohl das Meer ringsum heulend gegen den Wall, den Korallengürtel, anstürmte, und das Schiff obendrein noch recht weit von uns entfernt im offenen Meer schaukelte, so war es doch angebracht, sich möglichst geräuschlos dem Eingang zu nähern. Die vier Paar Ruder tauchten leise und ruhig ins Wasser, nachdem wir die Öffnung des unterirdischen Verstecks verlassen hatten und dahinruderten mit dem Ziel, etwa gleichzeitig mit unseren Gefährten am Ausgang zum offenen Meer anzugelangen. Es war vereinbart, daß Zoller ein Reisigbündel anzünden sollte, wenn wir in der Nähe der kleinen Landzunge angelangt waren. Diese winzige Landzunge lag unmittelbar unter der Bastei des Toten. Das Ufer war hier sehr steil und dicht bewachsen, so daß man sich der Insel von dieser Seite nicht leicht nähern konnte, aber sie war vortrefflich geeignet dazu, daß Zoller und seine drei Gefährten von dort das Boot erreichen konnten.

Als wir am äußersten nordwestlichen Zipfel der Insel anlangten, stieß Vater Daniló einen leisen Pfiff aus. Die Ruder blieben in der Luft stehen. Das Boot glitt langsam und geräuschlos weiter.

Es war Ebbe, und so mochten die vier auf der kleinen Landzunge einen geeigneten Platz zum Anzünden des Feuers finden. Wir schauten in die angegebene Richtung, aber es lag eine solche Dunkelheit über der Insel, daß wir die Steilküste nur vermuten, nicht aber sehen konnten. Hundertfünzig bis zweihundert Meter vor uns leuchteten phosphoreszierend die sich brechenden und zerstiebenden Wellen. Und darüber hinaus herrschte wieder Dunkelheit. Dort jedoch hob und senkte sich der Ozean und auf ihm die Fregatte, die am Tiefseeanker liegende *Königin des Ozeans*.

Vater Daniló pfiff jetzt zweimal. Hierauf tauchte ich mit Piede, Sottomarina und Feri Horváth die Ruder wieder ein.

Immer stärker wurde der Widerstand des Wassers beim Rudern, immer kräftiger mußte unser Kommandant das Steuer halten. Wir befanden uns am Eingang des Korallengürtels, hier strömte das Meer in die Lagune hinein.

„He."

Das war die Stimme Zollers. Er mochte kaum einige Meter von uns entfernt stehen.

Ja, hier hob sich die kleine Landzunge zur Zeit der Ebbe aus dem Wasser. Das Boot schürfte den Grund. Wir sahen oder vermuteten vielmehr einen Schatten, dann noch einen am Rande der Landzunge.

„Kann ich anbrennen?" fragte Zoller.

„Warte, wir stoßen etwas zurück, damit man uns durch das Fernrohr nicht sehen kann", sagte Vater Daniló. „Zähle bis zehn, ehe du anzündest! Sobald das Feuer heruntergebrannt ist, kommt ihr ins Boot. Es könnte sein, daß sie gleich auf die Insel zurudern."

„Zu Befehl! . . ."

Das Feuer loderte auf. Daneben bewegte sich, wie vereinbart, ein Schatten, als wäre es Mikkelsen.

„Ei, wie wird sich Silver freuen, daß man uns gefunden hat!" Wir rieben uns die Hände.

„Und wie werden sie jetzt Mikkelsen loben", brummte Vater Guzsik.

„Er bekommt sogar eine besondere Rumration zugesprochen", sagte Sottomarina und kicherte.

„Ruhe!"

Das war die Stimme des Kommandanten.

Jetzt fragte Barrabella:

„Kann ich?"

„Noch nicht. Ich befürchte, das Boot befindet sich noch nicht in völliger Deckung ... Jungs, noch einige Züge!"

Die Ruder tauchten ein und zogen durch. Jetzt befanden wir uns in Deckung, im Schatten einer vom Zyklon entwurzelten Palme. Die rauhen Blätter strichen uns übers Gesicht.

„Jetzt!"

Wir sahen, daß Barrabella den rechten Arm hob, dann krachte und zischte es.

Wir schauten zum Himmel empor. Jetzt krachte es erneut. Hundert und aber Hundert grüne Sterne spritzten auseinander und schwebten herab! Eine Signalrakete explodierte über dem südlichen Teil der Insel, wohin der Commendatore sie geschossen hatte.

„Jetzt mögen sich Silver und seine Kumpane den Kopf zerbrechen, was eigentlich geschehen ist", bemerkte Vater Daniló.

Ich will gestehen, daß auch wir uns Gedanken machten. Unser Plan, das heißt der Plan Barrabellas, fußte auf dieser Rakete. Die Schlußfolgerung war im Grunde genommen sehr einfach: Wenn die Piraten auf dem Schiff das Signalfeuer gewahrten, auf das sie sicher warteten und das nach der Vereinbarung bedeutete, daß Mikkelsen uns oder zumindest unsere Spuren gefunden hatte, so freuten sie sich gewiß darüber. Doch das besagte noch nicht, daß Silver mit der ganzen Besatzung auf die Insel kam. Wahrscheinlicher erschien, daß sie den Morgen abwarteten und dann mit einigen ihrer Leute auf Erkundung auszogen. Wenn jedoch kurz nach dem Aufleuchten des Reisigfeuers eine Signalrakete zum Himmel emporflog, die ja nicht von Mikkelsen stammen konnte, so mußte das auf dem Schiff große Verwirrung stiften. Die Signalrakete konnte nur von uns kommen. Wir waren also auf der Insel, existierten noch und konnten für sie zu einer Gefahr werden. Sie mußten uns also vernichten. Wir jedoch gedachten nicht darauf zu warten, sondern wollten, wenn das Hasardspiel Barrabellas sich bewährte, selbst handeln.

So schlußfolgerten wir, und darauf baute sich unser Plan auf.

Sobald das Reisigfeuer verloschen war, stiegen Zoller, Mapui, Taraha und Pedro zu uns ins Boot.

Wir warteten. Mit immer größerer, wachsender Spannung.

Vom Schiff her rührte sich nichts. Wir gewahrten kein Licht und hörten keinen Laut. Damit hatten wir gerechnet. Und das war ganz nach unserem Plan.

Silver war also vorsichtig, er wartete ab, bis es hell wurde.

„Vorwärts!" gab Vater Daniló den Befehl.

Nun saßen bereits alle acht Ruderer auf ihren Plätzen.

Über Ozeanien nahte der Morgen und mit ihm die Flut. Letzteres hatten wir in unseren Plan mit einbezogen.

„Vorwärts!" wiederholte Vater Daniló. „Und äußerste Vorsicht bei der Ausfahrt!"

Es war ein bedrückender Gedanke, daß das Boot über einen ausgezeichneten Motor verfügte, den wir aber nicht gebrauchen durften. Das laute Dröhnen des Motors wäre vermutlich bis zum Schiff zu hören gewesen. So legten wir uns in die Riemen, um das schwere, mit Menschen vollbeladene Boot auf die offene See hinauszubringen. Wir wollten uns auf dem recht ruhigen Meer mit seinen trägen, langgezogenen Wellen von der Einfahrt entfernen, und uns außerhalb des Korallengürtels aufhalten, damit man uns vom Schiff nicht sehen konnte.

Ja, Freunde, ich weiß, ihr ahnt nun schon unseren Plan. Barrabella wollte Silver und seine Kumpane vom Schiff locken, damit wir es erobern konnten!

Der Einsatz war groß und das Unternehmen insofern ungewiß, weil es keine Garantie gab, daß die Piraten auf unseren Plan hereinfielen.

Wir hatten unsere Festung verlassen, doch was geschah, wenn wir nicht dahin zurückkehren konnten, wenn Silver und seine Leute die Falle bemerkten?

Diese Gedanken beschäftigten uns, während wir angestrengt ruderten und schwitzend und erschöpft das Boot in das offene Meer brachten.

„Ich sehe Lichter“, sagte Albarran leise, „in Richtung des Schiffes!“

Die Lichter schwankten, waren mal oben, mal unten.

„Ein Boot verläßt das Schiff“, stellte Feri Horváth fest.

„Ich vermute das auch“, brummte Vater Daniló. „Nun also aufgepaßt, Leute.“

Die Wellen wurden höher. Vom Ufer her war starkes Rauschen zu vernehmen. Die Flut setzte ein. Wenn das Boot der Piraten tatsächlich zur Insel ruderte, dann war uns das Schicksal hold. Für unser Unternehmen war das sehr wichtig, weil das Boot Silvers nicht so leicht aus der Lagune wieder hinaus ins Meer gelangen konnte. Zur Zeit der Flut ließ sich mit Hilfe des in die Lagune einströmenden Wassers der Eingang leicht passieren, um so schwerer aber war es, da herauszukommen.

„Achtung!“

„Still!“

„Stimmen aus Südwest!“

Man vernahm in der Tat Stimmen und Ruderschläge! Silver und seine Kumpane kamen!

Trotz der Dunkelheit konnten wir erkennen, daß etwa hundert bis hundertfünfzig Meter von uns entfernt ein langer Schatten dahinglitt. Das Boot der Fregatte, der Kutter.

Barrabella riß Albarran das Fernglas förmlich vom Halse.

Wir aber manövrierten mit kaum eingetauchten Rudern und nutzten die Deckung der Wellen, so daß wir vor dem Kutter möglichst gut verdeckt waren.

Der Kutter fuhr mit gleichmäßiger veschwindigkeit auf den Eingang der Lagune zu.

Ein zufriedener Seufzer verließ die Brust Barrabellas, als er flüsterte:

„Kapitän Turkovics, der Kutter ist vollgestopft mit Leuten! Ich glaube, die Zeit ist gekommen, daß wir auf unser Schiff zurückkehren! Und Sie, Signore Albarran, gestatten Sie, daß ich Sie umarme! . . .“ Die Stimme des Commendatore Gersagte, offenbar kamen ihm die Tränen.

Albarran meinte spitzbübisch:

„Passen Sie auf, Signore Capitano, damit Sie nicht meinen Hund umarmen!"

Denn ihr könnt ja ahnen, daß Rolf bei uns war. Er verhielt sich still und ruhig, wie sich das für den Hund eines Gelehrten schickte. Selbst den kleinen Papagei hatten wir nicht im Hauptquartier gelassen, Zoller hatte ihn mitgebracht und in Pedros Obhut gegeben.

Leise, aber energisch klang der Befehl Vater Danilós:

„Kurs auf das Schiff nehmen! Volle Bereitschaft!"

Der Plan war genau ausgearbeitet, alles überdacht. Jetzt würde es sich herausstellen, wie die Erstürmung des Schiffes gelang. Wenn der Kutter voller Männer war, konnten auf dem Schiff höchstens drei oder vier zurückgeblieben sein. Das war mit eingeplant, und nun vertrauten wir auf die schlechten Sichtverhältnisse und darauf, daß Zoller die Stimme Silvers gut nachahmen konnte. Sollte man das Boot vom Schiff aus gewahren, würde das nicht gleich Verdacht erwecken, zumal wenn die Zurückgebliebenen aus dem Boot die Stimme Silvers zu hören vermeinten.

Das Schiff lag schon vor uns! Träge, mit ächzenden Masten schaukelte die *Königin des Ozeans* an ihrem Tiefseeanker. Die immer stärker werdende Strömung der Flut zerrte mächtig an dem Ankertau.

Wie das Geisterschiff des „Fliegenden Holländers" erschien uns die Fregatte. Mehr als graue, verschwommene Silhouette als in ihrer wirklichen Form. Aber wir kannten ja jedes Teilchen, und so bereitete es uns kein Kopfzerbrechen, an welcher Stelle wir beidrehen sollten. Wir wußten genau, daß bei diesen Sichtverhältnissen die Steuerbordseite für uns die günstigste war, dort befanden wir uns in völliger Dunkelheit. Für uns stand fest, daß der Kutter backbords abgefahren war, aber wir wollten es nicht darauf ankommen lassen, daß man uns vor der Zeit entdeckte. Wir würden reichlich Zeit benötigen, um das Schiff seeklar zu machen. Wir vermieden also jedes auffällige Geräusch, jedes alarmierende Lichtzeichen! . . .

Mapui, Taraha und Pedro kauerten sprungbereit im Bug des Bootes. Ihr dunkler Körper ließ sie besonders geeignet erscheinen, als erste an Deck zu klettern. Ihnen sollten Zoller, Piede, Feri und Szevér als die behendesten folgen.

„Ahoi, Boot", kam es vom Schiff her.

Vater Daniló stieß Zoller an: „Antworte!"

„Ahoi", kam äußerst zaghaft die Antwort. „Ahoi!"

Uns stockte der Atem. Das sollte die Stimme Silvers sein?! Aber es ging alles gut, Zoller hatte sich schnell in der Gewalt. Beherzt klang jetzt seine verstellte Stimme, die Stimme Silvers.

„Ahoi, wirf steuerbords ein Seil runter, Boy, wir haben ein Leck!"

Wir legten uns in die Riemen, so schnell wir nur konnten. Verflixt! Wir hatten keine Zeit zu verlieren.

Schon glitten wir unter dem langen, steil hinausragenden, schön geformten Klüverbaum dahin.

Einige Augenblicke später schleifte das schwere Boot mit einem gefährlichen Geräusch die Bordwand in Höhe der Wasserlinie. Nun, das war nicht gerade ein vorschriftsmäßiges Beidrehen, im Gegenteil, aber es blieb keine Zeit zum Zögern.

Von oben hörten wir Laguna Grande.

„Was habt ihr, John, was ist passiert?!"

Mit erstaunlicher Ruhe rief jetzt Zoller im spöttischen Tonfall Silvers:

„Der Kahn hat ein Loch bekommen, Boy, rasch her mit dem Tau!"

„Madre de dios", erwiderte oben Laguna Grande, „auf der anderen Seite ist die Strickleiter unten."

„Red jetzt nicht so viel!" schmetterte Zoller.

Eine Seilrolle fiel ins Boot.

Es graute schon. Über uns konnten wir die Rahen am Großmast sehen und sogar den sich über Bord neigenden Laguna Grande und neben ihm eine weitere Gestalt.

Hier unten, im Schatten des Schiffskörpers, war es dunkel.

„Hoo!"

Dies sagte Albarran zu Mapui und Taraha: Los!

Die beiden Eingeborenen, das Messer zwischen den Zähnen, kletterten am Tau hinauf, hinter ihnen, dicht in ihrer Spur, Pedro.

Dann folgten schnell nacheinander Zoller und Piede, Feri und Szevér . . .

Von oben hörte man unartikulierte Stimmen und Schreie.

Albarran und ich hielten das Boot, strafften das Tau und warteten, bis von oben die Ausführung des Befehls gemeldet wurde.

Da sahen wir einander schon ganz deutlich, Barrabella, Sottomarina, Vater Guzsik, Vater Daniló, Albarran und Rolf, den wackeren Hund, und Nimba — diesmal auf der Schulter Albarrans.

„Corpo di bacco!“ stöhnte der alte Sotto, „ich halte es nicht länger aus! Ich klettere hinauf!“

Es mochten nicht mehr als drei oder vier Minuten vergangen sein, da wurde schon die Strickleiter heruntergeworfen.

Die Stimme Feris von oben klang feierlich, als er meldete:

„Befehl ausgeführt! Erwarten weitere Anweisung!“

Ja, meine Freunde, wir standen wieder auf dem Deck unseres Schiffes.

Laguna Grande hockte zusammengesackt am Großmast.

„Ich hab ihn wieder streicheln müssen.“ Zoller zeigte auf den Piraten. „Ich bin sein böser Geist!“

Der träge, schwerfällige Phillipson und einer der brasilianischen Matrosen standen mit erhobenen Händen neben Laguna Grande.

So schnell wie der Abend über Ozeanien hereinbricht, so schnell tagt es auch.

Zum Glück stellte sich auch der gewohnte morgendliche Dunst ein und breitete sich wie Nebel über das Meer und die Insel. So wie wir die Insel nicht sehen konnten, vermochte man von der Insel auch das Schiff nicht zu sehen.

„Christian? Santjago?“ fragte Vater Daniló und sah sich um.

„Jach, Captain, jach, da sind wir!“ hörten wir das freudige Rufen des Fahrensmannes, den Szevér zusammen mit Santjago gerade jetzt aus einem der Batterieräume unter dem Vorschiff befreit hatte.

„Jach, ich befürchtete schon, sie würden mich an der Rahe aufknüpfen!“

Viel Zeit blieb auch für das Händedrücken nicht. Vater Daniló und Barrabella eilten auf Achterschiff, Zoller ans Steuerrad.

Sottomarina und Christian blieben auf dem Deck, zusammen mit Albarran, der noch nie in seinem Leben so ein Schiff gesehen hatte, höchstens auf Zeichnungen von Doré oder in einem Museum. Wir anderen aber kletterten die Wanten hoch, um die Segel klarzumachen. Sottomarina jagte mit einem dicken Tauende auch Phillipson, den Brasilianer und den sich mühselig aufrichtenden Laguna Grande auf den Fockmast.

„Corpo di bacco! Hinauf mit euch ihr Gesindel, sonst macht ihr mit dem Tau Bekanntschaft!"

Dabei blieb dem Hünen noch Zeit, zusammen mit dem alten Fahrensmann und dem Gelehrten den Tiefseeanker zu lichten. Vater Guzsik sah sich indes in der Kombüse um und rief entrüstet:

„Die haben alles aufgefuttert! Restlos alles!"

„Wenn man unser Manöver von der Insel her sieht, wird man nicht schlecht staunen!" rief mir mein Nebenmann Piede lachend zu.

Zum Glück konnten sie noch nichts sehen, der Dunst, den wir in Wirklichkeit dem Zyklon vor einigen Tagen zu verdanken hatten, lag noch über dem Meer, aber hauptsächlich über den Inseln.

Am Fockmast stand Sottomarina und schaute nach oben. Dort hißten Laguna Grande, Phillipson und der Brasilianer die Segel. Sie arbeiteten schnell, schneller als wir, das mußte man ihnen lassen. Die Schurken wollten als brave Jungs erscheinen.

„Herunter mit euch, corpo di bacco", schrie Sottomarina sie an, „und jetzt an die Klüver, Briganten!"

An dem Großmast waren zusammen mit uns auch Mapui und Taraha, Pedro und Santjago sowie Szevér und Feri bei der Arbeit.

Die Segel des Kreuzmastes, die auch von unten bedient werden konnten, lösten Vater Daniló und Barrabella.

Unser Ziel war es, so schnell wie möglich von hier wegzukommen und eine Insel zu erreichen, von der aus wir die Außenwelt alarmieren konnten.

Nach den Angaben Albarrans lag die nächste bewohnte Insel, auf der es auch eine Rundfunkstation gab, die Insel Hao, geringe fünfhundert Kilometer von hier entfernt! Die wollten wir erreichen, um Hilfe zu bekommen und der Welt kundzutun, daß die Jolly Rogers und zusammen mit ihnen die Schurken, die die *Vulcania* auf dem Gewissen hatten, entlarvt seien.

Aber ihr wißt ja, wie das ist, wenn man sich eilt und hastet. Die große Aufregung, die Konzentration auf unser Vorhaben, das Schiff zurückzuerobern (das wir zwar ausgebessert, aber schrecklich verschmutzt vorfanden), das Setzen der Segel und das Fiebern um unsere Befreiung ließen uns eins vergessen, genau das, was für die Segelschiffer das Wichtigste ist: den Wind. Es herrschte völlige Windstille, Freunde, diese gewisse Flaute, die ihr auf einem Sportboot vielleicht schon selbst einmal erlebt habt. Die Segel bewegten sich nur nach dem Schaukeln des Schiffes, aber sie wurden nicht durch die geringste Brise gebläht.

Und der Wind war für uns entscheidend! Entscheidend deshalb, weil wir auf Biegen oder Brechen von hier fortkommen mußten. Laguna Grande und seine Kumpane hatten bei ihrer Überwältigung noch so viel Zeit gehabt, daß sie ihre Waffen ins Meer werfen konnten, und so bestand unsere Bewaffnung weiterhin aus dem Revolver und der Schrotflinte von Albarran und dem mit zehn Schuß geladenen Revolver, den wir Mikkelsen abgenommen hatten. Silver und seine Leute aber hatten, wie wir feststellten, die ganze Munition und alle Waffen mit sich genommen. Bei ihrer Rückkehr hätte das für uns einen sehr ungünstigen Kampf bedeutet. Deshalb mußten wir sehen, daß wir das Weite gewannen.

Aber wir hatten ja den findigen Albarran bei uns, er schlug sich gegen die Stirn und sagte:

„Wir haben doch den Motor im Boot! Etwas hilft der auch. Mit zehn Pferdestärken und ein bißchen Rückenwind können wir uns von der Insel ein ganzes Stück entfernen. Außerdem muß der allmorgendliche Wind einsetzen."

So geschah es dann, daß Mapui, als Sottomarina erklärt hatte, das Schiff sei seeklar, in das Motorboot hinunterkletterte und zum Schleppen vor das Schiff fuhr.

Jetzt kümmerten wir uns nicht mehr um das Motorengeräusch, vertrauten auf die alles übertönende Brandung; übrigens war es schon taghell, und der Nebel lichtete sich allmählich.

Die *Königin des Ozeans* setzte sich, wenn auch nur mit geringer Fahrt, in Bewegung in Richtung Nordwestnord.

„So werde ich einmal schleichen, wenn ich neunzig Jahre alt bin“, stellte Sottomarina mit Schrecken fest. „Wenn ich nur wüßte, was mit dem Schatz wird. Am Ende finden ihn noch die Banditen!“

Ihr wißt vielleicht, was es heißt, in einem Segelwettkampf vorn zu liegen, jeden überholt zu haben, und dann plötzlich in eine windstille Zone zu geraten! Dann kann es passieren, daß von hinten die Zurückgebliebenen immer näher aufrücken. Das ist diese gewisse peinliche Situation, wenn vom Steuermann an bis zum jüngsten Mitglied der Mannschaft jeder sauer wird und selbst der zu fluchen anfängt, der genau weiß, daß sich dadurch nichts ändert. Um wieviel aufregender, beunruhigender aber ist die Lage, wenn von dem Wind nicht der erste Preis, nicht eine Plakette oder eine Bronzefigur abhängen, sondern — das Leben!

Denn unser Leben war jetzt vom Wind abhängig, Freunde.

Und dieser Wind, die im Stillen Ozean von der Küste her allmorgendlich einsetzende Luftbewegung, wollte nicht aufkommen.

Der Motor tuckerte, stöhnte und zerrte eifrig an dem schweren Schiff. Mapui warf von Zeit zu Zeit einen Blick nach hinten, seine strahlenden Zähne und sein dunkles Gesicht verhießen uns Zuversicht.

Es war eine Freude, wieder auf dem Schiff zu sein, einen Blick in die durchwühlte Kabine zu werfen, den einen oder anderen unversehrt gebliebenen Gegenstand wiederzusehen, sich ans Steuer zu stellen und über Deck zu schauen.

Und einen Blick auf die Insel Roatan zu werfen, die wir um den Preis so vieler Sorgen gefunden hatten.

All das war ein erhebendes Gefühl.

Aber um so schrecklicher war der Augenblick, als die Stimme Feris erschallte:

„Boot in der Ausfahrt!“

Das Fernglas brachte uns die Piraten nahe heran, den gestikulierenden, stets zu uns herübersehenden und auf uns zeigenden

Silver, seine aus vollen Kräften rudernden Kumpane und den im Bug des Bootes hockenden Hunter, der in beiden Fäusten einen Revolver hielt!

Auch für sie ging es um Leben oder Tod, das stand zweifellos fest. Sie mußten um jeden Preis wieder in den Besitz des Schiffes gelangen, uns umbringen und den Anschein erwecken, die Fregatte sei durch den Zyklon vernichtet worden. Einen anderen Plan konnte es für sie gar nicht geben. Denn der Kutter hätte mit soviel Menschen und mit verderblichen Lebensmitteln an Bord, dabei ohne Navigationsinstrumente, kaum bewohntes Gebiet erreicht.

„Unseren Gefangenen haben sie nicht bei sich“, stellte Albarran erfreut fest. Es ging ihm nicht nur darum, daß die Piraten das Versteck entdeckt und Mikkelsen befreit haben könnten, sondern in erster Linie um seine volle Ausrüstung und das Ergebnis seiner Sammeltätigkeit von mehreren Monaten, die im „Hauptquartier“ zurückgeblieben waren.

Die in die Lagune einströmende Flut erwies sich für uns in der Tat als sehr nützlich. Zwei- oder dreimal warf sie den Kutter zurück. Schließlich aber glückte es den Räubern doch, ins offene Gewässer zu gelangen.

Wir mochten da schon reichlich drei Kilometer von der Insel entfernt gewesen sein, die Laubkronen Roatans hoben sich mit zunehmender Entfernung immer dunkler von dem strahlend blauen Meer ab.

Der Wind aber wollte nicht aufkommen! Es versagte die Theorie von dem allmorgendlich wiederkehrenden Wind.

„Legt man unsere Fahrtgeschwindigkeit und das von den Ruderern im Boot vorgelegte Tempo zugrunde, werden sie uns binnen einer Stunde einholen, wenn es nicht gelingt, unsere Fahrt zu beschleunigen“, erklärte der erfahrene Meister der Berechnungen, Vater Daniló.

Wir hatten einen geringen Vorrat an Munition, zwei Revolver und eine Schrotflinte, die in Wirklichkeit nicht viel nützte.

Besorgt beobachteten wir im Osten den Himmel und die trägen Wellen des Ozeans nach Zeichen eines aufkommenden Windes.

Doch kein Wölkchen stand am Himmel, und kein Kräuseln des Wassers ließ uns hoffen.

„Die drei Halunken hier fesseln und dann hinunter mit ihnen in den zweiten Batterieraum", befahl unser Kommandant und zeigte auf Laguna Grande und seine beiden Gefährten.

Denn sowohl Laguna Grande als auch Phillipson und sogar der dunkelhäutige Wegelagerer, der Brasilianer, ergötzten sich grinsend an unserer Hilflosigkeit und an dem Näherrücken des Kutters.

Sottomarina, Piede und Pedro brachten die Spießgesellen Silvers von Deck.

Zugleich schien es uns, als würde sich unsere Geschwindigkeit verringern.

Albarran stand die ganze Zeit über im Bug des Schiffes, oberhalb des schlank gestalteten Galions, am Fuße des Klüverbaumes. Von dort wandte er sich zurück an Szevér, und so gelangte die Nachricht auf das Kommandodeck und zum Steuer.

„Der Motor setzt aus! Mit der Zündung klappt etwas nicht."

Eine schlimmere Nachricht hätte uns Albarran kaum mitteilen können.

Und das Schiff kam allmählich zum Stehen!

Vom Wind aber war noch immer nichts zu spüren, uns wollte es sogar scheinen, als triebe die Strömung das Schiff jetzt wieder zurück.

Unterdes sahen wir, daß die Piraten im Boot mit dem Rudern aussetzten. Vermuteten sie eine Falle, eine Finte? Offenbar.

„Sofort um Hilfe signalisieren!" gab Vater Daniló Anweisung. „Unverzüglich!"

Piede rannte nach den Signalflaggen, die im Navigationsraum aufbewahrt wurden. Die hatten die Halunken zum Glück nicht angerührt.

Nach wenigen Minuten wurde am Topp des Großmastes das V der Signalflaggen gehißt, eine weiße Flagge mit schrägliegendem rotem Kreuz: Erbitte sofortige Hilfe!

Ich leugne es nicht, dort in dieser Situation, in der größten Einsamkeit der gefährlichen Zone, von Piraten verfolgt, empfand ich das Hissen der Signalflagge V als unnütz. In einer Situation, wo keine Brise auch nur die Flagge bewegte und wo ich weder in der Nähe noch in der Ferne ein Schiff sah, das uns zu Hilfe hätte kommen können.

Aber Vater Daniló wußte, was er tat. Und Barrabella wußte es auch.

Neben Vater Daniló stand Pedro mit den Augen eines Adlers, und Pedro hatte etwas erspäht.

Barrabella holte die Raketenpistole Albarrans. Drei Schuß waren noch vorhanden, drei lange hülsenartige Geschosse.

Das erste schoß er gegen Nordosten aus. Es fiel in rote Raketensterne auseinander, die für eine Zeitlang stehenzubleiben schienen und dann mit würdevoller Gelassenheit nach unten schwebten. Die Rakete erreichte eine Höhe von zweihundert oder gar dreihundert Metern. Und die roten Signalraketen — müßt ihr wissen — sind auch tagsüber gut zu sehen.

Erregt rannte Albarran das Deck entlang, herauf zu uns aufs Steuerdeck und dann weiter hinauf zum Kommandanten.

„Mapui sagt, er kann den Fehler nicht beheben!“ meldete der Franzose. „Was sollen wir tun?“

Der Kutter näherte sich jetzt wieder, wir konnten die Gestalten darin gut erkennen. Hinten saß Silver, im Bug Hunter und auf den vorderen Ruderbänken Cap-York und George Bell.

„Am klügsten wird wohl sein, wenn wir uns jetzt unverzüglich auf Verteidigung einstellen“, rief Vater Daniló. „Wir haben keinen Wind, und der Motor funktioniert nicht. Vorsicht, denn die Banditen werden bald schießen! Jedermann halte sich möglichst in Deckung; die Bordwände sind stark. Ich bitte Kapitän Barrabella, die nächste Rakete hochzuschießen!“

Wir verstanden noch immer nicht, welches Ziel man auf dem Kommandodeck mit den Raketen verfolgte.

Da rief Zoller:

„Rauch im Nordosten!“

Das Raketengeschoß explodierte in der Höhe.

Zu gleicher Zeit fegte eine Salve über das Wasser daher!

Silver und seine Kumpane schossen aus Pistolen und Gewehren, die sie sorgfältig in ihrem Gepäck und in den zahllosen Verstecken auf der Fregatte verborgen gehalten hatten, wo sie selbst den aufmerksamen Augen des Commendatore entgangen waren.

„Hinter die Bordwand!“ schrie Vater Daniló. „Und Feuer!“

Albarran, Szevér und Feri, die die Waffen bedienten, feuerten gleichzeitig im Schutz der Bordwand.

Die Schlacht hatte also begonnen. Zugleich aber sahen wir mit immer größerer Begeisterung, daß die Rauchwolke wuchs und das Schiff Kurs auf uns hielt.

„Kapitän Barrabella, bitte die nächste Rakete“, ordnete Vater Daniló an, der nun auch schon in Deckung des Aufbaus auf dem Kommandodeck stand und nur von Zeit zu Zeit und äußerst vorsichtig nach dem sich hartnäckig nähernden Boot Ausschau hielt.

Jetzt drängten sich schon alle auf dem Steuerdeck, auch Mapui, den Albarran aus dem Boot heraufkommandiert hatte.

Die dritte Rakete flog pfeifend und zischend empor und explodierte dann.

Wieder peitschte eine Salve, die wir schwach erwiderten.

In der schwülen, heißen, drückenden Luft schwebte über den Wellen der Pulverrauch.

Die Kugeln schlugen an der Bordwand des Schiffes ein.

„Sehen Sie, Kapitän", Feri ergriff den Arm Vater Danilós und zeigte nach Nordost, „schaut nur!"

Im Nordosten, von wo sich die Rauchwolke näherte und wo wir immer deutlicher den hohen Mast und die niedrigen Aufbauten, also die Umrisse eines Kriegsschiffes, sahen, flog eine Rakete nach der anderen gen Himmel und explodierte.

„Schießt, schießt, damit die Halunken nicht näher kommen können!" schrie jetzt Barrabella. „Das Schiff ist ein Zerstörer, ein Kriegsschiff! Jetzt glaube ich schon daran, daß es rechtzeitig eintrifft!"

Ihr hättet Silver und seine Leute sehen müssen! Mir ist heute noch zum Lachen zumute, wenn ich an sie denke. In ihrem Verfolgungsfieber bemerkten sie das näher kommende Schiff nicht eher, bis sie auf die explodierenden Raketen aufmerksam wurden. Die dadurch entstandene Verwirrung läßt sich kaum beschreiben.

Der Kutter machte fast auf der Stelle kehrt, und die vom Rudern schon erschöpften Halunken versuchten, die Insel noch zu erreichen. Aber die Insel lag nun auch schon weit zurück, reichlich sechs bis sieben Kilometer vom Schauplatz des Gefechtes, und der Zerstörer — es war tatsächlich einer — näherte sich uns mit schäumenden Wellen vor dem Bug in einer Geschwindigkeit von mindestens 28 bis 30 Knoten!

„Silver, haltet an!" rief Vater Daniló durch das Sprachrohr. „Anhalten!"

Aber die Piraten im Boot ruderten entsetzt, verzweifelt und völlig kopflos weiter.

„Corpo di bacco", donnerte Sottomarina frohgelaunt, „dieser

Zerstörer kommt gerade zur rechten Zeit! Schau, Silver, dort kommt der Teufel, um dich zu holen!"

„Wir haben es bei unseren Abenteuern immer mit Zerstörern zu tun", erinnerte Vater Daniló lachend an unsere verschiedenen, meistens nicht gerade erfreulichen Begegnungen mit Kriegsschiffen dieser Art auf der Adria und in der Nordsee. „Aber diesen wollen wir empfangen, wie ein altes Kriegsschiff ein neues willkommen heißen kann! Piede, volle Beflaggung, aber unverzüglich."

Die Flagge Brasiliens wehte wieder am Heck und zwischen dem Fockmast und dem Großmast und zwischen Großmast und Kreuzmast eine bunte Reihe von Signalflaggen. All das binnen weniger Minuten durch die Geschicklichkeit von Piede, Szevér, Sottomarina und Santjago.

„Es fehlt nur noch, daß die Mannschaft auf den Rahen Aufstellung genommen hätte", meinte Barrabella mit froher Laune, als der Zerstörer auf gleiche Höhe mit uns kam.

Mit auf langsame Fahrt gestellten Maschinen drehte sich der französische Zerstörer *Lafayette* graziös auf Seilwurfweite neben die Fregatte.

Schon drehte sich der Arm des Hebekrans, und ein Motorboot wurde aufs Wasser gesetzt.

Ihr könnt euch vorstellen, welch beruhigender Anblick nach all diesen Erregungen das schlanke, gewaltige, vorn und achtern mit jeweils zwei mittelgroßen Geschützen bewaffnete graue Kriegsschiff für uns war.

„Hier das französische Kriegsschiff *Lafayette*", signalisierte mit seinen Flaggen nach internationalem Code der Signalmatrose, „ein Boot kommt zu Ihrem Schiff."

Das Motorboot fuhr los, das Hauptaugenmerk seiner Besatzung aber galt jetzt dem flüchtenden Kutter. In dem Motorboot saßen ein Offizier und mehrere Matrosen in weißen Blusen und Wollmützen mit roter Quaste. Sie setzten die Piraten in denkbar einfacher Weise außer Gefecht: man nahm ihnen die Ruder ab, und schon kam das Motorboot auf uns zugefahren. Der Kutter schaukelte in einer Entfernung von etwa einer halben Meile ohnmächtig auf den ewigen Wellen des Ozeans.

„Führt die Gefangenen vor“, gab Vater Daniló Anweisung. „Wir dürfen auch nicht vergessen, daß wir auf Roatan noch einen von ihnen zurückgelassen haben.“

Ein schon älterer, bärtiger Offizier stieg über die Bordwand. Es war einer jener französischen Offiziere alten Schlages, der in den Tropen zum Mann gereift war und der für sein ganzes Leben — auf eine glänzendere Laufbahn, auf Paris und die Kultur verzichtend — im Banne Ozeaniens geblieben war.

„Mein Herr“, begann Vater Daniló, „ich bin erfreut, Sie hier begrüßen zu können. Sie sind im letzten Augenblick eingetroffen. Ich bin Kapitän Turkovics, Kommandant dieses Schiffes. Dies hier ist der Commendatore, Korvettenkapitän Barrabella, der Konstrukteur dieses Schiffes ... Und dies sind meine Offiziere und Freunde ... Und dann darf ich Ihnen noch Ihren Landsmann, den Ethnographen Pierre Albarran, vorstellen ... Das aber sind unsere Gefangenen.“

Laguna Grande, Phillipson und der Brasilianer schauten betroffen drein bei dem Anblick, der sich ihnen bot. Sie hatten die Detonationen der Signalraketen, das Knallen der Revolver und Gewehre gehört, aber es wäre ihnen nicht im schlimmsten Traum eingefallen, daß sie ein Kriegsschiff, den obersten Hüter in den Hoheitsgewässern Französisch-Ozeaniens, und nur wenige Schritte vor sich einen Offizier und mehrere bewaffnete Matrosen sehen würden, wenn sie wieder an Deck kamen.

„Sehr erfreut, Kapitän“, der Offizier lächelte. „Wir sind wegen Ihnen unterwegs, wir suchen Sie schon seit zwei Wochen. Genauer gesagt, werden Sie von allen hier in Ozeanien gesucht, seitdem Sie verschwunden sind und den Aufruf, in den nächsten Hafen einzulaufen, nicht befolgt haben und seit wir zwischen Mangareva und Pitcairn eine Flaschenpost mit ihrer Nachricht aus dem Meer gefischt haben. Übrigens stehe ich Ihnen zu Diensten, Kapitän. Ich bin Linienschiffsleutnant Marcel Bardiaux, Erster Offizier auf der *Lafayette*. Zugleich darf ich Sie im Namen meines Kommandanten bitten, sich auf die *Lafayette* zu begeben, damit er Meldung erstatten kann.“

Vater Daniló zeigte lächelnd auf uns und auf sich.

„In diesem Aufzug? So heruntergerissen und mitgenommen? Wir sind in der Gefangenschaft der Piraten gewesen und haben das Schiff erst vor einer Stunde zurückerobert!"

Erstaunt fragte Bardiaux:

„Sie haben es zurückerobert?!"

Barrabella ergriff das Wort.

„Wir haben so manches Abenteuer hinter uns, Monsieur, aber das paßt zu diesem Schiff!"

Der französische Linienschiffsleutnant verneigte sich ehrerbietig vor den beiden bejahrten Kapitänen.

„Meine Herren, kommen Sie auf unser Schiff so, wie Sie sind! Ich bitte auch meinen Landsmann Pierre Albarran, uns zu begleiten. Mein Kommandant möchte Sie kennenlernen. Die Jolly Rogers aber werden wir auf der *Lafayette* unterbringen. Wir haben dort reichlich Platz für sie. Und da sie den Überfall auf unseren Gewässern verübt haben, werden Sie die Teufelsinsel kennenlernen. Dafür bürge ich."

Inzwischen veranlaßte Vater Daniló, daß Pedro die Seemannskiste herausholte, die so viele Widerwärtigkeiten erlebt hatte und die er mit auf das Kriegsschiff hinübernehmen wollte. Währenddessen fragte er:

„Haben Sie, Herr Linienschiffsleutnant, von dem Sinken der *Vulcania* gehört?"

Bardiaux nickte. Vater Daniló zeigte auf den seitlich von uns stehenden Phillipson:

„Einer der Anstifter und Mörder der Besatzung steht hier vor Ihnen, weitere drei finden Sie dort in dem Kutter, Monsieur. Wenn Sie nicht gekommen wären, hätten auch wir das Schicksal der Besatzung der *Vulcania* erlitten!"

Der Linienschiffsleutnant sah Vater Daniló entsetzt an.

„Um so mehr freuen wir uns, mein Herr. Und das alles verdanken wir dem Umstand, daß wir die Flaschenpost rechtzeitig aus dem Meer gefischt haben."

„Weil wir sie beizeiten hineingeworfen haben", bemerkte Zoller stolz.

Und was sagte hierauf Sottomarina, der die Flaschen ins Meer geworfen hatte und jetzt Pedro, Parkin Christian und den übers ganze Gesicht lächelnden Mapui umarmte, denn Sotto konnte mit seinen langen Armen mit Leichtigkeit drei Mann umfassen, was sagte er?

„Corpo di bacco!"

TDL

Und nun, Freunde, hissen wir wieder die Signalflaggen, das rot-weiß-blaue T, das D, ein blaues Dreieck mit weißem Punkt, und das schwarz-gelb karierte L. T D L = Gute Fahrt . . . Gute Fahrt, liebe Freunde, auf dem Meer des Lebens, das wünsche ich euch jetzt, wo ich einen Punkt hinter unsere Abenteuer mit der *Königin des Ozeans* setze.

Das große Abenteuer, das ich euch schilderte, ereignete sich wesentlich eher als die Fahrt der *Mayflower II* und auch eher als die Katastrophe der neugeborenen *Old Ironsides*, der prächtigen Fregatte eines amerikanischen Schiffskonstrukteurs, wie ihr euch denken könnt. Die Fregatte Barrabellas und Santa-Claras wurde in der Tat ein berühmtes Schiff. Als wir in Oakland eintrafen, nachdem wir erst in Pitcairn Abschied von Parkin Christian genommen hatten, erwartete uns auf den Dockmauern eine Schar von Fotografen und Filmreportern. Es war ein feierlicher Einlauf, begleitet von dem Heulen der Schiffssirenen und Schiffspfeifen und von flatternden Fähnchen. Noch weit vor der San-Francisco-

Bucht ließ sich ein Wasserflugzeug in unserer Nähe nieder. Es brachte Santa-Clara. Wie sollte denn auch ein südamerikanischer Millionär anders reisen, wenn er sein verlorenes und wiedergefundenes Schiff begrüßen wollte? Ich muß sagen, die Brust Santa-Claras schwoll mehr vom Ruhm als die Segel der Fregatte im Passat!

Und das nicht ohne Grund: Wir hatten ein waschechtes Piratenabenteuer überlebt und die verschollene Insel gefunden oder, wie sich die Gelehrten ausdrückten, die Stadt der Piraten, das legendäre Roatan! Beim Anblick der vielen Sensationslustigen brauchten wir nur Vater Daniló ins Gesicht zu schauen, um zu wissen, daß wir auf dem schnellsten Wege von der Fregatte Abschied nehmen würden. So geschah es auch. Da nützte alles Bitten und Betteln nicht, nicht die glänzendsten Filmangebote und die höchsten Dollarsummen, die alte Besatzung der *Jadran* packte ihre Sachen und suchte das nächste Seemannsheim auf, um für eine Zeit dort ihr Lager aufzuschlagen. Für eine Zeit, aber nicht für immer, nur so lange, bis wir ein neues Schiff fanden, um wieder in See stechen zu können!

Nur noch eins: die Entdeckung von Roatan war zwar ein großes Ereignis, Vater Daniló schrieb sogar seinen berühmt gewordenen Bericht (A Journal of Voyage), aber aus dem Schatz wurde nichts. Sottomarina behielt recht. Wir hatten kein Glück mit Schätzen. Nicht einen einzigen Goldkelch konnten wir aus der gesunkenen *Enrique* bergen. Die Witwe des seligen Seemanns Fritz Großmann bekam auch nur das, was Vater Daniló von einem englischen Sammler für den Verkauf der Schriften erhielt, die in Duncans Kiste gewesen waren. Der Schatz aber — mehrere Zentner Silber und nahezu zwei Zentner Gold — wanderte in den Tresor des Gouverneurs von Französisch-Ozeanien. Die Bürgerrepublik hütete eifersüchtig ihren Besitz und spürte die *Enrique* selbst auf. Wie wir erfuhren, soll das Wrack, ans Tageslicht gehoben, auseinandergefallen sein.

Ich möchte noch erwähnen, daß Pedro von Sottomarina an Sohnes Statt angenommen worden ist. Das war eine löbliche Tat von dem Alten, aber wir waren von unserem Hünen, von dem einst stärksten Mann an der Adria, dergleichen gewohnt. Wie wird man in Zengg staunen, wenn er dereinst mit seinem kohlschwarzen Sohn erscheint!

Ich glaube, nun alles berichtet zu haben, meine Freunde. Die Segel sind gerefft, das Schiff, das Schiff der Märchen, liegt vor Anker. Euch aber wünsche ich allzeit gute Fahrt, Jungs! Guten Wind und mutige Fahrt im Leben, folgt dem Beispiel Vater Danilós und seiner Gefährten, die sich weder von den Stürmen noch von den Wellen oder bösen Menschen schrecken ließen. Warum soll man auch erschrecken? Alles gehört zum Leben, also zu uns. „Wer auf den Sturm gefaßt ist, den trifft keine Überraschung“, hat Vater Daniló einmal gesagt. Denkt daran. Und

TDL

Gute Fahrt, Freunde!

INHALT

gehen zum Angriff über – Die Signalrakete leuchtet auf – Ahoi, Schiff! – Sturm auf das Deck – „Jach, Captain!" – Wir gehen unter Segel – In großer Gefahr – Eine Salve kracht! – Der Zerstörer *Lafayette* – Alles verdanken wir der Flaschenpost – T D L – Gute Fahrt, Freunde! 477

Printed in Hungary 1976
Universitätsdruckerei, Budapest

1. Mörderbucht *2. „Enrique"* *3. Erdzunge der zwölf Kumpane* *4. Signal*